RUEDIGER SCHACHE

SPÄTESTENS IN SWEETWATER

RUEDIGER SCHACHE

SPÄTESTENS IN SWEETWATER

Roman

nymphenburger

MIX
Papier aus verantwortungsvollen Quellen
FSC® C014496
www.fsc.org

Schutzumschlag: www.atelier-sanna.com, München
Schutzumschlagmotiv: mauritius-images, Mittenwald
Herstellung und Satz: Ina Hesse
Gesetzt aus: 10,6/14 pt. Sabon
Druck und Binden: GGP Media GmbH, Pößneck
Printed in Germany
ISBN 978-3-485-01368-0

www.nymphenburger-verlag.de
www.ruedigerschache.com

»Sind es nicht immer unsere Entscheidungen
an den Weggabelungen,
die unser Leben in genau die Bahnen lenken,
die wir später als Schicksal, Glück oder Zufall
ansehen?«

Arch Pinenoire

Prolog

Caleb Brooks strich mit der Handfläche über das grüne Straßenschild, das gar nicht hätte existieren dürfen. Er befreite die weißen Buchstaben von einer dünnen Staubschicht, die der Wind vom Wüstenboden aufgenommen und wie einen Schutz über den Ortsnamen gelegt hatte.

Sweetwater 3 Meilen

Nach einer grauenvollen Nacht ging endlich die Sonne auf. Die ersten Strahlen des Morgens tauchten Calebs Hand zusammen mit dem Schild in warmes Licht. Kleine Staubwolken wirbelten um seine Finger. Im Gegenlicht sah es aus, als würde Goldpuder zu Boden sinken.
Sweetwater. Noch vor zwei Wochen hatte er nie von diesem Ort gehört und nun war er zu seinem Schicksal geworden. Caleb hatte keine Ahnung, was ihn erwartete, wenn er den Hügel ein weiteres Mal hinab in die kleine Stadt fahren würde. Nur eines wusste er sicher: Hier war das letzte Zuhause, das er jemals haben würde.

Valentinstag

›Es gibt Tage im Leben, die von überaus herausragender Bedeutung sind. Geliebte Menschen sterben. Andere werden geboren, wieder andere begegnen einem scheinbar zufällig. Die soeben noch für immer verloren geglaubte Liebe entsteht plötzlich an unerwarteter Stelle neu. In derselben Sekunde, in der die einen ihre größten Schicksalsschläge durchleben, geschehen bei anderen die größten Wunder. Es scheint, als könne der Flügelschlag eines Schmetterlings im Gefüge des Universums die Entscheidung über höchste Erfüllung oder alles zerstörendes Unglück bewirken. Doch wer bewegt diesen Flügel?
Glück oder Unglück – immer sind dabei Menschen miteinander verbunden. Die Liebe ist ein solches Band, ebenso die Ablehnung. Ja, auch sie schweißt zusammen, selbst wenn die Beteiligten glauben, sie würde sie voneinander trennen.‹

Caleb starrte auf den Bildschirm seines Notebooks, als wäre das Gerät für den Text verantwortlich. Seit einer Stunde versuchte er, die Einleitung seines Artikels zum Valentinstag zu schreiben. Dies hier war sie ganz sicher nicht. Valentinstag stand für Liebe und Verliebtheit, für Geschenke, gute Gefühle, Sinn und Hoffnung. Caleb war mehrfach ausgezeichneter Wissenschaftsjournalist. Er arbeitete seit vielen Jahren bei der New York Times und Artikel zu schreiben war sein Tagesgeschäft. Er fragte sich, warum er mit diesem einfachen Thema solche Probleme hatte.
»Jim Cummings ist für zwei Wochen ausgefallen«, hatte Dennis ihm an diesem Morgen verkündet. »Irgendeine

Operation. Machst du den Valentinstag für ihn? Eine Spalte.«
Caleb hatte Dennis angestarrt, als sei er gerade gebeten worden, über eine Kochshow zu berichten. Dennis bemerkte es sofort.
»Mach es anders. Mach es neu. Mach es so, wie man dich kennt«, sagte er. »Gib dem Valentinstag eine neue Dimension. Bringe einen Aspekt ein, an den der Leser noch nie gedacht hat. Von mir aus erfinde die Bedeutung von Valentinstag neu, nur liefere mir nichts, was alle anderen auch schreiben. Kannst du das?«
Dennis kannte Calebs Schwachstelle: Er sucht Herausforderungen und Dennis forderte ihn heraus.
»Trägt der Papst rote Schuhe?«, hatte er geantwortet. »Klar kann ich das.«
Sein Chef und er pflegten einen legeren Umgang miteinander, denn sie hatten gemeinsam studiert. Caleb liebte das Schreiben mehr als das Organisieren, Kontrollieren und Delegieren. Er hatte Dennis den Vortritt gelassen, als vor einigen Jahren die Stelle zum Ressortleiter frei geworden war, obwohl die erste Wahl der Geschäftsführung ihm gegolten hatte.
Er nahm einen Schluck kalten Kaffee aus seiner I♡NY-Bürotasse mit dem ausgebleichten roten Herz. Dann löschte er alles, was er geschrieben hatte. Valentinstag. Liebe. Das Thema streute Salz in seine größte Wunde: Abigail war an einem vierzehnten Februar aus seinem Leben verschwunden.
Er überlegte, ob es überhaupt möglich war, anderen Menschen auf einem Gebiet Hoffnung zu geben, ohne sie selbst zu haben. Konnte man zuversichtlich über die Liebe schreiben, wenn man die größte Liebe seines Lebens ver-

loren hatte? Diesen Beitrag zu schreiben fiel ihm gerade erheblich schwerer, als die Entdeckung eines neuen Quasars oder ein Experiment in einem Teilchenbeschleuniger verständlich darzustellen.
Der Mauszeiger blinkte am Seitenanfang. Wie ein pochendes Herz. Caleb kam kurz das Bild, wie es in Redaktionen vor der Zeit von Computern ausgesehen haben mochte. Welche Berge an Schreibmaschinenpapier mit den verworfenen Versuchen von Journalisten, eine Sache richtig auszudrücken, mochten jeden Abend in den Container im Hinterhof des Zeitungsgebäudes gewandert sein? Heute genügte eine einzige Taste, um ein kleines Universum aus Gedanken zu beseitigen.
Als Redakteur gehörte es zu Calebs Aufgaben, selbstständig immer neue spannende Themen zu finden. Das bedeutete jedoch nicht, dass er immer nur schreiben konnte, was er wollte. Journalismus war zum kleinen Teil Idealismus und zum großen Teil Tagesgeschäft.
Dennis wollte eine besondere Geschichte und Caleb hatte sich einen Namen gemacht, wenn es um ungewöhnliche Themen ging. Eigentlich hatte er Biochemie studiert und sich später als Journalist auf Grenzthemen spezialisiert. Philosophie und Wissenschaft. Religion und Wissenschaft. Gefühle und Wissenschaft. Er arbeitete an den Berührungspunkten der Fachgebiete und nahm weder zum einen noch zum anderen Lager persönlich Stellung. Stattdessen suchte er die verbindenden Elemente.
Caleb sah gut aus. Mitte dreißig, fast eins neunzig, hellblaue Augen, scharf gezeichnete Nase, akzentuierte Augenbrauen, volles dunkelbraunes Haar, etwas länger und in leichten Wellen nach hinten gekämmt. Meist mit Dreitagebart, im Augenblick mit einem gepflegten Zweimo-

natsbart, der ihm eine attraktive Verwegenheit verlieh, zumindest wenn man den Bemerkungen der weiblichen Redaktionsmitglieder glauben durfte. Caleb kleidete sich weder besonders modisch noch besonders nachlässig. Boots, Chinos, Polohemden und darüber ein Sportsakko waren ihm lieber als weiße Hemden und Krawatten.
Wo immer er auftauchte, empfand man ihn als Sympathieträger. Mehr als einmal hatte man ihm angeboten, ein Fernsehformat zu moderieren, das sich mit seinen Schwerpunkthemen beschäftigt hätte. Lange hatte er abgelehnt, weil er in der Tiefe seines Herzens ein schüchterner Mensch war und sich in der Öffentlichkeit nicht wirklich wohlfühlte. Abby war hier sein großer Rückenwind gewesen. Niemals hatte sie ihn in den wenigen Jahren ihrer Ehe zu etwas gedrängt, doch immer hatte sie ihn darin unterstützt, sein Potenzial zu entfalten. Und so verdankte Caleb ihr viele der mutigen Artikel, die letztlich zu seiner Bekanntheit geführt hatten.
In der Woche, in der er kurz davor gewesen war, ein Angebot von der NBC für einen festen Programmplatz anzunehmen, hatte er Abby verloren. New York war in vielerlei Hinsicht eine sichere Stadt geworden, doch es war noch immer ein Ort mit völlig chaotischen Verkehrsverhältnissen. Viele der oft frisch eingewanderten Taxifahrer waren für ihren Job aus emotionaler Sicht gesehen völlig ungeeignet. Eine dieser fahrenden menschlichen Zeitbomben hatte Abigail vor die Motorhaube bekommen.
Während der Mann wahrscheinlich in Puerto Rico schon wieder Taxi fuhr, war Caleb nun allein. Das Zeitfenster für den Job bei der NBC hatte sich bereits während der Beerdigungsformalitäten geschlossen, abgesehen davon, dass Caleb in dieser Lebenssituation ohnehin nicht in der Lage

gewesen wäre, den Schritt vor die Kamera zu tun. Und so bleib er beim Schreiben.

Er versuchte, sich auf sein Thema zu konzentrieren. Valentinstag. Wissenschaft und Liebe. Das hätte er wirklich gerne abgelehnt, doch professionell zu arbeiteten bedeutete, sein Privatleben aus der Arbeit herauszulassen.

Das Telefon klingelte. Er nahm den Hörer ab.

»Hast du Lust zum Bowlen heute Abend?« Es war Mike Knightley, einer der beiden Fotografen, mit denen Caleb wechselweise arbeitete, falls er nicht selbst die Bilder schoss.

»Lieber nicht«, entgegnete Caleb. »Ich bin gerade so amüsant wie ein Wasserrohrbruch um Mitternacht.«

»Genau deshalb habe ich an dich gedacht«, beharrte Mike. »Bowlen macht den Kopf frei. Außerdem sind Olivia Wynn und Christine Baker dabei. Eigentlich war es sogar Christines Idee. Du weißt schon, die Brünette aus der Grafik.«

»Mike, das ist wirklich nett. Gerne ein anderes Mal, okay?«

Sie verabschiedeten sich und er legte auf.

Der senkrechte Balken des Cursors pochte noch immer wartend am Seitenanfang. Caleb erinnerte sich an das Geräusch von Abbys Herz, wenn er seinen Kopf an ihre Brust gelegt hatte. Abby hätte gewollt, dass er einen Artikel über Liebe und Hoffnung schrieb. Einen guten Artikel! Er gab sich einen Ruck und beschloss, ihren Wunsch anzunehmen.

Für Journalisten mit Schreibblockaden konnten Suchmaschinen zu persönlichen Freunden werden. Manchmal half es, das festgefahrene Thema für eine Weile beiseitezulegen und sich anhand von Stichwörtern wie auf einer Brotkrumenspur durch die virtuelle Welt zu googeln. Selbst falls

man hier keine wirklich neuen Informationen fand, erhielt das Gehirn Anregungen, die den Ideenfluss wieder zum Laufen brachten.
Caleb nutzte eine Methode, die er CloudWriting getauft hatte. Wörterwolken erzeugen. Erst die Wolke, dann der Regen. Erst die Schlüsselwörter und Fragmente, dann der Artikel um sie herum. Er tippte einige Wörter aus seiner Wolke in das Suchfeld von Google ein. Je mehr Stichwörter, desto größer die Wahrscheinlichkeit, dass eine Seite relevante Informationen enthielt.
›Liebe + Erfüllung + Schicksal + Seele + Valentinstag‹
Im Fenster des Browsers wurden zigtausende Einträge angezeigt. Wie er schnell erkannte, war das meiste davon Werbung für Blumen, Schmuck, Parfüms, Süßigkeiten, Reisen, Plastikherzen und ähnliche Dinge. Das Wort ›Valentinstag‹ war praktisch vollständig mit Konsum belegt, also ließ er es weg.
›Liebe + Erfüllung + Schicksal + Seele‹
Nun waren die meisten Treffer entweder Buchwerbungen oder esoterische Seiten. Einem verrückten Impuls folgend, tippte er ein Wort dazu.
›Liebe + Erfüllung + Schicksal + Seele + Abigail‹
Das führte zu erheblich weniger Treffern. Noch ehe er alle Ergebnisse der ersten Seite durchsehen konnte, sprangen seine Augen zu einem Eintrag in der Mitte.

Die Legende von Sweetwater. Von Arch Pinenoire
›Den wenigen Berichten nach begegnen sich **Seelen** … westlich von Oklahoma City die **Erfüllung** aller … die Kräfte des **Schicksals** Menschen trennen und wieder verbinden können … in unserem Land, an dem **Liebe** diese Gesetze zwischen **Seelen** außer Kraft … Der Name des

Ortes wurde von denen, die wiederkamen, mit Sweetwater …‹

Caleb klickte auf den Link. Ein weißes Fenster ging auf mit dem Hinweis, dass die Seite unter dieser Adresse aus dem Internet entfernt worden war. Caleb kannte das schon. Es kam immer wieder vor, dass Seiteninhalte gelöscht oder Seitenadressen verschoben wurden und dennoch für einige Zeit in Suchmaschinen auftauchten. Einer verrückten Idee folgend, ergänzte er die Reihe der Suchbegriffe um seinen eigenen Vornamen.

›Liebe + Erfüllung + Schicksal + Seele + Abigail + Caleb‹

Wieder erschien auf der ersten Ergebnisseite derselbe Beitrag. Caleb suchte nach Fragmenten des Artikels, um zu erfahren, ob er inzwischen unter einer anderen Adresse abgespeichert war, doch offensichtlich war der Beitrag vollständig entfernt worden. Die Suche nach dem Verfasser ›Arch Pinenoire‹ ergab keinen weiteren Treffer.

Normalerweise hätte Caleb hier aufgehört, den Brotkrumen zu folgen. Was ihn jedoch nicht so einfach losließ, war die Tatsache, dass dieses Ergebnis ausschließlich zusammen mit seinem oder Abigails Namen auftauchte. Weder ein anderer Vorname noch eine andere Kombination von Suchwörtern führten zu dem toten Link.

Er recherchierte nach dem Inhaber der Website, doch die Adresse war abgemeldet. Der nächste logische Schritt wäre gewesen zu versuchen, beim bisherigen Webhoster Informationen über den ehemaligen Seitenbetreiber zu bekommen. Doch das würde erheblichen Aufwand bedeuten und er fragte sich, ob er sich nicht gerade in eine verrückte Fantasie verrannte. Andererseits liebte er ungewöhnliche Ereignisse. Wo andere aufhörten nachzufragen, fing seine Arbeit erst an.

Caleb entschied sich für einen anderen Weg und suchte im Internet nach dem Begriff ›Sweetwater‹. Es gab einige Orte mit diesem Namen, doch in keinem Fall fand er einen Hinweis auf eine Legende oder sonst eine Information, die ihn weitergebracht hätte.

Inzwischen war es Abend geworden. Die wenigen Kollegen von der Nachtredaktion hatten das Büro übernommen. Caleb schaltete das Notebook aus und verstaute es in seinem Koffer. Bis zum Valentinstag hatte er noch fast zwei Wochen Zeit.

Als er im Aufzug nach unten fuhr, dachte er noch einmal an die Überschrift im Ergebnis der Suchmaschine.

Die Legende von Sweetwater

Das hätte eine wirklich ungewöhnliche Geschichte werden können.

Träume

Carol Ryder parkte ihr hellblaues achtundsiebziger Ford Cabriolet vor dem Laden. Es war ein Montagmorgen scheinbar wie jeder andere in den vergangenen sieben Jahren, seit sie die Buchhandlung von Walter Brinker übernommen hatte. Sie griff sich ihre Handtasche vom Beifahrersitz, stieg aus und schloss das Verdeck. Dann nahm sie die drei Stufen zum hölzernen Gehweg hinauf, der die Läden der Häuserzeile miteinander verband. Diese Art zu bauen stammte noch aus Zeiten, als die Wege nicht asphaltiert und oft schlammig gewesen waren. Carol gefiel es, dass ihr Geschäft etwas erhöht über der Straße lag.

Sie kramte den Schlüsselbund aus der Tasche und öffnete die Ladentür. Ein angestoßenes Klangspiel erfüllte den Raum. Der zarte Duft von Holz, Papier, Kaffee und Leder strömte ihr entgegen. Carol liebte diese immer gleiche, vertraute Begrüßung noch genauso wie am ersten Tag.
Sie zog den Schlüssel ab. Ehe sie eintrat, warf sie, wie immer, seit ihr seltsamer Traum zum ersten Mal aufgetaucht war, einen Blick auf die Kreuzung der Main und Custer. Dort mündete die einzige Einfallstraße nach Sweetwater. Und wie jeden Tag atmete sie einmal tief durch, um dann ihr Geschäft zu betreten.
Carol schaltete das Licht ein. Sie legte ihre Handtasche auf einen der drei Sessel, die gleich neben dem Schaufenster für Kunden bereitstanden. Der Laden war tiefer als breit. Vier hölzerne Regalreihen zogen, schräg angeordnet, ihre langen Furchen bis in den hinteren, fensterlosen Teil.
Mütter und ihre Kinder machten das Hauptgeschäft des kleinen Buchladens aus. Vorn, in der Nähe des rechten Schaufensters und damit am hellsten Platz, hatte Carol die Familienecke eingerichtet. Eine Kinderbuchwand mit bunten Regalbrettern und noch bunteren Buchrücken. Davor eine Spielzeugkiste, ein hölzernes Schaukelpferd, ein Spielteppich mit einem Stadtplanmotiv, vier bunt lackierte Minihocker.
Carol ging zur Ladentheke. Sie schaltete die elektrische Espressomaschine ein, die nur eine Armlänge von der antiken Ladenkasse entfernt stand. Das Gebäude der Buchhandlung war eines der ältesten in Sweetwater. Als vor über hundert Jahren ein Fabrikarbeiter irgendwo im Land die letzte Feder an dieser Kasse justiert hatte, war Walter Brinkers Urgroßvater gerade dabei gewesen, den letzten Nagel in die Theke dieses Ladens zu schlagen. Sie hatte die

Geschichte über das alte Haus im Laufe ihrer neun Jahre als Buchhändlerin bei Brinkers unzählige Male gehört.

Carol war Anfang dreißig, etwas über eins siebzig, schlank, mit schulterlangen kastanienbraunen Haaren. Große Augen in derselben Farbe blitzen unter sanft geschwungenen Brauen hervor. Ihr leicht ovales Gesicht, die vollen Lippen und der helle Teint verliehen ihr eine fast aristokratische Anmut, die ein wenig im Kontrast zu ihrem mädchenhaften Wesen stand.

Einiges in Carols Leben, besonders was Beziehungen betraf, wäre anders verlaufen, wenn sie nicht seit fast sieben Jahren diesen einen, immer wiederkehrenden Traum gehabt hätte. Einen Traum, der ihre Zukunft so klar und real zeigte, dass ihr keine andere Wahl blieb, als genau darauf zu warten.

In der vergangenen Nacht hatte sie ihn wieder geträumt, zum ersten Mal in diesem Jahr. Und wieder war er so intensiv, dass sie danach keinen Schlaf mehr fand. Also tat sie, was sie in diesem Fall immer machte: Sie ging in ihr Dachgeschoss und gab ihm eine Form.

Der Entschluss

Caleb war es gewohnt, schlecht zu schlafen, seit die Betthälfte neben ihm leer war. Nachts, allein in der ehemals gemeinsamen Wohnung in der zweiundsiebzigsten Straße, kroch die Einsamkeit unter seine Decke und legte ihre kalten Klauen um sein Herz.

In dieser Nacht jedoch ging ihm das Phänomen mit der

Suchmaschine nicht aus dem Kopf. Er war kein Spezialist für Suchalgorithmen, dennoch rasterte Calebs geschultes Gehirn immer wieder alle Möglichkeiten ab. Er versuchte, eine vernünftige Erklärung für das verstörende Ergebnis zu finden, während ein anderer Teil von ihm einfach nur in Ruhe schlafen wollte.

Für gewöhnlich beruhigte ihn Abigail in solchen Situationen. Er wusste, sie war immer bei ihm, auch wenn ihr Körper nicht mehr da war. Meist erlebte er ihre Anwesenheit als Gefühl von Trost oder als Zuspruch in sich. Doch heute fühlte es sich anders an. Es war, als wollte Abigail ihn zu einer ganz bestimmten Handlung bewegen. Nur verstand er die Botschaft nicht.

Nach endlosem Grübeln und Herumwälzen knipste er die Nachttischlampe an. Der Wecker stand auf ein Uhr zweiundzwanzig. Er holte sein Notebook, setzte sich wieder ins Bett und schaltete es ein. Wieder erschienen nach Eingabe der Stichwörter und ihrer beider Namen die Fragmente des gelöschten Beitrags. Obwohl es dafür keine logische Erklärung gab, konnte Caleb das Gefühl nicht loswerden, dass die Bruchstücke nicht durch Zufall auftauchten.

Er versuchte, aus den Satzteilen zu erschließen, um was es in dem Text ging. Vor allem drängte es ihn herauszufinden, von welchem Ort genau die Rede war. Die wenigen Worte lieferten nur drei Ansatzpunkte: den Ortsnamen selbst, den Hinweis auf die Nähe zu Oklahoma City und den Namen des Verfassers. Caleb suchte nach allen Orten mit dem Namen Sweetwater, elf, und brachte diese mit Oklahoma City in Verbindung. Wenn man nur solche zuließ, die eine ›westlich von‹ Beziehung hatten, blieben zwei Sweetwaters übrig. Eines davon allerdings südwestlich und über dreihundert Meilen entfernt, sodass es nicht wirklich infrage kam.

Der Ort, der vielleicht gemeint war, lag etwa hundertachtzig Meilen westlich von Oklahoma City. Abigail in ihm nickte. Caleb spürte, wie er ruhiger wurde, für ihn ein Zeichen, dass er auf dem richtigen Weg war. Er klappte sein Notebook zu und schaltete das Licht aus. Morgen würde er handeln.

Die Nacht

Nachdem sein Flugzeug in Oklahoma City gelandet war, ging Caleb zum Schalter von Sunny Cars und nahm den roten Dodge Dakota Pick-up entgegen, den er von New York aus reserviert hatte. Er verstaute seinen Koffer und die Nylontasche auf der Notbank hinter dem Fahrersitz, befestigte die Halterung für sein Mobiltelefon mit dem Saugnapf an der Windschutzscheibe und suchte in der Navigationssoftware nach Sweetwater.

Der Ort musste etwa drei Stunden westlich liegen, doch das System fand nur Sweetwater in Texas, über dreihundert Meilen südwestlich. Er ärgerte sich, dass er den Ausdruck von Google Maps nicht mitgenommen und sich stattdessen auf sein Navi verlassen hatte. Im Handschuhfach fand er einen Straßenatlas, doch auch hier war kein Sweetwater verzeichnet. Vielleicht war der Maßstab nicht fein genug.

Caleb startete den Wagen. Er wusste, dass er in jedem Fall nach Westen musste. Nur die I-40 führte in diese Richtung, also folgte er ihren Schildern.

Nach fünfzehn Minuten kam eine größere Tankstelle in

Sicht. Caleb hatte vor, einen besseren Atlas oder ein neueres Navi zu kaufen. Er parkte den Dodge, ging in den Laden und suchte nach einer regionalen Straßenkarte. Doch nirgends fand er das Sweetwater, das er suchte.

Caleb wandte sich in Richtung des Mannes, der hinter der Kasse stand, ein Endsechziger mit grauen schütteren Haaren und einer altmodischen Hornbrille. Sein ausladender Bauch blies sich unter dem rot-braun gemusterten Flanellhemd und der hellgrauen Latzhose auf wie ein Schwimmreifen kurz vor dem Platzen.

»Entschuldigen Sie bitte!«, sagte Caleb.

Der Alte schälte sich schnaufend um die Theke herum in Richtung der Regale. Jeder Schritt wirkte wie ein Ringen des Körpers gegen die Schwerkraft und die Schwerkraft schien keine schlechten Karten zu haben. Das linke Bein war bereits etwas lahm geworden. Er zog es schleifend hinter sich her.

»Hilfe, junger Mann?«

Schweißperlen auf der Stirn, fahle Haut, wunde Flecken auf den Handrücken. Caleb roch säuerlichen Atem. Der Mann hatte wahrscheinlich Diabetes.

»Ich suche einen Ort, der in dieser Region liegen muss«, sagte er, »aber ich finde keine Karte, auf der er verzeichnet ist.«

»Wohin soll's denn gehen?« Er hatte entweder einen Sprachfehler oder keine Lust auf längere Sätze, was vielleicht mit seiner Kurzatmigkeit zusammenhing.

An der Stelle, wo der Hosenträger mit der Latzhose verknöpft war, steckte ein gelber Blechbutton mit der Aufschrift ›Hi, ich bin Frank und ich freue mich, Ihnen zu helfen‹.

»Ich möchte nach Sweetwater ...«, Caleb warf nochmals einen Blick auf den Button, »... Frank.«

»Natürlich.« Frank, der sich freute, einem zu helfen, starrte Caleb durch die verschmierten Gläser seiner Hornbrille an, als wäre der nicht ganz dicht.
»Wie meinen Sie das?«, fragte Caleb irritiert.
»Natürlich suchen Sie Sweetwater vergebens auf den Karten.«
Er machte eine Pause, während der er Luft holte, als nähme er Anlauf für einen Buchstabiermarathon.
»Weil es nämlich Sweetwater nicht mehr gibt. Ist jetzt Bakerfield. So hundertachtzig Meilen im Westen. Bleiben Sie auf dem Highway bis zur Ausfahrt von Norway. Dann kommen Schilder.«
Auf den Wangen des Alten entdeckte Caleb ein Netzwerk winziger rotlila Äderchen.
»Man hat eine Stadt umbenannt? Einfach so?«
»Nicht einfach so.« Der Alte drehte sich um und watschelte zurück zur Kasse. »Es war wegen der Vorfälle.« Er machte mit einer Hand eine kreisförmige Bewegung durch die Luft. »Geht mich nichts an. Suchen Sie Bakerfield, dann finden Sie Sweetwater.«
»Welche Vorfälle?«
»Haben Sie getankt?«
»Nein. Was meinen Sie mit den Vorfällen?«
»Dann macht es neun fünfzig für die Karte.«
Frank-der-gerne-half wollte ganz eindeutig nicht weiter über das Thema reden. Caleb legte noch zwei Flaschen Wasser, zwei Cola und ein Paket Sandwiches zu der Karte, bezahlte und ging zurück zum Wagen.
Es wurde langsam Abend. Auf dem fast leeren Highway rollte der Dakota wie auf Schienen der untergehenden Sonne entgegen. Caleb hatte den Tempomaten eingeschaltet und Zeit zum Nachdenken. Er wollte einen Artikel

über eine Legende schreiben. Das Erste, was er erfuhr, war, dass diese Legende ihren Namen gewechselt hatte. Das war schlecht. Wer wollte schon lesen, dass jemand seine große Liebe in Bakerfield traf, das früher Sweetwater hieß? Damit war die halbe Legende zerstört. Vielleicht war die ganze Sache ja auch ein Fehler und er sollte gerade besser an seinem Schreibtisch in der Redaktion sitzen.

Der Dodge gurgelte monoton vor sich hin, der vierspurige Highway bahnte sich seinen Weg fast schnurgerade durch die steppenartige Landschaft in Richtung Horizont und Caleb kämpfte damit, nicht am Steuer einzuschlafen. Um sich wachzuhalten, suchte er einen Musiksender, doch das Radio gab nur Rauschen oder kratzende Musikfragmente von sich. Entweder war er hier abseits aller Sendestationen oder die Antenne des Wagens war defekt.

Die vergangene, fast schlaflose Nacht begann, ihren Tribut einzufordern. Caleb kaute seine Sandwiches in winzigen Bissen. Solange er kaute und Cola trank, würde er nicht einschlafen.

Zwei Stunden später räumte auch der letzte Rest von Dämmerung seinen Platz am Himmel, um ihn für die Nacht freizugeben. Nach einer weiteren halben Stunde tauchte im Scheinwerferkegel ein Schild auf, das die Ausfahrt nach Norway ankündigte. Caleb setzte sofort den rechten Blinker, weil er insgeheim befürchtete, seine Schläfrigkeit könnte ihn auf den nächsten zwei Meilen die Abfahrt verpassen lassen. Inzwischen war es so finster geworden, dass es keine Welt mehr außerhalb der Scheinwerferkegel zu geben schien. Erst jetzt fiel Caleb auf, dass er seit mindestens einer Stunde weder überholt worden war noch Lichter eines Gegenverkehrs gesehen hatte.

Das Ticken des Blinkers im Wechsel war eine wohltuende

Unterbrechung zum gleichförmigen Gurgeln des V8. Caleb hatte fast völlig sein Gefühl für Ort, Richtung und Zeit verloren. Der im Sekundentakt aufleuchtende Rechtspfeil erzeugte immerhin die Illusion, als wüsste er, wohin er fahren sollte.

Kurz hinter dem Ausfahrtschild für Norway verließ Caleb die Interstate. Als der Blinker am Ende der Kurve von selbst verstummte, fühlte er sich, als hätte er soeben die Grenzstation ins Niemandsland passiert.

Bis Norway fahren, dann kommen Schilder, hatte Frank mit der Latzhose gesagt. Doch hier waren keine Schilder. Weder für Bakerfield noch für Sweetwater noch für sonst einen Ort in dieser gottverlassenen Gegend.

Er folgte dem Scheinwerferlicht, das mühevoll einen Tunnel für den Dodge in die Dunkelheit bohrte. Zu beiden Seiten der gelben Lichtkegel tauchten immer wieder bleiche Dornbüsche aus dem Dunkel auf. Wie Knochengestalten, die den Rand der Landstraße entlang einer Veranstaltung entgegenpilgerten.

Nach einer halben Stunde, die Caleb wie eine ganze Nacht vorkam, erschien endlich eine Kreuzung mit Schildern. Die Straße gabelte sich in drei Richtungen: geradeaus nach Norway, zwölf Meilen. Rechts nach Bakerfield, achtundzwanzig Meilen. Auf dem Wegweiser, der nach links wies, stand:

Sweetwater 11 Meilen

Sweetwater und Bakerfield waren also zwei verschiedene Orte, die fast vierzig Meilen auseinander lagen. Sweetwater war nicht umbenannt worden. Frank von der Tankstelle hatte, aus welchem Grund auch immer, nicht die Wahrheit gesagt.

Elf Meilen. Zwanzig Minuten vielleicht. Er warf einen Blick auf die grün leuchtenden Ziffern in der Mittelkonsole. 22:43. Der Doppelpunkt blinkte im Sekundenrhythmus, als wäre die Uhr eine Art EKG des Wagens. Der Tageskilometerzähler stand auf zweihunderteinundvierzig Meilen. Deutlich mehr, als Google ihm gestern ausgewiesen hatte. In Calebs Erinnerung schienen Wochen vergangen zu sein, seit er zuletzt an seinem Computer im Büro gesessen hatte.

Im Licht der Fernscheinwerfer wirkten die Schilder übergrell und surreal, so als stünde dort etwas, was es eigentlich nicht geben konnte. Während Caleb fassungslos auf die Kreuzung starrte, spürte er, wie die Dunkelheit um ihn herum sich zu bewegen schien. Wie ein lebendes Wesen aus zähflüssiger Schwärze, das vorhatte, den Wagen von allen Seiten einzuschließen. Er fühlte auch Regungen hinter seinem Rücken. Vielleicht kamen die Dornbüsche langsam näher. Der rationale Teil in seinem Kopf sagte sich, dass das Irrsinn war. Doch als wäre Vernunft hier eine wertlose Währung, schoss ungebremste Panik in ihm hoch. Er musste sofort weg, irgendwohin, wo es Licht und Zivilisation gab.

Caleb schob den Hebel der Automatik wieder auf ›D‹ und bog nach links ab. Die Straße nach Sweetwater wirkte wie eine perfekte Kopie des bisherigen Weges. Der Pick-up pflügte sich wieder seine Bahn durch die Schwärze, wie eine Jacht, die ein Meer aus Dunkelheit vor sich zerteilt. Dreißig Minuten später zeigte der Zähler unter der Tachonadel zweihundertsiebzig Meilen. Sweetwater musste schon lange hinter ihm liegen, doch Caleb war sich sicher, keine Abzweigung verpasst zu haben. Er schaltete das Radio ein. Noch immer nur Rauschen. Das GPS seines

Handys schien ebenfalls gestört. Die einzige Anzeige, die er bekam, war der Hinweis, dass im Moment keine Satelliten gefunden wurden. Er wählte die Nummer seiner Redaktion, wohl wissend, dass um diese Uhrzeit nur sein eigener Anrufbeantworter dran sein würde. Er wollte nur sicher sein, dass er nicht träumte. Die Verbindung zu seinem Büro wäre zumindest eine Art von Beweis.
Nach dreimaligem Läuten hörte er die Ansage seiner Stimme. Verzerrt, aber eindeutig. Das beruhigte ihn etwas. Um die Verbindung zu beenden, löste er für einen Moment seinen Blick von der Straße und sah auf sein Handy. In diesem Augenblick geschahen drei Dinge fast zeitgleich. Er entdeckte die SMS. Er nahm im Augenwinkel eine Frau am Straßenrand wahr. Und er kam von der Fahrbahn ab. Der Dodge war ein überaus stabiler und schwerer Wagen. Er rutschte in den Graben links von der Straße, reagierte auf Calebs Gegenlenkung und fand mit einem kleinen Sprung den Weg auf den Asphalt zurück. Caleb stieg mit aller Kraft auf die Bremse, der Pick-up drehte sich fast auf der Stelle einmal herum, bis er schließlich quer auf der Fahrbahn stehen blieb. Calebs rechtes Bein fühlte sich an wie aus Stahl und mit dem Bremspedal verschweißt. Der Motor gurgelte im Leerlauf, ein Geruch von Gummi stieg durch die Lüftung. Er prüfte das Display seines Handys. Die SMS war eine Nachricht seines Anrufbeantworters, die ihn darauf hinwies, dass er sich gerade selbst zu erreichen versucht hatte.
Er wendete den Wagen in die Richtung, aus der er gekommen war. Caleb war sich sicher, eine Frau mit schulterlangen Haaren in einem weißen Kleid gesehen zu haben. Doch obwohl er die Strecke mehrere Male abfuhr, konnte er niemanden entdecken. Er drehte wieder in die Richtung

um, in der es nach Sweetwater ging. Und plötzlich war er sich nicht mehr sicher, woher er gekommen war.

»Na toll, was für ein Witz!«, rief er in die Dunkelheit vor dem Wagen. Dabei schlug er so kräftig auf das Lenkrad, dass die Schmerzwelle von seinem Handballen bis in die Schulter schoss. Nicht nur, dass er keine Ahnung hatte, wo er sich befand, nun wusste er nicht einmal mehr, wie er aus der Mitte dieses schwarzen Nichts wieder herauskommen sollte.

Der Doppelpunkt der Anzeige in der Mittelkonsole blinkte zwischen vier Kreisen. 00:00.

Caleb entschied sich, den Morgen abzuwarten. Bei Tageslicht konnte er sich wieder orientieren. Er ließ den Dodge im Schritttempo vom Asphaltstreifen der Fahrbahn rollen. Vor einem Dornbusch stellte er den Motor ab. Etwa um sechs würde es dämmern. Bis dahin würde ihm eine Mütze Schlaf guttun. Er betätigte den Knopf für die Zentralverriegelung, bemerkte, dass sie die ganze Zeit über bereits verschlossen gewesen war. Schnell drückte er noch einmal. Mit einem beruhigenden Klacken rasteten die Schlösser an den beiden Türen wieder ein.

Nur ein wenig schlafen. Als er von Fahrtlicht auf Parklicht umschaltete, schien die Dunkelheit einen Sprung auf das Auto zuzumachen. Als New Yorker war Caleb in einer Stadt aufgewachsen, die tatsächlich nie schlief. Vollkommene Dunkelheit war ihm nahezu fremd und diese Nacht hier übertraf alles, was er jemals erlebt hatte. Er hätte ebenso gut im Bauch eines Wals sitzen können, oder, im Weltall schwebend, in maximaler Entfernung von allem, was Licht erzeugte. Vielleicht befand er sich auch gerade in einem schwarzen Loch? Dann hätte das Blinken des Doppelpunkts in der Uhr aufgehört. Er schüttelte benommen den

Kopf. Was für absurde Gedanken. In Caleb kämpfte die Müdigkeit noch eine Weile gegen die Angst vor dem an, was dort draußen lauerte. Bis die Müdigkeit gewann.

NICK

Nick McQueen lebte in der dritten Generation in Sweetwater. Er hatte die einzige Tankstelle im Ort von seinem Vater übernommen, der sie wiederum von Nicks Großvater geerbt hatte. Die Tankstelle, der damit verbundene Laden und die Werkstatt waren alles, was Nick je kennengelernt hatte. Und weil er nur das kannte, vermisste er auch nichts.

In seiner Jugend hatte Nick mehr Zeit vornübergebeugt unter Motorhauben oder zurückgebeugt in der Grube verbracht als andere Menschen in ihrem Bett. Wenn man jung war, schien nicht nur die eigene Zukunft unendlich zu sein, sondern auch die Reserven an Bandscheiben, Muskeln und Gelenken. Doch wenn das Zielband mit der Sechzig unwiderruflich vor der Brust zerrissen war, tauchten immer mehr Zahltage auf und der Körper erinnerte sich an jede einzelne Sünde.

Nick ging sonntags in die Kirche von Moses Benford am Ende der Main Street. Moses verfügte über die Gabe des Erzählens. Er nutzte sie, um den Besuchern seines Hauses von Gott und dem, was Gott wollte, zu berichten. Nick fand das gut, weil er Moses' Geschichten verstehen konnte, im Gegensatz zu den meisten Geschichten, die in der Bibel standen.

Dieser Gott, von dem Moses erzählte, mochte Nick einen sicheren Arbeitsplatz gegeben haben, eine Aufgabe und ein Zuhause. Doch was seinen Körper betraf, hatte Nick Mühe, einen Grund für Dankbarkeit zu finden. Er schleppte mindestens vierzig Kilo Übergewicht mit sich herum, von denen er einfach nicht herunter kam. Eine der Folgen seines Diabetes mellitus waren die Fußschmerzen, die ihm an manchen Tagen jeden Schritt zu einer Qual machten. Dazu kamen die schlechten Augen, die ihn zwangen, eine Brille mit dicken Gläsern zu tragen. Als wäre das nicht schon genug, hatte Nick regelmäßig mit Migräneanfällen zu kämpfen.

Diese unerträglichen Kopfschmerzen machten Nick große Sorgen. Er glaubte, dass sie die Vorboten von Alzheimer wären, der Krankheit, an der sein Vater und sein Großvater gelitten hatten. Nick befürchtete, dieses Übel auch noch geerbt zu haben, deshalb trainierte er unablässig sein Gehirn. Er spielte seit Jahren in jeder freien Minute Memory gegen sich selbst oder Schach gegen seinen alten Minicomputer aus braunem Plastik. Ob dies oder etwas anderes der Grund war, konnte niemand sagen, aber jeder im Ort wusste, dass Nick über ein außerordentlich gutes Gedächtnis verfügte.

Alles in allem war Nick McQueen trotz seiner Einschränkungen kein Mann, der mit dem Leben haderte. Er versuchte aus dem, was ihm gegeben war, das Beste herauszuholen. So akzeptierte er seine chronischen Schlafstörungen, stand jeden Morgen um fünf Uhr dreißig auf und schaltete eine Stunde später das Licht im Laden und den Strom für die Zapfsäulen an. Selbst wenn um diese Zeit so gut wie nie ein Kunde kam.

Es gab nur einen Ort in Sweetwater, der abends länger

geöffnet hatte als Nicks Tankstelle und das war Jennys Diner. Jenny schloss gegen zehn, Nick eine Stunde fünfzehn früher, was kein Zufall war. Er nutzte diese Zeit, um im Diner zu Abend zu essen. Nick konnte mit verbundenen Augen den Vergaser eines zweiundneunziger Buick zerlegen und wieder zusammensetzen. Beim Kochen jedoch beschränkten sich seine Fertigkeiten auf Pfannkuchen und das Öffnen von Konservendosen oder Tiefkühlpizzas. Jeden Abend, nachdem er Licht und Zapfsäulen ausgeschaltet hatte, tauschte Nick seine ölbefleckte Jeanslatzhose und das verwaschene rote Flanellhemd gegen eine saubere Cordlatzhose und ein frisches, blau gemustertes Flanellhemd. Das Waschen erledigte er selbst mit der Kaltwassermaschine hinten auf dem Hof, nur mit dem Bügeln hatte er es nicht. Und so traf der ›zerknitterte Nick‹, wie ihn seine Freunde liebevoll nannten, jeden Abend um dieselbe Zeit in Jennys Diner ein und setzte sich an den für ihn reservierten Tisch in der hintersten Ecke des Raums.
Dort erwartete ihn vielleicht schon Dave Stanton, wenn der nicht gerade wieder eine kalbende Kuh zu versorgen hatte. Oder Pat Garret, der Mann mit dem Namen einer Westernlegende, der in diesem Leben ein ziemlich braver Familienvater geworden war. Vielleicht setzte sich auch Phil Sullivan vom Kolonialwarenladen mit an den Tisch. Seit er seinen Sohn verloren hatte, trank er manchmal mehr, als er sollte, und die anderen passten immer ein wenig auf, dass er es nicht übertrieb.
Ziemlich sicher war Brian Cooper da, dem die Blockbuster-Videothek gehörte, denn er konnte noch immer weder Frau noch Freundin für die Abendgestaltung vorweisen. Unverständlicherweise, wie Nick fand, denn Brian war ein schlanker, junger und gesunder Mann.

Gelegentlich ließ sich auch Matthew Wyoming vom Supermarkt blicken. Der wiederum hatte zwar Freundinnen, doch die meiste Zeit ertrank er in Liebeskummer, weil er gerade wieder einmal verlassen worden war. Abends noch für eine Stunde ins Diner zu gehen und einige der Jungs zu treffen, ohne sie hinter der Ladentheke zu bedienen, war für Nick die Belohnung für die Mühen seines Tages.
Im Moment war es morgens, sechs Uhr dreißig. Nick schaltete, seinem Ritual folgend, Licht und Zapfsäulen ein und hängte die Nummernschilder an den Haken des Castrol Wandkalenders auf Mittwoch, den fünften Februar, um. Dann humpelte er durch die Tür hinter der Theke zurück in seinen kombinierten Wohn- und Küchenraum. Er bereitete sich, ebenfalls wie jeden Morgen, ein Frühstück aus zu viel Pfannkuchen mit zu viel Honig und zu viel süßem Kaffee. Irgendwann hatte ihm mal jemand gesagt, dass das nicht gut für seine Füße wäre und auch nicht für den Rest seiner Beschwerden, doch Nick hatte beschlossen, dass er sich die letzten Überbleibsel von Genuss in seinem Leben nicht auch noch nehmen lassen wollte.
Neben der Wohnküche führte eine Rundbogentür in Nicks Schafzimmer und von dort eine weitere ins Bad. Wenn man die Reparaturwerkstatt und das Lager noch dazunahm, waren die Eckpunkte von Nicks Leben damit weitgehend beschrieben.
Doch so bescheiden und einfach der Platz zu sein schien, an dem Nick McQueen lebte, so hatte er in Wahrheit eine alles andere als bescheidene Bedeutung. Die Tankstelle war die Eintrittsschwelle nach Sweetwater. Jeder, der jemals in diesen Ort gekommen war oder ihn verlassen hatte, war an dieser Tankstelle vorbeigefahren oder hatte hier getankt. Trotz seiner Beeinträchtigungen sah Nick alles,

hörte alles und meldete alles, was irgendwie auffällig war. So gesehen war er nicht einfach nur ein übergewichtiger alter Mann in Latzhose: Nick war der Wächter der Schwelle.

Sweetwater

Caleb wachte auf, als der Morgen dämmerte. Ein kurzer Blick auf die Uhr in der Mittelkonsole zeigte ihm, dass die Elektronik des Wagens durch den Ausflug in den Straßengraben gelitten hatte. Die Anzeige stand noch immer auf 00:00, der Doppelpunkt blinkte dennoch im Sekundentakt. Vermutlich hatte eine winzige Unterbrechung in der Stromversorgung dafür gesorgt, dass die Uhr sich auf Justiermodus gestellt hatte.

Als Erstes nahm Caleb die Schatten einer Bergkette wahr, die sich vor dem heller werdenden Firmament abzeichneten. Dann schälten sich die Umrisse vereinzelter Bäume und Wüstenbüsche aus dem Zwielicht. Kurz darauf tauchte der von einzelnen Grasbüscheln durchwirkte Sandboden auf. Als es schließlich so hell war, dass die Farben in die Welt zurückkehrten, entdeckte Caleb im Rückspiegel hinter dem Wagen ein Straßenschild. Er stieg aus. Seine Schuhe wirbelten kleine Staubwolken im sandigen Boden auf. Caleb ging mit einem Gefühl wie in einer Zeitlupe zum Heck des Dodge. Von dort aus konnte er das Schild lesen:

Sweetwater 3 Meilen

Die grüne, etwa zwei Meter breite Metallplatte mit den weißen Buchstaben war an zwei mannshohen Stahlrohren befestigt, die senkrecht aus dem Boden ragten. Direkt dahinter fiel das Gelände steil ab. Das weite Tal, in dem sich Sweetwater ausbreitete, sah aus, als hätte Gott mit dem Finger eine Senke in die ansonsten platte Landschaft gedrückt. Von hier oben wirkte die Ansammlung von Gebäuden sehr überschaubar: drei- oder viertausend Einwohner vielleicht; eine breite Hauptstraße, von der aus häusergesäumte Nebenarme abzweigten, um weiter draußen in Farmland überzugehen oder hinter Erhebungen zu verschwinden. Am Ende des Tals, einige Meilen hinter den letzten Farmhäusern, begannen die ersten Vorboten der Bergkette, die Caleb bereits in der Dämmerung wahrgenommen hatte. Durch die sanfthügelige grüne Landschaft hatte sich ein Fluss seinen Weg gesucht. Sweetwater. Ein Quell des Lebens, inmitten einer Wüste.
Caleb ging zurück zu seinem Dodge, stieg ein und startete den Motor. Das Grummeln der großen Maschine holte ihn in die Realität zurück. Jetzt, wo die aufgehende Sonne Himmel und Erde wieder auf eine gemeinsame Bühne brachte, kam ihm die vergangene Nacht abstrus vor. Was dem Ganzen eine zusätzlich verwirrende Note gab, war seine überaus klare Erinnerung an die Frau am Straßenrand. Weißes, mit blütenartigen Mustern besticktes Sommerkleid. Barfuß. Porzellanhelle Haut, braune schulterlange Haare, kindhaft große und leicht schräg gestellte Augen, zierliche feine Nase, volle rote Lippen. Wie konnte ein Bild, das für eine Zehntelsekunde im Augenwinkel in der Dunkelheit an ihm vorbeigezogen war, einen derart präzisen Eindruck hinterlassen? Vielleicht war es eines jener Déjà-vu-Phänomene, über die er bereits Artikel ge-

schrieben hatte, eine Art neuronaler Kurzschluss zwischen Ultrakurz- und Langzeitgedächtnis, der einem den Eindruck vermittelte, man würde etwas Neues schon lange kennen.

Caleb steuerte den Pick-up zurück auf die Straße und ließ ihn betont langsam den Hügel hinabrollen. Nach ein paar Minuten erreichte er die Tiefebene. Noch ehe die ersten Häuser begannen, tauchte eine Tankstelle auf. Der Dodge war nicht gerade ein sparsamer Wagen. Der Zeiger der Tankuhr mahnte Caleb, herauszufahren und nachzutanken.

Er hielt an der ersten von drei altmodischen roten Zapfsäulen. Während er den Griff der Tankpistole drückte und das Benzin in den Stahltank gurgelte, sah er sich um. Eine kleine Waschanlage, Seite an Seite mit einer Werkstatt. Ein Stahlkäfig mit Reifen, der gemeinsam mit einem Container voll rostigem Altmetall die kleine Luft- und Wasserfüllstelle beinahe erdrückte. Ein Abschleppwagen aus einer Zeit, in der es wahrscheinlich noch nicht einmal Parkuhren gegeben hatte. Über dem Eingang des kleinen Tankstellenladens kündigte ein Schild warme Imbisse, kalte Getränke und Rubbellose an. Das erste Gebäude von Sweetwater war eine Tankstelle, wie sie fast überall in ländlichen Gegenden zu finden waren. Nur eines fehlte: Autos.

Das Schild an der Tür sollte einladend wirken, doch als Caleb es las, spürte er, wie sich sein Puls beschleunigte.

Wir freuen uns, Ihnen helfen zu können.

Er drückte die Eingangstür nach innen auf. Ein Glöckchen an einem Drahtbügel klingelte so hell, als versuchte es, die bedrückende Atmosphäre im Laden für den neuen Gast aufzulösen. Raum und Theke waren menschenleer. Schräg aufgebaute Regalreihen präsentierten nicht nur eine Aus-

wahl von typischem Reiseproviant, sondern vom Scheibenwischerblatt bis zur Lichtmaschine so ziemlich jedes Verschleißteil, das an einem Auto Ärger machen konnte. Hinter dem Verkauftresen öffnete sich ein Rundbogen. Außer Schwärze war im Durchgang nichts zu erkennen. Es roch nach Pfannkuchen mit Honig und starkem Kaffee.
»Hallo?« Caleb lauschte in die Stille.
Hinter der Theke fiel etwas zu Boden.
»Ich habe getankt«, sagte er.
Jemand ächzte, ein Gelenk knackte laut, wahrscheinlich ein Knie, und der Kopf eines Mannes tauchte auf. Caleb spürte, wie sich sein Magen zu einem Klumpen verkrampfte. Der Ladeninhaber war etwa fünfundsechzig, schütteres graues Haar, nach hinten gekämmt, altmodische runde Nickelbrille mit Gläsern so dick, dass man befürchtete, sie könnten jeden Moment aus dem Gestell fallen. Am linken Hosenträger der blauen Latzhose steckte ein Button: ›Mein Name ist Nick. Fragen Sie mich‹.
Caleb versuchte zu schlucken, doch sein Hals war wie ausgetrocknet. Die Ähnlichkeit dieses Mannes mit Frank-der-gerne-half war frappierend.
Nick sah in Richtung der Zapfsäule. »Schöner Wagen.«
»Ist nicht meiner«, krächzte Caleb und schob wie in Trance einen Geldschein über die Theke. Die Schlinge um seinen Hals wurde immer enger.
Der Alte nickte, als wüsste er, was es bedeutete, ein schönes neues Auto fahren zu dürfen, obwohl man es nie besitzen würde.
»Was suchen Sie?« Hellblaue Augen blickten Caleb durch die halbkugelförmigen Gläser entgegen. Er hätte jeden Eid geschworen, dass es dieselben Augen waren wie bei dem Mann an der letzten Tankstelle.

»Wie meinen Sie das?«
»Jeder sucht doch irgendjemanden oder irgendetwas.« Nick schien nicht ganz so kurzatmig zu sein wie sein optisches Double. Caleb entdeckte auch keine Wundstellen an den Händen. Das entspannte ihn etwas.
»Ich schreibe eine Geschichte über die Legende von Sweetwater«, sagte er. »Wenn Sie so fragen, suche ich jemanden, der mir mehr davon erzählen kann.«
Der Alte zählte das Wechselgeld so sorgfältig aus der Kassenschublade in seine Hand, als müsste er sich bei jeder Münze erst einmal an ihre Bedeutung erinnern.
»Haben Sie die New York Times?«, erkundigte sich Caleb, nur um irgendetwas zu sagen.
»Wir haben den Sweetwater Observer.« Nick deutete beiläufig auf einen dünnen Stapel neben der Geldwechselschale auf dem Tresen. Fünf Exemplare.
»Keine anderen Zeitungen?«
Der Alte schüttelte den Kopf, während er weiterzählte. Als wären die Münzen seine Kinder, deren Anwesenheit er prüfte.
»Es kommen nicht viele vorbei hier, oder?«, erkundigte sich Caleb.
»Alle, die müssen. Das sind genug.« Er schien sich verzählt zu haben und begann von vorn.
»Wo kann man im Ort übernachten?«
»Elis Motel, am Stadtrand im Westen«, sagte Nick.
»Oder im Jericho, das ist Jennys Diner. Sie vermietet auch Zimmer, wenn es Ihnen nichts ausmacht.«
Caleb sah ihn fragend an. »Was ausmacht?«
»Über einem Diner zu schlafen. Kaffee, Eier mit Speck. Sie wissen schon.« Er gab einen Teil des Wechselgeldes in die Schale.

Caleb starrte ihn nur an und nickte langsam. »Haben Sie vielleicht einen Bruder?«

Der Alte kniff die Augen zusammen, legte den Kopf nach hinten, um Caleb durch die Tropfen aus Glas hindurch zu mustern.

»Wer will das wissen?«

»Caleb Brooks. Journalist aus New York.« Caleb streckte ihm die Hand entgegen, doch der Alte tat, als würde er es nicht bemerken.

»Ah, ein Zeitungsschreiber. Warum fragen Sie?«

Caleb erzählte kurz von seiner Begegnung mit Frank-der-gerne-half.

»Nie gehört«, sagte Nick kurz.

»Aber vielleicht kennen Sie einen Mann namens Arch Pinenoire?«, bohrte Caleb weiter. »Er hat einen Artikel über diesen Ort geschrieben.«

Nicks Mimik verdüsterte sich und ließ erkennen, dass er nicht daran interessiert war, das Gespräch zu vertiefen. Inzwischen schien er auch die restlichen Geldstücke identifiziert zu haben. Er ließ sie langsam aus der Hand in die Schale gleiten.

»Ich bin nur der Tankwart, Mister.«

»Danke.« Caleb nahm die Münzen, legte einen Dollar zurück in die Kunststoffmulde und griff sich dafür eine Zeitung vom Stapel.

Er hatte schon die Türklinke in der Hand, als er hinter sich ein Husten hörte. Er fuhr herum und sah gerade noch, wie der Alte durch den Rundbogen hinter der Theke im Dunkel verschwand. Er hinkte etwas und zog das linke Bein nach.

Jericho

Jenny O'Cullen hatte eine Art zu sprechen, die bei manchen, die sie nicht kannten, das Gefühl auslöste, sie wäre überheblich oder oberflächlich. Unterstützt wurde dieser Eindruck durch ihre rötlichen, gelockten Haare, die sie meist etwas ungeordnet mit Spangen hochsteckte. Darin befestigt war eine schwarze Sonnenbrille, die Jenny, wie sie oft erklärte, aus modischen Gründen selbst an bedeckten Tagen manchmal aufsetzte. In Wahrheit war die Brille ihr Versteck, wenn ihre angeborene Verlegenheit oder Schüchternheit wieder einmal die Oberhand gewann.
Jenny trug gerne tief dekolletierte Oberteile, enge Jeans oder Röcke, die fast immer um genau das Maß zu kurz waren, das zwischen modisch und anzüglich entschied. Sie lebte seit nunmehr siebenundzwanzig Jahren in Sweetwater. Mit fünf war sie hierhergekommen, zumindest hatte man es ihr so erzählt. Zu diesem Zeitpunkt hatte sie keine lebenden Verwandten mehr gehabt.
Ihren Vater hatte sie nie kennengelernt. Die Erinnerungen an ihre Mutter waren von Jahr zu Jahr blasser geworden. Jenny war bei den McShanes aufgewachsen. Ihre Mutter hatte sie dem befreundeten Ehepaar in Obhut gegeben, als sie für einen Routineeingriff ins Krankenhaus musste. Die Mandeloperation war eigentlich schon erledigt gewesen, als dem Chirurgen einfiel, noch einen kleinen hervorstehenden Gewebelappen im Rachen zu entfernen, der in Wahrheit eine ausgestülpte Arterie gewesen war.
So zumindest lautete die Geschichte, die Ellie und Aron McShane ihr berichtet hatten. Jenny selbst hatte keine Erinnerung daran, wie sie zu ihren Pflegeeltern gekommen war. In den wenigen Gedankenfetzen, die sie immer wieder

zu ordnen versucht hatte, gab es eine kurze verschwommene Zeit mit ihrer Mutter, eine lange klare Zeit mit den McShanes und dazwischen ein großes schwarzes Loch. Dieses Loch war nie verschwunden.
Jennys Pflegeeltern lebten noch heute auf ihrer Farm acht Meilen westlich von Sweetwater. Jenny hatte sich auf der Highschool in einen irischstämmigen Jungen namens Richard O'Cullen verliebt. Nach knapp zwei Jahren hatten die beiden beschlossen zu heiraten. Bald darauf eröffneten sie ein kleines Café an der Hauptstraße von Sweetwater. Das ›Jericho‹, eine Verschmelzung ihrer beider Namen, war nicht nur bei den Schülern der Highschool schnell überaus beliebt.
An einem Morgen vor acht Jahren hatte Richard Jenny mitgeteilt, dass er nicht den Rest seines Lebens in einem Nest wie Sweetwater bleiben würde. Er hatte sie gefragt, ob sie mit ihm nach Kalifornien oder sonst wohin fahren wollte, um neu zu beginnen. Das Thema kam wirklich überraschend und Jenny hatte keine Antwort parat. Ihr war nur eines klar: Wenn Richard nie ein Wort mit ihr darüber gesprochen hatte und plötzlich eine solche Entscheidung einfach als getroffen auf den Tisch legte, stimmte etwas mit ihrer Beziehung nicht. Tatsächlich bekam sie heraus, dass er sich in eine junge Frau verliebt hatte, die nun in Kalifornien einen Job bekommen hatte. Seine Frage, ob Jenny ihn begleiten wollte, war also eher rhetorischer Natur gewesen.
Sweetwater war wie ein Filter. Manche blieben für immer darin hängen, andere flossen hindurch. Keiner konnte genau sagen, warum das so war. Jenny ließ Richard ziehen und blieb selbst in der Stadt.
Jennys Diner war ein Zentrum des Ortsgeschehens. Lan-

geweile, zu wenig Menschen um sich herum oder etwa keinen Typen für Sex zu haben waren nicht Jennys Lebenssorgen. Das Warten auf den Richtigen auszuhalten hingegen war definitiv ihr Thema. Sie war sich sicher, dass eines Tages jemand kommen würde, der für sie vorgesehen war. Und sie wusste, dass sie im Jericho am perfekten Platz lebte, um nicht übersehen zu werden. Doch bislang war ihr Prinz noch nicht aufgetaucht.
Draußen hielt ein metallicroter Pick-up. Es war kurz vor halb acht. Jeder im Ort wusste, dass das Jericho erst um acht öffnete. Es musste also ein Fremder sein, doch eigentlich kamen so früh am Morgen nie neue Gäste, dafür war Sweetwater zu abgelegen. Jenny linste durch das Panoramafenster auf die Straße hinaus. Ein klasse aussehender junger Kerl mit verwegenem Bart stieg aus. Jenny mochte Bärte eigentlich nicht besonders, außer dem von Johnny Depp vielleicht. Doch der hier sah sexy aus. Schnell legte sie ihre Schürze ab, schob den Riegel an der Eingangstür beiseite und drehte das Schild am Saugnapfhaken auf ›Geöffnet. Willkommen‹ um. Heute hatte das Jericho bereits eine halbe Stunde früher geöffnet.

Jenny

Als Caleb seinen Koffer hinter dem Fahrersitz hervorholte, beobachtete er durch die Seitenscheibe des Wagens, wie eine Hand hinter der Jalousie der Eingangstür erschien und das Schild von ›Geschlossen. Entschuldigung‹ auf ›Geöffnet. Willkommen‹ wendete. Er schien gerade zur richti-

gen Zeit angekommen zu sein. Nach den bisherigen Erlebnissen konnte er kaum glauben, dass ihm nun ein Frühstück und ein Zimmer mit Bad winkten. Er nahm die drei Stufen von der Straße auf die Holzveranda und trat ein.
Das Jericho wirkte von außen wie ein beliebiges Diner im Stil des Mittelwestens. Innen jedoch zeigte es einen überraschend originellen Stil. Der Einrichtung lagen offenbar einige biblische Ideen zugrunde. Die Wände waren mit Szenen aus der Sixtinischen Kapelle bemalt, wobei die Gesichter der Figuren gegen Schauspieler ausgetauscht worden waren. So streckte ein Morgan-Freeman-Gott einem Jim-Carrey-Adam den berühmten Finger entgegen. Ein Richard-Burton-Mönch betete eine Liz-Taylor-Maria an. Natürlich fehlte nicht das Abendmahl der Jesusjünger in der adaptierten Version von Renato Casaro, mit James Dean, Marilyn Monroe, Charlie Chaplin und anderen Stars der frühen Hollywoodjahre.
Bänke und Stühle waren mit rotem Kunstleder bezogen, die Tische dunkelbraun lackiert und im hinteren Bereich des großen Raums versammelten sich plüschige Kinosessel im Kreis um einige Bistrotische. Alles in allem war das Jericho bunt und hell und ganz offensichtlich auf eine junge Kundschaft ausgerichtet.
Hinter der Bar reinigte eine rothaarige Anfangsdreißigerin mit Sonnenbrille fast übereifrig eine riesige Espressomaschine.
»Hallo«, sagte Caleb.
»Hi«, gab sie zurück.
»Jenny, richtig?« Er ging auf die Bar zu.
»Sie haben getankt und mit Nick geplaudert, stimmt's?« Sie legte das Handtuch beiseite und hielt ihm eine Hand entgegen. »Jenny O'Cullen.«

»Caleb Brooks.«
»Freut mich, Mister Brooks. Tolles Auto haben Sie.«
»Ja, das habe ich heute schon mal gehört. Es ist nur gemietet.«
»Woher kommen Sie? Ach Entschuldigung, möchten Sie etwas essen? Kaffee?«
»Gerne. Ich komme um vor Hunger.«
»Ich habe auch Zimmer.« Sie deutete nach oben. »Wie Sie wahrscheinlich von Nick wissen.«
»Danke. Das brauche ich.«
»Und es riecht nicht nach Kaffee und Speck dort oben.« Sie grinste.
»Sie kennen sich gut, oder?«
»Ist mein Onkel. Sozusagen.« Sie hatte eine so knappe Art zu sprechen, dass man gelegentlich das Gefühl bekam, es würden Worte fehlen.
»Ach so. Klar.«
Sie machte eine Geste in Richtung der Plätze vor dem Panoramafenster. »Wo immer Sie wollen.«
»Dann hier.«
Caleb setzte sich auf einen der Barhocker. »Falls die schon geht …«, er deutete auf die rote Espressomaschine, über der ein hellblauer Neonschriftzug den Namen des italienischen Herstellers in Szene setzte, »… hätte ich gerne einen doppelten Espresso.«
Jenny nickte. Sie füllte zwei Portionen gemahlenen Kaffee in den Siebträger, presste mit einer routinierten Bewegung den Tamper darauf und klinkte den Handgriff unter der Maschine ein. Während der Kaffee dampfend und zähflüssig in die dickwandige Tasse rann, schob sie ihm die Frühstückskarte entgegen.
»Was führt Sie hierher, ans Ende der Welt, Mister Brooks?«

»Mein Beruf«, antwortete er. »Ich bin Journalist.«
Sie nickte. Er klappte die Karte auf.
»Ich recherchiere ein wenig«, erklärte Caleb. »Es geht um die Legende von Sweetwater. Können Sie mir vielleicht etwas darüber sagen?«
Sie zog die Espressotasse unter dem Auslauf hervor und setzte sie auf einen Unterteller.
»Glaube nicht.«
»Oder über einen Mann namens Arch Pinenoire?«
Sie schüttelte den Kopf.
»Leben Sie schon lange hier?«
»Fast mein ganzes kurzes langes Leben.«
»Und Sie wissen nicht, dass es über diesen Ort eine Legende gibt?«
»Habe ich nicht behauptet.«
Sie irritierte ihn. War das ein Spiel?
»Ich nehme das Frühstück Nummer drei«, sagte er.
»Haben Sie oft Fremde hier?«
»So ab und an.« Sie schob ihm den Espresso und einen Zuckerstreuer entgegen. »Sie sind das erste neue Gesicht seit …«, sie kräuselte nachdenklich die Nase, »… na ja, seit zwei Monaten vielleicht.«
»Seit zwei Monaten kein Durchreisender?«
»Sieht das hier aus wie ein Ort für Durchreisende? Wir sind das Ende der Welt.«
»Wohin kommt man, wenn man weiterfährt?«, erkundigte sich Caleb.
»Nirgendwohin. Ist alles ein einziges großes Tal hier«, sagte sie. »Am Ende landen Sie immer auf einem Hügel oder stehen vor einem Berg.«
»Es ist ziemlich warm hier für Februar«, bemerkte Caleb.
»In Oklahoma City waren es nur elf Grad.«

Er bemerkte, dass sie kurz nachdachte. »Das ist, weil wir nur fünfzig Meter über Null liegen«, erklärte sie dann. »In der Pfanne ist es immer wärmer als außen herum.«
»Aber es ist fast wie Sommer.«
Sie drehte sich zur Seite, sodass er ihre Augen nicht sehen konnte. »Wenn Sie das glauben, sollten Sie mal im Sommer vorbeikommen.«
Caleb gab einen Löffel Zucker in seine Tasse und nahm einen Schluck.
»Guter Espresso«, lobte er.
»Direkt aus Italien importiert«, sagte sie. »Wenn schon, denn schon.«
Caleb spürte trotz des starken Kaffees, dass die Müdigkeit in seinen Knochen steckte. Er verzehrte ein bemerkenswert gutes Rührei mit Schinken, das zusammen mit Käsescheiben in Pfannkuchen gewickelt war. Dazu gab es Toast mit selbst gemachter Cranberrymarmelade und frischen Orangensaft.
Nachdem auch das seine Müdigkeit nicht vertrieb, ließ er sich von Jenny das Zimmer zeigen und fiel erschöpft ins Bett.

Die Gabe

Carol Ryder hatte eine Fähigkeit, die sie von vielen anderen Menschen unterschied. Nicht von den Menschen in Sweetwater, denn hier verfügte jeder auf seine Weise über dieses Talent. Doch die meisten in der Welt außerhalb des Tals besaßen sie nicht: die Fähigkeit, die Vorsehung zu

ahnen. Die Gabe, das eigene Schicksal zu fühlen und zu wissen, was zu tun ist, um es bestmöglich zu erfüllen.
Im Augenblick machte ihr diese Gabe sehr zu schaffen. Unablässig schrillte eine innere Alarmglocke, ohne dass ein Grund dafür zu erkennen war. Eine nervöse Unruhe hatte jede einzelne ihrer Zellen wie mit Strom unter Spannung gesetzt. Ihr ganzer Körper vibrierte innerlich vor Nervosität.
Carols Gabe bezog sich nicht darauf zu wissen, was im nächsten Moment genau geschehen würde. Es war kein minutiöses, sondern eher ein grundlegendes Wissen darüber, was kommen würde.
Und gerade fühlte es sich an, als käme etwas wirklich Mächtiges auf ihr Leben zu.

Die Entdeckung

Als Caleb aufwachte, war es früher Nachmittag. Er sah sich benommen im Zimmer um und versuchte, sich ins Gedächtnis zu rufen, wie er hierhergekommen war. Gedämpftes Klappern von Besteck und Tellern erinnerte ihn daran, dass er vorhin eine Etage tiefer beim Frühstück gesessen hatte. Ein Blick auf seine Armbanduhr sagte ihm, dass dies mehr als sechs Stunden her war. Die vergangene Nacht war also kein Traum gewesen.
Er begab sich ins Bad. Während das warme Duschwasser auf seinen Kopf regnete, kam erneut dieses sonderliche Gefühl auf, dass an der ganzen Situation etwas nicht stimmte. Nachdem er fertig geduscht hatte, war das kleine

Bad völlig in Nebel gehüllt. Der Dampf hatte auch die Spiegeloberfläche beschlagen. Caleb öffnete die Tür zum Schlafzimmer. Während er Gesicht und Haare mit dem nach Lavendel duftenden Handtuch trockenrieb, bemerkte er, dass sich auch dies anders anfühlte als sonst. Er wischte eine kopfgroße Fläche auf dem Spiegel frei. Sofort kondensierten unzählige neue Wassertropfen, die den Blick verschleierten. Caleb fuhr noch einmal über das Glas und für einen kurzen Moment wurde der Teil des Spiegels klar genug, dass er sich sehen konnte.

Das Gesicht, das ihm für ein oder zwei Sekunden entgegenblickte, erschütterte ihn. Nicht, weil es besonders müde oder anders als gewohnt aussah. Es erschreckte ihn, weil es so fremd wirkte.

Nachdem er sich ein frisches Hemd und eine Jeans angezogen hatte, ging er hinab in den Essensraum. Jetzt war mehr Betrieb als am Morgen. Im hinteren Bereich, auf den umgebauten Kinosesseln, kicherten ein halbes Dutzend pubertierende Teenager mit Milchshakes und Cappuccinos. Zwei Pärchen unterhielten sich bei Kaffee, Bagels und Kuchen. Ein Fahrer in der Kleidung von Amway Express saß, Orangensaft trinkend, am Fenster direkt vor seinem blauen Lieferwagen, der neben Calebs Dodge parkte.

Caleb steuerte den Tisch neben dem Fahrer an. Im Vorbeigehen grüßte er den Mann mit einem Nicken. Der andere nickte zurück. Ein hagerer, bleicher Kerl, Ende vierzig, mit verknittertem Gesicht, leicht hervorquellenden Augen, etwas zu vollen Lippen. Die dunkelblonden schütteren Haaren sahen aus wie mit Pomade nach hinten gekämmt. In einem schwarzen Anzug hätte der Mann auch gut ein Beerdigungsinstitut leiten können. Nur die auffällige Uhr am linken Handgelenk passte nicht zu dem Bild. Caleb kannte sich ein wenig aus. Er vermutete entweder eine Omega Constellation oder eine Speedmaster: weder vom Preis noch vom Stil her zu einem Fahrer passend.

Jenny kam mit Kaffee an Calebs Tisch. Sie hatte etwas erfrischend Bodenständiges an sich, das er auf Anhieb mochte.

»Gut geschlafen?«, erkundigte sie sich.

Caleb nickte. »Wie ein Stein. Ich wollte mich eigentlich nur kurz hinlegen.«

»War wohl 'ne anstrengende Nacht, die letzte Nacht?«

»Ja, das kann man so sagen. Warum?«

»Keine Ahnung, Mister Brooks. Sie sahen ziemlich müde aus, als Sie heute morgen hier ankamen.«

»Bitte nennen Sie mich Caleb.«

Sie strahlte und hielt ihm die Hand entgegen. »Jenny.«

Er erwiderte ihr Lächeln und drückte ihre Hand.

»Freut mich, Jenny.«

»Was haben Sie als Nächstes vor, Caleb?«

»Vielleicht recherchiere ich ein wenig«, antwortete er. »Ich will mich bei den Leuten umhören, ob jemand etwas über die Legende weiß.«

»Ach ja, Ihre Legende«, meinte sie.

Er musterte sie. Irgendwie war es schwer zu erkennen, ob sie ihn auf den Arm nahm, ein Geheimnis verbarg oder wirklich nicht wusste, wovon er sprach.

Caleb bestellte ein kleines Gericht. Während er auf sein Essen wartete, ließ er den Blick aus dem Fenster des Diners auf sich wirken. Der rote Dodge Pick-up glänzte in der Sonne. Vor der Kulisse dieses altmodischen Ortes wirkte er so fehlplatziert wie ein Raumschiff in einem Westernfilm.

Auf den ersten Blick war Sweetwater ein aufgeräumtes

Städtchen, wie man es häufig im Mittelwesten vorfand. Die Main Street bildete das Ortszentrum. Das Jericho war der Mittelpunkt dieser Hauptstraße. Gegenüber reihten sich, Schulter an Schulter, kleine Läden, die durch einen breiten Holzweg miteinander verbunden waren. Josh's Fishing Reel, ein Angelgeschäft, dessen hüfthohe Holzforelle den halben Gehweg einnahm. Daneben ein Buchladen, dessen Schild aus einer Reihe von Buchrücken bestand, von denen jeder einen Buchstaben des Namens ›Sweetwater Bookstore‹ trug. Ein Candy-Company-Süßigkeitenladen. Eine Blockbuster-Videothek mit dem typischen hellblau-gelben Firmenlogo.

Caleb wurde auch hier das Gefühl nicht los, dass etwas an dem Bild vor dem Fenster nicht stimmte. Vielleicht, weil alles so überaus normal aussah, dass genau diese perfekte Normalität das Auge des Betrachters wie von selbst nach Fehlern suchen ließ.

Gelegentlich tauchte der eine oder andere Wagen auf, alle mit dem ausgeschriebenen Wort ›Sweetwater‹ auf dem Nummernschild. Keine einzige fremde Nummer. Kein einziges Auto jünger als zwanzig Jahre. War das ein solcher Fehler oder hatten hier einfach alle nur kein Geld für neuere Wagen?

Von seinem Tisch aus beobachtete er eine halbe Stunde lang, wie Menschen ankamen, ausstiegen, in Läden gingen und mit Tüten wieder herauskamen. Wie ein endloser Fluss aus immer gleichen Abläufen. Eine Mutter mit zwei Kindern parkte einen eckig wirkenden Corolla vor der Buchhandlung. Sie stieg aus, öffnete ihren Kleinen die Fondtüren und alle drei verschwanden in dem Laden. Nach zehn Minuten kamen sie wieder heraus.

Und da sah Caleb die Frau. Sie stand im Halbdunkel der

Eingangstür und verabschiedete die Familie. Schlanke weibliche Figur, weißes Sommerkleid mit Stickereien, dunkle schulterlange Haare, heller Teint, große Augen, volle Lippen und ein Lächeln, das ihn augenblicklich bezauberte. Er war sich fast sicher, dass es die Frau war, die er nachts zuvor am Straßenrand wahrgenommen hatte. Vor Schreck fuhr er hoch und stieß dabei mit dem Ellbogen sein Besteck vom Teller. Der Lärm ließ die Anwesenden kurz aufsehen. Caleb lächelte entschuldigend in den Raum hinein und ging zur Theke. Jenny sah in an, als hätte sie bereits erwartet, dass er kommen und sie etwas fragen würde.

»Entschuldigung, wer ist die Frau in dem Buchladen?« Er deutete hinter sich, in Richtung der Straße. Jenny nahm ihre Sonnenbrille ab und seufzte, als müsste sie wieder einmal auf etwas verzichten.

»Braune lange Haare, ohne Locken, kleiner als ich und etwas bleich?«

Er nickte.

»Das ist Carol, unser Bücherwurm. Ihr gehört der Laden. Kennen Sie sie?«

Caleb fühlte, wie Blut in seine Wangen schoss. »Nein. Sie ist mir nur aufgefallen.«

Jenny seufzte nochmals. »Na dann.«

»Danke«, sagte er. »Zahle ich gleich?«

Sie schob ihre Sonnenbrille wieder auf die Nase und schüttelte den Kopf. »Geht aufs Zimmer.«

Caleb verließ das Diner. Der blaue Lieferwagen war inzwischen verschwunden. Neben seinem Auto parkte nun ein achtundsiebziger Firebird. Auf der anderen Seite wartete ein grüner John-Deere-Traktor mit einem kleinem Anhänger auf die Rückkehr seines Besitzers. Zwischen den

beiden wirkte der Dodge Dakota fast wie eine Lokomotive.
Während Caleb die Straße überquerte, bemerkte er, wie etwas in seiner Brust und seinem Bauch nervös wurde. Als er kurz darauf vor der Tür des Buchladens stand, pochte ihm das Herz bis zum Hals.

Die Begegnung

Als Caleb die Buchhandlung betrat, sah er die Frau im weißen Kleid nur von hinten. Sie stand im rückwärtigen Bereich des Ladens an einem Wandpult und schrieb etwas auf einen Notizblock. Einen Moment später erkannte er, dass sie telefonierte.
»In Ordnung, dann habe ich einen Preis. Ich rufe Sie an.«
Sie legte auf und notierte noch etwas. Dann drehte sie sich zu ihm um.
Caleb war in der Nähe des Eingangs stehen geblieben. Eigentlich sah er sie nur halb verdeckt zwischen zwei Regalen und einem Plakataufsteller für einen Bildband. Doch es reichte, um zu spüren, dass etwas nach seinem Herz griff. Es war wie eine Welle aus gleichzeitiger Überraschung, Wiedererkennen und einem Glücksgefühl. Etwas, das eigentlich nur vorkam, wenn man einem geliebten Menschen nach langer Zeit wieder begegnete.
Er bemerkte, dass auch sie zusammenzuckte. Für einen Moment schien der Herzschlag des Universums auszusetzen, um zwei Menschen einen Raum für ihre erste Begegnung zu geben.

Carol fand als Erste zu ihrer Fassung zurück. Mit einer verlegenen Geste fuhr sie durch ihr Haar.
»Hallo«, begrüßte sie ihn.
Er mochte den Klang ihrer Stimme.
»Hallo«, gab er zurück, während er unbeholfen eine Hand hob.
Sie kam langsam auf ihn zu. Er war verzaubert von ihrer Art, sich zu bewegen. Als schwebten ihre Füße ein wenig über dem Boden. Die flachen roten Sandalen passten zu ihrem Lippenstift. Ihr Gesicht war hell, weich und leicht oval, die dunklen Brauen dicht, in sanften Bogen geschwungen. Der Blick ihrer samtbraunen Augen verschlug Caleb den Atem.
Dann stand sie ein, zwei Armlängen von ihm entfernt, lächelte nicht, musterte ihn fast ernst. Er kam sich vor wie ein Dummkopf.
»Ich ...«, etwas kratzte in seinem Hals. Er musste sich räuspern. »Ich bin ... bin auf der Suche nach Informationen über Sweetwater.« Er hielt ihr die Hand entgegen. »Caleb Brooks.«
Sie bewegte sich noch einen Schritt auf ihn zu und legte ihre Hand in seine.
»Carol Ryder. Dann sind Sie hier richtig, Mister Brooks.«
Ihre Stimme weckte in ihm ein so überwältigendes Gefühl von Erinnerung und Vertrautheit, dass er den Sinn der Worte kaum verstand.
Sie lud ihn mit einer Geste ein, ihr zu folgen. Jetzt erst fiel ihm der Geruch nach bedrucktem Papier, vermischt mit dem Aroma von Leder, Holzpolitur und Kaffee auf. Wie eine sinnliche Zeitreise in die Vergangenheit, so bekannt und vertraut, als wäre er vor sehr langer Zeit schon einmal hier gewesen.

In der Nähe des Schaufensters umringten drei grüne Ledersessel mit Knöpfen einen kleinen Bistrotisch. Carol bot ihm einen Platz an.
»Kaffee, Mister Brooks?«
Er nickte. »Danke. Schwarz mit Zucker bitte.«
»Espresso vielleicht?«
»Ja, Espresso ist prima«, hörte er sich sagen, obwohl er gerade im Jericho zwei davon getrunken hatte. Er verfolgte, wie sie an der kleinen Maschine hantierte. »Und bitte nennen Sie mich Caleb.«
Ihr weißes Sommerkleid war am Rücken tief ausgeschnitten. Die Haut dort wirkte fast so ebenmäßig wie das elfenbeinfarbene Porzellan der Tassen auf der Theke.
Sie platzierte zwei Espressi zusammen mit Milch und Zucker auf einem kleinen Silbertablett, arrangierte ein paar Kekse dazu und kam damit zu ihm an den Tisch.
»Einmal schwarz für Sie«, sagte sie. »Die Milch ist für mich. Ich weiß, dass man das nicht macht, aber so vertrage ich ihn besser.«
»Ja, das ist gut«, erwiderte er. Kurz vor dem Pulitzer-Preis gewesen, dreimal ein eigenes Fernsehformat angeboten bekommen und nun ein ›Ja, das ist gut‹. Er hätte sich ohrfeigen können.
»Nach welchen Informationen suchen Sie denn in Sweetwater?« Sie hielt einen Moment verschmitzt inne. »… Caleb aus New York.«
»Woher wissen Sie, dass ich aus New York komme?«
Sie deutete auf seine Füße. Er hatte ein Bein schräg über das andere geschlagen.
»An Ihrem Hosenaufschlag hängt ein Schild von Bloomingdale's, New York.«
Er nickte. »Ich bin Journalist. Schreibe für die New York

Times und manchmal für ein paar Wissenschaftsmagazine.«

»Ach, Wissenschaftler sind Sie? Dann werden Sie sich in Sweetwater ungefähr so heimisch fühlen wie ein Floh in einer Puderdose.«

Er sah sie verständnislos an.

»Der Floh in der Puderdose ist ein Kinderbuch.« Sie lachte und deutete schräg hinter sich, zu einer Ecke mit bunt lackierten Regalen, Spielsteinen am Boden und Holzmobiles an der Decke.

»Es ist ein sehr neugieriger unruhiger Floh«, erklärte sie, »mit vielen Fragen. Er kann nicht aufhören, alles zu untersuchen, was ihm in den Weg kommt, dabei weiß er gar nicht so recht, was er überhaupt sucht. Eines Tages steht er vor einer riesigen weißen Wand. Hundertmal so hoch wie er selbst und vollkommen glatt. So etwas hat er noch nie gesehen. Er geht entlang und entlang, doch die Wand hört nicht auf. Er ahnt nicht, dass es sich um eine runde Dose mit Flohpulver handelt. Weil seine Neugier aber unstillbar ist, beschließt der Floh, über die Wand zu springen, und landet mitten in der Dose mit dem Pulver.«

Sie breitete die Arme aus wie ein Zirkusdirektor, der eine Nummer präsentiert. »Der Floh in der Puderdose. Nicht unbedingt ein Bestseller, aber die Kinder lieben es. Haben Sie Kinder?«

Sie lächelte ihn an. Strahlende, gleichmäßige Zähne, wie die Perlen einer Kette. Als Calebs Blick wieder für Sekunden in ihren samtbraunen Augen versank, schoss eine Welle aus Angst in ihm hoch. Sie wurde begleitet von dieser Sehnsucht nach Liebe, die er seit Abigails Tod nicht mehr zugelassen hatte. Es kam ihm vor, als würde sein eigener Brustkorb ihn ersticken wollen. Um sich aus dem Zustand

zu befreien, widmete er sich mit voller Aufmerksamkeit dem kleinen Löffel in seiner Espressotasse.
»Nein. Es kam nie zu Kindern.« Er schabte winzige Reste des Espressoschaums so akribisch von der Tassenwand, als ginge es darum, einer Skulptur den letzten Schliff zu verpassen.
»Aber Sie hatten es vor?«
Etwas in Caleb wollte, dass sie damit aufhörte, und fand es ungehörig, solche Dinge gefragt zu werden, besonders nach so kurzer Zeit. Etwas anderes sehnte sich danach, dass sie weiterfragte.
»Es kam nicht dazu«, wiederholte er. »Meine Frau wurde von einem Taxi aus dem Leben gerissen.«
Der heitere Ausdruck verschwand aus ihrem Gesicht. »Wie schrecklich. Wann war das?«
»Nächste Woche, am Valentinstag, werden es sieben Jahre.«
Sie schenkte ihm ein Glas Wasser ein.
»Und was suchen Sie jetzt?«
Er zuckte zusammen. »Wie bitte?«
»Jeder sucht doch irgendwas, oder?« Sie lächelte ihn so unbefangen an wie eine Brotverkäuferin am Morgen.
Es waren exakt die Worte, die er heute Morgen von dem Alten an der Tankstelle gehört hatte.
»Dieser Platz hier ist irgendwie sehr seltsam«, sagte er.
Sie nickte: »Das ist er wohl.«
»Stimmt es, was man über diesen Ort sagt?«
»Was sagt man denn?«
»Dass sich hier Seelen treffen.«
Sie zuckte ein wenig mit den Schultern. »Tun sie das nicht überall?«
Er war irritiert, dass sie ihm nicht einfach die Geschichte erzählte.

»Sie weichen mir aus.«
»Es gibt Dinge, die man nur versteht, wenn man sie erlebt. Geheimnisse, die sich einem erst dann offenbaren, wenn man bereit ist, sich selbst in sie hineinzubegeben. Liebe ist so ein Geheimnis. Seelen und der Ort, an dem sie sich begegnen, sind auch so ein Geheimnis.«
Er wollte etwas entgegnen, doch sein Hals war wie zugeschnürt. Fasziniert beobachtete er, wie sich das Licht der Straße in ihren Augen spiegelte, und verfolgte, wie ihre Lippen diese rätselhaften Worte formten.
»Kein Mensch kommt zufällig nach Sweetwater«, fuhr sie fort. »Und niemand verlässt es unverändert.« Jetzt wirkte sie wieder ernst. Caleb war überrascht, wie unmittelbar sich ihre Gefühle in ihrem Gesicht zeigten.
Sie bemerkte seinen irritierten Blick. »Fragen Sie nicht, warum. Magie ist ein zartes Wesen. Wer sie fangen will, könnte sie zerstören.«
Er erinnerte sich an die Fahrt vom Flughafen nach Sweetwater und wie er mittendrin die Orientierung verloren hatte.
»Ich hatte ziemliche Schwierigkeiten, hierherzufinden«, sagte er.
»Wirklich?«, erwiderte sie nur.
Ihre ernste Miene verschwand und das beschwingte Lächeln erfüllte wieder ihr Gesicht. Sie stand auf.
»Wenn Sie warten möchten, bis ich schließe, zeige ich Ihnen etwas vom Ort.«
Caleb hätte bis zum letzten Tag seines Lebens auf sie gewartet.
»Natürlich«, gab er zurück. »Ich warte. Gerne.«

Zwölf Stunden

Caleb saß in Jennys Diner am Fenster. Als er bemerkte, dass Carol den Laden abschloss, ging er zu ihr hinüber. Auf dem Weg über die Straße sah er sie in der Spätnachmittagssonne in ihrem weißen Sommerkleid auf der Veranda stehen. Wieder griff dieselbe unsichtbare Hand in seinen Brustkorb. Dieses Mal zog ein Gefühl von Sehnsucht so heftig, dass er für ein paar Sekunden befürchtete, sein Herz könnte tatsächlich stehen bleiben.

Und dann, als er die Straße schon fast überquert hatte und Carol ihn anstrahlte, kam der Moment, der Caleb in seinen Grundfesten erschütterte. Zwei einfache Worte tauchten ansatzlos in seinem Kopf auf. Sie veränderten sein gesamtes Leben in einem Sekundenbruchteil.

›Meine Frau‹.

Von einem Lidschlag zum anderen wusste Caleb, dass er auf den Menschen zuging, mit dem er sein Leben teilen würde. Was für ein absurder, haltloser Gedanke und gleichzeitig: Was für ein tiefes, unerschütterliches Wissen. Mit jedem Schritt, mit dem er ihr näher kam, schlug sein Puls stärker, bis er glaubte, sie würde ganz sicher an seiner wild pochenden Halsschlagader sehen, wie es um ihn stand.

Falls Carol etwas davon bemerkte, ließ sie es sich zumindest nicht anmerken.

»Da bin ich«, sagte er und fühlte sich dabei so schutzlos und gläsern, wie er es eigentlich nie mehr hatte sein wollen.

Ihre Augen wurden noch milder.

»Ja, da sind Sie«, sagte sie mit einem fast unmerklichen Nicken. Dann deutete sie auf ihren Ford. »Wollen wir?«

Er nickte. Sie gingen zum Wagen.
»Sie sind der Gast. Ich fahre«, erklärte sie.
Sie löste die Verschlüsse des Stoffverdecks. Altertümlich, wie fast alles in diesem seltsamen Ort bisher, dachte Caleb. Vielleicht hatte sie seinen verwunderten Blick anders gedeutet, als er gemeint war. »Die Straße ist immer staubig«, erklärte sie. »Wenn ich den Wagen tagsüber offen stehen lasse, sitze ich abends in einem Sandkasten.«
»Es ist auffällig trocken hier«, sagte er in der Hoffnung, eine bessere Erklärung für das außergewöhnliche Wetter zu bekommen als von Jenny.
»Das Tal wirkt wie ein Wärmespeicher«, erklärte sie. »Im Sommer oft ein kleiner Albtraum, aber zu dieser Jahreszeit ein echtes Glück.«
Wie zuvor schon bei Jenny konnte Caleb sich des Gefühls nicht erwehren, dass diese Erklärung wie auswendig gelernt aufgesagt wurde. Sommerwetter im Februar ließ sich seiner Meinung nach nicht einfach nur durch eine tiefe Lage erklären.
Carol hatte das Verdeck inzwischen ganz aufgeklappt. Mit einer Handbewegung lud sie Caleb auf den Beifahrersitz ein. Sie stiegen ein.
»Vielleicht verschieben wir die Stadtrundfahrt und ich zeige Ihnen ein Geheimnis«, schlug sie vor. »Das möchten Sie doch, Geheimnisse entdecken, richtig?«
Caleb war sich in diesem Moment über gar nichts mehr sicher, außer, dass er diese Frau aus tiefem Herzen liebte. Etwas, was aus Sicht seines Verstandes unmöglich war, weil er sie nicht kannte. Gleichzeitig spürte er in sich eine fast schon panische Angst aufsteigen, dass Carol alles nur tun könnte, weil sie annahm, er wolle eine Story schreiben.
»Ja«, sagte er hilflos. »Deshalb bin ich auch hier.«

Sie lenkte den Wagen an der Kreuzung nach links, in die Richtung, aus der Caleb am Morgen gekommen war. Kurz darauf passierten sie die Tankstelle. Von dieser Richtung aus wirkte sie wie der letzte Außenposten eines Wüstenforts.

Der alte Ford ackerte sich die Serpentinen entlang den Hang hinauf. Oben angekommen, wendete Carol auf die Gegenfahrbahn. Sie stoppte den Wagen auf dem Seitenstreifen, nur ein paar Schritte neben dem Schild, das Sweetwater in drei Meilen ankündigte. Es war dieselbe Stelle, an der Caleb heute Morgen aufgewacht war. Er beschloss, nichts davon zu erwähnen.

Carol stellte den Motor ab.

»Wir sind gleich da«, verkündete sie und stieg aus. »Dort drüben ist es.«

Er folgte ihr. Ein paar Meter vom Wagen entfernt erkannte Caleb seine eigenen Reifenspuren im Sand. Inzwischen war es kurz vor Sonnenuntergang. Vor nur zwölf Stunden war er genau hier aus seinem größten Albtraum aufgewacht. Ein Tag wie ein Leben.

Etwa zwei Dutzend Schritte hinter dem Straßenschild erreichten sie eine Art Plateau. Die Ebene ragte hier in Form einer Sandsteinnase über eine senkrecht abfallende Wand. Von hier aus war das Panorama über Sweetwater, das Tal und die Berge am Horizont atemberaubend.

»Wäre das ein Nationalpark, dann stünde hier wohl das Schild für den Aussichtspunkt«, erklärte Carol. »Manchmal komme ich abends hierher, um mir den Sonnenuntergang anzusehen.«

Caleb zuckte zusammen.

»Waren Sie gestern auch hier?«

»Warum?« Sie sah ihn irritiert an.

»Nur so.«
»Nein, ich denke nicht, dass ich hier war.« Sie lächelte. »Außer, ich würde schlafwandeln.«
Sie deutete in Richtung des Ortes.
»Sweetwater hat viertausend Einwohner. So ungefähr. Keiner zählt es wirklich nach. Wir haben ein Rathaus, natürlich, mit einem guten Bürgermeister. Connor O'Malley.«
Sie strich mit der Hand über das Ortsbild.
»Elf Kirchen. Sehen Sie die Türme? Katholiken, Lutheraner, Presbyterianer, Baptisten, Methodisten ... Der ganze Querschnitt. Dazu kommen noch die kleineren Versammlungshäuser. Es gibt sogar jemanden, der sich einen winzigen buddhistischen Tempel in den Garten gebaut hat. Matthew vom Supermarkt.«
Sie drehte sich zu ihm. »Glauben Sie an Gott, Caleb?«
Das war wieder eine sehr persönliche Frage, eigentlich ein Tabubruch. Interessanterweise empfand er es als ein gutes Zeichen.
»Meine Großeltern waren jüdischer Herkunft«, erklärte er. »Ich selbst bin eher wissenschaftlich geprägt.«
»Caleb, der Gottestreue«, sagte Carol. Sie hatte seinen Namen offenbar nachgeschlagen.
»Der genau dafür fast gesteinigt worden wäre«, ergänzte Caleb. »Ich hoffe, dieses Schicksal bleibt mir erspart.«
Sie lachte. Ihre Zähne blitzten in der Sonne. Caleb überlegte, wie wundervoll und weich ihre Lippen sich wohl anfühlten.
»Und Sie?«, erkundigte er sich, um das Gespräch am Laufen zu halten.
»Ich wurde als Baptistin getauft. Aber inzwischen habe ich meinen eigenen Weg gefunden.«
Er überlegte, was sie mit dem eigenen Weg meinte, und

stellte dabei fest, wie sehr er Mühe hatte, ein normales Gespräch zu führen. Am liebsten hätte er sie einfach nur auf der Stelle geküsst.

»Das geht ja vielen so«, sagte er.

Carol wendete sich wieder dem Ausblick zu.

»Von hier aus nicht zu sehen ist unser See. Er liegt ein paar Meilen weiter im Südwesten, hinter der großen Biegung und den Hügeln. Sehen Sie, dort, wo der Fluss verschwindet.«

Sie wies zum Horizont. Er bemerkte, wie gut ihm ihre Hände gefielen.

»Ja.«

Sie deutete zur Ortsmitte.

»Dort verläuft die Hauptstraße mit meinem Geschäft. Erkennen Sie sie?«

Er nickte, obwohl er nicht genau wusste, wo er hinsehen sollte.

»Macht nichts«, sagte sie. »Ich hätte ein Fernglas für Sie mitnehmen sollen.«

»Der Ort liegt ziemlich versteckt«, versuchte er das Thema zu wechseln.

»Abgeschieden vielleicht«, gab sie zurück und wandte sich in die Richtung, in der das Auto stand.

»Es ist gleich dunkel. Lassen Sie uns zurückfahren.«

Carol brachte Caleb zum Diner. Sie verabschiedeten sich, zögernd, schüchtern, wie zwei Teenager nach dem ersten Date.

»Wie lange werden Sie bleiben, Caleb?«, fragte sie ihn abschließend.

»Ich hatte einen Plan für ein oder zwei Tage. Aber im Moment habe ich absolut keine Ahnung«, antwortete er wahrheitsgemäß.

»Gut«, sagte sie, legte kurz ihre Hand auf seine und drückte sie sanft. Dann stieg sie in ihren Wagen. Caleb sah ihr nach, bis die Rücklichter im Dunkeln verschwunden waren.

Schicksale

Am nächsten Morgen beschloss Caleb, sich ein wenig im Ort umzusehen. Er wollte eine Geschichte schreiben, dafür benötigte er Fakten. Vor allem musste er herausbekommen, ob es über diesen Ort tatsächlich eine Legende gab und, falls ja, was daran stimmte. Er brauchte Schicksale, Meinungen, Erlebnisse, Gefühle. Alles, was einen Artikel im Kopf eines Lesers zum Leben erweckte.

Nach dem Frühstück verließ er Jennys Diner. Zwei Häuser weiter verriet eine metergroße Holzbrezel an einer Stange, woher Jenny ihr hervorragendes Toastbrot bezog. Die Bäckerei gehörte, den Klebebuchstaben auf dem Schaufenster zufolge, einem Samuel Morgan.

Caleb betrat den Laden. Der Duft von frischem Brot schlug ihm entgegen. Rechts und links präsentierten zwei Wandregale mit schräg geneigten Brettern Weißbrote und Milchbrötchen in verschiedenen Formen und Größen. Eine beleuchtete Glasvitrine quer zum Raum enthielt etwa zwei Dutzend Varianten von Zuckergebäck, Pralinen, Donuts und Bagels. Hinter der Vitrine, die gleichzeitig als Ladentheke diente, stand die Tür zur Backstube offen. Caleb erkannte zwei große mehlbepuderte Metalltische. Daneben ein Wagen mit Backblechen voller Teig in Brezel-

und Hörnchenform, die darauf warteten, in einen der Edelstahlöfen geschoben zu werden.

»Guten Tag«, rief Caleb über die Theke.

Ein Mann kam aus der Backstube. Dunkle Haut, Mitte sechzig, kurzes, fast weißes Haar, hellgrauer Fünftagebart, breite Nase. Ein Afroamerikaner und offenbar der Inhaber selbst.

»Möge der Herr mit Ihnen sein an diesem wundervollen Tag«, grüßte er zurück. Caleb kannte solche Redeweisen, seit er einen Bericht über die Amish geschrieben hatte.

»Danke. Mein Name ist Brooks«, stellte er sich vor. »Ich bin Journalist bei der New York Times und recherchiere für einen Artikel. Dürfte ich Ihnen vielleicht ein paar Fragen stellen?«

Der Mann zeigte seine mehlbepuderten Finger als Entschuldigung dafür, dass er Caleb nicht die Hand gab.

»Samuel Morgan. Was immer Sie wollen, Mister Brooks.« Morgan sprach in einem rhythmisch schwingenden Tonfall, der Caleb ein wenig an einen Laienprediger erinnerte. Aus der Backstube zog eine Duftwolke herüber. Gebäck, warme Äpfel und Schokolade.

»Es geht um die Legende von Sweetwater«, erklärte Caleb.

Samuel Morgan zog fragend die Augenbrauen hoch. »Welche Legende?«

»Nun, man sagt, dass dies ein besonderer Ort sein soll, an dem sich liebende Seelen finden.« Caleb kam sich plötzlich ziemlich blöd vor.

»Sagt man das?«

Caleb nickte. »Ich weiß, dass es nach verklärter Romantik klingt, aber die Menschen mögen solche Geschichten.«

»Nun Mister Brooks, dazu kann ich Ihnen wenig sagen.

Was mich betrifft, ist meine liebende Seele schon immer bei mir.« Er deutete hinter sich. »Mit einer Unterbrechung.« Caleb stutzte bei der Art, wie Morgan den letzten Satz betonte.
»Wie meinen Sie das?«
Eine junge Frau Anfang zwanzig tauchte aus der Backstube auf. Caleb vermutete, dass sie Samuel Morgans Tochter war. Sie lächelte Caleb an.
»Meine Frau«, stellte Morgan sie vor. »Esther.«
»Freut mich«, sagte Caleb verdutzt.
»Freut mich auch.« Sie ordnete einen Korb mit frischen Brötchen in eines der Regale und verschwand wieder. Offenbar wirkte Caleb ziemlich erstaunt, denn Morgan gab sich einen Ruck.
»Ich sage Ihnen was, Mister Brooks. Für Ihren Artikel. Ich habe meine Frau verloren, da waren wir beide so alt, wie Esther jetzt ist. Der Herr ist mein Zeuge, das war der schwerste Schlag in meinem Leben. Danach konnte ich nicht mehr in derselben Stadt sein. Samuel, sagte ich mir, du musst ganz neu anfangen oder du gehst vor die Hunde. Irgendwie verschlug es mich am Ende hierher. Und wie Sie sehen …«, er machte eine Kopfbewegung nach hinten, »… man muss warten können. Die Letzten werden die Ersten sein, Mister Brooks, das ist das Geheimnis.«
Er sah Caleb erwartungsvoll an. »Schreiben Sie das?«
»Keine Ahnung«, sagte Caleb. »Ich beginne gerade erst mit der Recherche.«
Er verabschiedete sich, nicht ohne dabei in Samuel Morgans Gebete eingeschlossen zu werden, und trat wieder auf die Straße.
Gegenüber, neben dem Buchgeschäft, lag der Angelladen mit der Holzforelle. Caleb überquerte die Straße. Er wider-

stand dem unsinnigen Impuls, zum Buchladen zu gehen, um zu prüfen, ob die Tür schon offen war. Carol Ryders Wagen stand nicht auf dem Parkplatz. Zudem war es erst neun Uhr dreißig und das Schild besagte, dass sie erst um zehn öffnete.

Caleb betrat Josh Granters Fishing Reel. Ein großer halbdunkler Raum, vorwiegend in moosgrünen und braunen Tönen gehalten. Eine Wand bestand vollständig aus Aquarien in allen Größen, teils leer, teils mit Wasserpflanzen und Fischen bevölkert und beleuchtet. Die langen Reihen aus Metallregalen enthielten mehr Gegenstände zum Thema Fische und Angeln, als sich Caleb je hätte vorstellen können. Das Geschäft war buchstäblich bis unter die Decke mit Waren vollgestopft. Caleb fragte sich, wie ein solches Angebot in dieser Umgebung überhaupt überleben konnte.

Die elektrische Türglocke hatte den Inhaber gerufen. Ein Mittvierziger mit blonder Igelfrisur in blau kariertem Hemd, Turnschuhen und Jeans kam auf Caleb zu. Er hielt eine Kunststoffspule mit Angelschnur in der einen und eine Messingrolle mit Kurbel in der anderen Hand.

»Hi, Kumpel. Was kann ich für Sie tun?«

»Caleb Brooks«, stellte sich Caleb vor.

»Josh«, antwortete der Mann. »Wie geht's, Caleb?« Caleb erzählte wieder von seiner Absicht, den Artikel zu schreiben, und wieder schien der andere nichts über das Thema zu wissen.

»Ich bin eigentlich aus Fresno«, erklärte Josh. »Bin erst mit fünfundzwanzig hier aufgeschlagen.«

»Verstehe«, sagte Caleb.

Josh hängte die Plastikspule in einen dafür vorgesehenen Haken am Regal ein.

»Meine Frau Aran, sie kommt aus dem Tal hier.« Er verknotete das Ende der transparenten Angelschnur an der Messingrolle.
Caleb nickte und machte sich eine Notiz in sein schwarzes Notizbuch.
»Haben Sie Kinder, Mister Granter?«
»Weshalb wollen Sie das wissen?« Josh drehte sich weg und hantierte scheinbar noch konzentrierter an der Leine herum. Caleb spürte, dass sich eine Spannung zwischen ihnen aufbaute.
»Ich will nicht, dass das am Ende in einer Zeitung landet«, erklärte Granter. »Ich will meine Ruhe vor so was.«
»Ich schreibe über eine Legende, nicht über konkrete Personen.« Caleb änderte gerade innerlich seine Ausrichtung. »Sie werden nicht in einem Artikel erscheinen, Mister Granter. Versprochen.«
Josh schien sich zu entspannen. Er begann damit, die Leine auf die Angelrolle zu überspulen.
»Wir hatten einen Sohn. Caleb. Wie Sie.«
»Wie bitte?«
»Unser Sohn. Er hieß Caleb. Ist doch auch Ihr Name, oder?«
»Verstehe. Was geschah mit ihm?«
»Er war acht. Fuhr mit dem Rad zum See, der Knirps. Mit einem Freund. Wissen Sie, wie oft wir ihm gepredigt haben, er soll den Ort nicht verlassen? Das ist Wildnis da draußen. Aber so sind sie in dem Alter. Als wäre genau das der Startschuss, um es erst recht zu tun.«
»Ja, so sind sie«, sagte Caleb.
»Haben Sie welche, Caleb?«
»Kinder? Leider nein.«
»Na ja. Auf jeden Fall wollten die beiden Lauser heimlich

angeln. Fuhren mit einem Ruderboot raus auf den See. Das war August vor sechs Jahren. Es wird ziemlich heiß hier im Sommer.«

Caleb nickte wieder.

»Die Jungs sprangen also ins Wasser. Er konnte prima schwimmen, unser Kleiner. Hab's ihm früh beigebracht. Wirklich gut für sein Alter. Irgendwie hat er sich dann in dieses Netz verstrickt, das so ein verdammter Idiot ohne ordentliche Markierung gelegt hat.«

Er ging zu einem Regal mit Gitterkörben voll roter Kunststoffbälle, auf denen weiße Fahnenstäbe mit einer gelben Dreiecksflagge steckten. Er nahm einen davon heraus.

»Das hier ist das Minimum, wenn Sie ein Treibnetz legen. Abgesehen davon, dass man das überhaupt nicht in einem See macht, in dem Kinder baden. Auch nicht weiter draußen.«

Caleb fühlte den Schmerz in der Erinnerung seines Gegenübers.

»Caleb hat sich irgendwie darin verstrickt.«

»Das tut mir leid.«

»Seitdem gibt es ein Angelverbot für Netze auf dem See. Hab ich selbst durchgesetzt.«

Die Ladentüre wurde aufgestoßen. Ein strohblonder Junge mit grünem Simpsons-Rucksack kam herein. Caleb schätzte ihn auf fünf oder sechs. Josh Granters Gesicht entspannte sich. Er ging in die Hocke und umarmte den Jungen.

»Unser Jerry«, erklärte er. »Er wurde geboren kurz nach dem Ereignis, von dem ich Ihnen gerade erzählt habe.«

»Das freut mich«, sagte Caleb.

Josh strubbelte seinem Sohn durch die Haare.

»Ich gebe Kurse, wissen Sie«, sagte er.

»Über das Angeln?«

Granter nickte. »Es gibt Vorschriften. Es gibt Erfahrungen.« Er schickte seinen Jungen mit einem Klaps nach hinten. »Die meisten Leute wissen nichts über das Angeln. Schmeißen einfach eine Leine mit Schwimmer ins Wasser. Aber Angeln ist eine Kunst. Man kann jede Menge über jemanden lernen, wenn man ihm nur dabei zusieht, wie er angelt.«

»Das glaube ich.«

»Es gibt immer eine zweite Chance, denke ich«, sagte Granter nachdenklich. »Das ist vielleicht nichts, was Sie für Ihren Artikel brauchen können. Aber es ist das, was ich erlebt habe. Auch nach dem schlimmsten Knall geht das Leben irgendwie weiter. Und es wird zu dem werden, was man daraus macht. Das können Sie schreiben, wenn Sie wollen.«

»Danke, Josh.«

Als Caleb aus dem dunklen Angelgeschäft wieder auf die Straße trat, atmete etwas in ihm auf. Das Geschäft war auch ein schicksalsbeladener Ort. Die wenigen Menschen, die Caleb in Sweetwater bislang kennengelernt hatte, teilten eine Gemeinsamkeit, die er noch nicht greifen konnte. Doch etwas daran kam ihm von sich selbst vertraut vor.

Inzwischen war es kurz nach zehn. Carol Ryders Wagen stand auf dem Parkplatz. Als Caleb sich nach rechts wandte, um zu ihrem Laden zu gehen, tauchte der Sattelzug auf. Ein röhrendes Monstrum, das in dieser Umgebung wie der Vorbote einer Invasion aus einer anderen Welt wirkte, schob sich in die Kreuzung der Hauptstraße. Das Logo des Ölkonzerns zeigte deutlich, dass in dem glänzenden Edelstahltank Diesel transportiert wurde. Für einen Augenblick war die gesamte gegenüberliegende Straßenseite von dem Truck verdeckt.

Zündstoff

Ned Roumer belieferte Sweetwater Manor seit acht Jahren mit Diesel. Alle sechs Monate ging ein voller Sattelzug an die größte Farm im Tal. Zu Beginn hatte Ned sich gewundert, wieso jemand, der allein lebte, eine derartige Menge Treibstoff verbrauchte. Bis er gehört hatte, dass es darum ging, mit dem Diesel Strom herzustellen. Die Stromversorgung war in abgeschiedenen Gegenden häufig ein Problem, deshalb hatte Ned die Erklärung des Farmbewohners verstanden. Außerdem gab es jedes Mal ein so gutes Trinkgeld, dass er darauf achtete, keine Fragen mehr zu stellen und niemand anderem diese Tour zu überlassen.
Kenny Rogers sang von Lucille und Ned kurbelte das Lenkrad nach links, um, wie immer, an der Lincoln Street Richtung Süden abzubiegen.

Gemeinsamkeiten

Calebs Hand drehte den Messingknauf nach rechts, öffnete Carols Ladentür und trat ein. Carol war mit einer Frau vor einem Bücherregal in ein Gespräch vertieft. Sie nahm Caleb wahr und schickte ihm ein Nicken mit einem Lächeln. Er nickte zurück, setzte sich in einen der Sessel und wartete, bis die Kundin den Laden verließ.
»Nun, ich bin noch da«, sagte er.
»Das ist schön«, antwortete sie.
»Ich war vorhin in der Bäckerei. Und bei Ihrem Nachbarn mit der Forelle.«

Sie lachte. »Haben Sie etwas gefangen für Ihren Artikel?«
»Ich arbeite daran«, gab er grinsend zurück. »Aber es ist nicht ganz einfach. Die Leute hier sind irgendwie offen und verschlossen zugleich. Als würden sie sich um ein ganz bestimmtes Thema herumdrücken, sobald man danach fragt.«
Sie nickte. »Kleiner Ort, viele Individualisten. Jeder hat so seine Geschichte und seine Welt, denke ich.«
Sie warf einen kurzen Blick zu der Wanduhr hinter dem Tresen. Er fand, dass sie ein wenig abwesend wirkte.
Caleb nahm allen Mut zusammen. »Haben Sie schon etwas vor heute Abend?«
»Leider ja«, entgegnete sie.
Er zuckte innerlich zusammen, entspannte sich aber gleich wieder, als er sah, dass sie sich über seine Frage freute.
»Aber morgen habe ich Zeit. Sind Sie dann noch hier?«
Er nickte. »Ja.«
Nun war sie es, die sich entspannte. »Ich könnte morgen etwas früher schließen, wenn Sie möchten«, schlug sie vor.
Caleb spürte, wie eine Welle von Glück durch seine Adern schoss. »Gerne«, sagte er.
»Gut. Halb drei?«
»Ich werde da sein.«
Den Rest des Tages verbrachte Caleb mit weiteren Interviews. Am Ende hatte er neun Einwohner von Sweetwater nach der Legende befragt und kein Einziger schien davon gehört zu haben. Gleichzeitig schienen Verluste von geliebten Menschen wie ein kollektives Thema über dem Ort zu schweben. Manche von Calebs Interviewpartnern hatten jedoch auch von unerklärlichen Fügungen und Neubegegnungen berichtet, die nach einem solchen Verlust eingetreten waren. Caleb glaubte zwar nicht an Wunder, doch ir-

gendwie war es das Wort, das ihm einfiel, wenn er sich die Gemeinsamkeiten in den Geschichten ansah.
Um sieben nahm er sein Abendessen im Diner. Anschließend zog er sich auf sein Zimmer zurück, um die Geschichten anhand der notierten Stichpunkte in sein Notebook zu tippen.

Der See

Es war Freitagnachmittag. Caleb und Carol fuhren in ihrem offenen Wagen die Hauptstraße entlang in Richtung Westen. Nach einigen Blocks bog Carol nach Süden ab, weiter in das Tal hinein und in Richtung einer kleineren Hügelkette am Horizont.
Caleb betrachtete die vorbeiziehenden Gebäude. Alles an diesem Ort wirkte auf den ersten Blick unauffällig. Gleichzeitig fühlte er sich ganz und gar nicht normal, seit er hier war. Er versuchte zu ergründen, wie dieser Unterschied von Gefühl und Beobachtung zustande kam. Vielleicht, weil alles so wirkte, als wäre die Zeit vor einem halben Jahrhundert stehen geblieben?
Das veränderte Gefühl von Zeit schien ein grundlegender Faktor für die seltsame Stimmung hier zu sein. In New York lebte Caleb so sehr unter dem Dirigentenstock der Uhrzeiger, dass er sich ohne Handy und Terminkalender kaum noch in sein eigenes Bad traute. Seit er in Sweetwater angekommen war, schien sich diese Struktur aus Zeit und Pflicht aufzulösen. Er begann sich zu fragen, was noch übrig blieb, wenn sich Ziele auflösten und man keine Pläne

mehr machen konnte. Vielleicht immer nur der aktuelle Moment?
Möglicherweise war das Leben eines Menschen in Wahrheit die Reise eines Blattes in einem Fluss aus Ereignissen. Ein Blatt mit der Illusion, es könnte den Weg des Flusses lenken, doch in Wahrheit erlebte es ihn nur?
Er schüttelte den Kopf, als er bemerkte, wie seine Gedanken abschweiften, während er neben einer so zauberhaften Frau saß. Er warf einen verstohlenen Blick zu ihr hinüber. Carol bemerkte es.
»Es ist ein überschaubarer Ort«, erklärte sie, als wollte sie ihm Raum geben, sich zu sammeln. »Die meisten leben schon lange hier. Wir haben auch viele Ältere.«
Als hätte sie seine Gedanken über die Zeit aufgeschnappt. Überhaupt schien es ihm fast so, als würde ein Thema aktiv werden, sobald er sich innerlich darauf ausrichtete.
Er nickte.
»Wo fahren wir hin?«, erkundigte er sich.
»Abwarten«, antwortete sie. »Wir sind bald da.«
Kurz darauf stieg die Straße sanft an, um sich durch die beginnenden Hügel zu schlängeln. Ein paar Meilen weiter wurde die Landschaft wieder weit, so als wären sie in einem zweiten Tal innerhalb des ersten. Carol bog unvermittelt nach links in eine Sandstraße ein.
Nach zwei weiteren Kurven tauchte völlig unvermittelt ein See vor ihnen auf. Spiegelglattes Wasser, scheinbar aus Himmel und Wolken gemacht, eingebettet zwischen sanft geschwungenen Hügeln. Das Panorama war überwältigend, besonders, da man einen derart großen See in dieser Landschaft nicht vermutet hätte.
Es gab einen Steg, an dem ein Ruderboot festgemacht war. Nur ein einziger größerer Baum hatte es geschafft, am

Wasser seine Wurzeln zu schlagen. Dafür war die Menge an Büschen und Grasinseln, die sich am Ufer des Sees verteilt hatten, fast unüberschaubar.
Carol parkte in der Nähe des Ufers. Sie stieg aus und trat vor den Wagen. Er folgte ihr.
»Das Geheimnis von Sweetwater«, sagte Carol. »Sehen Sie, wie das Wasser schimmert?«
»Er ist wunderschön«, sagte Caleb.
»Magie.«
»Ja, Magie.«
»Kommen Sie!« Sie ergriff seine Hand und zog ihn vom Auto fort in Richtung des Baums. Die Äste der riesigen Weide bogen sich wie überlange Finger einer schützenden Hand in Richtung See. An einer Stelle war das Laubwerk etwas lichter und gab einen Durchgang frei. Carol verschwand hinter dem Vorhang aus Blättern. Er folgte ihr.
»Das ist mein geheimer Ort«, erklärte sie.
Caleb ließ seinen Blick den Stamm entlang nach oben schweifen. Die Zweige des mächtigen Baums bildeten einen hellgrün leuchtenden Baldachin, wie die Kuppel einer natürlichen Kathedrale. Zum Wasser hin teilten sich zwei Hauptäste wie Bühnenvorhänge und gaben den Blick auf den See frei. Caleb fühlte sich, als hätte er eine Sagenwelt betreten.
»Und das ist mein Kinosessel.« Carol deutete auf einen Stein, der ungefähr doppelt so groß war wie ein Football. Er lag dicht am Stamm des Baumes und wirkte tatsächlich wie ein Sitz mit Rückenlehne für den Ausblick auf die Seebühne. Carol nahm darauf Platz. Mit ihrem weißen Kleid, der hellen Haut und den roten Lippen wirkte sie wie eine Fee in der Baumkirche des Elfenlands.

»Es gibt keine großen Steine an diesem See«, erklärte sie. »Den hier habe ich aus den Bergen mitgebracht.«
Die Vorstellung, Carol könnte jemals woanders gewesen sein als in Sweetwater, kam ihm seltsam vor.
»Ich finde, es ist ein besonderer Stein«, sagte sie. »Er hat Kristalleinlagerungen, denke ich. Vielleicht ist es eine Druse, aber ich möchte ihn nicht zerschlagen.«
»Man könnte ihn sauber zertrennen«, schlug Caleb vor.
Carol schüttelte den Kopf. »Man zerstört die Magie, wenn man ihn zerschneidet. Ich möchte ihm sein Geheimnis lassen. Lieber stelle ich mir vor, was er in sich verbirgt. Eine eigene kleine Welt ganz aus Kristallen.« Sie lächelte versonnen. »Vielleicht so türkis wie der See oder so rot wie der Sonnenuntergang.«
»Sie haben eine besondere Art, die Welt zu sehen, Carol«, sagte er.
»Ich bin eben keine Wissenschaftlerin.« Sie lachte. »Ich verkaufe Bücher. Viele davon sind Träume. Haben Sie schon einmal darüber nachgedacht, dass ein Buch erst dann lebt, wenn man es öffnet?«
Ihre Augen wurden groß. Caleb spürte ihre Begeisterung.
»Es ist wie ein Tor in eine andere Welt, in der alles möglich ist«, sagte sie. »Sie erwecken diese Welt zum Leben, wenn Sie das Buch aufschlagen und nachsehen, was sich zwischen den Deckeln verbirgt. Ein Wissenschaftler aus einer anderen Welt würde vielleicht nur Papier und Farbe finden, ganz gleich, wie genau er auch hinsieht. Die eigentliche Wahrheit eines Buchs ist auf einer Ebene versteckt, die man weder anfassen noch zerschneiden kann. Sie ist in Ihnen selbst.«
Caleb nickte. Er war von Carols Art zu denken fasziniert, die so ganz anders war als alles, was er gewohnt war.

»Ich frage mich die ganze Zeit, was sich auf der unsichtbaren Ebene hinter Sweetwater versteckt«, sagte er.
Carol zeichnete mit einem Stock feine Linien in den Sand.
»Die Menschen hier teilen ein gemeinsames Schicksal«, sagte sie.
»Welches?«
Sie sah ihn an. »Was glauben Sie?«
»Keine Ahnung«, entgegnete er.
Sie schüttelte den Kopf.
»Kommen Sie. Sie fühlen etwas. Was ist es?«
Caleb spürte, wie ihm das Blut in den Kopf stieg. Er war nie der Typ gewesen, der schnell rot wurde, doch in diesem Moment geschah es einfach. Der Knoten in seinem Hals wurde dicker. Er brachte kein Wort heraus.
Sie drehte sich zu ihm hin. Er bekam kaum noch Luft, als ihr Blick in seinen eintauchte. Er näherte sich ihren Lippen so sanft, als schwebte zwischen ihnen eine Frage aus Glas, die bei der kleinsten Unachtsamkeit in Stücke zerspringen könnte. Sie antwortete ihm ebenso vorsichtig. Zu Beginn war es eine zarte Berührung, wie die zweier Schmetterlingsflügel, die sich streiften, ohne sich verletzen zu wollen. Als ihre Lippen sich endgültig trafen, schien der Kosmos der Schöpfung zwei Menschen in sein Geheimstes aufzunehmen. Als würde ein zweites Mal die Zeit anhalten, damit das Universum sich einzig um diese beiden Menschen schließen und sie miteinander zu einem Ganzen verschmelzen konnte.
Der Geruch ihrer Haut und ihrer Haare erfüllte ihn so vollkommen, dass kein Raum mehr für Gedanken blieb. Könnte man Sehnsüchte riechen, so wäre dieser Duft einer der essenziellsten. Carols Haar glitt durch seine Finger wie ein Seidentuch im Wind. Gefühle, die er seit Jahren

vergessen geglaubt hatte, fluteten in ihm hoch. Zu fühlen, wie sehr sie seine Sehnsucht und Nähe erwiderte, war, als hätte Gott ihm nach langem Weg endlich die Tür zu seinem versteckten Paradies geöffnet.
Als sich ihre Lippen voneinander lösten, hatte das Leben für zwei Menschen ein neues Kapitel aufgeschlagen und fügte gleichzeitig alle vorherigen in eine andere Ordnung. Nichts besaß noch dieselbe Bedeutung wie vor wenigen Augenblicken. Selbst der Teil von ihm, der ihm seit Jahren verbot, sich wieder einer Frau zu öffnen, schien wie ausgelöscht.
»Ich wusste, dass du kommen würdest«, flüsterte sie.

Karma

Im gleichen Moment, als Caleb Brooks mit Carol Ryder den schönsten Kuss seines Lebens austauschte, begann sich am anderen Ende der Welt das Rad ihres gemeinsamen Schicksals in Bewegung zu setzen.
Im Pariser Künstlerviertel Montmartre saß Sophie Chloé Ledoux in ihrer winzigen Wohnung in der Rue Cortot, nur wenige Steinwürfe von der berühmten Basilika Sacré-Cœur entfernt, auf der Kante ihres Bettes. Sie wartete, bis die letzten mitternächtlichen Glockenschläge der Kirchen in der Umgebung verklungen waren, um jede Störung des Ferngesprächs zu vermeiden, das sie gleich führen würde. Sophie war in ihrem praktischen Leben Verwaltungsangestellte in Frankreichs größtem Auktionshaus. In ihren Träumen hingegen war sie eine berühmte Malerin. Der

große Plan ihres Lebens bestand vor allem darin, diese Vision Realität werden zu lassen. Sophies erster Schritt war es gewesen, nach Montmartre zu ziehen, obwohl sie für die völlig überteuerte kleine Wohnung jeden Monat den größten Teil ihres bescheidenen Einkommens opfern musste. Sophie wollte sich so fühlen wie die unzähligen berühmten Künstlerpersönlichkeiten, die hier Inspiration gefunden hatten. Sie glaubte fest daran, dass Wünsche mit starken Gefühlen eines Tages Wirklichkeit wurden.

Sophies Gemälde stellten vorwiegend Pariser Straßenszenen dar. Bislang hatten sie noch keinen Weg in eine der Galerien oder zumindest in einen Laden gefunden. Sophie wusste, dass sie mehr Geld brauchte, um sich einen solchen Platz erkaufen zu können. Als vor zwei Jahren ein zugegebenermaßen seltsames Angebot auf sie zugekommen war, hatte Sophie es als eine Handreichung des Himmels erkannt und eingeschlagen.

Nun war der vereinbarte Fall eingetreten. Doch statt sofort die Nummer zu wählen, die man ihr gegeben hatte, starrte sie seit Stunden immer wieder das Telefon an und haderte mit sich selbst. War es Verrat an ihrem Arbeitgeber, wenn sie gegen Bezahlung eine Information weitergab? Und dann auch noch an zwei verschiedene Parteien, die offenbar Konkurrenten waren?

Die Glocken waren wie ein Entscheidungssignal. Sophie beschloss, dass man ein Geldgeschenk des Universums nicht ablehnen durfte. Sie nahm den Hörer in die Hand und wählte die Nummer.

Carol und Caleb verließen ihren geheimen Platz unter dem Baum. Sie schlenderten barfuß im Sand das Ufer des Sweetwater Lake entlang. Die Sonne stand inzwischen so tief, dass bereits das stufenlose Spektrum der Farben von Hellblau bis Dunkelrot am Horizont leuchtete.

Nach einer Weile erreichten sie den Steg, an dessen letztem Pfosten das Ruderboot festgemacht war. Gegen die spiegelglatte Oberfläche des türkis leuchtenden Wassers wirkten Steg und Boot wie Scherenschnitte.

Caleb sah die junge Frau neben sich an. Das Gold der Abendsonne spiegelte sich in ihrem Gesicht. Carol strich verlegen ihr Haar zurück. Diese Geste fühlte sich für Caleb so altvertraut an, als hätte er sie schon tausendmal an ihr erlebt und sie jedes Mal dafür geliebt.

»Wir könnten auf den See rudern«, schlug er vor.

Sie strahlte ihn an. »Darauf habe ich gewartet.«

Caleb stieg als Erster ins Boot und half ihr auf die Bank im Heck.

»Wasser ist irgendwie mein Element«, erklärte er, während er die Leine losmachte. »Ich teile mir mit einem Kollegen ein Segelboot auf Long Island.«

Noch während er den Satz sprach, merkte er, wie leer sich das anfühlte. Als würde er eine Szene aus einem Film beschreiben, den vor langer Zeit niemand außer ihm gesehen hatte.

»Ich war noch nie auf dem Meer.« Carol strich ihr Kleid auf der Bank zurecht. »Wahrscheinlich würde ich seekrank werden.«

»Als ich jünger war, bin ich viel herumgekommen«, sagte Caleb. »Wie das so ist, kaum Geld, aber viel Zeit. Wo es ging, habe ich als Tauchlehrer gejobbt. Damals gab es kaum etwas, was mir mehr Spaß machte.«

»Welches Sternzeichen bist du?«, erkundigte sie sich.

»Fische.« Er bemerkte den Zusammenhang und musste lachen. Sie wurde angesteckt und als er das Boot mit dem Fuß vom Steg abstieß, spritzte sie ihm übermütig mit einer Hand Wasser ins Gesicht.

»Für die Fische«, rief sie.

»Weißt du, was Fische tun, wenn man sie nass macht?«

»Keine Ahnung.«

Carol sah ihn mit herausfordernd vorgeschobenem Kinn an. Inzwischen war ihr Boot schon einige Längen auf den See hinaus getrieben. Caleb machte zwei Schritte auf sie zu, was das kleine Gefährt deutlich zum Schwanken brachte. Sie stand auf und hielt ihm abwehrend die Arme entgegen.

»Untersteh dich!«

»Gut, dann nicht.« Er tat, als wollte er sich abwenden, drehte sich dann doch schnell zurück, umfasste sie mit beiden Armen und ließ sich mit ihr ins Wasser fallen.

Sie tauchten in den türkisblauen See ein. Das Wasser war kühl und zugleich belebend. Carol streifte ihre Kleidung ab, machte ein paar Züge zum Boot und warf das nasse Bündel hinein. Er tat es ihr gleich.

Sie schwammen gemeinsam auf den See hinaus, lange Wellen hinter sich herziehend.

Zurück am Boot, schoben sie es in Richtung Ufer. Kurz vor dem Strand ließen sie es los und als wäre es eine unausgesprochene Verabredung gewesen, liebten sie sich im flachen warmen Uferwasser. Es geschah so selbstverständlich und vertraut, als wäre zwischen ihnen niemals etwas anders gewesen. Als wären sie nicht Caleb Brooks aus New

York und Carol Ryder aus einem Ort, den niemand kannte, sondern zwei Reisende aus einer fernen Welt, die sich endlich unter all den Fremden wiedergefunden hatten.

Die Vereinigung mit Carol war anders als alles, was Caleb bis dahin erlebt hatte. Es waren nicht nur zwei Körper, die ihre Sehnsüchte nach Nähe miteinander teilten. Es war das Verschmelzen zweier Seelen, die während der Liebe ihrer Körper Zeit und Raum verließen, um gemeinsam an einen nur ihnen bekannten Ort zu reisen.

Als sie von dort zurückkamen, war die Sonne untergegangen. Der Sand gab noch Wärme ab, doch der Luftzug vom Wasser wurde kühl. Caleb vertäute das Boot wieder am Steg und raffte dabei ihre nassen Kleidungsstücke zusammen. Als er ihr Kleid in den Händen hielt, kam ihm wieder die nächtliche Erscheinung am Straßenrand vor Augen. Gleich darauf schob sich das Bild von Carol im Eingang ihres Buchladens darüber. Wieder kamen ihm die vergangenen Stunden wie Jahre vor. Er faltete das Kleid einmal, legte es sorgsam über den Arm. Dann griff er sich die anderen Dinge aus dem Boot und ging zum Wagen. Carol hatte inzwischen ein Handtuch hervorgeholt. Sie trocknete ihre Haare.

»Wir könnten so zurückfahren«, scherzte er und zeigte auf sie.

»Das wäre langweilig«, gab sie zurück. »Es ist dunkel und niemand würde es sehen.«

FERNGESPRÄCH

Nur wenige Meilen vom See entfernt, klingelte auf Sweetwater Manor, der größten Farm des Tals, das Telefon. Beim dritten Läuten nahm der einzige Bewohner des Anwesens den Hörer ab.

»Monsieur, das Objekt eins wurde gefunden«, sagte eine Frauenstimme am anderen Ende auf Französisch.

Der Eigentümer der Farm wusste anhand dieses vereinbarten Satzes sofort, um wen und was es sich handelte. Seine Informantin hatte endlich gefunden, wonach er sein Leben lang gesucht hatte.

»Sind Sie sicher?«, hakte er in akzentfreiem Französisch nach.

»Ja, Monsieur.«

»Haben Sie die Kriterien persönlich überprüft?«

»Monsieur, ich arbeite nur in der Verwaltung. Ich bin keine Expertin. Ich verlasse mich auf die Papiere und die Papiere sagen, dass es sich um Ihr gesuchtes Objekt handelt. Es wird versteigert.«

»Wann?«

»Kommenden Dienstag. Sechzehn Uhr.«

»In vier Tagen schon?«

»Ich habe es selbst erst heute erfahren, Monsieur. Ich war krank. Ich kann von Glück sagen, dass ich es überhaupt rechtzeitig bemerkt habe.«

»Danke«, sagte der Mann. »Sie werden in den nächsten Tagen die vereinbarte Belohnung bekommen.«

Sophies Hände zitterten, als sie die Taste zum Beenden der Verbindung drückte. Sie war froh, das Gespräch überstanden zu haben. Nun stand ihr noch ein weiterer, ganz ähnlicher Anruf bevor.

Der perfekte Moment

Caleb wurde wach, als sich die ersten Sonnenstrahlen durch die Gardinen in Carols Schlafzimmer zwängten. Mit noch geschlossenen Augen spürte er, wie Lichtstrahlen sein Gesicht berührten. Es roch nach den Blumen auf der Kommode gegenüber dem Bett, nach Holzmöbeln und Wäsche, nach der Kerze, die die Nacht hindurch gebrannt hatte, und nach Carols Parfüm.
Caleb öffnete langsam die Augen. Vor ihm entstanden pastellgelbe Vorhänge und cremefarbene Schlafzimmermöbel vor einer zartgrün gestreiften Tapete. Eine Stuckrosette an der Decke hielt die Kette für einen kleinen Messinglüster. Noch nie hatte er sich so von allen Sorgen frei gefühlt. Hier, innerhalb dieses von allen Seiten geschützten Tals, mitten in einer Stadt, in der die Zeit anderen Gesetzen zu gehorchen schien, fühlte sich Carols Haus an wie ein geheimer Schutzort.
Er blinzelte, doch statt wacher zu werden, war es, als würde er aus dem Traum der vergangenen Nacht heraus in einen neuen Traum hinein aufwachen.
Sein altes Leben hatte ihn in dieses Tal gespuckt und sich danach hinter eine Schicht aus Watte des Vergessens zurückgezogen. Jeder Versuch, sich an Menschen, Dinge und Ereignisse vor Sweetwater zu erinnern, war so mühevoll wie der Versuch, mit einer Taschenlampe eine Nebelwand zu durchdringen. Caleb wusste tatsächlich nicht mehr, ob er gerade träumte oder wach war.
Er schloss die Augen wieder. Neben sich hörte er Carols gleichmäßigen Atem. Ohne eine Bewegung, eine Berührung oder ein Wort fühlte er einen warmen Strom der Gewissheit, endlich angekommen zu sein.

Caleb versuchte zu verstehen, was diesen Zustand von allen anderen unterschied, die er je erlebt hatte. Und er erkannte, dass es die Vollkommenheit war. Dieser Moment, jetzt und hier, war absolut perfekt. Keine Zukunft und keine Vergangenheit. Kein Gedanke, der störte. Kein Zweifel, der sich meldete. Kein Gefühl, das für oder gegen etwas sprach.
Diese neue Wahrnehmung, dass alles genau so richtig war, wie es geschah, hatte sich in den letzten zwei Tagen zunehmend in ihm ausgebreitet. Ein Teil in ihm war über die Unkontrollierbarkeit der Ereignisse erschrocken gewesen, ein anderer Teil, der sich stets Sorgen gemacht hatte, wurde in der Vollkommenheit des Augenblicks nicht mehr gebraucht. Mit ihm gingen auch das alte Leid, die aufgebrauchten Selbstvorwürfe und die sinnlosen Zweifel. Sie alle machten Platz für einen neuen Caleb, leichter, weiter, heller als je zuvor.
Carol bewegte sich. Allein das Geräusch ihres Körpers in den Laken ließ ihn vor Glück fast zerspringen. Dieses Glück war ohne einen Gedanken einfach in ihm.
Carol drehte sich auf die Seite. Sie legte einen Arm auf seine Brust und schmiegte sich an ihn. Nun fühlte er sie und obgleich es wunderschön war, veränderte es seinen perfekten Augenblick. Wie eine Antwort auf ihre Berührung legte er seine Hand auf ihren Arm. Gleichzeitig spürte er, wie er dadurch wieder zurück in seinen Körper gezogen wurde.
Schwebte das Glück, nach dem alle suchten, in Wahrheit vielleicht über dem Leben? Außerhalb des Körpers? Hatte er am falschen Ort gesucht? Vielleicht erschufen sich die Menschen zwar gemeinsam schöne Situationen, doch das Glück selbst lag nicht innerhalb der Situation. Vielleicht

war das, was man mit einem anderen erlebte, nur der schöne Schlüssel für ein Tor zu einer anderen Dimension, in der sich das versteckte, was man wirklich suchte.
Vielleicht war Glück deshalb in der Perfektion eines Augenblicks verborgen, weil nur diese Vollkommenheit alles Unvollkommene, Unglückliche auflöste. Falls das so wäre, könnte die Beobachtung eines Schmetterlings auf einer Blüte ebenso großes Glück auslösen wie ein Kind oder die Liebe zu einem Lebenspartner.
Vielleicht war jede Sehnsucht eines Menschen in Wahrheit der tiefe Wunsch danach, den perfekten Augenblick zu erleben. Und Glück kam immer dann, wenn diese Sehnsucht sich erfüllte.
Carol schlug die Augen auf. Caleb bemerkte es, obwohl er in eine andere Richtung blickte. Er drehte seinen Kopf zu ihr und sah sie an. Samtbraune, weiche und gleichzeitig unergründlich wirkende Augen. Als würde sie ein schmerzhaftes Geheimnis in sich tragen.
Er hätte erwartet, dass sie nun etwas sagte. Vielleicht ein ›Hallo‹ oder ›Guten Morgen‹. Doch wie es Carols Art war, sah sie ihn nur an.
Er drehte sich zu ihr, strich durch ihre Haare und sog ihren Geruch in sich auf, als müsste er sich vergewissern, dass es kein Traum war. Sie erwiderte jede seiner Gesten und sie liebten sich noch einmal.
Später saßen sie beim Frühstück in der Küche.
»Heute ist Samstag. Ich werde nur kurz öffnen«, sagte sie, während sie die Eier in der Pfanne wendete. »Wenn du Lust hast, zeige ich dir noch einen meiner besonderen Plätze.«
»Was macht einen Platz für dich besonders?«, erkundigte er sich.

»Wenn er so schön ist, dass ich ihn am liebsten nie mehr verlassen möchte«, sagte sie.
Sie verteilte die fertigen Spiegeleier mit Toastscheiben auf zwei Teller.
»Hast du keine solchen Plätze, Caleb Brooks aus New York?«, neckte sie ihn, während sie sich mit den Tellern an den Tisch setzte. »Oder gibt es das nicht, dort, wo du herkommst?«
»Ich bin in New Jersey geboren, in einem kleinen Kaff. Da ist gar kein Platz besonders. Meine Eltern zogen nach New York, als ich vier war. In Manhattan ist fast jeder Platz irgendwie besonders. Nur nicht besonders schön.«
Sie schenkte ihm Kaffee ein.
»Warst du schon einmal in Manhattan?«, erkundigte er sich.
Carol behielt ihr Lächeln bei, während sie den Kopf schüttelte.
»Ich war einmal in Little Rock, Kalifornien. Eine Woche als Kind mit meinen Eltern. Und in San Francisco, mit vierzehn. Drei Tage.«
Zwar antwortete sie ihm, doch es schien, als würde sich jede Frage über ihre Vergangenheit und jede Erwiderung wie ein unsichtbarer Keil zwischen sie schieben. Als würde das Wissen über das Vorleben des anderen die Magie der Gegenwart zerstören.
Caleb wechselte das Thema.
»Ich freue mich auf deine Plätze«, sagte er.

Der Auftrag

Samstags hatte Carol ihren Buchladen üblicherweise nur von neun bis dreizehn Uhr geöffnet. Heute war sie später dran. Der Morgen mit Caleb hatte alles aus dem gewohnten Rhythmus gebracht. Ein Teil von ihr liebte genau das. Dennoch musste sie ab zehn im Laden sein, um zumindest die täglichen Lieferungen entgegenzunehmen.

Etwa zehn Minuten, nachdem sie aufgeschlossen hatte, betrat jemand den Laden. Obwohl Carol gerade mit dem Rücken zur Türe Bücher ins Regal sortierte, wusste sie, um wen es sich handelte. Jeder Mensch hatte seine ganz persönliche Art, in ein Geschäft einzutreten. Manche waren schüchtern, öffneten die Tür langsam, als hätten sie das Gefühl zu stören. Sie blieben einen Moment auf der Schwelle stehen, unsicher, ob der Laden wirklich geöffnet und ihr Eintreten erlaubt war. Ganz anders bei Müttern mit kleineren Kindern. Viele von ihnen zogen richtiggehend in den Laden ein, als würden sie ein neues Zuhause in Besitz nehmen. Lieferfahrer mit vollen Händen rumpelten mit dem Rücken zuerst hinein. Wieder andere öffneten die Tür so schwungvoll, als ginge es darum, die Luft nach innen zu stoßen, und schleuderten ihre Begrüßung lautstark in den Laden.

Gerade jedoch trat ein Kunde ein, der selten Carols Buchhandlung besuchte und dennoch eine unverwechselbare Art hatte. Carol konnte ihn fühlen, ohne hinzusehen. Sie drehte sich um und lächelte.

»Guten Morgen, Monsieur Pinenoire.«

Er war ein hochgewachsener Mann, etwa sechzig, mit kahlem Kopf, scharf geschwungenen Lippen, hohen Wangenknochen und intelligenten schmalen Augen. Mit einer

geschmeidigen Bewegung schloss er die Tür fast lautlos hinter sich. Das Klangspiel schlug nur wenige Töne an. Die schwarze Merinowollhose des Mannes passte mit ihrer tadellosen Bügelfalte perfekt zu dem weißen, altmodischen Stehkragenhemd und dem für die heutige Zeit deutlich zu langen Sakko.
Statt einer Begrüßung nickte der Mann freundlich. Carol lächelte nochmals und nickte zurück.
»Nun ist es so weit, Miss Ryder. Ich würde gerne Ihre Dienste in Anspruch nehmen.«
»Natürlich. Worum geht es?«
Carol war überrascht, dass Arch Pinenoire nach fast einem Jahr mit einem angefangenen Gespräch so fortfuhr, als hätte er einen Satz nur gerade für einen Schluck Kaffee unterbrochen.
»Ich möchte etwas kaufen«, erklärte Pinenoire. »Etwas überaus Wertvolles, zumindest für mich. Ich versuchte bereits gestern vergeblich, Sie deshalb in Ihrem Geschäft zu erreichen.«
»Ja, ich war …« Sie suchte nach dem passenden Wort, fand aber keines, »… leider nicht da.«
»Kein Problem. Ich möchte eine besondere Bestellung aufgeben.«
»Ein Buch?«
»Ja. Und leider eilt es.«
»Gerne«, sagte Carol.
»Es handelt sich um ein besonderes Stück. Eine Art wissenschaftliches Werk, um genau zu sein. Ein Unikat. Es wird in Paris verkauft, oder besser, es wird dort versteigert werden.«
»Wann?«
»Kommende Woche. Dienstag um neun Uhr morgens.

Nach unserer Zeit. Sechzehn Uhr nach französischer Zeit.«
»Ich soll es für Sie ersteigern?« Carol zog die Stirn in Falten.
»Genau das ist meine Bitte, liebe Carol.«
Carol hatte sich im Laufe der Jahre an Pinenoires altmodische Sprache gewöhnt. Sie konnte sich dennoch nie des Gefühls erwehren, dass dieser Mann nicht in die moderne Zeit passte.
»Ich habe so etwas noch nie gemacht«, sagte sie.
»Das ist ganz und gar kein Problem«, beruhigte er sie. »Ich werde Sie in alles Notwendige einweisen.«
Pinenoire ging zum Regal mit den Kinder- und Jugendbüchern. Er fuhr mit dem Zeigefinger versonnen die Buchrücken entlang, so als würde er jedes einzelne Exemplar in der Reihe begrüßen.
»Ich habe lange auf diesen Tag gewartet«, sagte er. »Sie können sich nicht vorstellen, wie lange.«
Ein wenig wirkte er wie jemand, der zu sich selbst sprach.
»Worum geht es in diesem Buch?«, erkundigte sich Carol. Die grüne Lampe zeigte an, dass die Espressomaschine aufgeheizt war. »Möchten Sie einen Kaffee?«
»Gerne.« Pinenoire lächelte zustimmend. »Einfach formuliert, geht es um Wissenschaft. Nicht leicht verständlich … nun, von einem Wissenschaftler eben.«
»Ist es wertvoll?«
»Das wird das Ergebnis der Versteigerung zeigen. Mir wäre ein anderer Weg des Erwerbs lieber gewesen, doch nun ist es eben dort gelandet.«
Carol ließ eine Tasse volllaufen, gab einen Schuss Milch und ein Stück Zucker hinein. Hinsichtlich Kaffee-, Tee- und Literaturgeschmack kannte sie die Gewohnheiten fast all ihrer Kunden gut.
»Was genau ist denn meine Aufgabe?«

Pinenoire zog ein rotes Buch aus der Reihe mit den Jugendbüchern und setzte sich damit in einen der beiden Ledersessel am Fenster. Carol stellte ihm den Kaffee und ein Glas Wasser auf den Beistelltisch.
»Gullivers Reisen«, sagte Pinenoire. »Was für ein Werk!«
»Ich liebe es auch«, sagte Carol.
»Jonathan Swifts Meisterstück«, erklärte Pinenoire. »Es war ursprünglich kein Kinderbuch. ›Reisen in viele entfernte Länder der Welt, in vier Teilen. Von Lemuel Gulliver, erst Chirurg, dann Kapitän einiger Schiffe.‹ So lautete der Originaltitel. Viel zu kompliziert, würde man heute sagen. Und dennoch wurde es zu einem der größten Bestseller aller Zeiten.«
»Ich besitze eine Erstausgabe«, sagte Carol.
»Wirklich?« Pinenoire zog erstaunt die Brauen nach oben, was einige Querfalten auf seiner kahlen Stirn erzeugte. »Von Siebzehnhundertsechsundzwanzig?«
Carol nickte.
»Faszinierend, auf welche Weise Bücher Brücken über die Zeit schlagen können.«
Er nahm einen Schluck Kaffee, achtsam und genüsslich wie scheinbar alles, was er tat. Dann strich er mit zwei Fingern über den roten Leineneinband der Kinderausgabe. »Man liest darin und es ist, als hörte man den längst verschiedenen Autor genau in diesem Moment zu einem sprechen. Als würde das Buch den Zeitabstand zwischen Verfasser und Leser einfach auslöschen, nicht wahr?«
Er blickte zu Carol auf.
»Das ist ein Teil der Magie von Büchern, die mich jeden Tag aufs Neue fesselt«, stimmte sie ihm zu.
»In mancher Magie liegt auch große Gefahr«, sagte Pinenoire und nahm noch einen Schluck Kaffee. »Über die

Jahrtausende gehörten die Autoren von Büchern zu dem, was man heute eine besondere Risikogruppe nennen würde.«

Das fast unmerkliche Lächeln, das die meiste Zeit auf Pinenoires Lippen lag, verschwand.

»Nur ein einziger Satz zu viel, an einer falschen Stelle, und man war seines Lebens nicht mehr sicher. Deshalb wurden damals viele riskante Botschaften in scheinbar bedeutungslose Geschichten verpackt.«

»So wie bei Gulliver«, ergänzte Carol.

»Zum Glück haben die Zeiten sich zumindest in manchen Ländern ein wenig geändert.« Der entspannte Ausdruck kehrte auf Pinenoires Lippen zurück. Er legte Gullivers Reisen auf den Beistelltisch.

»Es ist ganz einfach, meine Liebe«, kam er übergangslos zu dem unterbrochenen Thema zurück. »Sie rufen zehn Minuten vor Beginn der Versteigerung eine Nummer an, die ich Ihnen gleich geben werde. Es ist der Anschluss eines bekannten Auktionshauses in Paris. Dort werden Sie mit einem Mann sprechen, einem Mitarbeiter des Hauses. Er wird Ihnen das jeweils aktuelle Gebot mitteilen. Dann wird er Ihnen die nächsthöhere Summe nennen und Sie fragen, ob Sie sie bieten und damit im Rennen bleiben. Ihre Aufgabe besteht darin, dies zu tun.«

»Das ist alles?«

Pinenoire nickte. »Am Ende geben Sie Ihre Adresse für die Lieferung an. Ich werde die Summe überweisen und man wird das Buch an Sie versenden.«

»Wie weit darf ich mitbieten?«

Pinenoire setzte seine Kaffeetasse mit einem leisen Klicken auf den Unterteller zurück.

»Bis zu jedem Betrag, den man Ihnen nennt.«

Eden River

Carol schloss ihren Laden um eins. Nach dem Mittagessen bei Jenny verließen sie den Ort Richtung Süden. Nach fast einer Stunde gemütlicher Fahrt erreichten sie zu Calebs Überraschung einen Wald. Zu beiden Seiten eines breiten Flussbettes hatten sich Laub- und Nadelbäume zu einem Streifen Mischwald versammelt. Schattig, grün und kühl. Wie ein Hauch von Märchenland inmitten einer Wüste.
»Der Eden River«, erklärte Carol. »Er hält unseren Ort am Leben, die Weiden, die Felder, die Tierzucht – die gesamte Wasserversorgung von Sweetwater. Alles lebt aus diesem Fluss.« Sie deutete hinter sich. »Ein kleiner Nebenarm fließt an meinem Haus vorbei. Am Ende münden beide in den Sweetwater Lake.«
»Von oben sieht man dem Tal wirklich nicht an, was sich hier versteckt«, sagte Caleb.
»Ja, eine Welt in der Welt, nicht wahr?«
Carol stieg aus. Sie öffnete den Kofferraum. Darin lagen zwei schwarze röhrenartige Nylontaschen, ein Weidenkorb und ein großer Plastikeimer mit Deckel.
»Hast du schon einmal geangelt?«, fragte sie ihn.
Caleb nickte. »Ein wenig. Manchmal ziehen wir beim Segeln eine Schnur mit Haken hinter uns her.«
Sie lachte. »Dann wird dir das hier wie Tanzen vorkommen. Es gibt keine elegantere Art zu angeln als das Fliegenfischen. Mein Vater hat es mir gezeigt. Wir waren oft hier.«
Caleb sah sie fragend an.
»Walter Brinker. Sozusagen mein Adoptivvater«, erklärte sie. »Eigentlich ist Fliegenfischen eher eine Männerangelegenheit. Mit Bier und so. Als einzige Tochter bekommt man eine Menge von diesen Jungssachen mit.«

»Kann ich mir denken«, sagte er, während er weitere Fragen nach ihrer Familie zurückhielt. »Was beißt denn hier?«
»Forellen«, erklärte sie, »große Forellen. Und manchmal eine kleine Forelle. Leichte Fische, dünne Leine.« Sie drückte ihm eine der beiden Taschen in den Arm. »Heute Abend sind wir zum Barbecue eingeladen, wenn du magst. Wir sollten etwas mitbringen.«
Caleb nahm den Angelkorb und den Eimer aus dem Wagen und sie gingen zum Fluss. Auf einer Moosinsel dicht am Ufer wickelte Carol ihre Tasche auseinander.
»Das ist eine Five-Rivers-Fliegenrute«, erklärte sie. »Mit das Beste, was man sich antun kann. Sagt zumindest Josh Granter.«
Sie kniete neben der Tasche. »Vier Teile, siehst du? Die muss man zusammenschrauben. Und dann die Schnur von der Rolle durch die Fittings führen. Sie hat eine Bremse, wenn der Fisch zieht.«
Caleb umarmte sie von hinten und küsste sie auf den Nacken.
»Hey, das ist mein Ernst«, sagte sie in einem Tonfall, der eher das Gegenteil ausdrückte.
»Ich weiß«, sagte er. Dann rollte er die zweite Tasche aus und montierte mit geübten Handgriffen die Angel zusammen. Am Ende befestigte er einen Forellenstreamer an der Schnur.
»Du lässt mich das alles vormachen, obwohl du genau Bescheid weißt?«
Caleb grinste. »Ich liebe es zu sehen, wie du die Dinge anpackst.«
»Zusammenbauen ist ja auch der leichte Teil«, sagte sie mit kämpferischem Blick. »Kannst du auch auswerfen?«
Carol hatte grüne Wathosen dabei, die bis über den Bauch

reichten. Damit arbeiteten sie sich so weit in die Mitte des Flusses vor, bis sie zur Hüfte im Wasser standen.
Carol war tatsächlich sehr geübt. Sie zog weite Schleifen in der Luft und ließ bei jeder Bewegung etwas mehr Leine nach. In der schrägen Nachmittagssonne, vor der Kulisse der dunklen Bäume, tanzte die Fliegenschnur wie ein Faden aus weißem Licht über ihnen. Caleb fühlte sich an den anmutigen Tanz einer Turnerin mit dem Band erinnert. Er verschlang jedes Bild, als müsste er es sich für die Ewigkeit einprägen. Das erfüllte ihn mit Glück und machte ihm gleichzeitig Angst, weil er erkannte, dass er diese Momente nicht festhalten konnte. Jeder Augenblick, selbst wenn er von noch so überwältigender Schönheit war, würde wieder vergehen. Letztlich waren auch die schönsten Momente im Leben immer nur ein Aufblitzen von Lichtfunken in einem Fluss. Vielleicht war dies ein Grund, warum Erlebnisse von besonderer Schönheit das Herz so sehr berührten. Weil man wusste, dass man sie wieder gehen lassen musste.
Nach zwei Stunden hatten sie genügend Forellen im Eimer. Sie packten ihre Sachen zusammen und fuhren zurück in die Stadt. Caleb freute sich darauf, an diesem Abend einige der Bewohner von Sweetwater persönlich kennenzulernen.

Sophies Plan

Während Caleb und Carol auf dem Rückweg nach Sweetwater waren, machte sich in Paris ein dunkel gekleideter Mann auf den Weg in die Rue Cortot. Es war zwei Uhr

nachts, die Zeit, in der auch in Montmartre die meisten Bewohner tief und fest in ihren Betten schlummerten. Der Mann war von jener Sorte, denen man die Arbeiten gab, die man selbst nicht gerne erledigte. Jemand, der nicht mehr wusste als nötig. Und das war meist nur der Name einer Person.
Sophie Chloé Ledoux wälzte sich in ihrer kleinen Wohnung durch einen unruhigen Schlaf. Noch immer haderte sie mit dem Gedanken, ihren Arbeitgeber gleich zweimal gegen Geld verraten zu haben. Doch um was ging es in Wahrheit? Um ein Buch und noch nicht einmal ein besonders wertvolles, geschrieben von einem Mann, der kaum jemandem ein Begriff war. Ein Buch voller Gleichungen und Zahlen. Kein einziges Gemälde oder auch nur eine Zeichnung darin. Keine Schönheit für diese Welt.
Sophie Chloé hatte den Verfasser gegoogelt und war zu dem Schluss gekommen, dass das Schriftstück eigentlich keinen materiellen Wert haben konnte. Doch seltsamerweise beruhigte sie das nicht. Ganz im Gegenteil: Warum betrieben zwei verschiedene Parteien einen derartigen Suchaufwand?
Sie ließ ihren Gedanken freien Lauf und die Ideen, die ihr dabei kamen, empfand sie als genial. Das Buch musste etwas Geheimnisvolles in sich bergen, etwas, was sich nicht mit den üblichen Maßstäben der Kunstwelt messen ließ. Wenn man ihr schon für die Information über den Versteigerungstermin solche Summen anbot, was würde man ihr dann erst für das Buch selbst zahlen? Genug für ein sorgenfreies Leben als Malerin. Vielleicht sogar genug, um eine eigene Galerie zu eröffnen und vom Rest eine kleine Wohnung in Montmartre zu kaufen.
Immerhin hatte sie zwei Telefonnummern. Hinter jeder

Nummer wartete jemand, der bereit war, eine große Menge Geld auszugeben. Das konnte eine zweite Handreichung Gottes sein. Ein Wink vom Universum, eine Auslieferung ihrer Wünsche. Wäre es geschickt gewesen, so etwas abzulehnen?
Sie drehte sich zum ungezählten Mal auf die andere Seite. Heute war die Nacht von Samstag auf Sonntag. Niemand wäre morgen im Auktionshaus. Sophie wusste, wie sie an den Zentralschlüssel und an eine Universalkarte für die Objektkammer kommen könnte. Das Problem war nur, den Saferaum zu öffnen, ohne dass später jemand anhand der Kartennummer und der Uhrzeit auf sie kam. Doch auch dafür gab es eine Lösung, denn Sophie hatte Zugang zu dem Computer, mit dem alle elektronischen Auf- und Zuschließvorgänge protokolliert wurden. Doch irgendwie waren zwei kleine Anrufe die eine Sache und ein Einbruch mit Diebstahl eine andere.
Sie beschloss, den Fall morgen früh spontan zu entscheiden und drehte sich wieder auf die andere Seite. Dabei wandte sie ihren Rücken dem Zimmer zu. Das war der Moment, auf den der Mann vor ihrer Wohnungstür gewartet hatte. Er beendete seine Beobachtung, zog das Endoskop unter dem Türspalt heraus und schob stattdessen ein Lockpickingwerkzeug in das Sicherheitsschloss. Mit einem kaum hörbaren Klicken sprang es auf. Dieses Geräusch war das vorletzte, das Sophie in ihrem Leben hörte.

Sonntag

Es war Sonntagvormittag. Caleb und Carol saßen auf der Veranda und frühstückten. Das Grillfest im Garten von Matthew war etwas anders verlaufen, als Caleb Barbecues gewöhnt war. Obwohl er fast keinen der etwa dreißig Gäste zuvor gesehen hatte, schienen ihm einige auf eine seltsame Weise vertraut.

»Alles sehr nette Menschen, finde ich«, sagte Caleb.

»Es ist ein abgelegener Ort«, erklärte Carol. »Die meisten hier sind einfach und bescheiden. Und wir halten zusammen, auch wenn es natürlich immer wieder die kleinen zwischenmenschlichen Reibereien gibt.«

»Ich muss noch immer an diese Sache mit dem Gebet denken«, sagte Caleb.

»Was ist daran so ungewöhnlich?«

»Ich habe noch nie in einem Tempel zu Abend gegessen.«

»Das war Matthews Vision«, erklärte Carol. »Seit er zwölf war, träumte er immer wieder von einem buddhistischen Tempel. Er glaubte sogar, der Tempel würde ihn rufen, und reiste durch halb Asien, um ihn zu finden. Am Ende hat er ihn selbst gebaut, mit seinen eigenen Händen. Jeden Stein. Er sagt heute, dass dies die wahre Botschaft seines Traums gewesen war.«

»Er träumte von einem Tempel?«

Carol nickte. »Es war ein Auftrag.«

»Glaubst du an so etwas?«

Sie sah ihn ernst an. »O ja.«

»Sind hier alle so?«

»Wie denn?«

»Religiös. Altmodisch. Seltsam, irgendwie. Ich weiß kein Wort dafür.«

Sie lächelte verständnisvoll.
»Es stimmt schon, wir fahren nicht die neuesten Autos und benutzen nicht immer die aktuellste Technik.«
»Ist das eine Religion oder so etwas?«
Sie lachte. »Du meinst, so wie die Amish? Nein, im Mittelalter leben wir nun doch nicht mehr.«
»Ich frage ja nur.«
»Nein, keine Religion.«
»Aber ihr habt Kirchen.«
»Natürlich. So wie jeder Ort. Wir sind einfach nur ein wenig konservativ, aber nicht aus Prinzip.«
Sie wechselte das Thema.
»Ich komme mir vor wie in einem Interview, Mister Brooks. Jetzt frage ich dich mal etwas.« Sie sah ihn herausfordernd an und er wusste, dass sie ihn necken wollte.
»Okay«, sagte er.
»Erzähl mir drei Laster von dir.«
Er verzog den Mund und zuckte mit den Schultern. »Kein Laster?«, bohrte sie. »Sind Sie ein Heiliger, Mister Brooks?«
»Geleebohnen.«
»Wie bitte?«
»Ich weiß, es ist ungesund.«
»Caleb, Jelly Beans sind reiner Zucker mit Farbe und Chemie!«
»Du hast nach einem Laster gefragt.« Er grinste. »Und dann noch Marshmallows, falls man ein Grillfeuer macht. Das ist Nummer zwei.«
»So wie gestern zum Beispiel.« Sie sah ihn liebevoll an. »Männer bleiben ewig Kinder, oder?«
»Na ja, ein wenig zumindest, hoffe ich.«
»Und was noch?«, fragte sie.

»Nummer drei zeige ich dir gleich.« Er umarmte und küsste sie.
Sie verbrachten den Sonntag in Carols Haus. Immer wieder überwältigte den einen oder anderen von ihnen das Glück darüber, sich gefunden zu haben, und sie liebten sich. Am Abend schliefen sie eng aneinander geschmiegt ein.

Calebs Entscheidung

Am Montagvormittag fuhr Carol für einige Stunden zu ihrem Laden. Caleb hatte sich entschieden, im Haus zu bleiben und an einem noch fälligen Beitrag über Klimaverschiebungen zu arbeiten. Dabei kam ihm wieder das auffällig schöne Wetter über Sweetwater in den Sinn. Wie konnte es in einer derart kleinen Region so viel wärmer sein als im Rest des Bundesstaates? Auch hatte er bislang kaum Wolken bemerkt. War es wirklich so, dass die aufsteigende Wärme aus dem Kessel in einer sonst eher kühlen Umgebung die Wolken auflöste? Er wusste, dass warme Meeresströme ihre eigenen Klimazonen erzeugten. Doch war das auch bei einer überschaubaren Landfläche möglich?
Das war nur eine der Fragen, für die er keine Lösung fand. Seit dem Tag, an dem er in Sweetwater eingetroffen war, beschäftigten ihn neben den wunderbaren Erlebnissen eine ganze Reihe deutlicher Zweifel. Es gab viele Unstimmigkeiten, für die er keine Erklärung fand. Das ging schon damit los, dass er den Namen von Sweetwater nur zusammen mit seinem und Abigails gefunden hatte. Dann der seltsame Weg hierher, der sich jeder herkömmlichen Zeit und

Meilenrechnung entzogen hatte. Die schemenhafte Frau am Straßenrand, von der er nicht wusste, ob er sie nur geträumt hatte. Die stehengebliebene Uhr im Wagen, die erst wieder zu laufen begonnen hatte, als er sich entschieden hatte, den Hügel hinabzufahren. Die seltsamen Geschichten der Einwohner. Die scheinbar wahllose Vermischung von Altem und Modernem im Ort. Seine eigenen Zustände, in denen er sich fragte, ob er gerade träumte oder wach war. Wann war dies alles losgegangen? Ab wann war ihm die Realität zum ersten Mal seltsam erschienen? Er kam zu dem Schluss, dass es der Montag vor einer Woche gewesen war, an dem er so intensiv über dem Valentinsbeitrag gebrütet hatte.

Das war es! Caleb war sich sicher, dass der Impuls, Abigails Namen einzugeben, einen Wendepunkt darstellte. Zuvor hatte er sich zwar unglücklich, aber immerhin normal gefühlt. Nachdem er dem Impuls gefolgt war, waren die wenigen Satzfragmente und der Ortsname von Sweetwater aufgetaucht. Sie hatten die Kette von Dominosteinen in Bewegung gesetzt. Wie um Himmels willen war so etwas möglich?

Caleb versuchte, seine wild hochschießenden Gedanken zur Ruhe zu bringen, indem er strikt logisch blieb. Es gab nur zwei Möglichkeiten. Entweder, er war in genau dem Moment, als der Impuls gekommen war, in einen Traum gefallen und saß in Wahrheit jetzt gerade schlafend an seinem Schreibtisch in New York. Aber was dann? Was würde er erleben, wenn er nach New York zu seinem Arbeitsplatz zurückkehrte? Sich selbst, schlafend? Vielleicht würde es sogar den Traum beenden, wenn der Träumer sich plötzlich selbst beim Träumen entdeckte? Das würde er nur erfahren, wenn er es tat.

Die zweite Möglichkeit wäre, dass alles kein Traum, sondern ganz real, wenn auch merkwürdig war. Dann müsste er ebenfalls zurück nach New York und einige Sachen organisieren. Er hatte ursprünglich nicht vorgehabt, länger in Sweetwater zu bleiben. Sein Gepäck bestand nur aus wenigen Kleidungsstücken, etwas Kleinkram und seinem Notebook. Außerdem hatte er für gewöhnlich einen dichten Terminplan. Neben dem Tagesgeschäft gab es mehrere ausgemachte Interview- und Recherchetermine. Er hatte zwei Fernsehauftritte zugesagt, die Mitwirkung an einem Buchprojekt über kippende Klimasysteme und einen Beitrag für Scientific American über Teilchenbeschleuniger experimente. Und natürlich noch den Beitrag zum Valentinstag.

Dies alles wollte er im Moment nur noch schnellstmöglich loswerden. Er wollte mit Dennis persönlich reden, um entweder einen längeren Urlaub oder eine Freistellung zu bekommen. Dann die laufenden Vorgänge an Kollegen übergeben, die wichtigsten Dinge aus seiner Wohnung holen und nach Sweetwater zu Carol zurückkehren.

Ein paar Tage nur, dann wäre er wieder hier – frei und offen für ein neues Leben. Diese Entscheidung war ihm plötzlich ganz klar.

Er arbeitete unkonzentriert an seinem Beitrag weiter, während er immer wieder überlegte, welche seiner Überlegungen er Carol gegenüber äußern sollte. Als sie schließlich zurück war und er beim Abendessen endlich dazu ansetzen wollte, kam sie ihm zuvor.

»Man verlässt diesen Ort nicht einfach so«, sagte sie unvermittelt. Sie schien es in seinen Augen gelesen zu haben. »Ebenso, wie man ihn nicht so einfach findet.«

»Ich muss einige wichtige Dinge erledigen«, erwiderte er.

»In vier, fünf Tagen bin ich wieder hier.«

»Ja.« Carol sprach das Wort aus, wie man ›Amen‹ sagt. Ein ›Ja, so sei es‹, in dem eine schwer zu erklärende Endgültigkeit lag. Er fühlte sich plötzlich unwohl wie jemand, der ahnt, einen großen Fehler zu machen, und es dennoch nicht anhalten kann.

»Ich gehe doch nur, damit ich anschließend länger bleiben kann«, sagte er.

»Natürlich«, antwortete sie.

Statt nachzufragen, warum sie so seltsam reagierte, überging er ihre Stimmung.

»Darf ich einige meiner Sachen bei dir lassen?«, fragte er.

»Klar.« Sie strich sich eine Haarsträhne hinter das Ohr und bemühte sich, ein Lächeln auf die Lippen zu bringen. »Eine gute Idee.«

»Ich muss auch noch diesen Artikel schreiben, über den Valentinstag.«

»Ach wirklich?«, fragte sie. »Ich dachte, du schreibst über Sweetwater.«

»Es fing mit dem Valentinsthema an«, erklärte er. »Erst darüber stieß ich auf Sweetwater. Aber jetzt ...«

Er wusste, dass es falsch wäre. Ein solcher Artikel würde diesen Ort verraten, ihn zerschneiden und seine Magie zerstören. Die New York Times hatte Millionen Leser. Was, wenn auch nur einer von tausend sich vornahm, Sweetwater zu besuchen?

»Vielleicht ist Sweetwater nicht wichtig«, sagte sie. »Vielleicht ist das wichtig, wofür es steht?«

Er nickte etwas hilflos. »Genau das versuche ich die ganze Zeit zu ergründen.«

»Wenn du es herausgefunden hast, wird es ein sehr schöner Artikel werden«, sagte sie.

»Noch habe ich Zeit«, sagte er. »Drei Tage.«
»Eine Ewigkeit.«
»Ich muss meine Dinge ordnen. Und mich selbst auch, denke ich.«
»Vielleicht kann man sich selbst gar nicht ordnen«, sagte Carol.
Wieder glaubte er, in ihrem Blick neben all der Zuneigung auch ein sorgenvolles Wissen über sein Schicksal zu erkennen.
»Vielleicht kann man nur die Ordnung im Ablauf aller Dinge erkennen.«
»Ja, so was Ähnliches.« Er hatte das Gefühl, sich am Thema vorbeizudrücken. »Auf jeden Fall möchte ich ein paar Sachen regeln. Bei meinem Job kann man nicht ohne Ankündigung und Vorbereitung verschwinden.«
»Natürlich nicht.« Sie stand auf, ging zu einem Regal im Wohnzimmer. Dort fuhr sie mit einem Finger über die Buchrücken im dritten Bord. Schließlich zog sie ein kleines, in rotes Leder gebundenes Buch heraus.
»Kennst du das?«, Carol drehte den Titel in Calebs Richtung. »Gullivers Reisen von Jonathan Swift.«
Caleb schüttelte den Kopf. »Ehrlich gesagt, habe ich es nie gelesen.«
»Er konnte nicht aufhören zu suchen und erlebte genau deshalb Welten, die nie ein Mensch vor ihm gesehen hatte.« Sie legte das Buch vor ihm auf den Tisch. »Es ist eines meiner Lieblingsbücher. Ich möchte es dir schenken.«
»Das kann ich nicht annehmen.«
»Warum nicht?« Sie lächelte ihn mit blitzenden Augen an.
»Nun … Warum eigentlich nicht?« Er lachte und sie stimmte ein. Doch durch seine Entscheidung war etwas von der Leichtigkeit der vergangenen Tage verschwunden.

Nach dem Essen setzten sie sich mit zwei Gläsern Rotwein auf die Veranda hinter dem Haus. Die Sonne war schon untergegangen. Im Himmel glühte noch das Licht des Tages nach. Es roch nach Kräutern, trockener Erde und dem Wasser des kleinen Flusses, der hinter dem Grundstück vorbeizog. Carol setzte sich auf die Bankschaukel, die mit zwei Ketten am Dachbalken befestigt war. Caleb nahm neben ihr Platz.

»Der Eden River kommt aus den Bergen«, sagte sie und deutete mit dem Weinglas die Richtung an. »Es gibt eine Quelle dort oben.« Sie schwenkte das Glas nach Südwesten. »Dort hinten fließt er in den See.«

»Sweetwater«, sagte Caleb. »Das klingt so verheißungsvoll.«

Carol streifte ihre Sandalen ab und zog die Füße auf die Bank.

»Für die Einwanderer, nach wochenlanger staubiger Fahrt durch die Wüste, muss es wie die Ankunft im Paradies gewesen sein.«

Caleb brannte seit Tagen eine Frage auf den Lippen.

»Carol, was ist das hier? Träume ich? Bist du Teil eines Traumes, aus dem ich morgen früh aufwachen werde? Soll ich deshalb den Ort nicht verlassen?«

Sie legte ihre Beine seitlich auf die Bank und schmiegte sich an ihn. Er fühlte ihre Wärme, ihre Weichheit, ihre Hand auf seinem Arm, die andere auf seiner Schulter.

»Ich will kein Rätsel für dich sein«, sagte sie. »Für mich ist es kein Traum. Ich lebe einfach nur hier.«

»Aber etwas in diesem Tal ist sehr seltsam«, beharrte er. »Ihr habt keine Handyverbindung. Nur alte Automodelle. Kaum Verkehr. Praktisch kein Internet.«

»Fast jeder hat Telefon«, entgegnete Carol. »Und wer es

will, hat einen Internetanschluss. Ich auch, im Laden. Ich mag es nur nicht hier im Haus.«

»Warum nicht?«

Sie zog ihre Stirn kraus. »Sagen wir es mal so: Das Internet verbindet einen mit der Welt da draußen. Aber vielleicht will man mit all dem gar nicht verbunden sein müssen. Was davon ist so wichtig, dass man es unablässig wissen müsste?«

»Man kann doch nicht einfach die Realität aussperren«, sagte Caleb.

Carol lächelte, fast ein wenig müde.

»*Die* Realität gibt es doch gar nicht«, sagte sie. »Es gibt doch nur *deine*. Die Auswahl an Informationen, Menschen, Gegenständen, Orten, mit der du dich umgibst. Was ist das für dich, jetzt in diesem Moment? Sweetwater oder das da draußen?«

»Na beides«, sagte er.

Sie sah ihn an, liebevoll und gleichzeitig durchdringend. »Das glaubst du nicht wirklich.«

Wieder fühlte er sich vor ihr wie aus Glas. »Was meinst du damit?«

»Das Einzige, was du jetzt hast, ist dies hier«, erklärte sie. »Wenn du hier bist, kommt dir die Welt da draußen wie ein ferner Traum vor. Und wenn du wieder in New York bist, wird dir Sweetwater vorkommen, als wäre es nie gewesen.«

Carol wendete ihren Blick in den dämmrigen Garten. Büsche, Bäume und Zäune erschienen vor dem Abendhimmel wie aus Schatten gemacht.

»Sieh mal die Landschaft vor uns«, sagte sie. »Gerade war sie noch hell und farbig und weit. Und gleich wird es nur noch Dunkelheit sein. Dann ist das unsere Welt. Ein Haus, umgeben von Dunkelheit. Der Tag wird nur noch eine Erinnerung sein. So lange, bis der nächste Tag beginnt.« Sie legte eine Hand auf seinen Arm. »So ist es für mich. Wenn du gehst, ist es, als wärest du für immer weg. Und wenn du bei mir bist, bist du für immer hier.«

»Ich werde dich anrufen«, versicherte er. »Jeden Tag.«

Sie schüttelte den Kopf. »Komm einfach nur wieder.«

Caleb bemühte sich, den Kloß in seinem Hals herunterzuschlucken. Es gelang ihm nicht.

»Das ist eine ziemlich ... nun, verwirrende Sichtweise«.

»Das fand ich auch, am Anfang«, stimmte sie zu. »Aber es wird normal.«

»Ich weiß nur eines sicher«, sagte Caleb bestimmt, als könnte er sich selbst damit wieder in die Mitte bringen. »Ihr alle hier habt ein gemeinsames Geheimnis. Sagst du mir, was es ist?«

Sie strich ihm zärtlich über die Wange. »Du wirst es erfahren, wenn du wiederkommst. Ist das ein Wort?«

»Nun, damit könnte ich leben.« Er beugte sich ihrem Gesicht entgegen und küsste sie.

In dieser Nacht liebten sie sich noch zweimal, bis der Morgen kam und den Traum ihrer letzten gemeinsamen Nacht beendete.

Pünktlichkeit

Der Wecker begann um fünf Uhr fünfzig damit, ein schnarrendes elektronisches Geräusch von sich zu geben, das an ein Klingeln erinnern sollte. Wie jeden Morgen drückte

Clive Borrows den schwarzen Ausschalter nach genau fünf Toneinheiten.
Clive arbeitete seit siebzehn Jahren für Amway Express. Zuerst zwei Jahre in fensterlosen Lagerhallen, als Sortierer am Band. Dann drei Jahre als Lademeister in den verkratzten Aluminiumbäuchen von Transportflugzeugen. Seit zwölf Jahren genoss er jeden Tag der Freiheit als Fahrer. Clive hätte auch in die Verwaltung gehen können, um an einem trockenen, warmen Schreibtisch Nachforschungsaufträge zu bearbeiten. Oder er hätte Ladepapiere ausgedruckt, damit ein Arbeiter mit Handscanner im Laderaum eines Flugzeuges am anderen Ende der Welt sie wieder in einen Computer einscannen konnte.
Clive Borrows hatte sich für nichts von dem entschieden. Stattdessen hatte er auf eigene Kosten den Führerschein für Gefahrguttransporte gemacht. Niemand bei Amway brauchte so einen Schein, aber es machte ihn in der Flut von Fahreranwärtern zu etwas Besonderem. Der Plan ging auf und Clive bekam zunächst eine Tour in der Stadt zugeteilt. Anfänger bekamen immer die Stadt, weil es strapaziöser, aber gleichzeitig einfacher war als eine Landtour. In der Stadt hatten alle Straßen Namen und alle Häuser trugen Nummern. Das war gut für Grünschnäbel. Doch Stadt bedeutete auch viel Verkehr, mit einem Bein immer auf der Schwelle zu einem Strafzettel und viel Laufarbeit. Gemütlicher und deshalb begehrter waren die Überlandbezirke. Nach einem Jahr und fünf Monaten hatte Clive eine Tour am Stadtrand ergattert. Noch ein Jahr später fuhr er Überlandrouten. Sweetwater war nun seit sieben Jahren Clives Gebiet und er kannte jede einzelne Adresse dort so genau wie den Inhalt seiner eigenen Wäschekommode.
Clive stand voll und ganz hinter der Firmenphilosophie

von Amway Express. Pünktlich – perfekt – persönlich. Er stand jeden Tag zur selben Minute auf, auch an freien Tagen.

Er frühstückte Cap'n-Crunch-Frühstücksflocken, die ihm seine Mutter schon zu Schulzeiten auf den Tisch gestellt hatte. Er ließ sie exakt eine Minute in Bow's Biomilch einweichen, ehe er damit begann, sie auszulöffeln. Nicht zu weich, nicht zu hart. Ein Ei, ebenfalls nicht zu weich und nicht zu hart, und eine Tasse Milchkaffee. Vier Tassen in die Thermoskanne und diese zusammen mit einem Apfel und vier Sandwiches in eine kleine Plastikbox, die genau dieselbe dunkelblaue Farbe hatte wie sein Wagen und seine Kleidung.

Neben der Wohnungstür, in Augenhöhe, hing ein Wandbrett. Darauf lagen ein brauner Geldbeutel, ein Schlüsselbund, eine Sonnenbrille und eine Omega Speedmaster Broad Arrow. Clive trug die Speedmaster nicht, weil er ein Wichtigtuer oder Verschwender gewesen wäre. Auch nicht, weil er eine solch extrem genaue und belastbare Uhr brauchen würde. Er trug sie, weil sie ein Geschenk von Sarah zum ersten Hochzeitstag gewesen war. Ein ganzes Jahr hatte seine Frau heimlich gearbeitet, jeden Cent gespart, nur um ihm dieses Meisterwerk als Symbol für die Ewigkeit schenken zu können. Auf der Rückseite gab es eine persönliche Gravur, die Clive jeden Morgen las, ehe er das Metallarmband um sein Handgelenk schloss.

In unendlicher Liebe.

Für Clive, meinen Mann und Seelengefährten. Sarah.

Den zweiten Hochzeitstag feierte Clive nicht mehr mit Sarah. Sie war bei der Geburt ihres gemeinsamen Sohnes gestorben. Clive nannte den Jungen David Aron, so wie Sarah und er es sich gewünscht hatten, und ließ ihn drei

Wochen später zu ihr ins Grab legen. Plötzlicher Kindstod, hatten die Ärzte gesagt.
Sarah und David Aron Borrows.
Gott rief sie zu sich, um ihnen seinen Himmel zu zeigen.
Welch ein Glück.
Clive hatte sich nie als besonders religiös empfunden, doch genau diese Worte waren ihm in den Sinn gekommen, als er das Krankenhaus allein verlassen hatte. Nun standen sie, in weißen Marmor gemeißelt, unter einem Ahornbaum auf dem Lincoln-Friedhof und blickten auf die Stadt hinab. Was für eine Ironie, dachte er damals, dass er diese Gravur, wie eine Art Antwort auf Sarahs Geschenk, ein Jahr später in Auftrag geben musste.
Immer wenn Clive seitdem auf die Speedmaster an seinem linken Handgelenk sah, wusste er, dass seine Lebenszeit wieder etwas weniger geworden war. Für ihn lief die Uhr nicht vorwärts, in eine Zukunft hinein, sondern rückwärts, wie ein Countdown. Genau dies zu wissen war sein größter Trost und seine stärkste Hoffnung. Eines Tages würde er ein allerletztes Mal auf das weiß schimmernde Zifferblatt mit den vielen Zeigern und Zahlen blicken. Und nur einen Schritt des Minutenzeigers später wäre er dort, wohin seine kleine Familie ihm vorausgereist war. Endlich zu Hause. Die Speedmaster brachte ihn heim.
Bis dahin würde er sein Leben den Menschen widmen, die sich Pakete schickten. Clive wusste, dass Pakete keine leblosen Gegenstände waren, so wie viele glaubten. Jedes Paket war eine Botschaft. Es enthielt Gefühle und Bausteine des Lebens, von denen einer einem anderen etwas abgab. Viele Pakete waren Liebe, die in computeretikettierten Kartons auf den Weg geschickt wurde, um sich vor den Augen des Menschen am anderen Ende der Paketreise ent-

falten zu können. Manche Pakete waren Mitgefühl und Beistand in Form von nützlichen Dingen, die man sich selbst vielleicht nicht leisten konnte. Einige waren Wissen in Form von Büchern oder DVDs, mit dem man das Leben besser verstehen konnte.

Clive hatte viele Bücher gelesen, seit er Sarah und David verloren hatte. In keinem war die Antwort auf seine quälende Frage nach dem Warum gestanden und doch hatten ihm alle letztlich zur Antwort verholfen. Die endgültige Antwort auf seine Frage an Gott war nicht zwischen Seiten verborgen gewesen, sondern zwischen seinen Tränen. Eines Tages, in all seinem Schmerz und den immer gleichen quälenden Gedanken, hatte Clive den ersten Asthmaanfall bekommen. Ein Ring aus Eisen legte sich damals um seine Brust und eine unsichtbare, gnadenlose Kraft beschloss zu prüfen, wie weit man ihn zusammenziehen konnte.

›Jetzt ist es vorbei‹, hatte Clive gedacht, als nach qualvollen Minuten der Punkt kam, an dem etwas in ihm den Kampf ums Leben aufgab. ›Wie wundervoll. Jetzt gehe ich zu meiner Familie. Danke Gott.‹ Beide Hände in seine Brust gekrampft, die Augen starr an die Zimmerdecke geheftet, erwartete er, in Dunkelheit zu fallen. Doch es wurde hell, so hell, wie Clive es noch nie zuvor erlebt hatte. Es war wie fliegen zu können, alle Gewichte der Welt und des Körpers hinter sich zu lassen und durch einen Tunnel aus Licht in goldene Wolken zu reisen. Sarah und David warteten dort auf ihn, streckten ihm die Arme entgegen, um ihn in ihrer Mitte zu begrüßen. Wie schön es hinter der Schwelle des Sterbens war. Davor lagen Leid und Schmerz und die ganze Schwere von Körper und Leben, doch hinter dieser Grenze warteten Glück und unbeschreibliche Liebe. Fast wäre Clive Borrows tatsächlich allein in seinem Bett erstickt, doch der große Chef hatte anders entschieden. Statt diese Welt für immer zu verlassen, hörte Clive während seines Kampfes um einen rettenden Atemzug sieben Worte in seinem Kopf. Für ihn waren es sieben heilige Worte. Nachdem sie verklungen waren und er ihren Sinn mit jeder Zelle seines Körpers verstanden hatte, löste sich der Eisenring und der Atem kam zurück.

Seitdem fragte Clive Gott nicht mehr. Er wollte nur noch sein verbleibendes Leben auf bestmögliche Weise zu Ende bringen und dabei anderen nützlich sein. Das Asthma hatte der Allmächtige ihm gelassen. Clive betrachtete es als Erinnerung an diesen entscheidenden Tag seiner zweiten Geburt. Der Schöpfer hatte ihm Asthma gegeben und die Ärzte gaben ihm das Spray dagegen. Letztlich war alles ein Teil von Gott und so lebte Clive mit seinen gelegentlichen Anfällen und Spraydosen wie andere Menschen mit Regen und Schirmen.

Clive fuhr fast so zuverlässig Auto, wie die Uhr an seinem Arm die Minuten zählte. Um sieben traf er im Depot in der Jefferson Street ein, wo die Mitarbeiter am Band nachts die Touren für die Fahrer sortiert hatten.

Um sieben Uhr dreißig waren alle Pakete auf der Ladefläche seines blauen Lieferwagens verstaut. Vorsortiert, damit er aus über zweihundert Sendungen rasch die richtigen Adressen herausfand. Jeden Morgen beim Aufladen ging Clive die gesamte Tour in seinem Kopf durch. Hinter jeder Adresse lebte ein Mensch und hinter jedem Menschen stand ein Schicksal. Clive kannte viele dieser Schicksale, manche schlimmer als sein eigenes. Das machte ihn demütig und schweigsam. Ehe er den Motor anließ, hatte er innerlich bereits allen heutigen Kunden in Sweetwater einen schönen Tag gewünscht.

Abschied

Als Caleb das Jericho verließ und mit seiner Reisetasche auf den Dodge zuging, fiel ihm auf, dass er den Wagen seit der Stunde seiner Ankunft nicht mehr berührt hatte. Wie lange war das her? Sechs Tage? Sechs Wochen? Wenn es nach seinem Gefühl ging, hätten es auch Jahre sein können. Er drückte den Knopf an der Fernbedienung des Autoschlüssels. Die Lichter des Wagens blinkten zweimal und ein kurzes Japsen ertönte. Caleb kam sich vor wie ein Entdecker, der sein Schiff bestieg, um Heimat und Familie vielleicht für immer zurückzulassen. Was im Universum konnte so wertvoll sein, dass man seine Frau verließ? Eine Position bei einer Zeitung? Eine Wohnung in New York? Ein paar Bekannte? Er beruhigte sich mit dem Gedanken, dass er nur kurz wegging, um dann umso länger hier zu sein. Caleb drehte sich um. Carol stand auf der Veranda vor ihrem kleinen Laden. Zartrosa Kleid, weiße Sandalen, mit einer Hand die kastanienbraunen Haare im Lufthauch zurückhaltend.

Er nickte ihr zu und wendete sich wieder zum Wagen. Ein feiner Staubfilm bedeckte die Scheiben und den roten Metalliclack des Dodge. Caleb wischte über den chromglänzenden Griff und zog leicht daran. Die Tür sprang auf, als wäre sie ein Riss in der Zeit, der nur darauf wartete, dass er hindurchstieg. Zurück, woher er gekommen war.

Caleb hielt einen Moment inne, dann hob er seine Tasche auf die Rückbank und verstaute den kleinen Koffer hinter dem Fahrersitz. Carols Buch zeichnete sich unter der dünnen Nylonschicht der Außentasche ab. Er zog den Reißverschluss zurück und nahm es heraus. Gullivers Reisen. Wie passend.

Ehe er einstieg, sah er nochmals zu Carol hinüber, hob das Buch empor und winkte ihr damit zu. Sie hob eine Hand und lächelte mit dünnen Lippen. ›So bleich‹, dachte er. War sie schon immer so durchscheinend gewesen?
Er stieg ein, zog die Tür ins Schloss und startete den Motor. Im Rückspiegel beobachtete er eine staubige Windbö auf der Straße hinter sich vorbeiziehen. Er musste daran denken, wie Carol von ihrem Wagen als Sandkiste gesprochen hatte, wenn sie das Verdeck nicht schließen würde. Eine Welle von Traurigkeit schoss in ihm empor und erfüllte sein Herz. Mit Tränen in den Augen legte er den Rückwärtsgang ein. Die Hauptstraße war fast ohne Verkehr. Er stieß zurück, drehte den Wagen dabei in Richtung Ortsausgang und sah das Bild von Carol vor ihrem Laden im Rückspiegel auftauchen. Ihr Kleid bewegte sich im Luftzug. ›Wie eine Figur aus Wind und Licht‹, dachte er. ›Da und doch nicht wirklich da.‹
Caleb Brooks verließ Sweetwater um neun Uhr dreißig, am elften Februar. Nur sechs Tage und zwei Stunden, nachdem er den Weg hierher gefunden hatte. Und dennoch war eine Ewigkeit vergangen.

Der Auftrag

Arthur Merdrignac wählte eine Mobilnummer. Nach vier Rufzeichen wurde am anderen Ende die Verbindung abgebrochen. Das war das vereinbarte Zeichen.
Er wählte nochmals. Nach drei Ruftönen wurde abgenommen.

»Harper?«
»Ja«, sagte der Mann am anderen Ende.
»Ich habe einen Auftrag für Sie«, erklärte Merdrignac ansatzlos. »Es geht um ein Buch. Es wurde heute in Paris versteigert und dürfte bereits auf dem Weg zu seinem neuen Besitzer sein. Ich möchte, das Sie es für mich finden.«
»Was für ein Buch?«
»Nichts, was Sie im Detail wissen müssten.«
»So arbeite ich nicht.«
»Mir wurde gesagt, dass Sie genau so arbeiten.«
»Dann wurden Sie falsch informiert. Wenn ich etwas finden soll, muss ich wissen, worum es geht. Das optimiert mein Vorgehen und mindert Risiken.«
»Nun gut«, gab Merdrignac nach. »Es ist eine Art wissenschaftliches Werk, sein Titel lautet ›Acta‹. Es ist alt. Ein Einzelstück. Es dürfte in braunes Leder gebunden sein. Einer meiner Vorfahren hat es zu seiner Zeit legal erworben, dann ist es aus dem Familienbesitz verschwunden. Ich suche seit vielen Jahren danach und nun ist es endlich aufgetaucht. Es stand heute auf einer Auktion in Paris zum Verkauf.«
»Wieso haben Sie es dann nicht einfach ersteigert?«
»Ich hatte nicht mit weiteren Interessenten gerechnet. Überraschenderweise wurde ich jedoch mit einer ganz enormen Summe überboten.«
»Wer ist dieser Bieter?«
»Genau hier beginnt Ihr Job. Finden Sie es heraus. Es muss eine Person mit großem Vermögen sein und mit einem hohen persönlichen Interesse. Holen Sie das Buch und schicken Sie es mir. Tun Sie, was immer man in Ihrer Branche tut. Es ist mir egal. Es darf nur keine Spuren zu mir geben.«
»Sie haben mitgeboten und verloren«, sagte der Mann.

»Falls ich der Cop wäre, der später den Fall untersucht, wäre das eine ziemlich gute Spur.«

»Die Gebote erfolgten über einen Mittelsmann«, erklärte Merdrignac. »Kümmern Sie sich nur um den Auftrag.«

»Wie hoch ist mein Honorar?«

»Die Hälfte des Auktionspreises plus Spesen. Ich denke, das genügt, damit Sie wissen, dass das Buch für mich einen besonderen persönlichen Wert hat.« Diesmal deutete Merdrignacs Tonfall an, dass er darüber keine weitere Diskussion führen würde.

»Sobald ich meine Arbeit beginne, werden wir keinen Kontakt mehr haben«, erklärte Harper. »So lange, bis das Objekt bei Ihnen ist. Sie werden mich weder zurückrufen noch den Auftrag verändern können. Falls Sie das dennoch in Erwägung ziehen, sollten Sie sich einen anderen suchen.«

»Das ist mir bewusst.«

Merdrignac notierte sich die Bankverbindung, gab dem Mann den Namen des Auktionshauses, die Adresse, an die das Buch geschickt werden musste, und legte auf.

Dieses Buch war unersetzbar. Hier brauchte es mehr als einen einfachen Auftragsmörder, der Sophie Chloé Ledoux nach ihrem mitternächlichen Anruf perfekt beseitigt hatte. Wenn alles stimmte, was Merdrignac herausgefunden hatte, beinhaltete der alte Text ein Geheimnis, das die Welt verändern würde. Diese Kostbarkeit zu besitzen bedeutete nicht nur, einen großen materiellen Wert zu haben. Es bedeutete eine kaum vorstellbare Macht.

Ein Tag aus Liebe

Im Flugzeug holte Caleb sein Notebook heraus und begann, an seinem Artikel zu arbeiten. Ohne Wissenschaft. Ohne Knalleffekt. Und ohne Sweetwater. Es gab Orte, die jeder auf seine Weise finden musste.
Er schrieb, ohne ein einziges Mal nachzudenken.

Ein Tag aus Liebe. Von Caleb Brooks.
›Viele Menschen glauben, der Valentinstag wäre eine moderne Erfindung. Eine manchmal lästige Markierung im Kalender, damit man nicht vergisst, für jemand anderen ein Geschenk zu kaufen. Viele glauben auch, an diesem Tag ihre Frau oder Geliebte ehren zu müssen.
Doch all das ist nicht der Kern der Wahrheit. Es ist nur das, was wir in unserer durchgeplanten Welt voller unverstandener Gepflogenheiten daraus gemacht haben. In Wahrheit ist der Valentinstag keine Pflicht, kein Termin und kein Ritual. Er ist ein Gedenken.
Vor über siebzehnhundert Jahren lebte ein gottesliebender Mann, der all seine Kraft und sein Leben einsetzte, um Kranke zu heilen und Liebende vor Gott miteinander zu verbinden, selbst wenn es den Wünschen oder Regeln von Gesellschaft und Kirche widersprach. Ein Mann, der den Menschen durch sein eigenes Verhalten vorlebte, was Liebe bedeutet. Ein Mann, der gegen viele Konventionen seiner Zeit handelte, weil er auf die Stimme seines Herzens als die einzig wahre Kraft vertraute.
Damit wird ein Leben nicht immer einfacher oder leichter. Aber es wird ehrlicher.
Jede dem Herzen entspringende Ehrlichkeit und Integrität wird andere berühren und am Ende Großes bewirken.

Gleichzeitig wird ihr Träger Prüfungen erfahren, denn jeder, der sich aus der Masse erhebt, wird von der Masse genau betrachtet werden. Die einen werden ihn als Vorbild sehen, die anderen als Bedrohung.

Auf diese Weise ist das Leben eines jeden Menschen, der unter einem derart leuchtenden Stern steht wie der Mann, über den wir sprechen, eine unablässige Prüfung. Durch andere Menschen und ihre Ansichten. Durch Verlockungen und Ängste. Durch Zweifel und Verwirrungen. Durch die Grenzen der eigenen Kräfte und die Schwächen des menschlichen Körpers. All diese Prüfungen sind geeignet, um jemanden von seinem Weg des Herzens abzubringen.

Doch solche, die klaren Geistes, mit guten Absichten und voller Hingabe an ihre Aufgabe leben, werden durch diese Prüfungen nicht gebrochen, sondern am Ende gestärkt. Das ist der Grund, warum einige dieser großen Menschen die begrenzte Zeit überdauerten, die ihrem Körper gegeben war. Im Geist und Herzen derer, die ihnen nachfolgten, leben sie weiter.

Die Brücke für die Taten eines Mannes wie dem, von dem wir sprechen, sind wir selbst. Wir stärken den Weg, den er anfing zu bauen, indem wir uns erinnern. Mit diesem Erinnern werden wir uns verändern, und wenn sich jeder Einzelne von uns verändert, wird genau dies am Ende die Welt verändern.

Der Name desjenigen, der dem heutigen Tag seine Bekanntheit und den Namen gab, ist Valentin von Terni. Sein Leben wurde von denen genommen, die ihn weder verstanden noch das sehen wollten, was er bedingungslos vorlebte.

Nicht ihn selbst, sondern seinen Geist und seine Werte, sei-

ne Hingabe und seine Integrität ehren wir in den Stunden, die wir Valentinstag nennen.
Und so ist heute nicht einfach nur der Tag, an dem Sie etwas schenken und sich dafür Dank und Zuneigung einholen. Es ist der Tag, an dem Sie selbst danken können, für die Menschen, die Ihr Leben bereichern. Für die Momente, in denen Sie Liebe erfahren durften. Und für alles andere, das Ihren Besuch auf dieser Erde lebenswert macht.‹

Nachdem Caleb das letzte Wort getippt hatte, starrte er auf den Bildschirm. Dieses Mal war es nicht so, als sei das Gerät für das Ergebnis verantwortlich. Dieses Mal schien ein bislang verborgener Teil von ihm die Worte geschrieben zu haben. Dies war nicht der Artikel von Caleb Brooks, dem vielgeehrten Wissenschaftsjournalisten, der alles so eingängig und nachprüfbar erklären konnte. Diese Worte entsprangen Calebs Herzen, einem Ort, der so lange verschlossen gewesen war, dass er sich selbst fast verloren hatte.
Er wusste nicht, ob Dennis, sein Chef bei der Times, diesen neuen Caleb Brooks mögen würde. Aber er wusste, dass der alte Caleb nicht mehr so wie früher existierte. Er hatte das Gefühl, aus einer Kiste befreit worden zu sein. Alles wirkte weiter, heller und leichter und diese neue Wahrnehmung des Lebens floss mit seinen bisherigen Fähigkeiten zusammen.
Caleb klappte das Notebook zu und strich mit den Fingern nachdenklich über die Oberfläche des silbernen Deckels.

Dennis ließ den Ausdruck des Artikels sinken, nachdem er ihn gelesen hatte. Er grinste Caleb an.
»Wer ist sie?«
Caleb fasste sich mit einer verlegenen Geste ans Kinn. »Wieso?«
»Erstens: Wie du aussiehst. Dein Gesichtsausdruck, deine Augen. Du leuchtest wie eine Reklametafel. Zweitens: Wie du schreibst. Eins plus zwei bedeutet: Du bist verliebt.«
»Dennis, das alles ist total verrückt«, sagte Caleb. »Du glaubst mir das nie.«
Dennis grinste noch immer. »Ich bin ganz offen.«
Er stand von seinem Schreibtisch auf, gab seiner Sekretärin ein kurzes Zeichen und schloss die Tür zu seinem Büro. Dann öffnete er einen Barkühlschrank, der in einem Sideboard verborgen war, und zog zwei Dosen Bier hervor. Eine Dose stellte er vor Caleb auf den Tisch, mit der anderen in der Hand setzte er sich in den Sessel gegenüber.
»Leg los. Von Anfang an.«
Caleb berichtete, wie er bei seiner Recherche auf den seltsamen Eintrag in Google gestoßen war. Er verschwieg, dass er sich zuvor stundenlang abgemüht hatte, etwas Gefühlvolles oder Neues zu Papier zu bringen. Stattdessen erzählte er Dennis, dass er Sweetwater auf Umwegen gefunden hatte. Er beschrieb auch nicht die bizarren Erlebnisse in der Nacht des Hinweges, weil er nicht als labil oder paranoid eingestuft werden wollte. Aber er schilderte, wie sehr ihn die Tage berührt hatten und er sein altes Leben in Frage stellte.
»Deshalb brauche ich Zeit«, beendete er seinen Bericht. »Und ich kann nicht sagen, wie viel davon.«

Dennis sah ihn prüfend an.
»Wie lange kennen wir uns jetzt schon?«
Caleb zog die Schultern hoch. »Fünfzehn Jahre?«
»Fünfzehn Jahre«, wiederholte Dennis. »Und du verlangst von mir Zeit?«
Caleb nickte. »Ich könnte auch kündigen. Oder du feuerst mich.«
Dennis schüttelte den Kopf. »Mein bester Freund trifft endlich wieder eine Frau. Endlich, endlich! Und ich sollte das verhindern? Ich bin doch nicht verrückt, dafür lässt man mich am Ende in der Hölle schmoren. Du bist freigestellt, solange du es brauchst.«
»Danke.«
Dennis streckte den Zeigefinger der Hand aus, in der er die Dose hielt, und deutete auf Caleb. »Nur gib mir Bescheid, falls du dich entscheidest, nicht mehr hier aufzukreuzen, in Ordnung?
»Natürlich.« Caleb war überrascht, wie gut Dennis spürte, was in ihm vorging.
»Der Artikel ist übrigens gut«, sagte Dennis. »Wenn man davon absieht, dass er nicht von dem C. Brooks stammt, der vor einer Woche von hier weggefahren ist.«
Caleb ging zurück zu seinem Büro. Er verbrachte den Rest des Tages damit, seine offenen Projekte an Kollegen zu übergeben und seine Dateien auf dem Server der Redaktion zu ordnen. Was er nicht ahnen konnte, war, dass sich bereits in diesem Moment die Ereignisse formierten, die dafür sorgen sollten, dass er nie wieder ein Wort für die New York Times schreiben würde.

John Harper

Im selben Moment, als Caleb Brooks die Redaktion der New York Times betrat, berührten auf dem Flughafen Charles de Gaulle in Paris die Reifen einer Air-France-Linienmaschine aus Algier den nasskalten Asphalt der Landebahn. Einer der zweihunderteinundfünfzig Passagiere in der Touristenklasse war weder Urlauber noch Geschäftsmann. John Harper bezeichnete sich selbst als ›Spezialist für schwierige Recherchen‹. Er hatte fünfzehn Jahre bei der Heimatschutzbehörde gedient, ehe man ihn wegen Verdachts auf den Handel mit geheimen Informationen unehrenhaft entließ. Sein Glück war, dass man ihm nichts nachweisen konnte. Clever zu sein war ein Teil von Harpers Job.

Seit nunmehr neun Jahren arbeitete er selbstständig unter Namen, die nirgendwo registriert waren. Offiziell und real existierte John Harper nicht mehr. Keine Akte, kein Bild, kein Eintrag bei einer Behörde. Er war zu einem Windhauch geworden, der um die Welt wehte, wo immer es jemandem mit ausreichend Geld gerade zu heiß wurde.

Harper lebte und arbeitete nach drei Regeln.

Nie hatte ein Auftraggeber ihn zu Gesicht bekommen. Nie kannte er seinen Auftraggeber persönlich. Das war Regel Nummer eins. Harper nannte sie ›keine Gesichter‹.

Er ließ bei seiner Arbeit nur einen Partner zu: Geld. Immer allein, aber mit nahezu beliebigem Spesenbudget, erreichte er, was immer sein Auftrag verlangte. Dafür tat er auch einschränkungslos alles, was erforderlich war. Seine Kunden akzeptierten diese Regel unter dem Namen ›kein Limit‹.

Die dritte Regel lautete ›kein Kontakt‹. Ab dem Zeitpunkt,

ab dem Harper einen Auftrag angenommen hatte, war er eine Selbstlenkrakete. Einmal abgefeuert, konnte man ihn nur durch Zerstörung davon abhalten, sein Ziel zu erreichen.

Um den richtigen Preis für seine Kunden zu ermitteln, teilte Harper seine Projekte in fünf Klassen, von ›sehr aufwändig‹ bis ›relativ einfach‹, ein. Dieses Mal war es ein Kategorie-drei-Auftrag. Die Herausforderung bestand darin, ein Paket zu finden, den Inhalt, ein Buch, sicherzustellen und es Merdrignac, dem Auftraggeber, zukommen zu lassen, ohne dass ein Verdacht auf diesen fiel. Aus Harpers Sicht war das deshalb etwas heikel, weil Merdrignacs Interesse an dem Buch spätestens seit dem gestrigen Dienstag bekannt war. Harper musste sich etwas einfallen lassen, um den neuen Eigentümer mitsamt dem Buch und allen damit verbundenen Spuren vom Erdboden verschwinden zu lassen.

In Paris begann die Fährte, die er aufnehmen sollte. Das offenbar einzigartige Schriftwerk war am Vortag in Frankreichs größtem Auktionshaus, dem Tajan, versteigert worden. Im Moment befand es sich wahrscheinlich bereits auf dem Weg zu dem anonym gebliebenen Auktionsgewinner. Harper fand es beachtlich, dass dieses Buch in keinem Sammlerverzeichnis erwähnt war. Offenbar ging es weder um seinen historischen noch um seinen künstlerischen Wert. Angesichts des enormen Erlöses musste es sowohl für Harpers Auftraggeber als auch für dessen Gegenspieler überaus wertvolle Informationen enthalten.

Am Ausgang des Flughafens rief sich Harper ein Taxi herbei. Er winkte ab, als der Fahrer Anstalten machte, seinen Rucksack und die Reisetasche im Kofferraum verstauen zu wollen. Stattdessen stieg er mit seinem Gepäck im Fond ein.

»Bonjour Monsieur. Rue des Mathurins, Best Western Hotel, bitte«, sagte Harper in fast akzentfreiem Französisch. Er achtete darauf, in seiner Erscheinung der Durchschnitt aller Durchschnitte zu sein. Achtunddreißig, eins fünfundachtzig, graublaue Augen, scharfe Nase, schmales Kinn mit einem leichten Grübchen. Dunkelblondes, im Ansatz bereits etwas lichter werdendes Haar, mittellang nach hinten gekämmt. Alles in allem ein gut aussehender Typ, der auch bei Frauen ankam. Das war ein Vorteil. Harpers Erfahrung zeigte, dass Frauen oft wichtige Informationen besaßen und nur darauf brannten, sie zu teilen, sofern man wusste, wie man das auslösen konnte.
Die Rue des Mathurins war eine der unzähligen engen Einbahnstraßen mit kleinen Läden im Gebiet zwischen dem Élyseé-Palast und der Rue La Fayette. Das größte Auktionshaus Frankreichs reihte sich so unscheinbar in die grauen Häuserfronten ein, dass man es ohne die beiden hochgestellten roten Schilder mit dem weißen Namenszug leicht übersehen konnte. In die Wand neben dem Haupteingang war eine weiß umrandete Vitrine eingelassen. Fotos kündigten die Höhepunkte der kommenden Versteigerung an. Nur die beiden vergitterten Einfahrten in den Innenhof wiesen darauf hin, dass dieses Haus besonders gesichert war.
Harper nahm sich ein Zimmer im Best Western Hotel, direkt neben dem Auktionshaus. Nachdem er geduscht hatte, zog er sich ein neues weißes Hemd und eine dunkelbraune Moleskinhose an. Ein Gebäude weiter, an der Kreuzung zur Rue de l'Arcade, lag das Bert's, eines der für Paris typischen Straßencafés. Es war abends kurz nach halb sieben. Harper spürte deutlich die Auswirkungen des letzten Auftrages in Algerien. Er setzte sich an einen Tisch

am Fenster und bestellte sich Kaffee, Wasser und Limonencrêpes. Am Gang und an den Turnschuhen erkannte Harper, dass sein Kellner ein Student war. Als er ihm die Bestellung an den Tisch brachte, machte Harper den ersten Schritt.

»Bonjour, Monsieur.« Er hielt ihm, unsichtbar für andere, einen Ausweis entgegen. »Ich bin Reporter von der Chicago Tribune und schreibe einen Artikel. Wo könnte ich denn an Informationen kommen?«

»Informationen worüber?« Der Kellner beäugte misstrauisch den Ausweis.

»Ganz allgemeine Informationen.« Harper wählte einen bewusst entspannten Tonfall. »Zum Beispiel über den Verkehr hier. Informationen, die so gut bezahlt sind, dass nur ich die Fragen stelle.« Er holte ein Bündel Hundertdollarnoten aus seiner Sakkotasche.

Das Gesicht des Kellners veränderte sich schlagartig. Die gerade noch gespielt freundliche Dienstleistungsmiene wich einem geierartigen Ausdruck.

»Ihr Nachbarhaus ist überaus bekannt«, sagte Harper im Plauderton. »So viele Auktionen jeden Tag. Ich frage mich, wie man als Empfänger an seine Ware kommt, wenn man bei der Versteigerung nicht selbst anwesend war.«

Der Kellner nahm die Rolle mit den Dollarscheinen hastig an sich und ließ sie in seiner Hosentasche verschwinden.

»Jeden Tag nach den Auktionen werden die Objekte in einem Lieferwagen von hier fortgefahren«, sagte er mit gedämpfter Stimme, während er den Tisch abwischte.

»Welcher Wagen?«

»Ein weißer Peugeot Transporter. Keine Aufschrift. Er bringt die Sendungen zu den einzelnen Lieferdepots der Kurierdienste. Gepanzert natürlich.«

Harper nickte. »Natürlich. Wann?«
»Etwa um siebzehn Uhr.«
»Als Reporter interessieren mich natürlich besonders die Pakete für meine Landsleute«, erklärte Harper.
Der Kellner sah sich suchend um. Niemand war in ihrer Nähe.
»Ich denke, der Wagen fährt auch zum Flughafen.«
»Zu welchem internationalen Kurierdienst?«
Der Kellner zuckte mit den Schultern. »Weiß ich nicht, Monsieur.«
»Das war schon alles«, sagte Harper, zum Plauderton zurückkehrend. »Herzlichen Dank.«
Er hatte erfahren, was er für heute brauchte: Die Kurierdienste kamen nicht zum Tajan. Das Tajan kam zu den Kurierdiensten.
Inzwischen war es fast neunzehn Uhr. Harper würde bis morgen Nachmittag warten müssen.

Der Flügelschlag des Schmetterlings

Abends um acht traf Caleb in seiner Wohnung in der zweiundsiebzigsten Straße ein. Was nahm man mit, wenn man vielleicht gerade ein neues Leben begann? Auf jeden Fall die Kleidung und die Schuhe, die man am liebsten mochte. Und dann die Gegenstände, die einen hohen Wert oder besondere Bedeutung hatten.
Er öffnete den Wandschrank im Schlafzimmer. Unter den letzten zwei Kleidern von Abigail lag sein schwarzer Reportagekoffer. Caleb klappte den Deckel auf. Zwei Nikon-

Digitalkameras mit vier Objektiven. Ein Blitzgerät. Zwei Multifunktionsmessgeräte, ein Geigerzähler und eine Flir-Wärmebildkamera. Seine Ausrüstung für wissenschaftliche Reportagen. Ein digitales Tonaufnahmegerät für Interviews und einige Akkusätze. Diverse Filteraufsätze, Ladegeräte und Kabel. Alles zusammen stoßsicher in die exakt ausgeschnittenen Schaumstoffeinlagen des wasserdichten Expeditionskoffers eingepasst.
Es fühlte sich seltsam an, solche Dinge in einen Ort wie Sweetwater mitzunehmen. Irgendwie passte es auch nicht zu einem Leben mit einer Frau, die ihm Gullivers Reisen als Erstausgabe geschenkt hatte. Andererseits war der Journalismus Calebs Leben. Ein Teil von ihm dachte sogar darüber nach, wie es wäre, den merkwürdigen Ort genauer zu untersuchen. Vielleicht doch eine Reportage über die Einwohner dort, über Schicksale wie das von Josh Granter. Caleb wog das Tonaufnahmegerät in der Hand. Allein schon der seltsame Tankwart am Ortseingang wäre ein Interview wert.
Schließlich entschied er sich dafür, den Koffer mitzunehmen. Dazu zwei große Rollentaschen mit Kleidung, Schuhen, Büchern, ein paar Fotos, einem iPod, seinem Notebook und ein paar anderen persönlichen Dingen.
Zwei Stunden später stand Caleb vor den drei Gepäckstücken und wunderte sich, dass ihm nicht mehr eingefallen war. Er sah sich in seiner Wohnung um, öffnete immer wieder Schubladen und Schränke und war über sich selbst erstaunt. Nichts von dem, was er hier zurückließ, brauchte er wirklich. Warum hob man all diese Dinge überhaupt auf, wenn man sie jahrelang nicht einmal anfasste?
Er nutzte die verbleibende Zeit bis Mitternacht, um das Appartement so aufzuräumen, als würde er es einem Nach-

folger hinterlassen. Am Ende hatte er sogar Abigails Kleider, zusammen mit einer Kiste voller anderer Erinnerungsgegenstände, zur Mülltonne gebracht.
Caleb konnte nicht wissen, dass er an diesem Abend eine scheinbar bedeutungslose Entscheidung getroffen hatte, die in Wahrheit den Flügelschlag seines Schicksals in eine völlig andere Richtung lenkte, als er es sich vorgestellt hatte.

Dunkle Wolken

Während Caleb am Donnerstagmorgen vor dem Valentinstag in einem Bagelshop unterhalb seiner New Yorker Wohnung ein spätes Frühstück einnahm und John Harper im nachmittäglichen Paris gerade einem gepanzerten Peugeot folgte, saß Carol mit tränenerfüllten Augen an Jennys Kaffeetheke.
Es war einer jener seltenen Tage im Jahr, an denen sich über Sweetwater ein Gewitter zusammenbraute. Der Ort lag in einer Art Kessel, an der tiefsten Stelle nur wenige Meter über dem Meeresspiegel. Die sich stauende Wärme sorgte für aufsteigende Luft und erzeugte eine Art Mikroklima über dem Tal. Die Sommer waren meist heißer und die Winter milder als im Rest des Staates. Dafür waren auch die Gewitter stärker als andernorts.
Jenny hatte das Schild an der Tür ihres Diners vor einer guten Stunde auf ›Geöffnet. Willkommen‹ gedreht. Vor zehn Minuten war Carol angekommen und sie hatte es sofort auf ›Geschlossen. Entschuldigung‹ zurückgedreht. Sie

kannte Carol nun fast ein Leben lang und wusste, wann es ihrer Freundin nicht gutging.
»Hey Carry, wie lange wartest du jetzt schon?« Sie hatte Carols Vor- und Zunamen zu einem Kosenamen verbunden. »Sieben Jahre? Acht? Was machen da ein paar Tage aus?«
»Etwa so viel wie ein ganzes Leben, wenn du nicht weißt, ob das Schicksal noch eine Weiche verstellt«, sagte Carol.
»Du wirst sehen, er wird zurückkehren«, sagte Jenny, während sie einen Pfefferminzkaugummi aus dem Papier wickelte.
Ein heftiges Rumpeln durchzog das Tal. Mannshohe Staubwolken zogen als rasende Minitornados über die Hauptstraße, manche davon direkt am Fenster vorbei.
»Ich habe kein gutes Gefühl«, sagte Carol.
»Es steht doch schon fest.« Jenny schob sich den Kaugummi in den Mund. »Du hast es immer wieder gesehen.«
Carol schüttete abwehrend den Kopf.
»Ich habe vorausgesehen, dass er kommen würde. Nicht jedoch, dass er geht und auch wiederkommt.«
Jenny machte eine Geste, bei der sie die Hand in Richtung Himmel öffnete.
»Es ist doch normal, dass er seine Dinge regeln muss. Du hast doch nicht gedacht, er schlägt hier unvorbereitet auf und bleibt für immer?«
Carol sah ihre Freundin stumm an. Ihre sonst vollen Lippen waren schmal zusammengepresst, im Glanz ihrer braunen Augen spiegelte sich der blaue Neonschriftzug der Espressomaschine. Carols blasse Haut wirkte noch durchscheinender als sonst.
Das Gewitter war inzwischen so nahe, dass zwischen Donnergrollen und Blitzen kaum noch Zeit lag.

Jenny legte eine Hand auf die Schulter ihrer Freundin.
»Es wird schon gutgehen. Du bist dir doch absolut sicher, dass er es ist?«
Carol nickte. Ein verträumtes Lächeln kam über ihre Lippen.
»Und sieht er so aus, wie du dachtest?«
Sie nickte wieder. »Ganz genau so.«
Jenny machte eine Blase mit ihrem Kaugummi.
»Dann stimmt doch alles«, sagte sie. »Das Schicksal hat euch auf euren gemeinsamen Weg gesetzt und was immer nun geschehen wird, ist richtig.«
Sie ließ die Blase mit einem Knall in ihrem Mund zerplatzen.
»Genau das befürchte ich«, sagte Carol.
Und draußen begann der Regen.

Am Pariser Flughafen

Im selben Moment, als in Sweetwater der erste Tropfen den Boden berührte, zischte in Paris der Überdruck aus der Colaflasche von François Adrienne Dubois, der gerade mit seinem Zollstock den Kronkorken heruntergeschlagen hatte. Der Mann mit dem zweiten Vornamen einer Frau arbeitete seit vier Jahren am Cargo Gate von Amway in Paris. Es war kurz vor fünf, noch zwei Stunden bis Dienstschluss. François freute sich darauf, zu seiner Familie nach Hause zu kommen. Er war Vater dreier Töchter und neuerdings eines kleinen Jungen, für den er mit Mathis Clément einen richtigen Männernamen ausgesucht hatte.

François nahm einen Schluck und stellte die Colaflasche in die private Ecke seines Stehpults, vor die zwei Bilder mit seiner Familie und seinen Eltern. Seine Mutter war Algerierin, sein Vater Franzose. Beide lebten in der Nähe von Marseille, in einem kleinen Haus mit Blick aufs Meer. Kommende Woche würde François mit seiner Frau und den Kindern für ein paar Tage dorthin fahren. Darauf freute er sich schon seit langem.

Ein roter Citroën C1 hielt vor der Treppe zur Verladerampe. Ein Mann in dunkelblauen Jeans, Segelslippern, schwarzem Polo und hellgrauem Ledersakko stieg aus. François schätzte ihn sofort als Amerikaner ein. Der Mann nahm die Stufen zur Rampe hinauf und ging auf François zu.

»Bonjour, Monsieur.«

Eindeutig ein nordamerikanischer Akzent. François freute sich, dass er so gut geraten hatte. Der Mann war Anfang vierzig, wirkte sportlich und, wie François fand, nicht unsympathisch.

»Bonjour«, gab er zurück. »Kann ich Ihnen helfen?«

»Ja, vielleicht.« Der Amerikaner lächelte. »Mein Name ist Jonathan Blythe. Ich habe etwas für meinen Chef gekauft und es als Paket verschicken lassen. Unglücklicherweise an die falsche Adresse.«

»Da bin ich leider nicht der Richtige, Monsieur.«

»Natürlich, das weiß ich«, sagte der Amerikaner. »Man hat mir in der Verwaltung schon klargemacht, was ich angerichtet habe. Ein Expresspaket auf dem Weg kann man nicht anhalten.«

»Richtig«, stimmte François zu.

»Will ich auch gar nicht«, sagte der Mann. »Aber mein Flug geht gleich und ich muss vorher den Fehler zumindest abklären. Sonst reißt mir mein Chef den Kopf ab. Bei uns gibt es keinen Kündigungsschutz. Ein einziges Versehen genügt und …« Der Amerikaner machte eine Handbewegung quer zu seinem Hals. »Na ja, ich habe eine Frau und zwei Töchter. Vielleicht können Sie sich vorstellen, was das bedeutet? Haben Sie Familie?«

»Ja, Monsieur.« François deutete auf seine Privatecke. Der Amerikaner warf einen interessierten Blick auf die Fotos.

»Ach wie schön. Sie sind ein Glückspilz.«

Ja, François konnte sich sehr gut vorstellen, was es bedeutete, einen Fehler gemacht zu haben, der einen den Job kosten würde. Dieser Mann stand wirklich unter Druck. Und er war nett.

»Wie könnte ich Ihnen helfen?«, erkundigte er sich.

»Nur eine Kleinigkeit. Wäre es möglich, dass Sie für mich in Ihrem System nachsehen, an welche Adresse das Paket nun wirklich ging? Gestern abgeschickt von Tajan, 37, rue des Mathurins, achtes Arrondissement. Der Empfänger befindet sich in den Staaten. Das dürften nicht viele sein. Wahrscheinlich sogar nur eines oder zwei.«

»Von dem Auktionshaus?«, fragte François. Das war etwas anderes als ein Privatpaket.

»Ja, natürlich«, sagte der Amerikaner. »Ich musste irgendein altes Buch für meinen Chef ersteigern. Nichts Wertvolles, aber er sammelt solche Dinge. Stellen Sie sich vor, wenn er hört, dass es verloren ging.«

»An welche Adresse hätte es denn gehen sollen?«, erkundigte sich François.

Der Amerikaner reichte ihm eine Visitenkarte mit einer Firmenadresse in Boston.

»Wenn Sie nur vergleichen würden, ob alles richtig ist.«

»Das ist alles?« François strich mit einem Finger über das

in Gold geprägte Logo der Firma auf dem hochwertigen Büttenpapier. Noch nie hatte er so eine noble Karte gesehen.
»Ja. Ich zeige mich auch gerne erkenntlich.« Der Mann zog einen zusammengerollten Fünfhunderteuroschein aus der Hosentasche. Halb von der Hand verdeckt, aber gut erkennbar.
»Ich weiß nicht, Monsieur«, entgegnete François. »Es ist verboten. Es kann mich meine Arbeit kosten.«
»Nein, das möchte ich auf keinen Fall«, sagte der Amerikaner niedergeschlagen. »Dann muss ich es eben ausbaden.« Er war wirklich sympathisch. François hatte Mitleid.
»Na gut, warten Sie hier ...« François sah nochmals auf die Visitenkarte. Wirklich edel, sogar mit erhaben geprägtem Namen. »... Monsieur Blythe.« Er sprach den Namen aus wie ›Blitt‹. François nahm mit einem schnellen Griff den Schein entgegen und verschwand hinter einer Schleusentür aus transparentem Plastik.
Harper holte aus seiner linken Sakkotasche eine winzige Plastikviole hervor, die wie gewöhnliche Einwegaugentropfen aussah. Mit einer geübten Daumenbewegung knickte er den Verschluss ab. Eine weitere Sekunde später befand sich der Inhalt der Viole in der angebrochenen Colaflasche des Amway-Mitarbeiters. John Harper würde nur dann ein Windhauch bleiben, wenn niemand über sein Gesicht, sein Anliegen oder seinen Weg Auskunft geben konnte.
Während sich die Tropfen in der Cola verteilten, sah François im Computer die Lieferungen des Vortages durch. Der Amerikaner hatte nicht gelogen. Ein Paket war vom Tajan in die Vereinigten Staaten versendet worden. Und die Adresse stimmte tatsächlich nicht mit der auf der Visiten-

karte überein. François notierte den Adressaten auf ein Post-it. Dann ging er zurück zur Verladerampe. Er fand, es war kein Risiko dabei, dem Mann den falschen Empfänger zu nennen. Inzwischen war das Paket ohnehin schon fast dort angekommen.

Der Amerikaner stand noch an derselben Stelle. Er sah François mit hoffnungsvollem Blick entgegen.

»Hier Monsieur«, sagte François und reichte ihm das Post-it.

»Danke«, sagte Harper. Er nahm den gelben Zettel entgegen. »Sie haben mein Leben gerettet.«

Die Schwingen der Zeit

Caleb saß im Bagelshop unterhalb seiner Wohnung. Er leerte seine Kaffeetasse, dann bezahlte er zwei Cappuccinos, einen Orangensaft, Rühreier und zwei Kümmelbagels. Es war kurz nach elf Uhr vormittags. Er würde noch ein Geschenk für Carol besorgen, dann war es Zeit aufzubrechen.

Um halb fünf Uhr nachmittags checkte er im Abflugterminal des Newark Liberty Airport für den Abendflug nach Oklahoma City ein. Er gab seine beiden großen Rollentaschen beim Gepäckschalter auf. Den Technikkoffer und eine kleine Notebooktasche behielt er als Handgepäck. Dann kaufte er sich einen Kaffee und suchte sich einen Platz, möglichst weit weg von anderen wartenden Gästen. Ein paar Armlängen links neben Caleb kam ein Flughafenangestellter an und leerte den Inhalt des Mülleimers in einen gelben Plastiksack. In der Sitzreihe gegenüber tippte ein graumelierter Geschäftsmann in dunkelblauem Anzug und glanzpolierten Schuhen in sein Notebook. Wie um größtmöglichen Kontrast zu bieten, wickelte zwei Plätze daneben eine übergewichtige Frau mit fettigen roten Haaren ein Riesensandwich aus der Klarsichtfolie. Eine Reihe hinter den beiden wischte eine Mutter ihrem Jungen Schokoladenflecken aus dem Mundwinkel.

Gegenüber dem Wartebereich, hinter der Flughafenausführung einer mobilen Coffee-Fellows-Theke, sortierte ein junger Mann puertoricanischer Herkunft Pappbecher in einen Metallspender. Eine Gruppe Flugbegleiter, drei Frauen und ein Mann, zogen mit klappernden Rollenkoffern an ihm vorbei.

Es war eine Situation, wie man sie zu jeder Zeit überall auf der Welt erleben konnte. Dennoch hatte Caleb das Gefühl, als stimmte etwas nicht. Er spreizte die Finger und betrachtete seine Handrücken. Vielleicht war etwas mit seiner Wahrnehmung nicht in Ordnung? Alles wirkte surreal, grell und überzeichnet, fast so, als wäre er zum Teil einer Filmkulisse geworden. Caleb drehte die Handflächen nach oben, starrte sie an, als hoffte er, dass sich auf ihnen eine Antwort zeigte.

Eine junge Frau in grauem Kostüm, die ihn an Abigail erinnerte, betrat mit einem Coffee-Fellows-Becher in der einen und einem Rollenkoffer in der anderen Hand den Wartebereich. Caleb fiel auf, wie übermäßig sie geschminkt war. Wie eine Wachsmaske. Sie nahm sich eine der von der Fluggesellschaft bereitgestellten Zeitungen und setzte sich an einen Platz am Fenster.

Obwohl auf den ersten Blick so verschieden, wirkten diese Menschen auf Caleb wie leere Hüllen. Als hätte ein Filmteam Statisten und Flughafenkulissen so zusammengestellt, dass sie den Durchschnitt aller Flughäfen des Landes zur jeweils langweiligsten Zeit darstellten.

Wie konnte man erkennen, ob man gerade träumte? Gab es überhaupt unwiderlegbare Merkmale dafür, dass die Realität, die man erlebte, auch tatsächlich real war? Einen Augenblick dachte er daran, seinen Technikkoffer zu öffnen und die Szene mit der Infrarotkamera zu untersuchen. ›Wenn sie leben, müssen sie wärmer sein als die Umgebung‹, sagte eine Stimme in ihm. Selbst sie fühlte sich sonderbar fremd an.

Irgendwann in dieser zeitlosen Szene tauchte eine Mitarbeiterin der American Airlines auf, entfernte die roten Sperrbänder und öffnete den Boardingschalter. Inzwischen hatte sich der Wartebereich gefüllt. Nach wenigen Sekunden bildeten die ungeduldigsten Fluggäste bereits eine Schlange. Erst nachdem sich der Großteil der Passagiere ins Flugzeug begeben hatte, stand Caleb auf und stellte sich ebenfalls an.

Sein Sitz lag am Gang in der dritten Reihe. Der Geschäftsmann mit den polierten Schuhen saß bereits am Fensterplatz daneben. Caleb grüßte ihn, verstaute sein Handgepäck und ließ sich in seinen Sitz gleiten. Das weiße Gewebetuch auf der Kopfstütze vor ihm saß schief. Wie ein Fehler in diesem perfekten System. Er widerstand dem Impuls, den Klettverschluss zu lösen, um es gerade zu rücken.

Der Flug war ausgebucht. Nachdem alle Passagiere Platz genommen hatten, kehrte Ruhe ein. Caleb wartete instinktiv auf den kleinen Ruck, der signalisierte, dass das Flugzeug vom Gate gezogen wurde. Nach etwa einer Viertelstunde bemerkte er, dass eine der Flugbegleiterinnen einen

Anruf entgegennahm, während dem sie zu ihm herüber sah. Kurz darauf öffnete sich die Einstiegsluke. Eine farbige Frau in der schwarzen Uniform der Flugsicherungsbehörde trat ein. Sie war einen halben Kopf kleiner als die Flugbegleiterin, dafür etwa doppelt so umfangreich. Das Koppel mit Schlagstock, Pistolenhalfter und Handschellen wirkte wie der Reifen um den Bauch eines Holzfasses.
Sie tauschte einen Satz mit der Stewardess aus, dann ging sie auf Caleb zu.
»Sir, sind Sie Caleb Brooks?«
»Ja. Warum?« Er spürte, wie sich die Augen und Ohren der umgebenden Fluggäste auf ihn richteten.
»Haben Sie Handgepäck bei sich?«
»Ja, natürlich.«
»Ich möchte es sehen.«
»Gut.«
Er löste seinen Gurt. Die Polizistin trat einen Schritt zurück. Dabei legte sie eine Hand an ihr Koppel, als würde sie sich bereit machen, jeden Moment eines ihrer Werkzeuge herauszuziehen, um ihn auszuschalten. Caleb schälte sich aus dem Sitz. Er öffnete die Klappe über seinem Kopf, zog den grauen Pelicase heraus und wandte sich zu der Polizistin.
»Sir, gehört dieser Koffer Ihnen?«, fragte sie ihn mit überdeutlich lauter Stimme.
Was für eine überflüssige Frage. Caleb spürte, dass die Frau gerade ihre Vorschriften abarbeitete.
»Ja.«
»Bitte öffnen Sie ihn.«
»Da ist nichts Gefährliches drin.«
»Ich sagte: Bitte öffnen Sie ihn.«
Caleb stellte die Zahlenfolge von Abigails Geburtsdatum

an den beiden Schlössern ein und ließ die Verschlüsse aufschnappen. Er legte den Koffer auf den Boden, drehte ihn der Sicherheitsbeamtin entgegen und klappte den Deckel auf wie ein Vertreter, der seine Kollektion präsentierte.
Sie musterte den Inhalt.
»Was ist das, Sir?« Sie deutete auf die hellgraue Kamera mit den orangefarbenen Streifen.
»Eine Flir-425-Wärmebildkamera«, erklärte er. »Ein hochsensibles Messinstrument.«
»Mister Brooks, wozu brauchen Sie diese Kamera?«
»Ich bin Wissenschaftsjournalist, unter anderem für die New York Times. Die Messgeräte gehören zu meiner Standardausrüstung. Manchmal verwende ich diese Kamera, um bestimmte Themen zu illustrieren. Wenn zum Beispiel eine Tierseuche im Anmarsch ist, kann ein einziges Bild mit dieser Kamera kranke Tiere mit Fieber von gesunden Tieren unterscheiden. Oder Wetterphänomene sichtbar machen. Oder Krebs im Körper auf die Spur kommen. Es ist ein wissenschaftliches Gerät. Wo ist das Problem, Officer?«
»Dieses Gerät befindet sich seit September 2001 auf der Liste unerlaubter Gegenstände für den Flugverkehr über den USA. Sie dürfen es nicht in Linienflugzeugen transportieren.«
»Wieso nicht?«
»Es ist Gesetz«, erklärte sie und rückte mit einer Hand ihr Koppel zurecht. »Wir werden dieses Gerät entweder in Verwahrung behalten, bis Sie es abholen, oder es an eine von Ihnen genannte Adresse liefern lassen. Auf Ihre Kosten.«
Er schüttelte den Kopf, als könnte er die Situation dadurch loswerden.

»Ich verstehe das einfach nicht«, sagte er. »Ich hatte noch niemals ein Problem damit.«
»Dann hatten Sie bisher Glück, Sir. Diese Kamera sieht auf den meisten Scannern einer gewöhnlichen Digitalkamera sehr ähnlich.« In der Beamtin schien sich ein Funken Mitleid zu regen. Sie ging neben dem Koffer in die Hocke und hielt ihm eine Hand entgegen.
»Händigen Sie mir das Gerät aus, bitte.«
Er reichte ihr die Flir. Sie sprach nun deutlich leiser.
»Kameras mit dieser Empfindlichkeitsklasse sind unter anderem geeignet, um auf Luftbildern unterirdische Anlagen sichtbar zu machen. Verstehen Sie?«
»Aber ich kann sie gar nicht benutzen, wenn sie im Koffer eingeschlossen und im Fach über meinem Sitz verstaut ist.« Caleb flüsterte, als wäre er hier am Boden zwischen den Sitzreihen zum Teil einer Verschwörung geworden.
»Ich habe es Ihnen erklärt,« sagte die Polizistin nun wieder deutlich offizieller. »Bitte machen Sie keinen Ärger.«
»Nein. Ich mache keinen Ärger.«
Er überließ ihr seine Kamera und schloss den Koffer wieder. Die Beamtin stellte ihm eine Quittung aus. Sie steckte das Gerät in eine grellrote Tüte mit gelben Aufdrucken, die vor Gefahr warnten.
Als sich Caleb zurück in seinen Sitz fallen ließ, kam er sich vor wie ein Terrorist, den man soeben von einem Anschlag abgehalten hatte.
»Bis vor Kurzem musste man jedes Mal seinen Laptop einschalten«, sagte sein Sitznachbar, um die Situation zu entschärfen. »Die haben alle Verfolgungswahn seit damals.«
»Ja.« Caleb nickte und zwang sich ein Lächeln ab. Er überlegte, warum er den Koffer mit den Geräten überhaupt mitgenommen hatte. Vermutlich, weil der wissenschaftli-

che Teil von ihm vorgehabt hatte, die Geheimnisse von Sweetwater genauer zu untersuchen. War das gerade ein Zeichen gewesen, den Stein nicht zu zerschneiden, sondern ihm sein Mysterium lassen? War dies die Sprache, die das Universum wählte, wenn es einem Hinweise geben wollte? Die Flugbegleiterin erklärte über die Bordanlage, dass der Grund für die Verzögerung nun beseitigt sei und man in Kürze starten könne.

Das Paket

Malcom Jeremiah Green III., den alle nur ›Mal‹ nannten, bremste seinen Elektrowagen mit den sieben Anhängern vor den offenen Ladeklappen des Airbus 737 am Gate zwölf ab. Es war Mals letzte Fahrt für diesen Tag. Sieben Gitterboxen voller Amway-Pakete von Newark zu einem Verteilerpunkt in Oklahoma City. Wie immer begleitet von einem Amway-Kontrolleur, der darauf achtete, dass nichts abhanden kam.
Ein Gabelstapler, der in einer Halle in der Nähe gewartet hatte, setzte sich in Bewegung, um die Boxen in den Laderaum des Flugzeugs zu hieven. Mal streifte mit prüfendem Blick die Seiten seines Zugs entlang. Eines der Pakete auf dem vierten Anhänger ragte zur Hälfte aus dem Schlitz unter dem Schloss der Gitterboxtür hervor. Es war in einen auffälligen Expressumschlag eingeschweißt. Mal ging nach hinten und versuchte, es zurück in den Stapel zu schieben. Dabei musste er feststellen, dass die Tüte sich verklemmt hatte. Als Mitarbeiter des Verladeteams hatte

er keinen Schlüssel für die Boxen. Der Mann von Amway, auf der abgewandten Seite des Zuges, hatte vielleicht einen. Mal war nicht in der Stimmung, um den Zug herum zu laufen und fünf Minuten vor Dienstschluss noch das Theater zu riskieren, dass die Hälfte der Pakete aus der Gitterbox fiel, nur weil man die Tür öffnete. Deshalb versetzte er dem Paket einige kräftige Schläge mit der Faust. Das sollte genügen, dachte er und winkte den Stapler heran.

Tarnungen

John Harper klappte sein Notebook zu, so wie es den Vorschriften für Starts und Landungen entsprach. Es war kurz vor dreiundzwanzig Uhr. Die Air-France-Maschine hob pünklich ab und wenige Minuten später konnte Harper seinen Computer wieder einschalten.
Hätte jemand das Gerät näher untersucht, wären ihm wahrscheinlich die Diamanten aufgefallen, die einen Teil der gut abgeschirmten Akkuummantelung ausfüllten, und dass keinerlei persönliche Daten seines Eigentümers gespeichert waren. Für Harper diente das Notebook, neben dem Transportzweck, vor allem als Tarnung und um gelegentlich einen Film darauf abzuspielen.
Seine Maschine würde um halb zwei Uhr nachts in New York eintreffen. Der nächste Flug nach Oklahoma ging erst am folgenden Abend, dem vierzehnten Februar um halb sieben. Harper würde die Zeit nutzen, um die Einnahmen seines letzten Auftrags unterzubringen und noch ein paar Dinge aus seinem Depot in Manhattan zu holen.

Er zog ein letztes Mal das Post-it mit der Adresse heraus, die ihm der Franzose notiert hatte, und prüfte, ob er sich alles richtig eingeprägt hatte.
Carol Ryder, Sweetwater Bookstore, 13 Main Street in Sweetwater, OK.
Harper ging in die Herrentoilette, zerriss den Zettel und spülte die gelben Schnipsel hinunter. Zurück an seinem Platz, kippte er seine Lehne in eine bequemere Position, klappte die Fußstützen aus und drückte eine Taste, um den Film auf seinem Notebook zu starten.

Die Störung

Clives elektronischer Wecker aktivierte sich, wie immer, um zehn vor sechs. Beim fünften Schnarren drückte er die grüne Taste auf der Oberseite, schlug seine Decke beiseite und setzte sich auf die Bettkante. Er rieb sich mit beiden Händen das Gesicht, fuhr sich dann durch die Haare und stand auf.
Als Erstes ging er in die Küche, schaltete die am Abend vorbereitete Kaffeemaschine ein, nahm die angebrochene Packung Bow's Biomilch aus dem Kühlschrank und stellte sie auf den Tisch. Anschließend ging er ins Bad, benutzte die Toilette, wusch sich danach die Hände und putzte sich die Zähne mit siebenundsechzig kreisförmigen Bewegungen. Er befeuchtete sein Gesicht mit Wasser und Rasiercreme und rasierte sich mit seinem Gillette-Nass-Trockenrasierer. Danach begab er sich unter die Dusche, um seine wenigen Haare sorgfältig mit dem Glanzshampoo zu wa-

schen, das seine Frau immer benutzt hatte. Der Duft erzeugte in ihm eine Erinnerung, die er liebte.
Nach dem Duschen und noch vor dem Abtrocknen öffnete Clive die Badtür und ließ die feuchte Luft zusammen mit dem Aroma sich in der Wohnung verteilen. Zurück im Schlafzimmer, holte er ein frisches Amway-Hemd aus dem Kleiderschrank. Weil heute Freitag war, gab es keine Krawatte. Die schwarze Hose mit den Cargotaschen würde er am Abend nach Dienstschluss zusammen mit der vom Mittwoch in die Reinigung bringen.
In der Küche begrüßte ihn bereits der Kaffeeduft. Clive füllte den Medium-Pappbecher mit dem Werbeaufdruck seines Stammkinos bis zum Rand mit Cap'n-Crunch-Frühstücksflocken. Er schüttete den Inhalt in die weiße Kunststoffschüssel, auf der ihm SpongeBob entgegenwinkte. Clive nahm das letzte Ei aus dem Kühlschrank, machte eine Notiz auf dem Einkaufszettel und stach es an der stumpfen Seite zweimal ein. Sicherheitshalber.
Während das Ei kochte, strich er die Erdnussbutter auf die Brotscheiben. Er belegte zwei mit Käse und zwei mit Schinken, klappte sie zu und ordnete sie sorgfältig in die Plastikbox. Darauf legte er einen Apfel.
Genau jetzt hatte das Frühstücksei den perfekten Zustand. Clive hob es mit einem Löffel aus dem Topf und schreckte es unter dem Wasserhahn kurz ab. Die Milch hatte inzwischen die richtige Temperatur angenommen. Er füllte die SpongeBob-Schüssel zu zwei Drittel damit auf.
Nachdem Clive gefrühstückt hatte, streifte er seine Speedmaster über das linke Handgelenk, verstaute die Pausensachen in seiner blauen Tasche und zog sich die Amway-Jacke über. Um sechs Uhr vierzig verließ er seine Wohnung und wie immer traf er fast genau um sieben im Depot ein.

Eigentlich hätte ihn auf seinem Palettenplatz eine mannshohe Ladung Pakete erwarten sollen. Doch an diesem Morgen fand er nicht einmal die Hälfte der üblichen Menge vor.
Clive ging zum Büro von Martin Ferrell.
»Mein Platz ist halb leer«, sagte er.
»Jep. Verspätung. Die Maschine aus New York heute Nacht. Kommt gleich.«
Als Depotleiter war Ferrell der einzige Ansprechpartner für über achtzig Fahrer. Dementsprechend knapp waren seine Antworten.
Clive nickte und ging zurück zu seinem Platz.

Valentinsmorgen

Der Flieger hatte praktisch nichts von der Abflugverspätung aufgeholt und war erst um halb zwölf nachts in Oklahoma gelandet. Caleb hatte den für ihn reservierten Wagen am Spätschalter übernommen und sich dann im Flughafenmotel ein Zimmer gemietet.
Er schlief in Hotelzimmern selten gut. So hatte er auch diese Nacht zum größten Teil wach gelegen. Der Grund dafür war dieses Mal allerdings seine Vorfreude auf Carol. Mit dem Gefühl von tausend Schmetterlingen im Bauch wälzte er sich ruhelos von einer Seite auf die andere. Als er sich endlich entschloss, die Nacht zu beenden, zeigten die roten Leuchtziffern des abgewetzten Radioweckers, dass es zehn Minuten vor sechs war. Noch früh am Morgen, aber spät genug, um aufzustehen. Caleb duschte und zog sich an.

Um sechs Uhr fünfundvierzig setzte er sich in den roten Dodge Dakota und fuhr los.
Er steuerte den Wagen zunächst über die Newcastle Road in Richtung Nordosten, um auf den Will Rogers Expressway zu gelangen. Von dort aus würde er auf die I-40 nach Westen abbiegen.
Die Straßenlaternen warfen ein fahles, kaltes Licht in den beginnenden Morgen. An einer Kreuzung sprang die Ampel auf Rot. Caleb bremste ab. Von rechts, aus dem Cargobereich des Fughafengeländes, fuhr ein blauer Sattelzug mit dem Schriftzug von Amway Express an. Er bog vor Caleb auf die Zubringerstraße ein.
Die Ampel schaltete wieder auf Grün. Caleb war in seinen Gedanken bereits in Sweetwater. Er stellte sich vor, wie er Carol überraschen würde. Er hatte nur zwei Tage gebraucht, um alles zu organisieren. Weniger, als sie vermutlich angenommen hatte. Das Glücksgefühl in Calebs Bauch schoss bis in sein Herz hoch. Er schlug übermütig mit der Faust auf das Lenkrad, drückte das Gaspedal bis zum Kickdown durch und überholte den Lastwagen.
Dann schaltete er das Radio ein und hörte, dass es fast im ganzen Land ein perfekter Tag werden würde.

Geschwindigkeit

Clive warf einen Blick auf seine Speedmaster. Vier Minuten nach zehn. Durch den verspäteten Amway-Sattelzug vom Flughafen war er mit einer Dreiviertelstunde Verzögerung losgefahren. Diese Störung machte ihn nervös.

Wenn er etwas gar nicht liebte, dann waren es Unregelmäßigkeiten. Schon gar nicht an einem Freitag, der auch noch Valentinstag war.
Normalerweise passierte Clive das Dreimeilenschild von Sweetwater zwischen neun Uhr vierzig und neun Uhr fünfundvierzig. Er lag also nur noch etwa zwanzig Minuten hinter der Zeit, was bedeutete, dass er immerhin schon fünfundzwanzig Minuten aufgeholt hatte. Präzision war sein Leben und jede Minute, die er im Dienst von Amway dieser Präzision näher kam, erfüllte ihn mit Freude. Clive drückte noch einmal das Gaspedal bis zum Anschlag durch, ehe er den Wagen, nach dem Knick der Straße, den Hügel hinablaufen ließ.

Herzen im Jericho

Es war halb zehn Uhr vormittags, am vierzehnten Februar. Valentinstag. Caleb saß seit einigen Minuten im Jericho, neben sich Gullivers Reisen, vor sich eine Tasse Milchkaffee und über sich Wolken aus roten Papierherzen. Jenny hatte Wäscheleinen kreuz und quer durch den Raum gespannt. Daran hingen bunte Buchstabenketten mit Grüßen zum Valentinstag, mindestens zwei Dutzend Mal das Wort Liebe, Heerscharen von Papierblumen und unzählige leuchtende Plastikherzen. Die Dekoration gab dem Raum einen Anstrich, der irgendwo zwischen Las Vegas und der Spielzeugabteilung von Macy's lag.
Gullivers Reisen war für Caleb in den vergangenen Tagen zu einem Symbol geworden. Bei seiner Abfahrt aus Sweet-

water hatte ihn ein derart ungutes Gefühl überkommen, dass er einen emotionalen Strohhalm brauchte. Ein Ziel, an dem er sich immer wieder festhalten konnte. Deshalb hatte er sich insgeheim vorgenommen, Gulliver schnellstmöglich unversehrt nach Hause zu bringen. Und zu Hause war, wo Carol lebte.
Caleb trank einen Schluck Kaffee. Sogar die Tassen waren heute weiß mit roten Herzen. Jemand hatte die Ausgabe des Sweetwater Observer auf dem Nachbartisch liegen gelassen. Natürlich konnte auch diese Zeitung nicht anders, als das Wort des Tages in übergroßen Lettern auf die Titelseite zu drucken.

Valentinstag!
Ein Tropfen aus Liebe im Fluss der Zeit.

Was für ein poetischer Titel. Hätte er seinen auch etwas romantischer formulieren sollen? Irgendwie war sein gesamtes Leben aus den Fugen geraten.
Caleb wollte gerade anfangen zu lesen, als er bemerkte, wie Carols Wagen vor der Buchhandlung ankam. Er legte die Zeitung zur Seite, verstaute Gulliver in seiner Umhängetasche, zog sein Sakko über und ging in Richtung Tür.
»Hey, Caleb!« Das war Jenny.
Er drehte sich um. »Ja?«
»Haben Sie nicht etwas vergessen?« Sie hielt eine weiße Rose und ein dreidimensional gefaltetes rotes Papierherz hoch.
»Für mich?«
Sie drehte die Augen nach oben, seufzte und schüttelte den Kopf, als wäre er ein hoffnungsloser Fall. Dann deutete sie mit der Rose durch das Fenster in Carols Richtung.

Er nahm ihr eilig die Blume und das Herz ab und drückte ihre Hand. »Sie sind wirklich ein Schatz.«
Carol verließ in dem Moment ihr Auto, als die Tür des Diners hinter Caleb ins Schloss fiel.

*

Der blaue Lieferwagen mit dem gelben Amway-Schriftzug und den weißen aufgemalten Flügeln auf beiden Seiten raste schneller den Hügel hinunter, als Clive es jemals vorher geschafft hatte. Der Lärm im Fahrerhaus hatte Blackwell Rendezvous, Clives Lieblingssong von den Mad-Sweet Pangs, bis auf Reste vom Rhythmus bereits unter sich begraben. ›Ride that train down the way‹, sang nun Clive anstelle von Jordan Leitner. Gleich bin ich da, schien der Motor Sweetwater entgegenzubrüllen. Clive ermutigte ihn, indem er im Takt der Musik auf dem Lenkrad Klavier spielte.

*

Carol hatte Calebs Wagen erkannt und war auf dem Weg zu ihm. Als sie ihn aus dem Diner kommen sah, die Rose in der einen, das Papierherz in der anderen Hand, hielt sie auf dem Mittelstreifen der Hauptstraße an und lächelte ihm zu.
So wunderschön, so hell, so zerbrechlich, dachte er, als er sie ansah. Wie konnte es ein solch strahlendes Wesen geben und noch niemand hatte es entdeckt.
Carol überquerte die zweite Fahrbahnhälfte. Einen Schritt vor Caleb blieb sie stehen. Mit leicht zusammengekniffenen Augen sah sie ihn von unten herauf an. Ihre Haare

glänzten in der Sonne, ihre Wimpern warfen kleine Schatten auf die Wangen. Welch wundervolle, samtbraune, strahlende Augen, dachte er. Ein Luftzug kam von hinten und spielte mit einer der Haarsträhnen über ihren Ohren. Carol sagte nichts, stand einfach nur abwartend da, den Kopf ein wenig zur Seite geneigt, und suchte seinen Blick. Caleb spürte das kleine Etui mit der Halskette in seiner Hosentasche, die er vor seinem Abflug gekauft hatte. Ein kleines goldenes Segelschiff, als Symbol für Gulliver und für ihre kommende Lebensreise.

›O Gott‹, dachte er, ›ich werde es nicht schaffen. Ich bringe kein vernünftiges Wort heraus. Ich werde alles kaputt machen.‹

Sie sagte noch immer nichts. Als er sich traute, ihren Blick wirklich zu erwidern, fühlte er, dass ihn durch ihre Augen die Unendlichkeit anblickte. Wenn er diesem Sog nachgäbe und sich hineinziehen ließe, würde er alle Kontrolle verlieren. Sich dem vollkommen hinzugeben, wäre vielleicht, wie zu sterben und gleichzeitig wäre es das Köstlichste, was er jemals als Entscheidung zur Wahl gehabt hatte.

Caleb hob die weiße Papierrose ein wenig nach oben. Sie ging noch einen Schritt auf ihn zu.

»Da bin ich wieder«, sagte er unbeholfen.

Er wechselte die Rose in die Hand, in der er auch das Herz hielt, um das Etui mit der Kette hervorholen zu können.

»Ich habe alles so weit organisiert«, erklärte er. »Und ich habe mir Gedanken gemacht …«

Er verstummte, weil sie ihm ihren Zeigefinger auf den Mund legte.

»Ich bin so glücklich, dass du wieder hier bist«, sagte sie leise. »So lange habe ich auf dich gewartet.«

Sie nahm ihren Finger von seinen Lippen und küsste ihn.

Dieses Mal wurde er nicht nur aller Schwere und Sorgen enthoben. Während er ihre warmen Lippen auf seinen spürte und ihre zarte Hand über seinen Nacken streichen fühlte, nahm er gleichzeitig wahr, wie seine erste Frau, Abigail, sich verabschiedete und sein Leben an Carol übergab. Endlich durfte er weitergehen, mit einer neuen Gefährtin an seiner Seite.

Nach einem endlos scheinenden Kuss löste sich Carol sanft aus seinen Armen.

»Ich liebe dich, Caleb Brooks«, sagte sie leise.

»Ich liebe dich auch, Carol Ryder«, flüsterte er. »Wie kann das alles nur sein.«

»Du wolltest ein Geheimnis erfahren«, antwortete sie. »Nun erfährst du es.«

Sie entfernte sich ein paar Schritte rückwärts und klatschte lachend in die Hände. ›Wie ein Mädchen‹, dachte er, ›so rein. So unschuldig und glücklich, als hätte sie nie im Leben etwas Schlechtes oder Schmerzvolles erfahren.‹

»Warte hier!« Sie wies wie mahnend auf die Stelle, an der er stand, taumelnd, benommen, wie von Sinnen. »Ich hole dir etwas, was deine Neugier nach Geheimnissen stillen wird.«

Er umklammerte das Etui mit der Halskette in seiner Tasche. Sie warf ihm, noch immer rückwärtsgehend, Luftküsse zu. Ein Mädchen, eine Frau, die Liebe und Erfüllung all seiner Sehnsüchte. Caleb Brooks, Wissenschaftsjournalist aus New York, fühlte sich benebelt, verzückt und in den Himmel gehoben von dem Traum, der sich gerade vor ihm ausbreitete. Er liebte nicht nur Carol, sich selbst, sein Leben, die Welt oder die Zukunft. Die Liebe war einfach überall in ihm. Sie flutete jede Zelle seines Körpers, jeden Winkel seines Geistes. Er liebte die Straße, auf der sie

ging, den Himmel über ihnen und die Häuser vor seinen Augen. Er liebte die Papierrose und das simple Herz in seiner Hand und das Gefühl des Etuis in der Tasche. Diese Welt war plötzlich ein einziges unendliches Wunder. Jetzt war er zu Hause.
Carol warf ihm einen letzten Kuss zu und drehte sich in Richtung ihrer Buchhandlung um.

*

Im gleichen Moment, als Clive Borrows erkannte, dass er viel zu schnell von der Custer in die Main Street eingebogen war, sah er Carol Ryder rückwärts auf die Straße gehen.
›Buchhandlung. Drei Pakete‹, schoss es ihm irrsinnigerweise durch den Kopf. Noch in der Kurve knallte Clive seinen Fuß aufs Bremspedal. Gleichzeitig kurbelte er das Steuer nach rechts und bekam einen Asthmaanfall. Der Wagen rammte mit dem Vorderrad den Bordstein. Clive riss mit letzter Kraft das Lenkrad in die entgegengesetzte Richtung und löste seinen Fuß von der Bremse. Im selben Moment erkannte er dies als Fehler, denn der schwere Lieferwagen neigte sich fast wie in Zeitlupe zur Beifahrerseite.

*

Caleb sah den Wagen nicht, er hörte ihn. Und dann erblickte er vor seinem inneren Auge, was in wenigen Momenten geschehen würde. Diese Vision war so unvorstellbar, dass er es, nach seiner Zeiterinnerung, eine Ewigkeit lang nicht schaffte, auch nur den Kopf zu drehen, geschweige denn, Carol zu warnen. Erst als der Lieferwagen bereits im Überschlag an ihm vorbeiflog, löste sich seine Starre und er brüllte Carols Namen, hinein in den Albtraum aus zerberstendem, kreischendem Metall. Wie in der Superzeitlupe eines Sportsenders, der für seine Zuschauer einen entscheidenden Schlag fast bis zum Stillstand verlangsamte, flog der Lieferwagen auf Carol zu. So rein und schön und unglaublich zerbrechlich, mit wehenden Haaren und aufgerissenen Augen, stand sie vor dem Wagen, der, gerade noch über ihr schwebend, in wenigen Zehntelsekunden ihren Körper zerschlagen würde. Das Herz und die Rose entglitten seinen Händen.

*

Clive Borrows wirbelte mitsamt der Kabine des Lieferwagens um seine eigene Achse. Der Airbag war explodiert und hatte seinen Oberkörper zurück in den Sitz gepresst. Die Gurtstraffer hatten angezogen und eingehakt. Clive spürte, wie ihm der Sicherheitsgurt mit brutaler Gewalt den letzten Atem aus den Lungen presste. Er hörte nicht mit den Ohren, sondern in seinem Kopf, wie etwas knackte. Der Gurt rettete ihm gerade ein Leben, das er nicht mehr haben wollte. Für eine Sekunde sah er in der Windschutzscheibe, wie die Welt und Carol Ryder kopfüber auf ihn zurutschten. Clives Gedanken brachten nur drei Worte hervor: ›Bitte, Gott, nicht!‹

*

Das Letzte, was Caleb von Carol mitbekam, war ihr Blick. Doch sie sah nicht dem Berg aus Blech und herausgespuckten Paketen entgegen, der sich ihr entgegenwälzte. Carol sah Caleb an. In ihren Augen lagen Erschrecken und Angst, doch gleichzeitig las Caleb eine weitere Botschaft in ihnen. Als würde ihre Seele zu seiner sprechen, in einer geheimen Sprache, die nur Seelen verstehen. In diesem Moment eines einzigen Lidschlages erkannte Caleb, dass sie ihn wirklich liebte. Er wusste, dass sie seine Frau war, die Seelengefährtin, die ihm über alle Leben hinweg, als immerwährende Begleiterin gegeben worden war. Er spürte mit jeder Zelle seines Körpers, dass er sie schon unendlich viel länger kannte als die wenigen vergangenen Tage. Dieser letzte Blick, den Caleb von Carol empfing, war ein Blick des Wiedererkennens.

Plötzlich lief der Film weiter und die Ereignisse schienen die soeben verlorene Zeit aufholen zu wollen. Der riesig wirkende Lieferwagen verdeckte ganz kurz Carols Körper, schmetterte ihn dann zur Seite wie einen schlecht geschlagenen Baseball, schürfte noch etwa fünfzehn Meter auf dem Blech der rechten Kabinenseite die Hauptstraße entlang, bis er von einem Laternenmast zum Stillstand gebracht wurde. Caleb nahm den Wagen nur noch im Augenwinkel wahr. Seine ganze Aufmerksamkeit war auf Carol gerichtet, die regungslos, den Oberkörper über den Randstein gekrümmt, auf dem Rücken lag.

Er entriss sich seiner Starre, wollte zu ihr rennen, doch seine Beine fühlten sich an wie welke Blumenstängel. Er strauchelte, fiel hin und kroch die letzten Meter auf allen vieren über den Gehweg zu ihr. Wie nebenbei bemerkte er, dass von allen Seiten Menschen zusammenliefen.

»Holen Sie einen Rettungswagen. Schnell!« Er hörte seine eigenen Worte aus weiter Ferne, ebenso wie er das ganze Ereignis aus der Ferne und gleichzeitig vollkommen nah zu erleben schien. Als schwebte ein Teil von Caleb Brooks

über Sweetwater, um dem anderen Teil von Caleb Brooks zuzusehen, wie er auf der Straße zu seiner Frau kroch.
Er kniete neben ihr nieder, formte seine Hände zitternd und berührungslos um ihren Kopf. Carols Augen blickten starr in den Himmel, doch sie war bei Bewusstsein. Das weiße Kleid war von Straßenstaub und Blut so gleichmäßig mit Flecken übersät, dass es aussah, als hätte ein irrer Modedesigner ein neues Muster entworfen. Ihr Kopf lag in einer langsam wachsenden Blutlache, die sich mit ihren dunklen Haaren und Schmutz zu einem klebrigen Brei vermischte.
Am liebsten hätte Caleb sie aufgesetzt, schützend in die Arme genommen und an seine Brust gedrückt, um sie gesund zu wiegen. Doch er wusste, dass er ihre Lage nicht verändern durfte, also ergriff er ihre Hand.
»Nicht einschlafen, meine Geliebte. Hörst du? O Gott, lass das nicht zu. Gleich kommt Hilfe. Die werden dich gesund machen.«
Carols Augen wanderten in seine Richtung, zart und dunkel mit einem Spiegelbild des Wolkenhimmels in den Pupillen. Doch es schien, als würden sie durch ihn hindurchblicken. Caleb fühlte förmlich, wie das Leben aus ihr wich. Ihre Lippen, diese wundervollen, liebenden, weichen Lippen, formten ein schwaches Lächeln.
»Was wurde aus dem Floh?«, fragte er, um sie wach zu halten. »Erzähl mir, wie die Geschichte weitergeht!« Er drückte ihre blutverschmierte Hand. Tränen perlten an seinen Wangen wie Regen an einer Scheibe hinab.
»Er erstickt in der Puderdose und kommt in den Himmel«, sagte sie leise.
»Und dann? Was macht er im Himmel?« Ihre feuchten Finger entglitten ihm, sodass er sie erneut greifen musste.

»Sag es mir.«
»Er findet dort alles, wonach er auf Erden sein Leben lang gesucht hatte«, flüsterte sie. »Alle Antworten auf seine Fragen. Das ist sein höchstes Glück.«
Sie wollte seufzen, wurde aber von einem Hustenanfall unterbrochen. Kleine Bluttropfen sprühten über ihre Lippen. Aus dem Mundwinkel bahnte sich ein dünner roter Faden seinen Weg in Richtung Ohr. Caleb konnte fast physisch sehen, wie ihre Seele sich langsam aber stetig aus dem Körper enthob.
»Warte Carol. Geh nicht. Lass mich nicht hier zurück.«
Ihre Hand, die sich an seiner bislang wie eine Antwort auf sein Flehen festgehalten hatte, wurde weich.
»Es gibt kein Ende, Caleb«, sagte sie fast unhörbar. »Das ist Sweetwater.«
Ihr Gesicht verschwamm vor seinen Augen. Er versuchte, seine Tränen wegzublinzeln, doch das Bild wurde nicht klarer. Als würde sich der geliebte Mensch vor ihm in Schleiern aus waberndem Licht auflösen.
»Nicht«, sagte er schwach. »Bitte …« Er drückte seine Wange an ihre, fühlte ihren Atem an seinem Ohr.
»Unsere Liebe ist … ist die Brücke über die Zeit.« Ihre Worte wehten wie ein letzter warmer Windhauch in sein Herz.
Carols Augen erstarrten. Von einer Sekunde auf die andere erlosch ihr Glanz. Ihre Hand, diese wundervolle vogelflügelartige Hand in seiner, fühlte sich nur noch wie ein lebloser Gegenstand an.
Und plötzlich, genau wie in dem Moment, als er sie das erste Mal geküsst hatte, blieb das Universum stehen. Keine Bewegung in seinem Körper, kein Atemzug in seiner Brust, kein Geräusch in seinem Ohr. Nicht einmal ein Gedanke

oder ein Gefühl waren da. Nur Stille. Die Welt um Caleb herum hielt inne, als legte sie eine Schweigeminute für den Menschen ein, der soeben gegangen war. Dieser Zustand fühlte sich weder unerträglich noch erleichternd an. Er war jenseits von allem, von Schmerz, von Angst, von Leid. Es war nicht einmal ein wirklicher Zustand, sondern einfach nur, als hätte jemand die Zeit entfernt.

Irgendwann kamen die Geräusche zurück. Dann die Bewegung in den Filmstücken, die sich vor seinen Augen abspielten. Eine Sirene näherte sich. Jemand hielt von hinten Calebs Schultern.

»Kommen Sie«, sagte eine männliche Stimme, die zu den Händen an seinen Schultern zu gehören schien. Die Sirene verstummte. Ein paar Meter entfernt hielt ein Krankenwagen. Blaues und rotes Licht spiegelten sich im blitzenden Wechsel in Carols erloschenen Augen.

»Warum nur? O Gott, warum?« Noch immer hielt er ihre Hand.

Die Hände zogen ihn sanft von Carols leblosem Körper zurück. Caleb stand mit dem Gefühl auf, sich jeden Moment übergeben zu müssen. Ein anderer Teil jedoch, so bemerkte er erstaunt, fühlte absolut nichts. Kein Schmerz, nur Stille. Was für ein Wunder. Er blickte nach oben mit der wahnwitzigen Idee, vielleicht Carols Seele auf dem Weg sehen zu können. Stiegen Seelen wie Luftballons in den Himmel auf oder war das ein Märchen? Ihm fiel auf, wie wenig er darüber wusste.

Die Hände schoben ihn zum Rettungswagen, während sich zwei Männer in orangefarbenen Westen über Carol beugten. Er drehte sich zu ihnen, spürte kurz den Impuls, sie anzuschreien, dass sie ihre Finger von ihr lassen sollten. Dann sie zu fragen, ob sie noch lebte, ob es Hoffnung gab und ob sie es schaffen würde. Es gab doch Geräte, die einen Menschen zurückholen konnten ... Gleichzeitig wusste er genau, dass es vorbei war. Woher kamen solche irrsinnigen Gedanken?

»Helfen Sie ihr. Bitte«, sagte Caleb zu den Händen an seiner Schulter. Dann wurde es schwarz.

Aufwachen

Das Erste, was er wahrnahm, war das Geräusch von Gummi auf Kunststoff. Quietschende Sohlen. Dann kam der Geruch von Desinfektionsmittel und frischer Wäsche. Noch ohne die Augen geöffnet zu haben, war Caleb klar, dass er in einem Krankenhausbett lag. Er öffnete langsam die Augen. Gelbe Wände, eine Leuchtstofflampe mit zwei Röhren an einer weißen Decke. Er stellte fest, dass seine Augen noch nicht ganz seinem Willen gehorchten und die Umgebung in einem Nebel von Unschärfe beließen.

Neben seinem Bett saß eine Frau auf einem Stuhl. Caleb brauchte einen Moment, um zu erkennen, dass es Jenny O'Cullen war. Das ließ ihn erschrecken, denn einen Moment lang hatte er gehofft, dass alles nur ein böser Traum gewesen war, der ihn nun endlich losließ, zurück in seine alte Welt.

»Hi, Caleb«, sagte Jenny leise. »Willkommen zurück.«

»Hi.« Caleb hob mühsam einen Arm an. Es schmerzte. Sein Körper fühlte sich an, als hätte er einen Unfall gehabt. Ein Unfall! Plötzlich waren die Bilder da, von diesem blauen Amway-Lieferwagen und von Carol, seiner Frau.

Schreckliche Bilder, die dennoch wie hinter einem Schleier wirkten und den Eindruck vermittelten, er hätte nur geträumt.
»Du hattest einen Schock«, erklärte Jenny. »Oder hast ihn immer noch. Weiß ich nicht. Der Doktor kommt gleich.«
»Carol …?«
Jenny schüttelte den Kopf.
»Nein, das ist nicht wahr!« Caleb richtete sich auf. Er machte Anstalten, das Bett zu verlassen. Jenny hielt ihn sanft mit beiden Händen an den Schultern zurück.
»Bleib noch ein wenig liegen. Der Arzt möchte dich zuerst untersuchen.«
Er sank zurück und war sogar ein wenig erleichtert, dass er sich dem Leben noch nicht wieder völlig stellen musste.
»Was ist geschehen?«, fragte er, obwohl die Bilder in seinem Kopf eine deutliche Sprache redeten.
»Es war der Lieferwagen«, sagte sie. »Der von Amway. Du kennst den Fahrer, er trinkt immer seinen Orangensaft bei mir. So ein hagerer bleicher Kerl.«
Caleb nickte.
»Nun, er hat nicht aufgepasst. Kam zu schnell den Hügel herunter. Viel zu schnell. Ist nicht viel kaputt bei ihm, nur ein Schleudertrauma und ein paar Prellungen. Aber seine Psyche verkraftet es wohl gar nicht gut. Sie haben ihn nach Oklahoma City mitgenommen.«
Caleb schüttelte verständnislos den Kopf. »Sie hat mich geküsst, weißt du?«
Jenny nickte. »Hab's gesehen.«
»Ich meine, wir haben uns schon vorher geküsst, aber dieses Mal war anders. Sie liebte mich. Sie hat es gesagt.«
Ein Weinkrampf schüttelte ihn. Jenny legte eine Hand auf seine.

»Sie liebt dich noch immer.«
»Sie ist tot!«
Jenny erwiderte nichts.
»Ist sie doch, oder? Du hast es gesagt.«
In diesem Augenblick betrat der Stationsarzt den Raum. Ein junger Mann, der seiner frischen Art zum Trotz wie aus einer anderen Zeit wirkte. Die braunen Haare waren sorgsam nach hinten gekämmt. Unter dem offenen Kittel trug er ein weißes Hemd mit Stehkragen, darüber eine braune Weste. An einem ihrer Knöpfe war eine dünne silberne Kette befestigt, deren anderes Ende in einer schmalen Tasche verschwand.
»Was ist denn das?«, rutschte es Caleb heraus, während er auf die Kette zeigte.
Der junge Arzt sah an sich herab. Er brauchte einen Moment, um zu erkennen, was Caleb meinte.
»Ach das. Sie ist von meinem Großvater. Nur benutze ich sie heute für etwas anderes.«
Er zog an der Kette und eine Art Pager kam zum Vorschein. »Interne Kommunikation. Wenn es piepst, ist es ein Notfall. Die schicken mir dann die Raumnummer.«
Caleb ließ die Untersuchungen über sich ergehen. Ein Teil von ihm hoffte, dass der Arzt etwas finden und ihn noch einige Tage im Krankenhaus behalten würde. Er fühlte sich nicht stark genug, schon wieder nach draußen zu gehen.
»Körperlich ist bei Ihnen alles in Ordnung, Mister Brooks«, sagte der Arzt. »Sie können natürlich noch bleiben, wenn Sie möchten. Aber aus meiner Sicht kann ich Sie entlassen.« Er sah zu Jenny und für einen Moment glaubte Caleb zu verstehen, dass sie miteinander vertraut waren.

»Diese Dame hier wird sich bestimmt noch ein wenig um Sie kümmern, nicht wahr?«
Jenny lächelte ein wenig gequält, nickte dann aber freundlich. Der Arzt stellte noch ein paar Fragen zu Calebs Versicherung, füllte die entsprechenden Positionen auf seinem Blatt aus und ließ Caleb am Ende unterschreiben. Dann verabschiedete er sich.
Jenny und Caleb machten sich auf den Weg Richtung Ausgang.
»Pike Walker. Wir hatten mal was«, erklärte sie, als hätte sie Calebs Frage in seinen Gedanken gelesen. »Hier in Sweetwater hatten viele mal was miteinander. Ist ein kleiner Ort. Manchmal ein Vorteil, manchmal ein Nachteil, weil man keinem gut ausweichen kann. Anders als in New York, denke ich.«
»Ja, sehr«, entgegnete Caleb lakonisch.
Draußen half sie ihm in ihren dunkelgrünen neunundsechziger Pontiac Firebird. Caleb dachte kurz, dass der Tankwart von Sweetwater eigentlich ein reicher Mann sein müsste. Sie fuhren schweigend den Weg Richtung Diner. War Sweetwater für Caleb gerade noch ein schöner Traum gewesen, so grinsten ihn die Häuser nun an wie die sonnige Kulisse vor einem dunklen Albtraum. Wie konnte sich sein Leben nur in so kurzer Zeit gleich mehrere Male so grundsätzlich verändern? Er war wütend und bereute es, hierhergekommen zu sein. Gleichzeitig bemerkte er, wie er es doch nicht bedauerte, denn er war Carol begegnet und das hatte für einen kurzen Moment eine nie gekannte Gewissheit in sein Dasein gebracht. Musste man für alles Glück einen Preis bezahlen? Je größer, desto höher? Falls ja, war ihm dieser Preis im Moment zu hoch, als dass er ihn ertragen konnte. Was war das für ein Gott, falls es ihn über-

haupt gab? Erst zeigte er einem das Paradies und gleich darauf ließ er einen in die Hölle fallen.
Bei all diesen Gedanken und Gefühlen ließ ihn im Hintergrund Carols Stimme nicht los. ›Es gibt kein Ende, Caleb. Wir sind in Sweetwater.‹
Sein Kopf war kurz davor zu zerplatzen. Er drehte sich zu Jenny, die scheinbar unbeteiligt den Wagen steuerte.
»Macht es dir eigentlich gar nichts aus? Ihr kanntet euch doch gut, oder?«
»Wir waren Freundinnen«, sagte Jenny. Ihre Stimme zitterte kaum merklich. Jetzt spürte Caleb ihre Betroffenheit. »Ja, ich bin sehr traurig. Wahrscheinlich werde ich zusammenbrechen, sobald ich allein in meinem Zimmer bin. Doch im Moment hole ich den Mann meiner besten Freundin aus dem Krankenhaus ab.«
Caleb sah wieder nach vorn. »Du bist eine außergewöhnliche Frau, Jenny O'Cullen. Moment mal. Was hast du gerade gesagt?«
Sie warf ihm einen schnellen Blick zu.
»Ich hole dich aus dem Krankenhaus ab.«
»Nein. Du sagtest: Ich hole den Mann meiner besten Freundin aus dem Krankenhaus ab. Genau diese Worte. Wie kommst du darauf?«
Sie zuckte mit einer Schulter. »Keine Ahnung.«
Er starrte sie missmutig an. »Ich glaube dir kein Wort. Ich glaube hier niemandem mehr etwas. Warum hast du das gesagt?«
»Weil du es bist, Caleb. Sie hat auf dich gewartet.«
»Woher weißt du das?«
»Weil sie, wie du gerade richtig bemerktest, meine Freundin war. Freundinnen erzählen sich manchmal was. Ihr Männer nicht?«

Caleb fixierte die Straße, als könnte er damit Antworten aus ihr herausquetschen.
»Dieser Ort macht mich wahnsinnig«, sagte er.
Sie passierten einige Kreuzungen, bis Caleb erkannte, dass sie in die Main Street einbogen.
»Du solltest jemanden kennenlernen«, sagte Jenny unvermittelt.
Er starrte desinteressiert zum Seitenfenster hinaus.
»Er könnte Antworten haben«, bohrte sie weiter.
»Ich habe nur eine einzige Frage«, blaffte Caleb.
»Auch auf die«, antwortete Jenny, seinen Tonfall ignorierend. Ihr Entschluss schien festzustehen. An der nächsten Kreuzung bog sie rechts ab. Einige Blocks weiter lichteten sich die Häuserreihen. Während Jenny ihren Firebird in gleichmäßigem Tempo über die Landstraße in westlicher Richtung aus der Stadt steuerte, beobachtete Caleb apathisch den Tanz des kleinen Traumfängers am Rückspiegel zum Rhythmus der Straße.
»Wir hatten nicht einmal sechs Tage«, sagte er. »So viele Jahre habe ich gewartet und dann nur eine Handvoll Stunden.«
Jenny erwiderte nichts. Ihre Augen blickten starr durch die schwarze Sonnenbrille auf die Straße vor ihnen.
»Verstehst du das?«
Sie sagte noch immer nichts.
»Du kannst das eben nicht verstehen«, sagte er mehr zu sich selbst als in Erwartung einer Erwiderung.

Synchronizitäten

Harper verstand gerade einige Dinge überhaupt nicht. Er saß nachdenklich mit einem Mai Tai in der Hand in der First Class Lounge am Flughafen Newark und wartete auf den Abflug nach Oklahoma City. In den vergangenen vier Tagen waren zwei seiner Depots aufgeflogen. Eines in Berlin, das andere in Vancouver. Er hatte vierzehn solcher Wohnungen, über die Welt verteilt, gemietet. In jeder davon befanden sich, gut versteckt, Pässe für mehrere Identitäten, Kreditkarten auf falsche Namen und eine Menge an Bargeld und Diamanten, die für ein luxuriöses Restleben reichte.

Der Verlust der beiden Depots kostete ihn etwa vierzig Millionen Dollar plus die Papiere, doch das war gerade nicht das Problem. Die Frage, die Harper sich stellte, lautete: Warum?

Warum genau jetzt? Noch nicht ein einziges Mal, seit er selbstständig arbeitete, war so etwas geschehen. Niemand wusste von den Depots. Zudem hatte er keines davon in letzter Zeit aufgesucht. Es gab keine einzige Verbindung zwischen den Standorten. Es war praktisch gesehen unmöglich, dass zwei Depots fast gleichzeitig hochgingen. Und dennoch war es geschehen.

Harper glaubte nicht an höhere Gewalt. Er glaubte auch nicht an Zufall. Seine Religion bestand aus Beobachtung, Auffälligkeiten, Hinweisen und Zusammenhängen. Wenn etwas in zeitlichem und thematischem Zusammenhang stand, war es eine Synchronizität. Solche Ereignisverdichtungen waren immer Zeichen dafür, dass sich etwas zusammenbraute.

Das Zweite, woran Harper glaubte, war seine Intuition.

Sie hatte ihm schon oft das Leben gerettet und den Weg gewiesen. Im Augenblick sagte ihm diese Intuition, dass er gerade den Fünfuhrtee auf der Titanic einnahm. Obwohl alles fast wie immer wirkte, war es, als hätte sich die Kontrolle über die Ereignisse verlagert. Als wäre er selbst zum Teil eines Ablaufs geworden, den er nur noch glaubte zu steuern.
Harper überlegte, ob er den Job abblasen sollte, ehe noch mehr solcher Zufälle wie die mit seinen Depots eintraten. Er stellte sich vor, genau jetzt aufzustehen, den Auftrag zu beenden und zu verschwinden. Doch es klappte nicht. Etwas anderes hatte übernommen.

Fragen

Die fünf ziegelroten Farmgebäude mit den weißen Fenstern erweckten in Caleb beim Näherkommen den Eindruck einer Klosteranlage. Das Haupthaus des Anwesens breitete sich wie ein schützendes Monument vor zwei langgestreckten Nebengebäuden und einer Stallung aus. Weiter hinten erinnerten ein mächtiges Getreidesilo und die dicht danebenstehende riesige Scheune unwillkürlich an eine Kirche.
Früher war dieses Landgut wahrscheinlich Zentrum großer Farmflächen für Getreideanbau und Tierhaltung gewesen. Eines der beiden Nebengebäude zeugte mit seinen zahlreichen Einzeltüren von ehemaliger Pferdehaltung. Das andere wies drauf hin, dass hier einmal Farmarbeiter gewohnt hatten.

Jenny schien sich auszukennen. Sie parkte den Wagen auf dem Hof, direkt vor dem Eingang des Haupthauses.
»Sweetwater Manor«, erklärte sie. »Wenn es Antworten auf deine Fragen gibt, dann hier.«
Caleb fühlte sich so elend, dass ihm gerade alles egal war.
Jenny betrat das Haus, überraschenderweise ohne vorher anzuklopfen. Hinter der einfachen Eingangstür mit dem farmtypischen Fliegengitter öffnete sich eine Halle ungeahnter Dimension. In gut zehn Metern Höhe spannte sich eine kreisrunde Kuppel über den Besucher. Ihre fünf Segmente waren von Meisterhand mit Sternenbildern und antiken, griechisch wirkenden Figuren bemalt. Im Zentrum des Raumes schwebte ein etwa fußballgroßer kugelförmiger Kristall an einem dünnen Stahlseil. Der Boden der Halle bestand aus pastellgelbem und roséfarbigem Marmor. Darin eingelassen war ein etwa acht Meter durchmessendes Marmormosaik: unzählige Kreise, die miteinander überlagert ein blütenähnliches Muster erzeugten. Gegenüber der Eingangstür bog sich eine breite Marmortreppe in den ersten Stock hoch.
Was außen wie eine Farm wirkte, war von innen ein Palast aus einem anderen Jahrhundert. Caleb folgte Jenny die Treppe hinauf bis in einen Raum, den man früher wahrscheinlich ein französisches Herrenzimmer genannt hätte. Jenny ließ sich auf einem antik wirkenden braunen Ledersofa nieder. Sie bedeutete Caleb, neben ihr Platz zu nehmen. Die beiden warteten eine Weile schweigend. Caleb sah sich um. Das Zimmer roch nach Leder, Papier, alten Möbeln und nach dem Duft der frischen Äpfel, die in einer Schale auf dem Couchtisch standen. Die Wände waren mit Tapeten im alten französischen Stil verkleidet. Hellblaue und gelbe Streifen mit goldenem Lilienmuster. Caleb kannte

sich mit Kunst und Stilrichtungen nicht besonders gut aus, aber alle Möbel schienen aus derselben Epoche, etwa Anfang des neunzehnten Jahrhunderts, zu sein. Die ganze Ausstattung wirkte wie eine perfekte Filmkulisse, besonders, wenn man aus dem Fenster blickte und sich in Erinnerung rief, an welchem Ort man sich befand.

»Musst du uns nicht anmelden?«, platzte Caleb schließlich heraus.

»Niemand kommt unbemerkt hier an«, antwortete Jenny. Sie kramte ein Päckchen Kaugummis aus ihrer Handtasche und bot ihm einen davon an.

»Danke«, entgegnete er mit einer ablehnenden Handbewegung.

»Okay«, sagte sie und schob sich einen Streifen in den Mund.

Die Tür ging auf und ein Mann trat ein. Caleb schätzte ihn auf Anfang sechzig. Großgewachsen, schlank und aufrecht. Aristokratischer ovaler Schädel ohne Haare, schmale, leicht lächelnde Lippen, etwas zusammengekniffene Augen, die Intelligenz und gleichzeitig eine Art von Güte ausstrahlten, der man sich spontan anvertrauten könnte. Die schwarz glänzenden Schuhe verbanden sich stilistisch elegant mit der dunkelgrauen Hose, dem weißen Dinnerhemd und einem schwarzen Paletot, einer Art überlangem Sakkomantel mit Stehkragen.

»Sie müssen Caleb Brooks sein«, sagte der Mann mit einem kaum wahrnehmbaren französischen Akzent.

Caleb zuckte zusammen. Er kannte diese Stimme.

»Ja«, sagte er, während sein Gehirn wie rasend nach der Erinnerung suchte.

»Sehr gut.« Der Mann ging auf Caleb zu und reichte ihm die Hand. »Arch Pinenoire.«

»Freut mich«, sagte Caleb automatisch und schreckte gleichzeitig ein wenig zusammen.
»Was kann ich für Sie tun, Mister Brooks?«
Caleb schüttelte hilflos den Kopf.
»Ich weiß nicht mal, warum Jenny mich hierhergebracht hat.«
»Miss O'Cullen und ich kennen uns schon lange.« Pinenoire nickte ihr zu. »Sie wird einen guten Grund haben.«
»Er sucht nach einer Erklärung«, sagte Jenny unaufgefordert. »Ich konnte ihm nicht helfen und dachte, es wäre gut, wenn Sie beide sich kennenlernen.«
Pinenoire war ein aufmerksamer Zuhörer. Wenn jemand sprach, war er voll und ganz bei seinem Gegenüber. Er nickte Jenny zu und wendete sich wieder an Caleb.
»Sie haben heute einen großen Verlust erlebt, Mister Brooks«, sagte er. »Das tut mir überaus leid.«
»Danke.«
»Ich kannte Miss Ryder. Sie war ganz gewiss ein leuchtender Stern in diesem Tal.«
»Das kann man wohl sagen«, sagte Caleb. »Sie war auch der Stern in meinem Leben.«
»Wir alle sind über alle Maßen bestürzt«, wiederholte sich Pinenoire. »Nun würde ich mich Ihnen gerne zur Verfügung stellen, falls Sie Fragen haben.«
Caleb sah ihn misstrauisch an. »Fragen?«
Pinenoire lächelte milde und nickte.
»Was geschehen ist, war ein schrecklicher Unfall«, sagte Caleb. »Welche Fragen sollte ich da haben?«
»Kommen Sie«, sagte Pinenoire. »In jedem von uns tauchen Fragen auf, wenn solch ein Unglück geschieht.«
Als Caleb die ersten beiden Worte hörte, wusste er, woher er Pinenoires Stimme kannte.

»Sie waren am Unfallort«, sagte er. »Sie haben mich von ihr weggeführt, als ich am Boden kniete.«
»Ich war zufällig zugegen, weil ich etwas zu besorgen hatte.«
»Und Sie haben diesen Artikel geschrieben. ›Die Legende von Sweetwater‹. Ich habe es gegoogelt.«
Calebs Aufregung stieg spürbar. Pinenoire zog erstaunt eine Augenbraue hoch.
»Ich verfasste vor vielen Jahren einen Beitrag für die lokale Zeitung. Ich selbst habe ihn niemals ins Internet gegeben.«
»Der Link erschien nur im Zusammenhang mit meinem Vornamen und dem meiner Frau«, sagte Caleb.
Pinenoire runzelte die Stirn. Er ging zu seinem Schreibtisch und berührte mit den gespreizten Fingerspitzen einer Hand die Platte, als könnte er auf diese Weise Ordnung herbeiführen.
»Es ging in dem Artikel damals unter anderem um den kleinen Caleb Granter«, sagte er nachdenklich. »Der Sohn des Angelgeschäftinhabers. Er ertrank im See. Ein Fischernetz war die Ursache, denke ich. Wenige Wochen darauf kam er in das Leben seiner Eltern zurück als …« Er sah Jenny hilfesuchend an.
»Jerry«, half sie ihm.
»Ach ja, Jerry. Ein netter Junge«, sagte Pinenoire. »Das könnte erklären, warum der Artikel zusammen mit dem Vornamen Caleb auftauchte. Wie hieß denn Ihre Frau, Caleb?«
»Abigail«, sagte Caleb mit ungläubigem Blick.
Pinenoires Ausdruck entspannte sich, als wäre nun alles wieder in Ordnung.
»Abigail Whitmore«, sagte er. »Ich erwähnte ihr Schicksal ebenfalls kurz in dem Beitrag. Eine bezaubernde junge

Frau, die etwas Ähnlichkeit mit Miss Ryder hatte. Sie erlitt eine Gehirnembolie und verstarb im Krankenhaus, soweit ich mich erinnere. Ihr Mann verließ daraufhin Sweetwater. Bedauerlich. Inzwischen lebt sie wieder hier und er weiß es nicht einmal.«

Calebs Kopf fühlte sich an, als würde er versuchen, beim Karussellfahren Kreuzworträtsel zu lösen.

»Was geht hier eigentlich vor sich?«, fragte er.

»Nun sind wir bei Ihren Fragen«, sagte Pinenoire. »Sie sind ein Mensch, der sich beruflich der Erforschung von Zusammenhängen widmet, nicht wahr?«

Caleb überlegte, ob er nun etwas sagen sollte.

»Princeton?«, erkundigte sich Pinenoire.

»Yale«, erwiderte Caleb.

Pinenoire berührte mit den Fingerspitzen der rechten Hand die der linken und bildete auf diese Weise mit beiden Händen eine Kuppel.

»Wie fing alles an?«, fragte er.

»Was meinen Sie?«

»Ihr Weg hierher. Was war der zündende Gedanke? Es gibt immer einen Moment, in dem alles angestoßen wird.«

Was für eine seltsame Frage. Keine Einleitung, keine Floskeln. Wie ein Überfall. Caleb musste sich anstrengen, um beim Thema zu bleiben.

»Ich wollte einen Beitrag schreiben«, sagte er dann. »Etwas Originelles zum vierzehnten Februar.«

Pinenoire nickte ihm aufmunternd zu. »Allein deshalb landet man noch nicht hier. Was war die bewegende persönliche Frage hinter Ihrem Artikel?«

»Ich verstehe nicht …«

»Denken Sie nach.«

Caleb überlegte kurz.

»Ich fragte mich, ob Liebe und Hass wirklich nahe beieinanderliegen«, sagte er.
»Und?«
Caleb wusste nicht, worauf Pinenoire hinauswollte.
»Ich fragte mich, wer oder was am Ende darüber entscheidet, ob ein Mensch im Leben Glück oder Unglück erlebt.«
»Das ist es«, sagte Pinenoire und machte dabei eine Geste, als würde er eine Nadel zwischen Daumen und Zeigefinger halten. »Dieses Thema führte Sie hierher.«
Caleb legte die Stirn in Falten. Dieser Mann wirkte, als würde ihn das tragische Ereignis kaum belasten.
»Eine tief gehende Frage und eine große Sehnsucht sind immer die Gründe, warum Menschen nach Sweetwater kommen«, erklärte Pinenoire. »Was war bei Ihnen die Sehnsucht?«
Die Fragen waren Caleb unangenehm.
»Was spielt denn das für eine Rolle?«, blaffte er statt einer Antwort.
Pinenoire ging zu einem Sideboard, zog eine Schublade auf und nahm eine Holzkiste heraus.
»Mister Brooks, es liegt mir fern, in Ihr Privatleben eindringen zu wollen.« Er öffnete die Kiste. »Ich bin ein alter Mann. Ich habe selbst viel erlebt und mich sehnt es nicht nach Klatsch und Tratsch über das Leben anderer. Ich kann allenfalls einen Weg weisen. Einzig das ist der Grund meiner scheinbaren Neugier, die in Wahrheit keine ist.«
»Liebe«, sagte Caleb. »Meine größte Sehnsucht war, die Liebe wieder zu finden, die ich schon einmal erlebt hatte.«
Pinenoire nickte.
»Und was war Ihre größte Furcht?«
»Sie nie mehr zu erleben. Ich meine die Liebe.«
»Sind Sie sich sicher, dass es das war?«

»Was sonst?«
»Vielleicht das, was Ihnen Albträume bescherte?«
Caleb erinnerte sich an die Zeit nach Abigails Unfall. Tatsächlich war seine größte Angst der letzten Jahre die gewesen, einen solchen Schock noch einmal durchleben zu müssen. Diese Erkenntnis traf ihn wie ein Fausthieb in den Nacken.
»Was soll das alles?«, wollte er wissen.
Pinenoire klappte den Deckel der Kiste auf und nahm einen winzigen Papierumschlag heraus.
»Sweetwater ist ein besonderer Ort, Mister Brooks«, erklärte er. »Was sagten Sie noch mal, haben Sie studiert?«
»Ich sagte gar nichts. Biochemie.«
»Gut«, sagte Pinenoire. »Nichts, Mister Brooks, ist einfach nur so, wie es uns erscheint. Als Forscher wissen Sie das. Als der Mensch, der Sie sind, werden Sie es ebenfalls erkennen, wenn Sie konsequent Ihren größten Fragen folgen.«
Caleb konnte kaum noch denken. Er wollte ein Bett oder eine Tablette oder beides zusammen. Doch eigentlich wollte er gerade am liebsten nicht mehr leben müssen.
»Was soll ich tun?«, fragte er.
»Wie nach jedem tragischen Ereignis werden vermutlich Zweifel und Fragen kommen. Lassen Sie sich nicht davon zerstören. Lassen Sie sich von ihnen leiten. Machen Sie eine Annahme und folgen Sie dem Faden zurück.«
Caleb seufzte.
»Also gut, welche Annahme?«, sagte er. »Dass ich ein Pechvogel bin? Dass ich Fehler gemacht habe? Dass ich in Wahrheit beziehungsunfähig bin?«
Pinenoires Ausdruck änderte sich. Für einen Moment glaubte Caleb, einen Zug von Güte unter der so bewusst neutralen Miene seines Gegenübers zu erkennen.

»Selbstmitleid und Emotionen sind keine wissenschaftliche Annahme«, sagte er.
»Welche Annahme dann?«
»Dass es keinen Zufall gibt«, schlug Pinenoire vor.
»Natürlich gibt es Zufall«, gab Caleb zurück. »Jedes Statistikexperiment beweist das.«
»Und falls nicht?«, entgegnete Pinenoire. »Nur als Postulat. Sie sind Forscher. Sie gehen immer von einer Theorie aus. Darauf bauen Sie eine Kette auf, welche die Theorie am Ende beweist oder widerlegt.«
»Ja. Ja, natürlich! Nur, was soll das?«
»Ich will Ihnen einen Weg aufzeigen.«
»Also gut. Annahme: Es gibt keinen Zufall. Und dann?«
»Den Rest müssen Sie selbst herausfinden.«
»Warum sagen Sie nicht einfach, was Sache ist?« Caleb wollte nur noch hier raus, ehe er vollkommen verrückt wurde. »Sie sind Teil von diesem Spiel, richtig? Sie wollen mich manipulieren.«
»Mister Brooks, Sie werden erkennen, dass genau das Gegenteil mein Anliegen ist«, sagte Pinenoire in ruhigem Tonfall. »Ich möchte Ihnen einen Weg in die Freiheit zeigen. In die Liebe, würden Sie vielleicht sagen. Für diesen Weg ist es ohne Bedeutung, was ich weiß. Was nützte Ihnen meine beste Erklärung, wenn Sie es glauben müssten, ohne es je erlebt zu haben? Nur Sie selbst und das, was Sie erfahren haben, sind das Zentrum Ihres Universums. Folgen Sie Ihren Fragen nach dem Warum, Mister Brooks. Ich bin hier, wenn Sie etwas herausgefunden haben.«
Caleb starrte wütend auf seine Schuhe, als wäre dort der Übeltäter für seinen Zustand versteckt. Statt Erklärungen zu erhalten, wurde er mit noch mehr Fragen losgeschickt. Pinenoire legte den kleinen Umschlag vor Caleb auf den

Tisch und verließ den Raum. Jenny, die die ganze Zeit über regungslos neben Caleb gesessen war, legte eine Hand auf seinen Arm.

»Lass uns gehen, okay?«, sagte sie.

Er nickte. Sie steckte ihm den Umschlag in seine Sakkotasche und sie standen auf. Als sie bereits am Fuß der Treppe zur Eingangshalle angelangt waren, öffnete sich eine der Türen auf der Empore und Pinenoire erschien noch einmal.

»Mister Brooks?«

»Ja?« Caleb drehte sich um.

»Suchen Sie nach Schrödingers Katze.«

Das Atelier

Die Sonne berührte schon fast den Horizont, als Jenny ihren Firebird vor Carols Haus parkte. Die Staubwolke, die der Wagen die ganze Zeit hinter sich hergezogen hatte, überholte sie und löste sich ein paar Meter weiter vor ihren Augen auf.

»Bist du sicher, dass du hier übernachten willst?«, erkundigte sich Jenny. Sie nahm ihre Sonnenbrille von der Nase und steckte sie zurück in die Haare.

»Ich weiß nicht«, antwortete Caleb. »Ich brauche Zeit.«

Sie ergriff seine linke Hand, zog sie sanft, aber bestimmt zu sich herüber und malte mit einem Kugelschreiber eine Nummer auf seinen Handrücken.

»Egal wann«, sagte sie. »Du rufst mich an, wenn du mich brauchst, okay? Dein Zimmer wartet auf dich.«

»Danke.«
Er stieg aus. Jenny fuhr weiter und Caleb betrat die Veranda. Er zog die Fliegentür auf und drehte den Messingknauf der Haustür. Sie war unverschlossen. Er trat ein.
›Eigentlich absurd‹, dachte er. ›Ich betrete gerade das Haus einer Frau, die ich erst vor wenigen Tagen kennengelernt habe, und tue dabei so, als wäre es unser gemeinsames gewesen.‹
Im Wohnzimmer roch es nach einem Rest von Zimt. Wahrscheinlich hatte Carol sich am Morgen Waffeln oder Pfannkuchen gemacht. ›Waffeln‹, dachte er, als er das geöffnete Waffeleisen neben der Spüle sah. Im Becken lagen ein Teller, eine Kaffeetasse, Messer, Gabel und ein kleiner Löffel.
An dem Haken an der Seite des Kühlschranks hing Carols rote Schürze mit dem gelben Smiley. Caleb strich mit den Fingern über den Aufdruck. Er fühlte sich glatt und kühl an. Ein Einkaufszettel klemmte, von zwei Magneten in Blumenform gehalten, an der Kühlschranktür.
›Eier, Zimt, Kaffee, Butter, Geleebohnen‹
Tränen schossen in seine Augen und ließen die Buchstaben der Worte zu sinnlosen Linien verschwimmen. Caleb streifte ziellos durch Küche und Wohnzimmer, fasste hier und da etwas an, erinnerte sich an Worte, Gesten und Berührungen, die sie ausgetauscht hatten. Im Regal, aus dem sie Gullivers Reisen für ihn genommen hatte, war noch immer die Lücke zwischen den Buchrücken zu sehen.
Er spürte, dass ein Teil von ihm diese sinnlose Herumsucherei gerade verlängerte, um nicht nach oben ins Schlafzimmer zu müssen. Doch dort lagen seine Sachen und früher oder später würde er sie holen müssen. Dann lieber früher.

Am Ende des Gangs im Obergeschoss bemerkte Caleb eine Tür, die ihm bisher noch nicht aufgefallen war. Sie führte auf den Dachboden. Carol hatte ihm alle Räume ihres Hauses gezeigt, außer dem hier. Vermutlich weil sich dort oben, wie in vielen Häusern, die Rumpelkammer befand. Um sich vor dem Besuch im Schlafzimmer noch etwas zu drücken, stieg Caleb die Stufen der engen Holztreppe nach oben.

Das Dachgeschoss von Carols Haus war keine Rumpelkammer. Caleb stand in einem Atelier. Der Raum mit seinen Dachschrägen erstreckte sich über die gesamte Grundfläche des Hauses. Es roch nach Parkettpolitur, Farbe und Ton. Durch das westliche Giebelfenster fielen die letzten Strahlen der untergehenden Sonne als bernsteinfarbiges Licht herein. Das östliche Fenster gab den Blick über Sweetwater frei. Wie eine dünne silberne Schlange wand sich die Zufahrtstraße in der Ferne den Berg hinauf.

Vor einem der beiden Fenster waren Staffeleien, kleine Hocker und Malutensilien versammelt. Blöcke, Leinwände und Skizzenbücher türmten sich auf einem alten Holztisch. In die Nischen der Dachschräge waren Regale für die Aufbewahrung von Leinwänden eingebaut. Überall standen Becher, Gläser, Holz- und Blechschachteln voller Pinsel, Kreiden und Stifte herum.

Eine der Staffeleien klammerte einen mit weißer Leinwand bespannten Keilrahmen an sich fest. Beim Näherkommen sah Caleb, dass Carol etwa die Hälfte eines Landschaftsbildes mit einer Kirche vorskizziert hatte.

Vor der Staffelei wartete ein hölzerner Drehhocker. Caleb gab der mit Farbflecken übersäten Sitzfläche einen Schubs. Sie schraubte sich quietschend einige Umdrehungen nach unten. Das plötzliche Geräusch in der Stille erschreckte

ihn, als würde er damit gerade versehentlich einen Schlafenden wecken.
Auf einem Bistrotisch, der aussah wie der im Buchladen, lag ein Holzkasten mit verschiedenen Kohlestücken, erdfarbenen Conté-Stiften und eine Dose mit Fixierspray.
Alles wirkte so, als würde Carol jeden Moment mit einer Tasse Tee hereinkommen und weiterarbeiten.
Die zweite Staffelei war leer und die dritte, gegenüber, mit einem weißen Laken abgedeckt. Caleb widerstand einen Moment dem Impuls, das Leinentuch zu lüften. Dann ergriff er es mit Daumen und Zeigefinger und zog es vorsichtig von dem Bild herunter.
Während ein Teil seines Verstandes wie rasend versuchte zu begreifen, was hier geschah, wurde es in einem anderen Teil von ihm vollkommen still. Als würde er hinter sich stehen und sich selbst beobachten, wie er fassungslos das Porträt des Mannes betrachtete, der er selbst war.
Carol hatte großes Talent besessen. Sie hatte ihn allein aus ihrer Erinnerung heraus so gut getroffen, als wäre er Modell gesessen. Caleb sah sich die Signatur an. Neben den ineinander verschlungenen Initialen ›CR‹ stand ein Datum.
Der dritte Februar.
Das war unmöglich! Caleb rechnete zurück. Heute war der Vierzehnte. Am fünften Februar war er in Sweetwater eingetroffen. Am Nachmittag desselben Tages war er Carol zum ersten Mal begegnet. Wenn das Datum neben der Signatur stimmte, hatte sie das Bild gemalt, ohne ihn je gesehen zu haben.
Er überlegte, was er am dritten Februar gemacht hatte. Es war der Tag gewesen, als er in der Redaktion erfolglos über seinem Artikel über Liebe und den Valentinstag gebrütet hatte. Am selben Abend hatte er den Hinweis auf

Sweetwater im Internet gefunden. Und in der Nacht dieses dritten Februars hatte Caleb sich entschlossen, nach Sweetwater zu fahren.
Sein Blick schweifte durch das Atelier. Überall standen und lagen Bilder herum. Landschaften, Tiere und Stillleben in Kreide, Bleistift, Aquarell oder Acryl. Auf Leinwandrahmen, aneinander gegen die Wand gelehnt oder in Stapeln auf Tischen. Auf Papier, in großen Mappen zusammengebunden, in Regalen abgelegt oder speziellen Schubladen geordnet. Caleb wurde klar, dass er von einem Lebenswerk umgeben war. Mit dieser Menge an guten Bildern hätte Carol eine Kunstgalerie betreiben können.
Er blätterte eine Mappe mit Landschaftsaquarellen durch und war erstaunt, in wie vielen Facetten sich allein der See von Sweetwater mit Steg und Boot dem Auge einer Künstlerin zeigte. Carols Gemälde waren Liebeserklärungen an das Tal von Sweetwater.
›Tue, was du liebst, und liebe, was du tust. Dann wird es gut‹, hörte er ihre Stimme in seinem Kopf. An jenem Abend waren sie auf der Veranda direkt unter diesem Fenster gesessen. Nur wenige Armlängen von Calebs Porträt entfernt.
Eine dunkelblaue Mappe im Regal fiel ihm auf, vielleicht, weil sie mit zwei leuchtend roten Bändern verschlossen war. Er nahm sie heraus, öffnete den losen Knoten. Als er die Mappe aufschlug, zuckte er zusammen. Das erste Bild zeigte wieder ein Porträt von ihm, dieses Mal mit Bleistift gezeichnet. Allerdings aus früheren Jahren. Neben Carols Initialen standen das Wort ›Er‹ und eine Jahreszahl, die sieben Jahre zurücklag.
Damals hatte Caleb noch keinen Bart und kürzere Haare getragen, was das Bild auch richtig wiedergab. Das Porträt

zeigte ihn als einen vom Schicksal gezeichneten Mann. Es musste entstanden sein, kurz nachdem er Abigail verloren hatte.

Caleb blätterte weiter.

Sie hatte jedes Jahr zwei oder drei Bilder von ihm gemalt! Seit sieben Jahren. Wie konnte das sein?

Für einen Moment kam ihm der Gedanke, dass dies alles ein abgekartetes Spiel war. Irgendjemand hatte sich vorgenommen, Caleb Brooks verrückt zu machen. Er überlegte, welche Feinde er haben könnte, aus welchem Grund jemand den Aufwand betrieb, ihn in den Wahnsinn zu treiben. Doch gleich darauf verwarf er diese Gedanken als die Früchte von Unverständnis und Angst. Wer war er schon, dass man ihn beseitigen müsste?

Es blieben nur zwei Möglichkeiten: Entweder sie hatte seinen Werdegang im Internet verfolgt und von dort die Vorlagen erhalten. Dem widersprach besonders das erste Porträt, denn nach Abigails Unfall war Caleb viele Monate untergetaucht gewesen und hatte sich ganz sicher nicht fotografieren lassen.

Oder Carol hatte das Gesicht gemalt, das seit vielen Jahren immer wieder vor ihrem inneren Auge aufgetaucht war. Falls dies der Fall war, würde es automatisch bedeuten, dass Calebs Weg hierher kein Zufall, sondern vorherbestimmt gewesen war.

Er sah sich weiter im Atelier um. Gegenüber, Richtung Westen, gab ein bodentiefes Fenster den Blick auf die Landschaft mit dem Nebenfluss des Eden River frei. Die offenen Holzregale vor den Schrägen waren hier mit unzähligen, meist handgroßen Tonskulpturen gefüllt. Manche davon bereits bemalt, andere noch in erdigem Rotbraun. Vögel im Flug, bei der Landung oder auf Ästen sitzend, Murmeltiere, Mäuse, Frösche und Insekten, alle niedlich bekleidet und mit pfiffigen Gesichtern. Jede Figur ein so unverwechselbarer Charakter, als wäre sie gerade einem Märchenbuch entsprungen. Zwischen tönernen Bäumen, Blumen und Blätterschirmen verharrten sie auf den Regalbrettern. Wie Schauspieler, die regungslos auf ihrer Bühne darauf warteten, dass sich der Vorhang hob und das Spiel beginnen konnte.

In einem anderen Regal reihten sich lasierte Krüge, Kannen, Becher und andere Gefäße nebeneinander. Auf dem Arbeitstisch vor dem Fenster schützte ein schwarzes Seidentuch einen flachen, etwa anderthalb Meter breiten Gegenstand. Als Caleb das Tuch entfernte, entblößte sich vor ihm die filigranste Szene aus Ton, die er je gesehen hatte. Carol musste viele Monate, wenn nicht Jahre daran gearbeitet haben. Inmitten einer hügeligen, buschbewachsenen Landschaft, deutlich als das Tal von Sweetwater zu erkennen, lag ein überdimensional großer Mann in altertümlicher Kleidung auf dem Rücken. Er wurde von unzähligen dünnen Leinen am Boden gehalten, die wiederum an Pflöcken befestigt waren. An die hundert winzige Menschen waren damit beschäftigt, die Leinen zu vertäuen oder auf dem Riesen herumzuklettern und ihn zu untersuchen. Auf den Hügeln standen weitere Minimenschen in kleinen Gruppen und berieten sich über das Geschehnis. Die Skulptur stellte eine Szene von Gullivers Reise nach Liliput dar.

›Warum hast du mir das nicht gezeigt?‹, fragte er Carol in seinen Gedanken.

›Weil ich glaubte, wir hätten mehr Zeit‹, hörte er ihre Stimme in sich.

Er erschrak so sehr, dass er innerlich zusammenzuckte.

›Geh und suche weiter‹, sagte die Stimme, die wie Carol klang.

›Wohin? Wonach?‹, fragte er, doch es kam keine weitere Antwort.

Caleb verließ das Atelier und ging hinab ins Schlafzimmer. Carols Bett war noch ungemacht, so wie sie es am Morgen verlassen hatte. Über dem Stuhl vor der Frisierkommode hing ihr Nachthemd. Er raffte es in seinen Händen zusammen und barg das Gesicht darin. Für einen Moment lang war ihm die lebendige Erinnerung vergönnt, Carol ein letztes Mal an sich zu drücken, seinen Kopf an den ihren zu schmiegen und dabei den Duft ihres Haares und ihrer Haut einzuatmen. Als er, noch mit geschlossenen Augen, die Hände sinken ließ, blitzte in ihm einen winzigen Augenblick lang der Hoffnungsfunke auf, sie könnte vor ihm stehen, wenn er die Lider öffnete. Dass alles nur ein schlechter Traum gewesen war.

Doch als er die Augen aufschlug, erblickte er nur sein eigenes Gesicht in Carols Spiegel. Was ihm entgegenstarrte, erschreckte ihn. Ein müder, bleicher und abgekämpfter Kerl mit rot geränderten Augen, die in dunkle Schatten eingebettet waren. Caleb kannte dieses Gesicht. Es hatte ihn nach Abigails Tod viele Monate lang jeden Morgen im Bad angestarrt.

Er legte sich Carols Nachthemd um den Hals und wickelte seine untere Gesichtshälfte damit ein. ›Dummes Zeug‹, dachte er kurz. ›Dinge, die man nur macht, wenn einen ganz sicher niemand beobachten kann.‹

Mit jedem Atemzug eine Winzigkeit von Trost inhalierend, suchte er seine Habseligkeiten zusammen. Wie lange roch man etwas, ehe die Wahrnehmung verblasste? Zehn Züge lang? Fünfzehn? Er stopfte seine Sachen so schnell er konnte in die beiden Reisetaschen. Carols Geruch verlor schnell an Wirkung. Die ersten Panikwellen schossen in ihm empor. Er musste sofort hier raus. ›Als ob das Haus brennt‹, schoss es durch seinen Kopf. ›Aber es brennt nichts. Also woher kommt das?‹

Als er sich den Gurt seiner Reisetasche über den Kopf zog, schnitt die Kante des Nylongurts in seine Stirn. Er fuhr mit einer Hand über die Stelle, starrte ungläubig sein eigenes Blut auf den Fingerkuppen an. Die unerklärliche Panik wurde immer stärker; Caleb griff sich die beiden Reisetaschen und stürzte aus Carols Schlafzimmer. Zurück in der Küche, riss er das Telefon von der Wandhalterung. Inzwischen zitterten seine Hände so stark, dass ihm der Hörer entglitt und gegen den Schrank knallte.

Er tippte Jennys Nummer von seinem Handrücken ab. Während er das Rufzeichen hörte, erinnerte er sich, dass Carols Nachthemd noch immer um seinen Hals gewickelt war. Er versuchte, es mit der freien Hand von sich reißen, doch ehe er es los bekam, zog seine Bewegung es noch einen Moment lang wie eine Schlinge um seinen Hals zusammen.

Am anderen Ende meldete sich eine heiser klingende Frauenstimme.

»Jenny?«

»Caleb?«

»Ja. Jenny, hier stimmt etwas nicht. Da sind Dinge, die es nicht geben dürfte.«

»Was denn genau?«, erkundigte sie sich.

»Ich weiß nicht«, sagte er. »Bilder. Es ist, als wäre Carol irgendwie noch im Haus. Als würde etwas herumwandern. Kannst du mich abholen? Sofort? Bitte.«

Schicksal?

In den letzten Stunden dieses Valentinstages, um kurz nach einundzwanzig Uhr, verließ John Harper auf dem Flughafen von Oklahoma City seine Maschine. Nur ein paar Meilen weiter lag Clive Borrows im St. Anthony Hospital und schlummerte unter dem Einfluss eines starken Beruhigungsmittels einen traumlosen Schlaf.

Während des Fluges hatte Harper über die seltsame Zufallshäufung nachgedacht. Nachdem weder die auffälligen Zusammenhänge noch seine Intuition die Entwicklung der letzten Tage wirklich erklären konnten, musste etwas anderes am Werk sein.

Das war der Moment, in dem Harper zum ersten Mal über die Bedeutung des Wortes Schicksal nachdachte. Was war damit gemeint? Schicksal schien eine im Hintergrund ruhende Sache zu sein, so lange, bis man irgendwann und scheinbar aus Versehen einen bestimmten Knopf berührte. Ab da schien etwas Größeres das Ruder des Lebens zu übernehmen. Etwas, dem gegenüber man sich machtlos fühlen konnte.

Wodurch wurde dieses Größere aktiviert? Durch einen Fehler? Harper konnte sich nicht erinnern, einen gemacht zu haben. Durch eine Schuld? Durch Schaden, den man bei anderen anrichtete? Dann wäre schon viel früher etwas geschehen.

Welche Kraft sorgte, trotz der überwältigend großen Chance, sich auf der Welt zu verpassen, dennoch für eine Begegnung?

Um dieses Geheimnis zu erfahren, hätte Harper sogar noch drei weitere seiner Depots geopfert.

»Weißt du von den Bildern?«, fragte Caleb Jenny, als sie auf dem Weg zum Diner waren.
Sie nickte.
»Woher wusste sie das?«
»Carol hatte diese Gabe«, sagte Jenny.
»Ich verstehe nicht …«
»Hattest du noch nie einen Traum, der so real war, dass du nicht mehr wusstest, ob du träumst oder wach bist?«
»Doch.«
»Sie wusste, dass du kommst«, erklärte Jenny. »Nur nicht wann. Sie sah dein Gesicht. Immer wieder. Das Malen war ihre Art, das zu verarbeiten.«
»Wie kann man so etwas sehen?«, fragte er.
Sie nahm den Blick kurz von der Straße und sah ihn von der Seite an. »Hast du nicht auch eine Fähigkeit?«
Er schüttelte den Kopf.
»Nein.«
»Innerlich sehen, spüren, hören, fühlen? Gar nichts?«
Caleb überlegte kurz.
»Hören«, sagte er dann. »Ich höre …«
Sie nickte ihm aufmunternd zu.
»… Stimmen. Na ja, nur eine und nur manchmal. Ich weiß, das ist verrückt. Klassische Schizophrenie.«
»Kommt vielleicht auf die Stimmen an«, meinte sie.
»Nach dem Tod von Abby, meiner Frau, war es ihre«, erklärte Caleb. »Ich konnte mit ihr reden. Nicht genauso wie mit dir jetzt. Aber sie war noch lange da, als ich sie brauchte.«
»Also hast du doch eine Gabe«, sagte Jenny.
Nachdem sie im Diner angekommen waren, brachte Jenny

Caleb ein Abendessen und ein leichtes Schlafmittel auf sein Zimmer.
Er war völlig überdreht und wollte nur noch schlafen. Während er auf die Wirkung des Mittels wartete, ordnete er seine wenigen Sachen zusammen, als könnte er damit gleichzeitig Ordnung in seine Gedanken bringen.
Und plötzlich, hinter all der Verwirrung, dem Elend und dem Schmerz, den er fühlte, entdeckte Caleb etwas, was sich all dem widersetzte. Etwas, was ihn über alle Maßen verwunderte. Es war nur ein winziger Funke und es dauerte eine Weile, bis er erkannte, aus was er bestand: Hoffnung. Vollkommen absurd. Unlogisch, haltlos. Und dennoch war es Hoffnung. Woher nahm sich dieser Funke das Recht, nicht zu erlöschen?
Caleb forschte in sich nach und kam immer wieder auf dieselbe Ursache: Zweifel. Sie hielten den Funken am Leben. Zweifel daran, dass sein Weg nach Sweetwater kein Zufall war. Dass der Unfall ein unglücklicher Zufall war. Inzwischen konnte er nicht einmal mehr glauben, dass Zufall eine Rolle gespielt hatte, als Dennis ihm den Artikel zum Valentinstag übertragen hatte. Dass der Kollege krank geworden war, der ihn hätte schreiben sollen. War die Hoffnung in Wahrheit nichts anderes als der Zweifel daran, dass die Realität genau so zufällig zusammengestrickt war, wie man sie erlebte?
Caleb spürte, wie der Hoffungsfunke an Kraft gewann und ihm seine Klarheit zurückbrachte. Sollte dies gerade tatsächlich eine Art Traum sein, so würde er alles daransetzen, ihn aufzudecken.
Doch wie fand man heraus, ob man träumte? Wenn vollkommen unlogische Sachen geschahen, vielleicht. Doch an dem Unfall war nichts besonders unlogisch gewesen.

Was, wenn Pinenoire recht hatte? Was, wenn es wirklich keinen Zufall gab? Dann wäre alles Geschehene einer Absicht gefolgt. Wessen Absicht? Wer hatte die Macht, die Dinge so geschehen zu lassen?
Die Vorstellung war so unglaublich, hatte eine solche Dimension, dass in Caleb die panikartige Angst hochschoss, er könnte verrückt werden, wenn er noch länger darüber nachdachte.
Eines war ihm jedoch klar: Falls er sich in einem Traum befand und denjenigen aufspürte, der ihn träumte, dann würde der Traum vermutlich kollabieren. Doch wie sollte man so etwas anstellen, wenn man selbst ein Teil von dem war, was man untersuchte?
Caleb zog sein Sakko aus, hängte es über die Stuhllehne und nahm, wie immer, sein Notizbuch aus der Seitentasche. Dabei entdeckte er Pinenoires kleinen Umschlag, den ihm Jenny zugesteckt hatte.
Er setzte sich aufs Bett und betrachtete das etwa handtellergroße Papierstück. Es war so leicht und dünn, dass er sich nicht vorstellen konnte, was sich darin verbarg. Die Deckellasche war nicht verklebt, nur eingeschoben. Caleb öffnete sie und drückte den Umschlag an beiden Längsseiten, bis er sich wie eine Papiertüte öffnete. Er hätte einen kleinen Brief erwartet mit einer geheimnisvollen Antwort oder einem rätselhaften Code, einen Zeitungsausschnitt oder etwas in der Art. Doch in dem Umschlag befand sich nur ein einziger unscheinbarer Gegenstand.
Es war ein etwa fingerlanger roter Faden.
Dieser kleine Faden beschäftigte ihn die ganze Nacht. Caleb war klar, was Pinenoire ihm mitteilte, doch er wehrte sich, es anzunehmen.
Es war, als würden zwei Kräfte in ihm gegeneinander einen

Kampf führen. Als würde ein Teil in ihm mit aller Macht versuchen, nicht von einer neuen, unvorstellbaren Erkenntnis ertränkt zu werden.

Caleb war froh, als endlich der Tag anbrach. Während er sich im Bad die Zähne putzte, hörte er Jenny unten in der Küche Geschirr einräumen. Bald würde sie, wie jeden Tag, ihr Restaurant öffnen und einfach ihr Leben weiterleben. Ein Teil von Caleb war neidisch darauf. Dieser Neid, so merkte er, hatte nichts mit Jenny selbst zu tun, sondern war eine Art Vorwurf an Gott. Warum musste ausgerechnet er, Caleb, das erleiden? Was hatte er falsch gemacht, um so bestraft zu werden? Genügte es nicht, dass er schon einmal einen geliebten Menschen verloren hatte? Wo war die Gerechtigkeit in einem Gott, der einen in den höchsten Himmel hob, um einen gleich darauf in den tiefsten Abgrund zu stoßen?

Nachdem er geduscht und frische Sachen angezogen hatte, ging Caleb das Treppenhaus zum Diner hinunter.

Zum ersten Mal fielen ihm die verblichenen Fotografien aus Sweetwaters Gründungszeit auf. Eine Handvoll Holzhäuser säumten eine Staubstraße, die buchstäblich im Nichts verschwand. Vermutlich war das Bild an einer Stelle so verblichen oder überbelichtet, dass es wirkte, als würde die Straße sich im Nebel auflösen. Auf einem anderen Bild entdeckte er Carols Buchladen, so wie er vor über hundert Jahren ausgesehen hatte. Ein typisches Kolonialwarengeschäft aus der Gründerzeit.

Als er den Speiseraum betrat, schloss Jenny gerade die Eingangstür auf und drehte das Schild an der Scheibe um. ›Wie jeden Morgen‹, dachte Caleb.

»Hi«, begrüßte sie ihn.

»Hi«, gab er zurück.

»Wie geht's heute?« Sie rückte ihre Sonnenbrille im Haar zurecht. Heute wirkte es verlegen.
»Keine Ahnung«, sagte Caleb. Das war die Wahrheit.
»Ich hab die ganze Nacht geheult«, sagte sie. »Hoffe, ich hab dich nicht gestört.«
Er schüttelte den Kopf. »Ich habe nichts gehört. Die Tabletten sind wohl gut.«
»Möchtest du ein Frühstück? Ich mache uns Pfannkuchen.«
Er nickte. Sie machte sich auf den Weg in Richtung Küche.
»Ich werde heute abreisen«, sagte er.
Sie blieb stehen und drehte sich zu ihm.
»Schade«, sagte sie.
Er bemühte sich, ein freundliches Lächeln zu zeigen.
»Jenny, ich kann einfach nicht hierbleiben. Ich muss dem roten Faden folgen. Ich muss irgendwie herausfinden, was in meinem Leben los ist.«
Sie nickte.
»Ich frage mich, warum dieser Pinenoire mir nicht einfach erzählt, was hier los ist.«
Jenny schien Mitleid mit ihm zu haben.
»Vielleicht ist es so, dass man einem manche Dinge einfach nicht sagen darf, selbst wenn man sie weiß oder ahnt.«
»Und ihn stattdessen im Unklaren lassen?«, beschwerte Caleb sich. »Was soll daran besser sein? Was könnte wichtiger sein, als einem Menschen die Wahrheit zu sagen, wenn er sie wirklich wissen will?«
»Sein Schicksal«, sagte Jenny.
Ihre Antwort traf ihn wie ein Schlag.
»Was ist mit meinem Schicksal?«
»Nichts. Caleb, bitte hör auf, mich danach zu fragen. Folge deinem Herzen, deinem Instinkt, deiner Neugier, deiner Intuition oder wie immer du es für dich nennst.«

Er starrte sie mit grimmiger Miene an.
Sie hob abwehrend eine Hand. »Hey, ich hab das alles nicht erfunden.«
Sie ging zu ihm und legte ihre Hand auf seinen Arm.
»Ich mag dich, Mister Brooks. Wir müssen alle unseren Weg weitergehen und darauf vertrauen, dass es richtig ist.«
Caleb nahm schweigend sein Frühstück zu sich, wütend über die Geheimnistuerei von Pinenoire und Jenny. Nachdem er fertig war, holte er seine Tasche aus dem Zimmer und zahlte. Er wusste nicht so recht, wie er sich verabschieden sollte.
»Danke«, sagte er. »Für alles.«
Jenny nickte und Caleb bemerkte, dass sie Tränen in den Augen hatte. Schnell nahm sie ihre Sonnenbrille aus den Haaren und schob sie auf die Nase.
»Ist okay«, sagte sie.
Caleb ging zur Tür. Sie begleitete ihn bis auf die Veranda. Als er schon halb im Wagen war, hörte er ihre Stimme.
»Hey ...« Er blickte nach oben. Sie winkte zaghaft. Eine Geste, die so gar nicht zu der Jenny O'Cullen passte, die er am ersten Tag kennengelernt hatte.
»Vielleicht sehen wir uns mal wieder«, sagte sie. »Eines Tages.«

Unregelmässigkeiten

John Harper lehnte mit dem Rücken gegen das Straßenschild, hob das Fernglas vor die Augen und ließ seinen Blick über den Ort in der Senke schweifen. Vorwiegend weiße, rote und blaue Häuser, maximal zweistöckig und mit Holzverandas. Typischer Baustil des Mittelwestens. Elf als Kirchen erkennbare Gebäude, weitflächig über den Ort verteilt. Ein Rathaus mit Fahnenmast. Kaum Verkehr. Die Ausfallstraße im Süden folgte ab dem Ortsende einem Fluss und verschwand hinter den Hügeln. Niedrig gewachsene Bäume und Büsche, wie sie in vielen trockenen Gegenden zu finden waren, verteilten sich mit ihrem Wasserdurst in gleichmäßigem Muster über die Hügel.

All das interessierte Harper nur am Rande. Seine Augen suchten das Verborgene, den Fehler im System. Eine Auffälligkeit inmitten dieser fast perfekten Unauffälligkeit. Routiniert scannte er den Ort nach einem Raster innerlich gesetzter Planquadrate ab. Als er die Hauptstraße näher inspizierte, fiel ihm der rote Dodge Dakota auf. Ein erster Fehler im System eines Ortes, in dem sonst nur wenige und alte Automodelle zu sehen waren. Der Pick-up würde sein erster Anlaufpunkt sein. Harper suchte das Postamt und fand es neben dem Rathaus. Es standen keine parkenden Wagen davor. Bei einem Ort dieser Größe und um diese Zeit war das ebenso auffällig wie die Tatsache, dass er kein Gebäude entdecken konnte, das nach einer Bank aussah.

Über diesem Ort schwebten mehrere Fragezeichen.

Gut, er hatte die Adresse des Buchladens. Doch war das die Person, nach der Harper suchte? Sein Spürsinn gab ihm ein klares Nein zur Antwort. Die Person verfügte über eine bedeutsame Menge an Geld und wahrscheinlich über ein ebenso außerordentliches Bedürfnis, nicht entdeckt zu werden. Sie bewohnte sehr wahrscheinlich ein großes Gebäude mit deutlichem Abstand zu den Nachbarn. Eine Farm wäre wahrscheinlich. Unscheinbar und dennoch groß. Idealerweise weit in den Hügeln versteckt und am Ende einer Straße liegend, nicht im Durchgang. Ein solches Gebäude war von diesem Punkt aus nicht zu sehen. Also würde er bei der Adresse beginnen, die auf dem Post-it gestanden hatte.

Harper nahm das Fernglas herunter und ließ es um seinen Hals hängen. Er nahm ein Streichholzbriefchen mit der Werbung eines Motels in Reno aus der Sakkotasche, knickte ein Hölzchen ab und entzündete es an einer der beiden Metallstangen, die das Straßenschild hielten. Nachdem er sich eine Zigarette angesteckt hatte, ließ er das abgebrannte Streichholz zurück in die Tasche wandern.

Während Harper fast regunslos dastand, rauchte und den Ort beobachtete, arbeitete sein Verstand auf Hochtouren. Etwa ein Dutzend Züge später verfügte er über eine weitere wesentliche Information. Weder in den Ort hinein noch hinaus fuhren Autos. Bei dieser Einwohnerzahl und um halb elf Uhr vormittags war das überaus ungewöhnlich. Ein Fehler im System.

Er drückte die Zigarette an seiner Schuhsohle aus und nahm den Stummel mit in den Wagen, wo er ihn im Aschenbecher verschwinden ließ. Dann schaltete er das Radio ein und drückte die Taste, um eine der CDs zu hören, die er mitgenommen hatte. Harper liebte Gitarrenballaden. Er startete den Motor und Mason Jennings begann sein Gitarrensolo von ›The Lonesome Death of Hattie Carroll‹. Sanft seinen Kopf im Rhythmus wiegend, wie eine Zustimmung zu jedem Takt, fuhr er den Hügel hinab.

Es war ein langer Song. Als der letzte Ton verklang, war Harper an der Tankstelle angekommen.

Der Jäger

Nick stand am Kühlregal und rückte den Bestand an Coladosen, Bierflaschen und Trinkwasser nach vorn. ›Die Front ist das Gesicht zum Kunden. Immer freundlich, immer präsent.‹ Nick hatte viele solche Sätze von seinem Vater gelernt. ›Immer etwas Neues. Immer etwas anders.‹ Am häufigsten musste sich Nick den Satz ›Dreh dich um, wenn es klingelt‹ anhören. Eigentlich keine Weisheit, die man jemandem erklären musste, doch Nick war schon als Junge ziemlich menschenscheu gewesen und hatte sich bei Kundenbesuchen gerne im hinteren Bereich des Ladens verkrümelt.

Das Glöckchen über der Tür klingelte. Nick hörte Schritte, die er nicht kannte. Seine Augen waren nicht mehr besonders gut. Er schob das auf sein Leben zwischen halbdunklen Ladenregalen, Lagerraum und Autowerkstatt. Mit einem Sixpack Budweiser in der einen und einer XL-Dose SevenUp in der anderen Hand drehte er sich um. Und noch ehe er den Kopf nach hinten legen konnte, um besser durch die Mitte seiner Brille zu sehen, wusste Nick, dass gerade ein großes Unglück seinen Laden betreten hatte.

Der Mann war ein Weißer um die vierzig, etwa eins fünfundachtzig, schlank und unauffällig, in Jeans, graues Polo und Sportsakko gekleidet. Gebräunte bis wettergegerbte Haut zeugte von häufigem Aufenthalt in sonnigen Gegenden. Dunkelblondes, nach hinten gekämmtes Haar, gerade, feine Nase, leicht sichtbare Wangenknochen, hohe Stirn. Alles in allem ein gut aussehender Mann.

Was Nick vor Schreck erstarren ließ, waren die Augen. Sie trugen den Blick eines Jägers. Und ein Jägertyp war so ziemlich das Letzte, was in Sweetwater anwesend sein durf-

te. Eigentlich war gut vorgesorgt worden und so ein Typ hätte den Weg bis hierher gar nicht finden dürfen.
Nick wusste, was zu tun war. In der Theorie. Praktisch gesehen, begann sein übergewichtiger Körper unkontrolliert zu zittern und sein Flanellhemd mit Schweiß zu durchtränken.
Der Jäger ließ einen routiniert wirkenden Blick durch den Laden schweifen, ehe er Nick mit einer kaum merklichen Kopfbewegung grüßte.
»Tag«, sagte Nick und hob dabei die Hand mit der Seven-Updose.
»Tag«, antwortete der Jägertyp. »Ich hätte gerne ein paar Dinge, wenn Sie so weit wären.«
»Natürlich«, sagte Nick. Er stellte die Dose und das Sixpack ab und schlurfte zur Kassentheke. Seine Füße schmerzten bei jedem Schritt, besonders an den aufgescheuerten Stellen. Er beschloss, dass er sich, sollte er dies hier überstehen, die neuen extraweichen Diabetikerschuhe von Dr. Comfort gönnen würde.
»Getankt?«, schnaufte Nick.
Der Jägertyp nickte und schob einen Belegzettel über die Theke. Nick hatte noch keine dieser neumodischen Computerzapfsäulen.
»Sonst noch?«
»Zwei Packungen Pall Mall ...«
»Habe ich nicht.«
»Dann Red & White.«
Nick zog zwei Packungen aus dem Spenderregal.
»Schöne Stadt«, sagte der Jäger. Nick hatte das Gefühl, dass seine Worte selbst keine Rolle spielten, sondern nur die Situation beherrschen sollten. Dieser Mann spielte gerade mit ihm.

»Ja«, sagte Nick. »Schöne Stadt.«
»Ziemlich abseits gelegen.« Der Jägertyp nahm die Packungen entgegen und ließ sie in seiner Sakkotasche verschwinden.
»Hier gibt's auch nichts zu sehen«, presste Nick hervor. »Die meisten Touristen drehen gleich wieder um.«
Der Jägertyp sah ihn an. Nick fühlte sich, als würde dabei der letzte Winkel seines Gehirns durchleuchtet.
»Kann ich mir denken«, sagte er langsam. »So trocken, wie es hier ist.«
»Oh, wir haben einen See, weiter hinten ...« Nick biss sich auf die Zunge. Eine dicke Schweißperle rann ihm über die linke Braue und endete brennend im Auge.
Der Jägertyp drehte sich um und ging zum Kühlregal. Er nahm zwei Sixpacks Cola light und einen Karton Wasserflaschen heraus und brachte sie an die Theke.
»Wo geht man hin, wenn man ein gutes Steak möchte?«
»Sie könnten es im Jericho in der Main Street probieren.« Nick entschuldigte sich selbst damit, dass der andere das sowieso entdeckt hätte. Der Mann nickte wieder, nahm sich einen Sweetwater Observer von der Theke, dazu zwei Tüten Erdnüsse und eine Packung MisterMints.
»Haben Sie eine Karte von hier?«
»Nein.« Das war die Wahrheit. Nick wusste selbst nicht, warum der einzige Stadtplan von Sweetwater in einer Vitrine im Rathaus hing und über hundert Jahre alt war.
»Ist ja wirklich ein geheimnisvoller Ort«, sagte der Jägertyp.
Nick glaubte, einen leicht spöttischen Unterton herauszuhören. Das Gesicht des anderen blieb jedoch völlig ungerührt. Er zählte Nick den Betrag in kleinen Scheinen auf die Theke.

»Danke, Mister …«, er sah kurz auf den Button an Nicks Hosenträger, »… Nick.«
»Okay«, brachte Nick nur hervor. Der Jäger nickte ein letztes Mal und verließ den Laden.
Erst nachdem der schwarze Toyota Camry außer Sichtweite war, griff Nick nach dem Telefon.

Borrows

Um zwanzig vor zehn steuerte Caleb den Dodge Dakota in Richtung des Gebäudes, das auf ihn wie der Pförtner des Ortes wirkte: die Tankstelle von Nick McQueen. Mit einem Blick auf die Benzinuhr erinnerte er sich daran, dass er den Wagen bei seiner Ankunft aufgefüllt hatte. Als Caleb die Tankstelle passierte, bemerkte er, dass an einer der drei altmodischen roten Zapfsäulen ein auffällig moderner Mittelklassewagen parkte. Ein Fremdkörper, ähnlich dem, in dem Caleb selbst gerade saß. Er schüttelte kurz den Kopf über die Aneinanderreihung von Seltsamkeiten, die ihn noch immer nicht loslassen wollten.
Calebs Klarheit kam langsam zurück. Nun hatte er zumindest wieder ein kleines Ziel: das St.-Anthony-Krankenhaus in Oklahoma City. Um vierzehn Uhr dreißig traf er dort ein. Er parkte den Wagen auf dem Besucherparkplatz, ging zur Rezeption und erkundigte sich bei einer überfülligen farbigen Frau in weißer Schwesternkleidung nach einem Patienten namens Clive Borrows. Sie tippte den Namen in den Computer ein.
»Borrows, Clive Peter?«

Caleb nickte.
»Er wurde vor zwei Stunden entlassen.«
»Nach einem Tag?«, fragte Caleb. »Er war verletzt!«
Sie sah ihn genervt an. »Sind Sie sein Arzt oder wollen Sie ihm vielleicht seine Krankenversicherung bezahlen?«
»Tut mir leid. Ich möchte ihn nur besuchen. Können Sie mir bitte seine Adresse geben?«
Die Frau schüttelte den Kopf. »Tut mir leid. Datenschutz.«
Er nickte. »Trotzdem danke.«
Caleb hatte Glück. Er fand die Adresse von Borrows im Telefonbuch. Um fünfzehn Uhr dreißig schwebte sein Finger über der abgenutzten messingfarbenen Türklingel am Brett des Mehrfamilienhauses.
›C. Borrows‹ stand schwarz in ein mattsilbernes Schild graviert. In dem Moment, als er den Klingelknopf drücken wollte, öffnete sich die Tür des Haupteingangs. Eine Frau mit Einkaufskorb kam heraus. Caleb grüßte kurz und nutzte die Gelegenheit, um einzutreten. Es roch nach Reinigungsmittel, alten Wänden und Essen.
Das Gebäude hatte vier Stockwerke, in denen acht Parteien wohnten. Caleb nahm die Stufen in den zweiten Stock. Seine Knie zitterten, als er vor der hellgrauen Wohnungstür stand. Wieder hob er seine Hand und dieses Mal drückte er den Klingelknopf des Mannes, der die Liebe seines Lebens überfahren hatte.
Ein schriller Ton zerriss die Stille im Treppenhaus.
Caleb lauschte. Er glaubte, dass sich in der Wohnung etwas bewegte. Schritte kamen näher und das Auge des Türspions wurde dunkel.
»Gehen Sie«, sagte eine brüchige Stimme hinter Tür.
»Ich muss Sie sprechen, Mister Borrows.«
»Ich kann nichts mehr ändern. Bitte gehen Sie.«

»Ich weiß, dass Sie nichts dafürkönnen. Es war ein Unfall. Ich möchte nur einige Informationen.«
»Ich habe alles der Polizei gesagt.«
»Das, wonach ich suche, nicht.«
Für einen Moment war es still, als schwebte eine Entscheidung über den beiden Männern. Dann klapperte eine Kette und der Schlüssel wurde umgedreht.
Clive Borrows war von Natur aus kein besonders gesund wirkender Mensch. Doch was Caleb sah, als sich die Tür öffnete, war erschreckend. Borrows trug eine weiße Halsstütze und einen Arm in einer Schlinge. Der Schädel des Mannes wirkte, als wäre kaum noch Fleisch daran. Die Haut spannte sich wie gewachstes Einwickelpapier über die Wangenknochen. Wässrige Augen zwischen geröteten Lidern und geschwollenen Tränensäcken starrten Caleb entgegen. Clive Borrows sah aus, als wäre er in den Stunden seit dem Unfall um zwanzig Jahre gealtert. Er trug einen graublau gestreiften Hausmantel über Hemd und Hose, die aussahen, als wären sie Teil seiner Fahreruniform.
»Danke«, sagte Caleb.
Borrows trat einen Schritt beiseite und ließ ihn ein. So wie der Mann aussah, hätte Caleb erwartet, die Wohnung in einem desaströsen Zustand vorzufinden, doch alles war penibel geputzt und aufgeräumt.
Borrows deutete in Richtung des Küchentischs, an dem es nur zwei Stühle gab.
Auf dem Tisch lagen eine Armbanduhr, ein Buck-Klappmesser mit Messingbeschlägen und Holzschalengriff, ein eingebundenes Schulheft oder Tagebuch und ein Kugelschreiber mit dem Logo von Amway Express. Daneben eine silberne Thermostasse, wie man sie auf langen Fahr-

ten im Auto verwendete. Es roch leicht nach Kaffee und Essigreiniger.

Auf der Anrichte stand neben einer Packung Cap'n-Crunch-Frühstücksflocken, auf der ein Pirat mit einem Löffel in der Hand salutierte, ein Foto in einem vergoldeten Rahmen. Es zeigte Borrows mit einer überraschend hübschen jungen Frau auf einem Steg sitzend. Daneben ein silberner Rahmen mit einem deutlich älteren Schwarz-Weiß-Bild einer Frau, die der anderen ähnlich sah.

Borrows bemerkte Calebs Blick.

»Meine Frau und meine Mutter«, erklärte er unaufgefordert. »Möchten Sie einen Tee?«

»Ja, danke«, antwortete Caleb.

Borrows ließ Wasser in die dunkelblaue Plastikkanne seines Kochers laufen und schaltete das Gerät ein.

»Es tut mir unendlich leid«, sagte er mit dem Rücken zu Caleb gewandt. Er zog ein zerknülltes Papiertaschentuch hervor und schnäuzte sich.

Caleb blieb still sitzen und ließ ihn sich beruhigen.

»Ja«, sagte er schließlich. »Aber ich denke, Sie können nichts dafür. Es war ein Unfall.«

»Ich bin immer pünktlich gewesen«, rechtfertigte sich Borrows dennoch. »Fast sieben Jahre fahre ich diese Tour. Und ich hatte niemals mehr als zwanzig Minuten Verspätung. Nicht ein einziges Mal. Zuverlässigkeit ist unser Geschäft.«

Er drehte sich um und starrte Caleb aus rot geränderten Augen an. Wie ein Alkoholiker, dachte Caleb, obwohl er fast sicher war, dass Borrows nichts getrunken hatte.

»Es war eine unglückliche Verkettung«, versuchte Caleb, ihn zu beruhigen.

»Es fing schon im Depot an«, erklärte Borrows. »Der Las-

ter vom Flughafen war zu spät dran. Das ist kein Problem, normalerweise. Dann gehen die Pakete eben am nächsten Tag raus. Aber ich hatte dieses Superexpressding.«
Er schnäuzte sich nochmals.
»Wertsendung. Sehr teuer. Darf nicht liegen bleiben, wegen der Versicherung. Also muss ich warten. Alle waren schon weg. Ich warte. Fast fünfzig Minuten. Die Vorschrift erlaubt eine halbe Stunde, aber ich denke mir, egal, das hole ich wieder auf. Ich bin schnell und zuverlässig.«
Er blickte Caleb mit wässrigen Augen an.
»Ja«, sagte der und Borrows wurde erneut von einem Weinanfall geschüttelt.
»Um was für ein Paket handelte es sich, falls das nicht zu vertraulich ist, Mister Borrows?«, erkundigte sich Caleb nach einer Pause.
Borrows starrte ihn an. »Na, ein Paket halt. Ungefähr so groß«, er deutete die Abmessungen eines Schuhkartons an. »In eine rote Expresstüte eingeschweißt.«
»Ich meinte, an wen ging es?«, verbesserte sich Caleb. »Und wer war der Absender?«
Das Wasser kochte. Borrows stand auf und nahm dabei das Klappmesser vom Tisch. Er versuchte, es beiläufig aussehen zu lassen, doch Caleb spürte, dass er es aus dem Weg räumen wollte. Er schüttete das kochende Wasser in eine weiße Porzellankanne und hängte zwei Teebeutel hinein.
»Das wird Ihnen nicht gefallen«, sagte Borrows.
»Sagen Sie es mir trotzdem.«
»Die Sendung ging an die Buchhandlung. An Miss Ryder.«
Er schnappte so laut nach Luft, dass Caleb befürchtete, er würde einen Erstickungsanfall bekommen. Borrows zog eine kleine Spraydose aus der Tasche seines Hausmantels und inhalierte einen tiefen Atemzug.

Caleb fühlte sich, als hätte der Mann ihm eine Ohrfeige verpasst.

»Das ist vollkommen verrückt«, sagte er. »Sind Sie sicher?«

»Ja.« Borrows schenkte zwei Tassen ein. »Ich kenne meine Pakete.« Dabei rutschten die Ärmel seines Hausmantels nach oben. Wettergebräunte Arme. Am linken Handgelenk war der bleiche Abdruck einer Uhr zu sehen.

»Wenn es dieses Paket nicht gegeben hätte, wären Sie früher losgefahren, richtig?«, erkundigte sich Caleb.

Borrows nickte. »Halb acht, wie immer.«

»Und Sie wären früher in Sweetwater gewesen.«

»Viertel vor zehn. Wie immer.«

Calebs Gedanken rasten wie wild. »Nicht um zehn Uhr sieben. Sie wären zwanzig Minuten früher gekommen. Sie wären langsamer gefahren. Sie wären überhaupt nicht zu dieser Zeit an diesem Ort gewesen. Verstehen Sie das?« Den letzten Satz hatte er Borrows fast ins Gesicht gebrüllt.

»Ja, natürlich«, jammerte Borrows. »Das hab ich doch gesagt.«

Caleb bemerkte, was er ausgelöst hatte, und versuchte, sich zu beruhigen.

»Danke, Mister Borrows«, sagte er.

Er nahm einen Schluck Tee und verbrannte sich dabei die Zunge. Irgendwie weckte ihn der Schmerz auf, brachte ihn ein wenig auf den Boden zurück.

Konnte es wirklich sein, dass Pinenoire recht hatte? Gab es keinen Zufall? Was war am anderen Ende der Kette das auslösende Ereignis? Gab es überhaupt ein Ende?

»Was geschah mit dem Paket nach dem Unfall?«, wollte Caleb wissen.

»Ich bitte Sie«, entgegnete Borrows. »Ich war ohnmächtig.

Ich nehme an, man hat es zusammen mit den anderen Paketen aus dem Wagen zurück ins Depot gebracht. Oder dort gelassen und dann ausgeliefert. Keine Ahnung.«
»Also, wo ist es nun?«, bohrte Caleb.
»Zugestellt, denke ich«, sagte Borrows, dem man die Erschöpfung immer deutlicher ansah. »Heute hat ein anderer Fahrer meine Tour übernommen.«
»Es wurde nie zugestellt«, sagte Caleb. »Ich war in der Buchhandlung. Kein Paket in einer roten Expresstüte.«
Borrows zuckte mit den Schultern. »Keine Ahnung. Lassen Sie eine Sendungsrecherche machen, wenn etwas fehlt.«
Caleb beugte sich nach vorn über den Tisch.
»Könnten Sie für mich den Absender herausfinden?«
Borrows wich auf seinem Stuhl zurück.
»Ich verstehe nicht, was das alles soll«, sagte er. »Was hat das mit dem Unfall zu tun?«
»Das ist eine komplizierte Geschichte«, sagte Caleb. »Und ich weiß nicht, ob mein Verdacht stimmt. Noch nicht. Aber ich muss unbedingt erfahren, woher dieses Paket kam.«
Borrows verzog seine blutleeren Lippen »Es wäre nur ein Anruf für mich, aber eigentlich darf ich das nicht tun.«
»Das verstehe ich«, sagte Caleb. »Und ich möchte nicht behaupten müssen, dass Sie mir etwas schulden.«
Borrows nickte. Er stand auf ging in sein Wohnzimmer.
»Mister Borrows?«, rief ihm Caleb hinterher.
Borrows erschien im Durchgang: »Ja?«
»Vielleicht gelingt es Ihnen, auch herauszubekommen, was der wahre Grund für die Verspätung der Lieferung war. Ich meine, die ganz genaue Ursache.«
Borrows nickte nochmals und verschwand. Caleb blieb sitzen. Er zog sein Notizbuch heraus und versuchte, seine

chaotischen Gedanken in einer Schreibwolke zu Papier zu bringen.
Lieferwagen überfährt Carol. Ursache: ein verspätetes Paket. Empfänger: Carol Ryder. Ein Paket, das Carol selbst bestellt hatte, war zumindest ein Bestandteil der Ursache für ihren Tod.
Natürlich war das absurd, denn es hätte auch jeder andere Mensch in Sweetwater der Empfänger sein können. Da spielten so viele Faktoren eine Rolle. Warum genau zehn Uhr sieben? Hätte Carol ihn nicht geküsst und zehn Sekunden früher die Straße überquert, wäre ihr nichts geschehen. Hätte er sie nur ein paar Sekunden länger geküsst, wäre sie ebenfalls noch am Leben.
Gar nichts Besonderes wäre geschehen um zehn Uhr sechs oder um zehn Uhr acht. Wahrscheinlich war wirklich alles reiner Zufall. Caleb fragte sich, welchem Phantom er gerade nachjagte. Er fragte sich, ob er sich gerade, wie auch im Fall von Abigails Tod, wieder davor drückte, die Ereignisse so anzunehmen, wie sie waren: vergangen und unveränderbar.
Er griff in seine rechte Sakkotasche. Der kleine Umschlag war noch da. Er nahm ihn heraus, öffnete ihn und zog den kleinen roten Faden hervor.
Dieses winzige Stück Baumwolle war wie ein Zentrum, um das sich alles drehte. Es war das Einzige, was ihn gerade zusammenhielt, ihm Kraft und Richtung verlieh. Der Faden half ihm, sich darauf zu besinnen, woher er ihn bekommen hatte und was er zu tun hatte. Ohne ihn hätte er vielleicht nicht einmal den Mut gehabt, zu Borrows zu fahren. Vielleicht verhinderte der rote Faden sogar gerade, dass Caleb wahnsinnig wurde.
Während er Borrows im anderen Raum telefonieren hörte,

fragte sich Caleb, nach was ein Mensch suchte, der den Zufall nicht akzeptierte. Nach einer Kraft, die alles zusammenfügte und geschehen ließ? Nach einer Art Masterplan hinter all den Ereignissen auf der Leinwand des Lebens? Was wäre das richtige Wort für das Gegenteil von Zufall? Planung? Fügung? Schicksal? Gott?

Clive Borrows hatte aufgelegt und kam zurück an den Küchentisch. Er schob Caleb einen Zettel hin.

»Die Expresslieferung kam von einem Absender in Paris«, sagte er.

Caleb sah auf den Zettel und nickte. »Danke.«

»Das Paket kam zur geplanten Zeit in New York an«, erklärte Borrows. »Es wurde auch planmäßig in den Flieger nach Oklahoma City umgeladen. Der allerdings hatte Verspätung. Der Cargo in Oklahoma war bei der Ankunft schon zu. Also haben die es erst am folgenden Morgen mit all den anderen Verspätungen in den Laster zu unserem Depot geladen. Hat um die fünfzig Minuten gedauert. Genau die haben mir dann gefehlt an diesem Morgen.«

»Wissen Sie den Grund für die Verspätung des Fluges?«

Borrows schüttelte den Kopf. »Sie stellen echt seltsame Fragen, Mister.«

»Ist mein Beruf«, sagte Caleb. »War es ein Amway-Flieger?«

»Nicht nach Oklahoma«, sagte Borrows. »Ich habe ein paar Jahre in der Verwaltung gearbeitet. Unsere eigenen Flugzeuge verbinden nur die großen Städte. Für alles andere nutzen wir Subs. Meist geben wir es den Linienflügen mit.«

»Verstehe. Danke, Mister Borrows.«

»Es tut mir so unendlich leid«, sagte Borrows. »Ich weiß, dass sie Ihre Freundin war. Hab Sie zusammen gesehen.«

Caleb nickte. »Es war ein Unfall, Mister Borrows.« Er

sah den bleichen Mann gegenüber durchdringend an. »Okay?«
Borrows nickte kaum merklich. Caleb ließ seinen Blick zu dem Buckmesser auf dem Küchentresen wandern und dann wieder zu Borrows. »Das wäre nicht gewollt. Von niemandem.«
Borrows nickte nochmals. Caleb war sich nicht sicher, ob er verstand.
»Wann fangen Sie wieder mit Ihrer Arbeit an?«
»Nächste Woche. Vielleicht. Es ist kein Bruch. Nur ein Schleudertrauma.«
»Sie sollten wieder fahren«, sagte Caleb. »Die Menschen in Sweetwater brauchen Sie.«
Borrows holte tief Luft. Ein Seufzer schüttelte ihm etwas von seiner Anspannung heraus. Er nahm seine Uhr vom Tisch, wendete sie zwischen den Fingern und fuhr dabei mit den Kuppen sanft den Gehäuseboden entlang. Dann streifte er sie über sein Handgelenk.
»Gut«, sagte Caleb.
Borrows verzog den Mund zu einem Anflug von Lächeln, was eine Reihe gelblicher, etwas schiefer Zähne freilegte. Caleb hätte weinen können, als er diesen zusammengefallenen bleichen Mann an seinem Küchentisch sitzen sah. Er sehnte sich nach einem Ende, doch eine höhere Instanz gewährte es ihm nicht. Caleb konnte diese Sehnsucht mit jeder seiner eigenen Zellen nachvollziehen.
»Wissen Sie, ich habe auch meine Frau verloren«, presste Borrows heraus. »Und ich wollte nur noch sterben, stand schon ganz dicht vor seiner Tür. Doch er nahm mich nicht. Er erklärte mir etwas und schickte mich zurück.«
Caleb zog die Augenbrauen hoch.
»Gott erklärte Ihnen etwas? Was?«

»Er sagte: Das ist kein Ende, sondern ein Anfang.« Borrows starrte Caleb mit aufgerissenen Augen an. Sein ohnehin etwas seltsamer Blick wirkte nun noch mehr, als wäre er ein wenig verrückt. »Verstehen Sie? Ein neuer Anfang. Für die, die zurückbleiben.«

Caleb nickte. »Natürlich.«

Er stand auf, ließ sich von Borrows zur Tür bringen und verabschiedete sich. Zurück an seinem Wagen, entdeckte er, dass sich eine kleine weiße Daune im Falz der Motorhaube auf der Fahrerseite verfangen hatte. Er zog sie heraus, hielt sie zwischen seinen Fingerspitzen in Augenhöhe und betrachtete sie vor dem blauen Himmel. Dabei kam ihm der Gedanke, ob die Geschichte, die er gerade wie einen Weg aus Brotkrumen abschritt, vielleicht schon lange geschrieben stand.

Als er spürte, dass ein Windhauch kam, ließ er die Feder fliegen.

Liliput

Von Borrows' Wohnung aus nahm Caleb den Zubringer zum Will Rogers World Airport von Oklahoma City. Er gab den Dakota ab und checkte für den nächsten Flug nach New York ein. In der Wartelounge wählte er von seinem Handy aus die Nummer von Dennis in der Redaktion der Times.

In New York war es eine Stunde später und bereits halb sieben. Caleb wusste, dass Dennis sich, obwohl Samstag, noch mindestens bis um acht im Büro aufhielt.

Am anderen Ende wurde der Hörer abgenommen. Caleb hörte die vertraute, etwas barsche Stimme.
»Cavill, New York Times.«
»Hi Dennis, hier ist Caleb.«
Offenbar hörte man ihm seinen Zustand an. Cavills Tonfall änderte sich sofort.
»Alles in Ordnung? Ich denke, du machst Urlaub? Was ist passiert und wo bist du?« Unter Dennis' manchmal mürrischer Schale verbarg sich ein weiches Herz.
»Oklahoma City«, sagte Caleb. »Dennis, es ist viel geschehen.«
»Brauchst du ein Bier? Ich bin heute Abend frei.«
Das war ihr Männercode für die Frage, ob der andere Hilfe brauchte. ›Lust auf ein Bier?‹ wäre die Frage nach einem zwanglosen Männerabend gewesen.
»Danke, ich fliege jetzt erst mal zurück. Es wird spät werden. Morgen vielleicht. Ich gebe dir Bescheid.«
Sie verabschiedeten sich und Caleb legte auf. Die Plastiktaste unter seinem Daumen fühlte sich wie die Verbindung zu einer Welt an, die ihn ausgespuckt hatte. Was sollte er Dennis erzählen? Warum teilte man sich überhaupt einem Freund mit? Weil man ein Problem lösen wollte. Weil man Neuigkeiten austauschte. Weil man Nähe erleben wollte. Oder einfach Unterhaltung. Nach nichts von all dem stand Caleb der Sinn. Er konnte nicht erzählen, was ihm widerfahren war, solange er es selbst noch nicht verstanden hatte. Und falls er es jemals verstehen würde, war es vielleicht nichts, über das man sich austauschen sollte.
Caleb öffnete sein Notebook und loggte sich ins Netz ein. Er holte den Zettel hervor, den er von Clive Borrows erhalten hatte, und gab die Adresse ein.

Tajan
37, rue des Mathurins
75008 Paris

Er hatte vermutet, dass Tajan der Name einer Person war, doch es handelte sich um Frankreichs größtes Auktionshaus. Hier wurden in wöchentlich stattfindenden Auktionen die wertvollsten Kunstwerke der Welt versteigert. Was hatte Carol dort erworben? Er konnte sich nicht vorstellen, dass sie über ausreichend Geld verfügt hatte, um seltene Stücke im Ausland zu ersteigern. Und nichts in ihrem Haus deutete darauf hin, dass sie so etwas sammelte.
Er googelte noch einige Begriffe aus Sweetwater, fand jedoch keine Einträge. Kein einziges Geschäft schien eine Internetpräsenz zu haben. Er fand auch weder Carol Ryder noch die Buchhandlung. Auch nicht Jennys Diner. Nicht einmal die Blockbuster-Videothek in der Main Street oder der Angelladen waren vertreten. Als würden die Geschäfte von Sweetwater nicht existieren.
Plötzlich kam ihm wieder die faszinierende Skulptur in Carols Atelier vor Augen. Wenn es tatsächlich keinen Zufall in dem gab, was einem auffiel, worauf sollte ihn dann das Thema von Gulliver in Liliput hinweisen?
Caleb suchte im Internet nach den Hintergründen der Szene. In Jonathan Swifts Geschichte lagen die Bewohner der Insel Liliput im Krieg mit den Bewohnern ihrer Nachbarinsel. Es ging darum, wer recht hatte bei der Frage, an welcher Seite man richtigerweise ein gekochtes Ei aufschlagen musste. In vielen sozialkritischen Geschichten benutzten die Autoren eine Symbolsprache, sobald sie religiöse und gesellschaftlich bedeutsame Themen kritisierten. In Wahrheit war die Frage um das Ei in Liliput von Swift als Sym-

bol für eine Streitfrage der Kirche um die Eucharistie gewesen. Es ging um einen Zwist bei der Deutung des letzten Abendmahls Jesu, als Ankündigung für seine …
Caleb konnte nicht glauben, was er gerade las.
… Auferstehung nach dem Tod.
Hatte Carol mit der Tonskulptur ein Zeichen setzen wollen? War das Buch, das sie ihm geschenkt hatte, ein Hinweis?
Gleichgültig, welche Frage in seinem Leben er gerade näher unter die Lupe nahm, welches Ereignis er untersuchte. Alles führte immer wieder zu derselben Frage: Wie ging es nach dem Tod weiter? Für die, die gestorben waren. Und für die, die zurückblieben.
Caleb kniff sich in den Oberschenkel, bis er den Schmerz nicht mehr aushalten konnte. Er wachte nicht auf. Falls er träumte, war es ein sehr hartnäckiger Traum.
Er versuchte, sich daran zu erinnern, was er und Carol bei ihrem letzten gemeinsamen Abendessen auf der Veranda gesprochen hatten. Er erinnerte sich, dass er ihr von Abigail erzählt hatte und wie sehr ihn ihr Tod getroffen hatte.
›Auch wenn du glaubst, gerade nur dem Tod zu begegnen, erlebst du gleichzeitig eine neue Geburt‹, hörte er ihre Stimme in sich sagen. ›Nur erkennst du das meist erst später.‹
Eine Durchsage für seinen Flug nach New York holte ihn unsanft aus seinen Erinnerungen zurück in die Welt.

Die Spur

Im selben Moment, als Caleb vom startenden Flugzeug in den Sitz gepresst wurde, stellte John Harper den Motor seines Wagens ab. Er parkte den Toyota Camry hinter einem Hügel zwischen Büschen und machte sich auf den Weg zum Ryder-Haus. Bei nahezu Neumond und mit seiner schwarzen Kleidung verschluckte ihn die Landschaft fast vollständig.

Harper hatte die Buchhandlung bereits durchsucht. Ohne Erfolg. Immerhin hatte er beim Durchforsten der Geschäftsunterlagen Rechnungen gefunden, die ihm die Privatadresse von Carol Ryder verrieten. Durch einen Zettel an der Ladentür wusste er auch, dass sie gerade verstorben war. Das war gut, so würde ihn in dieser Nacht niemand bei der Arbeit stören.

Das Ryder-Haus kam in Sichtweite. Es lag einige Minuten außerhalb des Ortskerns und hatte keine nahen Nachbarn. Falls sich ein Fahrzeug näherte, würde Harper es früh bemerken.

Er war sich darüber im Klaren, dass sein Besuch in einem Ort wie Sweetwater etwa so unauffällig war wie der einer Hornisse im Bienenstock. Hier konnte er nicht in der Anonymität untertauchen. Hätte er sich ein Zimmer genommen, wäre seine Anwesenheit von diesem Moment an unter Beobachtung. Genau das durfte auf keinen Fall geschehen. Die Kontrolle über eine Jagd musste zu jedem Zeitpunkt beim Jäger liegen. Er musste ständig in Bewegung bleiben, den Ring um seine Beute immer enger schließen, im richtigen Moment mit voller Wucht zuschlagen und dann sofort verwinden.

Im Wagen befanden sich neben seinen beruflichen Werkzeugen auch Essen und Wasser für mehrere Tage und eine kleine Campingausrüstung. Im Auto zu übernachten war nicht besonders komfortabel, aber Harper hatte in seiner Karriere weitaus unangenehmere Nachtlager überstanden.

Wie erwartet, fand er das Gebäude verlassen und unbeleuchtet vor. Das Schloss der rückwärtigen Verandatür war mit dem Schlagschlüssel eine Angelegenheit von zwei Handbewegungen. Harper schaltete eine Rotlichtlampe mit Schlitzblende ein. Dieses Licht war nur wenige Meter weit zu sehen, genügte aber, um einen Raum zu durchsuchen.

Harper wusste nur, dass das Buch alt und in braunes Leder gebunden war und den Titel ›Acta‹ trug. Das waren die wenigen Informationen, die sein Auftraggeber ihm gegeben hatte. Nachdem er den Laden der Buchhändlerin bereits erfolglos durchkämmt hatte, war nun ihr Haus dran. Das Wohnzimmer und die Küche im Erdgeschoss waren in der für die Region typischen Mischung aus viktorianischem und modernem Stil eingerichtet. Mahagonifarbener Parkettboden, auf dem sich diverse cremefarbige und hellblaue Läufer verteilten. Plüschige Sofagarnitur mit lackierten Holzbeinen, pastellweiße Büfettschränke mit Dekorationsporzellan in Sprossenvitrinen, weiß-gelb gestreifte Tapete, Messinglüster über einem runden Esstisch mit Spitzendecke. Mehrere in die Wand eingebaute Schränke und Regalborde, einige davon mit Büchern gefüllt. In der Spüle stand benutztes Frühstücksgeschirr. Am Kühlschrank haftete eine Einkaufsliste, die wohl niemand mehr abarbeiten würde.

Harper begann mit seiner Arbeit. Er zog sich talkumfreie Chirurgenhandschuhe über. Wenn er mit der Durchsu-

chung fertig wäre, würde niemand bemerken, dass er je da gewesen war.
Drei Stunden später war er sich sicher, dass sich das Buch nicht im Haus befand. Aber er hatte einen Notizzettel mit einer französischen Telefonnummer entdeckt, die ihm bekannt vorkam.
Das Dachgeschoss war ein Atelier. Harper durchsuchte systematisch alle Schränke und Regale. Das Buch fand er nicht, dafür jedoch über ein Dutzend Bilder von derselben Person. Die Entwicklung eines Mannes von Mitte zwanzig bis Mitte dreißig. Das jüngste Gemälde war mit dem Datum vom dritten Februar signiert. Wen auch immer diese Bilder zeigten, er hatte eine Bedeutung für die Buchhändlerin gehabt. Möglicherweise war dieser Mann ein Schlüssel für diesen Fall.
Harper brauchte das Bild. Er nahm das Porträt von der Staffelei, trug es in den Keller und fotografierte es dort mit seinem Handy. Auf diese Weise würde niemand das Blitzlicht bemerken. Dann ging er zurück in das Atelier und positionierte das Bild exakt so, wie er es vorgefunden hatte.
Was er noch immer nicht hatte, war das Buch. Doch nun besaß er das Bild von jemandem, der wahrscheinlich wusste, wo es war.

Die Erkenntnis

Etwas in Caleb rief ständig danach, endlich mit dem Unsinn aufzuhören. Ganz offensichtlich flüchtete er sich, wie schon früher, in Ablenkung und Verdrängung. Ein anderer

Teil konnte die Spur, die er gerade verfolgte, nicht loslassen, fast so, als hätte das Gespräch mit Arch Pinenoire in ihm eine unaufhaltsame Reaktion von Dominosteinen angestoßen, der er sich nicht mehr entziehen konnte.
Was er bislang über die Ursache der Ereigniskette wusste, war, dass ein Flugzeug mit Amway-Paketen von New York nach Oklahoma am Abend des dreizehnten Februar eine Stunde Verspätung gehabt hatte. Doch warum? Wie sollte er an diese Information herankommen?
Und plötzlich, als würde ein Vorhang vor seinen Augen fallen und den Blick auf die Erklärung preisgeben, war die Verbindung da. Diese unglaubliche Entdeckung setzte eine Flut weiterer Erkenntnisse ein Gang. Vor Calebs Augen fügten sich die Teile des Puzzles zu einem unvorstellbaren Bild zusammen.
»Verdammt, wie konnte ich das nur übersehen«, rief er laut. Er sprang aus dem Bett und schaltete den Computer an. Eine Minute später wusste er, dass in der zweiten Tageshälfte des Dreizehnten nur ein einziges Flugzeug von New York nach Oklahoma geflogen war.
Fast zeitgleich mit der niederschmetternden Erkenntnis, dass er selbst die Ursache für die Verspätung des Lieferwagens in Sweetwater gewesen war, hörte er in seiner Erinnerung Pinenoires letzten Satz. ›Suchen Sie nach Schrödingers Katze.‹
Kurz darauf hatte er endlich den ersten großen Schlüssel gefunden.

»Mann, das ist ’ne echt verrückte Geschichte.« Dennis setzte sein Glas an die Lippen und nahm es erst wieder herunter, nachdem der Inhalt zur Hälfte verschwunden war. Caleb saß mit seinem Freund im Erdgeschoss des Rockefeller-Gebäudes an einem Fensterplatz im Rock Center Café. Während er Dennis von den Ereignissen bis zu Carols Unfall erzählt hatte, waren seine Augen Halt suchend an die übergroße goldene Figur am Rand der Eisfläche geheftet gewesen. Es war Sonntagmittag. Die kleine Arena wimmelte vor dick eingemantelten Männern, Frauen und Kindern auf Schlittschuhen. In regelmäßigen Abständen rauschte jemand so nahe am Fenster vorbei, dass man die Person hätte berühren können, wäre nicht das bis zum Boden reichende Sicherheitsglas dazwischen gewesen.

»Und wie geht’s dir jetzt?«, erkundigte sich Dennis.

»Es geht«, sagte Caleb, der darüber nicht sprechen wollte. »Ich habe nachgeforscht. Wie konnte es zu dem Unfall kommen?«

»Ich denke, der Fahrer war zu schnell?«

»Das war er auch«, sagte Caleb. Er legte den Umschlag, den er von Pinenoire erhalten hatte, vor Dennis auf den Tisch. Dennis öffnete ihn und nahm den Inhalt heraus.

»Ich verstehe nicht …«, sagte er.

»Was wäre, wenn nichts so ist, wie es uns erscheint? Wenn alles immer auch eine tiefere Ursache hätte? Und dahinter noch eine und noch eine? Was würdest du finden, wenn du dem Faden eines Ereignisses bis zum Ende folgst?«

Dennis musterte ihn durchdringend.

»Raus damit, auf was bist du gestoßen?«

»Das würdest du nicht glauben«, sagte Caleb.

»Lass es einfach mal darauf ankommen«, brummte Dennis.
»Was wäre, wenn man einfach nicht aufhörte, nach dem Warum zu fragen?«
»Man kommt irgendwann nicht weiter«, sagte Dennis. Er warf sich ein paar gesalzene Erdnüsse in den Mund.
Caleb nickte. »Wann?«, fragte er. »Wann genau brichst du die Suche ab?«
»Na, wenn keine weitere Erklärung mehr auftaucht.«
»Nein«, sagte Caleb. »Du brichst ab, wenn dir eine Erklärung genügt.«
Er konnte Dennis fast ansehen, wie die Gedankenblitze in seinem Kopf herumschossen.
»Die Grenze ist dort, wo du aufgibst, mehr wissen zu wollen. Aber was geschieht, wenn du nicht aufhörst nachzuforschen?«
»Dann bist du ein Philosoph«, sagte Dennis. »Man untersucht jede Frage auf die Frage, die hinter ihr steht. So lange, bis man zur letztmöglichen beantwortbaren Frage kommt.«
»Philosophen machen das in Gedanken«, stimmte Caleb zu. »Ich habe es praktisch getan.«
»Und bis wohin bist du gekommen?« Dennis bestellte mit einer Geste zwei Bier.
»Das Wort ›Warum‹ ist der Schlüssel zu allem«, erklärte Caleb. »Auf den ersten Blick war die Ursache für den Unfall zu schnelles Fahren. Das ist die Spitze des Eisberges. Alles, was wir erleben, ist nur eine Art Oberfläche. Darunter liegt ein viel größeres System. Was also ist die Ebene dahinter? ›Warum‹ fuhr der Fahrer zu schnell? Weil er in Eile war. Warum? Weil er zu spät loskam und die Verspätung aufholen wollte. Warum kam er zu spät los? Weil die

Anlieferung eines Expresspakets Verspätung hatte. Warum? Weil das Flugzeug, in dessen Laderaum es nach Oklahoma transportiert werden sollte, zu spät ankam. Warum? Weil es in New York zu spät wegkam.«

Caleb drehte sein Bierfilz zwischen den Händen, als würde er das Zifferblatt einer Uhr schrittweise in die richtige Position justieren.

»Warum startete das Flugzeug mit dem Paket im Laderaum zu spät?«, fuhr er fort. »Weil ein Passagier, der in diesem Flugzeug saß, ein Sicherheitsproblem ausgelöst hatte.«

Dennis sah ihn fasziniert an.

»Dieser Passagier ist das vorläufige Ende dieser Kette«, erklärte Caleb. »Nun könnte man fragen: Warum hat er das Sicherheitsproblem ausgelöst? In seinem Fall war es eine Kamera, die er unerlaubterweise mit sich führte. Bereits im Flugzeug sitzend, musste er sein Gepäck durchsuchen lassen. Man nahm den Gegenstand in Verwahrung und das Flugzeug startete mit Verspätung.«

Dennis legte konzentriert die Stirn in Falten.

»Woher weißt du das alles?«

»Weil ich dieser Passagier war.«

Dennis' Kinnlade klappte herunter. »Das stimmt nicht, oder?«

Caleb sah ihn regungslos an.

»Als was würdest du das bezeichnen?«, fragte er schließlich. »Zufall? Wo ist die Grenze, ab der wirklich niemand mehr von Zufall sprechen kann?«

»Das ist völlig verrückt«, sagte Dennis. »Ein Paradoxon.«

Caleb nickte zustimmend. Das war das Schlüsselwort, das auch er in der vergangenen Nacht herausgefunden hatte.

»Aber ein Paradoxon kann in der Realität nicht bestehen«, sagte Dennis. »Es ist ein Modell. Es besagt, dass etwas geschieht, was nicht geschehen kann.«
»Falsch. Ein Paradoxon ist etwas, das unser Verstand nicht verstehen kann oder will«, erklärte Caleb. »Dennoch kann es existieren. Erinnerst du dich an das Einstein-Podolsky-Rosen-Paradoxon?«
Der Kellner brachte die beiden Gläser mit dem Bier. Dennis kniff nachdenklich nickend die Augen zusammen.
Caleb half ihm weiter. »Zwei Lichtteilchen starten vom selben Punkt aus gleichzeitig in verschiedene Richtungen«, erklärte er. »Weit voneinander entfernt wird jedes von einem eigenen Messgerät aufgezeichnet. Soweit alles normal. Das Paradoxon bei dem Experiment ist: der Vorgang, dass man das eine der Teilchen näher untersucht, verändert augenblicklich das Verhalten des zweiten Teilchens. Obwohl beide auf verschiedenen Wegen unterwegs sind und scheinbar nichts miteinander zu tun haben.«
Ein Halbwüchsiger mit Eishockeyhelm knallte gegen die Scheibe vor ihrem Tisch, fiel zu Boden, rappelte sich noch im Rutschen wieder auf und fuhr weiter. Caleb nippte einen Schluck von seinem Bier und wartete, bis Dennis' Aufmerksamkeit wieder bei ihm war. Dann fuhr er fort.
»Die unausweichliche Erkenntnis bei dem Experiment lautet: Die beiden Lichtteilchen kommunizieren miteinander. Es kommt uns nur so vor, als wären sie entzweit. Doch das ist eine Illusion, die keiner Prüfung standhält. In Wahrheit stehen sie miteinander in unsichtbarer Verbindung und beeinflussen sich gegenseitig. Als könnten sie sich auf einer verborgenen Ebene unterhalten.«
»Davon habe ich gehört«, unterbrach ihn Dennis, der nun im Thema war. »Aber Caleb, dabei geht es um Quanten-

verschränkung. Dieses Experiment wurde mit winzigsten Lichtteilchen durchgeführt. Ein Mensch ist kein Lichtteilchen.«
Caleb nickte. »Du und ich und die Realität um uns herum, woraus besteht das? Aus unzähligen Molekülen, Atomen und Elektronen. Woraus besteht ein Elektron am Ende? Energie. Licht. Wenn du und ich miteinander sprechen, unterhalten sich in Wahrheit Myriaden von Lichtteilchen mit anderen Lichtteilchen. Als wären wir in Wahrheit Hologramme aus Licht, das eine Form angenommen hat. Und ja, du hast recht. Natürlich konnte noch niemand den praktischen Beweis über die Verschränkung von Ereignissen in der irrsinnig komplexen Realität unseres Alltags erbringen. Weißt du, warum?«
Dennis kratzte sich mit einer Verlegenheitsgeste an der Schläfe: »Weil es niemand messen kann?«
Caleb nickte wieder. »Es wurde nur aus zwei Gründen niemals nachgewiesen. Erstens, weil, wie der geehrte Sir Roger Penrose es einmal perfekt ausgedrückt hat, unser Verstand sich einfach komplett sträubt, das für möglich zu halten. Und zweitens, weil es vielleicht genau aus diesem Grund noch nie jemand in der Praxis konsequent überprüft hat. Dennis, möglicherweise bin ich einer der wenigen Menschen, der einem persönlich bedeutsamen Ereignis bis zum letzten Impuls nachging, ohne zwischendurch, wegen dem Glauben an Zufall oder Unmöglichkeit, aufzugeben.«
Dennis blickte auf den Tisch, sah auf den roten Faden neben dem Umschlag. Er schüttelte energisch den Kopf, eine Geste, die er auch in der Redaktion häufig einsetzte.
»Ich will verdammt sein, wenn das stimmt. Hast du eine Vorstellung, was das … Nein. Das ist ausgeschlossen.«
»Ganz genau, Dennis. Das ist es, was unser Verstand stän-

dig ruft: Es ist unmöglich! Es kann keinesfalls sein, dass alles mit allem in ständigem Zusammenhang steht. Am Ende steht es auch noch mit mir selbst in Zusammenhang und dann wäre ich an allem schuld.«

»Darauf läuft es doch hinaus«, sagte Dennis. »Deine Entscheidung, die Kamera mitzunehmen, war der Grund für den Tod von ...«

»Carol«, half ihm Caleb. »Genau so ist es. Aber es gibt noch ein zweites Startereignis, das mit meinem Ereignis scheinbar nicht in Zusammenhang steht und am Ende dennoch mit ihm vollkommen verbunden ist.«

»Und das wäre?«

Caleb schob sein Glas beiseite, lehnte seine Ellbogen auf den Tisch und beugte sich zu Dennis.

»Dieses Paket, das alles auslöste, kam aus Paris. Es enthielt einen Gegenstand, der dort auf einer Auktion ersteigert worden war. Von Carol. Sie selbst hat es bestellt.«

»Sie hat ihr eigenes Schicksal in Gang gesetzt?«, flüsterte Dennis.

»Unwissentlich. Wie ich. Und jetzt wird es spannend«, sagte Caleb. »Hast du schon von Schrödingers Katze gehört?«

»Ich glaube nicht.«

»Erwin Schrödinger war ein österreichischer Physiker des vergangenen Jahrhunderts. Er beschäftigte sich intensiv mit Quantenphysik und erfand ein Gedankenexperiment.« Caleb legte eine Hand mit der Handfläche nach oben auf den Tisch.

»Mach mit.«

Dennis legte seine rechte Hand neben Calebs.

»Stell dir vor, auf deiner Hand befänden sich eine winzige Katze und eine Schüssel mit vergiftetem Katzenfutter.«

Caleb legte seine andere Hand wie eine Kuppel auf die erste. Dennis tat es ihm gleich.
»Nun siehst du die Katze nicht mehr und es gibt zwei Möglichkeiten, was geschehen wird. Erstens: Die Katze frisst das Futter und stirbt.«
»Und die zweite Möglichkeit«, fiel Dennis ein, »sie frisst es nicht und stirbt nicht.«
»Wann weißt du, was in Wahrheit geschehen ist?«
»Wenn ich nachsehe«, sagte Dennis. »Ich erinnere mich an das Experiment. Nach den Regeln der Quantenphysik ist beides gleich wahrscheinlich. Die beiden Möglichkeiten existieren als Wellenfunktion. Sie sind eine Energiewolke, welche beide Realitäten gleichzeitig in sich enthält.«
»So könnte man es ausdrücken«, sagte Caleb.
Dennis runzelte die Stirn. »Wie ging es dann weiter?«
»Öffne deine Hand und sieh nach«, forderte Caleb ihn auf.
Dennis deckte seine unten liegende Handfläche auf.
»Erst jetzt wirst du den wahren Zustand der Katze wissen«, sagte Caleb. »Nicht vorher. Hat sie gefressen und ist tot? Oder fraß sie nichts und lebt? Lebend oder tot? Das Unglaubliche an der quantenphysikalische Wahrheit mit Schrödingers Katze ist, dass die Katze in genau dem Zustand sein wird, in dem du sie erwartest, wenn du nachsiehst.«
»Ich als der Beobachter beeinflusse das Ergebnis«, sagte Dennis.
Caleb nickte. »Genauer gesagt, tun das deine Erwartungen.«
Dennis sah Caleb zweifelnd an.
»Aber du hattest doch nicht erwartet, dass Carol sterben würde?«

»Noch vor ein paar Tagen hätte ich dir da zugestimmt«, antwortete Caleb. »Doch die vergangenen Stunden habe ich viel in mir nachgeforscht. Die Wahrheit ist: Ich hatte unglaubliche Angst davor, Carol zu verlieren.«

»Wegen Abigail.«

Caleb nickte. »Abigails Tod durch den Autounfall war der größte Schock meines Lebens. Ich wollte das nie wieder erleiden müssen.«

»Und diese Angst hat letztlich den Unfall erschaffen?« Dennis zog ungläubig die Brauen hoch.

Caleb zog die Schultern hoch. »Ich bin mir noch nicht sicher, ob es ganz so einfach ist. Aber ich habe das Gefühl, ich bin nahe dran. Und wenn das alles nur halbwegs stimmt, ist eines klar.«

Er sah Dennis fordernd an, doch der wusste nicht, worauf sein Freund hinaus wollte. Jetzt erst gab Caleb seine Handfläche frei.

»Das Einstein-Podolsky-Rosen-Paradoxon besagt, dass immer beide Möglichkeiten parallel real werden. Und in dieser zweiten Möglichkeit müsste Carol noch leben.«

Endzeit

Während sich Caleb und Dennis über die Entstehung von Ereignissen austauschten, bereitete sich Arch Pinenoire in Sweetwater Manor auf ein Ereignis vor, das er seit vielen Jahren vorausgeahnt hatte. Nur hatte er nicht damit gerechnet, dass dieses Schicksal ihn so früh ereilen würde. Nach all der Sorgfalt war ihm nun doch ein gravierender

Fehler unterlaufen. Pinenoire hoffte, dass es ihm gelingen würde, das Ruder des Schicksals mit einer letzten radikalen Maßnahme noch einmal herumzureißen. Aber vermutlich würde er wiederkommen müssen.

Der Flügelschlag eines Schmetterlings

»Das ist doch absurd«, wetterte Dennis. »Du meinst, sie könnte noch leben? Reine Theorie. Dafür gibt es absolut keine wissenschaftliche Untermauerung.«

Caleb merkte, wie sehr er sich gegen die Erkenntnisse wehrte.

»Vielleicht doch«, sagte er. »Erinnerst du dich an den Schmetterlingseffekt?«

»Chaostheorie?«

Caleb nickte. »Komplexe, nichtlineare, dynamische Systeme reagieren extrem empfindlich auf kleinste Abweichungen. Edward Lorenz entwarf das Bild, dass der Flügelschlag eines Schmetterlings in Brasilien in Texas einen Tornado auslösen kann. Sofern das Gesamtsystem auf der Kippe steht. Jeder von uns befindet sich in einem solchen komplexen, nichtlinearen, dynamischen System. Man nennt es Leben.«

»Aber das Leben verläuft doch linear«, protestierte Dennis.

»Woher willt du das wissen?«, fragte Caleb.

»Eines geschieht nach dem anderen. Das ist die Bedeutung von linear.«

»Und wenn es nicht so ist?«, wandte Caleb ein. »Was, wenn sich die wichtigen Dinge, die mit meinem Leben zu tun haben werden, bereits lange vorher, an einem anderen Ort und im Hintergrund anbahnen, ohne dass ich es bemerke? Was, wenn in genau diesem Moment in einer entfernten Ecke der Welt mehrere Ereignisse in Gang gesetzt werden, die morgen oder in einem Monat oder in drei Jahren bei dir ankommen?«

»Ich kann mir das nicht vorstellen«, meinte Dennis.

»Exakt. Die Zusammenhänge sind zu komplex für unseren Verstand, dafür ist er nicht gebaut. Er denkt linear und einfach. Eines nach dem anderen. Er beobachtet, was an der Oberfläche geschieht, und findet eine oder zwei Ursachen dafür. Fertig. Zum Überleben reicht das völlig. Es würde einen verrückt machen, alles, was auf einen zukommt, immer auf allen Ebenen wahrzunehmen. Niemand könnte das ertragen.«

»Allein die Idee sprengt mir den Kopf«, sagte Dennis.

»Mir auch«, stimmte Caleb seinem Freund zu. »Und dennoch bin ich ein Teil von genau so einer Ereigniskette geworden. Oder, anders gesagt, bin ich das immer gewesen. Ich habe es nur zum ersten Mal bemerkt. Ich hatte keine Chance zu wissen oder zu beeinflussen, was aus meinem Sicherheitsproblem in New York am Ende entstehen sollte.«

»Laufen also solche Ereignisketten immer von selbst ab?«, überlegte Dennis. »Falls das stimmt, stellt es unseren freien Willen infrage.«

»Ja und nein«, sagte Caleb. »War es Carols freier Wille, den Inhalt des Pakets zu ersteigern? Wahrscheinlich hätte sie mit Ja geantwortet. War es mein freier Wille, an jenem Tag in New York in genau dieses Flugzeug zu steigen? Natürlich, würde ich sagen. Ich hätte ja auch früher, später oder gar nicht fliegen können. Ich hatte die Wahl. Hätte ich die Kamera zu Hause lassen können? Ja.«

Es folgte eine lange Pause, in der Dennis und Caleb die Eisläufer beobachteten. Wie eine Aufführung mit hundert Einzeltänzern, die ohne Plan und Choreografen dennoch perfekt zusammenspielten.

»Also setzt unser freier Wille mit seinen Entscheidungen diese Ereignisketten in Gang«, sagte Dennis schließlich.

»Nein«, sagte Caleb. »Ich denke nicht. Es gibt eine höhere Kraft als unseren Willen, der alles folgt. Unsere innere Überzeugung. Einfach gesagt, wird das kommen, was du tief in dir erwartest, und nicht das, was du einfach nur gerne möchtest.«

»Okay, und woher weiß ich, was ich in Wahrheit erwarte?«

Caleb legte eine Hand auf seine Brust.

»Carol wusste ganz sicher, dass ich kommen würde. Sie glaubte mit ganzem Herzen daran und hat ohne einen Zweifel darauf gewartet. Sie hat ihr Leben darauf ausgerichtet. Und in ihrer Welt wurde es wahr.

Ich hingegen war überzeugt, dass Liebe am Ende schmerzhaften Verlust bedeutet, weil ich es mit Abigail so erlebt hatte. Daran glaubte ich so sehr, dass ich mich sogar vor neuen Beziehungen schützen wollte, damit es nie mehr geschehen konnte. Am Ende wurde auch meine Erwartung wahr.«

»Mann, das macht mich verrückt«, sagte Dennis. »Ich war eigentlich immer ganz gut in Philosophie, aber das liegt jenseits davon.«

Caleb nickte. »Es sprengt die Grenzen des linearen Denkens. Um es verfolgen zu können, brauchen wir ein neues

Bild. Angenommen, du bewegst dich nicht auf einem Lebensweg, sondern auf einer Lebensoberfläche, unter der alles, was geschieht oder geschehen könnte, bereits vorhanden ist.
Manchmal braucht es nur noch die Berührung eines Schmetterlingsflügels und ein Dominostein unter der Oberfläche wird umgestoßen. Dieser stößt wieder einen an und dieser wieder zwei andere.«
»Dann stellen sich nur zwei Fragen«, sagte Dennis. »Was befindet sich unter der Oberfläche und wer bewegt den Flügel?«
»Das ist genau, wonach ich gerade suche.«

Stille

Calebs Flugzeug landete am späten Vormittag in Oklahoma City. Er übernahm wieder den Dodge Dakota, den er am Vortag reserviert hatte. Nach zwei Stunden verließ er den Highway an der Ausfahrt nach Norway und kam bald darauf an die Kreuzung, an der sich die Straße links nach Sweetwater und rechts nach Bakerfield verzweigte. Caleb blieb einen Moment vor dem Schild stehen. Hier hatte er eine albtraumhafte Nacht erlebt. Inzwischen hatte er zwar eine vage Ahnung, was sich abgespielt haben könnte, doch es genügte noch nicht, um das Geheimnis von Sweetwater wirklich zu lüften.
Er bog links ab. Dieses Mal kam nach genau sieben Meilen das Schild:

Sweetwater 3 Meilen

Während Caleb den Wagen den Hügel hinablaufen ließ, überlegte er zum unzähligsten Mal, was er nun tun sollte. Carols Worte, dass es nicht das Ende war, hallten als ständiges Echo durch seinen Kopf. Er hatte keine Ahnung, ob es überhaupt je ein Ende gab, doch er wusste, dass er dem Faden weiter folgen musste, der hier begonnen hatte. Er war dazu verurteilt, sein eigenes Schicksal zu recherchieren.

›Was für ein Titel für einen Beitrag‹, dachte er kurz. ›Der Mann, der sein Karma erforschte. Von Caleb Brooks.‹

Nicks Tankstelle kam in Sicht. Caleb hielt, um zu tanken. Noch während er die Zapfpistole vom Haken nahm, bemerkte er, dass etwas nicht stimmte. Er steckte die Pistole in den Tankstutzen des Dodge und betätigte den Griff. Nichts geschah. Er löste den Griff und drückte ihn erneut. Die Säule hatte keinen Strom. Caleb zog sein Handy heraus und sah auf die Uhr. Kurz nach drei. Er hängte den Schlauch zurück und ging zum Eingang des Tankstellenladens. Die Sohlen seiner Stiefel erzeugten mahlende Geräusche auf dem sandigen Betonboden. Das Geräusch machte ihm klar, was hier nicht stimmte: Es war zu still.

Der Laden war unbeleuchtet. Das Schild an der Tür stand auf ›Geschlossen‹.

»Mister McQueen?«

Caleb drehte die Türklinke. Sie war versperrt. Er umrundete das Hauptgebäude, prüfte den Hintereingang und die Garagenwerkstatt. Es war so still, dass er hören konnte, wie der Wind durch das Altmetall in der Gitterbox neben der Luftstation strich.

Hinter der Werkstatt quietschte eine Tür. Danach ein Knall von Holz auf Holz. Als Caleb gerade hingehen und nachsehen wollte, hörte er das Geräusch erneut und erkannte, dass der Wind die Toilettentür auf dem Hof auf und zu schlug.

Auf dem Weg zurück zum Wagen inspizierte er die Straße in beiden Richtungen. Nirgends ein Zeichen von Leben. Außer seinen eigenen Schritten und dem Flugsand, der durch die Dornbüsche am Straßenrand strich, hörte er nichts. Kein Geräusch, das auf Menschen hinwies.

Caleb stieg in den Pick-up und fuhr in Richtung Jennys Diner weiter. Als er von der Lincoln Avenue in die Main Street einbog, zeigte sich, dass die Tankstelle nur ein Vorbote gewesen war. Caleb parkte den Wagen vor dem Restaurant, stellte den Motor ab und blieb regungslos sitzen. Lauschte. Wartete.

Es war drei Uhr nachmittags, an einem Montag, und kein einziges Auto war zu sehen, weder vor einem Geschäft noch sonst irgendwo auf der Straße. Einzig das kleine italienische Dreirad, mit dem Matthew, der Besitzer des Supermarktes, seine Lieferungen ausfuhr, parkte wie immer vor dem rosafarbigen Haus. Calebs Blick fiel auf das Schild an Jennys Tür. Es zeigte an, dass geschlossen war.

Nach einigen Minuten ließ Caleb den Motor wieder an. Er rollte im Schritttempo die Main Street Richtung Westen. Alle Geschäfte waren geschlossen. Als er sich dem Rathaus näherte, bemerkte er, dass die Fahne auf Halbmast stand. Und plötzlich wusste er, was los war. Caleb bremste den Wagen vor dem Rathaus ab, sprang heraus und hastete die Stufen hinauf zur Informationsloge, gleich hinter der gläsernen Eingangstür. Eine sommersprossige Brünette mit hochgesteckten Haaren und rosafarbener Rüschenbluse feilte sich gerade die Nägel. Als sie merkte, wie Caleb hereinschoss, zuckte sie zusammen und ließ die Nagelfeile in einer Schublade verschwinden.

»Ist heute eine Beerdigung?«, platzte er ansatzlos heraus.
»Ja.« Sie blickte auf eine Wanduhr, die außerhalb von Calebs Sichtbereich hing. »Jetzt gerade.«
»Wo?«
»First Baptist Church.«
»Wo ist das?«
»Weiter die Main Street runter, zweite Kreuzung links, dann eine Meile stadtauswärts, rechte Seite. Nicht zu übersehen.«
»Danke!«
Caleb hastete zum Wagen. Nur zwei Minuten später hielt er vor der weißen Holzkirche an. Die Straße war in beiden Richtungen auf eine Meile hin zugeparkt, deshalb ließ er den Dodge einfach auf der rechten Fahrbahnspur stehen. Die Kirche war im typischen Stil steinloser landwirtschaftlicher Regionen gebaut. Vollständig aus Holz, mit einem schmalen, hoch aufragenden Glockenturm zur Straßenseite, weiß gestrichen mit dunkelgrauem Dach. Man betrat das Hauptschiff durch eine Pforte unter dem Glockenturm. Caleb rannte durch die offene Flügeltür und wäre in der Eingangshalle fast gegen eine Säule geknallt. Er blieb stehen, sammelte sich kurz, indem er zweimal tief durchatmete und sich mit beiden Händen durch die Haare fuhr. Dann öffnete er die innere Tür und betrat das Kirchenschiff. Die Halle war leer. Eine der beiden Seitentüren stand offen. Ein Junge im Messdienergewand räumte Kondolenzblumensträuße in einen Holzwagen. Auf einer Schleife erkannte Caleb den Teil eines Namens: ›Carol Ryd...‹
Der Junge sah zu Caleb herüber und als sich ihre Blicke trafen, schien wieder die Zeit anzuhalten, fast so wie in den Sekunden des Unfalls. Wie in Zeitlupe zog der Junge eine gelbe Blume aus dem Strauß mit Carols Namen und

kam damit auf Caleb zu. Caleb sah weiße Turnschuhe unter dem Messdienergewand und den Aufschlag einer ausgefransten Jeans. Dann rutschte sein Blick nach oben zu der Hand des Jungen, die ihm die Blume entgegenhielt. Das Grün der Blätter und das Gelb der Blüte leuchteten vor dem Weiß des Messdienergewandes so übergrell, dass ihm die Augen schmerzten.

»Hier Mister«, sagte der Junge wie aus einem anderen Universum heraus zu Caleb. Caleb beobachtete seine eigene Hand, die sich der des Jungen entgegenhob, aber nichts greifen konnte. Der Junge bemerkte es. Er legte ihm die Blume in die Handfläche und schloss danach Calebs Finger um den Stiel.

»Soll ich Sie hinausbegleiten?«

Caleb antwortete nichts, weil er den Sinn der Frage nicht verstand. Er löste seinen Blick von der Blume und fixierte die offene Seitentür. Überall war Licht, viel zu viel Licht, besonders von draußen, durch die Tür hereinkommend. War das so, wenn man starb und in diesen Tunnel aus goldener Helligkeit eintauchte, im ersten Moment grell und fremd und dann zog es einen an wie magisch?

Er ging auf das Licht zu. Der Junge sagte noch etwas, dessen Bedeutung er nicht verstand. Als Caleb durch die Seitentür ins Helle trat, kam ihm eine Frau in dunklem Kostüm entgegen. Er hatte ihr Gesicht schon einmal gesehen, erinnerte sich aber nicht mehr wann und wo. Sie nickte ihm grüßend zu. In diesem Moment verschwand ein Teil der Langsamkeit und Helligkeit. Caleb nickte zurück und stellte fest, dass er sich auf dem Weg zum Friedhof befand.

Das weitläufige Wiesengelände hinter der Kirche war so dicht mit Menschen übersät, dass er Mühe hatte, das Zentrum des Geschehens auszumachen. Während er sich zwischen den Trauergästen vorbeidrückte, wurde mit jedem Schritt nach vorn die Welt um ihn herum lautloser. Gleichzeitig schienen ihm unsichtbare Hände an Brust und Hals die Luft abdrücken zu wollen. Als er sich schließlich bis zum Rand des Grabes vorgearbeitet hatte, hörte er nichts mehr. Da war nur noch dieses wattige Geräusch, ein Gemisch aus Pfeifen und Klingeln, das seinen Kopf ausfüllte. Man hatte Carols Sarg bereits hinuntergelassen. Eine lange Reihe Trauergäste stand an, um nacheinander kleine Schaufeln Erde aus einem Eimer zu nehmen und in das Loch zu werfen. Hatte ein winziger Teil von Caleb bis jetzt noch gehofft, dass alles gut werden könnte, dass man ihm etwas vorgespielt hatte oder dass in seiner Abwesenheit ein Wunder geschehen wäre, so zerbarst diese Illusion gerade. Carol war tot. Unabänderlich. In der Holzkiste dort unten lag ihr Körper und bald würde jemand die Erde darüber glatt rechen.

Caleb reihte sich in die Schlange ein. Als er an die Reihe kam und die Schaufel in die Hand nahm, entdeckte er den Mann. Da war nur eine winzige Bewegung im Augenwinkel, ein Lichtfunke, resultierend aus einer Sonnenreflexion, aber sie genügte. Caleb ließ sich nichts anmerken. Den Kopf leicht nach unten geneigt, als würde er zu Boden blicken, suchte er mit den Augen die Region ab, aus der die Bewegung gekommen war. Nicht weit entfernt, auf einem der Hügel, die den Friedhof säumten, stand ein Mann. Er war zu weit weg, als dass man ihn erkennen konnte. Zudem lehnte er im Schatten gegen einen Baum, was ihn nahezu mit der Landschaft verschmelzen ließ.

Dieser Mann beobachtete ganz eindeutig die Beerdigung, ohne dabei entdeckt werden zu wollen. An diesem Ort,

zu diesem Anlass, ein solches Verhalten – das passte nicht hierher.
Caleb warf die Erde auf Carols Sarg. Und er wusste, dass dies doch noch nicht das Ende war.

Abrechnungen

Jede Handlung, die man im Leben vollzog, barg neben der Möglichkeit, sein Ziel zu erreichen, immer auch das Risiko einer unkontrollierbaren Begleitfolge. Man brachte jemanden um und stellte anschließend fest, dass er sein wichtigstes Geheimnis mit ins Grab genommen hatte. Man ließ jemanden am Leben und musste später damit fertigwerden, dass man sich einen unerbittlichen Verfolger an die Fersen geklebt hatte. Man folgte einem Ziel, ohne die geringste Spur zu hinterlassen, und musste erleben, dass sich die entscheidenden Ereignisse nicht in Bewegung setzten. Oder man hinterließ Spuren wie ein Orkan, damit die Beteiligten sich zu Fehlern hinreißen ließen, und machte dabei genau den einen Handgriff zu viel, der einem letztlich den Kragen kostete. Was immer man glaubte, sicher zu wissen, war bestenfalls eine Wahrscheinlichkeitsrechnung. Alles konnte immer auch ganz anders verlaufen. Für John Harper war das der Schmetterlingseffekt.
Dieser Auftrag war der ungewöhnlichste in Harpers Karriere, weil er dieses Mal keinen inneren Abstand zu seiner Arbeit bewahren konnte. Normalerweise erledigte er seine Geschäfte so, wie ein Croupier seinen Roulettetisch führte. Die Spieler waren ihm gleichgültig. Statisten, die auftauch-

ten, mitspielten und wieder verschwanden. Harper sah seine Aufgabe darin, das Spiel zu kontrollieren. Er verteilte die richtigen Geldmengen an die richtigen Personen, warf die Kugel und strich am Ende die Gewinne ein. Das war niemals persönlich. Normalerweise. Doch seit ein paar Tagen fühlte Harper mit jeder Faser seines Körpers, dass in diesem Tal noch andere Kräfte eine Rolle spielten. Einflüsse, die auch sein eigenes, bislang gnädig gesonnenes Schicksal zum Kippen bringen konnten.
Natürlich hätte er selbst jetzt noch von diesem Auftrag zurücktreten können. Ein Anruf bei Merdrignac würde genügen. Aber konnte ein Löwe aufhören zu jagen? Konnte eine Blüte nicht blühen oder ein Luftzug nicht wehen? Jeder musste tun, wofür er hier war.
Während er mit seinem Taschenfernglas das Geschehen auf dem Friedhof beobachtete, entdeckte Harper den hochgewachsenen, kahlköpfigen Mann. Unter den anwesenden Trauergästen war diese Person eine Auffälligkeit. Auffälligkeiten waren Wegweiser. Noch wusste Harper nicht, für wen Carol Ryder das Buch ersteigert hatte, doch sein Instinkt sagte ihm, dass er gerade einen neuen Knotenpunkt für die weitere Suche gefunden hatte.

Der Weg der Träume

»Monsieur Pinenoire?«
Pinenoire zeigte mit keiner Regung, dass er Caleb erkannte. Er drehte seinen Kopf sogar jemand anderem entgegen und grüßte mit einem Lächeln.

»Nicht hier«, sagte er leise.
»Da war ein Mann.«
»Ich weiß«, zischte Pinenoire, weiterhin ohne Caleb anzusehen. »Wir kennen uns nicht. Gehen Sie allein zurück in die Kirche.«
Caleb reihte sich in den langsamen Strom der Trauergäste ein, die sich auf den Rückweg machten. Es dauerte fast zehn Minuten, bis ihm Pinenoire in die Kirche nachfolgte. Als wäre Caleb Luft, ging er an ihm vorbei und verschwand in einem Raum hinter dem Altar. Caleb folgte ihm. Sie trafen sich in der Kammer mit Regalen für Messutensilien und Musikinstrumente.
»Ich habe Dinge entdeckt«, sagte Caleb ansatzlos.
»Gut.« Pinenoire wirkte wie immer ernst und bedacht. Im Moment schien er zusätzlich auch besorgt zu sein.
»Dinge im Zusammenhang mit Carols Tod. Dinge, die nicht möglich sind.«
Pinenoire nickte. »Und was noch?«
»Dieser Ort hat damit zu tun«, sagte Caleb. »Sie haben damit zu tun.«
»Mister Brooks, es hat sich etwas geändert. Sie müssen gehen.«
»Ist es wegen diesem Mann auf dem Hügel?«
»Sie sind hier nicht mehr sicher.«
In Caleb stieg Wut hoch.
»Sie waren es doch, der mich aufgefordert hat, die Zusammenhänge zu suchen«, sagte er. »Sie schickten mich los, um meinen größten Albtraum bis zum Ende zu erforschen. Ich habe auf Sie gehört und jetzt bin ich wieder hier. Sie selbst haben das alles in Gang gesetzt und nun wollen Sie, dass ich so einfach verschwinde? Wohin denn?«
»Zurück nach Hause«, sagte Pinenoire.

»Ich hatte ein Zuhause!«, rief Caleb. »Es wurde vor drei Tagen von einem Lieferwagen getötet und liegt dort hinten in einer Holzkiste. Jetzt habe ich nichts mehr.«
Pinenoire blickte ihn mit einer Mischung aus Mitgefühl und Schärfe an.
»Mister Brooks, es ist komplexer, als Sie denken. Sie können nicht erfassen, was hier geschieht. Wir können die Weichen, vor die uns die Zukunft stellt, nicht im Voraus erkennen.«
»Hören Sie auf, in Rätseln zu sprechen!«
»Caleb!« Die Schärfe, mit der Pinenoire seinen Namen aussprach, war wie ein Hieb in den Magen.
»Ich verstehe Ihren Unmut«, erklärte er im gleichen ruhigen Tonfall wie zuvor. »Sie haben viele Fragen. Eine davon darf ich Ihnen beantworten. Sweetwater ist eine Umgebung, in der bestimmte Dinge bedeutend schneller geschehen als an anderen Orten. Diese Dinge haben mit dem Schicksal der Menschen zu tun, die sich hier begegnen. Genauer gesagt, mit dem Schicksal ihrer Seelen. Ich nehme an, Sie standen schon vor der Frage, ob Sie wachen oder träumen?« Caleb nickte.
»Gut. Immer wenn Sie glauben, Sie träumen, sehen Sie das Leben mit den Augen Ihrer Seele.«
Dieser scheinbar simple Satz versetzte Caleb einen Schlag auf sein Herz. Die Kette des Verstehens, die er unterbrochen geglaubt hatte, setzte sich wieder in Bewegung.
Pinenoire schien es genau zu spüren, denn er zeigte auf Calebs Brustkorb.
»Und auch darin verbirgt sich ein großes Geheimnis, Mister Brooks«, sagte er. »Jenseits aller verklärten Romantik liegt dort die Pforte zu der Welt, die Sie suchen. Folgen Sie Ihrem Herzen, dann folgen Sie Ihrer Seele.«

Caleb setzte zu einer Frage an, doch Pinenoire hob eine Hand und bedeutete ihm zu schweigen.
»Bitte vertrauen Sie mir noch ein letztes Mal«, sagte er.
Caleb nickte. »Gut. Was soll ich tun?«
»Verlassen Sie Sweetwater.«
»Und dann?«
»Beachten Sie weiterhin die Auffälligkeiten auf Ihrem Weg«, sagte Pinenoire. »Ich weiß, dass Sie sich fragen, warum ich Ihnen nicht einfach erkläre, was Sie wissen möchten. Aber ist es nicht immer so, dass wir erst im Blick zurück verstehen, wie die Knoten des Netzes geknüpft sind?«
»Nur eine Frage noch«, sagte Caleb. »Wer sind Sie?«
»Ich? Ich bin Sie, Mister Brooks.«

Harpers Entscheidung

Harper wusste, dass er auf dem Hügel über dem Friedhof entdeckt worden war, weil genau dies zu seinem Plan gehörte. Manchmal brauchten Menschen einen Anstoß, damit sie begannen, sich auffällig zu verhalten, also hatte er sich sichtbar gemacht. Zudem war die Beerdigung der Buchhändlerin eine perfekte Gelegenheit gewesen, um die sozialen Verbindungen der Anwesenden zu studieren.
Er hatte mit dem Fernglas beobachtet, wie der Mann mit dem Bart, dessen Porträt die Buchhändlerin so oft gemalt hatte, und der Hagere mit dem Kahlkopf auf seine Anwesenheit reagiert hatten. Sie teilten ein Geheimnis und sie fürchteten die Entdeckung. Genau das war es, wonach Harper gesucht hatte.

Der Jüngere war nach der Beerdigung deutlich zu lange in der Kirche geblieben. Und er hatte die Kirche fast zur gleichen Zeit verlassen wie der Kahlkopf. Das wies darauf hin, dass sie sich getroffen und Informationen ausgetauscht hatten.
Harpers Entscheidung lag nun darin, welchem der beiden er folgen wollte.

Das Muster

Caleb stand auf dem Aussichtspunkt in der Nähe des Straßenschildes, das die drei Meilen bis Sweetwater ankündigte. Von hier aus waren alle elf Kirchen von Sweetwater zu sehen. ›Beachten Sie die Auffälligkeiten‹, hatte Pinenoire ihm geraten. Schon die hohe Anzahl der Kirchen war ungewöhnlich für eine Stadt dieser Größe. Und die Anordnung war ebenfalls auffällig, denn statt sich wie gewöhnlich um ein Ortszentrum herum zu versammeln, verteilten sie sich über die gesamte besiedelte Fläche des Tals.
Er zog sein Notizbuch heraus und skizzierte so genau wie möglich die Umrisse des Tals und des Ortes. Dann markierte er die Standorte der Kirchen als kleine Sterne. Das erforderte einiges an Konzentration, denn er musste die Verzerrung, die durch seinen Blickwinkel entstand, so gut wie möglich abschätzen und in seinem kleinen Plan ausgleichen.
Am Ende hatte er ein Muster von elf Markierungen innerhalb des Umrisses der Ortsgrenzen vor sich. Caleb rief sich das Symbol im Boden von Pinenoires Eingangshalle in Er-

innerung. Ein Gebilde aus einer Vielzahl gleichgroßer, sich überschneidender Kreise. Es begann mit einem einzigen Kreis, der sich mit einem zweiten Kreis schnitt. Die beiden Schnittpunkte wurden wieder als Mittelpunkte für zwei neue gleichgroße Kreise verwendet. Auf diese einfache Weise entstand ein geometrisches Gebilde höchster Vollkommenheit und Schönheit, das entfernt an eine Blume erinnerte. Caleb erinnerte sich daran, dass man dieses Symbol in einer Reihe antiker Kulturen entdeckt hatte. Man nannte es ›Die Blume des Lebens‹. Abgesehen von seiner reinen Schönheit, barg dieses Zeichen eine große Anzahl geometrischer und mathematischer Zusammenhänge in sich. Wie eine vielschichtige Formelsammlung zu den Naturkonstanten des Lebens.
Caleb wäre jetzt über einen einfachen Schulzirkel froh gewesen, um damit eine Blume des Lebens in sein Notizbuch zu zeichnen. Stattdessen behalf er sich mit Münzen. Nach einigen Versuchen hatte er die richtige Größe herausgefunden. Kreis um Kreis zeichnete er das Muster auf eine leere Seite. Als er fertig war, riss er das Blatt heraus, legte es über seinen kleinen Plan von Sweetwater und hielt beides gegen das Licht. Alle elf Kirchen lagen auf Kreisschnittpunkten.
Das waren die Knoten des Netzes, die, wie Pinenoire es formuliert hatte, man erst verstand, wenn man Sweetwater verließ und zurückblickte!
Wie waren diese Knoten verknüpft? Calebs Augen suchten das Muster ab. Wenn man die elf Punkte ähnlich wie in einem Zahlenmalbuch miteinander verband, entstanden geometrische Formen. In rasender Geschwindigkeit vernetzte sein Gehirn die Schnittpunkte zu immer neuen Gebilden. Das meiste davon ergab keinen Sinn, doch nach

einigem Probieren entdeckte er einen dreidimensionalen geometrischen Körper, der ihm bekannt vorkam. Doch diese Form war nicht vollständig. Ein Punkt fehlte. Caleb setzte ein Kreuz an die Stelle, an der eigentlich noch eine Kirche hätte sein müssen. Er blickte wieder in das Tal hinunter und versuchte in seiner Vorstellung, den fiktiven Punkt in die Landschaft zu übertragen.
Und plötzlich vervollständigte sich das Bild vor seinen Augen. Er verstand, warum es keinen Stadtplan von Sweetwater gab. Niemand sollte das Muster in der Anordnung der Kirchen erkennen. Und niemand sollte den zwölften Ort finden können.

KIRCHEN

Nun wusste Caleb, dass Pinenoire ihn aus Sweetwater fortgeschickt hatte, damit er das Muster der Kirchen entdecken konnte. Warum er es ihm nicht einfach gesagt hatte, verstand er jedoch noch immer nicht. Für die besondere Anordnung der Gotteshäuser musste es einen Grund geben. Um seinen Verdacht zu erforschen, fuhr Caleb zu der Kirche am Ende der Main Street. Sie war geschlossen. Er fuhr zur nächsten Kirche, am nördlichen Ortsende. Auch hier war der Haupteingang verschlossen. Während Caleb das weiße Holzgebäude mit dem schlanken, spitz auslaufenden Glockenturm umrundete, fiel ihm auf, dass er in Sweetwater noch kein einziges Mal Kirchengeläut gehört hatte, auch nicht am Tag von Carols Beerdigung.
Das Hauptschiff verfügte über zwei Seiteneingänge. Einer

davon war unverschlossen. Caleb trat ein. Es war eine typische Kirche des Mittelwestens. Hoch angebrachte Fenster mit farbigen Glasornamenten. Drei Stufen führten auf eine Art Bühne, auf der sich ein weißer Altar mit zwei silber-nen Kerzenleuchtern präsentierte. In einer Ecke der Bühne stand eine hölzerne Orgel, von einem weißen Tischtuch abgedeckt.

Er sah sich um. Kirchenbesucher betraten das Hauptschiff mit den etwa vierzig Reihen Holzbänken normalerweise durch den Eingang unter dem Glockenturm. Das war der Ort, für den sich Caleb interessierte. Er ging zu dem verschlossenen Eingang hinüber. Aus dem Boden im Zentrum des Glockenturms und direkt vor dem Haupttor ragte eine mannsdicke weiße Säule empor. Sie stützte scheinbar die Decke über dem Eingangsbereich. Doch wer auch nur ein wenig Ahnung von Statik hatte, fragte sich, wozu man die Decke in einem solch kleinen Bereich abstützen musste, zumal bei einem Glockenturm darüber keine große Last zu erwarten war.

Calebs Verdacht hatte sich bestätigt. Er verließ die Kirche und machte sich auf den Weg zum zwölften Ort.

Verfolgung

Dieser Brooks suchte ganz offensichtlich nach etwas. Anhand des Kennzeichens und einem professionellen Anruf bei Sunny-Cars hatte Harper schnell herausgefunden, dass er ein bekannter Journalist bei der New York Times war. Ein wissenschaftlicher Spürhund.

Sofort, nachdem Harper vom Hügel aus die Ankunft von Brooks vor der Kirche beobachtet hatte, war ihm klar, dass er schnell handeln musste. Die volle Aufmerksamkeit aller Beteiligten hatte der Zeremonie hinter der Kirche gegolten. So war es nur eine Sache von vier Minuten gewesen, den Hügel hinter dem Friedhof kurz zu verlassen und einen Sender unter der Stoßstange des roten Dodge Pick-ups anzubringen. Eine Investition, die sich nun auszahlte. Harper wusste, dass Brooks etwa eine halbe Stunde bei dem Dreimeilenschild über dem Tal verbracht, danach eine Kirchenrunde gedreht und sich dann auf den Weg aus der Stadt heraus gemacht hatte. Alles deutete darauf hin, dass er etwas gesucht und letztlich gefunden hatte. Dieses Etwas musste mit den Kirchen zu tun haben.
Harper folgte dem Weg seines Zielobjekts in sicherem Abstand. Nun stand er gerade auf dem Aussichtspunkt. Er blickte auf Sweetwater hinab, betrachtete die Kirchen und suchte nach Besonderheiten. Abgesehen von der auffälligen Anzahl, konnte er sich keinen Reim machen. Auch sein Besuch in drei der Kirchen ergab nichts Neues. So kam er nicht weiter. Harper beschloss, seine zurückhaltende Taktik zu ändern und sich die beiden direkt vorzunehmen.

Die Scheune

Caleb klopfte an die Tür von Pinenoires Farmhaus. Als sich nichts tat, drückte er den Klingelknopf. Niemand öffnete. Jenny hatte gesagt, jede Ankunft würde bemerkt werden. Dennoch mochte er nicht einfach eintreten. Er ging ums Haus herum zu der Scheune neben dem Getreidesilo. Das Tor stand offen. Caleb trat ein.

»Hallo? Monsieur Pinenoire?« Irgendwo in der Ferne brummte kaum wahrnehmbar ein Motor. Es roch nach altem Stroh, Staub und Holz und nach etwas, was Caleb nicht einordnen konnte.

Auf dem Satteldach des Gebäudes thronte eine runde Firstkuppel. Finger aus staubigem Sonnenlicht reichten durch die Fenster bis auf den Boden hinab. In der Mitte der Scheune ragte eine halbmeterdicke Metallstrebe wie eine Säule in einer Kathedrale bis in die Kuppel hinauf.

»Die zwölfte Position«, murmelte Caleb.

»Sie haben es also entdeckt«, hörte er Pinenoire hinter sich. Caleb fuhr herum. Der kahle Kopf des aristokratischen Franzosen wirkte bleicher als sonst. Die dünnen Lippen waren vor Anspannung fast gänzlich verschwunden. Wie immer war der hochgewachsene Mann mit schwarzer Hose, weißem Hemd und Weste tadellos gekleidet, nur dieses Mal ohne seinen langen Mantel.

»Ich wusste, dass Sie ein schlauer Kopf sind, Mister Brooks«, sagte Pinenoire.

»Warum haben Sie mir nicht einfach alles erklärt?«

»Haben Sie Schrödingers Katze recherchiert?«, erkundigte sich Pinenoire statt einer Antwort.

»Ja.«

»Hätte ich Ihnen gesagt, ob die Katze lebt oder tot ist, hätte ich Ihre Erwartung beeinflusst. Dann würde ich in Ihr Schicksal eingreifen. Sie müssen selbst nachsehen, es selbst erleben. Ich darf Ihnen nur Wege anbieten.«

»Ich verstehe das nicht«, sagte Caleb.

»Was denken Sie, treibt eine Seele auf ihrem Weg durch die Zeit und das Universum voran?«

»Liebe?«, vermutete Caleb.
»Denken Sie an sich selbst«, forderte Pinenoire ihn auf.
»Sehnsucht und Hoffnung?«
»So ist es. Die Sehnsucht nach einer glücklichen Zukunft. Der tiefe Wunsch nach Erkenntnis und Wachstum. Die Hoffnung auf Liebe und Erfüllung. Ohne all dies würde Ihr Leben auf der Stelle stehen. Wo immer also jemand sucht, helfen Sie ihm bei seiner Suche, aber finden es nicht für ihn. Die Suche, das Entdecken und was man herausfindet, ist jedermanns eigene Bestimmung.«
»Und falls ich es nicht gefunden hätte? Wenn ich Sweetwater verlassen hätte, ohne das Muster der Kirchen zu erkennen?«
»Nun, Sie haben es erkannt, nicht wahr?« Pinenoire sah ihn durchdringend an.
»Weil es mein Schicksal ist?«, fragte Caleb.
Pinenoire lächelte müde. Er atmete tief durch.
»Es wird bald Besuch kommen. Wir müssen uns vorbereiten.« Er deutete auf die Metallsäule. »Sie wissen, was das ist?«
Caleb nickte. »Eine Art Sendeantenne, so wie die anderen elf in den Kirchtürmen. Wie konnten Sie das alles unbemerkt aufbauen?«
»Unbemerkt von der Welt außerhalb dieses Tals vielleicht«, gab Pinenoire zurück. »Niemand hat gesagt, es wäre auch hier unbemerkt geschehen.«
Pinenoire ging an Caleb vorbei zu der Metallsäule.
»Sie wissen auch, wofür es dient?«
»Zwölf Antennen auf Positionen, die sich aus den Schnittpunkten eines Musters aus Kreisen, genannt ›Blume des Lebens‹, ergeben«, fasste Caleb zusammen.
Pinenoire nickte. »Sie haben die Frequenz entdeckt?«

»Ich denke schon. Eine stabile Hintergrundschwingung in Niedrigstfrequenz.«
»Man nennt es eine stehende Welle«, erklärte Pinenoire. »Sie existiert unbeeinflusst von unserem Raum-Zeit-Gefüge. Stehende Wellen durchqueren sozusagen die Bühne unserer Realität, ohne von ihr verändert zu werden.«
»Das ist doch noch gar nicht wirklich erforscht.«
Pinenoire überhörte Calebs Einwand.
»Wenn Sie auf einer solche Welle bestimmte Informationen aufsetzen, erzeugt dies eine Art Echo durch die Zeit hindurch. Sie kennen das Experiment, auf dieser Welle Telefongespräche zu übertragen?«
Caleb schüttelte den Kopf.
»Ein Team von Wissenschaftlern schickte vor einigen Jahren mit einem speziellen Sender Signale auf einer stehenden Welle von Europa nach Australien. Dabei stellte man fest, dass die gesendeten Signale dort Bruchteile von Sekunden früher ankamen, als man sie abgeschickt hatte. Früher! Nicht später, wie jeder erwarten würde. Das bewies, dass die Welle außerhalb unserer erlebten Raumzeit existiert.«
»Wie eine Art schwarzes Loch?«
Pinenoire wog den Kopf. »Eher wie der Faden einer Perlenkette. Jede Perle ist ein Universum, eine mögliche Realität. Der Faden verbindet sie alle miteinander.«
Er stand nun in der Mitte der Scheune, genau in einem der drei staubigen Lichtkegel, die von der Decke herabfielen. Vor dem dunklen Hintergrund und mit seiner altertümlichen Bekleidung war er ein einsamer Schauspieler auf einer viel zu großen Bühne.
Noch immer brummte etwas im Hintergrund.
»Was ist das für ein Geräusch?«, fragte Caleb.

»Der Generator«, erklärte Pinenoire. »Die Anlage braucht große Mengen an Strom. Das Netz des Tals war dafür nicht geeignet.«
»Dann brachte der Tankwagen den Diesel für den Generator hierher?«
Pinenoire nickte. »Das ist der Nachteil, wenn man etwas selbst herstellt. Man benötigt Ressourcen und damit erzeugt man eine auffällige Spur.«
»Hat all das auch etwas mit dem Wetter hier zu tun?«, erkundigte sich Caleb.
»Wenn Sie sehr viel Energie in ein System geben, verändert das immer mehrere Faktoren«, sagte Pinenoire.
Caleb machte einen Schritt auf Pinenoire zu. Er musterte den Mann, der aus einer anderen Epoche zu kommen schien.
»Wer sind Sie?«, fragte er zum zweiten Mal.
»Ich bin das, was Sie sind, Mister Brooks. Nur ein neugieriger Mensch.« Er machte eine Geste in Richtung der Antenne. »Und was sich jetzt vielleicht so einfach anhören mag, ist das Ergebnis meines gesamten Lebens.« Er seufzte. »Und darüber hinaus.«
»Warum tun Sie das?«, wollte Caleb wissen. »Manipulieren Sie die Menschen hier?«
Pinenoire holte tief Luft. Er straffte seine Weste mit beiden Händen und zog die Hemdärmel lang.
»Ich denke, ich schulde Ihnen eine Erklärung. Lassen Sie uns ins Haus gehen.«

Poincaré

Dieses Mal führte Pinenoire Caleb in sein Arbeitszimmer im ersten Stock des Hauptgebäudes. Es war ein hoher, großer Raum, der etwa ein Viertel der Grundfläche des Gebäudes einnahm. Ein mannshoher, vergoldeter Kristallleuchter schwebte über einem dunkelbraunen Monstrum von Schreibtisch. Beides vermutlich aus derselben Periode, etwa Anfang des neunzehnten Jahrhunderts. Auch die Regale und Anrichten an den Wänden und die Bilder mit französischen Landschaften stammten aus dieser Zeit. Caleb vermutete, dass so mancher Antiquitätenhändler ein kleines Vermögen gegeben hätte, um diese Möbel in sein Programm aufnehmen zu dürfen.

Durch die Fenster der drei Außenwände hatte man freien Blick in die Ferne, bis die Hügel einen welligen Horizont bildeten.

»Tee?«, fragte Pinenoire.

»Ja, gerne«, sagte Caleb.

»Nehmen Sie Platz.« Pinenoire deutete auf einen grünen Ledersessel vor einem niedrigen Glastisch. Caleb setzte sich.

»Wissen Sie, was eine Seele ist?«, fragte Pinenoire.

»Darüber habe ich noch nicht nachgedacht«, antwortete Caleb wahrheitsgemäß. »Ich denke, das spürt man einfach.«

»Natürlich. Die Intuition weiß es bereits. Doch für den Verstand ist es schwerer. Sagen wir, Ihre Seele ist das, was übrig bleibt, wenn Sie von dem, was Sie sind, den Körper subtrahieren. Sie existiert außerhalb dieser physischen Realität. Doch gleichzeitig ist sie mit Ihnen verbunden. Sie sendet und empfängt.«

Pinenoire schob Caleb die Tasse mit dem Tee und eine Zuckerdose über den Tisch.

»Welche Kraft führt Seelen zusammen?«, fragte Pinenoire. »Zufall? Nein. Gott würfelt nicht. Liebe? Häufig. Anziehung? Immer. Mein Traum war es, einen Ort zu schaffen, der die Grenzen auflöst. Ein Tor in der Zeit, durch das sich Seelen leichter finden können. Ein Ort der Wahrheit und des Wachstums. Sweetwater ist ...« Er zögerte kurz. »Es war unter anderem ein besonders geschützter Platz.«

Pinenoire ging zu einem Sekretär, zog ihn von der Wand und öffnete ein verstecktes Fach an der Rückseite.

»Ich selbst habe diesen Schutz gestört, indem ich etwas von außen hereinholte. Für diesen Fehler werde ich bezahlen müssen«, erklärte er, während er einen Gegenstand aus dem Fach nahm.

»Das Paket, Mister Brooks, auf das Sie bei Ihren Nachforschungen stießen, enthielt dies hier.«

Er hielt ein in braunes Leder gebundenes Buch hoch. Etwas abgenutzt und offensichtlich alt, aber in gutem Zustand.

»Was ist das?«, fragte Caleb.

»Es wurde in Paris versteigert. Ich beauftragte Miss Ryder, unter ihrem Namen für mich zu bieten.«

»Dann sind Sie das alles auslösende Grundereignis? Der Flügelschlag des Schmetterlings?«

»Ich bin gar nichts.« Pinenoire winkte mit einer Geste ab. »Ein Staubkorn in einem Universum aus Ereignissen.«

»Also, was ist das für ein Buch?«, bohrte Caleb weiter.

Pinenoire zog seine Weste glatt und setzte sich ihm gegenüber in den altmodischen Ohrensessel. Er legte das Buch auf den Glastisch, lehnte sich zurück und schlug ein Bein über das andere.

»Das Buch, das vor Ihnen liegt, wurde vor über einhundert Jahren von einem Mann in Paris geschrieben. Sagt Ihnen ein gewisser Henri Poincaré etwas?«

»Entfernt. Ich glaube, er kam in Verbindung mit ...«

»Jules Henri Poincaré«, unterbrach ihn Pinenoire. »Geboren am neunundzwanzigsten April 1854 in Nancy, Frankreich. Gestorben im Juli 1912. Seines Zeichens überaus bedeutender Physiker, Mathematiker und Philosoph. Einer der Urväter der Quantenphysik.«

»Und?«

»Er war absolut brillant. Eine Koryphäe vom Format Albert Einsteins. Die beiden Herren hatten, nennen wir es einen gewissen unausgesprochenen Wettbewerb miteinander. Zumindest, soweit es um die Modelle zur Erklärung unserer Realität ging.«

»Ich verstehe nicht ...«

Pinenoire holte einen gefaltetes Stück Papier aus dem Buch und reichte es Caleb.

»Lesen Sie.«

Caleb nahm das vergilbte Papier entgegen und entfaltete es vorsichtig. Es war ein mit schwarzer Tinte auf Französisch geschriebener Brief.

»Mein Französisch ist eigentlich ganz gut«, sagte er. »Aber diese Schrift kann ich kaum lesen.«

Pinenoire hielt ihm eine Hand entgegen. Caleb gab ihm den Brief zurück.

»Ich hatte schon mehr Zeit dafür als Sie«, sagte Pinenoire. »Hier steht Folgendes geschrieben:

Man muss zugeben, dass in dieser Arbeit sowie in seinen übrigen Untersuchungen Poincaré den Weg vorzeigt und Ideen vorgibt, aber dass er es anderen überlässt, die Lücken zu füllen und damit die Arbeit zu vollenden. Picard hat ihn oft nach Erklärungen und Ausführungen für seine Arbeiten gefragt, ohne dass er irgendeine Antwort bekam, außer, ›das ist evident …‹ So erscheint er wie ein Prophet, für den die Wahrheit offensichtlich ist. Aber eben nur für ihn.«

Pinenoire faltete den Brief zusammen und legte ihn zurück in das Buch.

»Zu diesem Urteil kommt ein Preiskomitee im Jahr 1888«, erklärte er. »Man hatte einen Wettbewerb zur Lösung eines speziellen mathematischen Problems angesetzt, das sogenannte n-Körper-Problem. Es geht dabei um die Bedeutung der Anziehung, die Materieteilchen aufeinander haben. Im Hintergrund stand eine astronomische Frage zur Stabilität unseres Sonnensystems. Doch in Wahrheit ging es darum, eine ganz bestimmte Theorie über unsere Realität zu beweisen. Poincaré gewann den Preis, obwohl niemand wirklich verstand, was er darlegte. Allerdings erkannte man sehr wohl, dass er ein Genie war.«

Pinenoire erhob sich aus dem Sessel und ging an seinem Schreibtisch vorbei zu einer Kommode, auf der eine Figur stand.

»Henri Poincaré sah die Wahrheit über die Beschaffenheit der Realität, doch er war nicht in der Lage, dieses Unaussprechliche so zu formulieren, dass man ihm folgen konnte. Sowohl Kritiker als auch Unterstützer ahnten, dass er Einsicht in etwas Unvorstellbares erhalten hatte, auch wenn es außer ihm niemand sehen konnte. Deshalb wurde er mit dem Preis geehrt.«

»Klingt fast wie ein Heiliger«, sagte Caleb.

»In einer Zeit, in welcher der Glaube an Mystik durch den Glauben an die Wissenschaften ersetzt wird, ist kein Platz mehr für Heilige«, sagte Pinenoire. »Die Heiligen der Moderne müssen sich der Sprache unseres neuen Zeitalters bedienen.«

Es folgte eine lange Pause. Ein Streifen Nachmittagssonne drang durch das Südfenster des Raums und tauchte eine goldene, indisch wirkende Statue in warmes Licht. Pinenoire fuhr mit einer Fingerspitze über ein Detail, das Caleb nicht kannte.

»Was hat das mit diesem Buch zu tun?«, fragte Caleb schließlich.

»Es dauerte bis November 1890, dass Poincarés über hundertfünfzig Seiten langer Beitrag als Werk mit dem Titel ›Acta‹ veröffentlicht wurde«, fuhr Pinenoire fort. »Der Grund für die Verzögerung war überaus pikant. In Poincarés Beweis hatte sich angeblich ein grundlegender Fehler gefunden. Stellen Sie sich vor: ein weltberühmter Preis für einen Irrtum. Damit nicht alle Beteiligten ihre Reputation verlören, nahm man die erste, bereits fertig produzierte Auflage der ›Acta‹ sofort vom Markt und versuchte, alle bereits ausgelieferten Exemplare wieder einzusammeln. Das Ganze war eine überaus kostspielige Aktion, doch am Ende gelang es, alle Ausgaben zurückzuholen. Bis auf ein einziges Exemplar.«

Er deutete mit dem Blick auf das Buch auf dem Glastisch. Jetzt erst achtete Caleb auf die goldgeprägten Lettern: ›Acta‹.

»Nachdem die Bücher eingesammelt worden waren, wurde Poincarés Beitrag deutlich überarbeitet und eben im besagten November 1890 unter identischem Titel endgültig ausgeliefert. Das eine verschollene Exemplar tauchte nie mehr auf.«

»Das mit dem Fehler«, bemerkte Caleb.

»Es war kein Fehler«, entgegnete Pinenoire. »Es war die Wahrheit. Deshalb hat Poincaré es zurückgezogen.«

»Er hat die Wahrheit über … nun darüber, wie die Realität aufgebaut ist, gefunden und zieht es dann zurück?«

»Ganz genau.«

»Warum? Das hätte seinen Weltruhm bedeutet. Unsterblichkeit.«

»Es gibt Wichtigeres als das. Integrität.«

»Wem gegenüber?«

Pinenoire bewegte sich zum Fenster und ließ den Blick hinausschweifen. Sein Schatten ließ die goldene Statue hinter ihm im Dunkel verschwinden. Dafür wirkte sein kahler Schädel im Gegenlicht nun wie von einem Schein umgeben. Ein hochgewachsener, aufrechter Mann, die Hände hinter dem Rücken verschränkt, hellgraue Augen, die in die Ferne blickten, als erwarteten sie jeden Moment die Ankunft eines lange angekündigten Engels.

»Mister Brooks, wenn Ihnen etwas gezeigt würde, mit dem Sie den Verlauf der Welt verändern könnten, was würden Sie damit tun?«, fragte er, ohne den Blick vom Fenster abzuwenden.

»Nun«, sagte Caleb.« Es kommt darauf an, in welcher Weise es den Verlauf verändert.«

»Ist das so? Würden Sie Gott spielen, falls Sie die Veränderung persönlich als gut einstufen und Sie würden es bleiben lassen, falls nicht? Ist Ihre eigene Meinung wirklich der Maßstab?«

Caleb dachte nach. Das waren so grundlegende Fragen, dass man sie nicht einfach spontan beantworten konnte. Generationen von Wissenschaftlern und Staatsoberhäuptern waren dieser Aufgabe immer wieder begegnet.

»Von welcher Art Wissen sprechen wir genau, Monsieur Pinenoire?«

Pinenoire ging vom Fenster zu seinem Schreibtisch. Er nahm

eine Walnuss und eine Haselnuss aus der Schale und schloss beide in einer Hand ein.
»Zwei Möglichkeiten, Mister Brooks.« Er hielt ihm die verschlossene Hand entgegen. »Tot oder lebendig. Solange Sie nicht nachsehen, sind beide Alternativen vorhanden. Sie überlagern sich wie zwei Bilder. Jetzt, in diesem Moment, wissen Sie überhaupt nichts über den Inhalt meiner Hand. Sie haben nur eine Vermutung. Das für Sie reale Ergebnis entsteht erst in dem Augenblick, wenn Sie es selbst erleben.«
Er öffnete die Hand wieder. Zu Calebs Überraschung befand sich nur die Haselnuss darin.
»Sie erleben also hier und jetzt die eine der beiden Möglichkeiten. Im selben Moment entsteht in einem anderen Universum die zweite Möglichkeit.« Pinenoire öffnete seine andere Hand, auf der die zweite Nuss zum Vorschein kam. »Das ist eines der Naturgesetze der Quantenverschränkung.«
Er legte die Nüsse zurück in die Schale und rieb seine Handflächen gegeneinander.
»Dorthin zu kommen, wo diese zweite Möglichkeit eintritt, ist das große Geheimnis, nach dem Sie mich fragen. Ich nenne es die zweite Chance.«
»Es gibt also eine Möglichkeit, dass ich Carol wiedersehe?«, folgerte Caleb.
Pinenoire schüttelte den Kopf.
»Wenn ich Ihnen jetzt ein Ja oder ein Nein sage, manipuliere ich bereits Ihre Realität. Sie selbst müssen nachsehen, das ist der Schlüssel für all Ihre Fragen. Überschreiten Sie die Grenze, vor der Sie stehen. Nur dann werden Sie erfahren, was sich dahinter verbirgt.«
»Aber diese Grenze …«

»Sprechen Sie nicht darüber«, unterbrach ihn Pinenoire. »Nicht für jeden ist alles auf gleiche Weise richtig. Zu verschieden sind die Leben, die mitgebrachten Aufgaben und die Schicksale. Jeder steht immer vor seiner ganz persönlichen Grenze, nur die gilt es zu überwinden. Auf manche warten dahinter Reichtum oder Ruhm. Auf andere warten Freude oder Liebesglück, eine Familie oder die Unabhängigkeit.«
Er nahm das Buch vom Tisch und strich über den Einband. »Und auf wieder andere wartet Erkenntnis.«
»Warum ist Ihnen dieses Buch so wichtig?«, erkundigte sich Caleb.
»Unter anderem, weil Henri Poincaré mein Vorfahre ist«, erklärte Pinenoire. »Sozusagen.«
Caleb zog die Augenbrauen nach oben. »Dann hat es einen emotionalen Wert? Ein Familienstück?«
»O nein.« Pinenoire winkte ab. »Ich bin kein sentimentaler Mensch, Mister Brooks. In diesem Buch ist ein Fehler enthalten, jedoch anders, als man damals dachte. Der Fehler liegt in einer Wahrheit, die man nicht einfach verbreiten darf. Eine meiner Aufgaben in diesem Leben war es, diesen Fehler aus der Welt zu schaffen.«
Caleb konnte das Gefühl nicht loswerden, als spräche Pinenoire von sich selbst bereits in der Vergangenheit.
»Verstehe ich das richtig«, sagte er. »Sie ersteigern ein Buch Ihres Vorfahren mithilfe von Carol Ryder, weil in diesem Buch etwas über die Beschaffenheit von Realität steht, das nicht in falsche Hände geraten darf. Gleichzeitig bauen Sie in Sweetwater einen Ort auf, in dem sich die Realität für bestimmte Menschen auf sehr spezielle Weise verändern kann.«
Pinenoire nickte.

»Dieses Buch ist letztlich der Grund, warum Carol starb«, fuhr Caleb fort. »Und mein Verhalten war ebenso ein Teil von diesem Grund. All dies griff wie Zahnräder ineinander und führte zwingend zu dem Ergebnis, dass ich nun hier sitze und mit Ihnen darüber spreche.«

»Das ist eine recht gute Zusammenfassung«, stimmte Pinenoire zu. »Doch etwas Wesentliches fehlt noch.«

Caleb sah ihn irritiert an.

»Das Ende«, erklärte Pinenoire.

»Würden Sie mir das Buch geben?«, bat Caleb.

Pinenoire legte eine Hand auf den Umschlag.

»Vermutlich werden Sie sterben, wenn Sie es lesen.«

»Darauf würde ich es ankommen lassen.«

Pinenoires Blick schien jede Zelle in Calebs Körper zu durchleuchten. Dann legte er das Buch auf den Tisch zurück.

»Ich habe nun zu tun«, sagte er. »Sie können in diesem Raum bleiben, so lange Sie möchten. Wenn Sie etwas finden, was für Ihr Leben Bedeutung hat, gehört es Ihnen. Handeln Sie nach Ihrem Herzen. Sie werden die richtige Entscheidung finden.« Er deutete in Richtung einer kleinen Küchenzeile, die sich halboffen an den Arbeitsraum anschloss. »Dort drüben finden Sie etwas zu essen und Getränke.«

Er machte Anstalten, das Zimmer zu verlassen.

»Monsieur Pinenoire?«

Pinenoire hielt im Schritt inne und drehte den Kopf etwas zur Seite.

»Danke«, sagte Caleb.

»Warten Sie es lieber ab.«

Acta

Caleb fühlte mit den Fingerspitzen über den braunen Ledereinband mit den goldgeprägten Lettern. ›Acta‹. Das alte Buch erinnerte ihn an jenes, das Carol ihm geschenkt hatte. Es roch, als hätte es viele Jahre in einem muffigen Keller verbracht. Die rechte obere Ecke war deutlich lädiert. Vielleicht war es aus einem Regal gefallen. Frische Risse im Leder wiesen darauf hin, dass es noch nicht lange her sein konnte. Caleb schlug die erste Seite auf.

›Die Zusammenhänge von Materie, Raum und Zeit,
dargestellt anhand des n-Körper-Problems.
Von Henri Poincaré, im Mai 1888.‹

Henri Poincaré. Calebs Blick blieb an diesem Namen kleben wie Nägel an einem Magneten. Er starrte die altmodischen Lettern an und fragte sich, was genau ihn so irritierte. Und plötzlich begannen sich die Buchstaben vor seinem inneren Auge neu zu sortieren.

›Henri Poincaré‹ wurde zu ›Arch Pinenoire‹. Dreizehn identische Buchstaben, in neuer Reihenfolge angeordnet. Als hätte das Universum die Bausteine eines Mannes vor über hundert Jahren zerlegt und für den, der ihm nachfolgte, neu zusammengesetzt.

Auf einmal ergab alles einen größeren Sinn. Pinenoire hatte davon gesprochen, dass bestimmte Fehler im Leben unbedingt in Ordnung gebracht werden mussten. Doch wer sollte einen persönlichen Fehler in Ordnung bringen, wenn der Mensch, der ihn verursacht hatte, zuvor starb? Vielleicht dieser Mensch selbst, nur ein Leben später?

Caleb zögerte noch einmal und dachte an die Warnung

Pinenoires. Doch war nicht alles, was Pinenoire bisher gesagt hatte, ein Weg gewesen, um ihm zu seinen eigenen Entscheidungen zu verhelfen?
Caleb blätterte die zweite Seite auf. Sie begann mit einem persönlichen Vorwort.
›Ich schreibe dieses Werk nicht als Wissenschaftler für andere Wissenschaftler. Ich schreibe es, weil es mir vielleicht die Last der Erkenntnisse abnimmt, die ich gewonnen habe. Ich bitte Gott darum, dass dies kein Fehler ist.‹

Caleb blätterte weiter.
›Die Verbindung von Raum, Materie und Zeit wurde von vielen meiner Kollegen intensiv untersucht. Nichts davon greife ich an. Ich schätze und achte über alle Maßen die Leistungen aller, die an diesem Thema arbeiten. Meine Forschung ist in Wahrheit nicht meine Leistung und nur weniges davon gereicht meinem Intellekt zur Ehre. Es handelt sich vielmehr um ein Geschenk von einer Stelle, mit der ich mich wissentlich bislang nicht beschäftigt hatte. Doch scheinbar kam ich mit meinen Erforschungsbemühungen einer bestimmten Grenze so nahe, dass von der anderen Seite eine Tür für mich geöffnet wurde. Was sich hinter dieser Tür verbarg, zerschmetterte den, der ich bis dahin war.
Ich entdeckte die Schöpfung in einer Schönheit, Präzision und Perfektion, dass keine auch noch so sorgsam gewählten Worte diese wiederzugeben vermögen. So werde ich versuchen, meine Erkenntnis mit der Sprache der Mathematik zu beschreiben, welche, nach meiner Empfindung, der Perfektion näher kommen kann als alle anderen Ausrucksweisen.
Meine zentrale Erkenntnis dabei ist: Wenn man das Gebil-

de unserer Realität untersucht, gibt es neben Raum, Materie und Zeit eine weitere, jedoch von allen mir bekannten Kollegen vernachlässigte Komponente, die gleichsam alles andere fügt, zusammenhält und steuert. Für diese Komponente habe ich kein passendes Wort gefunden. Ich bin deshalb der bescheidenen Hoffnung, dass sie sich dem Leser durch die Schlüssigkeit der Beweisführung eröffnet.‹
Caleb fiel in das Buch hinein wie in einen Strudel. Er verlor jedes Gefühl für Zeit, konnte einfach nur noch Wort für Wort verschlingen, Satz für Satz, bis es zu Ende war. Als er die letzte Seite gelesen hatte, war ihm klar, was er zu tun hatte.

Die Entscheidung

John Harper wusste, dass die Zeit nun knapp wurde. Der Kahlkopf und der Journalist standen in enger Verbindung. Die beiden waren nicht dumm. Sie würden versuchen, das Buch unauffindbar zu verstecken oder es zu vernichten. Genau das hatte Harper auslösen wollen. Nun musste er nur noch rechtzeitig da sein.
Inzwischen war dieser Auftrag für ihn zu einer persönlichen Angelegenheit geworden. Das war unprofessionell und entsprach nicht Harpers üblicher Geschäftshaltung. Doch seit er sich in Sweetwater bewegte, hatte sich etwas in ihm grundlegend verändert. Er wollte keine Dinge mehr tun, nur weil er dafür Geld bekam. Dinge, die nur für andere einen Sinn hatten. Dinge, die er nie hinterfragte, weil man ihn genau dafür bezahlte, dass er keine Fragen stellte.

Seit er in diesem Tal war, hatte er das tiefe Bedürfnis, einen höheren Sinn in seinen Handlungen zu erleben.
Das alte Buch musste mehr sein als nur ein Sammlerstück. Wenn ein Mann wie der Kahlkopf ein Vermögen dafür ausgab und ein Mann wie Merdrignac ein Vermögen investierte, um es ihm abzunehmen, steckte sogar ein unbezahlbares Geheimnis dahinter. Was diese beiden Widersacher taten, hatte für jeden von ihnen einen Sinn. Sie teilten eine Vision, hatten ein Ziel, an dessen Ende eine Erfüllung wartete.
Harper fühlte in seiner Brust etwas, das er schon lange Zeit nicht mehr gespürt hatte. Ein inneres Ziehen wie aus Glück, Aufregung und Schmerz zugleich. Als Kind, so erinnerte er sich, hatte er dieses Gefühl oft erlebt. Harper wusste keinen Namen für das, was mit ihm geschah, doch es erfasste ihn auch ohne Worte und hob ihn aus seiner Paralyse der vergangenen Jahre heraus. Ein verschollen geglaubter Teil erwachte zum Leben, einer, der sich nach Sinn und Erfüllung sehnte.
Harper kam zu der Erkenntnis, dass ihn seine Arbeit nicht nur nicht mehr erfüllte. Sie frustrierte ihn zunehmend. Normalerweise bestimmte er die Spielregeln. Er wollte das Geheimnis dieses Buchs für sich selbst haben.
Die Straße zu der Farm, die im Ort ›Sweetwater Manor‹ genannt wurde, war auf den letzten Meilen unbefestigt. Zu Harpers Plan gehörte es, das Auto hinter einem Hügel abzustellen und sich der Farm unbemerkt zu Fuß zu nähern. In den Jahren bei der Heimatschutzbehörde war es häufig Harpers Aufgabe gewesen, aus Verdächtigen wichtige Informationen herauszubekommen. Seitdem verfügte er über eine bewährte Auswahl sehr überzeugender Befragungsmöglichkeiten. Pinenoire würde darum bitten, ihm das Buch geben zu dürfen.

Etwa eine Meile vor der Farm tauchte eine Ansammlung von Felsen auf. Harper verließ die Staubstraße und fuhr im Schritttempo zwischen den Büschen hindurch. Die Steine waren groß genug, um das Auto von drei Seiten zu verbergen. In der vierten Richtung gab es weder Straße noch Häuser. Niemand würde den schwarzen Camry zufällig entdecken.

Im Kofferraum warteten zwei Taschen mit Arbeitswerkzeugen. Alles Gegenstände, die problemlos jede Durchleuchtung von Fluggepäck überstanden und dennoch überaus wirkungsvoll ihre Dienste taten. Spritzen und winzige Glasviolen mit Drogen und Chemikalien, einzeln unwirksam, doch in der Hand eines Profis von durchschlagendem Effekt. Gegenstände aus Keramik und Spezialkunststoffen, die wie Materialmuster aussahen, richtig zusammengesetzt jedoch Waffen ergaben. Er verteilte die Gegenstände in den Taschen seiner Stoffjacke.

In den meisten Fällen wusste Harper bereits zu Beginn einer Aktion, wie alles enden würde. Das war Teil seiner mentalen Vorbereitungstechnik. Heute allerdings hatte er nur eine ungefähre Vorstellung. Er betrat sozusagen einen Raum von mehreren Möglichkeiten, den er im jeweiligen Augenblick spontan gestalten würde.

Es war später Nachmittag. Harpers Schritte hinterließen Mulden im Sand. Da er die Hügel vor dem Gutshof auf der straßenabgewandten Seite passierte, würde niemand die Spuren bemerken.

Das rote Farmhaus kam in Sichtweite. Harper kniete sich hinter einen Busch, nahm sein Fernglas heraus und inspizierte das Anwesen.

Alles passte perfekt zusammen. Die Farm roch förmlich nach Geld. Nirgends in Sweetwater hatte er etwas in auch nur annähernder Größe und besserem Zustand gesehen. Die Anlage war so perfekt gepflegt, als wäre sie gerade neu erbaut worden. Nun wusste er, dass er auf der richtigen Spur war.

Zwei Fahrzeuge standen in der Auffahrt. Ein roter Dodge Pick-up und ein schwarzer Chevrolet Suburban. Harper lächelte. Dieser übergroße SUV war viele Jahre lang sein Dienstfahrzeug gewesen.

Die Eingangstür ging auf und der Journalist kam heraus. Er war allein, trug eine Art Fototasche mit sich und ging auf den Dodge zu. Schon an der entschlossenen Art, wie er sich bewegte, erkannte Harper, dass der Journalist eingeweiht worden war. Jetzt musste sofort eine Entscheidung getroffen werden.

Entweder hatte der Journalist das Buch bei sich, dann müsste Harper sofort zum Wagen zurückrennen und ihm folgen. Oder der Hagere versteckte es auf der Farm. Dann müsste Harper nur einen Moment warten, um sich dann in aller Ruhe mit ihm zu beschäftigen.

Zwei Möglichkeiten. Eine Entscheidung. Aller Erfahrung und Wahrscheinlichkeit nach würde der Kahlkopf das Buch eher vernichten, als es aus der Hand zu geben. Niemand zahlte ein Vermögen für ein Geheimnis, um es einer professionellen Plaudertasche von der New York Times zu überlassen. Zudem war der Sender an dem Pick-up noch immer aktiv. Harper würde den Wagen auch noch später leicht aufspüren können.

Er entschied sich, auf der Farm nachzusehen.

Der letzte Gedanke

Es war Abend. Caleb fuhr zum See. Die späte Sonne begann gerade, den wolkenlosen Himmel am Horizont in warmen Tönen einzufärben. Caleb stellte den Dodge auf dem Platz ab, an dem Carol ihren Wagen geparkt hatte. Er schloss die Fenster, legte seine Brieftasche und sein Notizbuch ins Handschuhfach.

Caleb ließ den Zündschlüssel stecken, nahm seine Umhängetasche an sich und stieg aus dem Wagen. Er drückte die Tür leise ins Schloss. Wie in Trance ging er den Pfad zum See hinunter. Carols Platz unter dem Baum wartete auf ihn. Während er darauf zuging, sah er sie in seiner Erinnerung vor sich unter den Ästen verschwinden. Und wie schon einmal folgte er ihr. Als er den Blätterdom betrat, saß sie bereits auf ihrem Stein.

Er setzte sich vor ihre Füße und erinnerte sich an ihren ersten Kuss. Mit Gullivers Reisen, einem der beiden Bücher, die er bei sich trug, hatte sie ihn sozusagen zum Mann genommen. Und mit dem goldenen Anhänger in seiner Tasche hatte er sie als seine Frau gewählt. Caleb nahm das Etui heraus und klappte den Deckel auf. Mit dem kleinen Finger rückte er das Segelschiff in die Mitte des blauen Seidenkissens.

Er stellte das Etui auf den Stein und grub mit seinen Händen ein Loch in den Sand. Als es tief genug war, schloss er den Deckel des Etuis und legte es in die Tiefe, an den Platz unter Carols Füßen. Dann schob er den Sand zurück in das Loch und strich alles glatt, bis nichts mehr zu sehen war.

Caleb sah zu Carol hoch und so, wie er es wahrnahm, lächelte sie ihn an. Er wusste, dass es ihr gutging. Es lag kein Schmerz in diesem Bild vor ihm, nur friedliche Stille. Er

wusste mit jeder Faser seines Körpers, dass seine Entscheidung richtig war.
›Wenn Sie etwas finden, das für Ihr Leben Bedeutung hat, gehört es Ihnen. Handeln Sie nach Ihrem Herzen‹, hatte Pinenoire gesagt.
Caleb wendete sich nach links und scharrte eine zweite Vertiefung in den Sand. Er nahm Henri Poincarés Buch und riss Blatt für Blatt aus der Leinenbindung. Ehe er die letzte Seite herauslöste, hielt er inne und las sie nochmals.
›Wir leben nicht in einer festen Welt. Die Summe aller Möglichkeiten fließt wie ein immerwährender Fluss. In diesen Fluss tauchen wir ein und lassen uns von ihm ein Stück mitnehmen. Das dabei zurückgelegte Stück nennen wir ein Leben. Es entsteht in jeder Sekunde vor unseren Augen neu.
Wir können nichts Unmögliches vollbringen, weil niemand diesen großen Fluss des Lebens umleiten oder gar anhalten kann. Doch wir können alle Möglichkeiten nutzen und dabei Großes vollbringen. Immer wieder werden wir dabei auf Gabelungen zutreiben. Sie sind die Gelegenheiten zur Veränderung, die das Leben uns anbietet. Uns für oder gegen sie zu entscheiden, nennen wir den freien Willen.
Doch etwas steht in seiner Kraft über dem freien Willen. Es ist unsere Grundhaltung. Aus ihr entspringen unsere Erwartungen an das Leben. Genau dieses, was wir im Geheimsten erwarten, bestimmt, was aus der Welle von Möglichkeiten wird, wenn sie sich vor unseren Augen zu den Teilchen unserer Realität verwandelt. Dies ist der Schlüssel zu dem, was wir als Realität erfahren: unsere tiefste Überzeugung dem Leben gegenüber. Sie sorgt dafür, welche konkrete Form die Energie am Ende annimmt. Auf welchen Weg der Fluss uns an einer Verzweigung mitnimmt.

Auf was immer wir uns also ausrichten, bestimmt entscheidend mit, was wir erleben werden. Und das, worauf wir uns als Letztes ausrichten, bestimmt, was wir als Erstes erleben werden.‹

Caleb legte die Seite in die Mulde zu den anderen. Dann gab er die Buchdeckel darüber, holte ein Feuerzeug hervor und zündete das Papier an. Man würde den Rauch sehen, doch das machte nichts. Falls jemand auftauchte, würde es bereits geschehen sein.

Caleb sah auf und entdeckte eine dunkle Rauchfahne ein paar Meilen entfernt in den Abendhimmel steigen. Es war die Richtung, in der Sweetwater Manor lag. Caleb war ruhig, weil er wusste, dass alles richtig verlief. Pinenoires größte Aufgabe war soeben von Caleb erledigt worden.

Als die Flammen kleiner wurden, nahm Caleb das zweite Buch aus der Tasche. Gullivers Reisen. Er öffnete zwei Knöpfe von seinem Hemd, verstaute das Buch vor seinem Bauch und schloss die Knöpfe wieder.

Dann kniete er sich hin und ergriff Carols Stein mit beiden Händen. Er war nicht sonderlich ausladend, vielleicht doppelt so groß wie ein Football. Dennoch kam es Caleb in diesem Moment vor, als müsste er einen Berg bewegen. Wie Carol ihn hierhergeschafft hatte, war ihm ein Rätsel. Er hob den Stein hoch und umklammerte ihn mit beiden Armen, wie man ein Kleinkind an sich drückte. Obwohl sich Caleb gerade wie in einem Traum fühlte, war der Stein überaus hart, schwer und real. Er brauchte drei Anläufe, um mit ihm auf die Beine zu kommen. Nachdem er sein Gleichgewicht gefunden hatte, schlug er den Weg zum Steg ein. Jeder Schritt war wie ein Kampf gegen den Wunsch, einfach umzufallen und unter dem Stein begraben zu werden. Doch Caleb wusste, dass dies nicht der Weg war.

›Caleb, dieser See ist die Magie von Sweetwater‹, sagte Carol, die neben ihm ging.
Der Stein drohte seinen Händen zu entgleiten. Er schob ihn deutlicher in seine linke Armbeuge und fixierte ihn mit der rechten Hand. Nahe am Wasser war der Boden besonders sandig und weich. Intuitiv suchte er nach den Fußspuren, die sie bei ihrem Bad hinterlassen haben mussten. Er konnte nichts erkennen. Waren sie überhaupt jemals hier gewesen?
Caleb strauchelte den Steg mehr entlang, als ihn zu gehen. Am letzten Pfosten war noch immer das Boot befestigt. Er stieg hinein, legte den Stein auf den Boden vor die Ruderbank. Dann beugte er sich vom Boot zum Steg und löste den Knoten, den er vor wenigen Tagen selbst geknüpft hatte.
Das Wasser war spiegelglatt. Jeder Ruderschlag fühlte sich an, als würde er in eine nachgiebige, transparente Haut aus Wasser eintauchen, ohne sie zu verletzen.
Als er weit genug draußen war, legte Caleb die Ruder auf den Seiten des Bootes ab. Die ablaufende Nässe glänzte auf dem glatten Holz. Die Tropfen rannen herab wie flüssige Funken aus dem Licht der Abendsonne. Caleb roch das Holz, den Bootslack und das Wasser.
Der Stein, Carols Stein, lag zu seinen Füßen. Er nahm ihn auf und legte ihn in seinen Schoß.
›Wenn du einen Stein in den See wirfst, gibt es Wellen‹, hörte er Carols Stimme in seinem Kopf. ›Wo sich die Wellen zweier Steine berühren, entsteht etwas Neues. Etwas, das keiner allein bewirken könnte.‹ Als spräche sie über eine Brücke in der Zeit zu ihm.
Er schob den Stein wieder in seine Armbeuge und stand auf. Das Boot schwankte. Caleb wollte nicht, dass es kenterte, deshalb bewegte er sich vorsichtig in Richtung Heck

zu der Bank, auf der Carol gesessen hatte. Er stieg auf das Querbrett, was das Boot fast bis zur hinteren Reling eintauchen ließ. Durch seine Bewegungen hatte es sich so gedreht, dass er nun fast frontal in Richtung Sonnenuntergang blickte.

Er fühlte, dass Carol jetzt direkt neben ihm war. Weiter hinten glitzerte der See im goldenen Abendlicht. Um das Boot herum wirkte das Wasser türkisblau, direkt unter ihm war es fast schwarz.

Caleb sog die warme Luft mit ihrem zarten Duft von Algen und Wasser tief in seine Lungen ein.

Dann drehte er sich um und ließ sich nach hinten fallen. Das Wasser streifte augenblicklich die Wärme der Sonne von seinem Körper. Der Stein in seinen Armen drückte seinen Brustkorb mit aller Macht nach unten. Caleb sank mit dem Rücken voran in die Tiefe. Als Taucher kannte er dieses Gefühl. Es war nicht schlimmer, als es viele der dunklen Zeiten in seinem alten Leben gewesen waren.

Während er nach unten fiel, beobachtete er, wie sich Wirbel aus Luftblasen von ihm lösten und in silberner Schönheit, wie ein Schwarm aus lebenden Wesen, der Oberfläche entgegenstiegen. Wasser vermischt mit Luft rauschte an seinen Ohren vorbei und durchspülte als tosendes Geräusch seine Gedanken. Doch der Lärm ließ schnell nach, je weiter die Tiefe ihn in sich aufnahm.

Mit der Stille kamen die Bilder. Ganz ohne sein Zutun und überraschend langsam liefen sie vor seinem inneren Auge ab. Fast so, als hätte er alle Zeit der Welt. Er sah Frank oder Nick McQueen, den seltsamen Tankwart, der ihn letztlich nach Sweetwater geleitet hatte. Er sah Jenny O' Cullen, die ihn irgendwie mit Carol verbunden hatte. Er sah Clive Borrows, den Fahrer, am Tisch im Jericho sitzen, als noch niemand wusste, was später passieren würde. Vor Calebs Augen tauchte Arch Pinenoire auf, der ihm seine drängenden Fragen auf die perfekteste Art im Universum beantwortet hatte und damit den Weg zu der größten aller Erfahrungen geöffnet hatte: dass er selbst, Caleb Brooks, dies alles war. All diese Seelen hatten neben ihren eigenen Aufgaben gemeinsam den Auftrag übernommen, Caleb zu zeigen, wie Gott die Welt gemacht hatte.

Was für eine Perfektion in dieser Schöpfung lag, dachte er. Was für eine Schönheit am Ende selbst hinter dem größten Leid liegen konnte, wenn man erkannte, was es bezweckte.

Caleb fühlte den Moment kommen, an dem er die Grenze ohne Wiederkehr überschreiten würde. Als er sie passierte, bat ein winziger Impuls in ihm noch einmal darum, den Stein loszulassen und nach oben zu schwimmen. Caleb ließ ihn vorüberziehen und rief sich stattdessen Carols Gesicht vor Augen. Ihren Stein in seinen Armen, fühlte er sie fast mehr, als er sie sah. Vor seinem inneren Auge liefen noch einmal die Szenen von seiner Ankunft in Sweetwater ab, wie er Carol zum ersten Mal auf der Veranda des Buchladens erblickt hatte. Wie sie sich im Wasser dieses Sees geliebt hatten und welches Glück er an dem ersten Morgen neben ihr erlebt hatte.

Calebs Kraft ließ nach und sein Griff um den Stein lockerte sich. Der Auftrieb von Carols Buch hatte sein Hemd herausgezogen. Eine Ecke des Einbandes drückte in seinen Bauch.

Er erinnerte sich an den letzten Satz aus Pinenoires Werk. ›Das, worauf wir uns als Letztes ausrichten, bestimmt, was wir als Erstes erleben werden.‹

Caleb sah seine Frau auf der Veranda vor ihrer Buchhand-

lung stehen. Sie sah ihn an, weil sie ihn erkannte. Dieses Bild hielt er in sich fest.
Seine Arme konnten den Stein nicht mehr halten. Caleb musste ihn loslassen und er verschwand durch die Armbeuge hinab in die Tiefe. Das war der Moment, in dem die Last aufhörte, ihn immer weiter nach unten zu drücken. Alles wurde leicht, auch das Buch mit Gullivers Reisen. Es verließ ihn und trieb mit aufgeblätterten Seiten dem Licht entgegen.
Caleb schwebte mit ausgebreiteten Armen im dunkelblauen Wasser. Seine Augen starrten regungslos nach oben. Das Letzte, was er sah, war der Lichtfleck, den die Abendsonne auf die Wasseroberfläche weit über ihm warf. Das Letzte, an das er sich erinnerte, war, dass er das höchste Glück in seinem Leben erfahren hatte. Den perfekten Moment, an dem es nichts zu verändern gab. Und das letzte Gefühl, das er empfand, war unendlicher Dank. Dann dachte er an Carol und alles verschwand im Dunkel.

Der Beginn

Als Caleb aufwachte, fiel sein Blick als Erstes auf die vier grünen Kreise mit dem Doppelpunkt. 00:00. Er wusste nicht, wie lange er geschlafen hatte. Er hatte nicht einmal eine Ahnung, wo er sich befand. Durch die rechte Seitenscheibe erkannte er ein Straßenschild.
Etwas an diesem Schild kam ihm bekannt vor. Er stieg aus und bemerkte, dass seine Muskeln und Gelenke so schmerzten, als wäre er in der vergangenen Nacht verprü-

gelt worden. Alles an seinem Körper schien eingerostet zu sein wie ein alter Wagen nach jahrelangem Schlaf in einer Scheune.
Über der Bergkette am Horizont ging gerade die Sonne auf. Die ersten goldenen Strahlen eroberten den Boden der steppenartigen Landschaft, wie Wimpern aus Licht mit dem Auftrag, die Erde wachzustreicheln.
Caleb ging auf das Schild zu. Er bemerkte, dass es von einer dünnen Staubschicht bedeckt war. Als hätte die Natur versucht, einen feinen Schutz auf den Namen zu legen. Er fuhr mit den Fingern über das Wort. Die weißen Buchstaben fühlten sich auf dem gleichmäßig grünen Hintergrund leicht erhaben an. Kleine Staubwolken umwirbelten Calebs Hand. Im morgendlichen Gegenlicht wirkten sie wie goldener Zauberpuder.

Sweetwater 3 Meilen

Seltsam, welche Gefühle das in ihm weckte. Eine unerklärliche Vertrautheit, so als müsste er den Namen oder den Ort kennen, obwohl er sich sicher war, niemals hier gewesen zu sein.
Die Straße führte den Hügel hinab in ein weites Tal, in dessen Obhut sich ein friedlicher Ort geschmiegt hatte. Caleb versuchte, sich zu erinnern, warum er überhaupt hier war, doch es kam ihm nichts in den Sinn.
Statt sich darüber Sorgen zu machen, ging er zurück zum Wagen und ließ den Motor an. Das Geräusch gefiel ihm. Tief, kraftvoll und beruhigend. Er starrte über die mächtige Motorhaube auf die Straße. Welche Richtung sollte er nehmen, wenn er nicht einmal wusste, wer er war?
Sein Blick wanderte wieder zu dem Schild, dann zurück

auf die grüne Borduhr. 00:01. Sie hatte soeben wieder zu laufen begonnen.
Caleb schob den Schalter der Automatik auf ›D‹ und ließ den Wagen langsam vom Sand auf den Asphalt rollen. Ohne eine bewusste Entscheidung getroffen zu haben, folgte er der Straße den Berg hinunter. Es war ein steiler Weg und er musste immer wieder bremsen, wenn er nicht ins Rasen kommen wollte. Caleb kam kurz die Frage in den Sinn, wie ein schwerer Lastwagen wohl mit diesem Gefälle umgehen würde.
Noch ehe der Ort begann, tauchte eine Tankstelle auf. Caleb sah auf die Benzinuhr. Eigentlich hätte er tanken müssen, aber er hatte keine Lust. Was er gerade brauchte, war ein gutes Frühstück, einige Tassen starken Kaffee und ein paar Antworten.
Nachdem er innerhalb des Ortes ein paar Häuser passiert hatte, verließ er die Zubringerstraße und bog nach rechts in die Main Street ein. Einige Gebäude weiter entdeckte er ein Frühstücksrestaurant. Ein halbrund gebogenes Schild mit den Worten ›Jericho‹ prangte in etwas kitschig wirkenden Leuchtbuchstaben über dem Eingang und wiederholte sich als Klebefolie auf den drei Fenstern. Das Café sah einladend aus. Caleb parkte den Pick-up vor der Fensterfront. Im Augenwinkel bemerkte er, dass ihn hinter dem Fenster eine Frau beobachtete. Eine Hand drehte das ›Geschlossen. Entschuldigung‹-Schild auf der Innenseite der Tür um. ›Geöffnet. Willkommen‹.
Er stieg aus und nahm die Stufen zum Eingang hoch. Als er die Hand an die Klinke legen wollte, öffnete sich die Tür. Eine Mittdreißigerin, rotes Haar, nach oben gesteckt, dunkle Sonnenbrille, blaue Latzjeans und ein zur Leuchtreklame über der Tür passendes Oberteil, stand vor ihm.

»Hi, ich bin Jenny«, sagte sie und zog die Tür ganz auf. »Sie haben Glück. Heute bin ich früher hier als sonst.«
»Freut mich, Jenny. Mein Name ist …« Caleb hielt inne, weil ihm das Wort fehlte, das an diesen Platz gehörte. Er versuchte, sich zu erinnern. »… Brooks. Caleb Brooks.«
»Kommen Sie rein, Mister Brooks aus Wisconsin.«
»Ich denke nicht … Wieso Wisconsin?«
Sie machte eine Kopfbewegung in Richtung des Dodge. Er folgte ihrem Blick und nahm das Nummernschild wahr.
»Es ist nicht mein Wagen«, sagte er.
»Trotzdem schön«, gab sie zurück.
Er betrat das Diner. Es roch nach altem Holz, Kaffee, Lederpolstern und etwas nach Waffeln, Speck und Eiern. Caleb war hundemüde. Er verspürte eine unglaubliche Leere in seinem Kopf. Jeder Gedanke schien nur unter großer Mühe zustande zu kommen. Er versuchte, sich zu erinnern, woher er kam. Wisconsin war es auf jeden Fall nicht.
Jenny legte ihm die Frühstückskarte auf den Tisch. Er roch ihr Parfüm. Wie Zitrone mit Lavendel. Leicht und schwer zugleich. Nachdem er einige Minuten verständnislos auf die Karte gestarrt hatte, bestellte er schließlich Rühreier mit Schinken, Pfannkuchen, Wasser, Orangensaft und eine Kanne Kaffee. Auf der Bank gegenüber lag eine Zeitung. Der Sweetwater Observer vom fünften Februar. Noch neun Tage bis Valentinstag. Seltsam, dass ihm das auffiel, obwohl es mit keiner Silbe erwähnt war.
Während Caleb das Frühstück zu sich nahm, sah er aus dem Fenster. Dabei fiel ihm der Buchladen auf. ›Sweetwater Bookstore‹. Der Name klang, als wäre er ihm schon begegnet, aber er konnte sich nicht erinnern. Er konnte keinen einzigen Menschen in seiner Erinnerung finden.

Das hätte ihm eigentlich Sorgen bereiten müssen, wäre da nicht diese große Leere gewesen.
Gegenüber kam ein blauer Ford mit beigefarbenem Stoffverdeck an. Er parkte vor der Buchhandlung. Die Tür öffnete sich und eine Frau in einem weißen Sommerkleid stieg aus.
Und plötzlich ging in Caleb die Schleuse auf. Die Erinnerung an alles brach in einer einzigen Riesenwelle über ihn herein. Dieses Erlebnis war so mächtig und so unfassbar, dass er fühlte, wie er selbst in Milliarden Lichtfunken zersprengt wurde. Caleb erinnerte sich an jedes Detail seines letzten Daseins an diesem Ort. Zusammen mit diesem Erlebnis kam eine Woge von Gefühlen. Herzzerreißende Liebe, ungezügelte Leidenschaft, Geborgenheit, Verlustangst, höchstes Glück und sofort darauf der tiefste Absturz. All dies strömte in den wenigen Sekunden durch sein Herz, die Carol benötigte, um von ihrem Auto zu ihrer Buchhandlung zu gehen, die Tür aufzuschließen und einzutreten.
Wie von unsichtbarer Hand geordnet, fügten sich vor Caleb alle Fragmente über Sweetwater und die Menschen, die hier lebten, zusammen.
Da war Josh Granter, der das Angelgeschäft neben Carols Buchladen aus tiefer Überzeugung betrieb, weil sein Junge ertrunken war, als sich beim Schwimmen im See ein nicht ordnungsgemäß markiertes Fischernetz um seine Beine gewickelt hatte. Niemand beriet Angelkunden besser als Josh.
Und da war Brian Cooper, der die Videothek zwei Häuser weiter leitete, weil er den Amoklauf eines Verrückten in einem Blockbuster-Laden in Chicago verhindern wollte und dabei selbst getötet worden war. Dieses Mal würde er seine Arbeit überleben.
Oder Moses Benford, der die Kirche am Ende der Main

Street innehatte und den Menschen von Gott berichtete, ohne ein einziges Mal die Bibel aufzuschlagen oder die Worte anderer zu zitieren.

Und natürlich Jenny O'Cullen, die das Diner betrieb, weil sie früher immer weggelaufen war, vor Beziehungen, vor Menschen und vor Problemen. Dieses Mal blieb sie und war für die Einwohner der Stadt das Zentrum für Begegnungen.

Matthew Wyoming, der Mann mit dem Namen eines Landstrichs, betrieb den kleinen Supermarkt gegenüber dem Angelladen. In diesem Leben würde er nicht zusehen müssen, wie andere Menschen hungerten.

Was wäre Sweetwater ohne Connor O'Malley, den Bürgermeister, den die Menschen für seinen ausgeprägten Gerechtigkeitssinn schätzten? Seine Vorfahren waren als Flüchtlinge vor dem Unrecht und mit der Hoffnung auf eine bessere Welt in dieses Land eingewandert.

Die Kinder liebten Fairy Cooper Johnson, weil sie so hingebungsvoll und mit all ihrer Kraft und Liebe den Kindergarten führte. Und das, obwohl oder weil sie selbst nie Kinder bekommen konnte.

Und natürlich Meynard Carpenter, der, ohne dies je wissentlich entschieden zu haben, seinem Namen als Beruf gefolgt war. Nun baute er Möbel wie Kunstwerke und verzauberte andere damit.

All diese Menschen teilten das Wissen darüber, dass es nie ein Ende gab, sondern sich für jeden immer wieder eine zweite Chance anbot. Und danach eine dritte. So lange, bis die Unendlichkeit vielleicht doch einmal beschloss, dass es nun enden durfte. Sie alle trugen in sich das Wissen über die Kraft, die über alle Zeiten mit dem Wort Schicksal beschrieben wurde.

Arch Pinenoire, dessen Name ein Anagramm Henri Poincarés war, hatte Sweetwater zu dem gemacht, was es heute war. Nicht aus Experimentierlust oder aus Größenwahn. Nicht, um das Schicksal herauszufordern oder die Menschen zu manipulieren. Arch Pinenoires Aufgabe war es gewesen, einen Fehler auszugleichen, den er selbst vor über einem Jahrhundert begangen hatte. In seinem Leben als Henri Poincaré war ein einziges letztes Buchexemplar nicht gefunden worden. Die Suche danach hatte dieses Mal einen großen Teil seines Lebens bestimmt.
Viele Zusammenhänge konnte man nicht kennen, solange man sie nicht erlebt hatte. Doch wenn man eine Handlung, die das Leben anderer beeinflusste, als Fehler erkannt hatte, durfte man nicht damit fortfahren, sie zu tun. Man musste alles daransetzen, das Gleichgewicht der Kräfte wieder herzustellen.
Caleb hatte keinen solchen Fehler begangen. Er hatte nichts von den Folgen seines Handelns gewusst. Doch jetzt, wo er die Zusammenhänge erkannte, stand er vor der Möglichkeit, sein Leben neu zu beginnen und es in den Dienst anderer zu stellen.
Ebenso plötzlich, wie die Welle aus Erkenntnis und Wissen über Caleb gekommen war, flaute sie wieder ab und die Stille kehrte zurück. Doch nun war alles anders als zuvor. In Caleb gab es kein Suchen nach Antworten mehr, keine Fragen nach dem Warum und Woher. Vergangenheit, Gegenwart und Zukunft lösten sich auf, in einem einzigen großen Gefühl, alles zu verstehen. Es war ein Wissen, an dem jede Zelle seines Körpers so sehr beteiligt war, dass er sich selbst als dieses Wissen fühlte. Sein Verstand sagte ihm, dass all dies unmöglich war. Gleichzeitig spürte er, wie sich diese unzähligen Zellen seines Körpers wie einzel-

ne Pixel aus Licht zu dem Darsteller im Film zusammensetzten, der gerade als Caleb Brooks an diesem Tisch saß. Caleb war nun klar, dass alles, was geschah, höheren Regeln folgte als denen seines eigenen Willens. Er wusste, dass Schicksalsschläge ebenso ein Gesetz der unaufhaltbaren Realität waren wie die größten Glücksfälle. Das, was man als sein persönliches Leben erlebte, war in Wahrheit Teil eines großen Traums, den der Schöpfer träumte, der man selbst war. Nichts davon war schlecht gemeint, auch nicht das Leidvolle. Selbst jetzt, wo er zu der Stelle blickte, an der Carol sterben musste, spürte er den tiefen Frieden in sich, der wie ein Strom unter allen Ereignissen floss.

Caleb schenkte sich Kaffee nach und nahm eine Gabel Rührei mit Schinken zu sich. Ein blauer Lieferwagen mit rotem Firmenlogo und weißen Flügeln auf der Seite bog von der Lincoln Avenue in die Main Street ein. Er hielt neben dem alten Ford vor der Buchhandlung. Der Fahrer, ein hagerer, bleicher Mann, öffnete die Hecktüren und stapelte drei große Pakete auf eine Sackkarre.

Die Tür der Buchhandlung öffnete sich und Carol trat heraus. Für einen Augenblick schien es, als würde sie einen suchenden Blick in Calebs Richtung werfen und versuchen, das spiegelnde Fenster von Jennys Diner zu durchdringen. Caleb fühlte förmlich, wie sie nach ihm Ausschau hielt.

Er würde hinübergehen. Gleich. Nun, da er wusste, dass es nie ein Ende gab und sich alle Möglichkeiten im Universum immer wiederholten, bis sie zur Erfüllung gekommen waren, hatte Caleb keine Angst mehr. Was immer auf dieser Welt oder im Leben eines Einzelnen gerade geschah, war ein Beginn, nicht ein Ende. Und so reihte sich Anfang an Anfang, um allen Seelen immer wieder neue Gelegenheiten auf dem Weg zur Erfüllung anzubieten.

Er wusste jetzt auch, was seine Aufgabe war. Er würde zusammen mit Carol in Sweetwater leben und ein Buch schreiben. Über die Geschichte einer großen Liebe und wie sie eine Brücke über die Zeiten schlug. Eine Geschichte darüber, dass alles immer wieder neu entstand, dass es keinen Zufall gab und alles einen Sinn hatte. Eine Geschichte, die Mut machte, immer wieder aufs Neue zu handeln, weil niemand wirklich einen Fehler machen konnte.
Er strich mit einem Finger über den Henkel seiner Tasse. Er nahm sie, trank den letzten Schluck aus, faltete sorgfältig den Sweetwater Observer mit dem Datum vom fünften Februar zusammen und legte ihn neben seinen Platz.
Und dann stand Caleb Brooks auf und begann sein neues Leben.

Epilog

»Waren Sie je in Indien?«, erkundigte sich Pinenoire.
»Nein«, antwortete Caleb.
»Man erzählt sich dort viele Geschichten«, sagte Pinenoire und nahm im Sessel gegenüber dem Sofa Platz, auf dem sie saßen. »Noch etwas Earl Grey?«
»Danke, gerne«, sagte Carol.
Pinenoire beugte sich über den Tisch und schenkte nach.
»Eine davon handelt von einem jungen Mann, der zu einem Weisen geht, weil er wissen möchte, was die Realität ist, in der er lebt. Möchten Sie sie hören?«
»Gerne«, sagte Carol und sah Caleb fragend an. Er lächelte und stimmte durch ein Nicken ebenfalls zu.
»Nun, dieser Mann findet den Weisen nach langer Suche auf einem Hügel«, fuhr Pinenoire fort. »Im Schatten unter einem Baum sitzend. Er trägt ihm sein Anliegen vor.
›Es ist heiß‹, sagt der Alte zu dem Mann und hält ihm einen leeren Becher entgegen. ›Wenn du zum Dorf hinuntergehst und mir einen Becher Wasser bringst, will ich dir gerne deine Frage beantworten.‹
Der Mann nimmt also den Becher und geht in das Dorf zum Brunnen. Als er gerade den Eimer nach oben zieht, kommt eine wunderschöne junge Frau mit einem Krug. Sie will ebenfalls Wasser holen. Die beiden kommen ins Gespräch und verlieben sich ineinander. Der Mann folgt der jungen Frau ins Dorf. Sie heiraten, ziehen zusammen in

eine Hütte. Er findet eine Arbeit und wird ein angesehener Bürger des Dorfes. Nach einem Jahr bekommen die beiden einen Sohn. Der Mann ist unter allen sehr geachtet. Nach einem weiteren Jahr wird er Bürgermeister des Dorfes.
Als sein Sohn fünf ist, kommt in den Bergen ein großes Unwetter auf. Es hört tagelang nicht auf zu regnen. Der Fluss schwillt an, die Dämme brechen und die Wassermassen ergießen sich als riesige Flutwelle in das Dorf. Der Mann und seine Frau flüchten mit ihrem Sohn aus dem Haus, doch es ist zu spät. Der Mann nimmt seinen Sohn auf die Schultern und ergreift die Hand seiner Frau, da werden sie auch schon von den Wassermassen ergriffen und durch die Straßen gespült.
Der reißende Strom wird immer wilder und der Mann versucht, mit einer Hand seinen Sohn und mit der anderen seine Frau festzuhalten. Doch das Wasser ist unbarmherzig und droht ihn nach unten zu ziehen. Um nicht zu ertrinken, muss er eine Hand frei bekommen. Er lässt seinen Sohn los. Doch die Fluten werden noch stärker und in seiner größten Not muss er auch die Hand seiner Frau loslassen. Wie zuvor der Sohn, so wird auch sie unter den Fluten begraben. Was für ein Leid, denkt sich der Mann, nun habe ich alles verloren, was mir wertvoll war. Während er dies denkt, erfasst ihn ebenfalls ein großer Strudel, zieht ihn unter Wasser und es wird dunkel.
Dann wird es wieder hell. Der Mann wacht auf. Er sieht sich um und stellt fest, dass er neben einem Brunnen liegt. Auf dem Brunnenrand steht ein leerer Becher. Der Mann erinnert sich, warum er hier ist. Er füllt den Becher mit Wasser und geht zurück zu dem Weisen auf dem Hügel.
›Wo warst du so lange?‹, fragt ihn der Weise. ›Ich habe Durst und warte schon seit einer Stunde auf dich.‹

Da erzählt ihm der Mann von seinen Erlebnissen im Dorf. Wie er liebte und heiratete. Wie er eine Arbeit und Ansehen fand und eine Familie gründete. Wie die Fluten kamen und ihm alles wieder nahmen. Und wie er danach am Brunnen aufgewacht war.
›Du kamst zu mir, weil du wissen wolltest, was die Realität ist, die du erlebst‹, sagte der alte Mann. ›Nun weißt du es.‹«
Caleb hatte einen Arm um Carol gelegt und Pinenoires sanfter Stimme wie in Trance zugehört. Er spürte, dass auch seine Frau ganz in die Geschichte versunken war.
»Nun, das war irgendwo in Indien«, sagte Pinenoire in einem Ton, der Calebs versonnenen Zustand beendete. »Wir sind in Sweetwater.«
»Ja«, sagte Caleb. »Lassen Sie uns das Leben leben. Genau so, wie es kommt.«

Weitere Bücher von Ruediger Schache

Das Geheimnis des Herzmagneten

Nichts in Ihrem Leben geschieht zufällig. Menschen und Ereignisse tauchen nicht ohne Grund in Ihrem Leben auf. Es geschieht, weil eine Kraft dies bewirkt. Wenn Sie diese Kraft verstehen, wird sie genau die Menschen und Ereignisse in Ihr Leben ziehen, die Sie sich ersehnen.

Buch: 208 Seiten, ISBN 978-3-485-01149-5
Kartenset: 52 Sinn- und Antwortkarten, ISBN 978-3-485-01163-1
Hörbuch: 4 CDs, ISBN 978-3-7844-4188-7, Langen*Müller* | **Hörbuch**

Der Herzberater

Liebe, Beziehungen und Partnerschaft folgen Ihren Herzenskräften. Sie geben Ihrem Leben eine klare Ausrichtung und helfen Ihnen, Altes und Ungeliebtes loszulassen. Es entsteht Raum für Ihr tiefstes Herzensbekenntnis und wahre Liebe.

Buch: 160 Seiten, ISBN 978-3-485-01336-9
Hörbuch: 4 CDs, ISBN 978-3-7844-4244-0, Langen*Müller* | **Hörbuch**

Die sieben Schleier vor der Wahrheit

Der Weg zur Wahrheit führt durch sieben Illusionen, die uns vom Wesentlichen fernhalten. Sobald sie Sie lüften, werden Sie Lebenssinn und Liebe finden, alles im Leben wird einfacher und erfüllender.

Buch: 200 Seiten, ISBN 978-3-485-01182-2
Kartenset »Die Wahrheit des Herzens«: ISBN 978-3-485-01199-0
Hörbuch: 4 CDs, ISBN 978-3-7844-4201-3, Langen*Müller* | **Hörbuch**

Perry Rhodan

ARA-TOXIN

UWE ANTON

DIE MEDO-NOMADEN

Roman

Perry Rhodan » Ara-Toxin 2

Mit Bonusmaterial:
Die Saat der Sterne
von Rüdiger Vaas

Originalausgabe

WILHELM HEYNE VERLAG
MÜNCHEN

FSC
Mix
Produktgruppe aus vorbildlich
bewirtschafteten Wäldern und
anderen kontrollierten Herkünften

Zert.-Nr. SGS-COC-1940
www.fsc.org
© 1996 Forest Stewardship Council

Verlagsgruppe Random House FSC-DEU-0100
Das für dieses Buch verwendete
FSC-zertifizierte Papier *Holmen Book Cream*
liefert Holmen Paper, Hallstavic, Schweden.

Originalausgabe 12/07
Redaktion » Hartmut Kasper
Lektorat » Sascha Mamczak

www.heyne.de
Printed in Germany 2007
Umschlagbild » Dirk Schulz
Umschlaggestaltung » Nele Schütz Design, München
Satz » C. Schaber Datentechnik, Wels
Druck und Bindung » GGP Media GmbH, Pößneck

ISBN: 978-3-453-52387-6

»Die eine Gottheit verbirgt sich in jedem Lebewesen, dennoch durchdringt Er alles und ist das innerste Wesen in Allem. Er vollbringt jede Arbeit und hat seinen Wohnsitz in Allem. Er ist das Zeugnis ablegende Bewusstsein, formlos und unsterblich.«

– Aus der Svetasvetar-Upanishad

ICH STIESS EINEN FLUCH AUS, ENTSICHERTE meine Waffe und folgte Perry Rhodan und Julian Tifflor durch den Transmitter.

Ich wusste nicht genau und gleichzeitig sehr wohl, was ich tat, doch mir blieb keine andere Wahl. Meine unbekannten Auftraggeber ließen mir keine. Ich war den beiden Zellaktivatorträgern verpflichtet und musste ihr Leben mit dem meinen schützen. An dieser Tatsache würde sich nichts ändern, bis ich die nächste Phiole schluckte, die vorletzte in dem Versteck in meiner Hüfte. Was dann geschehen würde, konnte ich nicht sagen: Vielleicht trugen die über mich hereinbrechenden Erinnerungen mir auf, Rhodan und Tifflor zu töten, vielleicht auch nur, sie bei meinen Auftraggebern abzuliefern.

Oder etwas ganz anderes.

Aber zum einen fehlte mir die Zeit, die Substanz zu schlucken, und zum anderen der Anreiz, der Anblick, der äußere Impuls, der es mir auftrug.

Ihnen darf nichts passieren!, dachte ich, dann trat ich auf der anderen Seite wieder aus dem Käfig in eine völlig andere Umgebung.

Meine Besorgnis war berechtigt gewesen. An Bord der KAMMARA herrschte das nackte Chaos, und ich sprang mitten hinein.

Das gefiel mir nicht. So arbeiteten die *Unsichtbaren* eigentlich nicht. Meine Aufgabe war, dafür zu sorgen, dass Rhodan und Tifflor am Leben blieben, doch ich hatte keinerlei Informationen über die Lage an Bord. Keine besonders gute Vorbereitung, aber daran ließ sich nichts ändern.

Schließlich hatte ich zu improvisieren gelernt. Meine Ausbildung hatte mich auch auf schwierige, fast unmögliche Aufgaben vorbereitet. Dennoch störte es mich enorm, dass ich nicht Herrin der Lage war und auf keine Planung zurückgreifen konnte.

Andererseits hatte ich es mit kaum ernst zu nehmenden Gegnern zu tun. Und wir hatten keine *Situation,* wie es so schön hieß. Alle an Bord waren hoffentlich so sehr mit sich selbst beschäftigt, dass sie sich gar nicht um uns kümmerten. Wir waren nur drei von vielen, die zu dem Chaos beitrugen.

Ich sah mich in alle Richtungen um und steckte die Waffe erst einmal wieder ein. Die Gefahr kam aus einer ganz anderen Richtung, als ich vermutet hatte.

Unser Wagnis hat nur zu fünfzig Prozent Erfolg gehabt.

Ich fluchte leise, bevor meine Reflexe übernahmen.

Tifflor – ja, verdammt, Tifflor, aber kein fünfunddreißigjähriger, gut aussehender Bursche mit markant geschnittenem Gesicht, ein »kleiner Rhodan«, wenn auch eine etwas härtere Ausgabe, sondern ein Hundertjähriger mit Sommersprossen im Gesicht und roten Haaren – erweckte den Eindruck eines typischen Grenzdebilen aus einer Trivid-Spielshow. Er taumelte hin und her wie ein

Kandidat, dem man gesagt hatte, dass man ihn auf einer 0,6-Gravo-Welt absetzen würde, während man ihn in Wirklichkeit auf einer 3,2-Gravo-Welt geschickt hatte.

Wären die Umstände nicht so schwierig gewesen, hätte es fast lächerlich ausgesehen, wie er völlig hilflos taumelte und schwankte, mit den Armen um sich schlug und in die Luft griff.

Dennoch würde ich ihm bei nächster Gelegenheit sagen müssen, dass ich unbedingt mit ihm in die Kiste steigen wollte.

Falls er überlebte. Sonst würde ich bald ein weiteres Problem bekommen.

»Zha... Zhana ...«, krächzte er und streckte die Hand nach mir aus. Die Bewegung war zu viel für ihn; fast wäre er gestürzt.

Tifflor war allerdings noch wesentlich besser dran als Rhodan. Dem entführten Residenten schien es *wirklich* dreckig zu gehen.

Er lag auf dem Boden, krümmte sich vor Schmerzen und wimmerte leise. Ein Bild des Elends, das durch sein verändertes Aussehen unterstrichen wurde. Mit seiner Körperfülle, den dicken Wangen, Tränensäcken unter den Augen und der dunklen Haut kam er mir vor wie ein Beamter im mittleren Dienst eines terranischen Provinzplaneten, den heimtückische Launen des Schicksals von seinem Schreibtisch in dieses Chaos gestürzt hatten.

Verdammter Mist.

Als ich sah, wie Rhodan mit den Fäusten auf den Deckboden trommelte und heftig, aber völlig unkontrolliert mit den Füßen arbeitete, als wolle er seine letzte Kraft dafür aufwenden, sich mit dem Rücken die Wand hinaufzuschieben, kamen mir ernste Zweifel. Tiff machte noch einen ganz guten Eindruck, aber Rhodan ...

Ich musste *beide* am Leben erhalten. Wenn Rhodan mir wegstarb, trotz Zellaktivator und 3000 Jahren Lebenserfahrung, hatte ich versagt. Ich würde nie wieder einen Auftrag bekommen, nie wieder als *Unsichtbare* arbeiten, sondern den Rest meines Lebens auf der Flucht oder in der Versenkung irgendeiner abgelegenen Kolonialwelt verbringen.

Verdammt, ich hatte die beiden gewarnt. Was hatte dieser Techniker gesagt? *Diese Transmitter sind aus Sicherheitsgründen speziell auf die genetischen Merkmale von Aras kalibriert. Ihr kämt eventuell deformiert am Zielort an.*

Die beiden wollten trotzdem springen und das Risiko auf sich nehmen, um noch das letzte Schiff zu erreichen, das den Galaktischen Zoo verließ.

Ich hatte sie gewarnt, und sie hatten nicht auf mich gehört, und jetzt durfte ich mich mit den Konsequenzen herumschlagen. Ich als – wenn auch genetisch unsaubere – Ara hatte den Sprung durch den Transmitter völlig unbeschadet überstanden, Tifflor schien ebenfalls einigermaßen unbeschadet davongekommen zu sein, doch Rhodan hatte es erwischt. Einsatzfähig war er jedenfalls nicht mehr.

Schlimmer noch. Ich hatte den Eindruck, dass er im Sterben lag.

Das würde sich gut in meiner Biografie machen. *Bedeutendster Verlust der* Unsichtbaren *Zhana: Perry Rhodan, Terranischer Resident, verstorben 4. Juni 1340 NGZ durch schwerste Körperschädigungen, ausgelöst durch eine Ara-Transmitter-Schaltung.*

Allmählich wurde mir klar, dass die Lage doch ernster

war, als ich vermutet hatte. Der Sprung durch den Transmitter war nicht geplant gewesen, und etwas war dabei völlig schiefgegangen. Mein Auftrag war mir aber schon in dem Augenblick entglitten, als ich Kontakt mit den beiden Schutzbefohlenen aufnehmen musste und Rhodan und Tifflor die Initiative an sich gerissen hatten.

»Bei Mos Kacke«, flüsterte ich. All diese unerfreulichen Gedanken waren mir in vielleicht fünf Sekunden durch den Kopf gegangen, in fünf Sekunden, während ich die Lage sondiert und Optionen überdacht hatte. Und davon gab es einige. Wir waren an Bord eines Ara-Raumschiffs. Wenn Rhodan und Tifflor sich schon in solch eine Lage bringen mussten, hatten sie sich zumindest nicht den schlechtesten Ort dafür ausgesucht.

Ich lief zu Tifflor, stieß dabei vier, fünf der anderen Flüchtlinge beiseite, die in letzter Sekunde in die KAMMARA gewechselt waren. Größtenteils waren es Aras, doch auch einige *Tierchen* hatten es auf das Schiff geschafft, und den meisten davon ging es noch schlechter als dem Residenten. Einige lagen reglos in ihrem Erbrochenen oder ihren Exkrementen, andere stöhnten leise, streckten eine Hand aus, als sie mich sahen, und krächzten verzweifelt um Hilfe. Ich hatte den Eindruck, dass mit jeder Sekunde ein bisschen mehr Leben aus ihnen wich.

Sie interessierten mich nicht. Meine Prioritäten waren eindeutig. *Ich darf mir keinen Verlust leisten!*

Ich packte Tifflor, schüttelte ihn, und der Blick seiner Augen schien sich auf mich zu konzentrieren. Einen Moment lang glaubte ich, Tifflor würde mich erkennen, doch dann glitt der Blick wieder von mir ab, und er stammelte etwas Unverständliches. Es klang wie *Charimchar.*

Fluchend zerrte ich ihn mit dem Rücken zur Wand, heraus aus dem gröbsten Getümmel. »Warte hier!«, zischte ich ihm zu. »Rühr dich nicht von der Stelle!« Nein, Tifflor war weg, ganz weit weg. Wenigstens schwankte er nicht mehr, und sein Atem ging zunehmend gleichmäßiger. Aber noch immer starrte er aus weit aufgerissenen Augen in seine neue Umgebung, ohne sie richtig wahrzunehmen.

Ich wirbelte herum, kniete neben dem vielleicht sterbenden Rhodan nieder, der jetzt ganz leise und unnatürlich hoch stöhnte, wie ein Kind, das starke Schmerzen litt.

Hatte ich schon einmal ein Kind getötet? Wahrscheinlich, ich wusste es nur nicht mehr.

Warum dachte ich ausgerechnet jetzt daran?

Verdammt, das war ein einfacher Transmittersprung gewesen. Das zu transportierende Objekt wurde nicht in molekulare Einzelteile zerlegt und am Zielort wieder zusammengesetzt, der Transmitter schickte Personen und Gegenstände als Ganzes durch den Hyperraum. Auch wenn von Entzerrungsfeldern die Rede war – die Transportpersonen blieben ganz und wurden in ein schützendes Hüllfeld gepackt, das dem zu transportierenden Objekt für die Dauer des Hyperraumaufenthalts ein eigenständiges Mikrokontinuum zuwies.

Käfigtransmitter waren seit mehreren Jahren groß in Mode. Die eigentlich altmodischen Geräte waren trotz der Erhöhung der Hyperimpedanz bis zu einer Reichweite von fünf Lichtjahren funktionell und einigermaßen sicher.

Aber meine Auftraggeber hatten mich nicht auf Transmitter instruiert, die aus Sicherheitsgründen speziell auf die genetischen Merkmale von Aras kalibriert waren. Ich bezweifelte, dass sie von dieser raffinierten Vorkehrung überhaupt gewusst hatten. Andererseits mutete es ausgerechnet für die Galaktischen Mediziner typisch an, solch eine Vorrichtung einzusetzen. Welche Rückschlüsse auf meine Auftraggeber ließen diese Gedankengänge zu?

Rhodan ging es wirklich nicht gut. Ich war zwar eine Ara, aber keine Medizinerin; ich hatte mich für eine andere Laufbahn entschieden. Aber es war gut möglich, dass er tatsächlich im Sterben lag.

Was sollte ich tun? Seinen Puls fühlen? Ihm das Hemd aufknöpfen? Unsinn. Er war äußerlich unverletzt. Wenn etwas in seinem Körper durcheinandergeraten war, dann in seinem Inneren, und dagegen war ich völlig machtlos.

Und ... wieso hatte es ihn viel schlimmer erwischt als seinen Freund und Artgenossen?

Aber es gab noch Hoffnung. Wir befanden uns an Bord eines Schiffes voller Aras, und Rhodan war Zellaktivatorträger. Wenn jemand mit solch einer körperlichen Manipulation fertig werden konnte, dann er.

Trotzdem brauchte er jede Hilfe, die er bekommen konnte, und zwar so schnell wie möglich.

Fünfzehn Sekunden hatte ich benötigt, um die Lage einzuschätzen und mögliche Optionen herauszuarbeiten. Eine untolerierbare Ewigkeit. Hatte mich der Transmitterdurchgang etwa ebenfalls beeinträchtigt? Aber ich wusste jetzt, was ich zu tun hatte.

Ich richtete mich wieder auf, hob meine Waffe und feuerte.

Das Chaos nahm ein Ende. Die meisten Anwesenden erstarrten, nur Rhodan und die anderen Schwerverletzten stöhnten und krümmten sich weiterhin.

Neunzig, vielleicht hundert Flüchtlinge standen oder lagen in dem Transmitterraum. Einige wenige Aras, Beschäftigte des Galaktischen Zoos, kümmerten sich um manche von ihnen; die meisten hatten den großen Saal schon längst verlassen. Sie gingen wohl davon aus, dass es sich bei den *Tierchen* in den wenigsten Fällen um potenziell zahlungskräftige Klienten handelte.

Der Raum war überfüllt. Schweißtreibendes Gedränge verstärkte sich zu undurchsichtigem Chaos, das nun mitten in der Bewegung verharrt war.

Ich bezweifelte, dass die Besatzung des Schiffs an Hilfesuchenden aufgenommen hatte, was aufzunehmen war. Die Flüchtlinge hatten sich, genau wie wir, mit Gewalt Zutritt zu den Transmittern auf Jaimbor verschafft. Mich wunderte vielmehr, dass der Kommandant der KAMMARA nicht viel härter vorgegangen war. Ich hätte damit gerechnet, dass er die Transmitter-Gegenstationen einfach ausgeschaltet und beschleunigt hätte und dann losgeflogen wäre.

Nun ja, die KAMMARA hatte die Transmitter *nicht* abgeschaltet. Der humanitäre Standpunkt hatte dabei sicherlich keine Rolle gespielt: Unter denen, die den Galaktischen Zoo im letzten Augenblick verlassen hatten, waren auch viele Mediziner gewesen, und die hatten sie nicht einfach so zurücklassen können.

Ich schoss erneut und hatte nun die allgemeine Aufmerksamkeit. Die meisten Aras starrten mich an, als hätte ich ihren verehrten Mo in den Dreck gezogen. Die Versuchsobjekte, die sich noch auf den Beinen halten konnten und vor Schmerz nicht von Sinnen waren, sahen zögernd zu mir herüber.

»Er... er...«

Die Stimme ließ mich zusammenfahren. Sie war krächzend und kaum verständlich, und doch erkannte ich sie sofort. Man vergaß sie nicht so schnell.

Ich beugte mich wieder zu Perry Rhodan hinab. Er krümmte sich noch immer vor Schmerzen, doch sein Blick kam mir nun klarer vor als der Tifflors.

»Erobert ... das Schiff«, brachte er nun endlich hervor. »Lasst mich hier zurück und ... erobert das Schiff.«

»Klar.« Ich nickte und sprang wieder auf. »Alle hergehört!«, rief ich.

Die Reaktion hätte nicht begeisternder ausfallen können. Zögernde Bewegungen wie in Zeitlupe, verschleierte Blicke, hilfloses Gestammel. *Eine tolle Truppe.*

Ein Ara-Mediker erhob sich von einem Verletzten, den er vielleicht behandelt, vielleicht aber auch nur untersucht hatte, um aus erster Hand neue Erkenntnisse zu gewinnen, und wandte sich zu einem der drei Schotte, durch die man den Raum verlassen konnte. Mit zwei Sätzen war ich bei ihm. Er sah mich gar nicht kommen, konnte nicht reagieren. Einen Moment später lag er auf dem Boden und krümmte sich genau wie Rhodan vor Schmerzen. Doch seine würden nach wenigen Minuten abklingen, im Gegensatz zu denen des Terraners.

Ich zerrte den Mediker hoch. Er war blass geworden, und seine Haut schien geradezu durchsichtig zu werden, als ich ihm die Waffe an die Schläfe drückte. »Keine gute Idee«, sagte ich laut. »Niemand bewegt sich, oder er ist tot.« Subtilität war hier nicht angebracht, mit roher Gewalt und Einschüchterung würde ich bei dieser *Klientel* bessere Ergebnisse erzielen.

»Ihr habt noch nicht vergessen, was mit euch passiert ist, oder?« Ich wirbelte durch den Raum, packte einen

Flüchtling, der noch einigermaßen auf den Beinen war, dann einen zweiten, schob sie an einen der Zugänge. »Ihr sichert diese Tür. Lasst niemanden herein oder heraus, verstanden?«

Ihre Blicke verrieten mir, dass sie nicht verstanden hatten. *Noch nicht,* konnte ich nur hoffen.

Ich blieb in Bewegung, warf den wenigen Galaktischen Medizinern drohende Blicke zu, aber sie waren bereits so eingeschüchtert, dass sie sich tatsächlich nicht zu rühren wagten. »Tierchen wart ihr«, fuhr ich fort, an die ehemaligen Zooinsassen gewandt. »Sie haben viele von euch getötet, und sie hätten euch ebenfalls getötet.« Ich ergriff zwei weitere Flüchtlinge, schob sie zum nächsten Schott, und wieder zwei, postierte sie am dritten. »Und sie werden euch noch töten, wenn sie Gelegenheit dazu bekommen.«

Ich schickte mich an, die Spreu vom Weizen zu trennen, trieb die Galaktiker zusammen, denen es verhältnismäßig gut ging. Zahlreiche Spezies waren vertreten, nur Arkoniden sah ich keine.

»Sie können nicht zulassen, dass ihr verratet, was sich auf Jaimbor ereignet hat. Die ganze Galaxis würde über Aralon herfallen.«

Dann scheuchte ich die Galaktischen Mediziner zusammen. Der zweite, den ich herumschubste, leistete Widerstand, den ich aber innerhalb von zwei Sekunden brach. Er konnte nicht mehr gehen, aber noch kriechen. Ich trat ihn, bis er dort war, wo ich ihn haben wollte, in der Mitte des Transmitterraums.

Einer seiner Artgenossen wollte ihm zu Hilfe eilen. Schneller, als er sehen konnte, stand ich neben ihm und drückte seinen Kopf mit der Mündung meiner Waffe so weit zurück, dass seine Halswirbelknochen leise knackten. Er gab das Unterfangen wieder auf.

»Sie werden euch töten, und es gibt nur eine, die euch hier mit heiler Haut herausholen kann. Nur eine.« Ich sah einen Flüchtling an. Er starrte aus weit aufgerissenen Augen zurück, brachte vor Angst kein Wort über die Lippen.

Ich wirbelte zum nächsten weiter. »*Tierchen* haben sie euch abfällig genannt, und genau das seid ihr. Harmlose, wehrlose Tierchen, die sich einfach abschlachten lassen.« Ich schüttelte ihn. »Willst du dich abschlachten lassen?«

»N-Nein ...«, flüsterte er endlich.

»Lauter!«

»Nein!«

Küchenpsychologie, bestenfalls, aber alles andere wäre hier fehl am Platz gewesen. »Wollt ihr euch abschlachten lassen?«

»Nein! Nein! Nein!« Diesmal antworteten immerhin drei aus der Horde der Apathen.

»Und wer kann euch hier herausholen?«

»Du! Du!«

Diese Stimme kannte ich ebenfalls. Ich drehte mich um, viel langsamer, als es eigentlich nötig war. Ich freute mich, dass Tifflor noch lebte und ins Geschehen eingriff, aber er kam für meinen Geschmack zu früh. Ich brauchte mindestens noch ein Opfer, besser zwei, und ich wollte nicht, dass er mitbekam, wie ich vorging.

Nun ja, man bekam nicht immer, was man sich wünschte.

Tifflor konnte jedenfalls wieder sprechen, und sein Blick hatte sich etwas geklärt, und er schwankte nicht mehr. Das konnte er auch nicht, da er mit dem Rücken an der Wand lehnte. Aber er wirkte nicht mehr völlig hilflos und desorientiert. Vielmehr erweckte er den Eindruck, sich bewusst und willentlich auszuruhen, neue Kräfte zu sammeln, während er meine ach so subtilen Versuche bewunderte, Ordnung in die ungeordnete Traube der Tierchen zu bringen.

»Wer kann euch hier herausholen?«

»Du! Du!« Diesmal fielen einige andere ein.

Ich gestattete mir den Hauch eines Lächelns.

Ich hatte die Aras in der Mitte des Transmitterraums – es waren fünf – aus dem Augenwinkel beobachtet, und einer tat mir den Gefallen. Als er mich abgelenkt wähnte, stieß er einen der Flüchtlinge zur Seite und rannte zu einer Tür.

Natürlich verließ ich mich nicht darauf, dass die *Tierchen,* die ich dort postiert hatte, ihn aufhielten. Ich holte ihn ein, als er vielleicht die halbe Distanz zurückgelegt hatte, und riss ihn zurück. Dann nahm ich ihn in die Mangel.

Ich achtete darauf, ihn nicht so schwer zu verletzen, dass er seinen Beruf nicht mehr ausüben konnte. Und ich achtete vor allem darauf, dass es wehtat.

Dass er schrie. Und das Blut floss, verhältnismäßig viel Blut. Kopf- und Gesichtsverletzungen waren angebracht. Am Kopf bluteten Humanoide nicht nur besonders stark und schnell, dort sah man das Blut auch. Und roch es.

Der Geruch und Anblick von Blut machte Raubtiere angriffslustig. Vielleicht auch *Tierchen.*

Kein weiterer Ara unternahm einen Fluchtversuch. Die vier anderen Mediziner standen da wie Säulenheilige.

Auch gut. Vielleicht konnte ich noch einen Anlass provozieren.

»Wer holt euch hier heraus?«, verlieh ich dem Versprechen schon einmal prophylaktisch Realität.

»Du!« Diesmal brüllte der halbe Transmitterraum, aber am lautesten immer noch Tifflor.

»Dann helft mir!« Ich wirbelte wieder durch die Reihen der Flüchtlinge, schob sie hierhin und dorthin, zu einem Muster, das sie noch nicht begriffen. »Bergt die Verletzten!« Eine unsaubere Wortwahl, aber »bergen« vermittelte den Eindruck von Aktivität und Hilfeleistung, genau das, was ich am dringendsten brauchte. »Diejenigen, die nicht aufstehen können! Legt sie nebeneinander. In Zehnerreihen! Aber seid vorsichtig, wenn ihr sie bewegt.«

Ich beobachtete genau, welche der Flüchtlinge ihre Lethargie und Verwirrung zuerst und am schnellsten abschüttelten. Sie taten wie geheißen, aber es dauerte unerträglich lange.

Währenddessen beobachtete ich die Aras, ohne dass diese es bemerkten. Wer war nervös, am Rand der Panik, wer behielt den Stolz, den ihre Reputation ihnen verschaffte? Schon nach einer Minute hatte ich den geeigneten Kandidaten gefunden.

Endlich hatten die ehemaligen Gefangenen es geschafft, und ich hatte meine fünfzehn Kandidaten gefunden. »Wir kommen hier nur lebend heraus, wenn wir das Schiff erobern. Das schaffe ich problemlos. Mit zehn Freiwilligen, besser fünfzehn.« Ich schritt die Reihen ab. »Du.« Und weiter. »Du.« Weiter. »Du.« Sie bekamen gar nicht mit, dass sie sich nicht freiwillig meldeten, sondern von mir zwangsrekrutiert wurden.

Dann trat ich zu den Aras in der Mitte des Transmitterraums. Den ersten zerrte ich zu einem Ferronen, den zweiten zu einem Unither. Den dritten zu einem Epsaler, den vierten, den ich für den fähigsten hielt – rein zufällig, jedenfalls hoffte ich, dass es so aussah – zu Perry Rhodan. »Ihr werdet euch um die Verletzten kümmern. Für sie tun, was ihr tun könnt. Notfalls operieren, ich weiß, dass ihr die Instrumente dafür in euren Händen tragt. Zumindest die Besseren von euch.«

Dann trat ich zu dem fünften. Dem Stolzen. »Wie kommen wir am schnellsten in die Zentrale?«

»Ich bin Mediziner, kein ...«

Er sah gar nicht, wie ich zuschlug, schrie nur vor Schmerz und Entsetzen auf. Die Demütigung musste ungeheuerlich sein. Er, ein Galaktischer Mediziner, wurde von einer ... einer abtrünnigen Terroristin ... *geschlagen?* Ungeheuerlich.

»Falsche Antwort«, sagte ich. »Wie kommen wir am schnellsten in die Zentrale?«

»Ich weiß es nicht«, antwortete er mit dem Rest der Würde, die er noch aufbringen konnte. »Ich sagte doch, ich bin Mediziner, kein ...«

Ich schlug erneut zu, und diesmal floss Blut. Gut sichtbar, im Gesicht. Er wäre zusammengesackt, wenn ich ihn nicht gepackt und festgehalten hätte.

»Der schnellste Weg?«

»Ich weiß es ni...«

Diesmal trat ich zu. Der Knochen im rechten Oberschenkel splitterte, und der Mediker brach zusammen. Ich ließ ihn fallen.

Natürlich wusste er es nicht. Aber er war *stolz.* Er war ein Ara. Er hätte die anderen, sobald wir den Transmitterraum verlassen hatten, zum Aufruhr aufgestachelt. Und das konnte ich nicht zulassen. Die verbliebenen Mediziner mussten sich um die Flüchtlinge kümmern. Nicht um ihre Klienten, denn keiner der Geflohenen würde ihnen jemals etwas zahlen.

Und einer von ihnen musste Perry Rhodan versorgen. Falls es bei ihm noch etwas zu versorgen gab.

»Sie wollten euch töten«, sagte ich zu den Flüchtlingen. »Skrupellos, ohne jede Bedenken. Wenn sie jetzt nicht euren Freunden helfen, einem nach dem anderen … tötet sie. Mit bloßen Händen. Wenn ihr es nicht tut, unterschreibt ihr euer Todesurteil. Und lasst keinen von ihnen aus diesem Raum. Wenn einer zu fliehen versucht, beißt ihm die Kehle durch. Habt ihr verstanden?«

So laut und eindeutig war die Antwort auf eine meiner Fragen noch nie gewesen.

Ich winkte die 15 aktivsten Flüchtlinge, die ich zuvor aussortiert hatte, zu einem Schott. »Ihr kommt mit mir. Wir werden jetzt ein Raumschiff erobern.« Dann ging ich zu Tifflor. »Du bleibst hier. Du achtest darauf, dass die Aras die Flüchtlinge tatsächlich behandeln. Vor allem Perry Rhodan. Bring sie um, wenn sie sich weigern!«

Tifflor war fast wieder der Alte. »Wovon träumst du nachts?«, fragte er.

»Einer muss auf sie achtgeben. Wir müssen verhindern, dass sie die Schiffsführung warnen. Wir können uns nicht darauf verlassen, dass die Flüchtlinge sie unter Kontrolle halten.«

»Was hat Rhodan zu dir gesagt?«

»Dass wir ihn zurücklassen und das Schiff erobern sollen.«

Der Terraner lächelte schwach. »Sieht ihm ähnlich. Worauf warten wir also?«

»Wir? Nur ich gehe. Du passt auf Rhodan auf.«

Tifflor schüttelte den Kopf. »Ich kann Perry am besten helfen, wenn ich ihm die beste ärztliche Versorgung zukommen lasse. Dafür müssen wir das Schiff unter unsere Kontrolle bringen.«

Es widerstrebte mir, Rhodan allein zu lassen, doch gegen diese Argumentation konnte ich mich nicht behaupten. »Du bist ebenfalls betroffen und nicht einsatzfähig«, sagte ich.

»Irgendetwas stimmt mit meinem Körper nicht«, gab Tiff mir recht, »doch ich verspüre nur leichte Schmerzen und bin absolut einsatzfähig.«

Ich seufzte unterdrückt. »Du ...«

»Hast du einen Blick auf die Transmitter-Anzeigen geworfen?«, unterbrach er mich.

Ich kniff die Augen zusammen. »Wie meinst du das?«

»Die KAMMARA wurde in den letzten Minuten von über eintausend Personen betreten.« Er ließ mich einfach stehen und humpelte eilig davon. Mir blieb nichts anderes übrig, als ihm zu folgen. »Und nur die wenigsten davon dürften Aras gewesen sein. Wir dürfen die Initiative auf keinen Fall den chaotisch agierenden Revoluzzern von Jaimbor überlassen, sonst sind wir verloren!«

TANKRED BOWITZ WAR DER FESTEN MEINUNG, dass kein anderer lebender Terraner die Aras so gut verstand wie er. Nun ja, von einigen wenigen Unsterblichen vielleicht abgesehen, die schon seit bald 3000 Jahren Kontakt mit ihnen hatten.

Er hatte keine andere Wahl gehabt. Seine Ausbildung hatte ihm keine gelassen. Wer sich über Jahrzehnte hinweg mit ihnen beschäftigte, konnte schließlich nicht anders, als zumindest ansatzweise wie ein Ara zu denken und zu fühlen oder ihre Denkweise nachzuvollziehen. Das bestätigte ihm das Motarium jedes Mal, wenn er es aufsuchte.

Er verspürte durchaus eine gewisse Rührung, als er im Eingangsbereich die Nachbildung der pharmakologisch bedeutsamen Spezialchemikalien, Arzneimittel, Toxine und exotischen Tier-, Pilz- und Pflanzenarten betrachtete, die sorgsam geordnet in mehreren Vitrinen ausgestellt wurden. Es waren Rückzüchtungen oder simple Nachbildungen 18.000 Jahre alter Artefakte, jene Handelsgüter, auf die sich die Mehandor-Sippe spezialisiert hatte, aus der schließlich die Aras hervorgegangen waren.

Der Schaukasten war bewusst schlicht gehalten, fast schon anachronistisch primitiv, aber gerade das bewies, welchen Wert die Galaktischen Mediziner ihm zumaßen. Hier, bei der Grundlage ihrer Existenz, verzichteten sie auf jeden Firlefanz, versuchten nicht einmal, ein paar Chronners nebenbei zu verdienen. Und solch eine Enthaltsamkeit konnte durchaus als untypisch für die Galaktischen Mediziner gelten.

Jeden anderen Terraner hätte im Motarium wahrscheinlich das nackte Grauen erfasst; die meisten hätten es als Beweis für ihre pauschale Vorstellung angeführt, dass die Galaktischen Mediziner ohnehin jenseits jeglicher Moralvorstellung tätig waren, doch das war schlicht und einfach falsch. Selbst er, dessen erste und einzige Aufgabe es war, manche Machenschaften der Aras zu bekämpfen, musste eingestehen, dass nicht alle Aras die gewissenlosen Mediker waren, zu denen die Öffentlichkeit der LFT sie abgestempelt hatte. Dafür sprach schon die Tatsache, dass Prid-Reuyl sich hier mit ihm treffen würde.

Falls Prid-Reuyl kein falsches, doppeltes oder gar dreifaches Spiel mit ihm trieb. Falls er ihn nicht in eine Falle locken wollte. Wahrscheinlich hing es allein von Tankreds Instinkt ab, diese Möglichkeiten auszuschließen. Garantien gab es auf Positroniken, aber nicht in seinem Gewerbe.

Langsam schlenderte er weiter, vorbei an einer riesigen, durch unzerbrechliches glassitähnliches Material *und* einen Energieschirm geschützte Schauwand, hinter der echte Saurierviren einen ewigen Kampf gegen das von den Aras entwickelte Gegenmittel führten, perfekt ausdosiert, sodass keine Seite jemals den Sieg davontragen konnte. Die Viren organisierten sich wie eine Armee, bildeten Fronten und Flanken, doch jedes Mal, bevor sie ihren Feind einschließen konnten, gelang diesem der Durchbruch an irgendeiner Stelle, und er fraß den Gegner geradezu auf, reduzierte ihn auf drei, vier Kerne, die sich dann wieder explosionsartig vermehrten.

Ein Schaukampf, ja, und Bowitz fragte sich, wieso die Aras ihr Gegenmittel nicht den Sieg davontragen ließen. Wahrscheinlich war es ihnen zu aufwendig, immer wieder neue Saurierviren einzuspeisen. Bei aller Liebe zu ihrer Vergangenheit dachten sie auch pekuniär.

Er blieb vor einem großen Freilichtgehege stehen, einer kargen Wüstenlandschaft mit einigen Felshügeln, die Bowitz an die des alten, urtümlichen Mars im Solsystem erinnerte. Ein gutes Dutzend possierlicher Pelztierchen tummelte sich auf dem rotbraunen Sand. Die größten Exemplare waren vielleicht 30 Zentimeter lang, doch auch viele kleinere wuselten ihren Elterntieren zwischen den Beinen her.

Die Bärchen wirkten mit ihren traurigen Augen und den lustigen Nasen einfach nur lieb.

Nonus-Bärchen.

Das war Tankreds liebstes Ausstellungsstück im Motarium; hier verweilte er jedes Mal und sah dem putzigen Treiben zu. Dieses Gehege versinnbildlichte seines Erachtens das Selbstverständnis der Aras wie kein anderes Exponat.

Nonus-Bärchen hatten ursprünglich als Lebensform von Honur, dem zweiten Planeten des Thatrel-Systems, gegolten, der seit 12.659 vor Christus von arkonidischen Kolonisten besiedelt war – und die erste, über die die Terraner buchstäblich mit den Aras in Berührung gekommen waren.

In Wirklichkeit stammten die possierlichen Tierchen aus den Laboren der Aras; sie hatten die Nonus auf Honur ausgesetzt. Bei einem Körperkontakt schieden sie das zerstörerische Nervengift Argonin aus, das bei vielen Völker lemurischer Abstammung zu einer Hyper-Euphorie führte und sie damit wehrlos machte.

Schauhologramme illustrierten die Geschichte Honurs und der Bärchen. Nach dem Auftreten der Krankheit wurde der Planet zur verbotenen Zone erklärt. Während der nächsten Jahrtausende nutzten die Aras ihn als geheime Basis für ihre Drogenproduktion. Sie errichteten einen Stützpunkt, in dem die Tiere aufgezogen wurden und in regelmäßigen Abständen das Gift geerntet wurde. Auf anderen Planeten wurde es zu berauschenden Drogen verarbeitet. Nebenbei dienten die Tierchen zur Ausschaltung von Schiffsbesatzungen, die auf dem Planeten gelandet waren. Die Raumer wurden dann zu einem Schiffsfriedhof an der Polarregion gebracht und von Robotern ausgeschlachtet. Die unglücklichen Besatzungen dienten den Aras als »freiwillige« Testobjekte oder wurden an Ort und Stelle liquidiert.

Nicht erwähnt wurde von den Holos jedoch die Tatsache, dass gut ein Dutzend Jahre nach ihrem Aufbruch in die Milchstraße die Terraner mit ihrem Raumschiff TITAN auf Honur gelandet waren. Auch der größte Teil der Besatzung der TITAN war innerhalb weniger Stunden von den Nonus infiziert worden – durch Robotermücken und die argoninhaltigen Ausdünstungen der Bärchen. Die befallenen Terraner verloren die Fähigkeit, sachlich und ernst zu denken, schliefen nicht mehr und lebten nur noch in einem Zustand des immerwährenden Spaßes. Das hörte sich harmloser an, als es war: Durch die andauernde Überanstrengung des Körpers der Betroffenen wurde dieser immer mehr ausgelaugt und brach irgendwann zwangsläufig zusammen; die Folge war der Tod.

Den Terranern war es gelungen, die Aras als Urheber der Infizierung zu ermitteln. Sie hatten die geheime Basis auf Honur gesprengt, und später wurden die Befallenen durch ein Medikament der Aras geheilt. Die Galaktischen Mediziner waren für die Veränderung der Nonus vom ungiftigen zum extrem giftigen Tier verantwortlich, hatten den Erreger entwickelt und besaßen natürlich ein Gegenmittel.

Die Nonus hatten anschließend ohne ständige Fütterung mit ihrem präparierten Futter ihr Giftpotenzial verloren und waren heutzutage genau das, was sie zu sein schienen – harmlose, possierliche Bärchen.

Hoffte Tankred Bowitz zumindest.

Das Freigehege hatte seine Berechtigung. Dieses frühe Zusammentreffen zwischen Aras und Terranern hatte die Beziehung zwischen den beiden Völkern über Jahrtausende geprägt. Mehr noch: nicht nur die Beziehung zwischen ihnen, sondern die Rolle, die die Galaktischen Mediziner nach dem Niedergang des Großen Imperiums der Arkoniden in der Milchstraße gespielt hatten, nachdem sie den Schutz verloren hatten, den die Ordnung des Imperiums ihnen bot.

Unter der Herrschaft der Arkoniden hatten die Aras über fast 10.000 Jahre hinweg eben diese Rolle innegehabt. Sie war ihnen in Fleisch und Blut übergegangen, kam ihnen auch jetzt noch, fast 3000 Jahre später, völlig natürlich vor. Warum also sollten sie sich dieser Rolle schämen, sie verleugnen? Sie standen zu ihrer

Vergangenheit und sahen keinen Grund, sie zu verheimlichen.

Hier im Motarium stellten die Aras – selbstverständlich unter Einhaltung höchster Sicherheitsvorkehrungen – praktisch alle noch bekannten, jemals von ihnen fabrizierten, aber auch identifizierten Viren, Bakterien und sonstigen Krankheitserreger aus. Ein Terraner hätte das vielleicht für unlogisch gehalten. *Wieso,* würde er mit moralisch dröhnender Stimme fragen, *sollten die Aras in einem Museum, das ihre geschichtlichen historischen Glanzleistungen präsentiert, von sich selbst ein so negatives Bild zeichnen, wie es hier gezeigt wird?*

Warum stellen sie nicht nur die positiven medizinischen Großleistungen ihres Volkes zur Schau?, würde dieser Terraner vielleicht fortfahren. Natürlich zeigten die Aras in einem anderen Trakt des Motariums, wie sie ein Volk gerettet, eine schlimme Krankheit ausgerottet, einen Planeten bewohnbar gemacht, den Rotaugen, den Springern oder sonst wem geholfen hatten. Aber die Galaktischen Mediziner hielten das Entwerfen von Seuchen und Krankheiten nicht für *böse,* verwerflich oder kriminell. Obwohl die Terraner und andere Völker oft Probleme mit ihnen gehabt hatten, die Aras hatten sich über Jahrtausende hinweg nicht nur mies und verbrecherisch verhalten.

Sonst hätte ihnen schon längst jemand eine Arkonbombe aufs Haupt geworfen, dachte Tankred.

Nein, sie hatten – selbstredend gegen höchste Bezahlung – anderen Völkern oft geholfen. Ihr manifestiertes Selbstverständnis war nicht »kriminell«, konnte es nicht sein, auch wenn sie oft *nachgeholfen* hatten – unter dem Schutz und mit Kenntnis und Billigung des Großen Imperiums …

So wie andere Völker stolz waren auf ihre Forschungen in immer besserer Waffentechnologie, auf ihre Erfolge bei Mikro- und Nanotechnisierung, beim Design neuer Positroniken oder bei Triebwerksentwicklungen, waren die Galaktischen Mediziner eben stolz auf ihre erfolgreichen Arbeiten und ihre speziellen Kenntnisse. Und dass die Datenholos die Terraner nicht erwähnten, lag nicht daran, dass die Galaktischen Mediziner eine Niederlage durch deren Hand erlitten hatten. Über 15.000 Jahre hatte der Schachzug mit den Nonus Erfolg gehabt und Erträge abgeworfen – eine unvorstellbar lange Zeit. Doch irgendwann war die Lebensspanne solcher Modelle abgelaufen.

Im Gegenteil, der Nonus-Erreger war ein ausgesprochenes Erfolgsmodell gewesen. Eins, auf das die Aras stolz sein konnten.

Nein, sie verschwiegen die Beteiligung der Terraner, um die Beziehungen zu dieser galaktischen Großmacht nicht zu belasten, nicht einmal zu trüben. Seit Honur waren die aufstrebenden Terraner zu einem bedeutenden Machtfaktor in der Milchstraße geworden; zu einem auf Aralon verhassten vielleicht, aber zu einem, den man nicht ignorieren konnte. Mit dem man sich arrangieren musste. Die Aras hatten sich an die neuen Gegebenheiten angepasst und wollten lediglich vermeiden, Öl ins Feuer zu gießen.

Natürlich kochten sie weiterhin ihr Giftsüppchen – aber unter anderen, modifizierten Voraussetzungen.

Ja, Bowitz konnte von sich behaupten, die Mentalität der Aras besser zu verstehen als die meisten anderen seines Volkes. Dieser Argumentation würden sich nicht viele Terraner anschließen, doch für ihn stand sie außer jeder Diskussion.

Er verabschiedete sich mit einem Lächeln von den kleinen, putzigen Bärchen, die sich so an die zahlreichen Besucher gewöhnt hatten, dass sie sie nicht einmal mehr zur Kenntnis nahmen. Ungestört gruben sie ihre Gänge und Bauten, sammelten die karge Nahrung, putzten sich und ihre Jungen.

Als er sich gerade abwenden wollte, stutzte er und verharrte. Ein Nonus-Bärchen gab die Futtersuche abrupt auf und huschte zu dem flimmerfreien Energieschirm, der die Begrenzung seiner Welt darstellte. Es drückte die ulkige große Nase gegen den Schirm, richtete sich auf die Hinterbeine auf und scharrte mit den rosigen Pfötchen an der unsichtbaren Grenze.

Das Tier schien ihm genau in die Augen zu sehen.

Bowitz runzelte die Stirn. So etwas hatte er noch nie erlebt, bei keinem einzigen seiner zahlreichen Besuche im Motarium.

Was hatte das zu bedeuten?

Wahrscheinlich gar nichts. Ein reiner Zufall.

Allerdings hatte seine Ausbildung ihn gelehrt, an alles andere zu glauben, nur nicht an Zufälle.

Unsinn, sagte er sich. *Ich bin nervös. Ich weiß, was jetzt auf dem Spiel steht. Das ist eine große Sache, die sogar das komplizierte galaktische Gleichgewicht grundlegend erschüttern könnte. Wer weiß, wie Imperator Bostich reagieren wird.*

Das Bärchen schien das Gesicht zu verziehen, ihn mit einer unwiderstehlichen Mischung aus Charme, Schelm und Unschuld anzusehen. Dann wandte es sich so abrupt ab, wie es sich zum Energieschirm umgedreht hatte, und scharrte wieder Sand auf.

Bowitz runzelte die Stirn. Imperator Bostich galt momentan nicht sein größtes Interesse. Prid-Reuyl war für ihn wichtiger.

Verdammt, was hat das zu bedeuten?, fragte er sich. Bei aller wissenschaftlichen und technischen Unterstützung hatte er gelernt, seinem Instinkt zu vertrauen. Hatte das Bärchen wirklich *gegrinst?*

Oder wurde er langsam alt? Überforderte ihn die Situation? Verlor er die Nerven?

Er ließ die sinnlosen Gedanken fallen, ging langsam weiter, atmete einmal tief durch und betrachtete das Nonus-Toxikum direkt nebenan. Sichtbar gemacht wurde seine molekulare Struktur durch elektronenmikroskopische Vergrößerung und spezielle Einfärbungen. Es war ein Meisterwerk, ein kristallines Wunder von perfekter Form, nicht nur effektiv, sondern auch wunderschön anzusehen.

Kunst.

Kunst, die kein Terraner jemals verstehen würde.

»Die gesamte Konzeption ist, freundlich ausgedrückt, wirr«, sagte dicht hinter ihm jemand.

Bowitz erschrak nicht. Er hatte den Ara schon in dem Augenblick bemerkt, in dem er diesen Raum des Motariums betreten hatte, obwohl die Bärchen ihn kurzzeitig verblüfft hatten. Sein Überleben hing von solchen Reaktionen ab. »Wie auch die gesamte Disposition«, antwortete er und spürte geradezu, wie der Mann hinter ihm sich entspannte.

Ein Fehler, der tödlich sein konnte. Man musste stets das Unerwartete erwarten. Und solch ein überkommenes *Kodewort* war heutzutage nur eine kleine zusätzliche Absicherung, aber keine Sicherheit mehr.

Prid-Reuyl hatte darauf bestanden, nicht Bowitz. Aber

der Ara war schließlich kein Profi, sondern ein Verzweifelter, der Hilfe suchte.

Oder der sich vielleicht ganz einfach unprofessionell benommen hatte, auf diesem Planeten nun keine Zukunft mehr für sich sah und mit einem gewagten Spiel das Rad des Schicksals wieder in Drehung versetzen wollte.

Bowitz schloss nicht aus, dass er kein verzweifelter Könner war, von dem die LFT profitieren konnte, sondern ein schwätzerisch veranlagter Schwächling, der nur nicht die Gewissensstärke hatte, die seiner Spezies zueigen geworden war. Vielleicht war er einfach nur in den falschen Suhyag geboren worden und wäre besser Hyperphysiker statt Mediker geworden.

Doch Bowitz' Instinkt sagte ihm etwas anderes. Er sprach sich eindeutig für Prid-Reuyl aus. Und Bowitz hatte im Lauf der Jahre gelernt, dass man ohne funktionierenden Instinkt in diesem Gewerbe verloren war. Man musste Zusammenhänge durchschauen, Ahnungen entwickeln, Extrapolationen ad infinitum betreiben.

Und wenn man tatsächlich alt wurde, keine lebensnotwendigen Einschätzung mehr treffen konnte, musste man den richtigen Augenblick abpassen, um sich zurückzuziehen, oder man war tot.

Wie in der Wildnis. Irgendwann würde das andere Raubtier den Sieg davontragen.

Unsinn, sagte er sich. *Es ist noch längst nicht so weit.*

Nein. Die Aras waren kein eindimensionales Volk von Verbrechern, und das seltsame Verhalten des Bärchens hatte ihn über alle Maße verwirrt. So etwas durfte er sich nicht erlauben.

»Hast du meine Informationen überprüft?«, fragte Prid-Reuyl.

Unprofessionell. Genau, wie man es von einem Laien erwarten würde.

Oder aber überaus geschickt. Die Vortäuschung der zweiten Ebene. So würde sich ein Doppelagent verhalten.

»Ja«, sagte Bowitz. »Die Quarantäneschiffe, von denen du gesprochen hast, existieren tatsächlich, doch ich habe nichts über sie herausfinden können. Wieso helfen umgerüstete Schiffe? Hat man sie zum Schutz umgebaut, oder sollen sie etwas bewirken? Etwas verstreuen, ausstrahlen? Und wer hat die Schiffe umgerüstet?«

»Ich weiß es nicht«, sagte Prid-Reuyl. »Ich weiß nur, dass es niemandem auffallen sollte. Und dass eine *ganz große Sache* ansteht.«

Bowitz fragte sich, ob der TLD ohne Prid-Reuyls Hinweis auf diese Aktion aufmerksam geworden wäre. Es war sein Job, so etwas zu bemerken, doch in diesem Fall war die Abschirmung dermaßen perfekt gewesen, dass er ohne den mutmaßlichen Überläufer tatsächlich keinen Wind von der Aktion bekommen hätte.

Was riet ihm sein Instinkt?

Momentan gar nichts. Er schwieg sich aus.

Prid-Reuyl wurde in dem Dossier, das Bowitz studiert hatte, als bedächtig, selbstbewusst und überlegen beschrieben. Diese Haltung ließ ihn auf den ersten Blick vielleicht fast arrogant wirken, spiegelte letztlich aber nur seine überragende Fachkompetenz wider. Wie vereinbarte sich das mit der Unsicherheit, die Bowitz bei dem Ara zu bemerken glaubte?

Nun ja ... der Mediker setzte sein Leben aufs Spiel. Da zerbröckelte Selbstbewusstsein mitunter ganz schnell.

Andererseits war seine Entscheidung wiederum sehr mutig gewesen und verlangte ein gehöriges Maß an Selbstbewusstsein ...

Bowitz hätte sich gern umgedreht, hütete sich jedoch davor. Wenn er seinem Gesprächspartner in die Augen sah, konnte er meistens wertvolle Informationen daraus ziehen. Doch das Motarium wurde überwacht. Er konnte höchstens einen flüchtigen Blick aus dem Augenwinkel riskieren. Prid-Reuyl war einer von zehn anderen Besuchern, die unverfänglich hinter und neben ihm standen, und niemand würde ihn selbst als Tankred Bowitz identifizieren können. Dennoch durfte er keinen nachweisbaren Kontakt herstellen. Dafür stand zu viel auf dem Spiel, auch wenn ihn in seiner Tarnung wohl niemand erkennen würde.

Prid-Reuyl war 2,15 Meter groß und wirkte aufgrund seiner überdurchschnittlichen Größe noch hagerer und feingliedriger, als es bei den Aras sowieso schon der Fall war. Seine Haut war so dünn und durchscheinend, dass Bowitz selbst aus dem Augenwinkel deutlich dickere und dünnere Adern erkannte. Die spärlichen Haare waren fast farblos, die Augen tiefrot.

Das Dossier enthielt das Geburtsdatum des Aras: der 23. April 1268 NGZ. Der Mediker war also 72 Jahre alt.

»Und?«, fragte Prid-Reuyl schließlich.

Unbeherrscht. Unprofessionell.

Ein hilfloser Laie. Oder ein ausgebuffter Profi, der ein unglaublich geschicktes Spiel trieb.

Und Bowitz' Instinkt schwieg.

»Ich habe auch die anderen Informationen überprüft. Die Aktion läuft«, sagte er. Vielleicht wider besseres Wissen, aber Risiken ließen sich nie ausschließen, und Garantien gab es höchstens auf neu gekaufte Gleiter. »Du hast die Einzelheiten erhalten, abgefragt und studiert?«

»Und den Datenspeicher vernichtet. Aber ich sehe nicht ein, warum ich nicht einfach in die Botschaft gehen oder zu einem Raumhafen fliegen kann und ...«

»Willst du dein Leben lang von den Aras und Arkoniden gejagt werden? Ein Identitätswechsel hilft da nicht viel. Nein, wir müssen es so erledigen, wie ich es dir erklärt habe.«

»Aber die Klinik ist gesichert ...«

»Wir haben dir vertraut, du musst uns vertrauen. Wenn du ein langes Leben genießen willst, musst du sterben.«

Prid-Reuyl schwieg.

»Es läuft wie geplant. Heute, im Verlauf des Abends.«

»Ich will nicht sterben.«

»Ich auch nicht. Ich werde dich ins Solsystem bringen. Oder wir blasen die Aktion ab, und du verdienst auf Aralon dermaßen viel Geld, dass du dir einen Planeten kaufen kannst, auf dem du dich zur Ruhe setzen kannst.«

»Einen mit einer perfekten Infrastruktur«, sagte Prid-Reuyl. »Mit Eingeborenenmädchen, die mir jeden Wunsch von den Lippen ablesen. Deren Lippen mir jeden Wunsch erfüllen. Ich bin Mediker. Ich habe einen Eid geschworen. Ich möchte ihn erfüllen.«

»Du erträgst es nicht«, stellte Bowitz fest. »Du hast ein Gewissen.«

Eine terranische Moralvorstellung, mit der man nicht einmal einen altersschwachen Ara hinter dem Ofen hervorlocken konnte.

»Ja«, sagte Prid-Reuyl. »Ich ertrage es nicht mehr, dass meine Kollegen wegen dieser Sache Nervenzusammenbrüche bekommen oder sogar Selbstmord begehen. Wenn du mich hier nicht herausholst, werde ich mich töten.«

»Heute Abend«, sagte Bowitz. »Wie geplant. Und wenn wir alle dabei vor die Hunde gehen.«

»Lieber das«, sagte Prid-Reuyl, »als die gesamte Milchstraße in der Hand von Verbrechern.«

Tankred seufzte. »Es wird reibungslos funktionieren«, sagte er. »Meine Planung ist abgeschlossen. Du kannst dich darauf verlassen.«

Er erwähnte nicht, dass ihm zum ersten Mal in seinem Leben hier im Motarium ein Nonus-Bärchen in die Augen gesehen hatte. Das war weder ein Omen, noch stand es in irgendeinem Zusammenhang mit dem Einsatz am heutigen Abend.

3

ICH FOLGTE TIFFLOR NOTGEDRUNGEN; WAS BLIEB mir anderes übrig? Meine Einschätzung von ihm erwies sich als zutreffend; der Terraner legte ein akzeptables Tempo vor. Und er schien wieder Herr über seinen Verstand zu sein: Er schlug genau den Weg ein, den der Ara-Mediker, den ich in die Mangel genommen hatte, mir gewiesen hatte.

Nach fünfzig Metern blieb er stehen, vielleicht, um sich etwas zu erholen, falls es ihm doch nicht so gut ging, wie er behauptete, vielleicht auch nur, um sich zu orientieren. »Was wird hier gespielt?«, sagte er. Eine übermäßige Anstrengung war ihm nicht anzumerken. »Raus mit der Sprache! Das passt doch vorn und hinten nicht zusammen!«

»Ich verstehe nicht«, erwiderte ich vorsichtig. Schließlich wusste ich nicht genau, was er meinte, und genau genommen passte so einiges nicht zusammen.

»Die Transmitter der KAMMARA sind aus Sicherheitsgründen speziell auf die genetischen Merkmale von Aras kalibriert. Warum dann diese unterschiedlichen Ergebnisse? Warum sind einige Flüchtlinge nach dem

Transmitterdurchgang tot, andere krümmen sich wie Perry vor Schmerzen auf dem Boden, und manche, ich zum Beispiel, kommen mit ein paar leichten Schmerzen davon? Wenn die Besatzung der KAMMARA Ernst gemacht hätte, wären wir jetzt alle tot. Das ist doch der Sinn einer solchen Schaltung, oder? Zu verhindern, dass Unbefugte an Bord gelangen. Solch eine Kalibrierung trifft keine Unterschiede zwischen einzelnen Personen.«

»Vielleicht hat die schiere Menge der Flüchtlinge die Systeme überfordert, oder die Besatzung hat die Schaltung heruntergefahren, um die Flüchtlinge nicht von vornherein zum Tod zu verurteilen ...«

»Aras? Aras, die sich vor zahlungsunfähigen Flüchtlingen schützen wollen? Außerdem sind wir drei als Letzte durch den Transmitter gegangen. Wenn sie die Dinger heruntergefahren hätten, müsste es Perry wesentlich besser gehen! Wieso hat es ausgerechnet ihn so schlimm erwischt?«

»Ich weiß es nicht.« Ich wusste es wirklich nicht, und ich konnte auch seine Argumente nicht widerlegen. »Sollen wir uns jetzt den Kopf darüber zerbrechen, statt dankbar zu sein, dass wir überlebt haben, und uns Gedanken machen, wie wir die KAMMARA unter Kontrolle bekommen können?«

»Dankbar!« Tifflor schüttelte sich. *»Dankbar!«* Dann richtete er sich auf. »Aber du hast recht. Die Sicherheitsvorkehrungen an Bord eines Ara-Raumers sind nicht besonders streng. Glaubst du, wir schaffen es bis zur Zentrale?«

Ich sah über die Schulter. Von den 15 tatkräftigsten Flüchtlingen, die ich ausgewählt hatte, waren mir immerhin vier gefolgt. Da hatten wir ja eine schlagkräftige Truppe zusammen!

»Wenn über eintausend Flüchtlinge an Bord sind ...« Was war nur los mit mir? Wieso hatte ich nicht auf die Transmitteranzeigen gesehen? Ich hatte immerhin versuchen müssen, etwas Ordnung in das Chaos zu bringen, während Tifflor an der Wand gestanden und sich erholt hatte.

»Die Zentrale ist unsere beste Option«, sagte ich. »Unsere einzige.«

»Worauf wartest du dann, du Spezialistin?« Tifflor setzte sich wieder in Bewegung, und ich folgte ihm.

Und immerhin drei der vier *Tierchen.*

»Eine beeindruckende Leistung«, keuchte Tifflor eine Minute später. »Das vorhin in dem Transmitterraum, meine ich. Aber hättest du nicht etwas weniger brutal vorgehen können? Ich habe mich die ganze Zeit gefragt, wann du den ersten Ara erschießen würdest. Oder totschlagen, aber langsam und gnadenlos.«

Ich hörte eher die Anerkennung als die Kritik heraus. Zweifellos Zweckoptimismus. »Nein«, sagte ich.

»Nein?«

»Nein zu allen drei Bemerkungen.«

»Ach?«

»Ja.« Ein Raumsoldat trat uns plötzlich entgegen, tauchte unvermittelt aus einer Türöffnung auf; ein Ara, kein Söldner. Das hätte meine Aufgabe vielleicht erschwert, wenngleich nur unwesentlich. Er musste uns gehört und uns aufgelauert haben, verschenkte seinen Vorteil aber und machte alles falsch, was man nur falsch machen konnte. Er zeigte sich, als wir noch viel zu weit entfernt waren, und schoss nicht, als er aus der Deckung sprang, sondern versuchte zu zielen.

Ein ungezielter Schuss aus nächster Nähe hätte uns nicht nur überrascht, sondern – wir trugen lächerliche Monturen, keine Kampfanzüge – auch getötet oder zumindest schwer verletzt und kampfunfähig gemacht. Aber er zögerte, wollte einen exakten Treffer erzielen. Ich schoss, noch bevor er den Abzug betätigen konnte.

Er war ein blutiger Anfänger, und seine Kampferfahrung beschränkte sich auf – wahrscheinlich laienhaft programmierte – Simulationen. Verständlich, denn Ara-Raumer waren tabu. Niemand hätte sich erlaubt, ein Schiff der Galaktischen Mediziner anzugreifen oder gar zu entern. Ihre Rache wäre fürchterlich und kaum nachweisbar gewesen; die Bevölkerung eines gesamten Planeten wäre an der Mutation eines Schnupfenvirus gestorben. Warum also viele Chronners in eine gute Ausbildung investieren?

Und selbst ein gut ausgebildeter Angehöriger eines Sicherheitsdienstes hätte keine Chance gegen eine *Unsichtbare* gehabt. Ich musste mein Potenzial nicht annähernd ausreizen. Immerhin hatte er seinen schwachen Schutzschirm aktiviert und wähnte sich dadurch unangreifbar. Aber das Flackern des Schirms, das mein Schuss hervorrief, irritierte ihn nicht nur, sondern blendete ihn kurzzeitig. Das wäre noch immer kein Problem gewesen; er hätte nur schießen müssen, und wir wären tot gewesen.

Aber er schoss eben nicht. Er fragte sich wohl, warum diese *Situation* so gar nicht mit seinen Übungen übereinstimmte.

Mein Punktbeschuss hingegen war so genau, wie er nur sein konnte. Der dumme Junge bekam nicht einmal mit, dass der Schutzschirm zusammenbrach und er starb.

Diesmal sagte Tifflor nichts. Er wusste, dass ich keine andere Wahl gehabt hatte.

Wir mussten einen Augenblick lang warten, bis die Wände und der Boden des Ganges sich so weit abgekühlt hatten, dass wir passieren konnten. Eine ärgerliche Zeitverschwendung, aber ich hatte den Eindruck, dass Tifflor die Ruhepause gut tat.

Oder Julian, wie ich ihn bald nennen würde.

Wir liefen weiter.

»Ach?«, nahm er den Faden wieder auf.

»Ja«, wiederholte ich. »Die Leistung war nicht beeindruckend. Im Transmitterraum benötigte ich fünfzehn Sekunden, um mir einen Überblick und Klarheit über meine Optionen zu verschaffen und die Lage vernünftig einzuschätzen. In fünfzehn Sekunden bin ich normalerweise fünfzehnmal tot.«

»Ach?«, wiederholte er. »Interessant.«

»Und ich konnte nicht weniger brutal vorgehen. Ich musste einerseits den Widerstand der Aras brechen, damit sie möglichst nichts versuchen, wenn wir jetzt nicht mehr dort sind, und andererseits die Tierchen aus ihrer Lethargie reißen.«

»Dieser Begriff ist widerlich.«

»Ja«, sagte ich. »Und drittens, ich hätte keinen Ara getötet, weil die Aras dringend gebraucht werden, um die verletzten Flüchtlinge zu behandeln. Ich habe euch gewarnt. *Die Transmitter sind aus Sicherheitsgründen speziell auf die genetischen Merkmale von Aras kalibriert.*«

»Darüber haben wir schon gesprochen. Hätten wir etwa auf Jaimbor zurückbleiben sollen?«

»Ich weiß es nicht.« Der Gang war abgekühlt, wir konnten weitergehen. »Das werde ich dir sagen, sobald wir die *Situation* unter Kontrolle haben. Falls Perry Rhodan dann noch lebt.«

Tifflor schluckte. Heftig. »Hast du irgendeine Vermutung, ob ...«

»Ich bin keine Medizinerin«, sagte ich.

»Nein. Eine Mörderin.«

»Und eure einzige und letzte Chance. Könntest du deine Retterin lieben?«

»Was?«, fragte Tifflor.

»Im Bett bin ich eine wahre Granate.«

Tifflor sah mich entgeistert an.

»Ich meine Sex.« Ich fragte mich, ob ich den Bogen überspannt hatte, doch irgendwann musste ich die nächste Phase einleiten. Und in diesem Augenblick traf ich Tifflor damit völlig unvorbereitet und brachte sein inneres Gleichgewicht durcheinander. Eine ideale Einleitung.

Aber ich durfte es nicht übertreiben. »Vergiss es. Vor uns wird gekämpft.«

»Oh.« Tifflor blieb stehen und sah nach vorn.

Vor uns wurde nicht gekämpft, sondern gemetzelt. Vielleicht 25 ehemalige Gefangene, die wesentlich besser drauf waren als ihre Leidensgenossen im Transmitterraum, hatten ein Mitglied der Abteilung Schiffssicherheit gefunden und umzingelt. Es war nicht ohne Verluste verlaufen; ich zählte sechs, sieben, acht Leichen auf dem Gang.

Noch ein absoluter Versager, dachte ich. Hätte man mir die Ausrüstung der Sicherheitskräfte zur Verfügung gestellt – einen Kampfanzug mit allen Funktionen inklusive Schutzschirm und Deflektor –, hätte ich alle tausend Tierchen erwischt. Ohne jede Ausnahme. An Bord der KAMMARA mussten die Sicherheitskräfte wirklich aus grünen Jungs bestehen, deren Kampferfahrung sich auf das Studium intelligenztötender Trivid-Spiele beschränkte.

Der junge Mann hatte sich verteidigt; die Leichen ließen keinen anderen Schluss übrig. Aber er war nicht erfahren genug gewesen, geschweige denn skrupellos. Er hatte Mitgefühl gehabt.

Er hätte nur schießen müssen. Dauerfeuer, und es war vorbei mit den Revoluzzern. Die *Tierchen* wären Asche gewesen.

Er hatte es nicht getan.

Und nun knüpften sie ihn sich vor. Für mich war Brutalität ein Weg zum Ziel, für sie nichts als Rache. Primitive Rache, wenn man so wollte. Aber was man ihnen angetan hatte, auch wenn sie teilweise in ihrer Blind- und Dummheit vielleicht gar nichts davon mitbekommen hatten ...

Mit selbstmörderischer Gewalt fielen sie über den armen Jungen her. Er wehrte sich, schoss erneut, und auf diese geringe Distanz konnte er gar nicht verfehlen.

Ein Terraner und ein Ferrone verwandelten sich in lebende Fackeln. Ich vermochte nicht zu sagen, ob der Schwung ihrer Bewegung sie weitertrug oder ein unbändiger Willen, aber sie liefen noch drei, vier Schritte.

Ich sah das nackte Entsetzen in den Augen des jungen Aras. Es schien ihn zu lähmen; er konnte vor Angst nicht mehr klar denken. Die Panik verleitete ihn zum nächsten Fehler: Er hielt den Finger nicht auf dem Abzug.

Als er dann wieder schoss, war es zu spät für ihn. Ein

weiterer Terraner starb unter schrecklichen Schreien, ein Blue brach zusammen, von der Hitze des Thermostrahls schwer versengt.

Dann hatten die anderen Flüchtlinge den jungen Sicherheitswächter erreicht. Sie prügelten ihn zu Tode, zerrissen ihn geradezu. Und zeigten dabei keine Gnade.

Wer konnte es ihnen verdenken? Ich jedenfalls nicht.

Sie hatten im Zoo in einem Paradies gelebt, und die, die dort gestorben waren, hatten sich noch immer im Garten Eden gewähnt. Aber einige von denen, die überlebt hatten, hatten die Wahrheit erkannt. Und die, die in den Laboren unsagbare Qualen erduldet hatten, waren auf sämtliche Aras besonders gut zu sprechen. Ich wusste, was man ihnen angetan hatte, und dachte nicht gern daran.

Diejenigen, die sich erinnerten, waren nun die Rädelsführer. Sie rissen die anderen mit.

»Verdammt«, stieß Tifflor hervor. »Genau das hatte ich verhindern wollen. »Ein grausames Gemetzel ...«

Ach, ich hatte ihn einfach zum Fressen gern. Dieser Terraner war ein Gutmensch. Ihm war egal, dass das Chaos an Bord unsere Chancen beträchtlich verbesserte, dass die armen *Tierchen* uns die Drecksarbeit abnahmen und wir nur davon profitierten.

Er hielt die andere Wange hin und verstand nicht, dass diese Wesen Grausames durchgemacht hatten und es ihren Folterknechten nun heimzahlten. Ein Ara war ein Ara, ganz egal, ob er jemals einen Fuß auf Jaimbor gesetzt hatte.

Tifflor ging es nur darum, Leben zu retten, das der befreiten Gefangenen genau wie das der Besatzung der KAMMARA. Er verzehrte sich danach, die Insassen des Galaktischen Zoos davon abhalten, ein Blutbad unter den Bordmedizinern anzurichten. Wahrscheinlich ekelte ihn sogar der Gedanke an, dass dieses Blutbad unsere Aussichten erhöhte, mit heiler Haut hier herauszukommen.

Tiff, ach, Tiff, du bist fast so edel wie Perry. Nur keine Unschuldigen verletzen, nur kein Blutbad anrichten. Wie kann man nur so dumm und blauäugig sein? Nein, etwas Besseres hätte uns nicht passieren können. Hehre Gefühle waren hier fehl am Platz.

»Weiter!«, rief ich.

Tifflor zögerte kurz. Wahrscheinlich spielte er mit dem Gedanken, einzugreifen und dem Ara-Raumsoldaten zu helfen, zu versuchen, ihm das Leben zu retten, doch selbst er musste einsehen, dass ein Eingreifen erstens zu spät kam und zweitens die *Tierchen* nicht mehr zurückhalten konnten. Wo sich Zorn aufgestaut hatte, entlud er sich nun.

Leise fluchend ließ er sich von mir in die Deckung eines Schotteingangs ein paar Meter hinter uns zurückziehen. Die Rebellen hatten uns nicht bemerkt, aber trotzdem musste ich ansatzweise den Kopf schütteln. Wie hatte jemand, den solch einen Idealismus trieb, drei Jahrtausende lang überleben können?

Eine Minute später zogen die Flüchtlinge schreiend weiter, auf der Suche nach dem nächsten Ara, den sie töten konnten. Sie hatten Blut geleckt. Falls das noch nötig war; der Drang nach Rache war ein starkes Motiv.

Tifflor wollte die Nische verlassen, doch ich hielt ihn zurück. »Abwarten!«, flüsterte ich. »Sie sind unberechenbar.«

Tiff sah mich ungehalten an. Nach zwei Sekunden nickte er. »Ja, da hast du recht.« Ich erkannte, wie es in ihm brodelte. Aber er hielt sich im Zaum.

Ich winkte und verließ die Nische. Tifflor folgte mir und war immerhin so geistesgegenwärtig, sich den Kombistrahler des toten Sicherheitsjungen zu greifen. Ich hatte darauf gewartet, dass er es tat; das ließ gewisse Rückschlüsse auf seinen Geisteszustand zu.

Tifflors Zustand war zufriedenstellend.

Wir liefen weiter, hörten in einiger Entfernung das Johlen der Flüchtlinge. Ich sah einen Antigravschacht, blieb so abrupt stehen, dass Tifflor fast gegen mich geprallt wäre. Ich sah ihn an; er nickte; wir sprangen hinein. Leuchtsymbole wiesen uns den Weg zur Zentrale, und wir wechselten die Schwebespur und ließen uns aufwärtstreiben.

»Glaubst du, dass sie in der Zentrale noch Leute haben, die uns Widerstand leisten können?«, fragte ich.

»Bei dem Chaos an Bord?«, erwiderte Tiff. »Sie werden ausgeschickt haben, was sie können, vielleicht noch zwei, drei Mann zur Sicherung der Zentrale zurückbehalten haben ...«

»Wir werden sie töten müssen.«

»Unsinn. Es gibt andere Möglichkeiten.«

Ich sah ihn an. Grinste. Vielleicht sogar wölfisch.

»Na schön«, sagte er schließlich. »Diesmal machen wir es so, wie du es für richtig hältst. Danach werden wir uns allerdings unterhalten.«

Ich nickte. Ich wusste, was ihn umtrieb. Vielleicht war Perry Rhodan jetzt schon tot. Er hatte keine andere Wahl, musste mir und meiner Skrupellosigkeit vertrauen. Mitfühlende Worte würden Rhodan nicht helfen. »Einverstanden. Eins nach dem anderen. Gibst du mir Feuerschutz?«

Eine überflüssige Frage. Ich brauchte ihn nicht, um in die Zentrale einzudringen. Aber wenn Tifflor jemanden tötete, um mir zu helfen und den Residenten zu retten, war er unserer Aktion und mir verpflichtet. Dann saßen wir gewissermaßen in einer Space-Jet.

»Ja. Du gehst raus?«

»Klar. Auf drei folgst du mir?«

»Auf oder bei?«

Solch ein Scherzkeks. Aber ich hatte ihn da, wo ich ihn haben wollte. »Auf«, sagte ich und warf einen Blick auf den Deckanzeiger. Ich musste zuerst die Lage sondieren; vielleicht blieb mir jedoch genau dafür keine Zeit.

»Schieße, um zu töten«, sagte ich. »Eins, zwei … drei!«

Ich übertrieb vielleicht etwas, als ich sprang, hart auf dem Deckboden aufprallte, mich abrollte, im Liegen das Ziel visierte und schoss. Alles mit einer einzigen, fließenden Bewegung.

Vielleicht hätte ein »Vorsicht! Verrückte Aufrührer sind uns dicht auf den Fersen!« genügt, um den Posten zu überrumpeln. Aber ich war nicht bereit, ein Risiko einzugehen.

Immerhin überraschte Tifflor mich positiv. Er schoss gleichzeitig mit mir, wenn nicht sogar einen Sekundenbruchteil vor mir. Natürlich nicht um zu töten; zu solch einer Konsequenz war er wohl einfach nicht fähig. Aber es ging um das Leben seines Freundes Perry, und das ließ ihn über den eigenen Schatten springen.

Zwei Wachposten sicherten den Zugang zur Zentrale. Der Schutzschirm des hinteren leuchtete unter Tifflors Beschuss auf, und mir wurde klar, dass mich mehr als nur ein unsichtbares Band an Julian fesselte. In diesem Moment bekam ich zum ersten Mal einen Eindruck davon, wie er *dachte.*

Punktbeschuss war normalerweise nur zu zweit möglich; vorhin hatte ich allein von der Dummheit meines Gegners profitiert. Ich hätte darauf warten können, dass Tiff sich auf mein Ziel konzentrierte, wusste aber, dass er es nicht tun würde. Also nahm ich den Soldaten unter Feuer, den er mit seinem Beschuss zurückgetrieben hatte, und im nächsten Moment überkreuzten sich die Strahlen aus unseren Waffen und vereinigten sich in einem gemeinsamen Ziel.

Eine Sekunde später wiederholte sich das Spiel bei dem zweiten Wachposten, und schneller, noch bevor die unerfahrenen Ara-Jünglinge sich über die Ungerechtigkeit des Schicksals beschweren konnten, waren sie tot.

Großartige Teamarbeit, Tiff, dachte ich. *Wenn wir im Bett genauso harmonieren ...*

»Das hätte nicht sein müssen«, sagte Julian.

»Hör doch auf. Genau das musste sein. Wenn du eine andere Möglichkeit gesehen hättest, hättest du mich darauf hingewiesen, nicht wahr?«

Er schwieg. Genau wie ich wusste er, dass man keine unhaltbaren Positionen verteidigen sollte. Dabei konnte man nur verlieren. Und Tifflor war nicht nur intelligent, er war ein Unsterblicher mit 3000 Jahren Lebenserfahrung und verlor nicht gern.

Keiner von uns, weder er noch ich, warf einen Blick auf die Leichen. Ich hämmerte auf die Notfallschaltung des Zentraleschotts, und es öffnete sich.

Die Aras hatten niemals ernsthaft die Möglichkeit in Betracht gezogen, dass man eins ihrer Schiffe entern könnte. Sie hatten die Sicherheitsvorkehrungen auf ein Minimum reduziert und keine Erfahrung im Umgang mit Krisen. Nur deshalb lebten wir noch.

Hochmut kommt vor dem Fall.

»Jetzt, Julian«, sagte ich unmittelbar darauf. »Eins, zwei …«

Er flüsterte tatsächlich ein »Drei!«

Ich sprang durch die Öffnung, drehte mich von rechts nach links und achtete darauf, dass alle Angehörigen der Zentralebesatzung meine Waffe sahen. »Alle hergehört!«, rief ich. »Die verrückten Flüchtlinge bringen gerade eure Raumsoldaten um. Wenn sie die Herrschaft über das Schiff erlangen, sind wir alle tot.«

Ich legte eine Kunstpause ein, um mich zu vergewissern, dass ich die Aufmerksamkeit der Offiziere hatte. Es waren knapp zwölf; der Kommandant hatte in der Tat einige hinausgeschickt, um für Ordnung sorgen zu lassen.

»Aber wir alle kommen hier mit heiler Haut heraus, wenn wir vernünftig sind«, fuhr ich fort. »Wenn ihr nicht vernünftig seid, komme *ich* mit heiler Haut heraus, und ihr seid tot. Tut, was ich sage, und wir überleben. Diskutiert mit mir, und ihr sterbt.«

Ich durfte nicht zu lange sprechen, sonst würde ich die Aufmerksamkeit der Zentralebesatzung wieder verlieren. Zumindest hatte ich sie schneller als die der Flüchtlinge im Transmitterraum gewonnen. Langsam, die Waffe nacheinander auf mehrere Besatzungsmitglieder richtend, ging ich zum Kommandanten der KAMMARA. Aus dem Augenwinkel stellte ich fest, dass Tifflor am Eingang der Zentrale wartete.

Er hielt mir den Rücken frei. Ich nickte zufrieden.

Niemand leistete Widerstand. Kein Wunder; Ara-Raumer waren *unangreifbar.* Niemand würde es wagen, einem Raumschiff der Aras feindselig zu begegnen. Das war seit Jahrhunderten nicht mehr vorgekommen.

Ich stellte mich auf die Zehenspitzen und drückte dem Kommandanten, der mindestens 20 Zentimeter größer war als ich, meine Waffe an die Schläfe. »Keine Diskussion«, flüsterte ich. »Du tust, was ich sage, oder du bist tot.«

Ich wusste, er würde nicht auf mich hören. Ein Ara war einfach zu stolz, sich von einer hergelaufenen Unreinen bedrohen zu lassen. Er vertraute nicht zuletzt dem Nimbus, den die Galaktischen Mediziner sich im Lauf der Jahrtausende erarbeitet hatten. Ich fragte mich, welchem Suhyag er angehörte, dass er sich für die Laufbahn eines Raumfahrers entschieden hatte – oder hatte entscheiden müssen. Vielleicht hatten seine Eltern aber auch so schlechte Beziehungen gehabt, dass ihm keine andere Wahl geblieben war.

Ein Diplomat war er jedenfalls nicht. »Niemals«, sagte er so leise, dass nur ich ihn verstehen konnte.

»Bedenke die Optionen«, erinnerte ich ihn ebenso leise. »Niemand konnte mich daran hindern, die Zentrale zu betreten. Wachen, Raumsoldaten, Sicherheitskräfte ... machtlos. Keiner konnte mich aufhalten. Glaubst du, deinen untergebenen Offizieren würde das gelingen? Sie sind keine Kämpfer.«

»Und?«, sagte er gepresst. War sein Stolz wirklich größer als seine Intelligenz? Zumindest würde ich Tiff gegenüber später behaupten können, alles versucht zu haben.

»Wir haben gemeinsame Ziele«, log ich, während ich mit meiner Waffe seine Stirn entlangstrich. »Du willst dein Schiff nicht verlieren, ich meine Haut nicht. Und ich brauche dein Schiff, wenn ich mich in Sicherheit bringen will. Ich brauche eine funktionierende Besatzung und keine Rebellen, die sich gegenseitig umbringen und alle anderen mit ihnen. Daher sollten wir uns einigen.«

Sein Schädel war genauso spitz wie der aller anderen Aras, seine Haut genauso durchscheinend. Und er wusste mit der Situation nicht umzugehen. Aber dieses Flackern in seinen Augen ... doch, das konnte durchaus Angst um das nackte Leben sein. Das Schicksal der KAMMARA und das Wohlergehen der Besatzung waren ihm wohl eher gleichgültig.

Er müsste eigentlich eine leichte Beute sein. Schwierig waren sie immer nur, wenn sie fundamentalistisch oder fanatisch waren.

»Du weißt nicht, was du tust«, flüsterte er. »So etwas ist seit der Monos-Ära nicht mehr vorgekommen. Bist du von Sinnen, dass du den Kommandanten eines *Ara-Schiffs* bedrohst?«

Pech gehabt. Er war fanatisch.

Und dumm.

»Ich habe kein Volk«, versuchte ich es wider besseres Wissen noch einmal, »keine Heimat und keine Verwandten. Die Aras können mich mit nichts von dem treffen, was sie tun werden. Ich bin ein Schatten, unsichtbar. Und dein Erster Offizier wird einsichtiger sein, nachdem ich dich getötet habe. Dazu muss es nicht kommen. Ich bitte dich, lass deine Vernunft walten. Ich frage dich ein letztes Mal.« Ich hob die Stimme, schrie nun fast. »Überträgst du mir uneingeschränkt das Kommando?«

»Niemals!«, antwortete er genauso laut. »Zabatobo! Und du und deine Spezies wer...«

Ich erschoss ihn. Ich hatte den Kombistrahler umgeschaltet, und sein Kopf löste sich in blaugrüne Gasschwaden auf – hier in der Zentrale war übertriebene Gewalt eher unangebracht –, und sein Körper brach zusammen. Trotzdem sprudelte Blut. Ich hätte es besser wissen müssen. Einige Sekunden lag der Torso auf dem Boden und schlug mit Armen und Beinen, dann war Ruhe.

Ich wartete nicht so lange ab. Der Kommandant bewegte sich noch, als ich bereits den Ersten Offizier im tödlichen Griff hatte. Die Insignien seiner Uniform waren eindeutig.

Natürlich war ich schlichtweg unterfordert, aber ich musste Rhodan retten. Oder zumindest versuchen, dass die besten Mediker an Bord ihm halfen.

»Du kennst das Spiel«, hauchte ich ihm ins Ohr, auch wenn ich mich dafür erneut auf die Zehen stellen musste. »Und du weißt, ich kann nicht zurück. Alles hört auf dein Kommando, und ich sage dir, was du tun musst. Also?«

Er schluckte. Wägte sein Leben gegen die Rache Aralons ab. Räusperte sich. Atmete tief ein. Wesentlich kürzer wieder aus.

»Ich bin der Erste Offizier«, rief er dann. »Alles hört auf mein Kommando!«

Wir hatten es geschafft.

»Sagen Sie mir, was Sie an Ihrem Aussehen stört«, sagte Tabes-Work.

»Seht mich doch an«, erwiderte Jocl. »Alles daran ist falsch.«

Der Ara runzelte die Stirn – oder zog ganz leicht die Brauen hoch, was einen beträchtlichen Unterschied ausmachte. »Ich sehe einen ganz normalen Unither«, sagte er humorlos. »Ein Wesen aus dem Volk, das auf Unith, dem dritten Planeten der Sonne Unatha, entstanden ist. Ein zweiarmiges, zweibeiniges und knapp aragroßes Geschöpf, dessen besonderes Merkmal ein armlanger, beweglicher Rüssel ist, der sowohl zur Nahrungsaufnahme als auch als Greifhilfe benutzt wird. Ein sauerstoffatmendes Wesen von humanoidem, jedoch klobigem Körperbau. Mir fällt nichts Außergewöhnliches auf.«

»Ihr habt es genau erkannt, Ehrwürdiger.« Jocl nickte so heftig, dass sein Rüssel fast gegen den großen, breiten Schreibtisch geschlagen hätte, der ihn von seinem Gegenüber trennte. Der Tisch war nicht unbedingt protzig, stellte jedoch klar, dass derjenige, der dahintersaß, als

Person von einer gewissen Bedeutung erkannt wurde. »Genau das ist es. Mein Kopf zum Beispiel ...«

»Er ist halbkugelförmig, hat zwei große Augen und sitzt halslos auf der Schulterpartie und ist daher kaum beweglich. Wie es bei einem Unither der Fall sein sollte. Sie sind ein ausgesprochen prachtvolles Exemplar Ihrer Spezies.«

»Ihr habt es tatsächlich erkannt«, sagte Jocl begeistert. »Nehmt nur meine Haut ...«

»Sehr zäh und von gelblichbrauner Färbung. Nicht sehr attraktiv für mich, aber typisch für einen Unither. Ich sehe kein Problem, das ich erkennen könnte.«

»Aber genau das *ist* das Problem. Ich bin ein *Unither,* meine beiden dicken Stummelarme enden in vierfingrigen, daumenlosen Händen, meine Beine sind säulenartig ...«

»Das hat ein Unither nun mal an sich.«

»Klobig und plump. Aber ich will etwas anderes sein. Glaubt mir, nur deshalb ertrage ich diesen Dialog. Ich weiß durchaus, wer und was ich bin und wie ich aussehe. Aber ...« Seine Stimme schien sich zu überschlagen. »Wir galten immer als rebellische Untertanen. Nur deshalb wollt Ihr mir nicht helfen, Ehrwürdiger, nicht wahr?«

Tabes-Work schaute etwas verwirrt drein. »Ich würde mich freuen, Sie als Klienten begrüßen zu können«, sagte er, »aber ich verstehe Ihr Problem nicht. Könnten Sie es mir genauer erklären?«

Jocl nickte energisch und schlang den Rüssel um ein Schreibtischbein, was Tabes-Work mit einem weiteren irritierten Kopfschütteln quittierte.

»Ich *will* Ihnen helfen«, fuhr der Ara schnell fort. »Ich

will *jedem* Klienten helfen. Aber der Klient muss mir schon sagen, was er von mir erwartet.«

Jocl atmete rasselnd durch den Rüssel ein. »Ich bin ein Unither«, sagte er. »Ich bin mein Problem.«

»Inwiefern?«

»Wir waren einst ein Vasallenvolk der Arkoniden und Teil des Tai Ark'Tussan. Dann haben wir unser eigenes kleines Sternenreich mit ungefähr hundert Systemen gegründet. Wir wurden Mitglied des Forums Raglund, um unsere Unabhängigkeit vom Kristallimperium und von der Liga Freier Terraner zu bewahren. Doch nach dem Hyperimpedanz-Schock hat sich das alles geändert. Da sind wir wieder ins Umfeld des Tai Ark'Tussan eingebunden worden. Mit der Hyperimpedanz hat sich alles geändert.«

»Ja«, sagte Tabes-Work. »Auch auf Aralon. Sie können sich nicht vorstellen, welche Auswirkungen die Hyperimpedanz für die Aras gehabt hat. Statt syntronischer Analysen positronische, unzulängliche Operationshilfen, Simulationen in den Rechnersystemen dauern unendlich lange ...« Er hielt inne. »Sagen Sie mir, was Sie an Ihrem Aussehen stört, oder das Gespräch ist beendet. Meine Zeit ist begrenzt, praktisch schon erschöpft.«

»Mich stört, dass ich ein Unither bin«, sagte Jocl. »Und dass ich verliebt bin. Aber nicht in eine Unitherin.«

»Nicht«, sagte Tabes-Work. »In wen denn?«

»In ... eine Gijahthrako«, sagte der Unither.

»Ach«, machte Tabes-Work. »Sie hängen also einem Traum nach? Nichts und niemand kann sich in ein artfremdes Wesen verlieben. Arten, mit denen man sich nicht fortpflanzen kann, können nicht sexuell attraktiv sein. Niemals hat sich ein Ara in eine Unitherin verliebt.

Darf ich Sie an einen Kollegen verweisen, der sich auf die Heilung psychischer Krankheiten spezialisiert hat? Wie Sie wissen, bin ich auf dem Gebiet der plastischen Chirurgie aktiv.«

»Sie zeigt sich mir als Unitherin. Aber das ist nicht die Erfüllung. Nur in ihrer profanen Gestalt können wir unser Glück finden. Ich habe Ihnen die beiden Alternativen genannt. Deshalb bin ich hier. Sie sollen einer der Besten Ihres Fachs sein. Wenn mir jemand helfen kann, dann Sie.«

»Ich danke Ihnen für das Lob, habe aber den entschiedenen Eindruck, dass Sie meine Zeit verschwenden.«

»Sie wissen, was es mit den Gijahthrakos auf sich hat?«, fragte der Unither.

Wider besseres Wissen nickte Tabes-Work zögernd. Unzählige Legenden rankten sich um das *uralte Volk;* angeblich konnten seine Angehörigen die Körper beliebig wandeln. Langlebigkeit wurde ihnen nachgesagt. Nur wenige Hundert von ihnen lebten angeblich als Dagor-Groß- und Hochmeister im Bereich des Imperiums, insgesamt sollte es etwa nur zehn Millionen von ihnen geben.

»Ich kann bezahlen«, sagte Jocl. »Weit über Tarif.«

Tabes-Work horchte auf. »Unfug«, sagte er dennoch. »Die Gijahthrakos zogen sich, als Orbanaschol III. an die Macht kam, vollständig zurück und reagierten erst Jahrzehnte später auf einen Hilferuf von Atlans Oheim Upoc, zu jener Zeit Imperator Gonozal VII., weil die Methanvölker, allen voran die gefürchteten Maahks, das Imperium fast ausgeblutet hätten. Aber das alles ist eben nur eine Legende ...«

»Wenn Ihr glaubt«, unterbrach ihn Jocl mit einer für einen Unither beeindruckenden Selbstsicherheit. »Die

Geschichte der Gijahthrakos tut hier nichts zur Sache. Ich werde Euch ihre wahre Gestalt nicht verraten. Ich möchte, dass Ihr mich umwandelt. In einen anderthalb Meter großen Arkonoiden, hager, sehnig und dunkelhäutig, mit überproportioniertem Schädel. Oder vielleicht auch in eine zwei Meter große, rötlich durchscheinende Tetraederform. Mehr hat Euch nicht zu interessieren.«

Tabes-Work lachte heiser auf und wechselte die Anredeform. »Du bist wirklich verrückt. Du willst also zu einem materialisierten Trugbild oder gestaltgewordenen Schatten werden?«

»Zu Pseudomaterie, die wie das Licht eines Spots beliebig an und aus geschaltet wird und wie dessen Lichtkegel an beliebiger Position erscheint.«

»Eine Projektionsgestalt der Gijahthrakos«, sagte Tabes-Work. »In dieser Form verwenden sie ausschließlich die männliche Form, die Fortpflanzung erfolgt durch ungeschlechtliche Aufsplitterung! Was willst du also mit solch einem Körper, auch wenn du dich in eine von ihnen verliebt haben solltest?«

»Das alles geht Euch nichts an, Heiler. Ich zahle. Verwandelt mich.«

»Eine unmögliche Aufgabe.«

»Genau deshalb bin ich hier. Wäre sie möglich, wäre ich auf Tahun ... oder in irgendeiner anderen Klinik.«

»Sicher auch eine reizvolle«, gestand Tabes-Work ein. »Aber wie könnte ein Unither die zweifellos exorbitante Rechnung begleichen? Obwohl ich fast versucht wäre, diese Operationen – denn mit einer kommen wir nicht aus – kostenlos durchzuführen. Nur um das Endresultat zu bestaunen. Falls du auf jedwede Schadensersatzforderungen verzichtest ...«

»Das möchte ich nicht«, sagte Jocl. »Belassen wir die Gijahthrakos im Reich der Legenden, und ich zahle lieber und bin sicher, dass ich die beste Versorgung erhalte, die man sich kaufen kann.«

»Noch einmal ... wie kann ein Unither ...«

Jocl schob einen Datenträger auf den riesigen Schreibtisch. »Ich bin nur ihr Leibwächter.« Seine Stimme klang dumpf. »Fragt mich nicht, Ehrwürdiger, wie es geschehen ist, aber ich liebe sie. Oder ihn. Oder was auch immer. Und sie liebt mich. *Sie* zahlt.«

Tabes-Work schob den Datenträger in ein Lesegerät. Zuerst runzelte er die Stirn, dann hellte seine Miene sich auf. »Wie gesagt, dieser Wunsch ist so absonderlich ... Ich lasse den Vertrag aufsetzen. Bitte nenne mich nicht mehr ›Ehrwürdiger‹. Du bist von nun an mein Klient und in den besten Händen, die du dir vorstellen kannst. Darf ich dir etwas zu trinken anbieten oder einen kleinen Imbiss kommen lassen? Einen Gratis-Drink vielleicht?«

Jocl schwenkte den Rüssel sanft hin und her. Seine Gesichtsmuskulatur wurde aktiv, und Tabes-Work glaubte, ein Lächeln zu erkennen.

»Jetzt verstehen wir uns endlich«, sagte der Unither.

Pron Dockt ließ das Holobild erstarren, das den Mediker Tabes-Work und den Unither Jocl zeigte.

»Warum tue ich mir das an?«, murmelte er. »Weshalb sitze ich hier?«

Genauso gut hätte er in der Fundgrube sein können. Dort hätte er wenigsten etwas bewirken können. Neue Gifte entwickeln, Exo-Spezies studieren, Bezüge herstellen.

Das gelang ihm problemlos, obwohl er anders dachte, wie sein Bruder immer betonte. Anders. Nicht unbedingt falsch, nur anders. Darin war er wirklich gut. Wahrscheinlich mochte sein Bruder ihn nur aus diesem Grund. Weil er wegen seiner andersartigen Denkweise so wertvoll für den Suhyag war.

Er rief ein anderes Holo auf, ein größeres, das den gesamten Raum ausfüllte. Plötzlich schienen sich Musiker im Raum zu befinden, schwarz befrackte Terraner, ein klassisches Streichquartett in der Besetzung aus zwei Violinen, Bratsche und Violoncello. Pron Dockt schaltete mit einer Handbewegung den Ton aus – er mochte keine Musik – und trat zwischen den Musikern hindurch, als wolle er sie dirigieren. Seine rechte Hand hob und senkte sich im Takt, mit dem Kopf nickte er im Rhythmus.

Was ist aus uns geworden? dachte er. *Die Legenden sind verblichen. Erst die Gräueltaten während der Cantaro-Besetzung, dann die Hyperimpedanz. Das hat uns fast das Genick gebrochen. Wir sind nur knapp davongekommen.*

Die Auswirkungen des Hyperimpedanz-Schocks hatten die Spitzen der Gesellschaft und Zivilisation der Aras tatsächlich am stärksten betroffen. Pron Dockt musste nur an Zheobitt denken, den vielleicht begnadetsten lebenden Mediker ihres Volkes, dessen Vorgehen nun bewirkte, dass er, Pron Dockt, bei Weitem nicht mehr so oft in die Fundgrube kam, wie er es sich eigentlich wünschte.

Nun ja, er hätte natürlich genauso gehandelt. Da Zheobitt viel auf Reisen war – das Geldverdienen hatte bei ihm einen Stellenwert, der durchaus seinem Rang entsprach –, hatte er die Ehre, den Mantel des Lordmedikers überzustreifen zu können, einfach abgelehnt. Eine Ehre, die daraufhin Oclu-Gnas zugefallen war, seinem *Bruder.* Und der wusste sie nicht nur zu schätzen, sondern auch zu nutzen, ganz wie es sich gehörte.

Zheobitt war das beste Beispiel dafür, wie stark ganz Aralon durch die Hyperimpedanz in Mitleidenschaft gezogen worden war. Die 180 winzigen Laserlichterzeuger, die er in jeden seiner Augäpfel implantiert hatte, damit er notfalls selbst bei Dunkelheit Operationen vornehmen konnte. Die Finger seiner linken Hand, die er durch gentechnisch modifizierte Replikate ersetzt hatte und die sich damit für sehr viel feinere Arbeiten als die einer normalen Hand eigneten, was insbesondere im klinischen Bereich von Vorteil war. Die Nase, die er ebenfalls gentechnisch verändert und mit sündhaft teuren biochemischen Geruchsrezeptoren ausgestattet hatte. All diese Aufrüstungen lagen zwar über dem allgemeinen Standard, entsprachen aber bei gehobenen Medikern der Regel. Und die meisten hatten einwandfrei funktioniert, solange sie die notwendige syntronische Unterstützung bekamen.

Eine Unterstützung, die auf einen Schlag weggebrochen war.

Heiler, die ihre Hilfsmittel nicht mehr benutzen konnten und sie erst mühsam auf positronische Unterstützung herunterfahren mussten. Kliniken, in denen die hochkomplexe Betreuung der Klienten von einem Tag zum anderen nicht mehr gewährleistet war. Forschungsreihen, die wertlos geworden waren, da Positroniken bei ihren Berechnungen und Extrapolationen ganz einfach nicht die Leistungsfähigkeit von Syntroniken erreichten.

Ganz abgesehen von den Problemen des alltäglichen Lebens, der Infrastruktur. Gleiter, Transmitter, Medoroboter … nichts hatte mehr funktioniert. Die Zivilisation war auf Aralon zusammengebrochen.

Pron Dockt fragte sich, wie viele Klienten in diesen Tagen des Umbruchs gestorben waren.

Er kniff die Augen zusammen. Das Spiel des Streichquartetts zeigte nicht die gewünschte Wirkung. Er störte sich an Einsätzen, die um Mikrosekunden zu spät kamen, an mangelnder Harmonie. Und die Musik war ihm schlicht zu eintönig, auch wenn er sie gar nicht hörte.

Er rief das Datenpaket des Holos auf. Die größten Hits des terranischen Klassikers Johnny Cash, eingespielt vom Streichquartett der Symphoniker der Plophos Abro Opera im Arrangement des Dirigenten Horatio Tubbs. Eine fast 2500 Jahre alte Konserve. Kein Wunder, dass es da zu gewissen Verzögerungen kam.

Und nicht nur wegen der Wiedergabequalität – Cash sagte ihm nichts. Schubert musste her. Schubert half immer.

Er wählte eine andere Aufnahme aus, eine avantgardistische, multikulturelle. Ein Blue und ein Ara an den Violinen, ein Maahk an der Bratsche und ein Arkonide am Violoncello.

Schon besser. Viel besser. Er entspannte sich zusehends, genoss den Gleichklang, die Harmonie, in der diese vier so unterschiedlichen Kulturen sich vereinigten, für die sie alle Differenzen, alle Spannungen aufgaben, die zwischen ihren Völkern existieren mochten.

Seine Gedanken klärten sich, doch seine Niedergeschlagenheit blieb. Ungewöhnlich, dass er selbst bei Schubert in der Vergangenheit verharrte.

Und nur an die Schrecken der Vergangenheit dachte. Denn es war schon einmal wesentlich schlimmer gewesen. Es hatte eine Epoche vor den Cantaro, vor der Hyperimpedanz gegeben, da hatten die Aras von Aralon den legendären Ruf vergangener Zeiten verloren, ihr Nimbus der Unfehlbarkeit hatte sich verflüchtigt, und die beinahe monopolartige Stellung der medizinischen Forschung auf Aralon war gebrochen worden. Damals galten vor allem die modernen Einrichtungen der Terraner als unerreicht gut, allen voran die Forschungsstationen und Kliniken auf Mimas und Tahun.

Aber das waren wirre und gefährliche Zeiten gewesen, Zeiten, über die die Geschichte – und der unermüdliche Einsatz seines gesamten Volkes – schon vor einigen Jahrhunderten den Mantel des Vergessens ausgebreitet hatte. Trotz der Cantaro, trotz der Hyperimpedanz stand Aralon wieder hervorragend da. Die Welt hatte ihren Ruf wiederhergestellt, auch wenn die Zeiten sich geändert hatten.

Natürlich ließ sich ein ganzer Planet von hoch spezialisierten galaktischen Medizinern nicht finanzieren, wenn keine Klienten kamen, weil die Raumfahrt nicht mehr so funktionierte wie zuvor, weil sie plötzlich wieder so teuer geworden war, dass längst nicht jedermann sich mehr einen Flug nach Aralon leisten konnte.

Natürlich brach einem ein Teil der Klientel weg, wenn der medizinische Standard in der gesamten Galaxis ständig stieg und immer weniger seltene, exotische, unbekannte Krankheiten auftraten, die Humanoide befallen konnten.

Auch Aralon hatte sich umstellen und mit der Entwicklung der Zeit Schritt halten müssen, und genau deshalb saß Pron Dockt als Beauftragter seines Suhyag hier. Er, der er eigentlich der völlig Falsche dafür war, eingesetzt von seinem Bruder, dem Lordmediker.

Warum tut mein Bruder mir das an?, fragte er sich. Und gab sich selbst sofort die Antwort darauf: *Weil er mich quälen will. Weil er nicht versteht, dass ich anders denke. Dass mein Gehirn anders aufgebaut ist und ich deshalb die Welt anders wahrnehme als die meisten Aras.*

Und weil er meine Leistungen nicht verleugnen kann, sondern eingestehen muss, dass ich Erfolge erziele.

Oder vielleicht, *weil* er genau das verstanden hatte. Weil er ihm mit diesem Schachzug einen Posten zugeschanzt hatte, auf dem er nahezu unangreifbar war. Weil er ihn gleichzeitig unter Kontrolle halten und seine Fähigkeiten nutzen wollte.

Aber doch nicht für so etwas, dachte Pron Dockt voller Abscheu.

Er befreite den Mediker Tabes-Work und den Unither Jocl aus ihrer holografischen Erstarrung.

Sagen Sie mir, was Sie an Ihrem Aussehen stört.

Pron Dockt schüttelte den Kopf. Als Reaktion auf die veränderten Bedingungen gab es auf Aralon nun ganze Straßenzüge, in denen sich *kosmetische Kliniken* angesiedelt hatten. Und andere, in denen Psychiater und Therapeuten Hilfe bei nicht körperlichen Erkrankungen anboten. In denen lapidare Fälle der Allgemeinmedizin behandelt wurden, mit dem Verkaufsargument: »Wenn wir auf Aralon unheilbare Krankheiten heilen können, bist du bei heilbaren hier erst recht in den besten Händen.«

Sagen Sie mir, was Sie an Ihrem Aussehen stört.

Abscheulich. Widerlich, einfach widerlich.

Nun gut, ganz so schlimm, wie er die Lage darstellte, bot sie sich vielleicht doch nicht dar. Das Fettabsaugen ließen die Rusufer noch auf Rusuf durchführen, die Gefirnen noch auf Gefirtaron, aber kompliziertere Angelegenheiten ... da kam man wieder nach Aralon, wenn man es sich leisten konnte und nicht allzu weit entfernt wohnte. Langsam überwand Aralon die Umsatzeinbußen und erarbeitete sich wieder den alten Nimbus.

Langsam.

Aber weshalb musste ausgerechnet er über die Zulässigkeit der angebotenen Behandlungen entscheiden? Weshalb erwartete man ausgerechnet von ihm, Richtlinien und Direktiven über das neue medizinische Selbstverständnis Aralons festzulegen?

Natürlich in Absprache mit seinem Bruder, der dabei wiederum die Interessen des Suhyag berücksichtigte.

Ganz einfach. Weil Oclu-Gnas und nicht Zheobitt der Lordmediker war. Weil Zheobitt sich wieder einmal als überlegen erwiesen und auf diesen Posten verzichtet hatte.

Aber ... ein Unither, der kein Unither mehr sein wollte?

Lächerlich!

Fett absaugen. Rüssel abschneiden. Aus Säulenbeine Rehbeine machen. Keine *Keulen,* Beine.

Lächerlich!

Aber er wusste, was geschehen, wie Tabes-Work reagieren würde, sobald erst einmal das Zauberwort fiel. Hätte der Unither nicht über genügend Mittel verfügt, hätte Pron Dockt diese Aufzeichnung gar nicht erst zu sehen bekommen.

Chronners. Das war das Zauberwort.

Aber dann fiel ein ganz anderes, und plötzlich war Pron Dockt sehr interessiert.

Gijahthrakos.

Eine Unmöglichkeit.

Eine Legende, nichts mehr. Eine nicht durchführbare Umwandlung.

Aber die Ausführungen des Klienten waren nachvollziehbar. Hatte er wirklich solch eine Begegnung der dritten Art gehabt? Oder bildete er sich das alles nur ein?

Pron Dockt ging auf Nummer sicher und rief die Kontodaten des Klienten auf. Er konnte bezahlen.

Bezahlen für eine Unmöglichkeit. Natürlich würde Tabes-Work den Auftrag übernehmen. Was hatte er schon zu verlieren? Nichts. Und sobald die Bezahlung abgebucht war, konnte er sich auf die Jagd nach dem machen, was die Aras seit Beginn ihrer Geschichte auszeichnete.

Unsterblichkeit.

Über die Suche nach der Unsterblichkeit ließen sich die Galaktischen Mediziner vielleicht am besten definieren. *Der unmögliche Fall. Das nicht zu lösende Rätsel.*

Eine Suche, die sie seit 3000 Jahren nur noch eingeschränkt betreiben konnten, im Verborgenen, seit die Terraner die galaktische Bühne betreten und die übrigen Völker in großem Maßstab auf das geheime Bestreben der Aras aufmerksam gemacht hatten. Seit die Terraner das damals gerade entwickelte Unsterblichkeitsserum und alle Unterlagen darüber beschlagnahmt und vernichtet hatten.

Plötzlich verspürte er das Aufwallen eines Jagdfiebers, von dem er geglaubt hatte, er habe es schon längst verloren.

Das ist vielleicht ein Fall für die Fundgrube!

Zumindest hatte der Dilettant Tabes-Work die Form gewahrt. Er siezte den Klienten, hielt Abstand, bis ein Vertragsverhältnis zustande gekommen war. Erst dann ging er in dieses unsägliche »Du« über, das die Terraner in der Milchstraße eingeführt und das sich seitdem sogar im Kristallimperium durchgesetzt hatte.

Oh Zeiten, oh Sitten, dachte Pron Dockt.

Das Streichquartett erhob und verbeugte sich, und obwohl Pron Dockt seine Darbietung gar nicht mehr verfolgt hatte, ließ er das Holo von Beginn an abspielen. Schubert war für diesen Augenblick einfach passend.

Irgendetwas störte ihn, und als ein kleines Solo der Bratsche einsetzte, kam er darauf. Er dachte eben *anders,* und manchmal – nein, eigentlich fast immer – hegte er selbst zu seiner Überraschung dabei die *richtigen* Gedanken.

Gijahthrakos.

Allein schon dieser Name elektrisierte ihn nun förmlich. Natürlich hielt er den Klienten für geistig nicht ganz auf der Höhe, oder aber für einen Betrüger. In diesem Fall aber für einen sehr geschickten.

Weshalb tischte der Unither solch eine Märchengeschichte auf? Hätte er gesagt, dass er nicht mehr wie ein Elefant, sondern wie eine Elfe aussehen wollte, hätte er nur ein Zehntel des nun veranschlagten Honorars gezahlt. Auch wer über einen fast unbegrenzten Kreditrahmen verfügt, warf sein Geld nicht einfach mit vollen Händen aus dem Fenster.

Zumindest würde kein Ara das tun. Er musste sich über die Unither informieren. War das vielleicht üblich bei ihnen? Nein, wohl kaum. Was also wollte Jocl damit bewirken?

Vielleicht gibt es doch etwas, worüber wir staunen können, dachte Pron Dockt. *Vielleicht gibt es doch etwas* Unmögliches *in unserer Welt.*

Oder litt der Unither an übersteigertem Geltungsdrang? War er schlicht und einfach verrückt?

Er beschloss, seinen Bruder darauf aufmerksam zu machen. Ein Spezialist musste unauffällig den Geisteszustand des Unithers überprüfen. Erst, wenn eine psychische Erkrankung auszuschließen war, lohnte es sich, diesen Fall weiterzustudieren.

Eher geistesabwesend verfolgte Pron Dockt den Rest des Beratungsgesprächs. *Was wirst du tun, Bruder?*, dachte er.

Wobei dieser Begriff sicher ziemlich weit hergeholt war. Im Prinzip gab es keinen einzigen Ara, der ihm nahestand. Er war ein Ausgestoßener. Er wusste genau, wie die anderen über ihn dachten.

Noch wagte allerdings niemand, ihm zu widersprechen.

Sein Bruder würde den Fall natürlich weiterhin im Auge behalten. Ganz einfach, weil Pron Dockt *anders* dachte und schon sehr oft recht behalten hatte, zum Nutzen des ganzen Suhyag.

Er schaltete das Holo schließlich aus, noch genauso angewidert wie zu Anfang, und genoss einen Moment lang mit vollständiger Konzentration den stummen Schubert.

Dann widmete er sich wieder dem, was ihn derzeit mit eigentlich überwältigender Ausschließlichkeit interessierte.

Dem schwarzen, kopfgroßen Stein.

»WAS WILLST DU NOCH?«, SAGTE JULIAN TIFFLOR. »Die Aufständischen haben sich gegen die überraschten Aras durchgesetzt. Wir müssen das Massaker an Bord beenden!«

»Leben retten, nicht wahr?« Ich lachte leise. »Tausende von Leben wirst du verlieren, Jules. Die besten Mediker und die letzten Raumsoldaten sind unterwegs zu unserem Freund. Sie werden ihn in die Zentrale bringen. Hoffentlich lebend. Nur darauf kommt es an.« Ich sprach den falschen Namen so laut und deutlich aus, dass die Aras in der Zentrale ihn nicht überhören konnten.

»Das kannst du nicht tun.« Tifflor war bleich und zitterte buchstäblich am ganzen Leib. »Du musst die Befreiten ... davon abhalten, ein Blutbad anzurichten. Wir müssen für Ordnung sorgen!«

»Das Blutbad war schon vorbei, bevor wir die Zentrale erreicht haben«, sagte ich. »Sei doch endlich mal du selbst! Was ist unser erstes Ziel?«

So, wie er mich ansah, bezweifelte ich, dass er mich jemals würde lieben können. Andererseits würde er in wenigen Minuten vielleicht begreifen, dass ich das einzig Richtige tat. »Jules«, sagte ich, »ich habe die Lage unter Kontrolle und erwarte deine übergreifenden strategischen Befehle.«

»Wir müssen ein Blutbad verhindern!«

»Jules, Maus.« Ich lächelte so süß, wie ich nur konnte. Auch wenn er mich physisch vielleicht nicht besonders anziehend fand, sprachen meine Körpersprache und Mimik Bände. »Ich wiederhole mich nur ungern, aber das Blutbad ist bereits geschehen und vollendet. Wir haben getan, was in unserer Macht stand.« Leider hatten wir keinen Einzigen vom kämpfenden Personal der KAMMARA retten können. Das hatte nicht in unserer Macht gestanden. *Schade drum.*

»Für die Details bin ich zuständig, für die großen Fragen du. Ich mache das Frühstück, du bestimmst die Politik. Eine klare Rollenverteilung, wie sie seit etwa dreitausend Jahren festgelegt ist. *Was nun?*« Die letzten beiden Worte sprach ich sehr scharf aus.

Der Erste Offizier sah uns an, als wären wir Chymir. »Wie heißt du überhaupt?«, entmystifizierte ich uns. Chymir hätten das gewusst.

»Darfass-Gegul«, sagte er zögernd.

»Danke, Darfass. Nenne mich bitte Qinshora.« Die arkonidische Göttin der Liebe und unendlichen Güte. Welchen besseren Tarnnamen könnte es für mich geben? »Also, Jules?« Seinen wahren Namen konnte ich nicht aussprechen; ich ging davon aus, dass alles, was hier geschah, aufgezeichnet wurde, und durfte seine wahre Identität nicht verraten. Bei seinem Aussehen würde bei dem gebräuchlichen *Jules* niemand einen Zusammenhang herstellen können.

Ich hatte einmal eine Jules gekannt. Sie hatte mit Begeisterung Mäuse umgebracht und war mit Sicherheit in irgendwelchen Datenbanken gespeichert. Falls wir die KAMMARA nicht zerstören konnten und die Zentraleaufzeichnungen in die falschen Hände geraten würden, würde der Zusammenhang zwischen Jules und Maus die Geheimdienste wochenlang beschäftigt halten.

»Also? Und vergiss nicht, Maus, alles, was wir sagen und tun, wird bestimmt aufgezeichnet werden.« Wenn es nach mir ging, würden wir die KAMMARA schlicht und einfach sprengen, sobald wir sie nicht mehr benötigten.

Er trat neben mich. »Die KAMMARA muss der MOMANTAR folgen«, flüsterte er mir ins Ohr.

Ich grinste schwach. Die MOMANTAR war das Schiff des Mantarheilers Trantipon, der für die Zustände auf Jaimbor verantwortlich war. Und nicht nur für die Zustände dort. Noch verstand ich nicht genau, welche Rolle er auf dem neuen Zooplaneten gespielt hatte, aber es musste eine bedeutende sein.

Eigentlich hätte ich den Befehl ohne Rücksprache geben können, so gut konnte ich mich mittlerweile in Tifflors Denkweise hineinversetzen.

»Gute Idee, Maus.« Ich legte einen Arm um seinen Rücken und ließ die Hand dann tiefer gleiten. »Darauf wäre ich nie gekommen. Du bist eben für die großen Zusammenhänge zuständig.« Sein Hintern war so straff und fest wie der eines Dreißigjährigen, nicht wie der eines Dreitausendjährigen. »Ich kümmere mich darum. Sieh du mal zu, dass du die Aufständischen unter Kontrolle bekommst ... Jules.«

»Für wie blöd hältst du mich?«, fauchte er leise.

Aus nächster Nähe sah ich nun, dass es Tiff doch nicht so gut ging, wie ich gehofft hatte. Sein Gesicht war bleich, und auf seiner Stirn perlten Schweißtropfen. Mehr noch; seine gesamte Oberbekleidung war von Schweiß durchnässt, offensichtlich eine Nachwirkung des Transmitterdurchgangs. Meine Zweifel an den Vorgängen wurden stärker.

Wieso hatten die Aras bei den manipulativen Sicherheitsschaltungen der Transmitter dermaßen gepfuscht? Wieso war Perry völlig handlungsunfähig, und Tiff klagte nur über leichte Schmerzen? Oder würde da noch etwas nachkommen? Vielleicht stand auch Tifflor vor einem kompletten Zusammenbruch. Aber warum dann diese Inkonsequenz? Oder gab es eine völlig andere Erklärung und Auflösung für diesen Sachverhalt? Doch die zu suchen, fiel nicht in meinen Aufgabenbereich, auch wenn mich solche ungeklärten Fragen störten.

Es gab Dutzende von Erklärungsmöglichkeiten, die eine schlimmer an den Haaren herbeigezogen als die andere. Vielleicht war dieses Transmitterfiltersystem noch in der Experimentierphase, ein Gerät, das in Zukunft Krankheitserreger via Transmitterdurchgang herausfilterte, ein Hybrid aus Filter und Falle. Aber ich glaubte nicht so recht daran.

Bei meinen Missionen legte ich Wert auf völlige Klarheit. Jedes Detail, das ich übersah oder nicht verstand, konnte tödliche Konsequenzen haben.

Oder war Tiff in erster Linie geistig betroffen? Litt er unter Schweißausbrüchen, weil die bösartigen Manipulationen erst später zutage treten würden? Obwohl der Sinn einer solchen Manipulation mir nicht einleuchten wollte, wurde mein Eindruck immer stärker, dass Tifflor üble Vorahnungen plagten und handlungsunfähig machten, zumindest einschränkten.

Auch ich hatte Vorahnungen, was den Erfolg meiner Mission betraf. Fünfzig Prozent waren inakzeptabel.

»Wohin fliegt die MOMANTAR?«, fragte ich Darfass.

Der Erste Offizier starrte mich verwirrt an. »Das weiß ich nicht«, flüsterte er ängstlich.

Ich sah ihm auf den ersten Blick an, dass er die Wahrheit sprach.

Aber da war noch etwas anderes ...

»Finde es heraus«, sagte ich. »Ihr habt Einsatzpläne, Notfallroutinen, kodierten Funk zur Absprache ... also finde es heraus.« Ich glitt mit den Fingerspitzen über sein Gesicht, liebkoste die Stirn, den Nasenrücken, die Lippen ... und zwang seinen Mund auf und schob ihm die Mündung des Kombistrahlers hinein. »Finde es heraus. *Bitte.* Tust du mir den Gefallen?«

Er nickte so hektisch, dass ich fast unabsichtlich den Abzug betätigt hätte.

Vorsichtig nahm ich den Strahler wieder aus Darfass' Mund und ließ den Ara los.

Tiff wirbelte herum und hob die erbeutete Waffe, als eins der Zentraleschotts sich öffnete. Ein knappes Dutzend Ara-Mediker stürmte herein, vier davon schoben Antigravtragen vor sich her.

Tragen, keine Bahren.

Wieso erstarb meine aufkeimende Hoffnung wieder, als ich auf einer der Tragen Rhodan erblickte? Das Gesicht nicht nur wegen seines veränderten Aussehens bis zur Unkenntlichkeit verzerrt, sondern in erster Linie wegen seines Zustands, der sich verschlechtert hatte. Rhodan zitterte am ganzen Leib, und auch seine Kleidung war wie die Tifflors von Schweiß durchnässt. Die Farbe seiner neuen Haut hatte ein teigiges Graugelb angenommen. Er war nicht bei Bewusstsein.

Der Ara-Mediker, der die Trage steuerte, sah mich an. In seinem Blick erkannte ich Angst. »Wir ... wussten nicht genau, welchen Terraner wir holen sollten«, sagte er. »Deine Beschreibung war nicht genau genug. Da haben wir alle mitgebracht, auf die sie einigermaßen passte.«

Ich tat so, als würde ich seine Worte nicht zur Kenntnis nehmen, und ging zur nächsten Trage weiter. Der Mann, der darauf lag, war noch schlechter dran als Rhodan. Seine Haut war genauso grau, und der Schweiß, den er absonderte, schien sie *aufgeweicht* zu haben. Ich hatte den Eindruck, dass sich ihre oberen Schichten stellenweise von den unteren lösten und einfach abblätterten. Und sein Körper wirkte unter der Bekleidung irgendwie ... *deformiert.*

Bei den nächsten beiden Kranken konnte ich nicht einmal definitiv sagen, dass es sich überhaupt um Terraner handelte. Die Haut des ersten befand sich in einem noch stärkeren Stadium der Auflösung; sie hatte sich zu einer klebrigen Substanz verflüssigt, die die Umrisse seiner Gesichtszüge verschwommen und unnatürlich weich wirken ließ.

Der letzte war zu einem Gallertklumpen zusammengeschmolzen.

Er hatte sich in eine zähe, fast durchscheinende Masse verwandelt, die bei jeder Bewegung der Trage heftig zitterte. Mich wunderte, dass sie nicht einfach völlig zerfloss, und ich fragte mich, welche Kräfte sie noch zusammenhielten.

»Warum habt ihr ihn überhaupt mitgebracht?«, fuhr ich den Mediker an, der hinter der Antigravtrage stand. »Oder könnt ihr ihm noch helfen?«

Der Ara fuhr sichtlich zusammen. Die Gewalt, die ich in der Zentrale zelebriert hatte, zeigte die von mir erhoffte Wirkung. »Er ... ist während des Transports gestorben. Nein, wir können ihm nicht mehr helfen.«

Ich sah ihn scharf an. »So schnell vollzieht sich der Verfall?«

Er zuckte mit den Achseln. »Alle Eindringlinge haben durch den Transmittertransport mindere molekulargenetische Schädigungen erlitten. Heilungschancen sind bei diesen beiden Klienten ...« Er zeigte auf Rhodan und den zweiten Terraner, den ich mir angesehen hatte. »... zwar durchaus vorhanden, aber denkbar gering.«

»Warum?«

»Die Transportierten haben während des Transmittersprungs auf molekularbiologischer Ebene interagiert. Teile ihrer jeweiligen DNS sind ... *verunreinigt* worden. Es gibt nur wenige Heilungsmöglichkeiten von außen. Du musst auf die Selbstreparaturroutinen der jeweiligen Metabolismen vertrauen und kannst die Situation der beiden Klienten lediglich durch die üblichen Stabilisierungs- und Schmerzreduktionsmaßnahmen erleichtern.«

»Moment«, sagte ich. »In einem Käfigtransmitter wird alles durch ein eigenes Strukturfeld eingeschlossen und dann transportiert – wie bitte kann es dann während des Transportes zu Veränderungen kommen? Der Körper ist doch durch das Feld geschützt ...«

»Ich bin kein Experte ... Es handelt sich um eine Neuentwicklung. Das Feld wurde manipuliert und hat eine bestimmte Strahlung ausgesendet. Wegen der kurzen

Transportdauer reagiert jeder Organismus anders darauf.«

»Inwiefern verunreinigt? Ihr wisst, womit, oder? Euch liegen die Transmitterprotokolle vor. Helft ihnen!«

»Und wer kommt für die Kosten auf?«, fragte der Ara.

Ich schoss ihm den linken Unterschenkel weg. Keine große Sache; mit der Regenerationstechnik der Galaktischen Mediziner konnte er schon in wenigen Stunden wieder auf den Beinen sein. Aber die Angelegenheit war für ihn ziemlich schmerzhaft, und genau darauf kam es mir an. Wenn es nach mir ging, konnte das Töten nun ein Ende finden, und an sinnloser Gewalt lag mir gar nichts. Es kam einzig und allein darauf an, eine genau dosierte Einschüchterung zu betreiben.

Ich drehte mich zu dem Ara hinter Rhodans Trage um und richtete die Waffe auf ihn. »Helft den beiden!«

Der Mediker schluckte. »Wir bringen die beiden Schwerkranken in ein Heilzimmer«, sagte er.

»Und dann? Wollt ihr es dabei bewenden lassen?«

Der Galaktische Mediziner atmete tief ein. »Einzig erfolgversprechend ist die Einschleusung von intelligenten Nanoenzymgruppen, die in den befallenen Teilen des Körpers Ordnung schaffen werden. Ein sehr aufwändiges und kostspieliges Verfahren ...«

Ich kniff die Augen zusammen.

»Aber wir werden sofort mit der Behandlung beginnen.«

»Wie stehen die Chancen?«

»In den nächsten Stunden wird sich entscheiden, ob die beiden Verletzten durchkommen oder nicht.«

»Leitet die Behandlung umgehend ein!« Mit einer eindeutigen Bewegung der Waffe machte ich ihnen klar, dass sie die Zentrale verlassen sollten. »Und nehmt euren Kollegen mit!« Ich deutete auf den Mediker, der auf dem Boden lag; er hatte das Bewusstsein verloren. Eine Gnade, die Perry Rhodan nicht zuteil geworden war, wie ein leises Stöhnen verriet. »Und versucht gar nicht erst, mich zu täuschen. Ihr könnt euch hier nicht verstecken; ich werde euch finden, wo immer ihr seid.«

Der Ara-Mediker nickte. Gemeinsam mit seinen Kollegen hob er den Verletzten hoch und legte ihn zu dem Verstorbenen auf die Antigravtrage. Ich hatte den Eindruck, dass er kurz mit dem Gedanken spielte, den Gallertklumpen zu Boden zu stoßen, dann aus gegebenen Gründen aber doch darauf verzichtete.

»Halt!«, sagte Tifflor hinter mir, als die Gruppe der Aras sich in Bewegung setzen wollte.

Der Mediker sah mich an. Ich nickte. »Wartet!«, sagte ich.

Tifflor trat neben mich. »Ich gehe mit ihnen«, flüsterte er mir zu. »Wenn die Aras ihn behandeln, müssen wir in Kauf nehmen, dass sie ihn aufgrund des Aktivators in seinem Leib als Unsterblichen identifizieren. Dann hätten sie ein Druckmittel gegen uns in der Hand.«

»Einverstanden«, gab ich genauso leise zurück. »Achte auch darauf, dass die Flüchtlinge nicht über die Mediker herfallen. Und schick alle Tierchen, die dir über den Weg laufen, in die Zentrale, Jules.«

»Was hast du vor, Qinshora?«

»Ich muss einen geordneten Bordbetrieb organisieren.«

»Das Schiff ist in unserer Hand. Stellt die Kämpfe ein, verschont die Eierköpfe, wir brauchen sie, damit sie uns heilen. An die Ara-Besatzung ... hier spricht euer erster Offizier.« Ich nickte Darfass-Gegul zu.

»Ich bestätige«, sagte der Erste Offizier. »Stellt die Kämpfe ein.« Er klang etwas gequält, doch ich bezweifelte, dass die Besatzung darauf achten würde.

Der Widerstand der Galaktischen Mediziner war gebrochen. Natürlich würde der eine oder andere von ihnen versuchen, uns aufzuhalten, aber mein brutales Vorgehen, für das Tiff mich früher oder später ausführlich schelten würde, hatte dafür gesorgt, dass wir nicht mit Dutzenden, sondern höchstens zwei oder drei Zwischenfällen dieser Art rechnen mussten.

Wie ich es erwartet hatte, ebbte der Zorn der Befreiten allmählich ab, nachdem sie ihn an jedem ausgelassen hatten, der sich ihnen widersetzte. Immer mehr von ihnen trafen in der Zentrale ein.

Ich sprach kurz mit jedem von ihnen, behielt ausgebildete Raumfahrer in der Zentrale zurück, schickte die anderen aus, ihre Kameraden einzusammeln und zu mir zu bringen. Ein Teil der ehemaligen Gefangenen baute bereits körperlich ab; ich befürchtete, dass die Aras über kurz oder lang mit den Behandlungen der Kranken nicht nachkommen würden.

Dennoch war mir die Logik ihrer Transmitterfalle noch immer nicht einsichtig: Warum tötete sie manche auf der Stelle, beeinträchtigte andere stark, manche aber so gut wie gar nicht?

Doch wenn es auf die Selbstreparaturmechanismen des jeweiligen Betroffenen ankommt, versuchte ich mir einzureden, *müsste Rhodan wegen seines Zellaktivators ganz gute Chancen haben.*

Ich wählte die fünf vertrauenswürdigsten Nicht-Raumfahrer aus und beauftragte sie, ein Mitglied der Zentralebesatzung zu begleiten und Handfeuerwaffen zu besorgen. Das stellte zwar ein gewisses Risiko dar, doch ich hoffte, es überschauen zu können. Allmählich gewannen bei den Flüchtlingen die Vernunft und die Sorge um das nackte Überleben die Oberhand über den Zorn und den Drang nach Rache.

Bei den anderen erkundigte ich mich, welche Ausbildung sie genossen hatten. Dann teilte ich sie den jeweiligen Angehörigen der Zentralebesatzung zu, damit sie ihnen auf die Finger schauten und darauf achteten, dass wir von den Aras nicht hintergangen wurden.

Der Stoßtrupp kehrte zurück. Ich verteilte die Waffen an die Flüchtlinge, die in der Zentrale die Ordnung aufrecht halten sollten. Zwei Flüchtlingen erklärte ich, was sie nun zu tun hatten, die anderen schickte ich wieder in den Walzenraumer hinaus, damit sie weitere Versprengte einsammelten.

Nachdem die Lage in der Zentrale so gesichert war, wie ich sie unter den gegebenen Umständen nur sichern konnte, machte ich mich zu Tifflor und Rhodan in die Krankenstation auf.

Wenn ich erwartet hatte, dass Tifflor angespannt, aber ruhig neben Rhodans Bett saß, sah ich mich getäuscht. In der Krankenstation herrschte fast hektische Betriebsamkeit. Ich hatte meinen Helfern unter den Flüchtlingen aufgetragen, diejenigen von ihnen, denen es am schlechtesten ging, ebenfalls auf die Krankenstation zu bringen. Sie hatten die Anweisung befolgt, und die Mediker versorgten sie nach Kräften. Meine Einschüchterung zeigte den gewünschten Erfolg.

»Wie geht es ihm?«, fragte ich Tifflor.

Er winkte mich zu sich in das Heilzimmer und aktivierte eine Abschirmvorrichtung, die verhinderte, dass wir belauscht werden konnten. Ich kniete neben Rhodan nieder und legte eine Hand auf seine Stirn. Sie war nicht mehr so heiß wie zuvor und auch kaum nass vor Schweiß.

»Sie haben ihn stabilisiert«, sagte er. »Ihm Nanoenzymgruppen injiziert und einen Medikamentencocktail verabreicht, der seine Selbstheilkräfte unterstützt.«

»Bist du dir sicher, dass sie ihm nichts anderes gespritzt haben?«

Tifflor zuckte mit den Achseln. »Natürlich nicht. Mein medizinisches Wissen ist rudimentär im Vergleich zu dem der Mediker. Aber ...« Er zeigte auf Analyse- und Überwachungsgeräte, die an Rhodans Körper angeschlossen waren. »Sie haben sie wohl kaum so eingestellt, dass sie falsche Daten anzeigen. Und du siehst ja selbst, sein Zustand hat sich deutlich gebessert.«

»Haben sie ...«

»Den Zellaktivator?« Tifflor schüttelte den Kopf. »Nein. Es scheint sich um eine Routinebehandlung zu handeln. Sie haben ... *ihn* ...« Er nickte zu Rhodan hinüber. »... nur flüchtig untersucht. Jedenfalls ließ nichts erkennen, dass sie wissen, mit wem sie es in Wirklichkeit zu tun haben. Und diese Enzymgruppen hatten sie vorbereitet in Reserve liegen. Wahrscheinlich für den Fall, dass ein zahlungskräftiger Klient an Bord kommt und versehentlich infiziert wird. Oder dass sie irgendeine andere Schweinerei vorhaben ...«

»Hast du die Lage hier unter Kontrolle?«

»Ja. Ich …« Er hielt kurz inne. »Ich kann nicht billigen, wie du vorgegangen bist, aber … es hat funktioniert.«

War das eine Art verklausulierte Abbitte? Das Zugeständnis, dass er meine Handlungsweise doch für richtig hielt?

Ich breitete die Hände aus. »Ich kehre in die Zentrale zurück. Es gibt dort noch einiges zu tun.«

»Ja. Bitte versuch herauszufinden, wo Trantipon ist. Er ist wahrscheinlich verantwortlich für die Zustände auf Jaimbor, und wir müssen …« Er verstummte wieder.

Ihn zur Rechenschaft ziehen? Der edle Tifflor … immer rechtschaffen und gut …

Ich schob alle Gedanken an Perry Rhodans schwierigen Kampf ums Überleben beiseite und machte mich auf den Weg. Wie ich zu Tifflor gesagt hatte: Es gab dort in der Tat noch einiges zu erledigen.

Darfass-Gegul schien in der Tat erfreut, mich zu sehen. Ich fragte nicht, was geschehen war, ob einige der *Tierchen* die Zentralebesatzung vielleicht etwa hart angefasst hatten. Das konnte ich mir gut vorstellen; allmählich wurde den Flüchtlingen in aller Deutlichkeit klar, was ihnen angetan worden war, und sie brachten den Aras nicht die geringste Liebe entgegen. Wahrscheinlich traute der Kommandant mir zumindest zu, meine Leute unter Kontrolle zu halten. Ich war ein kalkulierbarer Risikofaktor; zwei Dutzend bewaffnete Entkommene waren unberechenbar.

»Qinshora …« Zögernd trat er auf mich zu, während die beiden Flüchtlinge, die auf ihn aufpassten, weiterhin die Waffen auf ihn richteten.

Ich winkte ihn huldvoll heran.

»Die Lage ist unerträglich«, klagte er. »Deine Leute behindern uns bei der Arbeit. Wenn wir die Manövrierfähigkeit aufrechterhalten wollen, müssen sie uns ungestört arbeiten lassen.«

Ich konnte mir ein leises Lachen nicht verkneifen. »Alles wird gut«, antwortete ich. »Jetzt bin ich ja wieder da. Und selbstverständlich werden meine Leute euch weiterhin die Waffen in den Rücken drücken.«

»Aber ...«

»Ich vertraue euch leider nicht«, sagte ich. »Ich bin auf zu viele Widersprüche gestoßen.«

»Widersprüche ...?«

»Wieso wird man zu Gallert, wenn man in einem Schutzfeld transmittiert wird? Wieso sollten sich Ara-Mediker ohne Entgelt um zahlungsunfähige Klienten kümmern, und wieso sollte man ihnen vertrauen? Außer, man drückt ihnen eine Waffe an den Kopf?«

»Aber ich ...«

»Und die Klienten sprechen auf die Behandlung an. Wieso habt ihr behauptet, dass selbst bei minderen Schäden kaum Heilungschancen bestehen? Ihr habt uns belogen, und das ist nicht gerade vertrauensbildend.«

»Aber ... ich bin kein Mediker ...«

»Trotzdem.« Ich lächelte. Natürlich verstand ich seine Besorgnis. Meine Leute waren Entwurzelte und Verzweifelte, hoffnungslos Kranke und Naivlinge, Dummköpfe und Gierhälse, Durchgeknallte, die zum Teil seit Jahren und Jahrzehnten gequält und missbraucht worden waren. Zwar hatte Rhodan sie aus ihrer Lethargie gerissen, und sie hatten ein Schiff erobert, doch ich bezweifelte, dass sie es ohne kleinere Probleme auch würden halten können.

»Die MOMANTAR?«

»Was?«

»Die MOMANTAR. Ich hatte dich gebeten, den Kurs der MOMANTAR in Erfahrung zu bringen.« Ich legte die rechte Hand auf meine Waffe und kraulte ihn mit der linken unter dem Kinn. »Das hast du doch nicht vergessen, oder?«

»Nein ... nein. Darf ich?« Er deutete auf einen Projektor.

Ich nickte.

Darfass-Gegul rief ein Holo auf. »Die MOMANTAR hat Kurs auf Aralon genommen. Sie hat einen Vorsprung von nur wenigen Minuten.«

Ich entnahm den Daten des Holos, dass die Entfernung zwischen Jaimbor und Aralon lediglich 216 Lichtjahre betrug. Bei der derzeitigen Geschwindigkeit würde der Walzenraumer für diese Strecke etwa sechs Stunden benötigen.

Sechs Stunden. Einerseits eine Ewigkeit, in der alles Mögliche geschehen konnte, andererseits kaum genug Zeit für vernünftige Planungen.

»Aralon also«, murmelte ich, während Darfass mich gespannt ansah. Die Hauptwelt der Aras. Aber was konnte ich daraus schließen? War das ein mehr als deutliches Indiz dafür, dass die Ara-Regierung über die Vorgänge auf Jaimbor informiert war? Nicht unbedingt.

Wenn irgendein gesetzloser Terraner eine größere Menge Howalgonium stahl und dann Kurs auf Terra nahm, musste das keineswegs heißen, dass er im Auftrag des Residenten und der gesamten Regierung handelte. Vor solch vorschnellen, unausgegorenen Vermutungen hütete ich mich.

»Du kannst ihm folgen?«

»Wir haben bereits Kurs Aralon gesetzt ...«

»Was war euer eigentliches Ziel?«

Der Kommandant zögerte kurz. Zärtlich strich ich über meine Waffe.

»Wir sind ein Quarantäneraumer ...«

»Was heißt das?«

»Nun ja, eine Quarantäne ist ...«

Nun richtete ich die Waffe auf ihn, gab mir dabei einen fast geistesabwesenden Anschein. »Ich weiß, was eine Quarantäne ist.«

»Wir können hier an Bord absolute Quarantänebedingungen gewährleisten«, sagte der Kommandant schnell. »Unser eigentliches Ziel war Swoofon. Wir haben zahlreiche vorerst noch unter Verschluss befindlichen Gerätschaften an Bord, über deren Natur mir nichts bekannt ist. Ich rate von dem Versuch ab, die entsprechenden Container zu öffnen. Trantipon wird Vorkehrungen getroffen haben.«

Dieses Problem stellte ich erst einmal zurück. Es war natürlich reizvoll, sich diese Geräte einmal anzusehen, und ich fragte mich, ob Tifflor der Versuchung würde widerstehen können.

»Eure Aufgabe bei Swoofon?«

»Wir sollten in der Nähe des Planeten warten.«

»Worauf?« Ich legte eine gewisse Ungeduld in meine Stimme.

»Das weiß ich nicht«, sagte Darfass schnell. »Auf ein besonderes Ereignis. Die Mediker an Bord würden wissen, wann der richtige Moment gekommen sei, um die Anlagen in Betrieb zu nehmen. Mehr kann ich dir wirklich nicht sagen.«

»Von wem habt ihr diesen Auftrag erhalten?«

»Von den Mantarheilern Trantipon, Kreolin und Schopsna.«

Ich dachte nach. Diese Informationen würden in erster Linie Tifflor und Rhodan interessieren. Für die Erfüllung meines Auftrags waren sie im Moment nicht von primärer Bedeutung.

Swoofon also. Ein wichtiger Planet für die Liga Freier Terraner, gerade nach der Erhöhung der Hyperimpedanz. Ein Großteil der Mikrotechnik der LFT stammte von dort. Wenn das geheimnisvolle Ara-Toxin auf Swoofon eingesetzt wurde, waren die Schäden für die Liga unabsehbar, ganz zu schweigen vom Schicksal der Bewohner des Planeten.

Tiff hatte mich gebeten, auf Trantipons Spur zu bleiben; sie durfte nicht erkalten. Der Weg zu einem LFT-Stützpunkt würde angesichts Rhodans gesundheitlichem Zustand ohnehin zu lange dauern. Aralon hingegen war praktisch nur einen Katzensprung entfernt. Ich konnte zwei Fliegen mit einer Klappe schlagen, wenn wir auf Aralon landeten und die dortige LFT-Vertretung um Unterstützung baten.

Allerdings begaben wir uns damit in die Höhle des Löwen. Es war zwar nicht erwiesen, aber auch keineswegs auszuschließen, dass der *Medizinischer Rat* der Aras über den neuen Galaktischen Zoo informiert war oder ihn sogar gegründet hatte. Wie dem auch sein mochte, ich musste Vorkehrungen treffen, um die Sicherheit meiner beiden Schutzbefohlenen und meine eigene zu gewährleisten.

»Wir behalten den Kurs auf Aralon bei«, befahl ich, ergriff Darfass-Gegul mit einer Hand an den Aufschlägen seiner Uniformjacke und zog ihn ganz dicht an mich heran. Wäre er ein erfahrener Kämpfer gewesen, hätte die Devise lauten müssen, Abstand zu wahren, doch der Kommandant der KAMMARA war höchstens ein Schreibtischtäter. Ich hatte ihn unter Kontrolle.

»Wir werden uns jetzt in aller Ruhe unterhalten«, flüsterte ich ihm ins Ohr. »Ich stelle Fragen, und du antwortest. Meine Geduld ist erschöpft. Eine unwahre Antwort, und du bist tot. Diese Freude willst du dem Zweiten Offizier doch nicht machen, oder? Also ... *Zabatobo.*«

»Was?« Darfass erbleichte so heftig, dass seine Haut noch durchscheinender zu werden schien. Ich konnte das Blut in seinen Adern pulsieren sehen. Ich legte ihm eine Hand in den Nacken, suchte und fand eine Nervenbahn und drückte zu, vorerst noch sanft. Er wimmerte trotzdem auf.

»Zabatobo«, wiederholte ich. »Das hat der Kommandant gesagt, bevor er starb. Willst du auch sterben? Bei dir wird es allerdings nicht so schnell gehen wie bei ihm. Ein Kodewort, nicht wahr?«

Der Erste Offizier schluckte, rang verzweifelt nach Luft. Ich lockerte den Griff ein wenig, und Darfass nickte.

»Lass mich raten. Eine nicht zu überbrückende Zusatzschaltung, die beim Tod des Kommandanten aktiv wird?«

»Ja.«

»Und was bewirkt sie?«

»Die ... die Positronik sperrt den Hyperfunk. Sie bestätigt ausgehende Funksprüche ganz normal als gesendet, schickt sie aber nicht ab. Und ... und ...«

Ich ließ mir nichts anmerken. Irgendwann würde Tiff auf den Gedanken kommen, einen Funkspruch nach Terra rauszujagen, Verteidigungsminister Bull zu informieren und zu bitten, uns mit einem Geschwader Kampfraumer abzufangen. Damit war dieser Plan gestorben.

Der meine war es sowieso nicht gewesen. Mein Auftrag war klar: Wir mussten unbedingt nach Aralon.

»Und?«, fragte ich.

»Und die Positronik nimmt eine Kursänderung vor und fliegt das Schiff automatisch nach Aralon zurück.«

Das war nun wirklich kein Beinbruch, zumindest nicht für mich.

»Das ist so programmiert und nicht rückgängig zu machen?«

»Genau.«

»Und die Instrumente zeigen weiterhin den zuvor angegebenen Kurs an?«

»Ja.«

Ich musste wider Willen leise auflachen. Diese paranoiden reinrassigen Aras! Aber sie verstanden sich zu schützen und verließen sich nicht darauf, dass ihre Schiffe auch in den nächsten hundert oder tausend Jahren nicht angegriffen oder gekapert werden würden.

»Aber das ist noch nicht alles, oder?«

Der Erste Offizier schüttelte zaghaft den Kopf. »Nein. Nach Ende der Überlichtetappe ...«

»Also, wenn wir Aralon erreichen ...«

»... wird automatisch ein Notruf abgestrahlt.«

Das war natürlich keine so gute Nachricht. Aber uns blieben ja noch ein paar Stunden Zeit. »Vom normalen Funkgerät?«

»Nein. Von einer versiegelten Zusatzeinheit.«

»Du wirst deine Leute anweisen, diese Einheit zu zerstören. Ich will Konstruktions- und Baupläne sehen, in denen sie eingezeichnet ist. Ich könnte dich jetzt unter

Druck setzen und dir ankündigen, jede halbe Stunde einen Angehörigen der Zentralebesatzung zu erschießen, angefangen mit dir, solange diese Zusatzeinheit nicht funktionsunfähig ist, aber darauf kann ich hoffentlich verzichten ...«

Er starrte mich aus weit aufgerissenen Augen an und nickte wieder.

»Gut. Und in der Zwischenzeit sprechen wir über die Beiboote der KAMMARA ...«

»SICHERHEITSSTUFE EINS?«, FRAGTE TANKRED Bowitz.

Arturo Lampedusa seufzte leise. »Natürlich, Herr Kulturattaché. Du fragst mich das jetzt zum dritten Mal. Hat deine Nervosität einen bestimmten Grund?«

Bowitz gab sich mit der Antwort nicht zufrieden und aktivierte sein Mehrzweckarmbandgerät. Es sah wie ein ganz normales Modell aus, wie man es auf Terra an jeder Straßenecke kaufen konnte, doch der Eindruck täuschte. Genau das Gegenteil war der Fall. Von diesen Geräten gab es nur wenige Tausend Exemplare, und jedes davon kostete in der Herstellung mehr Galax, als Bowitz in einem Jahr verdiente.

»Das ist wirklich überflüssig«, sagte der Botschafter. »Dieses Büro gehört zu den am besten gesicherten Örtlichkeiten auf Aralon.«

»Es gibt eine Möglichkeit, unbemerkt hereinzukommen«, sagte Bowitz müde. »Wenn ich sie kenne, kann auch ein anderer sie herausfinden.«

»Du bist paranoid.« Lampedusa ließ sich in den Sessel hinter seinem Schreibtisch fallen. »Aber darüber haben wir schon zu oft gesprochen. Es gibt nichts mehr dazu zu sagen.«

»In dieser Hinsicht gebe ich dir uneingeschränkt recht.«

Bowitz schritt der Reihe nach die Wände des Büros des Botschafters ab, die echten wie auch die Holospiegelung, hinter der sich der Fluchtweg befand, auf den er angespielt hatte. Er ging gründlich vor; die Untersuchung dauerte fast zehn Minuten, während denen er jeden Konversationsversuch Arturo Lampedusas ignorierte. Erst, als er mit dem Ergebnis zufrieden war, nahm er in einem der Sessel auf der anderen Seite des Schreibtisches Platz. Das Armbandgerät desaktivierte er nicht; sollte es erst jetzt zu Abhörversuchen kommen, würde es ihn sofort warnen.

»Zufrieden?«, fragte der Botschafter.

»Auch darüber haben wir schon zu oft gesprochen«, antwortete Bowitz. »Nicht dein Leben steht auf dem Spiel, sondern meins und das meiner Leute. Du genießt diplomatische Immunität und lässt dir in der Sicherheit dieses Anwesens exquisite Weine und erlesene Speisen kredenzen. Schlimmstenfalls würde man dich ausweisen. Ich hingegen ...«

»Erlesene Weine zu exquisiten Speisen«, berichtigte der Botschafter nachsichtig. »Aber diesen Unterschied wirst du wohl niemals begreifen.« Übergangslos wurde er ernst. »Also, worum geht es?«

Bowitz lehnte sich zurück und überdachte seine nächsten Worte. »Irgendetwas stimmt nicht.«

Lampedusa verschränkte die Arme über – oder genauer gesagt *auf* – dem Bauch. »Mit dieser Aussage kann ich nun unheimlich viel anfangen.«

»Genau das ist es, was mir Sorgen bereitet.« Bowitz schloss kurz die Augen. »Ich weiß nicht, was nicht stimmt«, gestand er ein, als er sie wieder öffnete. »Und ich habe nicht einmal den Schimmer einer Ahnung, was gespielt werden könnte. Das bereitet mir fast noch mehr Sorgen.«

Der Botschafter nickte bedächtig. »Wir kennen uns jetzt nun schon seit ... wie vielen Jahren?«

»Kennen wäre vielleicht zu viel gesagt. Wir arbeiten zusammen.«

»Mit großem Erfolg. Wir haben gelernt, uns gegenseitig zu respektieren. Nur deshalb bin ich bereit, auf deine Ahnungen zu hören.«

»Sie haben mich bislang noch nie getrogen.«

»Sonst wärest du wahrscheinlich schon tot, und ich müsste auf Yorname unentwegt schlechtes Wetter ertragen und käme wahrscheinlich gar nicht mehr vor die Tür. Du musst mich nicht überzeugen, du hast meine Unterstützung. Ich werde versuchen, deine Wünsche zu erfüllen. Außer, wenn du mich wieder davon überzeugen willst, dass deine Abteilung unterbesetzt ist. Erstens glaube ich das nicht, und zweitens kann ich nichts daran ändern.«

»Wir *sind* unterbesetzt«, sagte Bowitz.

»Ja, natürlich«. Lampedusa ahmte mit einem Mal Bowitz' Stimme nach, und es gelang ihm sogar einigermaßen überzeugend. *»Ist klar, da haben wir also* den *Biowaffenherstellerplaneten des bekannten Universums, den Seuchenherd Aralon, auf dem wöchentlich die neuesten Gifte, Seuchen und sonstigen unliebsamen Substanzen zusammengebraut werden. Aralon ist eine Gefahr für jede Zivilisation in der Milchstraße, und dem armen, überlasteten TLD steht* *nicht einmal eine Brieftaube zur Nachrichtenübermittlung zur Verfügung!«*

Er sprach wieder einige Oktaven höher. »Und ich muss jetzt darauf erwidern: Nein, das ist Aralon nicht mehr. Aralon ist zivilisiert, kein permanenter Feind und gibt daher bitte kein permanentes Feindbild ab. Aralon hat schon lange keine Krise mehr ausgelöst. Auch darüber haben wir schon zu oft gesprochen, Tankred.«

Bowitz musste wider Willen grinsen. »Das alles gilt ebenso für Tahun. Der Medoplanet der LFT ist wahrlich keine Giftküche. Doch ich habe dir Dossiers vorgelegt, wie viele Agenten des Kristallimperiums unserer Einschätzung zufolge den dortigen Auftritt des Residenten und des Residenzministers für Außenpolitik begleitet haben.«

»Ich habe die Dossiers gelesen und spare mir den Hinweis darauf, dass die Präsenz deiner Kollegen die Entführung der beiden nicht verhindern konnte. Mehr noch, ihr habt nicht die geringste Ahnung, wer die beiden entführt haben könnte oder wo sie sich derzeit aufhalten.« Lampedusa kniff die Augen zusammen und beugte sich vor. »Oder willst du etwa behaupten, dass die beiden sich hier auf Aralon befinden?«

Bowitz schüttelte spontan den Kopf. »Nein. Nein, davon gehe ich nun wirklich nicht aus.«

Der Botschafter lehnte sich wieder zurück. »Aber wenn deine Ahnung dir sagt, dass etwas nicht stimmt …«

»Es hat nichts mit Rhodan und Tifflor zu tun.«

»Womit denn?«

»Ich werde dir keine Einzelheiten nennen.«

»Das verstehe ich, und ich will auch gar keine hören. Weshalb bist du also hier?«

»Ich möchte«, sagte Bowitz langsam, »dass du für sämtliche LFT-Einrichtungen auf Aralon die Alarmstufe eins auslöst.«

Lampedusa sah ihn ausdruckslos an.

»Und du wirst Terra informieren und temporäre Unterstützung anfordern.«

Der Botschafter sagte noch immer nichts.

»Ich befürchte, dass hier eine gewaltige Schweinerei ausgeheckt wird«, fuhr Bowitz fort, »und ...«

»Und?«

»... dass wir unterwandert worden sind. Einen Maulwurf unter uns haben.«

Lampedusa spielte einen Moment lang mit dem Kodierstift, mit dem er die Geräte auf seinem Schreibtisch bedienen konnte. Schließlich sah er Bowitz an. »Auf eine bloße Ahnung hin?«

»Ich kann dir gewisse Indizien nennen. Mehr nicht. Wie ich schon sagte, das Gesamtbild erschließt sich mir noch nicht.«

Der Botschafter nickte mehrmals, als wolle er sich selbst Mut zureden. »Na schön. Du weißt, Nachrichten an Terra sind nicht ganz einfach, aber ich werde es tun, wenn diese Indizien mir auch nur einigermaßen schlüssig erscheinen. Nein, *schlüssig* ist nicht der richtige Ausdruck. Nachvollziehbar. Ach was!« Er schlug mit der flachen Hand auf den Schreibtisch. »Wenn du mich von deiner Auffassung überzeugen kannst, dass irgendetwas *nicht stimmt.* Wir kennen uns nun wirklich schon lange genug, und ich ...«

»Danke«, überging Bowitz den Versuch des Botschafters, nun schon zum zweiten Mal innerhalb weniger Minuten ein Verhältnis zwischen ihnen zu beschwören, das in dieser Form ganz einfach nicht bestand.

»Also, lass hören.«

»Die Aras haben einen Großteil ihrer Flotte umgerüstet«, begann Bowitz. »Und zwar zu sogenannten *Quarantäneraumschiffen.* Hier stellen sich mir mehrere Fragen: *Wer* hat diese Schiffe eigentlich umgerüstet? Und zwar unter den aktuellen Hyperimpedanz-Bedingungen? Waren das Ara-Techniker oder Fremdarbeiter? *Wo* wurden sie umgerüstet? Entscheidend jedoch ist für mich die Frage: Warum haben wir bis vor Kurzem nichts davon mitbekommen? Du kannst mir glauben, Arturo, es war eine gewaltige Aktion. Und der TLD tappt im Dunkeln? Bekommt nur zufällig etwas davon mit, nachdem die Aktion schon längst beendet ist?«

Der Botschafter atmete tief ein. »Das hört sich in der Tat außergewöhnlich an.«

»Beunruhigend, würde ich sagen. Die Aras rüsten nicht einfach so plötzlich auf *Quarantäneschiffe* um, und zwar in hoher Stückzahl.«

»Ich habe noch nie versucht, unhaltbare Positionen zu halten. Warum habt ihr nichts davon erfahren, und was genau ist die Aufgabe dieser *Quarantäneraumschiffe?*«

»Das ist ja genau das, was mir Kopfschmerzen bereitet. Sie halten den Deckel drauf. Eine perfekte Abdichtung. Entweder, *einfach alle* sind darin verwickelt, die Regierung, alle arkonidischen Geheimdienste, sämtliche Suhyags ... oder die Urheber der Aktion haben dafür gesorgt, dass ausgerechnet der TLD nichts davon erfährt. Und was für eine Aufgabe sie haben ...« Bowitz breitete hilflos die Hände aus.

»Indem die Urheber dieser Aktion den Liga-Dienst unterwandert haben, wie du bereits angedeutet hast?«

»Fällt dir eine andere Erklärung ein?«

Lampedusa zuckte mit den Achseln. »Aber das ist sicher nicht alles?«

»Keineswegs.« Bowitz schloss erneut die Augen. »Ein bedeutender Suhyag wirbt Hilfskräfte an. Äußerst qualifizierte Hilfskräfte. Das geht weit über die gegenseitige Hilfeleistung hinaus, zu der die Suhyags verpflichtet sind. Und es hat mich veranlasst, Nachforschungen einzuziehen. Eine Vielzahl fähigster Mediker wurde versetzt. Abgezogen. Bekam neue Aufgabenbereiche. Niemand weiß, wo sie derzeit eingesetzt werden.«

»Und du gehst davon aus, dass sie diese ... *Quarantäneschiffe* bemannen?«

»Eine naheliegende Vermutung, oder?«

Der Botschafter runzelte die Stirn. »Jedenfalls eine, die in der Tat Anlass zu großer Sorge gibt. Kannst du mit weiteren Indizien dienen?«

»Leider. In den letzten Wochen und Monaten kam es bei Aras verschiedener Suhyags zu einer hohen ... nun ja, sagen wir ... Ausfallrate. Ich habe Informationen eingeholt. Einige haben zweifelsfrei Selbstmord begangen. Andere sind einfach verschwunden. Wieder andere haben ihren Jahresurlaub genommen, sind mit Medoschiffen in entlegene Bereiche der Milchstraße aufgebrochen, nehmen ein Sabbatjahr, sind in Privatpraxen gewechselt, die zwar jede Menge Chronners einbringen, vom Ansehen her mit dem der Überschweren unter den Söldnern der Aras vergleichbar sind ...«

»Wie hast du das herausgefunden?«

»Das sind keine bloßen Behauptungen. Ich kann

alles belegen. Soll ich dir die Dossiers zukommen lassen?«

»Das war keine Antwort.«

»Du bekommst auch keine.«

»Natürlich nicht. Es geht ja um dein Leben.«

»Arturo ...«

»Ich kann nur hoffen, dass all diese Informationen nicht auf den Angaben eines einzigen Informanten beruhen.«

»Arturo«, wiederholte Bowitz und schüttelte den Kopf. Dann sah er auf sein Mehrzweckarmbandgerät. Und drückte einen Knopf.

»Werden wir abgehört?«, fragte der Botschafter.

»Nein. Alles im grünen Bereich. Wir sind hier sicher. Zumindest unbelauscht.«

»Aber du hast einen Informanten?«

»Wenn ich einen hätte, würde ich es dir nicht sagen.«

»Und deshalb bist du zu mir gekommen?«

»Du bist mein Vorgesetzter. Mein höchster und einziger. Natürlich könnte ich die Alarmstufe Eins selbst auslösen. Versuchen, mit Terra Kontakt aufzunehmen. Aber du hast recht, deshalb bin ich zu dir gekommen. Ich kann meinen Leuten nicht mehr vertrauen und brauche deine Rückendeckung.«

»Weshalb die Alarmstufe? Was hast du vor?«

»Ich will Klarheit in die Sache bringen.«

»Deshalb müsstest du keine Alarmstufe ausrufen. Du planst eine konkrete Aktion.«

»Und du wirst verstehen, dass ich darüber auch dir gegenüber kein Sterbenswörtchen verraten werde. Ich brauche die Alarmstufe. Für eine Aktion. Heute noch.«

Arturo Lampedusa nickte. »Du hast mich überzeugt. Ich werde sie ausrufen. Aber ich erwarte, dass du mich auf dem Laufenden hältst. Ich möchte über alle aktuellen Ereignisse informiert werden. Zeitnah. Ich halte auch meinen Kopf hin. Abgesehen davon, dass der ewige Regen auf Yorname mich weder wachsen lassen noch schöner machen wird, steht der Ruf der LFT auf dem Spiel. Wenn du jetzt Mist baust …«

»Alarmstufe Eins«, sagte Bowitz.

Er wusste, was das alles bedeutete: #*Aktivierung aller Ressourcen des Terranischen Liga-Diensts auf Aralon. Bereitschaft für alle Schläfer. Bereitschaft für alle technischen Möglichkeiten des TLD von verbotenen Transmittern bis hin zu genauso verbotenen Hyperfunkanlagen. Anforderung von Verstärkung. Alarmzustand für den gesamten Ligadienst.*# Lampedusa wusste es ebenfalls.

Wenn Prid-Reuyl ein Windei ist, dachte Bowitz, *oder ein falsches Spiel treibt, sich interessant machen oder eine neue Karriere starten will, werde* ich *auf Yorname Regengräben ziehen müssen.*

Aber er glaubte das nicht. Sein Instinkt sagte ihm etwas anderes, und der Blick, den das Bärchen ihm im Motarium zugeworfen hatte, ließ ihm gar keine andere Wahl.

Wie viele Jahre bis zur Pension?

Nein. Er hätte schon vor Jahren in den Ruhestand gehen können. Aber er hatte Spaß an seinem Job. Lieber im Einsatz gefallen als noch 120 Jahre in Terrania langsam zu sterben.

Er drückte noch einmal den Knopf an seinem Mehrzweckarmbandgerät, dankte Arturo Lampedusa per Handschlag und ging auf demselben Weg, auf dem er gekommen war.

ALS DIE KAMMARA IHRE POSITION IN DER Orbitschleife um Aralon zugewiesen bekam, wurde mir endgültig klar, dass unsere Schwierigkeiten nicht beendet waren, sondern gerade erst begonnen hatten.

Ich überprüfte das Akustikfeld, das unsere Worte vor der Zentralebesatzung abschirmte. Es funktionierte einwandfrei. Dann hob ich den Blick und betrachtete verstohlen Zhana. Sie wirkte voll konzentriert, angespannt wie eine Sprungfeder, aber gleichzeitig gelassen und selbstsicher. Ihr Auftreten ließ nicht den geringsten Zweifel daran, dass sie die Situation völlig unter Kontrolle hatte.

Ich musste gestehen, dass sie gute Arbeit geleistet hatte. Ihre Methoden mochten mir nicht gefallen, die Ergebnisse, die sie damit erzielt hatte, dahingegen sehr.

Ich deutete auf einen teilweise geschmolzenen Gegenstand, der mitten in der Zentrale lag. Er war so stark beschädigt, dass ich nicht erkennen konnte, worum es sich dabei gehandelt hatte. »Was hat es damit auf sich?«

Zhana lächelte schwach. »Nur ein zusätzliches Funkgerät, das ich zerstören ließ, um die Ara-Besatzung von jeglichem Widerstand abzubringen. Die Einzelheiten müssen dich nicht interessieren.« Sie sah mich an. »Wie geht es ihm?«

Ich kam gerade aus der Krankenstation, in der die Revolutionäre die Ordnung besser als erwartet aufrecht hielten. Zumindest hatten sie sich bislang nicht zu überzogenen Gewalttätigkeiten hinreißen lassen, ohne jedoch die Zügel zu lockern.

»Der Mediker meint, dass seine Genesung gut voranschreitet«, antwortete ich. »Die Instrumente scheinen seine Behauptung zu bestätigen.«

»Die Prognose?«

»Binnen vierundzwanzig Stunden wird er wieder auf den Beinen sein. Seine Leidensgenossen sind allerdings verstorben, ebenso einige weitere Opfer, bei denen die Manipulationen zu weit fortgeschritten waren. Die Aras versorgen die anderen rund um die Uhr. Unsere Leute lassen ihnen allerdings auch keine andere Wahl.«

»Ein Tag.« Die Ara-Frau schüttelte den Kopf. »So viel Zeit haben wir nicht.«

Das war mir ebenfalls klar. Wahrscheinlich blieb uns nicht einmal eine Stunde, bevor die Behörden auf uns aufmerksam und dann misstrauisch wurden. »Darfass-Gegul hat gesagt, das ursprüngliche Ziel der KAMMARA sei Swoofon gewesen. Trantipon ist mit der MOMANTAR wenige Minuten vor uns über Aralon eingetroffen und befindet sich ebenfalls noch in der Umlaufbahn. Sobald er feststellt, dass die KAMMARA ihr Ziel eigenmächtig verändert hat, wird er nach dem Rechten sehen. Wir brauchen also eine gute Ausrede. Und eine Erklärung, wieso der Kommandant nicht mehr lebt.«

Zhana ließ mit keiner Regung erkennen, dass sie den unterschwelligen Vorwurf als solchen erkannte. »Bleiben wir einfach bei der Wahrheit. Falls Trantipon sich meldet, wird Darfass-Gegul ihm erklären, dass ... Flüchtlinge an Bord der KAMMARA eingedrungen sind und den Kommandanten getötet haben. Deshalb ist er vorsichtshalber nach Aralon geflogen, um neue Instruktionen zu erbitten.«

Ich registrierte, dass sie auf den Begriff »Tierchen« verzichtet hatte, und nickte. »Ich nehme an, du kannst ihn zu dieser Aussage bewegen.«

Sie lächelte schwach. »Problemlos.«

»Gut. Dann wirst du hier an Bord bleiben und auf Perry achtgeben. Sobald er wieder auf den Beinen ist, soll er in die Zentrale kommen. Gemeinsam haltet ihr dann hier alles unter Kontrolle.«

Zhana runzelte die Stirn und bemühte sich gar nicht erst, ihr Missfallen zu verbergen. »Das heißt also, du willst versuchen, dich allein auf Aralon durchzuschlagen?«

»Ich muss so schnell wie möglich Kontakt mit der LFT-Vertretung aufnehmen.« Mir war klar, dass das leichter gesagt als getan war. Jetzt, da der ständige, ziehende Schmerz in meinem Körper nachgelassen hatte, konnte ich wieder klarer denken.

Ich fragte mich, ob ich nicht überstürzt gehandelt hatte. Die ganze Aktion – die Verfolgung Trantipons – schien mir übereilt und alles andere als durchdacht. Wie sollten wir die Einreisekontrollen überwinden? Wie sollte ich mich ohne Mittel zur LFT-Vertretung durchschlagen? Hätte mir irgendein Einsatzleiter solch einen Plan vorgeschlagen, hätte ich ihn mit einem Tritt in den Allerwertesten aus meinem Büro befördert.

Andererseits bestimmten die Umstände unser Vorgehen, und ich musste nicht zum ersten Mal in meinem Leben improvisieren. Wir hatten unter dem Druck der Ereignisse kaum anders handeln können.

Ich erläuterte Zhana meine Überlegungen. Begriffe wie »geplantes Vorgehen« vermied ich bewusst.

Sie dachte kurz nach. »Könnten wir nicht von der KAMMARA aus die terranische Botschaft informieren und den Botschafter bitten, uns abholen zu lassen? Ein kurzer, verschlüsselter Richtfunkimpuls ...«

»Praktisch unmöglich«, widersprach ich. Natürlich kannte ich die galaxisweite Frequenz für Funksprüche, die von Regierungsangehörigen und anderen wichtigen Persönlichkeiten im absoluten Notfall gesendet werden konnten, um eine Unterstützung durch den Geheimdienst anzufordern. Und mir waren die wichtigsten Kodes bekannt, mit denen ich in der Botschaft trotz des veränderten Aussehens meine Identität nachweisen konnte.

Aber solch ein Vorgehen kam mir zu riskant vor. Ich musste davon ausgehen, dass gerade der Funkverkehr der Botschaften überwacht und abgehört wurde, und fraglich war überdies auch, wie weit es den Celistas gelungen war, alte Kodes zu entschlüsseln.

Die größte Gefahr stellte jedoch die Neugier der Geheimdienste dar. Wenn sie einen Funkspruch an die Botschaft orteten, würden sie dessen Herkunft überprüfen. Und sobald die KAMMARA das Interesse der Behörden Aralons erregte, würden wir auffliegen. Was dann passierte, konnte ich mir tatsächlich nicht ausmalen.

Es gab zu viele Ungereimtheiten. Die gesamte restriktive Politik der Aras in Bezug auf ihre Klienten und andere Fremdweltler war im Prinzip nicht haltbar. Ich fragte mich, wie man einem geheimen Funkspruch ansehen wollte, dass er an die Botschaft gerichtet war. An der Adresse?

Aber trotzdem, wir durften niemanden auf das von uns gekaperte Schiff aufmerksam machen.

Ich musste wohl oder übel versuchen, mich allein zur Botschaft durchzuschlagen. Dann war ich nicht mehr auf mich selbst angewiesen; sämtliche TLD-Agenten auf Aralon konnten dann aktiv werden und Perry und mich schützen.

»Also Plan A«, sagte Zhana und beorderte mit einer kleinen, aber bestimmten Geste den Ersten Offizier in das Akustikfeld.

Bedacht stellte sie ihm die nötigen Fragen. Wie ich bemerkte, ließ sie dabei die Angehörigen der Zentralebesatzung keinen Moment lang aus den Augen, obwohl die Rebellen weiterhin sämtliche Anwesende an ihren Pulten überwachten. Zhana schien den Befreiten nur unwesentlich mehr zu vertrauen als den Aras selbst. Sicherlich keine falsche Einstellung.

»Welche Möglichkeiten bietet die technische Abteilung der KAMMARA?«, fragte ich den Ersten Offizier. »Ist es dir möglich, Ausweispapiere zu fälschen, die uns zumindest durch die Zollkontrollen bringen?«

Darfass-Gegul zögerte, aber nur, bis Zhana ihm eine Hand auf die Schulter legte. »Durch eine oberflächliche Kontrolle vielleicht, aber einer genauen Untersuchung werden die Fälschungen nicht standhalten.«

»Wir brauchen eine Ablenkung«, sagte ich nachdenklich. »Trantipon ist doch eine große Nummer, nicht wahr?«

Fragend sah der Ara mich an.

»Ein bedeutender Mediker?«, formulierte ich konkreter.

Darfass nickte langsam.

»Und ihr seid ihm unterstellt?«

»Worauf willst du hinaus?«, fragte Zhana.

»Ein Mitarbeiter Trantipons hat einen steinreichen Terraner als Klienten gewonnen, der auf Aralon die Heilungsmöglichkeiten einer exotischen Krankheit ausloten will. Dieser Klient schickt einen Repräsentanten nach Aralon, der vorab die finanziellen Bedingungen klären soll. Dieser Repräsentant bin ich. Um der Geschichte Glaubwürdigkeit zu verleihen, wird der Chefmediker der KAMMARA mich nach Aralon begleiten. Nun?«

Darfass-Gegul schaute zweifelnd drein. »Es könnte funktionieren«, sagte er dennoch.

Ich fragte mich, was er wirklich dachte. Hoffte er lediglich darauf, einen oder alle von uns von seinem Schiff zu bekommen, um dann umgehend mit Trantipon Kontakt aufzunehmen?

»Das ist doch lächerlich!«, warf Zhana ein. »Absolut nicht durchdacht, schludrig ausgearbeitet, aus der Not geboren. Trantipon wird sich schon auf Aralon befinden; *er* hat keine Probleme mit der Einreise. Man wird sich sofort bei ihm erkundigen, und er wird uns auffliegen lassen. Außerdem müssen wir damit rechnen, dass er sich jeden Augenblick bei der KAMMARA meldet und sich nach dem Rechten erkundigt. Jules, die Zeit drängt!«

»Ich weiß, Qinshora. Dann lassen wir Trantipon eben aus dem Spiel und erwähnen seinen Namen nur im Notfall.«

Darfass-Gegul räusperte sich. »Ich habe ein Schiff zu steuern, wichtige Aufgaben warten auf mich ...«

»Im Orbit von Aralon ...« Zhana schnaubte geradezu.

»Trantipon könnte sich jeden Augenblick melden und wird misstrauisch werden, wenn der Leiter der Abteilung Funk und Ortung erklärt, dass weder der Kommandant noch der Erste Offizier für ihn zu sprechen sind …«

Meine Aufpasserin schaute düster drein, doch ich grinste nur. Darfass war nicht dumm. Er ging davon aus, dass wir genauso skrupellos waren wie er. Je mehr er über unsere Identität, Absichten und Pläne erfuhr, desto geringer war die Chance, dass wir ihn am Leben lassen würden, sobald das alles vorbei war. Zumindest schien Zhana diesen Eindruck bei ihm erweckt zu haben.

»Schick den Chefmediker zu uns!«, sagte ich zu ihm und bedeutete ihm mit einer gewollt arroganten Handbewegung, dass er entlassen war.

»… kann ich nicht verantworten«, sagte Zhana. »Ich bin für eure Sicherheit verantwortlich, und die gesamte Exposition ist dermaßen schwachsinnig, dass ich …«

»Warum hast du nicht befohlen, Kurs auf Tahun zu setzen, als du die Entscheidung noch allein treffen konntest?«, unterbrach ich sie. »Warum hast du eingewilligt, Trantipon nach Aralon zu folgen?«

Sie erwiderte nichts darauf. Ich sah, dass es in ihr arbeitete. Was verschwieg sie mir? Welche Rolle spielte sie in diesem unausgegorenen Irrsinn?

»Wir müssen uns etwas anderes einfallen lassen«, sagte sie schließlich.

»Hast du eine Idee? Vielleicht sogar eine bessere?«

»Besser als?« Sie verstummte wieder, als ein Ara vor das Akustikfeld trat.

Es war der Mediker, den Zhana vor wenigen Stunden mit einem Schuss ins Bein verletzt hatte. Er humpelte noch ein wenig, schien den Vorfall ansonsten aber gut überstanden zu haben.

Den Vorfall ...

Hör auf, dir etwas vorzumachen, dachte ich. *Sie hat ihm ein Bein weggeschossen, um ihre Forderungen durchzusetzen und ihre Position klarzumachen.*

Ich ließ das Akustikfeld zusammenbrechen, winkte den Ara zu uns und baute das Feld wieder auf.

Zhana ergriff sofort die Initiative. »Dein Name?«

Der Chefmediker zögerte. Ich konnte mir gut vorstellen, was in ihm vorging.

Ara-Raumschiffe waren sakrosankt, Ara-Mediker per se. Und doch hatte diese Frau, die sich mit beißender Ironie nach der arkonidischen Göttin der Liebe und unendlichen Güte nannte, ihm ohne das geringste Zögern eine schreckliche Verletzung zugefügt.

Keine irreparable, aber eine schmerzhafte. Und das würde er ihr nie vergessen.

Er schien vor mühsam im Zaum gehaltenen Zorn zu zittern. In Gedanken lebte er bereits seine Vergeltung aus, stellte mit Zhana unaussprechliche Dinge an, bereitete ihr unerträgliche Qualen, gegen die die Infinite Todesstrafe der Arkoniden ein Zuckerschlecken sein würde.

Dieser Ausbund an Perversion stellte die höchste Bestrafung im arkonidischen Herrschaftsbereich dar, in dem wir uns befanden. Sie wurde bereits im Großen Imperium angewendet, war jedoch auch im Kristallimperium weiterhin im Einsatz, allerdings für schwerste Verbrechen vorbehalten, etwa Hochverrat oder Attentate auf höchste Würdenträger. Der Verurteilte wurde dabei exekutiert, danach jedoch durch Medoroboter sofort wieder reanimiert. Dieser Zyklus des Hinrichtens und Wiederbelebens wurde so lange wiederholt, wie es im Richtspruch festgesetzt war, oder bis es nicht mehr gelang, den Delinquenten ins Leben zurückzuholen. Der Verurteilte hatte keine Milde zu erwarten, musste hingegen immer wieder die Pein und Angst der Hinrichtung durchleben, mit der Gewissheit, dass sein Ende jedoch endgültig war. Diese Strafe demonstrierte einen Aspekt der arkonidischen Kultur sehr deutlich: Arkoniden befolgten eine Form von Konsequenz, die auf Terraner nur grausam wirkte. Diesen Aspekt durfte ich niemals vergessen, solange wir uns mehr oder weniger schutzlos auf Aralon befanden. Wenn die Aras uns ergreifen und an die Arkoniden ausliefern würden ...

Ich verdrängte den Gedanken.

Mein Freund Reginald Bull hatte uns eindringlich geschildert, was man bei der Infiniten Todesstrafe empfand. Doch ich war davon überzeugt, dass dieser Ara sich für Zhana etwas einfallen lassen würde, was sie spielend in den Schatten stellen würde.

Allerdings: Zhana hatte die Waffe und bewiesen, dass sie bereit war, Gebrauch davon zu machen.

In diesem Mediker fochten Hass und Vergeltungsdrang einen stummen Kampf mit der Angst aus. Fraglich war nur, wann die Angst unterliegen würde.

»Dein Name?«, fragte Zhana erneut.

Er bedachte sie mit einem Blick, der nicht den geringsten Zweifel daran ließ, was er mit ihr anstellen würde, sobald das Blatt sich gewendet hatte. »Aerz-Naumi«, sagte er dann.

»Erzähl uns etwas über die gängigen Drogen, die ihr an Bord mitführt, Aerz-Naumi«, sagte Zhana.

Er runzelte die Stirn. »Rohe oder auch teilweise zubereitete Produkte hauptsächlich pflanzlichen, aber daneben tierischen oder mineralischen Ursprungs. Wir nutzen vor allem pflanzliche Drogen als natürliche Rohstoffe, deren Inhaltsstoffe mithilfe der Extraktion oder anderer Verfahren zur Arzneimittelherstellung entzogen werden. Wie du sicher weißt, ist die Pharmakognosie ein Teilgebiet der pharmazeutischen Biologie.«

Zhana legte eine Hand auf seine Schulter. »Ich meine keine biogenen Arzneistoffe«, sagte sie. »Keine durch Trocknung haltbar und verwertbar gemachte, meistens heilkräftige Tier- oder Pflanzenteile. Keine Apothekerware, mit der ihr euren Ruf als Galaktische Mediziner begründet habt. Keine Dekokten, keine Auszüge, die mit heißem Wasser hergestellt werden. Keine Extrakte, kein Mazerat oder Perkolat, auch keine Tinktur. Keinen *Tee.* Weißt du jetzt, was ich meine?« Sie drückte nur ganz leicht zu, doch der Schweiß schoss Aerz-Naumi in die Poren, und seine Beine zitterten plötzlich so heftig, dass er fast zusammengebrochen wäre.

»Betäubungsmittel?«, fragte er. »Die meistens ein Abhängigkeitspotenzial haben? Synthetisch oder partialsynthetisch erzeugt? Die stammen selten aus Drogenextrakten ...«

Zhana bewegte den Zeigefinger, und Aerz-Naumi schrie auf. Sie musste den Ara stützen, sonst wäre er tatsächlich zusammengebrochen. Mit der anderen Hand fasste sie ihn dazu in den Schritt, und sein Schrei wurde zu einem leisen, atemlosen Wimmern.

Als er wieder sprechen konnte, rannen Tränen seine Wangen hinab. »Drogen«, keuchte er. »Welche meinst du?«

Der Zorn hatte noch einmal eine Niederlage erlitten, Schmerz und Angst hatten obsiegt.

»Ganz primitive«, säuselte Zhana. »Bewusstseinsverändernde, die einem Individuum den Willen und die Identität nehmen ...«

Aralon, der vierte Planet der Sonne Kesnar. Die Zentralwelt der Aras.

Ich fühlte mich fast wie zu Hause, als das Beiboot der KAMMARA sich, einem Leitstrahl folgend, langsam dem Planeten näherte, einer hellgrün schimmernden Welt mit acht Kontinenten und ausgedehnten Ozeanen, die nicht nur von Klima und Schwerkraft, sondern auch von der Größe und Gliederung der Landmassen und Meere her stark an die Erde erinnerte.

Der gesamte Planet stellte mit den unzähligen, unter der Oberfläche gelegenen Behandlungszentren eine einzige Klinik dar, in der Angehörige fast aller raumfahrenden Völker die Dienste der Aras in Anspruch nahmen. Auf den ersten Blick hätte man jedoch nichts davon vermutet. Die Oberfläche von Aralon wirkte sorgfältig *gestaltet.* Riesige Parks wechselten sich mit Wohn- und Verwaltungskomplexen, Lagerstätten und großen Raumhäfen ab. Man glaubte, auf einer riesigen Gartenwelt zu landen, in die die urbanen Zentren harmonisch eingefügt worden waren.

Verteidigungsanlagen konnte ich nicht ausmachen; es gab auf dem Klinikplaneten keine. Kein Volk der Milchstraße würde es wagen, sich durch einen Angriff die Gunst der Mediziner zu verscherzen. Nur dieser Tradition – oder Überheblichkeit, oder Fehleinschätzung der Lage – hatten wir es wahrscheinlich zu verdanken, dass wir überhaupt imstande gewesen waren, die KAMMARA zu erobern. Über Jahrtausende hinweg hatte niemand es gewagt, die Aras zu attackieren, und mittlerweile hielten sie selbst ein feindliches Vorgehen gegen sie wohl für unmöglich.

Das Beiboot ging in den Landeanflug über. Die Holodarstellung blendete die atmosphärischen Störungen aus, die die kleine Walze verursachte, und bot einen ungehinderten Blick auf den Hauptkontinent Ara'moas, den wir gerade überflogen. Ähnlich wie Nordamerika auf Terra bedeckte er einen Teil der nördlichen Hemisphäre vom Äquator bis zum Polarkreis; seine grobe Grundform entsprach einem unregelmäßigen Dreieck.

Ich rief eine Holovergrößerung auf. Etwa 1000 Kilometer von der Ostküste entfernt, ziemlich genau auf dem 30. Breitengrad, konnte ich inmitten reich bewaldeter Hügel den Semecklasee mit der Aladiah-Insel ausmachen. Beide, See und Insel, gehörten zum alten, traditionell wenig veränderten Bereich des Planeten. Vor Jahrtausenden hatten hier die hageren Springer-Nachkommen Schatten und Kühle gesucht und kreisförmige Bauwerke um begrünte Innenhöfe errichtet. Der Raum zwischen den Außenmauern und die Dächer waren im Laufe der Zeit aufgefüllt und bepflanzt worden.

Mittelpunkt der Ebene war der *Palast der Forschung und Heilung,* in dem seinerzeit der Rat der Zehn zusammengetreten war, die höchste politische Instanz der Aras. Nicht weit entfernt lagen die lang gestreckten Trakte des Haimamorbosiums und des Algospedalon; dort wurden Krankheiten der Körperflüssigkeiten behandelt sowie Schmerzforschung und -heilung betrieben.

Die Vergrößerung zeigte den Haupteingang des Palasts, eine von Säulen gesäumte Rampe in die Tiefe des Ringbauwerks. Er kam mir vor wie ein Sinnbild für die gesamte Welt der Galaktischen Mediziner: Die Arbeiten fanden unter der Erde statt, während auf der Oberfläche einem zwar nicht extrem pracht-, aber doch stilvollen Lebenswandel gefrönt wurde.

Die Kamera, deren Bilder die Holovergrößerung einspielte, schwenkte weiter zum Zentrum des kreisrunden Hofes, zu dem Tempel des Mo, der unter uralten Riesenginkgos stand. Ich wusste nicht viel über diese legendäre Gestalt, nur, dass dieses medizinische Genie, das etwa 1000 vor Christus bei einem Selbstversuch umgekommen war, auch und gerade auf Aralon fast wie eine Gottheit verehrt wurde.

Der Landeanflug ging weiter; nicht Ara'moas war unser Ziel, sondern der Kontinent Rotrom. Er kam auf dem Holo in Sicht; das Beiboot überschritt gerade die Tag- und Nachtgleiche, sodass ich den Eindruck hatte, die Sonne ginge gerade über ihm auf und überstrahle alles mit ihrem angenehmen, warmen Schein. So gesehen kam der Kontinent mir einen Moment lang wie eine Verheißung vor, wie eine Auferstehung im Tempel des Mo nach allem, was uns in den letzten Wochen widerfahren war.

Etwa auf Äquatorhöhe gelegen, glich Rotrom von der Grundform her einer weit geschwungenen Sichelklinge. Datenholos klärten mich darüber auf, dass die maximale Distanz von einem Horn zum anderem etwa 3200 Kilometer betrug. Der äußere Sichelbogen bildete die Ostküste; dort fanden sich die höchsten Erhebungen und eine karstige Steilküste, während das Land im Westen zu ausgedehnten Sandstränden abflachte und meist von savannenartigen Ebenen bestimmt wurde.

Ich versuchte, mir so viele der überspielten Daten wie möglich zu merken. Auch, wenn der erste Kontakt zwischen Terranern und Aras schon im Jahr 3485 vor Christus stattgefunden hatte, als Aras in Mesopotamien gelandet waren und in Uruk medizinische Experimente mit den Sumerern unternommen hatten, wie Atlan uns berichtet hatte, spielte das selektive Gedächtnis eines potenziell Unsterblichen mir übel mit. Es war mir einfach nicht möglich, fast 3000 Jahre an Erinnerungen greifbar zu halten.

Immerhin wusste ich, dass Atlan die Gefahr für die Menschheit damals hatte beseitigen können. Er hatte die Aras überwunden und gezwungen, ihrem Mutterschiff zu übermitteln, alle Mitglieder der Expedition seien an einer tödlichen Seuche erkrankt, sodass keine weiteren Expeditionen zur Erde geschickt worden waren. Wer konnte schon sagen, welchen Verlauf die Geschichte der Milchstraße genommen hätte, hätten die Aras die Erde schon damals unterworfen – und vielleicht als Versuchsplanet für ihre Experimente eingesetzt?

An die darauffolgende Begegnung zwischen Aras und Terranern erinnerte ich mich allerdings noch ganz genau. Es war keine 15 Jahre her gewesen, nachdem Perry Rhodan auf dem Mond das Raumschiff der Arkoniden gefunden hatte, das den Aufstieg Terras zur galaktischen Großmacht eingeleitet hatte. Damals waren die Terraner mit ihrem erbeuteten Großraumschiff, der TITAN, auf dem Planeten Honur gelandet und dort auf Aras getroffen, die sich als Honos, Eingeborene dieser Welt, getarnt hatten.

Schon damals hatten die Aras ein falsches Spiel getrieben. Schon damals, vor fast 3000 Jahren, hatten wir uns ein Bild von ihnen gemacht, das bei einem Großteil der Bevölkerung der LFT, wenn nicht sogar der gesamten Milchstraße, nach wie vor Bestand hatte. Aras galten als verschlagene, auf den finanziellen Vorteil bedachte Mediziner, die wie die Mediker der Meister der Insel Skrupel nicht einmal vom Hörensagen kannten und abscheuliche Verbrechen wider die Würde jedes Lebewesens begangen.

Es hatte Jahrtausende gedauert, bis sich dieses Bild im Bewusstsein der terranischen Bevölkerung differenziert hatte, doch selbst heute war es mit einer objektiven Einschätzung der Aras nicht besonders weit her. Über ihre Kultur war einfach zu wenig bekannt. Wie die meisten Mediziner umgaben sie sich mit einem Nimbus der Unberührbarkeit, was den Kontakt mit ihnen nicht gerade erleichterte.

Vielleicht existierten diese Vorbehalte gegen die Aras nicht einmal zu Unrecht. Das, was ich in den letzten Tagen erlebt hatte, trug nicht unbedingt dazu bei, das Image dieses Volkes zu verbessern.

Ich rief mich zur Ordnung. Wenn ich in den letzten drei Jahrtausenden etwas gelernt hatte, dann, dass ich nicht verallgemeinern durfte. *Aras* hatten den Galaktischen Zoo neu eröffnet. Nicht *die* Aras, sondern *einige.* Ich durfte nicht davon ausgesehen, dass das gesamte Volk einschließlich ihrer Regierung an diesem verbrecherischen Treiben beteiligt war. Mein Ziel war genau definiert: Wir mussten *Trantipon* in die Hände bekommen und mehr über die Hintergründe erfahren, bevor wir weitere Aktivitäten beschlossen.

Ich lächelte schwach. Die Jahrtausende hatten mich Geduld gelehrt, doch nun vollzog ich den fünften Schritt vor dem ersten. Offensichtlich vergaß ich immer wieder, wie prekär unsere Lage war.

Perry und ich waren allein und ohne Mittel auf *Aralon* gestrandet, einer Welt, die nach 1230 NGZ zwar mit dem Forum Raglund kooperiert hatte und formal selbständig, aber aufgrund ihrer Nähe zu Arkon zunehmend in Abhängigkeit vom arkonidischen Kristallimperium geraten war. Wenn auch nicht auf den ersten Blick erkennbar, war Arkon mit Sicherheit jedoch durchgehend auf der Zentralwelt Aralon anwesend.

Die Präsenz arkonidischer Geheimdienste war mir schon auf Tahun aufgefallen; eine Goodwill-Tour des Terranischen Residenten und des Außenministers der LFT war kein Geheimkommando, sondern forderte solche Einsätze vielmehr geradezu heraus. Natürlich wusste niemand, dass wir uns nun auf Aralon befanden, doch sollte dieser Tatbestand den Aras oder den arkonidischen Geheimdiensten bekannt werden ...

Aralon mochte zwar nicht unbedingt mehr so fest unter der Knute des Kristallimperiums stehen wie noch am Anfang des 14. Jahrhunderts NGZ. Ausschlaggebend für diese Veränderung in den bilateralen Beziehungen war sicher die Hilfe gewesen, die der derzeitige Mantar-Zada Zheobitt dem Imperator Bostich geleistet hatte. Unabhängig davon würde sich aber selbst der Imperator hüten, die Aras zu sehr an die Kette zu legen. Persönlich mochte er inzwischen durch seinen Zellaktivator gegen *gewisse Mittelchen* geschützt sein, die die Aras früher mit Vorliebe gegen Imperatoren eingesetzt hatten, die sie in ihrer Freiheit hatten beschränken wollen, doch die Lage im Kristallimperium war zu angespannt, als dass Bostich es sich leisten konnte, einen weiteren Krisenherd praktisch vor der eigenen Haustür zu schüren.

Hinzu kam natürlich, dass das Kristallimperium seit dem Hyperimpedanz-Schock von 1331 NGZ andere Sorgen hatte, als sich ausgerechnet mit den Aras anzulegen. Nein, seit 1331 NGZ dürften die Zügel sogar eher wieder etwas lockerer geworden sein, wenngleich Celistas, Kralasenen und andere arkonidische Informationsbeschaffungsdienste selbstverständlich stets ein besonders waches Auge auf die Zentralwelt der Galaktischen Mediziner warfen.

Ich musste also davon ausgehen, dass grundsätzlich der lange Jahrtausende währende Status quo zwischen dem Großen Imperium und Aralon wieder Bestand hatte. Je stärker das Arkon-Imperium vor etwa 3000 Jahren zerfallen war, desto selbständiger waren die Aras geworden. Erst im Verlauf des 13. Jahrhunderts NGZ waren sie wieder zusehends in Abhängigkeit Arkons geraten, wobei die Frage nach der Gültigkeit des Staatsvertrages nach wie vor für Unruhe sorgte. Seit 3900 vor Christus waren die Aras unter diesem Abkommen staatsrechtlich von jeglicher Steuer- und Abgabenlast von Seiten des Imperiums befreit, garantierten im Gegenzug dafür jedoch die freie Individualbehandlung für alle Arkongeborenen. Wie hieß diese »Krankenversicherung« gleich noch ...? Ich hatte es vergessen.

Als Bostich Anfang des 14. Jahrhunderts NGZ seinen verstärkten Expansionskurs gefahren hatte, hatte er natürlich auch versucht, Aralon wieder unter Kontrolle zu bekommen. Doch nach dem Angriff SEELENQUELLS und der Hilfe, die Zheobitt und andere ihm geleistet hatten, war dem Imperator ebenso schnell wieder klar geworden, dass zu viel Druck eher kontraproduktiv war und unter Umständen bei den Aras sogar zur Auflehnung führen würde.

Diese würden sie gemäß ihrer Art allerdings nicht offen, sondern auf die für sie typische Weise zum Ausdruck bringen. *Rätselhafte Erkrankungen* von 80 Prozent oder mehr der Bevölkerung auf Arkon I dürfte auch ein Imperator Bostich I. nicht unbedingt riskieren wollen.

Umgekehrt würden sich die Aras ihrerseits hüten, sich großmäulig ins politische Geschehen des Kristallimperiums einzumischen. Dazu wiederum war die kristallimperiale Flotte nun doch zu überzeugend stark und Aralons Standort etwas zu nah an Arkon.

Unter dem Strich galt also wieder der alte Status quo. Die Außenpolitik Aralons und das militärische Vorgehen der Zentralwelt bestimmte allein das Kristallimperium, während die rein inneren Angelegenheiten wie eh und je Sache der Aras waren. Aus dieser Regelung zogen auch die Arkoniden ihren Vorteil, wobei der Staatsvertrag zwischen Arkon und Aralon insofern mit einem Fragezeichen versehen war, als er von beiden Seiten als gewisses Druckmittel im diplomatischen Hintergrund schwebte. Dass einzelne Aras beziehungsweise kleine Gruppen dieses Volkes durchaus ihr eigenes Süppchen köchelten, war dabei nichts Neues. Dergleichen hatte es aber schon immer und auch bei den Arkoniden und ihren Khasurn gegeben.

Jetzt fiel es mir wieder ein. »Arakos« war die Bezeichnung für die *Krankenversicherung*, die die weitgehende Unabhängigkeit Aralons und die medizinische Versorgung Arkons regelte.

Womit mussten wir also rechnen, wenn die Aras uns auf ihrem Hoheitsgebiet ergreifen würden?

Die eine Möglichkeit war unangenehm, wenn nicht sogar tödlich. Wenn die Aras sich an Wort und Sinn des Staatsvertrags mit Arkon hielten, würden sie uns an das Kristallimperium ausliefern. Der Terranische Resident und der LFT-Außenminister mit verändertem Aussehen im arkonidischen Einflussbereich, gerade einmal 38,7 Lichtjahre von Arkon entfernt ... Daraus ließ sich wunderbar eine Spionageanklage konstruieren, vor allem unter arkonidischem Recht.

Das Verhältnis zwischen der LFT und Arkon war mehr als nur angespannt. Man würde uns den Prozess machen und zweifellos schuldig sprechen. Wenn Imperator Bostich die Todesstrafe nicht sofort vollstrecken ließ, würde es die LFT auf jeden Fall teuer zu stehen kommen, uns aus dieser unangenehmen Situation freizukaufen. Vor meinem geistigen Auge wechselten sich Gebietsabtretungen mit Technologietransfers ab. Und ein für die gesamte LFT und vor allem Verteidigungsminister Reginald Bull entwürdigendes Betteln und Schachern um unser Leben.

Die andere Möglichkeit war noch unangenehmer und mit Sicherheit tödlich.

Niemand außer Zhana wusste, dass wir uns auf Aralon befanden. Wenn die Aras nun tatsächlich hinter unsere wahre Identität kommen sollten, mussten wir schlimmstenfalls damit rechnen, dass sie unsere Anwesenheit selbst Imperator Bostich verschwiegen. Schon im Jahr 2040 alter Zeitrechnung hatten die Aras an der Entwicklung eines Unsterblichkeitsserums gearbeitet, und nicht erst seitdem nahmen derartige Forschungen eine zentrale Rolle im Bestreben der Galaktischen Mediziner ein. Diese Forschungen hatten zur Gründung des ersten Galaktischen Zoos auf dem Planeten Tolimon geführt, der fünf Jahre später auf Anweisung Atlans, des damaligen Imperators, geschlossen worden war. Damals waren die auf Tolimon eingesperrten Intelligenzen und Halbintelligenzen befreit worden; fast alle beteiligten Galaktischen Mediziner waren verhaftet und auf Celkar vor Gericht gestellt, die Vorräte an dem Unsterblichkeitsserum, das die Aras bereits entwickelt hatten, und die darüber gespeicherten Daten beschlagnahmt, alle Unterlagen ungesehen vernichtet worden.

Ein schwerer Fehler, hatte ich damals gedacht, und nach wie vor war ich dieser Meinung. Natürlich stellte die Unsterblichkeit die größte aller Versuchungen für alle intelligenten Lebewesen dar, und niemand konnte sagen, welchen Verlauf die Geschichte genommen hätte, wenn Terra damals in den Besitz eines Unsterblichkeits- oder zumindest Langlebigkeitsserums gekommen wäre. Aber vergangen war vergangen, und die Geschichte hatte den bekannten Verlauf genommen.

Doch für einen Galaktischen Mediziner war die Aussicht, der Milchstraße oder zumindest zahlungskräftigen Klienten die Unsterblichkeit oder zumindest Langlebigkeit anbieten zu können, noch immer das höchste aller denkbaren Ziele. Und wenn den Aras nun zwei potenziell Unsterbliche in die Hände fielen, zwei Zellaktivatorträger, die das Geheimnis der Unsterblichkeit in Form von zwei kleinen Chips in ihren Schlüsselbeinen trugen ...

Ich mochte den Gedanken gar nicht zu Ende führen und versuchte, ihn gewaltsam zu verdrängen. Auch wenn diese Zellaktivatoren ausschließlich auf die Träger geeicht waren und ich bezweifelte, dass die Aras die Technologie einer Superintelligenz oder sogar der Kosmokraten – so genau wussten wir das ja nicht – knacken konnten, stellten sich ungewollt schreckliche Bilder bei mir ein. Die Aras, die den neuen Galaktischen Zoo begründet hatten, würden nicht zögern, Perry und mich als Versuchskaninchen zu benutzen, um dem Geheimnis der Unsterblichkeit auf die Spur zu kommen.

Und wenn sie daran scheiterten, würden sie uns vielleicht die Zellaktivatorchips aus den Schultern schneiden, was unseren sicheren Tod innerhalb von 62 Stunden bedeutete, und unsere Leichen irgendwo verscharren, wo man sie niemals finden würde. Oder, schlimmer noch, sie würden uns über Jahre, Jahrzehnte, Jahrhunderte am Leben halten und grausame Versuche mit uns durchführen, bis sie den Chips ihre Geheimnisse entrissen hatten. Und da ihnen das wahrscheinlich nicht gelingen würde, da ES oder die Kosmokraten mit Sicherheit Vorkehrungen gegen unerwünschte Manipulationen getroffen hatten, würde unser Leiden vielleicht ewig währen.

Ich fragte mich, welcher Teufel mich geritten hatte, als ich Zhana angewiesen hatte, die MOMANTAR nach Aralon zu verfolgen. Hatte der Transmitterdurchgang mich nicht nur körperlich, sondern auch geistig in Mitleidenschaft gezogen? Wie hatte ich nur eine so undurchdachte Entscheidung treffen können? Die einzige vernünftige Anweisung wäre gewesen, den arkonidischen Einflussbereich mit Höchstgeschwindigkeit zu verlassen, das Territorium der LFT anzusteuern und auf Breitband um Hilfe zu funken, sobald wir uns in Sicherheit befanden.

Stattdessen hatte ich mich mehr oder weniger freiwillig in die Höhle des Löwen begeben. Wenn wir auf Aralon aufflogen, erwartete uns der sichere Tod oder endloses Leiden, davon war ich nun überzeugt. Welcher Teufel hatte mich da nur geritten?

Aber jetzt war es zu spät. Jetzt gab es kein Zurück mehr, zumal die KAMMARA sich bei der Raumüberwachung hatte identifizieren müssen, als sie in die Umlaufbahn um Aralon gegangen war. Sollte Trantipon tatsächlich so gute Verbindungen nach ganz oben haben, wie ich befürchtete, dürfte er bald mitbekommen, dass der Walzenraumer keineswegs dort war, wo er eigentlich sein sollte, nämlich bei den Swoon. Und wenn Trantipon kein ausgemachter Dummkopf war, wovon ich eigentlich ausging, würde er sich fragen, was die KAMMARA über Aralon zu suchen hatte und wieso sie überhaupt hier war.

Nein, unsere Schwierigkeiten hatten in der Tat gerade erst angefangen.

Wäre unser Ziel nicht in Sicht gekommen, hätte ich die relative Ruhe, die der Flug mir bot, wahrscheinlich damit vergeudet, mir noch stundenlang Gedanken zu machen, die ich mir besser vorher gemacht hätte. So aber atmete ich tief ein, als auf den Holos der Sjad-See im Zentrum des Kontinents Rotrom erschien. Das Gewässer war schmal, 128 Kilometer lang und nur 15 Kilometer breit und von Südwest nach Nordost gerichtet. Südlich davon lag die Mantarklinik, die bedeutendste auf ganz Aralon. Das Beiboot hielt nun auf einen Raumhafen von rund 30 Kilometern Durchmesser zu, der sich nördlich vom See befand, 200 Kilometer von der Klinik entfernt.

Die Holos zeigten nun weitflächige Parks, darin eingebettet die Mantarklinik. Hier waren die wichtigsten Botschaften angesiedelt, darunter die der LFT, 160 Kilometer südöstlich vom Haupteingang zur Mantarklinik.

Eine Vergrößerung hob das Motarium hervor, eine Art Museum, dessen Existenzgrund die Zurschaustellung gefährlicher Krankheitserreger war und das weit über Aralon hinaus bekannt – oder vielleicht eher berüchtigt – war. Es lag in der Pon-Ebene, einem Feuchtgebiet, weitere 70 Kilometer südlich des Haupteingangs.

Das Beiboot setzte auf Opna Dur auf, einem der neuesten und wichtigsten Exporthäfen Aralons, der erst 1288 NGZ gegründet worden war. Man nannte ihn auch Kristallhafen, nicht nur, weil das Aussehen der Hauptverwaltungsgebäude an jenes eines Schneekristalls erinnerte. Von hier aus erfolgte ein Großteil der Handelsimport- und Exportabwicklung mit dem Kristallimperium.

Auf gut Interkosmo: Er war der Hauptumschlagsort von Medikamenten und Drogen und diente darüber hinaus dem An- und Abtransport der Klienten, wie die Aras traditionell ihre Patienten nannten. Aralon war nur von Aras bewohnt; wer sich sonst hier aufhielt, war mit Ausnahme des Personals der Botschaften schwer oder sterbenskrank.

Nicht unbedingt, korrigierte ich mich. Das mochte früher einmal so gewesen sein. Seltene, exotische und kaum behandelbare Krankheiten – also die, die einen Ara herausforderten und interessierten – waren im Lauf der letzten Jahre verhältnismäßig selten geworden. Es gab sie natürlich noch immer, aber nicht mehr in dem Ausmaß wie vor vielleicht 2000 Jahren.

Die Zahl der Galaktischen Mediziner hatte jedoch nicht ab-, sondern im Gegenteil eher zugenommen. Und da sogar die Aras, die als Mediker lediglich durchschnittlich, vielleicht auch brillant, aber nicht genial waren, von irgendetwas leben mussten, hatte Aralon sich in den letzten Jahrhunderten, praktisch nach der Befreiung der Milchstraße von Monos – in dieser Epoche der totalen Unterdrückung war die Zentralwelt der Galaktischen Mediziner für die Genexperimente der Cantaro und zur Hochburg der Klonproduktion umgestaltet worden –, für eine gewisse *Breitenmedizin* geöffnet. Aralon bot noch immer absolute Spitzenmedizin, aber nicht mehr ausschließlich lebensrettende.

Das war vielleicht eine Chance für mich. Auf Aralon wimmelte es vor allen möglichen mehr oder weniger exotischen Hilfesuchenden.

»Bist du bereit?«, fragte ich Aerz-Naumi, der den gesamten Flug über neben mir gesessen und wie ein lebender Toter ins Leere gestarrt hatte. Der Drogencocktail, den er sich unter vorgehaltener Waffe selbst gemixt hatte, schien hervorragend zu wirken.

Der Chefmediker der KAMMARA hob den Kopf, als ich ihn ansprach, und lächelte mich zuversichtlich an. »Natürlich, ehrwürdiger Jules«, sagte er.

»Wir haben Alarmstufe Eins ausgerufen«, sagte Tankred Bowitz.

Die drei Agenten bemühten sich, ihre Überraschung zu verbergen, doch es gelang ihnen trotz ihrer guten Ausbildung nicht vollständig.

Er konnte ihre Reaktion gut nachvollziehen. Und er wäre misstrauisch geworden, wenn sie anders ausgefallen wäre.

Alarmstufe Eins – das war ein Gerücht unter den meisten TLD-Angehörigen, die auf Aralon eingesetzt waren. Kaum einer von ihnen konnte sich daran erinnern, jemals unter dieser Stufe gearbeitet zu haben. Wann war sie zum letzten Mal ausgelöst worden? Damals, 1303 NGZ, als Imperator Bostich das Göttliche Imperium ausgerufen und Terra okkupiert hatte. Damals hatte für sämtliche Agenten im Einflussbereich des Arkon-Imperiums, welchen Namen auch immer es damals gerade getragen haben mochte, die höchste Alarmstufe gegolten.

Natürlich hatte Botschafter Lampedusa nicht ganz unrecht, wenn er behauptete, dass die Aras seit Jahrhunderten keine Schweinerei mehr ausgebrütet hatten, zumindest keine große. So gesehen stellte Aralon sicher keinen unmittelbaren galaktischen Krisenherd mehr dar. Aber trotzdem musste man diesen Schauplatz *stets* im Blick behalten.

So definierte sich zumindest Bowitz' Selbstverständnis vom Wirken der Nachrichtendienste. Sie mussten insgeheim Informationen beschaffen, wenn möglich geheime, die die andere Seite für sich behalten wollte – und zwar, *bevor* die Gegenseite agieren würde. Deshalb verstörte es Bowitz zutiefst, dass er erst so spät von den Umbauten der Quarantäneschiffe erfahren hatte. Zu spät für seinen Geschmack. Und den Selbstmorden und Ausfällen einiger Ara-Mediziner hätte er ebenfalls keine größere Bedeutung zugemessen, wenn der Überläufer ihn nicht auf ein gewisses Muster aufmerksam gemacht hätte.

Vom Ara-Toxin ganz zu schweigen.

»Hat das etwas mit unserem Einsatz zu tun?« Tsaksom Mun schaute kurz von den Kontrollen des Gleiters auf, senkte den Blick dann sofort wieder auf die Instrumente. Sie stellte im Prinzip die ideale Agentin dar: klein, unscheinbar, mausgrau. Eine Frau, deren Gesicht man sah und das man sofort wieder vergaß. Sie verschmolz mit jeder Menge. Aber sie war perfekt ausgebildet, zäh, energisch und erfahren.

Bowitz hätte ihr Alter nicht einmal schätzen können, hätte er es nicht aus ihrer Akte gekannt. Sie hätte genauso gut 60 wie 120 Jahre zählen können.

»Nein. Lampedusa hat die Alarmstufe unabhängig davon ausgerufen.«

»Lampedusa also. Sieh an.« That Horel bedachte Bowitz mit einem Blick, der Bände sprach. *Das glaubst du doch selbst nicht.*

Nun ja, Arturo war der Botschafter, Tankred nur der Kulturattaché. Die Befehlshierarchie war ein wenig süffisant und insgesamt eher ungenau definiert, aber alle in diesem Gleiter wussten, wer der eigentliche TLD-Chef auf Aralon war.

Auch wenn er sich vom Botschafter manches absegnen lassen musste.

»Sollen wir irgendwo am Straßenrand landen? Die Positronik kann uns ja einen Kaffee kochen.« Hern Stenal verzog das Gesicht. »Wir haben sonst ja nichts mehr zu besprechen und könnten uns ein Tässchen gönnen.«

Bowitz lächelte schwach. Jeder reagierte vor solch einem Einsatz anders. Der eine blödelte herum, bis sich die Balken bogen, der andere griff auf Meditationstechniken zurück, um sich konzentrieren zu können. Der dritte starrte einfach ins Nichts und war nicht ansprechbar.

Jeder hatte seine Methode, um mit der Angst fertig zu werden. Das änderte aber nichts daran, dass sie verdammt gute Leute waren.

Bowitz kannte jeden von ihnen, wichtiger noch – *vertraute* jedem, sofern er überhaupt jemandem vertrauen konnte. Oder besser gesagt: Er vertraute ihnen noch am meisten.

Er hatte zahlreiche Einsätze mit ihnen er- und überlebt. Mit dem einen hatte er bei einer Beschattung wochenlang Nacht für Nacht in einem Gleiter gesessen, mit dem anderen hatte er einen entlarvten Doppelagenten liquidiert, mit dem dritten ein Attentat auf einen hoch dekorierten Würdenträger einer hinterwäldlerischen arkonidischen Kolonialwelt simuliert, nur um den wechselwilligen potenziellen Überläufer unauffällig aus dem Verkehr ziehen zu können.

Es waren nicht unbedingt die *Besten*, die Bowitz für diesen Einsatz herangezogen hatte, sondern diejenigen, von denen er am wenigsten annahm, dass einer von ihnen die undichte Stelle, der Verräter war. Wobei er genau wusste, dass er sich damit auf dünnes Eis begab. Leute, die für die andere Seite arbeiteten, liefen nur selten mit einem Schild mit der Aufschrift *Doppelagent* auf der Stirn herum.

Falls es diese undichte Stelle überhaupt gab. Falls er sich nicht in irgendetwas verrannt hatte und wirklich schon Gespenster sah. Falls der gesamte TLD nicht ganz einfach geschlafen oder die Aracom – oder wer auch immer – besonders gute Arbeit geleistet hatte.

»Was ist nun mit dem Kaffee?«, fragte Hern. Er war der Witzemacher, der hagere, wuselige Typ, der immer einen dummen Spruch auf den Lippen hatte.

That knurrte nur. Der große, gut aussehende That Horel, der immer dann eingesetzt wurde, wenn es galt, weibliche Humanoide auszuhorchen und ihnen das eine oder andere Geheimnis zu entlocken. Im Bett oder sonst wo. Der prinzipiell Humor mit Ironie verwechselte.

Stenal wurde abrupt ernst. »Ziel zwei Minuten entfernt. Kennung steht, Bestätigung gerade erhalten. Wir transportieren kostbare Rohstoffe für die Herstellung eines neuen Medikaments, das den Verlauf der Zentrumspest zumindest verlangsamen, wenn nicht sogar aufhalten soll. Dass man Fremdarbeitern von anderen Welten eine so wichtige Aufgabe überhaupt anvertraut ...« Er kicherte leise.

»Die anderen Fluchtfahrzeuge?«, fragte Bowitz.

»An Ort und Stelle. Keine besonderen Vorkommnisse.

Niemand ist auf sie aufmerksam geworden. Eine gesonderte Überprüfung fand nicht statt.«

Bowitz atmete tief durch. Das alles hörte sich gut an. Unter dem Strich keinerlei Auffälligkeiten. Keine ungewöhnlichen Aktivitäten, keine rätselhaften Funksprüche, zufälligen Begegnungen, die auf Überwachungen schließen ließen. Alles war ganz normal, so langweilig und eintönig wie Aralon selbst.

Denn im Prinzip war Aralon – an der Oberfläche – eine langweilige Welt. Der Planet der Galaktischen Mediziner, über den die, die ihn nicht kannten, voller Ehrfurcht sprachen, präsentierte sich für die meisten Besucher als gigantischer Garten mit ein paar prachtvollen Häusern, durch die man unterirdische Kliniken betreten konnte. Und die wiederum waren so gewaltig, dass Außenstehende keinen Überblick über die wahre Größe der Klinikanlagen hatten. Sie bekamen immer nur winzige Ausschnitte zu sehen.

Und die nicht so schönen Seiten Aralons blieben ihnen vollständig verborgen. Die unterirdischen Fabriken, Fertigungsanlagen und Städte, in denen die nicht so reichen Aras wohnten, oder die Fremdweltler, die hier arbeiteten. Die wenigen oberirdischen Industriekomplexe oder die Hinter-, Versorgungs- und Lieferanteneingänge der Kliniken wie den, dem der Gleiter sich nun näherte.

Die Pindarron-Klinik zählte keineswegs zu den größten Aralon, hatte aber eine gewisse Bedeutung. Ordentlicher Mittelstand sozusagen. Bowitz' Recherchen hatten ergeben, dass sie zum Suhyag des Mantarheilers Trantipon gehörte. Nur die wenigsten Kliniken auf Aralon waren noch unabhängig und so groß, dass sie ihren Suhyag ernähren konnten; die meisten stellten Bestandteile eines verwirrenden Geflechts kaum zu klärender Besitzansprüche dar. Manche gehörten ausschließlich einem einzigen Suhyag, der überschüssige Kapazitäten darin auslagerte, manche wurden von einem Mediker geleitet, den mehrere Suhyags eingesetzt hatten, die Besitzanteile an der betreffenden Klinik hielten.

Dann allerdings war der TLD-Agent an Grenzen gestoßen, die sich nicht mehr allein durch die gesellschaftlichen Bedingungen auf Aralon erklären ließen. Natürlich achtete jeder Suhyag darauf, dass seine Interessen gewahrt blieben. Ähnlich wie bei den Springern gab es auf Aralon Sippen und Klans, deren subtiles Netz dem Außenstehenden nicht auf Anhieb erkenntlich wurde. Darüber wurde einfach nicht gesprochen.

Stillschweigend gehorchten die Angehörigen schon bei der Ausbildung der Nachkommen den Anforderungen des Suhyag und taten dies bis zu ihrem Lebensende. So gab es zum Beispiel keine berufsorientierte Ausbildung im Suhyag. Nicht jeder in einem bestimmten Klan wurde zum Arzt. Die Oberen trachteten lediglich danach, ihre besten Leute in bedeutende Positionen zu hieven. So waren kühl-nüchterne Wettkämpfe der Sippen untereinander völlig alltäglich.

Der stillschweigende Gehorsam dem Suhyag gegenüber erklärte auch, warum über die gesellschaftlichen Strukturen der Aras auf anderen Welten so gut wie nichts bekannt war. Jeder Ara bewahrte Schweigen über die Belange seines Klans. Selbst hier auf Aralon war Bowitz immer wieder auf Mauern des Schweigens gestoßen, die kaum zu durchdringen waren.

Trantipon stellte jedoch ein Rätsel dar, das nicht einmal durch die allgemeine Zurückhaltung in den Suhyags erklärt werden konnte. In Medienberichten wurde er so gut wie nie erwähnt. Selbst araische Pressevertreter bezeichneten ihn, wenn es einmal dazu kam, als abweisend und kühl. Da dies für fast alle seines Volkes galt, war diese Beschreibung an sich schon so außergewöhnlich, dass sie Anlass zu den wildesten Spekulationen gab, wenn man zwischen den Zeilen zu lesen vermochte.

Trantipon war Mantarheiler, stand einem Suhyag vor, war 2,08 Meter groß und trug eine Narbe quer über die rechte Wange. Im Inneren der Narbe schien in Längsrichtung ein Metallstück zu stecken.

Das war praktisch alles, was Bowitz trotz aller Möglichkeiten, die dem TLD zur Verfügung standen, über ihn herausgefunden hatte. Alles andere lief auf Gerüchte hinaus, deren Urheber vielleicht Prid-Reuyl selbst war, wenn er ihn hintergehen wollte, um mit seiner Hilfe Aralon verlassen zu können. Und die ließen sich kurz und bündig zusammenfassen, ohne jedoch irgendeinen Lichtschein in das zu bringen, was – vielleicht – auf Aralon gespielt wurde.

Trantipon ist federführend an einem großen Vorhaben *beteiligt, dessen erste Phase so gut wie abgeschlossen war.*

Und Trantipons Suhyag gehörte auch Prid-Reuyl an, der Mediker, der behauptete, über Erkenntnisse zu verfügen, die den TLD und die LFT interessieren würden. Prid-Reuyl, der nun *sterben* musste, damit er dem TLD seine Informationen zur Verfügung stellte.

Oder der ihn in eine Falle locken würde.

Der Gleiter setzte auf einer Landefläche zwischen schäbigen, niedrigen Lagerhallen und Wirtschaftsgebäuden der Pindarron-Klinik auf. Hier wurde all das untergebracht und gehandhabt, was nicht sonderlich wichtig war. In den unterirdischen Etagen der Kliniken wurden Patienten behandelt, Medikamente entwickelt, Viren, Bakterien, Krankheiten und Seuchen »bearbeitet«, Nerven- und andere Gifte getestet, Gene manipuliert, je nachdem, was gerade anfiel und den höchsten Gewinn versprach.

»Funkimpuls ausstrahlen!«, sagte Bowitz.

»Ausgestrahlt«, bestätigte That Horel.

Bowitz atmete tief ein. Jetzt gab es kein Zurück mehr. Er lauschte in sich hinein, konnte jedoch nichts entdecken. Kein schlechtes Gefühl, mit dem sein Instinkt ihn vor einem Hinterhalt warnen wollte, aber auch nicht die geringste Zuversicht.

Vor ihnen glitt ein breites Tor in die Wand der Lagerhalle zurück, und Mun steuerte den Gleiter langsam hinein und setzte ihn auf einer der markierten Landeflächen auf. Am anderen Ende der Halle machte Bowitz weitere, wesentlich kleinere Tore aus. Er hatte den Lageplan dieses Teils der Pindarron-Klinik genau im Kopf und wusste, dass sich dahinter Antigravschächte, Transportbänder und Zufahrtswege befanden, die tief ins Innere der Klinik führten.

In einem kleinen, halbrunden Bau in der Mitte der Halle saßen mehrere Aras, keine Mediziner, sondern Lagerarbeiter und Dispositeure. Keiner von ihnen erweckte einen besonders arbeitseifrigen Eindruck.

Bowitz nahm den Datenspeicher, stieg aus und ging zu dem Verteilungszentrum hinüber. Die Aras würden sich nicht wundern, dass ein ungelittener Terraner den Frachtgleiter flog. Seine Tarnung war einwandfrei, genau wie jene, die er im Motarium angelegt hatte. Hatte man ihn dort nicht von einem Ara unterscheiden können, trat er hier als Springer auf. Kleine, aber hoch entwickelte Sender in der Biomolplast-Maske würden auch alle Individualtaster und ähnliche Überwachungsgeräte täuschen.

Modernes Biomolplast galt noch immer als perfektes Material für Masken und wurde entsprechend häufig eben dafür benutzt. Das einzige Ärgernis daran war, dass das Material aufgrund seiner Eigenschaften nach Gebrauch nicht einfach mechanisch entfernt werden konnte, sondern vorher mithilfe von Spezialgeräten schwach bestrahlt werden musste. Bei diesem Prozess veränderte sich Biomolplast chemisch, sodass etwa am Körper haftende Reste einfach abgezogen oder abgerieben werden konnten.

Lästig, aber oft lebensrettend, dachte Bowitz.

Ein Ara nahm den Datenträger entgegen und schob ihn in ein Lesegerät. Bowitz verspürte nicht die geringste Unruhe. Wenn es den TLD-Agenten nicht gelungen war, die Daten perfekt zu fälschen, hatten sie ihren Beruf verfehlt und verdient, entlarvt und vor Gericht gezerrt zu werden.

Der Dispositeur beachtete ihn gar nicht, während er auf das Ergebnis der Überprüfung wartete. Bowitz mochte die Aras, und er glaubte, sie zu kennen und ihre Eigenarten zu verstehen, doch an den Hochmut, den sie Angehörigen anderer Völker entgegenbrachten, würde er sich niemals gewöhnen.

Das Lesegerät spuckte den Datenträger wieder aus.

»Ist die Zentrumspest nicht unheilbar?«, fragte er Ara.

»Was?«, polterte Bowitz, wie man es von einem Springer erwartete. »Was ist Zentrumspest? Und woher soll ich das denn wissen? Ich liefere das Zeug nur aus.«

»Die Zentrumspest ist eine Krankheit, die besonders bei Raumschiffbesatzungen beobachtet wird, die sich für längere Zeit in den intensiven Strahlungsbereichen des galaktischen Zentrumskerns aufgehalten haben«, fuhr der Ara unbeeindruckt fort. »Die Erkrankten zeigen äußerlich keine Spuren des Verfalls oder der Schwächung. Dagegen spielt sich in ihrem Körper, und zwar in der Atomstruktur eines jeden einzelnen Moleküls, ein noch nicht enträtselter Vorgang auf hyperphysikalischer Basis ab. Die Atome wandeln sich um, bilden anschließend kristalline Gruppen von eigenartigen Strahlungsfrequenzen und bringen im letzten Stadium den befallenen Körper zum Erstarren. Wie will man so etwas heilen können?«

Bowitz lachte schallend auf. »Das kann ich dir nicht sagen, Lagermeister. Aber wenn du Mediker und nicht Herr über eintreffende Lieferungen geworden wärest, hättest du bestimmt schon eine Kur gefunden und würdest jetzt in der Mantar-Klinik Hof halten.«

Der Ara sah ihn kalt an. »Möchtest du keine Lieferungen mehr für die Pindarron-Klinik betreuen?«

»Das hast nicht du zu entscheiden, Lagermeister. Genauso wenig wie ich. Ich flieg dorthin, wo mein Chef es mir sagt.« Von Springern, die Gleiter flogen, erwartete man keine perfekte Grammatik.

»Ich werde mir eure Lieferung wohl mal genauer ansehen.«

Bowitz zuckte mit den Achseln. »Bitte. Hab nichts dagegen. Ich werde nicht pro Lieferung, sondern nach Stunden bezahlt. Sollen wir hier warten, oder können wir noch bummeln gehen? Wo gibt's denn hier einen vernünftigen K'amana? Das Zeug, das wir dabeihaben, schmeckt wie abgestandene Terranerfüße.«

Der Ara machte tatsächlich Anstalten, sich zu erheben.

»Ich brauche aber noch eine Ankunftsbestätigung von dir«, sagte Bowitz. »Das ist 'ne Expresslieferung. Jemand scheint dringend auf das Zeug zu warten, und ich muss ja irgendwie erklären, wieso ich von hier bis zum Labor so lange gebraucht habe.«

Der Dispositeur lehnte sich wieder zurück und hielt ihm den Datenträger hoch. »Alles in Ordnung. Ihr nehmt Antigravschacht drei und ...«

Der TLD-Agent wischte dem Lagerarbeiter den Datenträger aus der Hand. »Mach dir keine Mühe, der Weg ist auf dem Speicher angegeben.«

»Viel Spaß beim Schleppen.«

»Danke. Aber wir haben 'ne AG-Plattform dabei. Die Pindarron-Klinik arbeitet nur mit zuverlässigen Profis zusammen. Außer bei ihren Lagerarbeitern, denk ich mal.«

Sie luden den Behälter aus; die Lagerarbeiter in der halbrunden Schaltzentrale in der Mitte der riesigen Lagerhalle warfen ihnen nur gelegentlich desinteressierte Blicke zu. Bowitz machte sich keine Sorgen, ihr Misstrauen geweckt zu haben.

Die Aras waren, genau wie die Springer, in Sippen organisiert, und zu diesen Suhyags zählten eben nicht nur Mediziner, sondern auch Techniker, Raumfahrer, Köche und eben auch Lagerarbeiter. Und sie wiesen durchgehend jene Eigenschaften auf, die der Rest der Galaxis den Spitzköpfen so gern zuordnete: Selbstbeherrschung, direkter Zug zum Tor, Gefühlskälte, Profitorientierung, Herrschsucht. Auch ein Lagerarbeiter pflegte sich als Nabel des Universums zu betrachten und behandelte entsprechend auch Angehörige anderer Völker, mit denen er es zu tun hatte. Es war also ganz normal, dass ein araischer Lagerarbeiter versuchte, einen raubeinigen, ungebildeten Mehandor zu schikanieren.

Bowitz fuhr sich durch den falschen roten Bart. Für ihn war es immer wieder faszinierend, dass es den Aras überhaupt gelang, untereinander so etwas wie normale Beziehungen zu pflegen. Das bewirkten sie zu einem großen Teil durch komplizierte Rituale, deren Eigenarten und Bestandteile sich Vertretern anderer Völker praktisch vollständig entzogen. Sonst hätten sie sich womöglich gegenseitig zerfleischt; allein eine machiavellistische Ausprägung schaffte noch keine funktionierende Gesellschaft.

Der TLD-Agent konzentrierte sich wieder auf den Behälter. Es handelte sich um ein Standardmodell zum Transport kostbarer oder auch gefährlicher Güter: ein Zylinder von gut einem Meter Höhe mit dreifacher Wandung aus dem besten Stahl, den Arkons Schmieden liefern konnten, mit automatischen Vorrichtungen, die im unwahrscheinlichen Fall eines Lecks eine sofortige Abdichtung vornahmen und einen Energieschirm aufbauten.

Auch Tsaksom Mun und That Horel hatten Springermasken angelegt. Während die Agentin besonders viel Biomol aufgelegt hatte und sich als hünenhafte Vertreterin ihrer Art mit weit über zwei Metern Körpergröße und einer üppigen klassischen Frisur mit zwei langen und fast zwei Dutzend kleinen Zöpfen präsentierte, trug Horel eine rote Kurzhaarfrisur, die ganz ohne den traditionellen Kopfschmuck der Galaktischen Händler auskam. Die Gesichtsbehaarung hatte er auf einen geckenhaft anmutenden Kinn- und Oberlippenbart reduziert.

Hern Stenal trug keine Maske. Er hielt sich in unmittelbarer Nähe des Behälters auf, getarnt von einem Deflektorschirm. Die verräterischen energetischen Impulse, die von dem Schirm ausgingen, wurden von Spezialgeräten in dem Behälter gedämpft und verzerrt. Die Überwachungsgeräte in der Schleuse, die wir gleich passieren würden, würden sie als Ausstrahlungen der Behältertechnologie selbst identifizieren. Der Umgang mit höherdimensionalen Materialien war auf Aralon alltäglich und bot keinen Anlass für Misstrauen, zumal die Produktbeschreibung in den Dokumenten des Datenträgers ebensolche Substanzen als Inhalt bezeichnete.

Hoffte Bowitz zumindest. Die Unterlagen waren perfekt gefälscht, doch die Nagelprobe stand noch aus.

Mittlerweile waren drei, vier weitere Gleiter mit neuen Lieferungen in der Halle eingetroffen. Die Lagerarbeiter achteten nicht mehr auf die drei grobschlächtigen Springer.

Doch sie waren auch nicht die eigentliche Gefahr. Die lag in den Instrumenten der Sicherheitsschleuse zu suchen.

Sie betraten die Schleuse, und das Schott hinter ihnen glitt zu. Bowitz legte den Datenspeicher in ein Lesegerät an der Wand. Einen Moment lang geschah gar nichts, und der TLD-Agent musste sich zwingen, die Ruhe zu bewahren. Dauerte die Überprüfung immer so lange, oder hatten die Ortungs- und Überwachungsinstrumente Unregelmäßigkeiten festgestellt?

Unsinn, sagte er sich. Die Geräte taten ihre Arbeit, und die Positronik verglich die Angaben des Datenspeichers mit den ihr vorliegenden Informationen. Lag tatsächlich eine Bestellung vor, stimmten die Spezifikationen überein?

Bowitz fragte sich, wie dieser Vorgang zum Beispiel auf Tahun abgelaufen wäre. Hätte er dort einfach ohne weitere Kontrollen in eine Klinik hineinmarschieren können? Wohl kaum. Aber so paranoid die Aras auch sein und welche Vorkehrungen sie auch getroffen haben mochten, um den reibungslosen Betrieb in ihren Kliniken zu gewährleisten, so nachlässig waren sie andererseits. Da sie nicht damit rechneten, im Zentrum ihrer Macht, sprich im medizinischen Bereich, angegriffen zu werden, entsprachen ihre Sicherheitsvorkehrungen zumindest nicht flächendeckend dem allerhöchsten Standard. Moderne, hoch spezialisierte Geräte der Nachrichtendienste konnten sie aushebeln.

Ein dumpfer, gleichmäßiger Ton durchzog den Schleusenraum, und das Schott vor ihnen öffnete sich.

Bowitz atmete auf. Sie hatten die erste, höchste Hürde genommen.

Der Behälter war zwar mit Antigravgeneratoren der Plattform verbunden, doch Tsaksom Mun und That Horel stellten ihn trotzdem auf ein fast zwei Meter bereites Transportband an der linken Wand des vor ihnen liegenden, scheinbar Kilometer in die Tiefe führenden Ganges, das sich daraufhin ruckfrei in Bewegung setzte. Auf diese Weise mussten sie sich nicht mit den Kontrollen beschäftigen. Bowitz sprang ebenfalls auf das Band, und es beschleunigte.

Er war geneigt, Prid-Reuyls Angaben etwas mehr Glauben zu schenken. Der Galaktische Mediziner hatte ihnen sämtliche Daten in die Hände gespielt, die sie benötigten, um die Sicherheitsschleuse zu passieren. Er hatte über einen Mittelsmann die Bestellung aufgegeben und ihnen auch alle Informationen zur Verfügung gestellt, die sie benötigten, um ohne Misstrauen zu erregen in die Pindarron-Klinik eindringen zu können. Und er hatte sie mit den Kodes ausgestattet, mit denen sie den Liefer- und Versorgungsbereich verlassen und in die entsprechende medizinische Abteilung eindringen konnten.

Nun war die Überwachung nicht mehr so engmaschig gestrickt. Hern Stenal machte sich im Schutz des Deflektorschirms hektisch an die Arbeit, während Bowitz und die beiden anderen ihre Vorbereitungen eher gemächlich und so unauffällig wie möglich trafen, um bei einer eventuellen optischen Überwachung keinen Verdacht zu erregen.

Bowitz entwickelte ein oberflächliches Interesse an dem Transportband, wie es einem tumben Mehandor durchaus zukam. Er betrachtete die in regelmäßigen Abständen an der Wand angebrachten Notschalter, mit denen man das Band anhalten konnte. Eigentlich war dies bei einer positronischen Überwachung unsinnig, doch nach dem Hyperimpedanz-Schock war für die Aras übertriebene Vorsicht offenbar zur Angewohnheit geworden.

Einige dieser Schalter betastete er sogar und brachte dabei so unauffällig wie möglich winzige, aber sehr wirksame Überraschungen an.

»Position festgestellt«, erklang Stenals Stimme direkt in seinem Ohr. »Wir haben Glück gehabt. Der Gang führt unmittelbar an der Abteilung vorbei, in der unser Mann arbeitet. Wir müssen uns also nicht durch die halbe Klinik kämpfen.«

Das war eine der Unwägbarkeiten ihres Plans gewesen. Sie hatten nicht wissen können, welchen Weg der Dispositeur ihnen zuweisen würde. Er hätte sie auch durch einen Antigravschacht in die Tiefen der Klinik schicken und sie den Rest des Weges durch die Versorgungsgänge der unterirdischen Ebene zurücklegen lassen können.

»Wie lange?«, fragte Bowitz über sein Zungenmikro. Die Funkgeräte, mit denen sie ausgestattet waren, hatten im Regelfall eine Reichweite von zwei Metern und arbeiteten mit minimaler Energieleistung, waren also praktisch abhörsicher. Im Notfall – sprich, wenn ihre Benutzer sowieso schon aufgeflogen waren – konnten sie auf normale Leistung und Reichweite umgestellt werden.

»Sechzig Sekunden.«

Bowitz wartete fünf Sekunden länger, bis er auf den Knopf drückte und seine erste Überraschung aktivierte.

Das Transportband machte einen Ruck, beschleunigte kurz, bremste stark ab und blieb stehen.

Am ersten der Notfallschalter, die Bowitz manipuliert hatte, hatte sich ein Nano-Robot ins Innere des Geräts durchgefressen und dort eine Störung hervorgerufen. Das Transportband hatte beschleunigt. Die überwachende Positronik hatte – zumindest nicht sofort – den Ort der Störung nicht lokalisieren können und war wie erhofft von einem Systemfehler ausgegangen. Daraufhin hatte es das Band, den Sicherheitsprotokollen folgend, abgeschaltet.

Das Transportband hatte in der Tat eine Länge von mehreren Kilometern und führte durch die gesamte Pindarron-Klinik. Auch wenn sie in diesem Abschnitt die Einzigen waren, die es benutzten, würde es in anderen weitere Güter und Personen befördern. Die Überwachungssysteme konnten den Zwischenfall also nicht unmittelbar mit den drei Springern in Verbindung bringen, die eine Bestellung für die Abteilung des Medikers Prid-Reuyl auslieferten.

Bowitz sprang vom Band und schaute sich verwirrt um, wie man es von einem Lastenträger erwartete. »Was ist denn jetzt los?«, rief er. »So was hab ich ja noch nie erlebt! Kommt lieber mal da runter, bevor das Band wieder losrast und uns gegen die nächste Kurve knallt.« Er ging davon aus, dass im Augenblick des Bandstillstands zumindest eine visuelle Überwachung eingesetzt hatte.

Tsaksom Mun und That Horel aktivierten umständlich das Antigravtriebwerk des Behälters und bugsierten ihn vom Band.

»Zu der Tür da!« Bowitz deutete auf ein etwa 100 Meter entferntes Schott, durch das man im Notfall den Gang evakuieren konnte. Noch hatte es sich nicht geöffnet, doch Stenal hatte sich schon an die Arbeit gemacht.

Murrend steuerten die beiden Agenten den Behälter zu dem Schott. »Wenn's jetzt ein Feuerchen gibt, werden wir gegrillt«, fluchte Tasksom, während Horel sich auf mehr oder weniger unverständliche Flüche auf seine Sippe und das ungerechte Schicksal beschränkte, das ihn nach Aralon geführt hatte. Bowitz schloss zu ihnen auf, und sie blieben vor dem Schott stehen.

Horel holte eine Flasche heraus, schraubte sie auf und setzte sie an die Lippen. Laut rülpsend ließ er sie dann fallen. »Hab nichts gegen eine Pause einzuwenden. Diese elende Schlepperei geht mir sowieso auf den Bart.«

In dem Augenblick, in dem die Flasche den Boden berührte, explodierte, von einem gerafften Funkimpuls ausgelöst, in gut 500 Metern Entfernung die Mikrobombe, die Bowitz dort angebracht hatte.

Der TLD-Agent wusste nicht genau, welchen Schutz die Überwachungspositronik nun anordnen würde. In welchem Abstand waren Generatoren angebracht, die Prallschirme aufbauten, um eine Feuersbrunst zurückzuhalten? Auf welche Entfernung öffneten sich die Notschotte in den Wänden? Konnte die Positronik den Sauerstoff im Gang absaugen, um das Feuer einzudämmen? Wurde automatisch mit Schaum gelöscht? Alles Fragen, die er in der Kürze der Zeit nicht endgültig hatte beantworten können.

Aber sie spielten auch keine bedeutende Rolle mehr. Von jetzt an lief der Countdown. Jetzt kam es auf Geschwindigkeit an, ebenso darauf, Verwirrung zu stiften und auszunutzen.

Jedenfalls hatten sie sich nicht darauf verlassen können, dass sich die Tür unmittelbar vor ihnen ebenfalls öffnen würde. Aber in dieser Hinsicht hatten sie vorgebaut.

Vor ihm glitt das Schott auf. Die Kodes, die Prid-Reuyl ihnen geliefert und die Stenal in den Öffnungsmechanismus einspeist hatte, waren also gültig.

Mehrere Aras starrten sie an, als sie den Behälter durch das Schott schoben, Mediker, Laboranten, Hilfskräfte. »Alle raus hier!«, brüllte Bowitz. »Ein Feuer im Transportgang!« Er setzte sich in Bewegung, schaute nicht zurück. Laute Schreie und das Trampeln von Schritten verrieten ihm, dass er die gewünschte Panik ausgelöst hatte.

Tsaksom und That folgten ihm mit dem Behälter, Hern blieb im Schutz des Deflektorschirms zurück, um die Nottür zu sichern. Der Transportweg sollte ihnen als Fluchtweg dienen.

Im benachbarten Laborraum starrte ihm Prid-Reuyl entgegen. Er trug einen weißen Kittel mit einer Unmenge aufgesetzter Taschen; in zwei davon hatte er die Hände vergraben.

Bowitz verschwendete keinen Gedanken daran, ob der Galaktische Mediziner die Angst, die ihm ins Gesicht geschrieben stand, nur perfekt vortäuschte oder wirklich empfand. Es war ihm auch gleichgültig. Er zündete die Blendbombe und warf sie. Der energetische Impuls, den sie gleichzeitig freisetzte, würde sämtliche eventuell vorhandenen verborgenen Überwachungsgeräte kurzschließen.

Der Ara reagierte, wie sie es besprochen hatten, aber es ging schrecklich langsam. Es schien eine Ewigkeit zu dauern, bis er die Hände aus den Taschen genommen hatte und loslief. Bowitz packte ihn und stieß ihn weiter zur Tür, durch die er den Raum betreten hatte. Tsaksom und That nahmen ihn in Empfang und zerrten ihn weiter.

Bowitz bückte sich zu dem Behälter hinab und nahm die Schaltung vor. Der Behälter mit den Rohstoffen, die vermeintlich zur Behandlung der Zentrumspest dienten, schien sich in seine Bestandteile aufzulösen. Die fünf Aggregate der Antigravplattform lösten sich von ihm und schossen davon, dem Notfallschott entgegen, abgesehen von einem, das gegen Bowitz' Rücken prallte, sich durch die Oberbekleidung in das Biomol seiner Maske bohrte und sich dort in einen Schaltkreis einfügte. Der Behälter selbst leuchtete rot auf.

Er würde in zehn Sekunden explodieren und dabei beträchtliche Mengen einer eigens gezüchteten Zellsubstanz verschleudern. Die Grundlage dafür hatte ihnen Prid-Reuyl geliefert. Es waren Zellen seines Körpers gewesen, die sie in den TLD-Labors hochgezüchtet und vermehrt hatten.

Natürlich war die Zentrumspest unheilbar. Und natürlich arbeiteten die Aras nicht an einem neuen Gegenmittel.

Bowitz schloss zu seinen beiden Kollegen und dem Ara-Überläufer auf, als die Bombe im Behälter hochging. Ihre Sprengkraft war gewaltig, aber örtlich begrenzt. Sie legte den Raum in Schutt und Asche, richtete aber keine weiteren Schäden an.

Gleichzeitig verstreute sie die Zellmasse, die in ihr gelagert war. Bei der unausweichlichen späteren Untersuchung würden die Ermittler zum Schluss kommen, dass Prid-Reuyl als Einziger in dem Raum gewesen war. Er hatte ihn nicht mehr verlassen können und war bei dem hinterhältigen Anschlag, den wer auch immer verübt hatte, zweifelsfrei ums Leben gekommen.

Für Aralon und die Aracom war er tot. *Gestorben.*

Der TLD-Agent fing die letzte Antigrav-Einheit auf, die noch suchend durch die Luft jagte, und drückte sie Prid-Reuyl auf den Rücken. Diese kleinen Dinger ersetzten zwar keinen Kampfanzug, boten aber wichtige Überlebenshilfen: zum Beispiel tatsächlich Antigravs, dazu Schutz- und Deflektorschirme. Alles nicht besonders leistungsfähig und auf dreimalige Aktivierung beschränkt, aber das war besser als nichts.

Als sie das Notschott erreichten, die Luft vor ihnen plötzlich brodelte und sich in der Luft ein gerade noch unter einem Deflektorschirm verborgener Umriss abzeichnete, der in der nächsten Sekunde zu einer brennenden menschlichen Fackel wurde, ahnte Bowitz mit einem Mal, das etwas fürchterlich schiefgegangen war.

Wir sind aufgeflogen, wurde ihm klar. *Sie haben Hern trotz seines Deflektorschirms geortet und liquidiert.*

Alles ging blitzschnell. Stenal war nicht mehr als menschliches Wesen – oder Humanoider – zu erkennen. Die Umrisse zerfielen zu Asche, die schon von der Luftumwälzungsanlage verteilt wurde, als Bowitz noch zu begreifen versuchte, was gerade geschehen war.

»Zurück!«, rief er, doch Tsaksom verstand den Befehl falsch. Sie warf sich in den Transportgang hinter dem Notschott.

Bowitz hörte und identifizierte das Geräusch, das die Energiewaffen von sich gaben, noch bevor er ihre Strahlen sah. Die Luft vor ihm kochte und färbte sich gleißend rot. In dem Inferno flimmerte es hell – die Konturen des Individualschirms, ein leuchtender Konus in viel hellerer Ultrahitze.

Bowitz sah, wie die Agentin starb. Und vorher noch ausholte und etwas warf.

Er wirbelte herum, bekam Prid-Reuyl zu fassen und zog ihn eng an sich. Das war nur anständig. Selbst wenn der Ara-Überläufer sterben musste, würde er versuchen, ihn mit dem eigenen Leben zu schützen.

Wenn die Aktion schon in einem Fiasko enden musste, war der ihm zumindest diese letzte Geste schuldig.

»Angriff auf sieben Uhr!«, brüllte That. Bowitz sah über die Schulter und erkannte mehrere verschwommene Gestalten, die im Schutz von Individualschirmen aus einer zuvor nicht vorhandenen Öffnung in den Raum eindrangen. Horel sprang vor und eröffnete das Feuer auf sie.

Bowitz dachte nichts, zollte seinem Kollegen keinen Respekt und empfand auch keine Hochachtung für ihn. Es war ein Opfergang; That erwies sich als der gute, ehrliche Kollege, für den Tankred ihn gehalten hatte.

That hatte ihn gewarnt, ihm um den Preis seines Lebens wertvolle Sekunden verschafft. Während Horel unter gezieltem Punktbeschuss verglühte, ohne auch nur schreien zu können, übernahmen die Routinen von Bowitz' Ausbildung.

Es gab nur einen Ausweg. *Überlebenschance null Prozent. Erfolgsaussichten aussichtslos. Verzweiflungstat unabdingbar.* Genau, wie es in den alten Lehrbüchern stand.

Er konnte nur hoffen, dass es noch nicht zu spät war. Aber tot war er so oder so.

Er aktivierte den Not-Gravopak, sprang in das Inferno vor ihm und jagte, Prid-Reuyl im Schlepptau, den glutflüssigen Transportgang entlang.

Der Verfasser der alten Lehrbücher hätte vor ohnmächtigem Zorn im Grab rotiert. Aber angesichts der Situation des TLD auf Aralon wäre er sowieso schon längst zum Widergänger geworden.

Das Antigrav-Aggregat trug sie durch das Inferno. Der Individualschirm war aktiviert, doch Bowitz spürte die Hitze und hörte das Zischen, mit dem glutheiße Tropfen seine Montur durchdrangen und das Biomol versengten. Einige erreichten sogar seine echte Haut.

Sekunden dehnten sich zu Minuten und Stunden aus. Er zählte vier, fünf und sechs Sekunden, und er lebte noch immer. Er schickte ein Stoßgebet gen Himmel, um Tsaksom zu ehren. Sie hatte unmittelbar vor ihrem Tod die Bombe geworfen, die die Agenten der Aracom ausgeschaltet hatte. Hier lebte niemand mehr.

Sein Verstand trennte sich von seinem Körper. *Wir sind nicht nur aufgeflogen,* dachte er, *wir sind verraten worden. Niemand wusste, dass wir diesen Einsatz durchführen würden.* Niemand außer Tsaksom, That und Hern, die nun tot waren, vor seinen Augen gestorben, und einer weiteren Person.

Lava prasselte auf ihn ein, Hitze versengte sein Biomol-Haar, Angst schnürte sein Herz ein. *Wie hat er es gemacht?,* fragte er sich, doch bevor er eine Antwort fand, war er durch.

Offensichtlich hatte die von Tsaksom geworfene Bombe die Systeme der Überwachungspositronik gründlich durcheinandergebracht. Jedenfalls hielten ihn keine Überwachungssysteme auf, und kein Löschschaum bremste den rasenden Flug ein. So schnell das Transportband auch gewesen sein mochte, es hielt keinen Vergleich mit einem Antigravfluggerät in Panikschaltung aus.

Die Gegenseite hat keine Zeit gehabt, sich auch diese Situation vorzubreiten. Sie ist erst vor Kurzem informiert worden und musste improvisieren.

Bowitz mochte nicht darüber nachdenken, was das zu bedeuten hatte.

Als er wieder klar überlegen konnte, stellte er fest, dass sie fast das Ende des Transportgangs erreicht hatten. Er verspürte kein Bedürfnis, ein paar harmlose Lagerarbeiter umzubringen, auch wenn sich diese gern über minderwertige Mehandor lustig machten.

Er stoppte den Flug am letzten Notausgang der Transportstraße. Viel weiter hätte die Notausrüstung ihn sowieso nicht getragen.

Zurückhaltung war nun nicht mehr angebracht. Sie waren aufgeflogen, ihre Mission war gescheitert, und es würde noch eine Weile dauern, bis er sich über die Bedeutung dieses Faktums endgültig klar geworden war. Kurzerhand sprengte er den ersten Notausgang hinter der Sicherheitsschleuse. Immerhin befanden sie sich nun wieder auf der ersten, der planetaren Ebene.

Aras starrten ihn entsetzt und verwirrt an, als er in einen Besprechungsraum taumelte, Prid-Reuyl sicher im Griff. Er nahm die Umgebung kaum noch wahr, stellte lediglich mit einem Rest von Professionalismus fest, dass sich keine Angehörigen der Aracom in nächster Nähe zu befinden schienen.

Als das Aufheulen der Sirenen erklang, hatte er in rasendem Flug schon den Haupteingang der Klinik erreicht. *Ich bin verraten worden,* dachte er, und plötzlich war das Leben humanoider Intelligenzen für ihn völlig unwichtig.

Er erinnerte sich an Tsaksom, That und Hern, die vor seinen Augen gestorben waren, und zündete mit einem Knopfdruck sämtliche Bomben, die er in der Klinik platziert hatte. Dabei interessierte es ihn nicht im Geringsten, ob sich an den Explosionsstellen mittlerweile Kräfte der Aracom befanden, die dort Beweismittel sicherstellen wollten.

Sie sind tot, dachte er. *Tsaksom, That und Hern sind tot.*

Der Agent jagte durch eine prachtvolle Parkanlage, Prid-Reuyl noch immer im Griff, und sah fünf Sekunden später das Fluchtfahrzeug vor sich. Er schaltete den Gravopak aus, setzte neben dem Gleiter aus und gab den Kode ein.

Das Schott öffnete sich. Er schob Prid-Reuyl in den

Gleiter, schnallte ihn auf einem Sitz fest, rutschte auf den Sessel des Piloten und hämmerte die Faust auf den im Armaturenbrett verborgenen Notfallschalter.

Die Gleiterpositronik übernahm. Mehrere Dinge geschahen gleichzeitig.

Der Gleiter schoss eine Sonde ab, die nach drei Sekunden explodierte und Hunderte von viel kleineren Sonden ausschleuderte, die allesamt Gleiterkennungen imitierten. Für die Überwachungspositronik waren in diesem Augenblick Hunderte von Gleitern gestartet.

Sein Fahrzeug strahlte eine Kennung aus, die der eines Einsatzfahrzeugs der Ordnungsbehörden entsprach. Eine halbe Minute später würde die Bordpositronik eine Kursänderung vornehmen und eine andere Kennung ausstrahlen, die eines Rettungsfahrzeugs, das Verletzte transportierte. Eine weitere halbe Minute später würde der Gleiter zum Dienstfahrzeug eines Mantarheilers werden. Dann zu einem Privatfahrzeug.

Und gleichzeitig gingen die Bomben hoch, die sie zuvor außerhalb der Pindarron-Klinik gelegt hatten. Die Aracom musste mindestens für zwei, drei Minuten mit einem generalsstabsmäßig angelegten Angriff auf die Klinik rechnen.

Sein Fluchtfahrzeug flog tief, langsam und unauffällig. Nach einer halben Minute wusste Bowitz, dass er es geschafft hatte.

Er war der Falle entronnen. Aber sein Leben war keinen Chronner mehr wert.

Der Einsatz war verraten worden. Er lehnte sich im Pilotensessel zurück, atmete tief und gleichmäßig durch.

Nun, da keine unmittelbare Gefahr mehr bestand und das Fluchtfahrzeug in der Überwachung ein Taxi war, das einen Patienten zu einem Psychologen beförderte, kehrte eine gewisse Klarheit in seine Gedanken zurück.

Der Einsatz war verraten worden. Vier Personen hatten von ihm gewusst. Drei davon waren tot.

Wie hat er es gemacht?, fragte sich Bowitz. *Kein Peilsender. Ich habe mich gründlichst untersucht, nachdem ich die Botschaft verlassen habe.*

Er fand keine Antwort auf die Frage. *Später*, dachte er. *Ich werde es herausfinden.*

Er sah zu Prid-Reuyl hinüber. Der Mediker lag mehr oder weniger katatonisch in seinem Sitz. Er hatte die Augen geöffnet, starrte aber ins Leere.

Wundert dich das?, dachte Bowitz. *Er ist kein Profi. Dieser blutige Laie ist tausend Tode gestorben, um in der LFT leben zu können.*

Er lachte leise auf. Das war kein Problem mehr. Das war eine Katastrophe.

Es gab nur einen, der als Verräter infrage kam. Und dieser kannte sämtliche Strukturen, die der TLD auf Aralon aufgebaut hatte.

Bowitz wurde klar, dass ihm endgültig jegliche Unterstützung weggebrochen war. Die Aracom hatte nicht nur in der Klinik zugeschlagen.

Oder aber ... hatte der Verräter lediglich Informationen über den Einsatz in der Pindarron-Klinik weitergegeben?

Bowitz sah auf die Instrumente im Armaturenbrett. Mittlerweile waren sie so weit von der Klinik entfernt, dass sie keinen Verdacht mehr erregen würden. Er sah das Positive: Die Katastrophe war da, aber er hatte Prid-Reuyl – und zwei, drei Möglichkeiten, von denen der Verräter nichts ahnte.

Er hatte mehrere »Sichere Häuser« angelegt, Schutzverstecke, von denen kaum einer wusste. Und einige, von denen *niemand* etwas wusste, weder seine Vorgesetzten noch seine Kollegen.

Er musste eins dieser Verstecke anfliegen. Prid-Reuyl erst einmal in relativer Sicherheit unterbringen, aus dem Verkehr ziehen. Seine Biomol-Maske loswerden.

Danach hatte er zwei Möglichkeiten. Er konnte den Verräter zur Rechenschaft ziehen oder versuchen, Prid-Reuyl irgendwie von Aralon wegzubringen. Der Überläufer hatte die Wahrheit gesagt. Hier braute sich etwas zusammen, das seine kühnsten Vorstellungen bei Weitem übertraf.

Vielleicht, dacht Bowitz, *nur vielleicht kann ich zwei Fliegen mit einer Klappe schlagen.*

Aber darauf kam es ihm jetzt nicht mehr an. Ja, er wollte überleben. Ja, seine zweite Verantwortung war Prid-Reuyl, der sich ihm anvertraut hatte. Ja, er musste den TLD über das informieren, was hier auf Aralon vor sich ging.

Aber genauso wichtig war für ihn ... Der Verräter durfte nicht ungestraft davonkommen.

Er würde ihn besuchen.

Und er wusste auch, wie er an ihn herankommen konnte. Wenn er sich sogar Zutritt in abgeschirmte Bereiche der Pindarron-Klinik verschafft hatte, war das eine der leichtesten Übungen für ihn.

Bowitz fragte sich, wie weit er gehen würde, und widmete sich wieder den Gleiterkontrollen.

STRAHLENDER, KAUM WAHRNEHMBAR INS GRÜNliche schimmernder Sonnenschein begrüßte uns, als wir den vierten von sieben Planeten der gelben Sonne Kesnar im Kugelsternhaufen M 13 betraten – oder Thantur-Lok, wie ihn die Arkoniden und damit auch die Aras nannten –, 38 Lichtjahre von Arkon und 34.012 Lichtjahre von Sol entfernt. Sofort verspürte ich ein gewisses Unbehagen, einen leichten Druck auf Körper und Kopf, eine Schwere in den Knochen und Gliedern, fast so, als hätte ich drei Marathonläufe hintereinander absolviert.

Kein Grund, sich Sorgen zu machen. Mein Körper reagierte keineswegs mit instinktiver Ablehnung auf die Gefahr, in die ich mich begab. Bei einem mittleren Sonnenabstand Aralons von 163,9 Millionen Kilometern und einem Durchmesser von 12.518 Kilometern betrug die Schwerkraft 1,08 Gravos, also knapp zehn Prozent mehr als die der Erde, und darauf musste mein Körper sich erst einstellen.

Ich wusste aus Erfahrung, dass das ziemlich schnell vonstatten gehen würde, mahnte mich jedoch, gerade in der ersten Zeit vorsichtig zu sein. Diese 0,08 Prozent hörten sich nicht bedeutend an, doch de facto hatte mein Gewicht beziehungsweise meine Masse sich damit um fast ein Zehntel erhöht, und gemeinsam mit dem neuen Körper, den man mir verpasst hatte, musste ich mit einer deutlichen Beeinträchtigung meiner Grundfitness rechnen.

Es war angenehm warm, aber keineswegs zu heiß. Die Aras verstanden nicht nur zu leben, sie wussten auch potenzielle Klienten richtig zu behandeln: Vom ersten Augenblick an herrschten beste Bedingungen. Die Wetterkontrolle verhinderte, dass ein Todkranker in strömendem Regen den Planeten betrat, von dem er sich die letzte Rettung versprach. Das wäre einem möglichen Geschäft doch ziemlich abträglich gewesen. Also regnete es rund um die großen Raumhäfen nur in den verkehrsarmen Nachtstunden.

Ich schaute unauffällig zurück. Aerz-Naumi trottete mir hinterher wie ein folgsames Hündchen. Ich fragte mich, ob nicht allein schon sein Gesichtsausdruck verraten würde, dass etwas nicht mit ihm stimmte. Zhana hatte gute Arbeit geleistet: Der Drogencocktail, den der Mediker geschluckt hatte, machte mich zum Zentrum seines subjektiven Universums. Ich war der Mittelpunkt seines Denkens, sein gesamtes Interesse galt meinem Wohlergehen. Die wahrscheinlich nicht ganz legale Mischung ließ ihm keine andere Wahl.

Ich musste unter der ungewohnten Schwerkraft nicht weit gehen. Ein Transfergleiter erwartete uns keine 50 Meter entfernt. Beflissentlich öffnete uns ein dezent, aber geschmackvoll gekleideter Ara die Tür. Ich nickte ihm so huldvoll zu, wie ich es vermochte, und bestieg das Fahrzeug. Aerz-Naumi folgte mir. Allmählich verwunderte mich, dass er nicht hechelte oder vor Freude, in meiner Nähe zu sein, leise jaulte.

Der Gleiter hob ohne jede Wartezeit ab. Sanfte, beruhigende Musik durchdrang mich und kribbelte in meinen Knochen. Mit einem Mal hatte ich mein gewohntes Gewicht wieder, oder sogar noch eine Spur weniger. Sensoren im Gleiter hatten festgestellt, unter welchen Gravo-Verhältnissen ich normalerweise lebte, und die Schwerkraft, die ich gewohnt war, minimal verringert. Natürlich wurde ich bevorzugt behandelt; dass mein Begleiter an aralonsche Verhältnisse angepasst war, interessierte nicht, denn schließlich war ich der zahlungskräftige Klient.

Die maximal 15 Kilometer zum Abfertigungsgebäude legte der Gleiter in drei Minuten zurück, also mit einer Durchschnittsgeschwindigkeit von 300 Kilometern, Start und Landung inbegriffen. Klienten mussten nicht warten; sie wurden nicht nur gut, sondern auch schnell versorgt.

Das Abfertigungsgebäude wirkte schlicht, aber elegant. Der Gleiter setzte vor einer Villa mit altarkonidischen Säulengängen auf. Ich spürte wieder die minimal erhöhte Schwerkraft, als ich ihn verließ, doch diesmal kam sie mir nicht mehr so ungewöhnlich vor. Vielleicht hatten die Aras hier genau wie im Gleiter Schwerkraftgeneratoren installiert, die die Gravitation um ein Zehntel verringerten, damit ich mich – als potenzieller Klient – schon einmal besser fühlte.

Ich betrat das klassisch-schlichte Gebäude und fand mich in einer gewaltigen Halle wieder, aus der lediglich mindestens 20 Antigravschächte führten. Warten musste hier tatsächlich niemand.

Sämtliche Schächte waren nach unten gepolt. Die Aras behielten ihren Stil bei. Alle eigentlichen Geschäfte fanden unter der Oberfläche statt.

Die Räume der Einwanderungsbehörde – oder auch Anlaufstellen für Erste Hilfe – sahen aus wie Wartezimmer in Arztpraxen, die ich als Kind noch kennengelernt hatte. Nur, dass hier ebenfalls niemand warten musste. Die Aras verstanden sich auf ihren Beruf; potenzielle Klienten wurden wie das behandelt, was sie waren: Geldgeber. Diese Einstellung kam mir in diesem Augenblick sehr professionell und angenehm vor.

Mehr noch, die Räume sahen aus wie *angenehme* Wartezimmer. Hell, geräumig, gut klimatisiert, mit lediglich drei Sitzgelegenheiten pro Raum. So waren die Wartezimmer, die ich in meiner Kindheit gesehen hatte, ganz bestimmt nicht gewesen.

Erneut mussten wir nicht *warten.* Ich hatte kaum Platz genommen, als ein typischer Ara den Raum betrat, hochgewachsen, hager, mit kaum sichtbaren Haaren. Nun ja, was hatte ich auf Aralon erwartet?

Ein Mediker war er wohl nicht, denn er trug einen eleganten, sicherlich teuren, aber auch legeren Freizeitanzug.

Er war in technisch dezenter, eleganter Art verkabelt. Alles, was er sagte oder tat, wurde von der Hauspositronik aufgezeichnet. Er setzte sich in den dritten Sessel am runden Tisch und lächelte freundlich. »Ich bin Keklos-Tabes und stehe zu Ihrer uneingeschränkten Verfügung«, sagte er freundlich. »Ihre Papiere?«

Ich runzelte die Stirn. Natürlich, bis die Galaktischen Mediziner ihre Verträge unterschrieben hatten, behandelten sie ihre Klienten mit einer Höflichkeit, die man sonst nur den Halutern nachsagte. In einer unglaublichen Form der anachronistischen Schleimerei *siezten* sie zum Beispiel die Terraner bis zur Unterzeichnung der Verträge.

Ich schob ihm die Unterlagen zu, die unter Zhanas Anleitung an Bord der KAMMARA gefälscht worden waren.

Er studierte sie. Das, was er las, wurde ohne Zeitverzögerung an Zentraldateien übertragen, die alle galaxisweit vorhandenen Daten sekundenschnell miteinander abglichen.

»Jules McNamara«, sagte er. »Terraner. Aber ich vermisse eine eindeutige Identifizierung.« Sein Gesichtsausdruck veränderte sich nicht im Geringsten. Er wusste genau, ein leises Murmeln, und Hilfe war zur Stelle.

Doch er hatte keinen Alarm ausgelöst. Er mochte unsere Geschichte vielleicht nicht ganz abkaufen, doch er zögerte. Wir hatten noch eine Chance.

»Wie du den Unterlagen entnehmen kannst, bin ich nicht der Klient, sondern nur sein Repräsentant. Mein Auftraggeber befürchtet, an einer Krankheit zu leiden, die nur in der Mantarklinik geheilt werden kann, wenn überhaupt.«

»Das behaupten viele.« Der Ara lächelte.

»Aber nicht viele können die Behandlungskosten für eure besten Spezialisten aufbringen.«

»Das ist sicherlich richtig.«

»Bis mein Auftraggeber genaue Informationen vorliegen hat, möchte er anonym bleiben. Auch danach muss höchste Diskretion gewährleistet sein.«

»Das versteht sich von selbst.« Keklos-Tabes sah mich weiterhin ausdruckslos an. Bislang hatte ich ihm nur eine hübsche Geschichte mit einem großen Unbekannten aufgetischt. Er wollte sie nicht von vornherein zurückweisen; andererseits hörte er solche Geschichten wohl mehrmals täglich. Es war unglaublich, welchen Einfallsreichtum Intelligenzwesen an den Tag legten, wenn sie den Schatten des Todes auf sich spürten.

»Whistler«, sagte ich. »Das muss genügen. Keine weiteren Fragen, keine weiteren Erkundigungen. Und bitte ... wir haben einen Termin in der Mantarklinik. In zwei Stunden. Ich möchte im Vorfeld klären, ob die Behandlung nicht auch auf einem anderen Planeten erfolgen kann.«

Das unterstrich die Wirkung meiner Worte. Ich wollte den Eindruck erwecken, dass Whistler mit dem Gedanken spielte, einen Ara einfliegen zu lassen, vielleicht Zheobitt. Wenn man so reich wie er war, kamen die Quacksalber zu ihm und nicht umgekehrt!

Aerz-Naumi räusperte sich. Als Keklos-Tabes ihn ansah, holte er einen Datenträger aus einer Tasche seiner Montur und schob ihn dem Kollegen zu. »Der ehrenwerte Mantarheiler Trantipon zeigt außerordentliches Interesse an diesem Fall«, sagte er. »Ich bin einer seiner engsten Mitarbeiter. Unter Umständen wird er die Behandlung persönlich übernehmen.«

Beide Namen zeigten Wirkung. Henry F. Whistler war eine Legende unter den Großindustriellen der Galaxis, ein direkter Nachfahre des Gründers der gleichnamigen Firma, unermesslich reich und mächtig. Wobei allerdings schon seit Jahrtausenden Gerüchte die Runde machten, es hätte nie einen Henry F. Whistler gegeben, der Firmengründer sei ebenfalls nur einer jener Roboter gewesen, die den sagenhaften Ruf der Firma begründet hatten.

Und Trantipon ... Keklos-Tabes' Reaktion bewies mir, dass der Mantarheiler in der Tat ein Mann mit gewissem Einfluss sein musste.

In der Positronik der KAMMARA hatten sich leider nicht die geringsten Daten über Trantipon finden lassen.

Mein Gegenüber schob den kleinen Würfel in ein Lesegerät auf dem Tisch und errichtete mit einer beiläufigen Handbewegung ein optisches Schutzfeld. Als es wieder erlosch, lächelte er. »In diesem Fall möchte ich einer erfolgreichen Behandlung weder im Wege stehen, noch sie verzögern. Ich fordere einen Gleiter für euch an. Der Fahrer wird euch umgehend auf direktem Wege in die Mantarklinik bringen.« Er erhob sich; wir waren entlassen.

Ich nickte ihm zum Ausdruck meines Dankes knapp zu und stand ebenfalls auf. Aerz-Naumi tat es mir eifrig gleich.

Wir verließen den Raum und kehrten auf demselben Weg zum Ausgang zurück, den wir gekommen waren, zweifellos verfolgt von den Blicken Dutzender mechanischer Augen, die jede unserer Bewegungen registrierten und für eine genaue Analyse festhielten. Ich fragte mich, von wie vielen Sensoren und Überwachungsgeräten wir nun durchleuchtet wurden.

Schweigend schritt ich aus. Wir hatten es keineswegs bereits geschafft. Ich befürchtete, dass meine fadenscheinige Geschichte Keklos-Tabes nicht im Geringsten beeindruckt hatte. Ausschlaggebend für seine Entscheidung war wohl, dass Aerz-Naumi tatsächlich ein Mitarbeiter Trantipons war und ich mich in seiner Begleitung befand.

Aber eins war klar: Keklos-Tabes vertraute uns nicht einmal so weit, wie er uns sah. Der *Fahrer,* den er uns zur

Verfügung gestellt hatte, war natürlich mehr als nur das. Er hatte sicherlich die Anweisung erhalten, uns nicht aus den Augen zu lassen und jeden unserer Schritte zu verfolgen. Er war ein *Aufpasser.*

Und er würde sich auf seinen Job verstehen.

Aber ich wollte nicht unzufrieden sein. Es war wesentlich besser gelaufen, als ich befürchtet hatte.

Ein Problem nach dem anderen. Um den *Fahrer* würde ich mich kümmern, sobald es so weit war.

Der Fahrer war kein Ara, sondern einer der zahlreichen *Sicherheitsbeauftragten* – auf gut Interkosmo Söldner –, die fremden Völkern entstammten und von den Aras angeheuert worden waren, um diesbezüglichen Personalmangel auszugleichen. Sie wurden vor der Öffentlichkeit und vor allem vor Besuchern von anderen Welten normalerweise schamhaft verborgen: Auf Aralon lebten nur Aras, so lautete die offizielle Lesart, und alles, was nicht in dieses Bild passte, wurde unter den Teppich gekehrt. Die Fremdweltler hausten praktisch in eigenen Kommunen, die die Aras nie betraten, wenn es nicht absolut unumgänglich war, und die für Klienten offiziell gar nicht existierten.

Er war Ferrone, ein blauhäutiger Mann von gerade einmal anderthalb Metern Körpergröße, untersetzt und unglaublich muskulös, mit kupferfarbenem Haar, vorgewölbter Stirn und kleinen, tief liegenden Augen. Ferronen waren Lemurer-Abkömmlinge, die sich perfekt an die Schwerkraft von 1,4 Gravos ihrer Wahlheimat Ferrol und die dort herrschenden höheren Temperaturen und die intensive Strahlung ihrer Sonne angepasst hatten. Ihr Heimatsystem, das der Wega, befand sich im Zentralgebiet der Liga Freier Terraner, hatte jedoch den Status einer autonomen Fremdvölkerenklave und galt lediglich als mit der LFT assoziiert. Normalerweise griffen die Aras zwar auf Hilfskräfte aus dem Kristallimperium zurück, doch Ausnahmen bestätigten die Regel.

Eine Laune der Natur – oder eine Mutation, die sich in den ersten Jahrhunderten in ihrer neuen Heimat vollzogen hatte –, bewirkte, dass Ferronen seltsamerweise nicht in der Lage waren, fünfdimensionale Vorgänge zu verstehen, also hyperphysikalische Phänomene. Aber die Aras hatten den Mann ja nicht als Wissenschaftler angeheuert.

Er sprach von sich aus nicht, antwortete aber knapp und höflich, wenn man sich an ihn wandte. Ich verzichtete weitestgehend auf Konversation und überdachte meine Möglichkeiten.

Sie waren nicht besser geworden. Ich hatte nach der Überwindung der ersten Hürde auf einen Geistesblitz gehofft, doch er war ausgeblieben. Meine Mittel waren weiterhin äußerst eingeschränkt; ohne Hilfe von außen würde ich auf Aralon nicht lange in Freiheit, geschweige denn Trantipon auf den Fersen bleiben können. Also war die Botschaft noch immer meine erste Wahl. Dort würde ich Hilfe bekommen.

Es galt nach wie vor, zuerst einmal unseren Aufpasser abzuschütteln. Terraner waren auf Aralon zwar nicht besonders gut gelitten, aber auch nicht allzu auffällig. Und angesichts der Tatsache, dass hier Patienten rund um die Uhr für gutes Geld behandelt wurden, dürfte es mir nicht allzu schwerfallen, in einem geeigneten Augenblick unterzutauchen.

Aber wann war dieser geeignete Augenblick?

Spätestens, wenn wir die Mantarklinik erreichten, musste ich aktiv werden. Aerz-Naumi hatte behauptet, dort einen Termin zu haben. Als Absicherung hatte er von der KAMMARA aus tatsächlich mit einem seiner Kollegen, einem weiteren Mitarbeiter Trantipons, ein Gespräch vereinbart, damit diese Angabe bei der Einreise überprüft werden konnte. Doch wenn man diesen Mediker befragte, würden wir auffliegen.

Wenn nicht schon viel früher. Der Zeitfaktor blieb unabwägbar. Sobald Trantipon auf der MOMANTAR erfuhr, dass die KAMMARA sich im Orbit von Aralon befand, würde er die richtigen Schlüsse ziehen. Dann stand unsere Festnahme unmittelbar bevor.

Als die Mantarklinik von Rotrom in Sicht kam, stellte sich doch noch der dringend benötigte Geistesblitz ein. Schlagartig wusste ich, wie ich vorgehen würde.

Auf den ersten Blick war dieser Hort der skurrilsten und tödlichsten Krankheiten, die die Milchstraße zu bieten hatte, nicht als Krankenhaus zu erkennen. Die Mantar-Klinik vereinnahmte ein Areal, das Dutzende von Quadratkilometern umfasste. Eine Stadt dehnte sich dort vor uns aus, eine Metropole, die einen Vergleich mit Terrania kaum zu scheuen brauchte. Hunderttausende echte – und manche eingebildete – Kranke pilgerten jedes Jahr nach Rotrom; mit ihnen verdiente der gesamte Kontinent seinen Unterhalt. Ein Aufenthalt in der Mantar-Klinik war die beste Chance, die die Milchstraße ihren Kranken bieten konnte, solange sie entweder sehr reich waren oder an einer Krankheit litten, die einen Galaktischen Mediziner fachlich forderte.

Die eigentlichen Behandlungszentren lagen unterirdisch und beherbergten permanent mehrere Millionen Kranke ungezählter Völker. Bis in etwa zehn Kilometern Tiefe dehnten sich die Experimentierstationen aus, in denen unter anderem neue Lebensformen gründlich studiert und seziert wurden, und noch tiefer befanden sich die Lager für Medikamente, Viren, Gifte und medizinische Grundsubstanzen. Die Oberfläche war Gebäuden vorbehalten, die als Eingänge zu den unterirdischen Bereichen oder Besprechungs- und Beratungszentren dienten.

»Wo wird euer Gespräch stattfinden?« Der Ferrone drehte sich nicht um, als er endlich einmal das Wort ergriff. Er saß vorn im Sitz des Piloten, wir zwei Reihen hinter ihm auf den bequem gepolsterten Plätzen für die Klienten. Die Bewegung wäre unnötig gewesen; verborgene Minikameras spielten ihm permanent Bilder des Passagierbereichs zu. Ich ging davon aus, dass er sich auf waffenlose Verteidigung verstand.

Mein großer Vorteil war, dass er nicht wusste, mit wem er es zu tun hatte und wozu ich imstande war. Selbst ich vergaß manchmal, welche Fähigkeiten eigentlich in mir steckten. Andererseits ... Von der Ausbildung, die ich unter anderem auf dem Gipfel des Mount Everest, auf Arkon I und Olymp genossen hatte, würde ich ein Leben lang profitieren. Jahrelang dachte ich nicht an sie, weil ich sie nicht benötigte, doch wenn ich sie dann brauchte, konnte ich auf sie zurückgreifen.

Eigentlich war es weniger eine Ausbildung als eine Denkweise – und zugleich eine Kampfkunst. Insofern bestanden durchaus Parallelen zur arkonidischen Dagor-Lehre. Allerdings hatte diese Lehre neben absoluter Selbstkontrolle, dem waffenlosen Kampf und Zen-ähnlicher Techniken auch Wert auf die Einschwörung des jeweiligen Schülers auf den sogenannten Permanenten Konflikt gelegt, einen Begriff, der mittlerweile von dem Vergessen verweht worden war, das eine Niederlage mit sich brachte. Die Geschichte schrieben nur die Sieger. Ich hatte in der zehnten Stufe der Ausbildung, dem Gom, die Stufe eines Ewigen Kriegers und damit die Vollendung erreicht. Die Ewigen Krieger galten in unserer Milchstraße nichts mehr, der Permanente Konflikt genauso wenig. Geblieben war mir jedoch vieles von dem, was ich auf dem Weg zum Ziel erlernt hatte.

Falls der Weg nicht bereits das Ziel gewesen war.

Upanishad. Die zehnstufige Philosophie und gleichzeitig Kampfkunst, die in der Mächtigkeitsballung der Superintelligenz ESTARTU entstanden war. Die Schule der Ewigen Krieger, die ich absolviert hatte. Durch ein spezielles Training wurden dabei die eigenen Kräfte so weit vervollkommnet, dass der Absolvent eine geradezu fantastische Beherrschung von Körper und Geist erlernte.

Ich konzentrierte mich auf Sh'ant, die dritte von zehn Stufen.

Sie bedeutete *Kampf.*

»Du wirst dich wahrscheinlich nicht damit zufriedengeben, uns an einem der Eingänge der Mantar-Klinik abzusetzen«, sagte ich scheinbar gelangweilt zu dem Piloten. Die Gedanken an Upanishad hatten mich kaum abgelenkt; die Lehre des Permanenten Konflikts war mir schon vor langer Zeit in Fleisch und Blut übergegangen und war nun, da ich sie benötigte, wieder problemlos greifbar.

»Ich habe die Anweisung erhalten, euch so schnell wie möglich zu dem Mediker eures Vertrauens zu bringen und bei der Bewältigung aller möglichen Schwierigkeiten behilflich zu sein«, antwortete unser Fahrer glatt. »Solch ein Service ist auf Aralon Standard.«

»Ich danke dir«, sagte ich, ohne auch nur einen Herzschlag zu zögern. »Aerz-Naumi?«

Genau diese Reaktion hatte der Ferrone erwartet. Ich war der Repräsentant des unermesslich reichen Klienten. Um Details wie Treffpunkte musste ich mich nicht kümmern. Das konnte ich dem Verbindungsmann überlassen, der für seine Bemühungen sowieso fürstlich entlohnt werden würde, ob sie nun zu einem Vertragsabschluss führten oder nicht.

»Sektion sieben, Ebene achtzehn«, sagte mein Begleiter gelangweilt. »Und bitte beeile dich, ich möchte meinen Kollegen nicht warten lassen.«

»Die gesamte Einreise war schon unangenehm und lästig genug«, fügte ich hinzu und bemühte mich, höchst ungehalten und angemessen arrogant zu klingen.

»Seht wohl«, blieb unser Fahrer gleichmütig. Wahrscheinlich zählten wir zu den zurückhaltenden und unauffälligeren Personen, denen er den Genuss seiner Begleitung zukommen ließ.

Er beschleunigte den Gleiter, ignorierte ein rot aufleuchtendes Lämpchen auf seiner Steuerkonsole und zog das Gefährt in für meinen Geschmack gefährlich geringer Höhe über einen Mischwald, der viel zu *natürlich* wucherte, als dass er tatsächlich solchen Ursprungs sein konnte. Ich fragte mich, ob auf Aralon die Landschaftsgärtner nach den Medikern die bedeutendste Berufsgruppe stellten.

Ich musste mich beherrschen, als der Gleiter mit unverminderter Geschwindigkeit auf eine Gruppe mindestens 15 Meter hoher, schlanker, aber ungemein biegsam aussehender Bäume zuhielt. Als ich mich unwillkürlich gegen den Aufprall wappnete und die Finger um die Lehnen meines Sitzes krallte, lösten die Pflanzen sich einfach auf und gaben den Blick auf einen Schacht frei, dessen Boden von Dunkelheit verborgen wurde.

Wie ein Stein sackte der Gleiter in die Tiefe. Natürlich war mir klar, dass der Pilot wusste, was er tat, und ich verschränkte die Hände vor der Brust, schaute gelangweilt drein und gestattete mir ein schwaches Lächeln.

In meinem Inneren sah es allerdings ganz anders aus. Ich hatte damit gerechnet, dass der Gleiter auf der planetaren Oberfläche aufsetzen würde und ich mich danach problemlos buchstäblich in die Büsche schlagen könnte. Doch nun stand zu befürchten, dass unser Aufpasser uns auf der 18. unterirdischen Ebene aussteigen lassen und auch noch bis in das Empfangszimmer begleiten würde.

Mehr noch – ich musste davon ausgehen, dass er vom Augenblick unserer Landung an nicht der Einzige war, der ein Auge auf uns warf. Die Aras konnten ihre Herkunft nicht verleugnen. Sie verfügten über die merkantile Veranlagung ihrer Vorfahren, der Springer, und würden sich ein Geschäft mit Henry F. Whistler nicht entgehen lassen. Wenn sie sich nicht sogar viel mehr dafür interessierten, das Geheimnis dieser legendären Persönlichkeit endgültig aufzuklären und daraus vielleicht wesentlich höhere Gewinne zu erzielen.

Ich hatte diesen Namen nicht umsonst gewählt. Wenn Henry F. Whistler der Neunundzwanzigste – oder vielleicht auch Neununddreißigste – sich in die Pflege der Aras begab, bedeutete das, dass er ein Lebewesen und kein Roboter sein musste, sonst hätte er sich der

Forschungsabteilung seines eigenen, galaxisweit tätigen Konzerns anvertraut. Doch eine ungebrochene Linie von Henry F. Whistlers männlichen Nachkommen, seit 3000 Jahren ... das roch stark nach einem Geheimnis, das etwas mit Unsterblichkeit zu tun hatte. Und diesem Themenkomplex konnten die Aras ebenso wenig widerstehen wie ein irdischer Hund einem Steak, das das Herrchen achtlos auf dem Küchentisch liegen gelassen hatte.

Mein Freund Atlan hätte mein Vorgehen wahrscheinlich als *brauchbares Psychospiel* bezeichnet. Was im Prinzip nichts anderes bedeutete, als dass ich mit fünf unzusammenhängenden Karten unterschiedlicher Farbe den Jackpot geknackt hatte.

Oder knacken konnte, wenn jetzt nicht etwas furchtbar schiefging. Zum Beispiel, dass man mich oder die notdürftig gefälschten Urkunden enttarnte, die einer genauen Prüfung nicht standhalten würden. Ich hatte praktisch nichts in der Hand, aber den richtigen Bluff gefunden.

Abrupt und ohne den Hauch eines lästigen Andrucks beendete der Gleiter den scheinbar freien Fall und schoss vorwärts in einen Hangar, den ich erst als solchen erkannte, als das Gefährt aufsetzte und gleichzeitig große Deckenscheinwerfer aufleuchteten.

Wir befanden uns auf Ebene 18.

»Imposant«, sagte ich. »Wen wolltest du damit beeindrucken?«

Der Ferrone gestattete sich nicht die geringste Reaktion, doch von diesem Augenblick an hatte sich unser Verhältnis verändert. Er wusste nun, dass ich kein Maulheld und bloßer Handlanger war, sondern ihm auf einer Ebene, die er selbst gewählt hatte, ebenbürtig war. Ich hatte die Prüfung bestanden, drohte ihm nicht mit Vorgesetzten und Konsequenzen, sondern zollte ihm Anerkennung.

Ich hatte seinen Respekt gewonnen. Das würde ihn im entscheidenden Augenblick unvorsichtiger werden lassen. Hätte ich gezetert, gedroht, dass er seinen Job verlieren würde, ihn beschimpft, hätte er nur vermutet, dass ich ihm etwas vorspielen wollte. Also musste ich tatsächlich der sein, für den ich mich ausgab.

Ein gewisses Risiko blieb bestehen. Ich ging nicht nur davon aus, dass er niemals Hyperphysiker werden würde, sondern auch, dass er nicht das Zeug zum Gehirnchirurgen hatte. Vielleicht war seine Ausbildung besser als erwartet; vielleicht lag ich mit meiner Einschätzung seiner Person völlig falsch.

Wie es sich für einen Chauffeur gehörte, öffnete er uns die Gleitertür und trat dann zurück, um uns zuerst aussteigen zu lassen. Ich nickte Aerz-Naumi zu und gab ihm das vereinbarte Zeichen. Wobei ich annahm, dass der Drogencocktail noch immer seine Wirkung tat und der Ara sich auch an das erinnerte, was wir vereinbart hatten.

Ich hatte keinen Zweifel daran. Zhana hatte die Zubereitung kontrolliert und für die Wirksamkeit des Cocktails gesorgt. Mir behagten ihre Methoden nicht, doch zuverlässig war sie.

Beeindruckend zuverlässig. Wobei mich ihre Irrationalitäten stärker beunruhigten als ihre gnadenlose Konsequenz. Was hatte sie damit bewirken wollen, als sie mich gefragt hatte, ob ich mir vorstellen könne, mit ihr zu schlafen? Noch mehr zu schaffen machte mir ihr Versprechen – denn etwas anderes war es nicht –, sie sei gut im Bett.

Aerz-Naumi verließ den Gleiter und trat – ein wenig mitgenommen – die wenigen Stufen hinab, die der Ferrone soeben ausgefahren hatte.

Ich folgte ihm, präsentierte mich dabei übertrieben lässig und selbstsicher und erfasste gleichzeitig das Geschehen in dem unterirdischen Hangar, in dem wir gelandet waren.

Die Aras arbeiteten offenbar gern mit Taschenspielertricks, holografischen Illusionen, um ihren Klienten eine Perfektion vorzutäuschen, die nicht erreicht werden konnte, oder um sie zumindest gründlich zu verwirren.

Der Hangar war keineswegs dunkel und leer. Irgendwie hatte ich im grellen Scheinwerferlicht nicht erkannt, dass hier mindestens 50 Gleiter stationiert waren. Einige wenige schienen verlassen zu sein, bei den meisten herrschte reger Publikumsverkehr. In drei oder vier stiegen gerade Klienten ein, aus 30 oder 40 stiegen sie allerdings aus.

Wahrscheinlich alles finanzkräftige Galaktiker, die keinen Schritt mehr tun mussten und sollten als unbedingt nötig.

Ich trat zur Seite, um dem Ferronen zu ermöglichen, den Gleiter ebenfalls zu verlassen. Nichts ahnend kam er die Stufen hinab. Er blieb kurz stehen – um sich umzusehen, Risiken abzuschätzen oder sich ganz einfach nur zu präsentieren, er, der Sicherheitsexperte, der alles im Griff hatte.

Als sein rechter Fuß den Hangarboden berührte, schlug ich zu.

Buchstäblich. Genauer gesagt stach ich ihm schneller, als er auf die Berührung reagieren konnte, mit zwei Fingern in den Bauch.

Es war kein harter Schlag, aus Zorn, Verzweiflung oder Unbeherrschtheit geboren, sondern ein genau gezielter. Ich traf ein Nervenzentrum, von dem der Ferrone wahrscheinlich nicht einmal wusste, dass er es hatte, eine Schaltstelle des enterischen Nervensystems, eines komplexen Geflechts aus Nervenzellen, das nahezu den gesamten Magen-Darm-Trakt durchzog. Es wies vier- bis fünfmal mehr Neuronen als das Rückenmark auf.

Dieses eigenständige Nervensystem befand sich als dünne Schicht zwischen den Verdauungsmuskeln im Unterleib. Seine Aufgabe war unter anderem, die Verdauung zu steuern. Mit dem Gehirn war es bei Terranern über den *nervus vagus* verbunden.

Bei Ferronen allerdings auch noch mit dem der Atemregulation dienenden Nervengewebe. Ein Ausfall bedeutete Atemlähmung.

Der Ferrone röchelte nicht einmal. Er erstarrte bei dem Schritt, den er gerade getan hatte, hing einen Moment lang schräg in der Luft und sackte dann in sich zusammen.

Ich fing ihn auf, als er stürzte, und brüllte gleichzeitig: »Hilfe! Ein Notfall! Ist ein Mediker hier, der uns helfen kann?«

Etwa 30 Aras schauten zu uns hinüber. 90 Prozent davon waren Mediker, die sich gerade um ihre Klienten kümmerten, die restlichen drei Sicherheitsbeauftragte, die uns unsichere Kandidaten im Auge behalten sollten.

Sie reagierten unisono und stürmten vorwärts, bevor sich auch nur einer der Ärzte bewegte, die wahrscheinlich noch abzuschätzen versuchten, ob ein *Ferrone* ihre Honorare begleichen konnte. Der erste erreichte unseren Piloten, bevor ich mich wieder in der Gleiterkabine befand. Aerz-Naumi ließ den Notfall los und gegen den Sicherheitswächter prallen.

Dessen Ausbildung war nicht perfekt. Er fing den vermeintlichen Notfall tatsächlich auf, statt ihn einfach stürzen zu lassen. Als er ihn zurück in Aerz-Naumis Arme drückte, hatte ich das Schott bereits geschlossen und saß hinter den Kontrollen.

»Ich bin Mediker!«, kreischte Aerz-Naumi, schob den Ferronen wieder in die Arme des Sicherheitsmannes und hielt irgendeine Legitimation hoch, die seine Behauptung bewies.

Mittlerweile standen alle drei Aufpasser unmittelbar vor dem Gleiter; einer hatte sogar seine Waffe gezogen, obwohl er damit mehrere Dutzend zahlungskräftiger Klienten verschreckte. Aerz-Naumi trat beiseite und tauchte in der Menge unter. Er hatte den Befehl erhalten, sich irgendwo zu verstecken und sich auf keinen Fall bei den Behörden zu melden.

Ich achtete nicht weiter auf ihn, bugsierte den Gleiter in den Schacht und jagte ihn mithilfe des Antigravs aufwärts. Sekunden später stoppte ich ihn in Höhe der ersten Ebene. Ich befahl der Positronik eine Verzögerung von zehn Sekunden, schaltete sämtliche Systeme ab und glitt hinaus. Als der Gleiter in die Tiefe sackte, war ich bereits in einen der Antigravschächte am anderen Ende des Hangars gesprungen und ließ mich schwerelos auf die Hauptebene tragen.

Natürlich würden Sicherheitssysteme verhindern, dass der Gleiter am Boden des Antigravschachts aufprallte, explodierte und diesen Nahbereich der Mantarklinik in Schutt und Asche legte. Doch mittlerweile lagen zwei Krisen vor: ein suspekter Fremdweltler, der eigentlich keinen direkten Schaden anrichten konnte, und ein außer Kontrolle geratener Gleiter, der bei einer Detonation vielleicht Vorrichtungen zerstören könnte, die üble Virenkulturen eindämmten.

Keine Frage, worum die Aras sich zuerst kümmern würden. Mir kam zugute, dass seit Jahrtausenden kein direkter Angriff auf Aralon mehr erfolgt war. Die Galaktischen Mediziner wussten mit solchen Ernstfallsituationen wahrscheinlich nicht effektiv umzugehen, auch wenn es bestimmt Sicherheitsleute gab, die alle möglichen Ernstfälle durchgespielt hatten, und natürlich auch eine positronische Überwachung, die Notfallpläne einleiten würde.

Als der Alarm erklang und Energieschirme hochgefahren wurden, hatte ich den Gleitertaxi-Stand erreicht, der weniger begüterten Klienten den Flug zum Raumhafen ermöglichte.

Mit ein wenig Char'gonchar überzeugte ich den Gleiterpiloten, mein Ziel ohne Nachfragen zu akzeptieren. Ich befahl ihm, mich zur arkonidischen Botschaft zu bringen.

Die zweite Stufe der Upanishad bedeutete nichts anderes als *über den Geist hinaus.* In dieser Stufe hatte ich gewisse Meditationstechniken erlernt und die völlige Kontrolle über mein Ich sowie philosophische Vervollkommnung erlangt. Dabei hatte ich mir allerdings auch ein gewisses Charisma zugelegt, das es mir ermöglichte, andere Wesen ohne psionische Fähigkeiten nach meinem Willen zu beeinflussen.

Ich stieg aus und schickte den Gleiterpiloten zurück. Ohne Weiteres würde er sich nicht daran erinnern, überhaupt einen Passagier befördert zu haben.

Ich hatte einen Fußweg von etwa zwanzig Minuten vor mir. In zwanzig Minuten konnte alles Mögliche geschehen; vielleicht erfuhr Trantipon von der Anwesenheit der KAMMARA und ließ das Schiff stürmen. Aber ich musste meine Spuren verwischen und Hilfe organisieren, zumal ich immer angreifbarer wurde.

Auch wenn der Taxipilot aufgrund meiner Beeinflussung falsche Positionsangaben an die Zentrale weitergeben und den Flug aus dem Fahrzeugspeicher löschen würde, ließ er sich wahrscheinlich rekonstruieren, falls man genaue Untersuchungen betreiben würde. Und selbst, wenn die Behörden Aerz-Naumi fassen würden, würde er ihnen einen Tag lang fantastische Geschichten erzählen, sie damit auf falsche Spuren locken. Er würde sie von der KAMMARA ablenken und danach von den Geschehnissen nichts mehr wissen. Die KAMMARA existierte in seinem Gedächtnis nicht mehr.

Seine einzige Erinnerung würde daraus bestehen, dass er in einem bislang nicht kartografierten Sonnensystem in der Eastside der Galaxis einen Planeten entdeckt hatte, auf dem Millionen von Mausbibern lebten, die nur darauf warteten, in den Dienst des Kristallimperiums zu treten. Wenn die Wirkung der Droge nachließ, würde das Char'gonchar einsetzen, mit dem ich ihn während des Landeanflugs bedacht hatte.

Selbstverständlich würde man ihn früher oder später identifizieren, Trantipons Suhyag zuordnen und dann mit der KAMMARA in Verbindung bringen. Ich konnte nur hoffen, dass das eher später als früher geschehen würde, doch bis dahin musste ich Perry und Zhana unbedingt von dem Schiff geholt haben.

Ich ging zielstrebig, aber hoffentlich nicht so schnell,

dass es auffallen würde, die kaum belebten Prachtstraßen entlang. Nur wenige Passanten waren unterwegs, hauptsächlich wohl Botschaftspersonal. Villen mit prachtvollen, parkähnlichen Anlagen erinnerten sie unentwegt daran, dass Normalsterbliche es sich kaum leisten konnten, hier zu wohnen. Dieses Viertel war buchstäblich diplomatischen Vertretungen vorbehalten.

Ich atmete tief die frische, von den hohen Bäumen und zahlreichen Sträuchern und Blumenbeeten leicht würzige Luft ein und musste mir eingestehen, dass ich mich besser fühlte. Ich kam allmählich mit den Nachteilen klar, die mein nicht zum Positiven veränderter Körper mit sich brachte, und hatte die körperlichen und geistigen Folgen des Transmitterdurchgangs fast vollständig überwunden.

An Bord der KAMMARA hatte ich Zhana damit beauftragt, Aerz-Naumi unter Drogen zu setzen. Mit ein wenig Char'gonchar hätte ich ihn durchaus davon überzeugen können, in meinem Sinne und für mich tätig zu werden, ohne auf verbotene Substanzen zurückgreifen zu müssen.

Ich hatte es mir noch nicht zugetraut. Zu viel war bei mir durcheinandergeraten, und ich hatte das Risiko gescheut.

Und mich vielleicht ein wenig damit abgefunden, dass Zhana die aktive Rolle übernommen und Entscheidungen getroffen hatte, die eigentlich ich hätte treffen müssen.

Oder steckte mehr dahinter?

Ich konnte es nicht sagen, oder wollte es mir nicht eingestehen. Ich wollte und musste nur so schnell wie möglich zur terranischen Botschaft.

Von außen wirkte das Anwesen wie eine typische Villa in einem Viertel, in dem Bedienstete nicht die Ausnahme, sondern die Regel waren. Ein Energiezaun umgab das Grundstück, zweifellos nur eine symbolische Verdeutlichung: Hier beginnt terranisches Territorium. Oder besser gesagt, das der Liga Freier Terraner.

Ich traute mir mittlerweile wieder zu, den Zaun mit einem simplen Energieimpulsgeber zusammenbrechen zu lassen. Einen übel gesonnenen Spezialisten würde er jedenfalls nicht davon abhalten, das Botschaftsgelände zu betreten, höchstens die üblichen Schädlinge und Nager, falls es die auf Aralon überhaupt gab. Aber ich machte mir nichts vor: Im Inneren des Botschaftsgebäudes war wahrscheinlich die beste Hightech zusammengetragen, die die LFT derzeit aufbringen konnte. Der Energiezaun war nur eine freundliche Erinnerung, die eigentlichen Schutzvorkehrungen blieben für Passanten und Besucher unsichtbar.

Ich bemühte mich, nicht ungewöhnlich schnell zu gehen, als ich den Zaun abschritt. Die Aras betrieben eine eher restriktive Diplomatie und hielten Paranoia mittlerweile für die einzig vernünftige Weltsicht, ein Problem, das von ihrer Herkunft herrührte und im Lauf der Jahrtausende nicht wesentlich besser geworden war. Ich musste davon ausgehen, dass die Botschaft nicht nur funk- und ortungstechnisch, sondern auch visuell überwacht wurde. Wahrscheinlich bewegte ich mich gerade durch den Aufnahmebereich von mindestens drei versteckten Kameras der Botschaft, von hochempfindlichen Satellitensystemen der Aras, mit denen sie das Gebäude ausspionierten, ganz zu schweigen.

Vor mir bemerkte ich ein Portal im Zaun. Früher mochte es aus Formenergie bestanden haben, doch nach dem Hyperimpedanz-Schock hatte man sich darauf beschränkt, es aus schlichtem Metall neu zu errichten und ihm mit einer Holoverkleidung einen schwachen energetischen Schimmer zu verleihen. Die Terraner wollten sich offenbar von den Aras nicht nachsagen lassen, unter barbarischer Geschmacksverirrung zu leiden.

Mit einem Knopfdruck stellte ich eine Sprechverbindung her. Ob zu einer Positronik oder einem lebenden Angehörigen des Personals, konnte ich nicht sagen.

»Ja bitte, wie kann ich dir helfen?«

Ich lächelte in die Linse des winzigen Aufnahmegeräts, das ich schon längst in dem Portal bemerkt hatte. »Ich bin Bürger der LFT und muss in einer dringenden Angelegenheit den Botschafter sprechen.«

»Es tut mir Leid, Botschafter Lampedusa ist im Augenblick nicht im Hause.«

»Dann mit seinem Stellvertreter oder einem anderen Angehörigen des Personals.«

»Ich kann dir leider nicht weiterhelfen. Unsere Öffnungszeiten sind ...«

Ich unterdrückte ein leises Fluchen. Bis hierher hatte ich es geschafft, doch nun ließ mich ein Bürokrat mit natürlicher oder künstlicher Minimalintelligenz im Regen stehen und würde wahrscheinlich in aller Ruhe zusehen, wie Sicherheitskräfte der Aras mich abführten.

Aber ich durfte nicht ungerecht sein. Botschaften waren Horte des bürokratischen Betriebs mit strengen Regeln. Und ich hätte dieses Spielchen nicht treiben müssen, sondern von vornherein für klare Verhältnisse Sorgen können. Was hatte ich erwartet?

»Dentrig Ganst«, sagte ich. Das Zauberwort, der »Sesam-öffne-dich«. Es konnte ein Name sein, oder ein Begriff aus einer fremden Sprache. In erster Linie war es jedoch das Kodewort, das stillen Alarm auslöste und den Botschaftsangehörigen verriet, dass ich ein hochrangiger, mit weitgehenden Befugnissen ausgestatteter Würdenträger der LFT war, der dringend die Unterstützung der Botschaft benötigte.

Die Stimme erwiderte nichts darauf, doch zwei Sekunden später löste sich das Energiefeld zwischen den Säulen des Portals auf, und ich betrat das Botschaftsgelände.

Ein hochgewachsener, schlanker Mann in einem legeren Freizeitanzug empfing mich hinter der Absperrung. Ich hatte ihn zuvor nicht bemerkt; entweder hatte er sich mit einem Deflektorschirm verborgen, oder eine andere technische Spielerei hatte ihn meinen Blicken entzogen. »Bitte geh voran zum Eingang des Gebäudes«, sagte er. »Keine falsche Bewegung, oder wir werden dich paralysieren.«

»Verstanden«, sagte ich ruhig und tat wie geheißen. Durch den Energiezaun hatte ich vorher das Gelände dahinter nur undeutlich ausmachen können. Nun stellte ich fest, dass es sich um eine Rasenfläche mit nur wenigen niedrigen Blumenbeeten handelte. Bäume und Sträucher hätten die Sicht versperrt und ungebetenen Eindringlingen Deckungsmöglichkeiten gegeben.

Ich bezweifelte nicht, dass schon jetzt zahlreiche Ortungs- und Messinstrumente auf mich gerichtet waren. In Botschaften wurde zumeist die Arbeit der – offiziell natürlich gar nicht vorhandenen – Geheimdienstmitarbeiter koordiniert, und die Welt der Informationsbeschaffungsdienste erzeugte bei ihren Angehörigen früher oder später paranoide Anwandlungen unterschiedlicher Stärke und Intensität. Es war ja möglich, dass solch ein höchst geheimer Kodebegriff in die Hände der Gegenseite geriet und die umgehend versuchte, Nutzen aus dieser Information zu ziehen. Man durchleuchtete mich dahingehend, ob ich in der Tat ein Mensch war, Waffen oder gar Sprengstoff bei mir trug oder vielleicht sogar eine lebende Bombe darstellte. Meine Stoffwechselsysteme wurden bis auf die Ebene untersucht, auf der Nanogeräte zum Einsatz kamen. Und einige Waffen waren auf mich gerichtet.

Ich ging langsam und gleichmäßig, einerseits, um meinen Begleiter nicht zu unbedachten Aktionen herauszufordern, andererseits, um den Instrumenten Gelegenheit zu geben, ihre Arbeit zu erledigen. Das würde mir später einige weitere hochnotpeinliche Untersuchungen ersparen.

Ganz der Profi, Herr Außenminister, dachte ich sarkastisch.

Vor der Tür der Villa blieb ich stehen und wartete darauf, dass sie mir geöffnet wurde. Das Gebäude war zweistöckig und wirkte aus der Nähe wesentlich zweckmäßiger und keineswegs so verspielt-elegant wie aus der Ferne. Auch hier hatte man mit Holos der bescheideneren Wirklichkeit etwas nachgeholfen.

Die Tür glitt vor mir auf. Ich trat in ein neutral gehaltenes Foyer: glatte Wände, zweifellos mit Ortungs- und Waffensystemen gespickt, einige Terminals. Mir wurde klar, dass es sich bei diesem Eingang nicht um den Haupteingang der Botschaft handeln konnte. Oder herrschte auf Aralon so wenig Publikumsverkehr, dass man die wenigen Besucher in einer so familiären Atmosphäre abfertigen konnte?

Zwei weitere Botschaftsangehörige erwarteten mich, und sie bemühten sich, nicht zu verbergen, dass sie bewaffnet waren. Ganz im Gegenteil, sie richteten ihre Waffen unverhohlen auf mich.

»Woher kennst du den Notfallkode?«, fragte der Kleinere der beiden. »Wer bist du?«

»Julian Tifflor«, sagte ich, »Außenminister der LFT und damit euer oberster Dienstherr. Und jetzt bringt mich umgehend zu Botschafter Lampedusa.«

Ich gestattete mir einen Moment lang den Luxus, den Ausdruck auf ihren Gesichtern zu genießen. An irgendetwas erinnerte er mich; woran, konnte ich im Augenblick nicht sagen.

Aber er war köstlich.

»Julian Tifflor«, sagte Botschafter Arturo Lampedusa nicht zum ersten Mal. »Julian Tifflor. Kaum zu glauben, aber jeder Zweifel ist ausgeschlossen. Es steht außer Frage, dass du tatsächlich Außenminister Julian Tifflor bist.«

Ich lächelte den feisten Mann an. Er schien aus einer Ansammlung von Klischees zu bestehen: klein, untersetzt bis zur Fülligkeit, kurze Arme und Beine, fleischiges Gesicht. Unter seinen Augen hingen große Säcke, und sie waren von roten Adern durchzogen, die zum Teil geplatzt zu sein schienen. Seine Wurstfinger waren pro Hand mit zwei und drei protzigen Ringen geschmückt.

Der Name des Botschafters war mir natürlich bekannt gewesen, doch ich hatte ihm auf Anhieb kein Gesicht zuordnen können. Als ich ihn nun vor mir sah, fiel mir zu ihm lediglich ein, dass er auf Terra als lebenslustig gegolten hatte. Und dass er von der Versetzung nach Aralon nicht besonders begeistert gewesen war.

Aber ich wollte nicht vorschnell über ihn urteilen. Vielleicht hatte er sich ja nur in eine Rolle hineingelebt. Vielleicht verbarg sich unter dem Äußeren des Ausschweifungen zugeneigten Genießers ein messerscharfer Verstand, der die Aras und andere Diplomatenkollegen damit nur glauben machen wollte, einen harmlosen, jovialen Trottel vor sich zu haben.

»*Das soll Julian Tifflor sein?,* ging es mir durch den Kopf«, sagte Lampedusa und sah mich aus großen Augen an. »Zuerst habe ich an einen schlechten Scherz gedacht, aber es ist wirklich kein Irrtum möglich.«

Nein, das war es wirklich nicht. Obwohl ich ihnen einige Überrangkodes genannt hatte, hatten sie mich auf Herz und Nieren überprüft. Individualimpulse, Retinavergleiche, DNS-Analysen und mehrere weitere Tests hatten in der Tat ergeben, dass ich trotz des veränderten Aussehens genau der war, für den ich mich ausgab.

Ich hatte alle diese Untersuchungen widerspruchslos über mich ergehen lassen, obwohl mir der Zeitdruck unter den Nägeln brannte und ich ständig an Perry an Bord der KAMMARA denken musste. Aber sie entsprachen den Vorschriften, und wer war ich, dass ich Regeln außer Kraft setzen konnte, die ich selbst angeordnet oder zumindest gebilligt hatte.

Ich sagte noch immer nichts und sah den Botschafter nur an. Hatte ich ihn wirklich ernannt und nach Aralon geschickt? Ja, ich entsann mich dunkel daran und bereute, dass ich damals wohl nur einen Datenträger unterzeichnet und mich nicht gründlicher mit den Vorschlägen meiner diplomatischen Berater befasst hatte.

»Ich bin mir der Bedeutung dieses Augenblicks durchaus bewusst«, fuhr der Botschafter fort. »Der Resident und du, ihr wurdet am dritten Mai von Tahun entführt! Also vor ziemlich genau einem Monat! Eure Spur hat sich augenblicklich verloren. Obwohl die Sache so weit wie möglich geheim gehalten wurde, haben die Gerüchte über euer Verschwinden die politischen Verantwortlichen der Milchstraße natürlich in Aufregung versetzt. Und nun tauchst du ausgerechnet hier auf, Außenminister, mehr als achttausend Lichtjahre von Tahun entfernt?«

»Offensichtlich«, sagte ich. »Deine Verblüffung ist verständlich, aber jetzt müssen wir uns um dringende Angelegenheiten kümmern.«

»Natürlich«, murmelte Lampedusa. »Natürlich. Wie kann ich dir behilflich sein, Julian?«

Ich räusperte mich lediglich, wenngleich ohne große Hoffnung, dass der diplomatische Vertreter der LFT auf Aralon begreifen würde, was ich damit ausdrücken wollte. »Der Resident befindet sich ebenfalls in der Nähe. Wir müssen ihn unbedingt in die Botschaft holen. Das könnte jedoch mit gewissen Schwierigkeiten verbunden sein.«

»Der Resident? Perry Rhodan?«

Ich seufzte. Oder hatten sie in den vier Wochen seit unserem Verschwinden einen Nachfolger ernannt?

Der Interkom auf Lampedusas Schreibtisch summte leise. »Entschuldige«, sagte er. »Dringende Amtsgeschäfte.« Er aktivierte ein Akustikfeld und nahm den Anruf entgegen. Das Feld verzerrte auch sein Gesicht, sodass ich selbst als ausgebildeter Lippenleser nichts mehr hätte verstehen können.

Ich schloss kurz die Augen und griff auf *Talosh* zurück. Die fünfte Stufe der Upanishad bedeutete, frei übersetzt, *Meditation* und ermöglichte es dem Schüler, Belastungen durch Hitze, Kälte, Hunger, Durst oder Atemnot zu ertragen – und gewisse Botschafter, die von *dringenden Amtsgeschäften* davon abgehalten wurden, sich nach dem Wohlergehen und Verbleib des entführten Terranischen Residenten zu erkundigen. Doch trotz der Meditation fragte ich mich, ob ich Arturo Lampedusa nicht seines Amtes entheben und mich in der Botschaft nach einem nützlicheren Mitarbeiter umsehen sollte.

Ich öffnete die Augen wieder und ließ den Blick durch das Büro des Botschafters gleiten. Es entsprach der LFT-Standardeinrichtung *Antik,* war gediegen, ohne protzig zu sein. Schreibtisch und Möbel sowie zwei deckenhohe Regale aus Echtholz, der Boden von Teppichen bedeckt. Irgendwie fühlte ich mich trotz der modernen Geräte überall in meine Kindheit und Jugend zurückversetzt. Die Psychologen der LFT, die bei dem Entwurf des Büros mitgearbeitet hatten, wollten bei den Besuchern damit ein Gefühl der Beschaulichkeit und Heimatverbundenheit erzeugen. Bei mir gelang es aber nicht ganz.

Der Botschafter beendete das Gespräch und schaltete das Feld aus. »Entschuldige bitte, ich habe mich so kurz wie möglich gefasst. Der Resident ist also ebenfalls hier. Wo genau?«

»An Bord eines Raumschiffs.«

Täuschte ich mich, oder blitzte es in den Augen des Botschafters kurz auf? »Wie heißt das Schiff?«

Irgendetwas ließ mich zögern. »Das spielt im Augenblick keine Rolle. Wie bekommen wir ihn in die Botschaft?«

Lampedusa seufzte fast theatralisch und faltete die Hände vor dem üppigen Bauch. »Das dürfte in der Tat schwierig werden«, sagte er.

»Verfügt die Botschaft nicht über einen Transmitter?«

»Das schon«, antwortete er. »Aber das wird uns nicht weiterhelfen. Transmitter sind auf Aralon seit geraumer Zeit verboten. Nach dem Hyperimpedanz-Schock hat es zahlreiche Schwierigkeiten mit ihnen gegeben, und das haben die Aras als Anlass genommen, sie von diesem Planeten zu verbannen. Zumindest offiziell. Sie betreiben eine sehr restriktive Außenpolitik, wie du sicher weißt.« Er lachte leise auf. »Wem sage ich das? Meinem höchsten Vorgesetzten! Aber die Psychasthenie der Aras macht uns Diplomaten immer wieder schwer zu schaffen. Jedenfalls ist der Transmitterverkehr so gering, dass sie einen Durchgang sofort orten und eindeutig zuweisen können, was zu schweren diplomatischen Verwicklungen führen würde, die ich unbedingt vermeiden möchte. Außerdem weiß ich nicht, inwieweit sie nicht genehmigten Transmitterverkehr behindern können. Man munkelt, dass sie da einige Tricks und Kniffe draufhaben. Mit tatkräftiger Unterstützung des Kristallimperiums natürlich, das unbedingt verhindern möchte, dass sich auf Aralon Geheimdienste fremder Mächte etablieren. Du verstehst, die unmittelbare Nähe zum Zentralsystem ...«

Allmählich konnte auch die fünfte Stufe der Upanishad meine Ungeduld nicht mehr im Zaum halten. Das Schicksal des Residenten stand auf dem Spiel, und Lampedusa hielt mir weitschweifige Vorträge über Aras, Arkoniden und das Universum an sich.

»Vielleicht können wir den Residenten als terranischen Diplomaten ausgeben«, schlug Lampedusa plötzlich vor. »Die nötigen Papiere müssten zu beschaffen sein. Hat er sein Aussehen ebenfalls ... nun ja ... verändert?«

Ich nickte, überrascht von diesem Ausbruch an Kreativität. »Diplomatische Immunität, das wäre eine Möglichkeit. Dann bräuchten wir allerdings Papiere für zwei Personen.«

»Für zwei? Für wen denn noch?«

»Alles zu seiner Zeit.« In meinem Kopf bildete sich langsam tatsächlich so etwas wie ein Plan, der nicht von vornherein zum Scheitern verurteilt war, sondern eine gewisse Aussicht auf Erfolg bot.

»Wie heißt das Schiff, auf dem Rhodan sich befindet? Ich nehme an, es kreist in der orbitalen Warteschleife?«

Ich beantwortete auch diese Frage nicht.

»Vielleicht wäre es ganz hilfreich«, fuhr Lampedusa fort, und ich hörte deutlich den beleidigten Unterton seiner Stimme heraus, »wenn du mir reinen Wein einschenkst und mich über die Hintergründe informierst. Was ist geschehen? Wieso seid ihr entführt worden, und von wem? Und wieso hat es euch ausgerechnet nach Aralon verschlagen?«

»Lass mich bitte kurz nachdenken«, sagte ich.

»Natürlich.« Lampedusas Stimme klang plötzlich unnatürlich hoch, drohte sich fast zu überschlagen. Ohne eine weitere Erklärung aktivierte er wieder das Akustikfeld. Geistesabwesend beobachtete ich, wie er ein Interkom-Gespräch führte.

Seine Amtsgeschäfte mussten wirklich *sehr* dringend sein.

Übergangslos fiel mir ein, woran die Gesichter der beiden Botschaftsangestellten mich erinnert hatten, als ich ihnen offenbarte, dass ich in Wirklichkeit Julian Tifflor war.

An mich selbst. An Aufzeichnungen, die ich mir später wieder und wieder angesehen hatte. Fast 40 Jahre war es her, dass die negative Superintelligenz SEELENQUELL mich mental unterworfen und zu ihrer *Hand* gemacht hatte. Ich hatte damals als Träger für den Körper Morkhero Seelenquells gedient, der meist auf meinen Schultern gesessen, mich praktisch als *Reittier* benutzt hatte.

Erst als der Oxtorner und USO-Chef Monkey Morkhero Seelenquell erschossen hatte, war ich von der geistigen Beeinflussung befreit worden. Monkey hatte dabei allerdings in Kauf genommen, mich bei dem Schusswechsel schwer zu verletzen oder gar zu töten.

Einen Augenblick lang hatte ich befürchtet, sterben zu müssen. Und als ich mir dann, nachdem ich knapp, ganz knapp mit dem Leben davongekommen war, Monkeys eigene Aufzeichnungen von dem Vorfall angesehen hatte, hatte ich lange über das absolute Erstaunen auf meinem Gesicht nachgedacht. Erstaunen darüber, dass der Oxtorner tatsächlich schoss. Dass er tatsächlich mein Leben aufs Spiel setzte und bereit war, mich einem höheren Ziel zu opfern.

Wieso dachte ich ausgerechnet jetzt daran? Und wieso verglich ich die – sicherlich berechtigte – Überraschung auf den Gesichtern der Botschaftsangehörigen mit der, die sich auf meinem Gesicht gezeigt hatte, als ich praktisch ein Nahtoderlebnis gehabt hatte?

Lampedusa beendete das Gespräch. »Nun?«, sagte er. »Hast du nachgedacht? Möchtest du meine Hilfe akzeptieren oder lieber versuchen, den Residenten auf eigene Faust in die Botschaft zu schaffen?«

Auf eigene Faust wohl kaum, dachte ich. *Selbstverständlich wird das Botschaftspersonal mich dabei unterstützen. Die Frage ist nur, ob ich auf* deine *Hilfe verzichten werde.*

Ich zögerte noch immer, eine Entscheidung zu treffen, doch mir war klar, dass ich nicht darum herumkommen würde. »Entschuldige bitte«, sagte ich schließlich. »Die Ereignisse der letzten vier Wochen haben mich beträchtlich mitgenommen.«

Der Botschafter lächelte schwach. »Das ist völlig verständlich.«

Noch immer brachte ich es nicht über mich, mich Lampedusa vollständig anzuvertrauen. »Wie willst du Rhodan hierher schaffen? Willst du einen Diplomaten der Botschaft an Bord des Schiffes schicken, der ihm und der anderen Person die Papiere übergibt? Es handelt sich nicht um ein offizielles terranisches Schiff. Die Aras werden Fragen stellen, und wir sind nicht in der Position, uns auf diplomatisches Glatteis zu begeben.«

»Das alles wird sich regeln lassen«, sagte der Botschafter.

Im nächsten Moment flimmerte ein Teil der Regalwand hinter ihm, löste sich dann auf, als wäre sie von vornherein nur ein Hologramm gewesen, und der Mann, der dort, wo die Wand verschwunden war, aus dem Nichts aufzutauchen schien, stürmte vor und richtete seine Waffe zuerst auf Arturo Lampedusa und dann auf mich.

IN EINER HILFLOSEN, FAST VERZWEIFELT WIRKENden Geste strecke Botschafter Arturo Lampedusa die Hand nach dem mir unbekannten Eindringling aus. »Tankred«, sagte er leise, »tu nichts, was du später bereust. Wir kennen uns nun schon so lange ... wir können über alles reden.«

Der Mann sah den Botschafter nur an. Ich konnte seinen Blick nicht vollständig deuten; auf jeden Fall schwangen Zorn und Hass darin mit, allerdings auch Enttäuschung, Niedergeschlagenheit, Hoffnungslosigkeit.

»Sie sind tot«, sagte der Mann. »Und ich sollte jetzt eigentlich ebenfalls tot sein, nicht wahr?«

»Tankred ...«, wiederholte der Botschafter und streckte beide Hände nach dem Eindringling aus, als könne er auf diese Weise den Strahl seiner Waffe abwehren.

Der Neuankömmling schoss. Mit einer blitzschnellen, sicheren Bewegung hatte er unmittelbar davor den Kombistrahler auf Paralyse umgeschaltet. Lampedusa riss den Mund auf, doch kein Ton kam mehr über seine Lippen. Er sackte schlaff in dem Sessel zusammen.

Ich hatte mit dem Gedanken gespielt, mich auf den

Fremden zu stürzen, als er den Botschafter ausgeschaltet hatte, doch sofort davon Abstand genommen, als ich sah, wie routiniert und ruhig er mit der Situation umging. Vor mir stand ein Profi, der nicht zögern würde, auch mich auf diese Weise zu überwältigen. Die Waffe verlieh ihm einen Vorteil.

Wahrscheinlich Terranischer Liga-Dienst, dachte ich.

Der Eindringling richtete die Waffe nun auf mich. »Was wird hier gespielt?«, fragte er.

»Das wüsste ich selbst gern«, sagte ich.

Der Agent kniff die Augen zusammen. »Wir haben keine Zeit für Wortgefechte«, sagte er. »Wenn wir nicht handeln, sind wir beide tot. Ich habe einen Teil eures Gesprächs belauscht. Lampedusa hat dich *Tifflor* genannt.«

Meine Gedanken rasten. *Tankred* machte auf mich nicht den Eindruck, durchgeknallt zu sein. Er reagierte sicher und im Rahmen seiner Ausbildung. Schon wie er dort stand, die Beine leicht gespreizt, darauf achtend, dass ich nicht in Reichweite seiner Waffe kam, sprach Bände.

Ich wusste nicht, wo ich hineingeraten war. Im Prinzip hatte ich keine Wahl. Die Waffe ließ mir keine. Der Mann konnte mich jederzeit betäuben.

»Ich bin Julian Tifflor«, bestätigte ich, »Residenz-Minister für Liga-Außenpolitik.«

Der TLD-Agent beäugte mich misstrauisch. Kein Wunder, schließlich stand er einem ihm unbekannten Terraner gegenüber, etwa 45 Jahre alt, mit Sommersprossen, roten Haaren und mit Sicherheit müde und erschöpft wirkend.

»Ich nehme an, du kannst das irgendwie beweisen?«

»Dentrig Ganst«, sagte ich zum zweiten Mal innerhalb weniger Stunden. Ich konnte nur hoffen, dass der Agent hochrangig genug war, um das Kodewort überhaupt zu kennen. »Klingelt etwas bei dir?«

Der Mann sah mich weiterhin reglos an.

»Natürlich weist der Kode mich nicht als Tifflor aus. Aber das Botschaftspersonal hat umfangreiche Untersuchungen vorgenommen und meine Identität zweifelsfrei festgestellt. Vielleicht kannst du die Ergebnisse dort abrufen.« Ich zeigte auf die Geräte auf Lampedusas Schreibtisch.

»Welche Rolle spielst du in dieser Sache? Gibt es etwas, das ich wissen müsste?«

Ich schüttelte den Kopf. »Nicht das Geringste. Ich bin vor wenigen Stunden auf Aralon eingetroffen. Ich brauche dringend Hilfe, und der Botschafter wollte gerade alles in die Wege leiten, als du eingetroffen bist. Ich weiß nicht, was hier gespielt wird.«

Tankred nickte und senkte den Strahler. »Von Lampedusa wirst du keine bekommen. Er ist ein Verräter.« Er trat zum Schreibtisch, aktivierte die Kommunikationskonsole und schob einen Datenspeicher ein. Ungeduldig wartete er, während Dateien übertragen wurden.

»Und du bist keiner?«, fragte ich.

»Mein Name ist Tankred Bowitz«, sagte er. »TLD. Und wahrscheinlich der einzige Verbündete, den du auf ganz Aralon hast.«

»Du wirst mir helfen?«

Bowitz zuckte mit den Achseln. »Falls es noch nicht zu spät ist und wir mit heiler Haut hier herauskommen.«

»Es geht nicht nur um mich. Sondern ebenfalls um den Residenten.«

Der Agent sah mich an. In seinem Blick konnte ich

nicht die geringste Überraschung ausmachen. »Rhodan ist hier?«

Ich setzte alles auf eine Karte. »An Bord eines gekaperten Ara-Raumschiffs im Orbit. Wenn wir ihn nicht schnellstens dort herausholen und in Sicherheit bringen, wird er sterben oder den Behörden in die Hände fallen. Du weißt, was das bedeutet.«

»Imperator Bostich wird sich so oder so freuen«, bestätigte Bowitz. Er ließ den Datenspeicher wieder auswerfen, steckte ihn ein und zerstrahlte die Konsole mit der Desintegratorfunktion seiner Waffe. Dünne grünliche Nebelschwaden stiegen empor.

»Komm mit«, sagte er dann. »Es wird höchste Zeit. Sie werden jeden Augenblick bemerken, was hier geschehen ist. Wenn sie uns nicht schon längst draußen erwarten.«

Ich zögerte. »Aber ... Wir befinden uns auf terranischem Hoheitsgebiet, und meine Identität als Außenminister steht zweifelsfrei fest ...« Ich verstummte. Ich hatte gerade mitbekommen, dass der Botschafter ein Verräter war. Zumindest behauptete Bowitz das.

Selbstverständlich war ich hier nicht in Sicherheit.

Die Frage war ... wem konnte ich vertrauen? Tankred oder dem Botschafter? Wer trieb hier ein falsches Spiel?

»Du kannst es gern darauf ankommen lassen. Wenn du überleben und Rhodan helfen willst, folgst du mir besser.« Der Agent drehte sich um und ging auf die Wand zu, die sich einfach aufgelöst hatte.

Ich zögerte kurz und traf dann meine Entscheidung.

Ich folgte ihm.

Nun erkannte ich den wahren Grund für das Holo: Hinter den altmodischen Regalen befand sich in Wirklichkeit eine stählerne Wand, in die Paralysatoren eingelassen waren, mit denen man den gesamten Raum berieseln konnte – der letzte Schutz für den Botschafter, falls das eigentlich Undenkbare geschehen und das Gebäude tatsächlich attackiert werden sollte.

Der hell beleuchtete Gang verlief die ersten Meter horizontal, erst dann führten Treppen in die Tiefe. Fast ganz Aralon wurde von unterirdischen Stockwerken durchzogen; wahrscheinlich hatten die Erbauer des Geheimgangs diesen Umstand ausgenutzt und irgendwo unbemerkt eine Abzweigung gezogen.

Bowitz legte ein scharfes Tempo vor; ich hatte Mühe, mit ihm Schritt zu halten. »Der Botschafter war über die Existenz dieses Ganges doch informiert?«, rief ich ihm zu. »Warum hat er dann nicht verhindert, dass du ihn benutzt?«

Meine Stimme hallte, genau wie meine Schritte, dumpf wider. Ich bemerkte Geräte an und Paneele in der Wandverkleidung aus irgendeinem ortungshemmenden Material; offensichtlich waren hier Instrumente installiert, die den Gang zusätzlich ortungstechnisch abschirmten, um eine zufällige oder gewollte Entdeckung zu verhindern. Ich fragte mich, wie viele Koffer Diplomatenpost hier verbaut worden waren.

Bowitz lachte leise. »Das wollte er. Er hat sämtliche Zugangskodes permanent verändert, aber ich war ihm immer einen Schritt voraus. Er hat mich bei fast jedem unserer Gespräche als paranoid bezeichnet.« Dabei klang seine Stimme etwas entrückt.

»Weshalb hast du ihn zurückgelassen? Er hätte uns vielleicht wichtige Informationen geben können.«

Bowitz klopfte auf die Hosentasche, in der er den Datenspeicher verstaut hatte. »Ich habe, was ich brauche.«

Er sprach leiser. »Und ich bin kein Mörder. Oder hättest du ihn den ganzen Weg über tragen wollen, Tifflor?«

»Du bist der Experte«, keuchte ich.

Bowitz blieb abrupt stehen. Er wartete, bis ich ihn eingeholt hatte, packte mich am linken Oberarm und schob mich gegen die Wand. Nein, *durch* die Wand. Auch an dieser Stelle hatten die Erbauer des Fluchtwegs mit Holos gearbeitet, die zumindest einer flüchtigen optischen Untersuchung standhielten.

Ich spürte, wie ich den Boden unter den Füßen verlor. Einen Moment lang glaubte ich, in einen Abgrund zu stürzen.

»Schließ die Augen!«, flüsterte Bowitz dicht neben mir.

Ich tat wie geheißen und spürte sofort, dass ich nicht fiel, sondern im Gegenteil aufwärtsschwebte.

Ein Antigravschacht! Wir hatten das Ende – oder zumindest einen Ausgang – des Fluchtwegs erreicht und näherten uns wieder der Oberfläche.

Ein starkes Schwindelgefühl erfasste mich, ungewöhnlich bei einer Antigravbenutzung. Ich vermutete, dass in dem Schacht zahlreiche Geräte installiert waren, die bei unbefugten Eindringlingen Sinnesstörungen herbeiführten.

»Augen geschlossen halten«, hörte ich Bowitz' Stimme dicht an meinem Ohr, und im nächsten Moment ließ das Gefühl wieder nach. Dennoch hatte ich jede Orientierung verloren und schwankte so stark, dass ich mich kaum auf den Beinen halten konnte, als der TLD-Agent mich erneut anstieß und ich übergangslos wieder mein volles Gewicht spürte.

Bowitz zerrte mich grob mit sich. Ich öffnete die Augen wieder und ging aus eigener Kraft weiter. Wir befanden uns irgendwo im Diplomatenviertel; die von hohen Bäumen gesäumten Prachtstraße war allerdings menschenleer.

Der Agent führte mich in Richtung einer Parkanlage, die zwei nicht minder prachtvolle Villengebäude als die terranische Botschaft voneinander trennte. Ich torkelte noch ein, zwei Schritte weiter und prallte dann gegen ein Hindernis. Leise fluchend rief ich mir das schmerzende Knie, während vor mir die Nachtluft knisterte und sich dann ein Gleiter aus dem Nichts schälte, ein altes Modell, behelfsmäßig umgerüstet auf Nach-HI-Betrieb. Ein Deflektorschirm hatte ihn vor meinen Blicken verborgen.

Der Einstieg öffnete sich bereits. Ich kletterte hinein, rutschte auf den Sitz des Beifahrers.

Bowitz saß schon neben mir, drückte einen Knopf. Das altertümliche Armaturenbrett hob sich und klappte sich zusammen. Darunter befand sich ein weiteres, allerdings hochmodernes.

»Gleitermodell IF-JB-007«, murmelte ich, »Standardausrüstung für TLD-Sektionsleiter. Freut mich, dich kennenzulernen, Agent Bowitz.«

Der Agent nickte knapp und startete das Fahrzeug. Es zählte zum Modernsten, was die Technikschmiede des Terranischen Liga-Dienstes produzieren konnte. Ortungsschutz und Aktivortung zählten ebenso dazu wie Defensivpanzerung und Offensivbewaffnung. Ich fragte mich, in welchem Diplomatengepäck der TLD dieses Prachtstück eingeschleust hatte.

Praktisch unsichtbar für jede normale Ortung schlich der Gleiter mit niedriger Geschwindigkeit von der terranischen Botschaft davon. Ich erlaubte mir, verhalten aufzuatmen.

Bowitz schien zu merken, dass ich mich etwas entspannte. »Es ist noch nicht vorbei«, sagte er, über die Instrumente des IF-JB gebeugt. »Sie kommen.«

»Wer kommt?«

»Die, mit denen Arturo Lampedusa gemeinsame Sache gemacht hat. Die Aracom, vielleicht auch ein großer Suhyag mit einem privaten Sicherheitsdienst.« Auf einem kleinen Holoschirm blinkten auf grüner Unterlage mehrere rote Punkte auf. Bowitz legte ein Raster darüber, das die Straßenzüge der Umgebung darstellte. »Ungewöhnliche Energiesignaturen«, erläuterte er. »Auf den ersten Blick ganz normale Einsatzfahrzeuge, aber sie sind mindestens genauso gut ausgerüstet wie dieses Schätzchen. Weißt du, ob Lampedusa Kontakt mit Stellen außerhalb der Botschaft aufgenommen hat, nachdem er über deine Identität informiert war?«

Ich hob die Schultern. »Woher soll ich das wissen? Ich war nicht die ganze Zeit über mit ihm zusammen.«

»Natürlich nicht.«

»Aber er hat in meiner Gegenwart mehrere Gespräche geführt, alle abgeschirmt von einem Akustikfeld mit Sichtverzerrung.«

Bowitz lächelte schwach. »Also müssen wir annehmen, dass gewisse Stellen auf Aralon über deine Anwesenheit informiert sind.«

Mir schwindelte kurz. »Und damit auch über die des Residenten. Wir müssen Rhodan so schnell wie möglich aus der Schusslinie bringen.«

Der Holoschirm veränderte seine Farbe, leuchtete plötzlich in hellem Rot auf, während die Punkte, die die sich nähernden Gleiter symbolisierten, nun schwarz dargestellt wurden. »Sie haben uns entdeckt«, sagte der

TLD-Agent. »Trotz der besten Tarnung und Ausrüstung, die die Liga aufbringen kann. Die Sache ist wesentlich größer, als ich befürchtet habe.«

»Welche Sache? Wir müssen dringend Informationen austauschen.«

»Später.« Bowitz schüttelte den Kopf. »Jetzt müssen wir erst einmal überleben.«

Bowitz' Finger huschten über gedämpft illuminierte Sensorfelder. Der Gleiter bog in eine Nebenstraße ab und setzte dicht neben hohen Bäumen auf. Schlagartig wurde es in der Kabine dunkel. Der Agent hatte sämtliche Systeme ausgeschaltet. Ich hörte ein leises Zischen über mir und blickte nach oben. Vor dem von der Straßenbeleuchtung schwach erhellten Nachthimmel glaubte ich ein kleines Objekt ausmachen zu können, eine grau schimmernde Kugel, die sich langsam von uns entfernte.

»Ich habe eine Sonde ausgeschleust«, bestätigte der Agent. »Sie ahmt sämtliche Signaturen des IF-JB nach. Mit etwas Glück wird die Gegenseite sie für uns halten und versuchen, sie abzufangen.«

»Was ihr bei der Geschwindigkeit der Sonde nicht schwerfallen wird.«

Bowitz lächelte schwach. »Sie wird in wenigen Sekunden beschleunigen. Die Verfolger werden annehmen, dass wir sie geortet haben. Die Sonde wird ihnen eine heiße Jagd bieten.« Er arbeitete weiterhin an den Sensorfeldern.

»Und die Gegenseite weiß nicht, dass es solche Sonden gibt?«

»Natürlich weiß sie das. Deshalb verändere ich unsere Signaturen. Ich bin ins Positroniknetz der Verkehrsüberwachung eingedrungen und gebe dort gerade einen unauffälligen Transportauftrag ein. Wir sind von jetzt an ein Gleiter, der Versuchstiere zu einem Experimentallabor bringt. Ein bestätigter Routineflug, völlig unauffällig.« Bowitz startete den Gleiter wieder. Langsam flogen wir weiter.

»Ich liebe die Welt der Geheimdienste«, sagte ich. »Die neuesten Techniken, ständig ausgeklügelte Tricks und überraschende Wendungen. Schade nur, dass die jeweilige Gegenseite uns im Normalfall in dieser Hinsicht um nichts nachsteht.«

Der TLD-Agent warf mir einen skeptischen Blick zu. »Jetzt können wir Informationen austauschen.«

»Nein«, widersprach ich. »Jetzt werden wir verhindern, das der Terranische Resident in die Hände von Feinden fällt, die ihn töten oder an Arkon ausliefern werden, was wahrscheinlich auf das Gleiche hinauslaufen wird.«

Bowitz atmete tief ein. »Ich bin heute verraten worden«, sagte er. »Ich vermute, dass der Botschafter mich hat auffliegen lassen, weiß aber nicht, ob er die einzige undichte Stelle ist. Drei meiner Leute sind gerade bei einem Einsatz gestorben. Ich bin von praktisch allen Ressourcen abgeschnitten. Ich kann mich an niemanden wenden. Wenn ich Hilfe anfordere, liefere ich damit vielleicht uns alle an die Gegenseite aus, dich *und* den Residenten.«

»Es geht um Perry Rhodans Überleben. Bist du imstande, ihn und eine Begleitperson von einem Raumschiff im Orbit von Aralon zu holen?« Jetzt beglückwünschte ich mich zu meiner Zurückhaltung Arturo Lampedusa gegenüber. Nicht auszudenken, was geschehen wäre, wenn ich dem Botschafter verraten hätte, auf *welchem* Schiff sich Rhodan befand.

Aber die Lage war trotzdem überaus prekär. Wenn jemand die richtigen Schlüsse zog, konnte das für eine Positronik eine Sachen von ein paar Minuten sein.

Sie hatten Aufnahmen von mir. Ich hatte einen Unfall ausgelöst, war also keineswegs tot. Ein Bildabgleich mit den Aufzeichnungen von der Einreise, und sie hatten den Namen des Schiffs.

»Verfügt der Raumer über einen Transmitter? Kannst du über Funk Verbindung mit Rhodan aufnehmen? Habt ihr eine Frequenz und Kodewörter vereinbart?«

»Die Antwort auf alle Fragen lautet: Ja.« Ich konnte nur hoffen, dass es Zhana gelungen war, die Manipulation an den Transmittern der KAMMARA rückgängig machen zu lassen – ein weiterer Punkt auf ihrer Tagesordnung.

»Du könntest mir diese Aktion wahrscheinlich befehlen, oder?«

»Das habe ich nicht vor«, sagte ich bedächtig. »Ich vertraue deinem realistischen Urteil. Ist es dir möglich oder nicht?«

»Es wird auf keinen Fall ungefährlich und problemlos verlaufen. Die offiziellen Stellen und die Aracom werden unsere Spur unmittelbar nach dem Transmitterdurchgang wieder aufnehmen, wenn nicht sogar nach dem ersten Funkkontakt. Wir werden schnell handeln müssen, und ihr werdet meine Anweisungen ohne das geringste Zögern befolgen, sonst brauchen wir den Versuch gar nicht erst zu wagen.«

»Ich habe doch schon gesagt, dass ich deiner Einschätzung der Lage vertraue.«

»Was ist das für ein Raumschiff?«

Ich zögerte, aber nur kurz. Ich hatte keine Wahl, ich musste dem TLD-Agenten vertrauen. Meine Versuche, ihn mit Char'gonchar zu beeinflussen, waren gescheitert; er war mentalstabilisiert oder reagierte aus anderen Gründen nicht darauf. »Dass Perry und ich entführt worden sind, hat sich schon nach Aralon herumgesprochen?«

»Natürlich. Das Kodewort hätte mir nicht genügt. Erst durch die Entführung ergibt das alles einen rudimentären Hauch von Sinn.«

»Wir konnten uns befreien und haben ein Raumschiff der Aras gekapert. Ein sogenanntes Quarantäneschiff.«

Bowitz runzelte die Stirn. »Wir müssen dringend Informationen austauschen, aber du hast recht, der Resident geht vor. Wie habt ihr zu zweit ein Raumschiff kapern können?«

»Wir waren zu dritt ... du musst noch eine weitere Person von dem Schiff holen.«

»Wen?«

»Eine Ara-Frau, die uns hilft. Das Schiff war in unserer Gewalt, als ich es verließ.« Ich konnte nur hoffen, dass sich daran bislang nichts geändert hatte. »Die Aras haben einen neuen Galaktischen Zoo eröffnet. Wir haben etwa eintausend Gefangene daraus befreien können, die das Schiff nach Tahun fliegen werden, sobald Rhodan von Bord ist. Drahtzieher der Aktion mit dem Zoo scheint ein Ara namens Trantipon zu sein.«

»Trantipon?«, wiederholte der Agent.

Ich nickte, während ich eine andere Option in Betracht zog. Die Lage auf Aralon hatte sich grundlegend verändert. Die terranische Botschaft konnte uns keine

Unterstützung zukommen lassen, jedenfalls nicht auf absehbare Zeit. Wäre es nicht am vernünftigsten, wieder an Bord der KAMMARA zu gehen und Tahun anzusteuern?

Dagegen sprach die Bedrohung durch das Ara-Toxin, von der wir erfahren hatten. Der Flug ins LFT-Territorium würde zu lange dauern. Bis wir sichere Gefilde erreicht hatten, konnte es zu spät sein.

Hast du dein Gehirn auf der KAMMARA zurückgelassen?, flüsterte eine Stimme tief in meinem Inneren. *Das Schiff verfügt über Hyperfunk. Eine kurze Überlichtetappe, ein Funkspruch nach Terra, Rendezvous an einem vereinbarten Punkt, und ein ENTDECKER-Raumer holt euch ab und bringt euch notfalls nach Aralon zurück ... mitsamt einer imposanten Flotte.*

»Gut«, sagte Bowitz. »Wir machen es folgendermaßen. Ich habe eine Reihe von Schutzverstecken angelegt, die außer mir niemand kennt ... oder fast niemand. Sie bieten uns befristete Sicherheit. Wir holen Rhodan und die Begleitperson per Transmitter in eins dieser Verstecke, das wir dann sofort verlassen werden. Auf Aralon ist der Transmitterverkehr offiziell verboten. Die Aras betreiben eine sehr restriktive Politik der Bewegungsfreiheit auf ihrer Zentralwelt. Natürlich befinden sich Transmitter im Einsatz, aber so wenige, dass jeder nicht genehmigte und registrierte Gebrauch bei der Aracom und den anderen offiziellen Stellen die Alarmglocken schrillen lässt. Wir müssen das Versteck also umgehend wechseln.«

»Einverstanden«, sagte ich.

»Ganz ähnlich sieht es beim Funkverkehr aus«, fuhr der TLD-Agent fort. »Natürlich können die Aras den ansässigen Botschaften den Hyperfunk nicht verbieten, aber sie handhaben die Zulassungen ebenfalls sehr restriktiv und gestatten nur bestimmte Frequenzen, die sie rund um die Uhr belauschen. Alle anderen Wellenlängen beeinträchtigen sie mit einem konstanten Störfunk. Beim konventionellen Funk sieht es nicht ganz so düster aus, aber der wird ebenfalls abgehört. Du kannst also nicht stundenlang mit dem Residenten palavern. Funkspruch, Transmitterdurchgang, Ortswechsel. So wird es laufen.«

»Verstanden«, sagte ich.

»Und ich werde zwei Fliegen mit einer Klappe schlagen und das Schiff für meine Zwecke nutzen.«

»Inwiefern?«

»Das werde ich dir rechtzeitig mitteilen. Aber du kannst beruhigt sein, es gefährdet uns nicht und befindet sich im Einklang mit den Dienstvorschriften. Alles zum Nutzen der LFT.«

Bildete ich es mir nur ein, oder sprach purer Zynismus aus seinen Worten?

»Kein Problem.« Hatte ich eine andere Wahl?«

Der IF-JB hatte das Diplomatenviertel schon längst verlassen und näherte sich nun einem weitläufigen Industriegebiet. Wenigstens die Ablenkung mit der Sonde und unsere Flucht schienen so verlaufen zu sein, wie Bowitz es sich vorgestellt hatte.

»Eine Frage«, sagte der Agent.

»Sicher.«

»Wäre es angesichts der heutigen Entwicklung nicht klüger, du würdest durch den Transmitter an Bord des Schiffes gehen und Aralon mitsamt dem Residenten verlassen und nach Terra fliehen? Oder zumindest ins LFT-Territorium?«

Ich zögerte mit der Antwort. Tankred Bowitz war in meiner Achtung beträchtlich gestiegen. Er hatte genau die Frage gestellt, über die auch ich mir den Kopf zerbrach.

Er schien mein Schweigen falsch auszulegen. »Sicher, auch das ist nicht ganz ungefährlich ... und zumindest mit einem gewissen Risiko verhaftet. Wir werden die Aktion genau timen müssen. Das Schiff, auf dem Rhodan sich befindet ...«

»Die KAMMARA«, warf ich ein.

»... wird den Orbit um Aralon lange vor dem Transmitterdurchgang verlassen und Fahrt aufnehmen müssen. Der Resident und seine Begleitung ...«

»Sie heißt Zhanauta Filgris.«

»... können erst durch den Transmitter gehen, kurz bevor die KAMMARA in den Überlichtflug eintritt. Ortungen funktionieren in beide Richtungen. Bei einer nicht genehmigten Transmitterbenutzung aus dem Orbit würde das betreffende Schiff sofort von den Behörden aufgebracht werden, egal, in welche Richtung sie erfolgt.«

»Die Aras sind *ziemlich* paranoid, nicht wahr?«

»Wenn du auf einem Planeten voller Krankheitskeime und Gegenmittel leben würdest, würdest du auch verhindern wollen, dass man irgendetwas hinaus- oder hineinschmuggelt«, antwortete er lapidar.

Der Gleiter setzte auf dem Parkplatz eines fünfstöckigen, quaderförmigen Lagerhauses auf, einem der größten und höchsten in der Anlage. Hier raschelten keine Blätter alter Bäume in einer sanften Brise, und die Gebäude waren alles andere als prachtvoll. Zwar nicht heruntergekommen, aber völlig zweckmäßig angelegt. Klienten von anderen Welten verirrten sich wohl nur selten hierher, wenn überhaupt.

Wir verließen das Fahrzeug. Als ich mich nach ein paar Schritten zu ihm umdrehte, sah es nicht mehr aus wie ein klappriges Vor-HI-Modell, sondern wie ein gepflegtes, modernes Lastenfahrzeug. Bowitz hatte ein neues Holo aufgespielt und auch die Signatur noch einmal verändert, sodass wir etwaige Verfolger hoffentlich endgültig abgeschüttelt hatten.

Es war dunkel; der Morgen würde noch eine Weile auf sich warten lassen. Aralon benötigte für eine Umkreisung der Sonne 380 Tage, und ein Tag hatte mit 23 Stunden und 45 Minuten fast die gleiche Länge wie einer auf der Erde. In dieser Hinsicht war kaum eine Umstellung erforderlich, jedenfalls nicht bei einem kurzen Aufenthalt.

Bowitz ging voraus zu einem der zahlreichen Eingänge des Gebäudes, öffnete jedoch nicht das große Lastenschott, sondern eine kleinere Tür daneben. Wir betraten eine Lagerhalle. Ein strenger Geruch schlug mir entgegen. Ich konnte mir durchaus vorstellen, dass hier tatsächlich Versuchstiere unter mehr oder weniger unwürdigen Bedingungen in Käfigen saßen und auf ihren Abtransport in Labors warteten. Die medizinische Perfektion, die die Aras ihren Klienten zur Schau stellten, war nicht die einzige Wahrheit. Auch auf Aralon musste kosteneffektiv gearbeitet werden, und mithilfe von Tierversuchen ließ sich einiges einsparen.

Der TLD-Agent schaltete kein Licht an, schien sich blindlings in der Halle auszukennen. Ich hatte Schwierigkeiten, ihm in der hier fast undurchdringlichen Dunkelheit zu folgen.

Er blieb so plötzlich vor einer weiteren Tür stehen, dass ich fast gegen ihn geprallt wäre. Ich konnte nicht genau sehen, was er da tat, hörte nur leise, kratzende Geräusche, dann ein kaum lauteres Zischen.

Unwillkürlich schloss ich die Augen, als gedämpftes Licht in sie drang. Bowitz hatte die Tür geöffnet, und der dahinterliegende Raum war erleuchtet.

Ich folgte Bowitz und fand mich in einem Quartier wieder, das mich an eine Mischung aus Raumschiffzentrale, Lagerraum für technische Geräte und Labor erinnerte. Ich sah eine Wand voller Ortungsanlage, Funkgeräte, ein Regal mit Waffen, mehrere Positronikterminals und in einer Ecke sogar einen kleinen Torbogentransmitter, den höchstens eine Person gleichzeitig benutzen konnte.

Beeindruckt räusperte ich mich. »Dein Schutzversteck?«

Bowitz nickte. »Und wir sind nicht allein hier.«

Ich sah ihn stirnrunzelnd an.

»Meine Gegenleistung befindet sich hier.«

»Der heutige Einsatz, bei dem drei meiner Kollegen starben, diente dazu, einen Informanten aus der Schusslinie zu nehmen und in Sicherheit zu bringen.« Der TLD-Agent entriegelte einen Zugang, der zu einem kleinen Nebenraum führte. Einziger Einrichtungsgegenstand darin war – abgesehen von einer kleinen Hygienezelle – eine bequeme Pritsche, auf der ein Ara lag.

Er richtete sich auf, als die Tür geöffnet worden war.

Es war ein Ara wie aus dem Bilderbuch, wenngleich er mir mit fast 2,20 Metern für einen Galaktischen Mediziner ungewöhnlich groß vorkam. Aufgrund seiner Länge wirkte er noch hagerer und feingliedriger, als es bei den Aras ohnehin der Fall war.

Seine spärlichen Haare waren farblos, sodass ich im ersten Augenblick glaubte, er habe eine Glatze, und seine Haut war so dünn und durchscheinend, dass ich deutlich dickere und auch dünnere Adern darunter ausmachen konnte. Der Blick seiner rot schimmernden Augen zeigte Überraschung, wenn nicht sogar Angst, die sich jedoch schnell legte, als er Bowitz erkannte.

»Das ist Prid-Reuyl«, stellte der TLD-Agent vor. Er wandte sich an den Ara. »Ich habe eine gute Nachricht für dich. Du wirst Aralon schneller verlassen können, als wir annehmen konnten. Und zwar mit einem Ara-Raumschiff namens KAMMARA.«

GEDULD WAR EINE KONSEQUENZ DER UNSTERBlichkeit, aber manchmal wurde sie auf eine harte Probe gestellt.

Bowitz hatte einige Geräte seines reichhaltigen Repertoires zusammengepackt und winkte mir zu, ihm zu folgen. Wir kehrten durch die dunkle Lagerhalle sowie die durchdringenden Ausdünstungen und leisen Geräusche der Versuchstiere zurück zum Gleiter. Der TLD-Agent arbeitete schnell und konzentriert, veränderte erneut die Signatur des Fahrzeugs und flog los. Unterwegs schaltete er den Autopiloten ein, justierte diverse Instrumente und aktivierte das Funkgerät.

»Würdest du mir vielleicht verraten, was du da tust?«

»Du kannst gleich mit diesem Raumschiff sprechen ... der KAMMARA. Ich brauche nur noch die Frequenz. Dein Fluchtversuch nach deiner Einreise könnte dir den Hals gebrochen haben. Vielleicht hat die Aracom Verdacht geschöpft und überwacht das Raumschiff, mit dem du gekommen bist. Funksprüche können geortet und zurückverfolgt werden. Ich habe zwar sämtliche Möglichkeiten genutzt, die die TLD-Technik mir bietet, um den Funkspruch zu raffen, verzerren, verschlüsseln und unkenntlich zu machen, weiß aber nicht genau, welche Möglichkeiten der Geheimdienst hat, ihn doch zu empfangen, zu entschlüsseln und zurückzuverfolgen. Und wir können es uns nicht leisten, dass dieses Schutzversteck auffliegt. Wir brauchen den Transmitter. Wenn die Aracom den Gleiter als Herkunftsort des Funkspruchs ermittelt, ist das nicht ganz so schlimm. Bevor du mit der KAMMARA sprichst, werde ich in unmittelbarer Nähe einer Aracom-Überwachungszentrale im Diplomatenviertel parken. Das könnte ganz interessante Verwicklungen ergeben, die uns vielleicht sogar etwas Zeit verschaffen.«

Mir lag eine Bemerkung über Paranoia auf der Zunge, doch ich schluckte sie herunter. Zum Glück, wie Bowitz' nächste Worte mir bewiesen.

»Außerdem hat Lampedusa nach deiner Ankunft mehrere Funksprüche geführt. Er hat meine Mission verraten, aber Informationen über den Terranischen Residenten und den Außenminister sind ungleich wertvoller. Die Frage ist nur, *wen* er über eure Anwesenheit auf Aralon informiert hat – die Aracom oder andere Stellen. Für wen hat er gearbeitet? Wer weiß jetzt, dass sich Rhodan und Tifflor auf Aralon aufhalten? Und was wird dieser Unbekannte bezüglich der KAMMARA unternehmen? Welche Möglichkeiten hat er?«

»Trantipon«, sagte ich. »Du denkst an Trantipon.«

Bowitz verzog das Gesicht. »Das werden wir herausfinden müssen.« Er bremste ab, zog den Gleiter ganz nah an eine Villa heran, die so unauffällig war, dass ich wahrscheinlich an ihr vorbeigegangen wäre, ohne sie zu bemerken, und setzte ihn am Straßenrand auf. »Es kann losgehen.«

Ich nannte ihm die Frequenz, und er stellte die Verbindung her. »In der Kürze liegt die Würze«, sagte er und gab mir das Mikrofon. Eine Holoverbindung war natürlich völlig illusorisch.

Ein mir unbekannter Funker meldete sich, doch nach wenigen Sekunden stellte er zu Zhana durch. Sie schien die Lage an Bord also tatsächlich unter Kontrolle zu haben.

Ich erklärte ihr die wichtigsten Details über unseren Plan, beantwortete zwei, drei Fragen und beendete die Verbindung. »Kurz genug?«

Bowitz antwortete nicht. Er startete, hielt kurz darauf erneut an, schleuste eine weitere, aber wesentlich kleinere Sonde aus und flog dann weiter. »Wenn sie unsere Spur tatsächlich zurückverfolgen können, dann nur bis zur Botschaft der Akonen. Vielleicht sollten wir dieses Spiel noch ein, zwei Stunden betreiben. Es könnte ganz lustig werden.«

Immerhin, dachte ich, *Bowitz hat sogar Humor.*

Wir kehrten auf direktem Weg zu dem Schutzversteck zurück. Mittlerweile fragte ich mich, ob Paranoia nicht tatsächlich die beste Möglichkeit war, die Welt zu sehen. »Widerspricht die Ara-Politik bezüglich Transmitter, Funk und Hyperfunk nicht dem galaktischen Völkerrecht? Waren die Aras nicht von Beginn an Mitglieder des Galaktikums und haben sich seitdem an gewisse Spielregeln gewöhnt?«

Bowitz lachte einmal, kurz, bellend, herablassend. »Es tut mir leid, aber du bist wie die meisten Galaktiker. Ihr habt euer vorgefertigtes Bild über die Aras, auch wenn das seit Jahrhunderten überholt ist. Die Gesellschaft der Aras ist wesentlich komplexer, als du es dir vorstellen kannst.«

Ich räusperte mich. Schließlich sprach dieser TLD-Agent mit dem Außenminister der LFT. »Hat der TLD auf Aralon nicht mal eine Brieftaube zur Nachrichtenübermittlung zur Verfügung? Kein Funkkontakt von einer terranischen Botschaft nach Hause ... Das ist doch lachhaft, auch im Gebiet des arkonidischen Imperiums. Aralon darf abhören, kann aber nicht verbieten ... Und in dieser Nähe zu Arkon muss es doch zum Beispiel eine Standleitung zur Botschaft von Arkon geben! Du kannst mir doch nicht weismachen, dass niemand von Aralon telefonieren kann! Das klingt abwegig! Was ist mit der reichen terranischen Kundschaft? Und mit der von anderen Welten? Da muss es doch unzählige Kontakte geben! Warum hast du keine vorgetäuschte Anfrage abgeschickt? Ich könnte es auch anders ausdrücken. Wie viele Millionen versteckte und erfolgreiche ultrakurze Hyperfunk-Impulse haben die Terraner in den letzten dreitausend Jahren gesendet?«

»Schizophrenie«, sagte Bowitz.

»Wie bitte? Ich habe dich anfangs für paranoid gehalten, meine Meinung allerdings mittlerweile etwas revidiert. Aber ...«

Der TLD-Agent lachte leise. »Hältst du *mich* mittlerweile für schizophren?«

Ich suchte nach den richtigen Worten. »Keineswegs, aber ...«

Bowitz lachte erneut, diesmal aber lauter. »Schon gut. Das Problem ist, das niemand die wahre Kultur, Gesellschaft und Denkweise der Aras versteht.«

»Niemand außer dir?«

»Kann schon sein«, antwortete er völlig sachlich. »Die Aras sind von Natur aus schizophren. Ihre Entwicklung hat ihnen gar keine andere Möglichkeit gelassen.«

Ich runzelte die Stirn. »Ich glaube, ich verstehe dich nicht so ganz.«

»Natürlich nicht. Weil die Aras für dich verbrecherische Mediziner sind, die ganze Planeten mit Seuchen überziehen, um ein Heilmittel anbieten und unermessliche Gewinne machen zu können. Das ist seit einigen Jahrtausenden zwar vorbei, aber dieses Bild hat die gesamte Milchstraße noch immer von den Aras.«

»Und … stimmt es nicht?«

»Du siehst nur einen Teil, aber nicht das Ganze. Die Aras gehören zur lemurischen Völkerfamilie. Ihre unmittelbaren Vorfahren sind die *Springer* …«

»Halte mir bitte keine Vorträge. Die Mehandor, die Galaktischen Händler. Ich bin nicht ganz dumm.«

»… die ihrerseits von arkonidischen *Raumnomaden* abstammen«, fuhr Bowitz unbeeindruckt fort. »Sie gingen um 6270 da Ark in der Regierungszeit von Imperator Gonozal II. aus einer Mehandor-Sippe hervor, die sich auf den Handel mit pharmakologisch bedeutsamen Spezialchemikalien, Arzneimitteln, Toxinen und ursprünglich auch exotischen Tier-, Pilz- und Pflanzenarten spezialisiert hatte. Nicht zuletzt aus Furcht vor der Gefährlichkeit dieser Waren wurde diese Sippe von den anderen Springern gemieden. Da sexuelle Kontakte und Partnerschaften daher nur noch innerhalb der Sippe möglich waren, kam es aufgrund des kleinen Genpools zu einer beschleunigten Evolution, verbunden mit einer raschen Veränderung des Erscheinungsbildes. Aus den robusten, schwer gebauten Springern entstanden innerhalb kurzer Zeit die schmächtigen und gesundheitlich anfälligeren Aras. Seither weisen sie diesen leptosomen Körperbautypus auf. Und der asthenische Habitus hatte Psychasthenie zur Folge, also eine Neigung zur Schizophrenie, krankhafter Empfindsamkeit und Selbstunterschätzung.«

»Der asthenische Habitus«, wiederholte ich.

»Genau.«

Ich war kein Mediker, aber ich wusste, dass *Asthenie* vom griechischen *asthéneia* kam und Schwäche oder Kraftlosigkeit bezeichnete. Und *Habitus* war ein lateinisches Wort und bedeutete *Stellung*, konnte aber auch mit *Verhalten* übersetzt werden. *Psychasthenie* hatte Bowitz mir dankenswerter Weise schon erklärt.

»Du bist also der Auffassung, dass die Aras von vornherein ...«

»Ziehe bitte keine vorschnellen Schlüsse«, unterbrach der TLD-Agent. »Die Auswirkungen dieser Entwicklung waren nur teilweise positiv. Sie manifestierten sich eher als eine Komplexkompensation ...«

»Du meinst, als Antriebkraft für herausragende Leistungen ...«

»Vor allem in der Biomedizin. Dem gegenüber stand jedoch das Negative: künstliche Hervorrufung planetarer Seuchen, um aus Abhängigkeit Gewinn zu schöpfen, Forschungsprojekte und skrupellose Methoden jenseits aller Ethik, hauptsächlich zur Befriedigung krankhaften Ehrgeizes im Bemühen, die letzten Rätsel des Lebens zu lösen, um dann bessere, quasi *ultimate* Geschäfte machen zu können ...«

»Und das zeichnet die Aras aus? Du entwirfst kein überwältigendes Bild von ihnen.«

»Das *hat* sie ausgezeichnet, Außenminister. Über Jahrtausende ihrer Entwicklung hinweg. Dass sich das Bild der Aras in den letzten Jahrhunderten gewandelt hat, ist kaum jemandem aufgefallen. Zumindest keinem normalsterblichen Bürger der LFT, und offensichtlich auch keinem Regierungsmitglied.«

Ich schluckte, nahm das aber erst einmal so hin. »Du gehst davon aus, dass es für mich *die Aras* gibt. Das ist falsch. Es gibt weder *die* Terraner, noch *die* Arkoniden, noch *die* Blues ...«

»Doch, genau die gibt es für die Mehrzahl der Milchstraßenbewohner«, beharrte Bowitz vehement. »Selbstverständlich beschäftigen sich nicht alle Aras mit medizinischer Forschung, aber die merkantile Tradition der Springer lebt in allen Aras weiter. Heilung von Krankheiten ist für sie zugleich auch Geschäft. Du weißt doch, Außenminister, im Regelfall sprechen die Aras nicht von *Patienten,* sondern von *Klienten.* Ein solcher Klient ist für die forschungseifrigen Aras immer auch ein Versuchsobjekt.«

»Du widersprichst dir selbst«, sagte ich. »So war es vielleicht vor drei Jahrtausenden, aber heutzutage nicht mehr. Die Aras haben sich geändert.«

»Nur zum Teil. Sie haben sich eher angepasst. Sie haben sich früher mit dem Großen Imperium arrangieren müssen und das hervorragend geschafft. Sie waren unantastbar. Die aufstrebenden Terraner haben die Machtverhältnisse in der Milchstraße grundlegend umgekrempelt. Sie haben neue Spielregeln entwickelt. Als die Aras mit den Terranern aneinandergeraten sind, kannten sie diese frischen Regeln nicht, konnten sie auch nicht kennen, weil die Terraner so neu auf der galaktischen Bühne waren. Sie haben ein paar Jahrhunderte lang so agiert, als wäre das arkonidische Imperium noch immer das Maß aller Dinge. Erst dann haben sie sich an die neue Lage gewöhnt. Nach über zehntausend Jahren medizinischer Vorherrschaft wundert diese Übergangsfrist wirklich nicht, oder?«

Ich sagte nichts, ließ diese Sicht der Dinge erst einmal einsickern.

»Aber an der allgemeinen Einstellung der Aras hat sich nichts geändert, konnte sich nichts ändern, und das ist das, was die Milchstraßenbevölkerung nicht versteht und niemals begreifen wird. *Wer Risiken eingeht, ist selbst schuld. Nur derjenige überlebt, der alle Faktoren seines Handelns vorausberechnet und sich zur größtmöglichen Wahrscheinlichkeit durchringt ... und natürlich danach handelt.* Das ist die gefühllose Maxime der Aras, durch sie sind sie berühmt und berüchtigt geworden. Das Akronym ZGG – *Zayii Gosner'alor Gor'chron,* wörtlich Patienten oder Klienten, Gesundheit oder Wohl, Rettung oder Kampf – beherrscht ihr Denken noch genauso wie vor zehntausend Jahren. Und verstehe mich nicht falsch, Außenminister, das ist nicht nur ein Kampf um die Gesundheit der Klienten, sondern auch einer um Chronners. Wenn wir das etwas freier übersetzen, ist die Rettung oder Hilfe in Not oder im Notfall in etwa mit dem antiken terranischen ›Roten Kreuz‹ oder ›Roten Halbmond‹ vergleichbar und wird meist mit dem *Medizin-Symbol* verwendet. Aber im Kontext der Ara-Mentalität lautet die Übersetzung eher: Die Rettung oder Heilung oder Gesundheit der Klienten gibt es nur für hart umkämpfte Chronners. Verstehst du das?«

»Das ist aus diesem Akronym allein schwierig nachzuvollziehen«, sagte ich. »Wobei ich die Vielschichtigkeit der arkonidischen Sprache durchaus bewundere. ZGG kann doch wohl kaum das alles gleichzeitig bedeuten.«

»Oder als Kurzform«, überging Bowitz meinen Einwand, *»der Klient bekommt, was er bezahlt.«*

Ich fühlte mich nicht schuldig. Aber ich würde dem TLD-Agenten nicht eingestehen, dass ich als Außenminister meine Hausaufgaben nicht gemacht oder andere Krisenherde gehabt hatte, die mir wichtiger gewesen waren als die Aras.

»Sie sind nicht schlecht«, sagte Bowitz und landete den Gleiter wieder auf dem Parkplatz. »Sie sind nur ein wenig schizophren und erblich bedingt merkantil veranlagt. Und das ist ein Unterschied.«

Merkantiles Denken lässt sich vererben?, fragte ich mich. Ich hatte den Eindruck, dass Bowitz auf dünnem Eis argumentierte. Vererbbar waren vielleicht ein gutes Zahlenverständnis, Empathie bezüglich der Bedürfnisse anderer Lebewesen, eine schnelle Auffassungsgabe ... aber *merkantiles Denken?*

Ich zog es vor, nichts darauf zu erwidern. Vielleicht würde ich ihn später einmal auf übermächtige, unersetzliche Traditionen ansprechen.

Bowitz änderte erneut die Signatur des Gleiters, und ich folgte ihm wieder durch die dunkle Halle in das Schutzversteck. Das *Sichere Haus,* wie man früher einmal auf Terra gesagt hatte.

Prid-Reuyl schien höchst erfreut, uns zu sehen. Ich wusste, wie es in ihm aussah: Allein in einem winzigen Verschlag, der Gnade eines feindlichen Agenten ausgeliefert, buchstäblich allein gelassen. Jeden Augenblick konnten Sirenen jaulen, Gleiter mit Ordnungskräften der

Behörden oder Spezialagenten der Geheimdienste landen. So oder so, ihn erwartete womöglich die Infinite Todesstrafe wegen Hochverrats auf Celkar.

Aber er war ein Profi. Als er den Dienstvertrag unterschrieben hatte, war ihm genau bewusst gewesen, worauf er sich einließ.

»Wir müssen warten, bis die KAMMARA die Freigabe durch die Raumüberwachung erhält«, sagte Bowitz scheinbar geistesabwesend, während er Datenlesgeräte aus den Regalen holte, miteinander verband und programmierte.

»Das ist mir klar«, sagte ich. Unsterbliche hatten schließlich Geduld gelernt.

»Falls sie sie überhaupt bekommt.«

»Sie wird sie erhalten.«

Bowitz lachte leise auf. »Nur weil ein Unsterblicher Mist baut und hofft, dass es keinem auffällt? Wenn ich so vorgehen würde, wäre in den Zeitungen Terranias schon vor zehn Jahren meine Todesanzeige erschienen. Auch das ist ein Unterschied zwischen Paranoia und Schizophrenie, Außenminister.«

Ich wusste, was er meinte, und schwieg dazu.

Er schob einen Datenträger in eins seiner Geräte. »Jetzt werden wir herausfinden, an wen Botschafter Lampedusa dich verraten hat.«

Wann würden wir erfahren, ob die KAMMARA die Starterlaubnis bekommen hatte? Ob sie den Orbit um Aralon verlassen durfte, angeblich, um gemäß ihres ursprünglichen Auftrags nach Swoofon zu fliegen? Wann würde Zhana uns über einen gerafften Ultrakurzfunkimpuls mitteilen, dass das Schiff in den Überlichtflug gehen konnte?

In sechs Stunden, vielleicht auch zehn?

Aber Unsterbliche hatten schließlich ja Geduld gelernt.

Bowitz arbeitete wie besessen an seinen Positroniken, während ich halbherzig versuchte, mit Prid-Reuyl ins Gespräch zu kommen.

Es gelang mir nicht. Der Ara wirkte beherrscht und selbstbewusst, war jedoch eher schweigsam. Er kannte mich nicht und wollte mir keine Informationen geben. Sie waren das Kapital, mit dem er um sein Leben handeln konnte. Er würde auspacken, alles erzählen, was er wusste, aber erst, wenn er Aralon verlassen hatte und sich im sicheren Hafen der LFT befand.

Ich hörte, dass er zu Mo betete, immer wieder. Selbst dieser eiskalte Mediziner und Wissenschaftler brauchte irgendeinen Halt, an den er sich klammern konnte.

Da die erzwungene Untätigkeit allmählich wahre Langeweile in mir hervorrief, spielte ich kurz mit dem Gedanken, es noch einmal mit Char'gonchar zu versuchen, der zweiten Stufe. *Über den Geist hinaus* aktiv zu werden, Prid-Reuyl mit meinem Charisma so stark zu beeindrucken, dass er von sich aus den Wunsch verspürte, mit mir zu plaudern und mir alle kleinen, schmutzigen Details zu verraten, die er über die Hintergründe des Geschehens in Erfahrung gebracht hatte.

Dabei stellte sich natürlich eine entscheidende moralische Frage: Es war eine Sache, Intelligenzwesen zu beeinflussen, die mich wahrscheinlich entführt und Millionen anderer Wesen im Galaktischen Zoo gequält oder ermordet hatten, aber eine ganz andere, jemandem den freien Willen zu nehmen, der sich zumindest als potenzieller Verbündeter und wichtiger Informant erweisen konnte und seine freiwillige Zusammenarbeit angeboten hatte. Dieser Aspekt bewirkte stets, dass ich meine Upanishad-Fähigkeiten nur sehr zögernd und zurückhaltend einsetzte.

Während ich noch um eine Entscheidung rang, sah Bowitz von seinen Geräten auf. »Wie ich es befürchtet hatte«, sagte er.

Ich runzelte fragend die Stirn.

Der Agent lächelte schwach. »Lampedusa hat sich immer als mein Freund positionieren wollen, war es jedoch nie. Aber wir waren aufeinander angewiesen. In meiner ... Paranoia habe ich schon frühzeitig versucht, ihn auszuspionieren, ganz einfach, weil er mein Vorgesetzter war, dem ich nie getraut habe. Er hat zwar eine Vielzahl von Kodes verwendet, aber im Prinzip war er dumm. Geburtsdatum, Mätressen, Haustiere.«

Ich konnte mir nicht vorstellen, dass man mit solchen Daten einen LFT-Kode knacken konnte, führte aber keine Widerrede. »Und? Was hast du herausgefunden?«

»Arturo Lampedusa steht seit zwei Jahren im Sold des internen Geheimdienstes der Aras namens Aracom. Er lässt es sich hier auf Aralon gut gehen und hat Spielschulden, ist gewissen Personen des gesellschaftlichen Lebens verpflichtet und damit erpressbar geworden.«

»Und du wusstest nichts davon?« Mich zerriss es schier vor Wut. Da stand dieser unfähige TLD-Agent vor mir und erzählt mir ganz sachlich von Korruption, persönlicher Bereicherung und Erpressung und schien noch nicht einmal besonders betroffen deshalb.

War in der Welt der Geheimdienste solch ein Verrat wirklich so üblich und allgegenwärtig, dass Tankred Bowitz ihn gleichmütig hinnahm?

Ich zügelte meinen Zorn. Jetzt ging es um Wichtigeres. Der TLD-Agent baute ein Akustikfeld auf, das unser Gespräch vor dem Ara-Überläufer abschirmte, und ich erzählte ihm in knappen Worten von den Geschehnissen, von dem neuen Galaktischen Zoo und von seiner Suche nach Trantipon. »Wir müssen unbedingt mehr über dieses Ara-Toxin herausfinden«, schloss ich.

»Du bist zu der denkbar ungünstigsten Zeit nach Aralon gekommen«, meinte Bowitz. »Die Strukturen der TLD-Geheimdienstmaschinerie wurden zerschlagen. Die Aracom kann es sich nicht leisten, nur gegen mich vorzugehen. Ich habe meine Kollegen unmittelbar nach dem verratenen Einsatz gewarnt. Sie sind untergetaucht, haben sich in andere Schutzverstecke zurückgezogen, neue, bereits vorbereitete Tarnexistenzen angenommen. In der gesamten Geheimdienstszene herrscht Chaos. Andere Nachrichtendienste werden versuchen, ihren Vorteil aus der Entwicklung zu ziehen. Noch ein paar Stunden, und die Arkoniden werden mitmischen und die Reste zusammenkehren.«

»Welche Möglichkeiten bleiben uns also?«

Bowitz dachte kurz nach. »Wenige. Nachdem wir Rhodan per Transmitter geholt haben, müssen wir dieses Versteck sofort aufgeben.«

»Du hast ein Ausweichquartier?«

Der Agent nickte knapp. »Aber die Schlinge wird sich enger ziehen.«

»Können wir nicht in einer anderen Botschaft Schutz suchen? Oder zumindest deren Hyperfunkgerät benutzen, um Hilfe zu rufen?«

»Zu riskant. Welche Botschaft hast du im Sinn? Die der Blues? Oder gar die der Arkoniden?«

Ich begriff, worauf er hinauswollte. Wir durften uns nicht in die Hände von Fremden begeben, die nur ihren Nutzen aus der Situation ziehen würden.

Welches Argument sprach dafür, dass wir nicht mit der KAMMARA das Weite suchten?

»Wir könnten uns an die Medien wenden«, schlug Bowitz vor.

Entgeistert starrte ich ihn an.

»Ich meine es ernst«, sagte er. »Auf Aralon gibt es Niederlassungen aller bedeutenden Nachrichtensender der Milchstraße. Wenn einer davon die Nachricht verbreitet, dass Rhodan und Tifflor auf Aralon sind, werden die anderen Sender den Stoff aufgreifen und darüber berichten. Auf sämtlichen wichtigen Planeten der Milchstraße, also auch auf Terra. Vielleicht wird der TLD dann aktiv und stellt Nachforschungen an. Dazu wird es sowieso bald kommen. Ihm kann nicht verborgen bleiben, dass hier auf Aralon etwas nicht stimmt.«

»Die Frage ist nur, wie schnell der TLD reagieren kann. Nach dem Hyperimpedanz-Schock schickt man nicht mal eben ein Raumschiff schnell auf einen Flug über dreißigtausend Lichtjahre. Das alles dauert etwas länger.« Ich dachte kurz nach. »Und was deinen Einfall mit den Medien betrifft ... hast du schon mal von den *Außerirdischen in Terrania* gehört?«

Der TLD-Agent sah mich fragend an.

»Also nicht«, sagte ich. »Kein Wunder. Aber seit bald dreitausend Jahren hat sich das Spiel der Medien kaum verändert. Es muss wohl so um das Jahr 2040 alter Zeitrechnung gewesen sein ... Damals hatten wir gerade die DRUSUS als neues Flaggschiff in Dienst gestellt, und

Atlan hatte seine Unterwasserkuppel verlassen. Gab es damals schon Trivid oder noch das sogenannte Fernsehen?«

Ich lehnte mich zurück und lächelte versonnen. Im nächsten Augenblick wurde mir klar, dass ich abschweifte und zuließ, von Erinnerungen überwältigt zu werden. Eine Folge der Erschöpfung, gegen die der Zellaktivator heftig ankämpfte, und der abklingenden Anspannung. Zum ersten Mal seit Tagen konnte ich mich ausruhen und für den Augenblick einigermaßen sicher fühlen, und mein Körper reagierte darauf, indem er die Betriebstemperatur herunterfuhr.

»Jedenfalls war ein damals sehr berühmter Dramatiker plötzlich erkrankt und konnte nicht an der Uraufführung seines Stücks *Außerirdische in Terrania* teilnehmen«, erzählte ich. »Der erste, seriöseste Sender meldete genau das: Der Mann war erkrankt und musste der Uraufführung fernbleiben.«

»Und?«, fragte der TLD-Agent.

»Beim zweiten, schon weniger seriösen Sender war die Uraufführung wegen Erkrankung des Intendanten in Gefahr, beim dritten wurde sie abgesagt. Beim vierten Sender lag der Dramatiker im Sterben, der fünfte brachte gar schon einen Nachruf.«

»Ich kann mir denken, wie es weiterging.«

»Der sechste, noch unseriösere Sender meldete, dass Außerirdische in Terrania gelandet waren. Beim siebenten hatten die Aliens Bakterien freigesetzt, an denen ein berühmter Dramatiker erkrankt sei. Der achte meldete erste Opfer unter der Zivilbevölkerung, darunter den Dramatiker, beim neunten war eine Epidemie ausgebrochen, beim zehnten gab es neun Millionen Tote in Terrania, und der elfte Sender führte als erster ein Exklusivinterview mit einer der Leichen.«

Bowitz grinste tatsächlich. »Wie hieß dieser Sender?«

»Radio Terrania-Land«, erwiderte ich wie aus der Pistole geschossen. Das würde ich niemals vergessen, auch nach fast drei Jahrtausenden nicht.

»Also nicht *Augenklar?*«

Ich lachte laut auf. Als Außenminister hatte ich natürlich meine Erfahrungen mit diesem Ausbund an Wahnsinn gemacht. »Den gab es damals noch gar nicht«, antwortete ich. »An den eigentlichen Umständen hat sich jedoch nichts geändert. Genauso arbeiten manche Medien auch heute noch. Nur, dass man auf der Erde die Nachricht, Rhodan und Tifflor seien auf Aralon, nicht als die des ersten, sondern als die des letzten Senders auffassen würde. Und dann können wir eine Weile warten, bis man in der TLD-Zentrale mitbekommt, dass auf Aralon etwas nicht stimmt, und nachsehen kommt. Außerdem ist es mit Risiken verbunden, sich an die Öffentlichkeit zu wenden.«

Bowitz hob gleichmütig die Schultern. »Du bist der Minister.«

»Vielleicht sollten wir Zheobitt um Hilfe bitten«, schlug ich vor. Der vielleicht bedeutendste aller lebenden Aras hatte mit Rhodan, mir und der LFT ein einigermaßen gutes Einvernehmen und würde uns hoffentlich schützen.

Bowitz schüttelte den Kopf. »Er befindet sich nicht auf Aralon. Nach der katastrophalen Eröffnungszeremonie auf Tahun, bei der ihr entführt worden seid, ist er mit seiner ZENTRIFUGE mit unbekanntem Ziel verschwunden. Ein wichtiger Großauftrag, munkelt man. Mehr habe ich nicht in Erfahrung bringen können.«

Wieder eine Hoffnung weniger, dachte ich. Wenn es einen Ara gab, dem ich mich anvertraut hätte, wäre es tatsächlich Zheobitt.

Allmählich gingen uns die sowieso schon spärlichen Optionen aus, und neue wollten sich einfach nicht auftun.

Ich sah auf die Uhr. Mindestens noch fünf Stunden, bis wir Perry und Zhana holen konnten.

PERRY RHODAN SAH MICH AN, UND ZUM ERSTEN Mal fühlte ich mich unter seinem Blick unwohl.

Nicht wegen des unausgesprochenen Vorwurfs, der darin mitschwang. Er hatte mir eindeutig klargemacht, dass er mit der Wahl meiner Mittel nicht einverstanden war. Aber er hatte keine Argumente gefunden, mich dafür zu verdammen. Er wusste, dass er allein mir sein Überleben verdankte, und das ließ ihn vor einer Konfrontation zurückschrecken. Er mochte strenge moralische Grundsätze haben, ein wirklich guter Mensch sein, der lieber die andere Wange hinhielt, als zurückzuschlagen, doch er liebte sein Leben. Und er war so ehrlich, mir nichts vorzumachen.

Du hättest lieber mich sterben lassen sollen, als all diese Leute zu töten. Fast hätte ich damit gerechnet, dass er so etwas sagen würde, aber er tat es nicht.

Ich hätte es ihm auch nicht abgekauft.

Ich war nicht bereit, mich freiwillig für irgendeine Sache zu opfern. Ich war gerade einmal 42 Jahre alt, und ich hatte in diesen wenigen Jahren das Leben zu lieben gelernt. Ich wollte nicht sterben, für keine Sache, Philosophie, Religion, Ideale oder sonst etwas.

Meinen Beruf einmal ausgeklammert. Aber für dieses Leben hatte ich mich nun einmal entschieden, und ich würde es bis zum letzten Atemzug verteidigen.

Rhodan war fast 3000 Jahre alt. Es mochte natürlich sein, dass er in diesen drei Jahrtausenden eine moralische oder sonstige Reife erlangt hatte, die weit über der meinen stand. Dass er bereit war, sein Leben für ein höheres Ziel aufzugeben. Vielleicht hoffte er ja auch, dass er niemals endgültig sterben würde. Die Superintelligenz ES hatte ihm einen Zellaktivator verliehen, der ihm potenzielle Unsterblichkeit gewährte. Vielleicht ging er davon aus, dass er nach einem gewaltsamen Tod in eben dieser Superintelligenz aufgehen und bis zu deren Ende als Bewusstsein existieren würde.

Aber ich bezweifelte auch das. Rhodan hatte fast 3000 Jahre lang Zeit gehabt, das Leben lieben zu lernen, und er würde es niemals freiwillig aufgeben. Unter keinen Umständen. Noch viel weniger als ich.

Also hütete er sich, mir irgendwelche Vorwürfe zu machen. Ich musste lediglich darauf gefasst sein, dass er in Zukunft versuchen würde, meine Handlungsweise in Einklang mit seinen moralischen Grundsätzen zu bringen.

Aber damit würde ich fertig werden.

Immerhin ging es Rhodan beträchtlich besser. Er war aus eigener Kraft von der Krankenstation in die Zentrale gekommen; sein Blick war wieder klar. Sein Gesicht wirkte natürlich noch immer fremd, war aber nicht mehr so aufgedunsen und fahl wie zuvor, und er schien sich ganz gut auf den Beinen halten zu können.

Ich hatte zwei der Rebellen zur Seite gewinkt und ihnen aufgetragen, ein wenig auf ihn aufzupassen, ohne ihnen zu verraten, wer er in Wirklichkeit war.

Die KAMMARA hatte soeben den sechsten Planeten der Sonne Kesnar passiert und näherte sich der Bahn des siebenten, äußersten. Das Schiff beschleunigte konstant, aber nicht mit ungewöhnlichen Werten. Dennoch wartete ich jede Sekunde auf einen Funkspruch der Raumüberwachung, der uns aufforderte, die Fahrt zu stoppen und ein Enterkommando an Bord zu lassen. Natürlich würden die Behörden einen anderen Ausdruck wählen, aber gemeint war trotzdem genau das.

Vor einigen Stunden war die Situation angespannter gewesen. Ich hatte kaum mehr damit gerechnet, noch etwas von Tifflor zu hören, und jede Sekunde eine Anfrage der Raumüberwachung erwartet, als der Funkspruch dann doch noch gekommen war.

Unser Plan war eine Idee wie unter Drogeneinfluss gewesen, eine unausgegorene Verzweiflungstat, kein ausgeklügeltes Kommandounternehmen. Aber die Umstände hatten uns keine Wahl gelassen. Was hätte nicht alles schiefgehen können? Julian ohne anständig gefälschte Papiere allein auf Aralon ... schon bei der Einreise hätte er verhaftet werden können. Dann seine Flucht. Warum hatten die Behörden nicht die angemessenen Schlüsse gezogen und sich die KAMMARA näher angesehen, das Raumschiff, mit dem er Aralon angeflogen hatte? Das wäre doch die erste logische Folgerung gewesen. Und Aerz-Naumi, die große Schwachstelle, den die Behörden irgendwann dingfest gemacht haben mussten ... wieso hatten sie die Wirkung der Droge nicht aufheben können? Wenn nicht sie, die Galaktischen Mediziner, wer dann?

Es gab vieles, das einfach nicht zusammenpasste, und ich hätte nicht einen Chronner auf den Erfolg dieser kaum durchdachten, schlecht geplanten und eigentlich unmöglichen Mission gesetzt, doch irgendwie war sie gelungen.

Tifflor hatte einen Funkspruch an die KAMMARA absetzen können. Das vereinbarte Kodewort stimmte, die Anweisungen entsprachen der Logik, die die Umstände geboten. Ich hatte Darfass-Gegul mit sanftem Druck dazu gebracht, uns unauffällig wieder abzumelden und dabei den Namen Trantipon ins Spiel zu bringen, um uns unangenehme Nachfragen zu ersparen. Die Raumaufsicht hatte uns tatsächlich die Freigabe erteilt, und wir hatten den Orbit verlassen und auf der angewiesenen Abflugschneise Kurs auf die Systemgrenze genommen. Natürlich würden wir nicht Swoofon anfliegen, sondern das LFT-Territorium.

Auch sonst war ich nicht untätig gewesen, wenngleich ich Tifflors Rückendeckung schmerzlich vermisste. Noch immer waren sämtliche Stationen in der Zentrale der KAMMARA doppelt besetzt, allerdings nicht mehr mit Aras, sondern lediglich mit Flüchtlingen aus dem neuen Galaktischen Zoo. Die Lage war noch immer ernst; etwa 300 der 1000 Rebellen waren an den Folgen des Transmitterdurchgangs gestorben, etwa 200 waren handlungsunfähig. Sie wurden von den Bordmedikern behandelt. Aus den restlichen 500 hatte ich eine funktionierende Besatzung zusammenstellen können, die die KAMMARA notfalls sogar nach Tahun bringen konnte.

Die ursprüngliche Besatzung aus Aras saß mittlerweile in den Arrestzellen des Schiffes ein, von den benötigten Medikern einmal abgesehen. Wahrscheinlich unter unwürdigen Bedingungen, doch Rhodan hatte sich jeglichen Protests darüber enthalten.

Solange sie nicht an Hunger, Diphtherie oder den Masern sterben würden, war es ihm wohl ziemlich egal.

»Eintritt in den Überlichtflug möglich in ... ?«, fragte ich in die Zentrale.

»Zwanzig Minuten«, antwortete ein kleiner, haariger Yornamer, der sich als fähiger Triebwerksingenieur entpuppt hatte.

20 Minuten. 1200 Sekunden. Bis dahin würde sich unser weiteres Vorgehen entschieden haben. Wobei es für mich nur eine Option gab. Die Phiole ließ mir keine Wahl. Wir mussten auf Aralon aktiv werden, obwohl es wesentlich logischer und ungefährlicher wäre, Tiff und Rhodan in die KAMMARA zu packen, in Richtung LFT zu fliegen und Hilfe anzufordern.

Ich kam nicht gegen dieses Wissen an. Es war einfach *richtig*.

Ich ertappte mich dabei, wie ich mit den Fingerspitzen auf die Lehne des Sessels des Kommandanten tippen wollte. Natürlich hatte ich mich so weit in der Gewalt, dass ich es nicht tat, aber schon der Umstand, dass ich der Versuchung fast erlegen wäre, zeigte, dass es um meine Beherrschung nicht gerade gut bestellt war.

»Transmitter für Nicht-Aras benutzbar?«, fragte ich.

»Jawohl«, antwortete ein Tefroder aus der Eastside der Milchstraße. »Positronik stillgelegt, Notpositronik aktiviert. Kodewörter bestätigt. Ein Beiboot ausgeschleust.«

Ich hatte das Akustikfeld so geschaltet, dass kein Wort von dem, was wir sprachen, hinausdrang, doch alles, was in der Zentrale gesprochen wurde, zu uns hineinkam. Gezielte Fragen an die Besatzung waren davon ausgenommen.

»Würdest du mir bitte erklären, was es damit auf sich hat?«, richtete Rhodan endlich das Wort an mich.

Ich lächelte verbindlich. Das würde den Worten etwas von ihrer Schärfe nehmen. »Nein. Du warst nicht handlungsfähig. Ich musste manche Entscheidungen treffen, mit denen du wohl nicht einverstanden gewesen sein würdest. Ich werde dir zu gegebener Zeit erläutern, was ich in die Wege geleitet habe. Später. Jetzt haben wir andere Probleme. Du hast Jules' Funkspruch gehört. Zu welchem Schluss bist du gekommen?«

»Spielt das eine Rolle?«, fragte Rhodan süffisant. »Du hast gewisse Entscheidungen treffen müssen und wirst sicher wissen, wie es weitergehen wird.«

Ich dachte kurz nach und nickte dann bedächtig. »Ja. Aber du verfügst über eine gewisse ... Lebenserfahrung. Und ich würde gern wissen, wie du entscheiden würdest. Sowohl nach gründlicher Analyse der vorliegenden Daten als auch aus dem Bauch heraus.«

»Nach gründlicher Analyse der Daten würde ich sagen ... mit der KAMMARA ab durch die Mitte. Kurzer Überlichtflug, Hyperfunkspruch an die LFT, Einleitung diplomatischer Aktionen und gleichzeitig Einsatz eines gut ausgerüsteten Sonderkommandos. Wobei der TLD sowieso aktiv werden wird, wenn die Informationen, die dieser Tankred Bowitz uns übermittelt hat, tatsächlich zutreffen.«

»Und aus dem Bauch heraus?«

Rhodan lächelte schwach. »Genau dasselbe. Alles andere wäre hirnrissig und nicht durchdacht. Wir allein können auf Aralon nichts ausrichten, zumal die Unterstützung durch die Botschaft uns soeben weggebrochen ist.«

Ich seufzte leise. Natürlich musste ich ihm recht geben, doch das Wissen, das die Phiole mir vermittelte, ließ mir keine andere Wahl.

»Ich danke dir für deine Einschätzung der Situation«, sagte ich.

»Aber du wirst tun, was *du* für richtig hältst.«

Ich versuchte, Rhodans Blick zu erwidern, ihm standzuhalten. Es gelang mir nicht. »Natürlich«, sagte ich. »Ich habe bislang dein Überleben gewährleistet, und ich gehe davon aus, dass mir das weiterhin gelingen wird.«

Rhodan runzelte die Stirn. »Was für ein Spiel treibst du?«

Wenn ich das wüsste, dachte ich, antwortete jedoch nicht darauf.

»Wie hast du es gemacht?«, fuhr Rhodan fort.

»Was?«

»Du weißt, was ich meine. Alles.«

Ich beschloss, mich ihm insofern zu öffnen, als dass ich zugab, was ich nicht mehr abstreiten konnte. »Dass ich dich und Tifflor entführt habe?«

Rhodan schwieg.

»Die Entführung selbst folgte einem genau ausgeklügelten Plan«, gestand ich ein. »Nachdem ich euch gefangen genommen hatte, schaffte sie euch in den Zubringer eines araischen Walzenschiffs und flüchtete von Tahun. An Bord des Beibootes injizierte ich euch in regelmäßigen Abständen eine genau bemessene Dosis Lähmgift, um euch während längerer Zeit in Bewusstlosigkeit zu halten, und verpasste euch bereitgelegte Hormonspritzen, die euer Äußeres änderten. Ihr wurdet die ganze Zeit über intravenös ernährt.

Mein Auftraggeber verschaffte mir darüber hinaus das Zugangsrecht zu Jaimbor, einem Planeten, über den die breite Öffentlichkeit der Aras nichts wusste. An einem neutralen Treffpunkt wurde ich von einer größeren Walzeneinheit aufgenommen und mit Papieren als Aufsichtsperson ausgestattet. Dann traten wir die mehrtägige Reise zum Zooplaneten an.«

»Wer ist dein Auftraggeber?«, kam Rhodan endlich zum Kern des Problems.

»Ich habe ihn nie kennengelernt«, antwortete ich abweisend. Der Resident sollte von dieser Antwort halten, was er wollte. »Ich weiß auch nichts über seine Beweggründe. Erwarte nicht, dass ich dir Einzelheiten verrate, wie der Kontakt zustande kam oder wie die Bezahlung erfolgen wird. Manche Geheimnisse meines Berufsstandes müssen Geheimnisse bleiben.«

»Dein Auftraggeber muss sich mit dem Metabolismus von Aktivatorträgern recht gut auskennen«, sagte Rhodan, »sonst hätte er die Dosierung des Lähmgiftes nicht so genau vorgeschrieben und auch die Hormonspritzen zur Veränderung des Äußeren nicht auf ihren Metabolismus anpassen können.«

Er versuchte, mich aus der Reserve zu locken, doch ich ging nicht darauf ein. Ich konnte mir genau vorstellen, was der Resident nun dachte: *Wer mag dieser ominöse Auftraggeber sein?*, würde er sich fragen. Und: *Wenn er diese Mörderin engagiert hat, um Tifflor und mich nach Jaimbor zu bringen, legt er wohl großen Wert darauf, dass die Vorgänge auf diesem Planeten aufgedeckt werden. Oder steckt doch mehr dahinter? Geht es auch um das Ara-Toxin?*

»Ein Funkspruch!«, rief ein Swoon. »Nur Audiokontakt, kein Holo. Verbindung äußerst schwach, kann jeden Moment zusammenbrechen. Der Spruch ist verschlüsselt. Sequenz vorhanden, Kommunikation möglich.«

Ich genoss die Präzision und Zuverlässigkeit der kleinen, sprechenden, leicht obszön geformten Intelligenzwesen geradezu. Sie waren ... interessant. »Auf meine Konsole!«, befahl ich und schaltete das Akustikfeld um. Perry Rhodan würde nun nichts mehr von dem Gespräch mitbekommen.

Im nächsten Augenblick hörte ich Tifflors Stimme. »Wir haben nicht viel Zeit, Göttin. Du hast sämtliche Informationen erhalten. Zu welchem Schluss seid ihr gekommen? Abbrechen oder weitermachen?«

»Dein Freund möchte unbedingt nach Aralon«, log ich. »Natürlich ist diese Aktion schlichtweg verrückt, aber ...«

»Verstanden«, unterbrach Julian. »Ablauf wie vorgegeben. Aktiviert den Transmitter!«

»Wird in wenigen Sekunden aktiviert.«

»Dann sehen wir uns in einigen Minuten.«

Ich desaktivierte das Akustikfeld und ergriff Rhodan am linken Oberarm. »Dein Freund will unbedingt, dass wir nach Aralon gehen«, log ich erneut. »Wir haben nicht viel Zeit. Komm!« Ich zerrte ihn mit mir.

Er hatte sich tatsächlich prächtig erholt, woran in erster Linie sein Zellaktivator beteiligt war. Ohne das kleine Wunderwerk, für das ich ihn umgebracht hätte, wäre es nur übertragbar gewesen, wäre er wahrscheinlich schon unmittelbar nach dem Transmitterdurchgang gestorben. Aber sein Denkvermögen schien nach dem Kampf auf Leben und Tod ein wenig beeinträchtigt zu sein, sonst wäre er nicht auf diesen billigen Trick hereingefallen. Oder fiel das in die Kategorie *Männerfreundschaft?* Rhodan hechelte Tiff hinterher? Seit wann hatte der Herr Resident keine eigene Meinung mehr?

Ich hatte an Bord der KAMMARA alles vorbereitet und eine funktionierende Kommandostruktur errichtet.

Aber das spielte für mich sowieso nur eine untergeordnete Rolle. Das Schiff würde nicht Swoofon ansteuern, sondern nach einer kurzen Überlichtetappe in den Normalraum fallen und aus sämtlichen Hyperfunkgeräten bei der LFT Hilfe anfordern. Wenn alles glattlief, war es eine Sache von wenigen Stunden, bis die Flüchtlinge an Bord der KAMMARA in sicheren Gefilden waren und angemessene Betreuung bekamen.

Das war aber nicht mehr mein Problem. Dann wäre ich längst nicht mehr an Bord. Ich wünschte den Flüchtlingen, dass sie es unbeschadet ins LFT-Territorium schafften, hatte jedoch keinen Einfluss mehr darauf. Wenn sie jedoch wieder durchdrehten, die Beherrschung verloren, sich gegenseitig an die Gurgel gingen und es vorzogen, sich gegenseitig umzubringen, konnte ich es nicht ändern. Doch warum sollten sie das tun?

Das Problem für mich war vielmehr das Wissen, das unvermittelt in mich hineinströmte und mein Vorgehen bestimmte, wann immer ich einen der Fremdkörper in meiner Hüfte zerbrach. Dann erhielt ich einen Kenntnisschub, der mir einige Aspekte meines Auftrags erläuterte, aber bei Weitem nicht alle.

Ich hätte Rhodan also gar nicht sagen können, welches *Spiel* ich trieb. Ich wusste es selbst nicht. Ich wusste nur eines, und das mit absoluter Klarheit: Mein unbekannter Auftraggeber erwartete von mir, dass ich mit Rhodan und Tiff nach Aralon ging, selbst wenn alle anderen Optionen auf den ersten Blick viel logischer und ungefährlicher waren.

Warum? Zu welchem Zweck? Weshalb war unsere Anwesenheit dort unbedingt erforderlich?

Ich hatte bislang keine Antworten darauf. Vielleicht

würde ich welche bekommen, wenn ich die nächste Phiole nehmen musste. Wann das sein würde, war mir ebensowenig bekannt. Sobald es so weit war, würde ich es wissen.

Wir erreichten den Transmitterraum – den, in dem unsere Flucht nach Aralon ihren eigentlichen Anfang genommen hatte und Julian fast gestorben wäre. Auch er wurde von einer Abteilung Flüchtlinge gesichert. Ich wunderte mich noch immer ein wenig, dass sie mich so problemlos als ihre Anführerin anerkannten, doch sie hatten mir ihr Leben und die Eroberung der KAMMARA zu verdanken und erkannt: Wenn jemand sie in Sicherheit bringen konnte, war ich es. Wie würden sie reagieren, wenn sie erkannten, dass ich das Schiff nun verlassen würde?

Drei *Tierchen* bewachten die Torbogen. Selbstredend hatte ich die Ara-Mediker und -Techniker mit sanftem Druck gezwungen, die Manipulationen an den Geräten rückgängig zu machen. Nun konnten auch Nicht-Aras sie unbesorgt benutzen.

An einem der Transmitter leuchtete eine grüne Lampe und zeigte damit die Bereitschaft des Geräts an. Aber der Torbogen war auf Empfang und nicht auf Senden eingestellt.

Was sollte das? Hatte Tifflor es sich in letzter Sekunde noch anders überlegt? Das durfte ich nicht zulassen. *Ich musste nach Aralon ...*

Unter dem Torbogen leuchtete es hell und flackernd auf, und ein Mann trat aus dem Transmitter. Das musste Bowitz sein, der TLD-Agent.

Er ließ den Blick über den Mann mit den stark ausgeprägten Wangen, den Tränensäcken unter den Augen und der dunklen Haut gleiten, von dem er wusste, dass er Perry Rhodan sein musste, nickte kurz und trat dann zu mir. »Göttin?«

Ich fragte mich, inwieweit Tiff ihn über mich informiert hatte. Immerhin sprach er mich nicht mit meinem richtigen Namen an. Schließlich konnten hier Überwachungsgeräte installiert sein, von denen nicht auszuschließen war, dass sie in die falschen Hände fielen. Die paranoide Vorsicht eines TLD-Spitzenagenten schien ihm in Fleisch und Blut übergegangen zu sein.

Das gefiel mir.

Bevor ich antworten konnte, leuchtete es unter dem Torbogen erneut auf, und ein zweiter Mann trat aus dem Transmitter.

Ein Ara.

Ich spürte, wie ich mich instinktiv anspannte. Ein Ara hier an Bord der KAMMARA ... das war nicht die beste Idee. Die *Tierchen* waren nicht besonders gut auf ihre Peiniger zu sprechen, und ich fragte mich, wie sie auf die Anwesenheit eines Galaktischen Mediziners reagieren würden. Vollständig unter Kontrolle hatte ich sie nicht, da machte ich mir nichts vor.

Unwillkürlich nahmen die drei Rebellen, die den Transmitterraum bewachten, eine drohende Haltung ein. Ihre Körpersprache änderte sich schlagartig, drückte Überraschung, aber auch unverhohlenen Zorn aus. Eine Wut, die sich jeden Augenblick entladen konnte.

Der mir unbekannte Ara hielt sich besser als erwartet, als er die Terraner und ihre plötzlich auf ihn gerichteten Waffen sah. »Mo steh mir bei!«, murmelte er so leise, dass ich es nur an seinen Lippen ablesen konnte, wich aber nicht einmal zurück.

Wohin auch?

Bevor Rhodan oder ich reagieren konnten, wandte sich der Neuankömmling an die drei Rebellen. »Terranischer Liga-Dienst«, sagte er. Er zeigte auf den Ara. »Dieser Mann hier ist der Schlüssel zu eurem Überleben. Die KAMMARA wird gleich in den Überlichtflug eintreten, nach einer kurzen Etappe in den Normalraum zurückfallen und per Hyperfunk Hilfe anfordern.« Er drückte einem der Rebellen einen Datenspeicher in die Hand. »Hier sind die Kodes, die diesem Hilfegesuch Nachdruck verleihen. Ihr müsst höchstens einen Tag durchhalten, dann habt ihr es geschafft. Bis dahin seid ihr persönlich für das Leben dieses Mannes verantwortlich.«

Er zeigte erneut auf den Ara. »Versteckt ihn, bringt ihn in die Zentrale, tut, was ihr für richtig haltet, aber sorgt dafür, dass ihm nichts zustößt.« Während er sprach, hantierte Bowitz an den Kontrollen des Transmitters. »Nur mit seinen Informationen wird sich restlos aufklären lassen, was euch zugestoßen ist. Nur er kann dafür sorgen, dass die Schuldigen zur Rechenschaft gezogen werden und ihr zumindest eine beträchtliche finanzielle Entschädigung für das bekommen werdet, was man euch angetan hat. Habt ihr das verstanden?«

Zuerst nickte einer der beiden Rebellen zögerlich, dann taten die beiden anderen es ihm gleich.

»Gut«, sagte der TLD-Agent. »Ich verlasse mich auf euch.« Er nickte Rhodan zu. »Schnell. Es kommt auf jede Sekunde an.«

Der Resident ging zu dem Transmitter, den Bowitz mittlerweile auf *Senden* umgeschaltet hatte, zögerte kurz und trat dann in das leuchtende Feld. Übergangslos verschwand er.

»Ihr wisst, was ihr zu tun habt?«, fragte ich das *Tierchen.* »Ihr habt den Plan verstanden und werdet ihn befolgen?«

Der Terraner nickte.

»Gut.« Ich lächelte ihm ermutigend zu.

»Schnell!«, drängte der TLD-Agent. »Wir haben keine Zeit zu verlieren. Nach dir.«

»Nach *dir*«, erwiderte ich. Einerseits, weil ich nur Tifflors Wort dafür hatte, dass Bowitz wirklich ein TLD-Agent war und ich die Möglichkeit ausschließen wollte, dass er ein falsches Spiel trieb und aus mir noch unbekannten Gründen auf der KAMMARA blieb, andererseits, um von vornherein gewisse Grenzen abzustecken. Er war mir gegenüber nicht weisungsberechtigt und sollte gar nicht erst auf den Gedanken kommen, mich irgendwie herumschubsen zu können.

»Für solch einen Unsinn haben wir keine Zeit«, sagte er.

»Ganz meine Meinung. Also, worauf wartest du?«

Er warf mir einen Blick zu, der für unsere zukünftige Zusammenarbeit nichts Gutes verhieß, sagte jedoch nichts mehr, drehte sich um und trat in den Transmitter.

Ich wartete, bis wenige Sekunden später die grüne Lampe wieder aufleuchtete und die erneute Betriebsbereitschaft anzeigte. Dann folgte ich ihm.

Ich hatte nichts erwartet und spürte auch nichts. Kein Zerren, kein Reißen, keinen stechenden oder schleichenden Schmerz, gar nichts. Meine Atome wurden aufgelöst und wieder zusammengesetzt, und ich befand mich nicht mehr auf einem Raumschiff, sondern auf einem Planeten.

Auf Aralon.

Erst jetzt traf es mich wie einen Schlag, aber das hatte nichts mit dem Transmitterdurchgang zu tun. Der Ortswechsel und das Wissen, dass ich mich auf der Zentralwelt der Aras befand, setzte eine Erinnerung in mir frei, auf die ich bislang nicht hatte zugreifen können.

Mir war nun bekannt, wann ich den Inhalt der nächsten Phiole zu mir nehmen musste.

So schnell wie möglich. Aralon selbst war der Auslöser dafür.

SIE WAREN ALLE DA. KEINER HATTE ES GEWAGT, der Versammlung fernzubleiben.

Alle auf Aralon weilenden Mantar-Zada, ohne Ausnahme. Und dass einer von ihnen letztlich fehlte, betrübte Trantipon nicht, sondern erfüllte ihn vielmehr mit Erleichterung.

Er hatte Zheobitt noch nie getraut. Er mochte den erfolgreichen Kollegen wirklich nicht.

Trantipon lächelte nicht, fühlte sich auch nicht erleichtert. Die Vollständigkeit der Versammlung war für ihn kein Triumph, sondern eine Selbstverständlichkeit.

Sie fraßen ihm aus der Hand.

Sie, die Mantar-Zada, die wahren Oberhäupter in der araischen Hierarchie. Bei ihnen wurden Weichen gestellt und Entscheidungen getroffen, die das gesamte araische Volk betrafen.

Die Ursprünge des Mantar-Zada, der legendären Zunft der Mantar-Heiler, reichten bis in die fernste Vergangenheit zurück, bis zu dem mythischen Weisen Mantar, der in der Tradition der Goltein-Heiler eine maßgebliche Rolle spielte. Die außergewöhnlichsten und wirtschaftlich erfolgreichsten Mediziner versammelten sich in diesem Rahmen, wobei zum engeren Kreis nicht mehr als ein Dutzend Zada-Laktroteii gehörten. Ein jeder davon leitete selbstverständlich die Geschicke seines eigenen Suhyags.

Ausschließlich diesen Meistern stand die Mantar-Klinik von Rotrom für Experimente und Unternehmungen zur Verfügung. In der Klinik arbeiteten etwa 120.000 Mediker mit erstklassiger Ausbildung, die als Mantar-Heiler bezeichnet wurden, und eine halbe Million an Personal.

Das war das wahre Heiligtum Aralons. Hier wurde die medizinische Geschichte der Milchstraße geschrieben. Von den Mantar-Zada, die auf seine Bitte hin alle erschienen waren.

Buat-Creh, Zhonugu, Atje-Svok und Zurak-tha. Dazu die jüngeren Kollegen Atjaih Dink, Gravar-lot, Wystma Blo und die Mantar-Heilerinnen Dopan Denera, Xaufra und Shannah.

Und natürlich Lordmediker Oclu-Gnas.

Ganz besonders er.

Immer wenn Trantipon den Lordmediker sah, musste er an eine gewisse Zerrissenheit denken, an Gegensätze, die ausgeglichen wurden, ohne dass ein schlüssiges Gesamtbild dabei entstand. Oclu-Gnas war vielleicht 140 Jahre alt, glatzköpfig und mit genau 1,87 Metern Körpergröße relativ kleinwüchsig. Als wolle er dieses Manko ausgleichen, trug er zahlreiche Implantate in und auf seinem Körper zur Schau. Veränderte Finger, aufgerüstete Augen, Operationshilfen auf den Handrücken und -flächen und zahlreiche weitere, die jedoch von den Falten seiner Robe verborgen wurden.

Trantipon wusste jedoch, dass Oclu-Gnas ein hervorragender Analytiker war und, im Gegensatz zu den meisten seiner Kollegen, auch bereit, sich im Notfall einem Team unterzuordnen – eine Eigenschaft, die man bei Aras in hohen Positionen nur selten fand. Aber wahrscheinlich hatte genau diese Fähigkeit ihm überhaupt nur den Posten des Lordmedikers eingebracht. Alle, die sich für ihn ausgesprochen hatten, hofften, ihn aufgrund seiner Teamfähigkeit beeinflussen zu können. Denn Mantar-Heiler ordneten sich so gut wie nie unter, schon gar nicht auf Dauer. Sie leiteten ihre eigene Mediker-Stäbe und sorgten für das Wohlergehen – sprich den Gewinn – ihres Suhyag.

»Entzünden wir die Kerze«, ergriff Oclu-Gnas das Wort, wie es sein Vorrecht war. »Lassen wir im Sternenwind das Tuch wehen, das uns alle umschließt und uns die in Erinnerung ruft, die für uns gestorben sind. Die die höchsten Höhen erklommen haben und sich für uns alle eingesetzt haben. Gedenken wir der seit der letzten großen Zusammenkunft verstorbenen Mantar-Zada.«

Er sprach ihre Namen aus, und alle anderen wiederholten sie. Einen Moment lang lief es sogar Trantipon kalt über den Rücken. Aber wirklich nur einen Moment lang.

»Miag-Xorua.«

»Miag-Xorua«, intonierten die Mantar-Zada.

»Zeyl Jaxi. Zhusmoh.«

»Zeyl Jaxi. Zhusmoh.«

Es war sogar für ihn ein ergreifender Augenblick. An Mo würde sich jeder Ara bis zum Ende aller Zeiten erinnern, doch dieser Brauch stellte sicher, dass sämtliche Mantar-Zada, die zum Wohl der Aras tätig gewesen waren, nicht in Vergessenheit gerieten. Zumindest einmal wurde ihr Name ihresgleichen in Erinnerung gerufen.

War das nicht auch eine Art von Unsterblichkeit? Wenn man sich an die Großen des Volkes erinnerte, auch wenn sie schon längst zu Staub zerfallen waren?

Vielleicht. Vielleicht war es sogar die wahre Unsterblichkeit. Aber es war trotzdem nicht die, die ihr Volk suchte. Denn für diese Unsterblichkeit konnte man sich nichts kaufen.

Trantipon lächelte schwach. Es war an der Zeit für umwälzende Veränderungen in der Gesellschaft der Aras. Wenn auch nicht unbedingt diejenigen, mit denen die meisten Mantar-Zada rechneten.

Er sprach die einführenden Worte. »Das göttliche Wissen verbirgt sich in jedem Lebewesen. Dennoch durchdringt es alles und ist das innerste Wesen in allem. Wissen vollbringt jede Arbeit und wohnt allem inne. Wahres Wissen ist das Zeugnis ablegende Bewusstsein, formlos und unsterblich.« Dann breitete er die Arme aus und legte die Hände um die Schultern seiner beiden Begleiter.

»Ihr kennt die Mantar-Heiler Schopsna und Kreolin«, sagte er. »Meine geschätzten Kollegen.« Die Symbolik der Geste war eindeutig und ließ keinen Zweifel übrig: Hier wurden den Mantar-Zada zwei Kollegen vorgestellt, an deren Namen sie sich gewöhnen mussten. Man würde früher oder später noch von ihnen hören.

Trantipon bemerkte, dass der Lordmediker ihm einen undeutbaren Blick zuwarf. Die anderen Mantar-Zada schwiegen. Sie warteten Oclu-Gnas' Reaktion ab. Es war ungewöhnlich, dass man sich in Gegenwart des Lordmedikers so etwas herausnahm. Aber die Galaktischen Mediziner würden sich an eine neue Zeit gewöhnen müssen.

»Du hast dich von den Strapazen der Reise erholt?«,

wandte Oclu-Gnas sich an ihn. Eine Floskel, die ihm in erster Linie andeuten sollte, dass sein ungewöhnliches Verhalten keine Konsequenzen haben würde, so ungehalten sein Gastgeber auch blickte. Aber er musste zumindest die Würde seines Amtes wahren.

»Ja«, bestätigte Trantipon. »Ich habe mich in den letzten acht Stunden in eine Meditation vertieft und sehe einige Dinge nun wesentlich klarer. Ich könnte behaupten, dass es mir nie besser ging.«

»Dein Aufbruch von Jaimbor soll etwas ... überhastet vonstatten gegangen sein«, warf Milyon Stutzka ein.

»In der Tat.« Trantipon hielt dem Blick des Geheimdienstchefs stand, zeigte sich nicht einmal von dem strahlenden Blau der Iris seiner Augen beeindruckt. Stattdessen ließ er seinerseits den Blick über einige schwarze Striche gleiten, die auf die Spitze von Stutzkas Schädels hin zuliefen. Bei näherem Hinschauen erkannte man, dass es sich dabei um Tätowierungen von Sinnsprüchen handelte, die die Auffassung des Geheimdienstchefs vom Leben überhaupt und der Rolle, die er darin spielte, zum Ausdruck brachten.

Er lächelte dem stämmigen Ara zu. Für einen Galaktischen Mediziner war Stutzka in der Tat relativ stark gebaut. Er kam von Zagund, einer kleinen, etwas rückständigen Kolonie, die erst vor etwa tausend Jahren gegründet worden war. Angesichts ihrer Entfernung von 35.000 Lichtjahren in Richtung Milchstraßenzentrum galt sie auf Aralon als *verlorene Kolonie,* da sie niemals vollständige Eigenständigkeit entwickelt hatte und angesichts der dramatischen Veränderungen nach dem Hyperimpedanz-Schock der Kontakt mit ihr nicht mehr aufrecht gehalten werden konnte.

Das alles hatte aber nichts daran ändern können, dass die Zagunder ihren unbändigen Stolz bewahrt hatten. Schon seit den Anfängen der Besiedlung der Planeten veränderten sie die Iris der Neugeborenen mit einer Laserbehandlung in ein strahlendes Blau – Ausdruck ihrer Einzigartigkeit unter den Ara-Völkern.

Mit 113 Jahren war Sutzka im besten Alter. Seit acht Jahren war er in Amt und Würden, und er galt als ehrgeizig bis zum Übermaß und selbst für einen Ara bemerkenswert kaltblütig.

Also im Prinzip ein Mann nach Trantipons Geschmack.

Immerhin war der Rahmen angemessen. Oclu-Gnas hatte ihn tatsächlich in die Mantar-Zada-Klinik gebeten, um mit ihm über die Ereignisse auf Jaimbor zu sprechen.

Und dabei hatte er in jeder Hinsicht das Protokoll gewahrt. Die Zusammenkünfte der Mantar-Zada fanden im Mantar-Zada-Saal statt, und dorthin hatte der Lordmediker ihn gebeten. Das war Ausdruck einer Wertschätzung, die noch genau definiert werden musste, ihn aber im Augenblick bestärkte und unterstützte.

Oclu-Gnas hatte begriffen, worum es in Wirklichkeit ging.

Trantipon konnte es sich leisten, seine Gesprächspartner etwas auf die Folter zu spannen. Mit natürlicher Gelassenheit ließ er den Blick durch den Mantar-Zada-Saal schweifen.

Er war ebenso prachtvoll wie das ganze Gebäude. Eine hohe, halb transparente, tempelartige Kuppel überdachte einen geräumigen Innenhof. Von innen hatte man eine herrliche Aussicht auf den gepflegten, blühenden Park, eine Oase der Ruhe und des Friedens, mit Wandelgängen, von Amphibien bevölkerten, an den Ufern überwucherten Teichen, zierlichen Springbrunnen mit Wasserspielen und kleinen, rosenumrankten Pavillons, um abgeschieden in sich zu gehen – oder wichtige Gespräche zu führen.

Von außen war der Kuppelbau nicht einsehbar.

Rund um den Saal lagen die großzügigen Privatquartiere der Zada-Meister. Die Gebäude auf der anderen Seite des Parks beherbergten die speziellen Forschungs- und äußerst exklusiven Heilstationen der Meister und weniger auserwählter, hoch begabter Mediker, sowie den Präsentationssaal mit dem umfangreichen Archiv. Der Saal selbst glich mit seinem transparenten Dach und dem blühenden Arboretum eher einem Park, in dem Hunderte prächtige Schmetterlinge und winzige Nektarvögel wie schillernde Juwelen umherschwirrten und ihre zarten Lieder trällerten. Die Wände waren mit den Porträts der amtierenden Räte ausgestattet, ferner mit Auszügen aus handschriftlichen Aufzeichnungen über bedeutungsvolle Forschungen. Die Wandelsäulen überzogen kryptische Symbole und Formeln aus Edelmetallintarsien. Der schwebende, gläserne Ratstisch war rund, umgeben von bequemen Antigravsesseln. Zahlreiche Servos kümmerten sich um das leibliche Wohl der Besucher.

»Wieso kam es zu diesem überhasteten Aufbruch?«, hakte Oclu-Gnas nach. Damit deutete er an, dass er sich nicht mit Allgemeinplätzen abspeisen lassen wollte.

»Die *Tierchen*, die ich dort versammelt hatte, haben einen Aufstand gewagt. Da er Aussicht auf Erfolg hatte, habe ich vorgezogen, Jaimbor einfach aufzugeben.«

»Birgt das nicht gewisse Risiken?«

»Nein. Meine Arbeiten sind bis dahin gut gelaufen und waren so gut wie abgeschlossen. Die Quarantänekammern sind bereit für die Durchschleusung großer Personenmengen. Diese kleine Irritation, der Aufstand auf Jaimbor, ändert nichts am großen Plan selbst. Er wird funktionieren, ist nicht in Gefahr. Und er wird das Volk der Aras in eine völlig neue Dimension des Reichtums und der Anerkennung versetzen.«

»Was heißt das ... Jaimbor aufgegeben?«

»Wir haben den Stützpunkt verlassen.« Trantipon gefiel nicht, in welche Richtung das Gespräch verlief.

»Hast du die Gesamtzerstörung des Jaimbor-Forschungszentrums angeordnet?«

»Ich habe den Befehl gegeben, *tabula rasa* zu machen.« Er traf seine Wortwahl sehr bedacht. »Alle Spuren zu verwischen.« Allerdings konnte er nicht definitiv bestätigen, dass dieser Befehl tatsächlich befolgt worden war.

Diese Entwicklung hatte ihn überrascht. Er hatte nicht glauben können, was hier geschehen, nein, schiefgegangen war. Diese Unterlinge hatten den Aufstand gegen die Aras gewagt? Doch schließlich hatte er der Realität ins Auge blicken müssen: Dieser Kampf war nicht mehr zu gewinnen. Die Devise hieß Flucht.

Ihre Arbeit war ohnehin zu 99 Prozent getan; die Bordtechnik der Araschiffe war auf Quarantänearbeiten umgestellt, alle Spuren, die etwas über das Ara-Toxin verraten könnten, vernichtet worden. Er hatte die letzten Unterlagen zusammengepackt, die das *große Vorhaben* betrafen, und den leistungsfähigsten Käfigtransmitter justieren lassen. Gemeinsam mit seinen Mantar-Heilerkollegen Schopsna und Kreolin und weiteren Mitgliedern der dortigen Ara-Führungsschicht war er an Bord des auf sie wartenden Schiffes gegangen.

Aber waren wirklich auch *alle* Spuren beseitigt worden? Ein Rest von Unsicherheit blieb immer.

Oclu-Gnas dachte offensichtlich kurz nach; wahrscheinlich nicht darüber, wie viele Hunderttausende von entführten Intelligenzwesen aufgrund dieser Anweisung ihr Leben verloren hatten. Welche Folgen könnte es für Aralon haben, wenn die galaktischen Mächte Jaimbor besetzen, die überlebenden Versuchstierchen befreien und in ihre Heimat zurückbringen würden?

Natürlich waren im Galaktischen Zoo einzelne Aras aktiv gewesen. Aber gab es eindeutige Beweise, dass offizielle Stellen Aralons darin verwickelt waren? Sah es nicht eher so aus, dass nur einige Personen, vielleicht ein Konsortium von Medikern, diese Versuche durchgeführt hatten?

Trantipon war daran gelegen, das Thema zu wechseln. »182 Quarantäneraumer sind einsatzbereit und zum größten Teil bereits auf dem Weg zu ihren zukünftigen Einsatzgebieten«, fuhr er fort. »Die Operation läuft also wie geplant weiter.«

Der Lordmediker schwieg.

»Selbst wenn Jaimbor in die Hand der LFT fiele, würde sich damit nichts mehr ändern«, fügte Trantipon hinzu. Ihm war keineswegs entgangen, dass Oclu-Gnas während des gesamten Gesprächs sachlich und distanziert geblieben war. Der Lordmediker fühlte sich in Trantipons Gegenwart nicht gerade wohl – und vielleicht auch nicht in seiner Haut.

»Ich überdenke die Konsequenzen, die sich aus alledem ergeben. Bei allen Erfolgen, die du aufführst ... mir bleiben zu viele Fragen unbeantwortet. Was ist zum Beispiel mit dem Ara-Toxin? Wird man nicht dem gesamten

Volk der Aras die Schuld für jedwede Katastrophen in die Schuhe schieben, die dieser Stoff auslöst?«

Trantipon konnte diesen diplomatischen Wortspielen tatsächlich etwas abgewinnen. Keiner sprach die Wahrheit, jeder versuchte, dem anderen Informationen zu entlocken, ohne dabei etwas von seiner eigenen Position preiszugeben.

Oclu-Gnas sprach, als wären die araischen Regierungsspitzen in Trantipons Plan mit dem Ara-Toxin eingeweiht. Dem war keineswegs so. Der Lordmediker wollte lediglich vom Einsatz des Gifts profitieren, über das er tatsächlich gar nichts wusste. Und ihm war klar, dass Trantipon und seine Partner das Ara-Toxin freisetzen würden, wenn sie es nicht schon längst getan hatten, ganz gleich, ob Aralon mitziehen würde oder nicht.

»Natürlich«, bestätigte Trantipon schließlich kühl. »Diese Möglichkeit besteht durchaus. Aber das spielt letztlich keine Rolle. Der Mantar-Zada und der Ratssitz müssen lediglich weiterhin so mitziehen, wie sie es bislang getan haben.« Er setzte sein freundlichstes Lächeln auf.

»Ich werde mich zurückziehen, um die Dinge zu überdenken«, sagte Oclu-Gnas schließlich, erhob sich aus seinem Antigravsessel und scheuchte einen Servorobot aus seinem Weg.

Ein extrem hochgewachsener, schlanker Ara mit dünnen, millimeterkurzen weißen Haaren, der sich bislang im Hintergrund gehalten hatte, trat aus dem Schatten der eingerollten, aber immer noch mindestens anderthalb Meter langen Blätter eines domestizierten Peitschenbaums und folgte dem Lordmediker.

Lakwith, dachte Trantipon, *der Verwalter der Mantar-Klinik.* Er war kein Mantar-Heiler, sondern lediglich ein Bürokrat, hatte aber trotzdem einen gewissen Einfluss.

Noch während Trantipon sich fragte, was dieser überstürzte Aufbruch zu bedeuten hatte, wandte sich Milyon Stutzka wieder an ihn. »Es ist eine seltene Ehre, mit dir ein paar Worte wechseln zu können.«

»Ich bin, wie wohl jeder von uns, sehr beschäftigt.« Trantipon mahnte sich, den Geheimdienstchef nicht zu unterschätzen. Der Ara-Abwehrdienst, der heutzutage als Aracom firmierte, war zwar nur eine kleine, aber höchst schlagkräftige Truppe, die – offiziell – sowohl nach innen wie nach außen die Einhaltung von Rechten und Pflichten gegenüber Aralon überprüfte und gegebenenfalls mit drastischen Mitteln durchsetzte. Die stärksten Waffen der Aracom waren natürlich Giftmischungen und Kaltblütigkeit, aber auch sonst konnte sie sich mit vergleichbaren Nachrichtendiensten messen. Es stand außer Frage, dass Stutzka aufgrund seiner Position das mächtigste Mitglied im Ratssitz war.

»Ich habe den Eindruck, dass bei dir ein wenig mehr dahintersteckt. Es heißt, du ließest außer deinen Assistenten Schopsna und Kreolin niemand an dich heran, und meine Ermittlungen haben das bestätigt.«

»Deine Ermittlungen?« Trantipon zog eine Braue hoch. »Du ermittelst gegen mich?«

Stutzka lächelte; entwaffnend, wie er sicher hoffte. Trantipon fühlte sich plötzlich an eine tuganische Giftkröte erinnert, die vor ihrem Opfer harmlos tat, um dann, wenn kein Entrinnen mehr möglich war, überraschend zuzuschlagen. »Meine Position bringt es mit sich, dass ich über jeden ermittle. Über, nicht gegen.«

»Und was hast du herausgefunden?«

»Nichts, was mir irgendwie weiterhilft. Du bist ebenso berühmt wie geheimnisumwittert, märchenhaft wohlhabend und dabei äußerst scheu. Seit vielen Jahrzehnten bist du auf Aralon ansässig und zweifellos sehr aktiv, und dennoch hat dich kaum jemand je zu Gesicht bekommen. Es gibt zudem so gut wie keine Bilddokumente von dir. Seltsam, nicht wahr?«

»Zumindest das dürfte seit heute überholt sein. Als Leiter der Aracom wirst du spätestens seit dieser Begegnung über genug Bildmaterial verfügen, oder?«

»Natürlich. Aber trotzdem bleibst du ein Schemen, nicht greifbar, nicht fassbar.«

Ach, wie Trantipon dieses Spiel genoss! Milyon wusste etwas, aber nicht genug; vielleicht trieben ihn auch nur Ahnungen. Er wollte gleichzeitig etwas herausfinden und ihn verwirren, verunsichern.

Und er ... er wollte herausfinden, was der Aracom-Chef wusste oder ahnte. »Und warum sagst du mir das jetzt? Warum behältst du dein Wissen nicht für dich und arbeitest auch weiterhin aus dem Verborgenen gegen mich?«

Stutzka schaute enttäuscht und beleidigt drein. »Wieso sollte ich gegen dich arbeiten? Uns allen liegt doch nur das Wohl Aralons am Herzen, oder?«

»Natürlich.« Nun lächelte Trantipon.

»Eine Frage hätte ich noch.«

»Sicher.«

»Hast du wirklich alles bedacht, Trantipon? Bist du sicher, dass niemand von Jaimbor fliehen konnte?«

Trantipon zögerte kurz. Eine direkte Lüge würde man ihm nachweisen und zu seinem Nachteil auslegen können. »Ich bin sicher, dass keinerlei Gefahr besteht«, antwortete er.

»Und wie kommt es denn«, sagte Stutzka seelenruhig, »dass einer der als Quarantäneraumer gemeldeten Walzenschiffe über Aralon steht und Julian Tifflor, der auf Jaimbor gewesen ist, den Boden des Planeten betreten hat?«

»Warum wurde ich nicht sofort darüber informiert? Warum muss ich diese Information vom Chef der Aracom unter die Nase gerieben bekommen? Er hat mich vor allen anderen bloßgestellt. Warum stehe ich als Idiot da?« Trantipon sprach leise und beherrscht, während er durch den Wandelgang zu seinem Gleiter schritt, doch gerade das verlieh seinen Worten eine unmissverständliche Schärfe. Sogar ein Posbi ohne Plasmateil hätte den Zorn herausgehört, der in ihnen mitschwang.

»Du hast meditiert«, versuchte der Mantar-Heiler Kreolin ihn zu beruhigen. »Wir wollten dich nicht stören ...«

»Versuche nicht, dich mit irgendeinem Unsinn herauszureden.«

»Selbstverständlich wurden wir informiert, dass die KAMMARA in den Orbit um Aralon eingeschwenkt ist«, sagte Schopsna sachlich, »doch ich habe diesem Umstand keine Bedeutung beigemessen. Genau wie die MOMANTAR hat dieses Schiff Jaimbor im letzten Augenblick verlassen. Der Funkverkehr zwischen der KAMMARA und Aralon verlief völlig normal. Wir wissen nicht einmal, ob Tifflor tatsächlich mit der KAMMARA die Flucht gelungen ist, können es nur vermuten ...«

»Es muss die KAMMARA gewesen sein«, sagte Trantipon. »Wie sonst hätte er Aralon in so kurzer Zeit erreichen können?«

»Wie gesagt, dass die KAMMARA Aralon erreicht hat, haben wir gewusst, aber nichts hat darauf hingewiesen, dass Tifflor an Bord ist. Oder war. Woher hat Schopsna diese Information?«

Trantipon schnaubte. »Er muss irgendjemanden gekauft haben. Was wird Tifflor unternommen haben, nachdem er Aralon erreicht hat?«

»Er wird versucht haben, Unterstützung zu bekommen. Was will er allein gegen uns ausrichten? Wahrscheinlich wird er sich an die terranische Botschaft gewandt haben.«

»Lampedusa.« Trantipon nickte. »Stutzka muss Botschafter Lampedusa in der Tasche haben. Er wird ihm diesen Tipp gegeben haben.«

»Oder einen anderen Botschaftsangehörigen«, warf Schopsna ein.

»Mag sein.« Trantipon zuckte mit den Achseln. »Wenngleich ich auf den Botschafter persönlich setze. Das Profil, das wir von ihm angefertigt haben, unterstützt meine Hypothese. Aber das ist nicht das Problem. Wichtig ist ... was weiß Stutzka sonst noch?«

»Du beziehst dich auf Perry Rhodan?«

»Genau. Wir wissen, dass Rhodan ebenfalls auf Jaimbor war. Weiß Stutzka das auch? Wusste Lampedusa es und hat es ihm verraten? Wusste der Botschafter, mit welchem Schiff Rhodan und Tifflor nach Aralon gekommen sind? Warum erwähnt der Geheimdienstchef mir gegenüber Tifflor, aber nicht Rhodan? Was für ein Spiel treibt er?«

»Du hast gesagt, dass es keine Rolle spielt, ob die Galaktiker von Jaimbor erfahren oder nicht«, sagte Kreolin nachdenklich. »Was für eine Rolle kann es dann spielen, dass Tifflor und vielleicht auch Rhodan auf Aralon sind?«

Trantipon drehte sich nicht einmal zu ihm um. »Mit jeder unberechenbaren Variable gerät unser Plan stärker unter Druck. Eine können wir vielleicht verkraften, eine zweite oder dritte stellt eine konkrete Bedrohung dar.«

Sie hatten den Gleiterparkplatz erreicht, und Trantipon hielt zielstrebig auf ihr Fahrzeug zu. Der Pilot bemerkte sie und warf das Triebwerk an.

»Wo sind Rhodan und Tifflor?«, sagte Trantipon. »Wir müssen sie so schnell wie möglich finden und ... in unsere Obhut nehmen. Und wir müssen herausfinden, was auf der KAMMARA geschehen ist.« Er schwang sich in den Gleiter. »Veranlasst das Nötige. Sucht Rhodan und Tifflor. Und überprüft die KAMMARA. Aber unauffällig«, fügte er hinzu. »Weckt keine schlafenden Cavans. Geht unauffällig und subtil vor.«

Er ließ sich in den Sessel des Kopiloten fallen. *Trotzdem,* dachte er. *Das alles sind nur kleine, unbedeutende Störungen. Die Umsetzung des großen Plans können sie nicht mehr gefährden.*

DER UNIFORMIERTE ARA STRECKTE EINE HAND aus, als wolle er das Kameraobjektiv verdecken, wenn nicht sogar mutwillig zerstören. Der Ausdruck auf seinem Gesicht zeugte jedenfalls nicht von ausgeprägter Beherrschung.

Die Kamera entging dem ihr zugedachten Schicksal, indem sie zu einem rasenden Steilflug ansetzte und dem Zugriff auf diese Weise auswich. Der Aufstieg stoppte abrupt, und die Kamera schwenkte herum und bot eine Totale der Umgebung.

Die Straße, an der die terranische Botschaft lag, war gesperrt. Mehr noch, erkannte ich nun. Auch weitere Straßenzüge in ihrer Nähe waren abgeriegelt. Gleiter standen quer auf den Fahrbahnen geparkt, und rot leuchtende Prallschirme machten ein Durchkommen völlig unmöglich.

»Wie bekloppt kann man nur sein?«, dröhnte eine tiefe Stimme aus dem Lautsprecher des Holowürfels. »Nicht nur, dass man exterritoriales Gelände überfällt und okkupiert, im gleichen Atemzug will man auch noch die freie Presse an ihrer Arbeit hindern. Wird nun bei den Pillendrehern und Heils- und Gesundheitsbringern nach arkonidischen Regeln gespielt? Das fragt Dschingiz Brettzeck, für die Zuschauer von Augenklar wieder mal als Erster vor Ort.«

Ich warf Tankred Bowitz einen Blick zu. Der TLD-Agent schien zu spüren, dass ich ihn musterte, sah von seinem Positronikterminal auf und erwiderte gleichmütig meinen Blick.

»Woher weiß der Nachrichtensender davon?«, fragte ich und deutete auf das Holo. Die Stimme des Berichterstatters faselte davon, dass bislang kein Offizieller zu einer Stellungnahme bereit war und das Kameraauge eine Absperrung nach der anderen abklapperte, nur um jedes Mal von den Sicherheitskräften verscheucht zu werden.

»So etwas spricht sich rum. Dieser Brettzeck hat recht. Wir sind hier nicht auf Arkon.«

Hatte Bowitz etwa doch die Medien informiert? Ausdrücklich verboten hatte ich es ihm nicht. Ich musste darauf vertrauen, dass er wusste, was er tat. Er kannte sich mit den Gepflogenheiten auf Aralon besser aus als ich.

»Und da kommen schon meine nicht besonders geschätzten Kollegen«, dröhnte die Stimme wieder los. »Natürlich wieder einmal viel später als Augenklar treffen sie am Ort des Geschehens ein, bei der Botschaft der LFT, in die vor wenigen Stunden Kräfte der Aracom eingedrungen sind, die sich übrigens noch immer dort aufhalten. Bleibt dran, hier bei Augenklar werdet ihr zuerst sehen und hören, was dieser unglaubliche Verstoß gegen das Völkerrecht wirklich zu bedeuten hat und welche Folgen er haben wird. Während meine Kollegen auf Terra nichts unversucht lassen, eine Stellungnahme von Verteidigungsminister Bull zu bekommen, der in Abwesenheit des Residenten und des Außenministers die dortigen Regierungsgeschäfte führt, lege ich euch eine Produktinformation zu einem heiklen Thema ans Herz. Wer hat sich noch nicht über die Chickenwings geärgert, die lästig an seinen Unterarmen baumeln, oder über die Nase, die einfach immer zu kurz und knubbelig ist, wenn man sie in etwas steckt, das einen nichts angeht? Aber ihr müsst deshalb nicht verzweifeln! Vernehmt dazu nun ein paar so aufklärende wie mutmachende Worte von Tabes-Work, einem anerkannten Experten auf diesem Gebiet, der das Gespräch mit euch so beginnt wie mit all seinen Klienten: *Sagen Sie mir, was Sie an Ihrem Aussehen stört ...*«

Die Aufnahme vom Botschaftsviertel verblich und wurde nahtlos vom Gesicht eines Aras ersetzt, der auf den ersten Blick befremdlich auf mich wirkte. Etwas mit ihm stimmte nicht, aber ich konnte den Finger nicht drauflegen.

»Sagen Sie mir, was Sie an Ihrem Aussehen stört«, sagte der Ara prompt, und ich drehte den Ton leiser.

Die Straßensperren konnten eine Reaktion auf alles Mögliche sein – auf einen Angriff auf die Botschaft, auf einen terroristischen Anschlag, sogar auf einen Ausbruch der karinischen Nektarvogelpest, der akut den Bestand des nicht besonders fernen Mantar-Zada-Saals bedrohte.

Und nicht einmal ein Sender wie Augenklar würde es sich herausnehmen, von einem absolut widerrechtlichen Überfall auf eine Botschaft zu berichten, wenn er diese Vorwürfe nicht belegen konnte. Oder wenn sie zumindest bei einer hochnotpeinlichen Untersuchung nicht zu vertuschen waren.

Ich beschloss, die Sache zumindest vorerst auf sich beruhen zu lassen. Welchen Sinn hatte es, Bowitz in die Ecke zu treiben? Vielleicht war seine Einschätzung der Lage ja doch die richtige. Zumindest wusste man jetzt auch auf Terra, dass auf Aralon einiges im Argen lag, wenngleich uns das im Augenblick nicht direkt weiterhelfen würde. Bully würde zwar herumpoltern, wenn er von den Ereignissen erfuhr – aber was wollte er machen? Eine Flotte in Marsch setzen?

Selbst das wäre ihm zuzutrauen. Bis sie aber eintraf, wäre es längst zu spät.

»Gutes Aussehen muss also kein Wunschtraum bleiben«, beendete der Ara sein werbetrommeln. »Wendet euch vertrauensvoll an uns ... an Tabes-Work und seine Kollegen in der Klinik Kostra-Nor!«

Mit einem Mal wusste ich, was mich an ihm störte. Er wirkte, zumindest in der Holoeinstellung, nicht besonders groß. Man konnte ihn auch nicht unbedingt hager und feingliedrig nennen. Zwar waren seine Augen rot, aber nicht so albinohaft wie die der Arkoniden. Seine Haare waren zwar hell, aber deutlich auszumachen, und seine Haut war keineswegs farblos.

Man hatte ihn *terranisiert,* sein Aussehen dem terranischen Schönheitsideal angepasst. Er wirkte zwar noch exotisch, aber nicht mehr wie ein typischer Ara. Vielleicht hatte er die Operationen sogar selbst an sich durchgeführt, um sein Erscheinungsbild dem seiner Klientel anzupassen.

Sein Gesicht wurde von dem eines anderen Aras ersetzt, erneut eines Uniformierten. Der Mund des Mannes bewegte sich, doch ich konnte nicht verstehen, was er sagte. Dafür legte sich wieder die dröhnende Stimme des

Augenklar-Reporters über das Bild: »Informationen aus wie üblich sehr sicherer Quelle zufolge ist die terranische Botschaft von einer schlagkräftigen Einheit der Aracom angegriffen worden. Dabei soll es sich nicht um einen richtiggehenden Sturm auf die Botschaft gehandelt haben, sondern um ein gezieltes Eindringen in die Räumlichkeiten des Botschafters persönlich. Eine Stellungnahme von Botschafter Arturo Lampedusa ...« Eine alte Holoaufnahme des Mannes wurde kurz eingeblendet. »... liegt noch nicht vor. Über das Schicksal des Botschafters ist nichts bekannt, doch das Botschaftspersonal scheint unverletzt zu sein. Wann die Lage sich normalisieren wird und die Botschaft der LFT ihre Arbeit wieder aufnehmen kann, ist bislang völlig ungewiss.«

»Ich entschuldige mich bei dir«, sagte ich zu Bowitz. »Es war richtig, die Medien zu informieren. Das nimmt uns etwas von dem Druck. Die Aracom kann nun nicht mehr schalten und walten, wie sie will.«

Der TLD-Agent verzog gleichmütig das Gesicht. »Aber sie kann uns immer noch spurlos verschwinden lassen. Die Medien können uns nicht schützen.«

»Wirklich nicht?«, dachte ich laut nach. »Wenn wir uns diesem Brettzeck ausliefern und er groß verkündet, dass Rhodan und Tifflor auf Aralon gestrandet sind ...«

»Zu gefährlich und zu umständlich. Wie wollt ihr ihm gegenüber denn eure Identität beweisen? Bis der Sender sie überprüft hat, hat die Aracom uns längst einkassiert. Verstehst du nicht, wie wichtig diese Sache für die Aras ist? *Die terranische Botschaft wurde vom araischen Geheimdienst überfallen und besetzt!* Einige Aras sind bereit, einen galaktischen Konflikt heraufzubeschwören, um euch in die Finger zu bekommen.«

»Was ist aus den mutigen Journalisten geworden, die ihr Leben für die Wahrheit aufs Spiel setzen?«, murmelte ich, nickte aber. Ich musste Bowitz' Einschätzung vertrauen. »Was wird aus Lampedusa? Warum hast du ihn einfach zurückgelassen?«

»Ich bin kein Mörder«, wiederholte Tankred den Satz, den er schon in der Botschaft geäußert hatte. »Aber wir werden uns zu gegebener Zeit um ihn kümmern.«

»Das werden wir«, versprach ich. Selbst wenn er untertauchen oder die Aras um politisches Asyl bitten sollte, Bowitz würde ihn finden. Und notfalls würde ich persönlich den Befehl erteilen, ihn der LFT-Gerichtsbarkeit zuzuführen.

»Ich habe meine Vorbereitungen abgeschlossen«, sagte der TLD-Agent. »Meinetwegen könnte es jetzt losgehen.«

Ich nickte und sah auf die Uhr. Mindestens noch zwei Stunden, bis wir Perry und Zhana holen konnten.

Ich tauschte mit Bowitz die letzten relevanten Informationen aus, doch viel klarer wurden mir die Zusammenhänge damit nicht.

Ein Suhyag der Aras – oder vielleicht mehrere in Kooperation – hatten *irgendetwas* entwickelt, dass sie als *Ara-Toxin* bezeichneten. Sie hatten auf dem Planeten Jaimbor einen neuen Galaktischen Zoo etabliert, in dem unbekannte Versuche vorgenommen wurden, die offenbar im Zusammenhang mit diesem *Ara-Toxin* standen.

Und Perry und ich waren entführt worden und in diese Perversität hineingeraten.

»Und der TLD hat wirklich nichts davon mitbekommen? Nicht einmal die Verfehlungen des Botschafters sind dir verborgen geblieben?« Ich konnte eine gewisse Verbitterung nicht verbergen.

»Doch, aber zu spät«, antwortete Bowitz. »Ich nehme das nicht auf die leichte Schulter und werde die Konsequenzen tragen. Vergiss nicht, Julian, vor wenigen Stunden sind deshalb drei meiner Kollegen ... und Freunde ... ums Leben gekommen.«

»Entschuldige«, sagte ich zum zweiten Mal innerhalb weniger Minuten. Tankred erweckte wirklich nicht den Eindruck eines Mannes, der die Beschaulichkeit seines Lebens über alles schätzte. Der den Politikern ihre schmutzigen kleinen Geheimnisse ließ, solange er nur seine Ruhe hatte.

Mir wurde klar, dass ich viel zu lange viel zu hoch oben gewesen war und in mancherlei Hinsicht den Kontakt zur Basis verloren hatte. Dass ich nur noch Politik in großem Maßstab betrieb, mich aber nicht mehr um Details kümmerte.

Und jetzt musste ich feststellen, dass auf Aralon – wie wahrscheinlich auf Hunderten anderer Welten auch – auf Geheimdienstebene ein Spiel getrieben wurde, dass der Außenminister der LFT nicht mehr ganz durchschaute. »Ich vermute, die TLD-Abteilung auf Aralon würde sich über mehr Personal und Unterstützung von Terra freuen?«

»Würde das nicht jede Abteilung auf jeder Welt? Aber es kann schon sein, werter Außenminister, dass du die Geheimdienstsituation auf Aralon völlig falsch einschätzt. Sie ist sehr dezentral und kaum lösbar. Aralon ist bei Weitem nicht *der* Brennpunkt in der Milchstraße. Die Aras halten sich politisch zwar an Arkon fest, vermeiden aber, wenn ich das richtig interpretiere, seit Langem jegliche Einmischung in militärische Auseinandersetzungen. Die Bedrohung geht meines Erachtens nicht von dem Planeten Aralon an sich aus, sondern von einzelnen Gruppierungen oder Suhyags, die sich Geld und Ruhm versprechen. Dadurch ist die Lage noch undurchschaubarer geworden. Einer Regierung kann man leichter auf die Finger sehen als Hunderten von Gruppierungen, von denen viele unterschiedliche Interessen haben. In letzter Zeit haben meines Wissens hauptsächlich araische Einzelgänger diverse Bösartigkeiten begangen, unter anderem dein Freund Zheobitt. Und ganz allgemein ... angesichts der Hyperimpedanz und der erschwerten Bedingungen hat jede TLD-Abteilung auf jeder Fremdwelt jetzt mit ganz anderen Schwierigkeiten zu kämpfen als noch vor ein paar Jahren.«

»Aber Aralon *hat* eine Regierung«, wandte ich ein.

»Die Bevölkerung der Milchstraße hat noch immer ein ziemlich falsches Bild von Aralon«, holte Bowitz aus. »Aras sind für sie *die Galaktischen Mediziner.* Aber die Gesellschaft der Aras hat sich weiterentwickelt. Sie ist heutzutage nicht auf Mediker fixiert, jedenfalls nicht stärker, als ...« Er suchte nach einem passenden Vergleich. »... die englische Gesellschaft, die britische Seefahrernation im neunzehnten Jahrhundert, auf Seefahrer fixiert war.

Natürlich gibt es auf Aralon Techniker, Lehrer, Künstler oder Robotiker. Allerdings hat sich die Ara-Gesellschaft in der Globalen Milchstraßengesellschaft so weit wie möglich spezialisiert. Steuermittel fließen in die medizinische Grundlagenforschung, nicht in die Erforschung von Triebwerken und Schutzschirmen. Die archaischen Zeiten sind jedenfalls längst vorbei. Die Ara-Gesellschaft ist modern, vielfältig. Die Regierung bildet mit zahlreichen Kartellen und Lobbys ein Geflecht von Zuständigkeiten, eine labile soziale Balance. Und die Moral der Aras ist nicht schlicht terranisch, sondern ... eigenartig.« Bowitz lächelte. »Die Aras haben weder Kant gelesen, noch sind sie Christen.«

Ja, ich hatte anscheinend den Blick fürs Detail verloren. »Und wer ist deiner Einschätzung zufolge für den Galaktischen Zoo auf Jaimbor verantwortlich? Du bist der Experte, Tankred. War die Regierung der Aras darin verwickelt, oder arbeitete eins dieser Kartelle – dieser Suhyags – auf eigene Faust? Das könnte von entscheidender Bedeutung für unser weiteres Vorgehen sein.«

»Die araische Regierung ...« Bowitz lächelte wieder schwach. Ich hörte aus seinen Worten eine gewisse Zuneigung für die Aras heraus.

Wahrscheinlich war er grenzenlos enttäuscht von ihnen. Vermutlich hatte er gedacht, sie nach all den Jahren auf Aralon zu verstehen und ihre Lebensart verinnerlicht zu haben. Und nun das ... eine Pandemie einzigartigen Ausmaßes drohte der Milchstraße, wahrscheinlich hervorgerufen von den Mantar-Zada. Und er musste sich selbst einen Teil der Schuld ankreiden und tat es wohl auch, daran hatte er keinen Zweifel gelassen. Als TLD-Chef vor Ort hätte er die Zeichen erkennen und längst über das Ara-Toxin Bescheid wissen müssen.

Er wählte seine Worte mit Bedacht. »Ja, es gibt zwar eine nominelle Regierung«, sagte er schließlich, »aber sie hat nur eine rein repräsentative und verwaltungstechnische Bedeutung. Dem Ratssitz, der aus elf Ministern besteht, sind diverse Aufgabenbereiche zugeordnet. So wird unter anderem die Finanzgebarung aller in der Milchstraße tätigen Ara-Heiler registriert und auf Steuerpflichtigkeit eingeschätzt oder berechnet.« Er lachte leise auf. »Natürlich könnte sich ein Heiler dieser Steuerpflicht entziehen, aber dann müsste er auch auf die Hilfe durch die gut geölte Forschungsmaschinerie auf Aralon verzichten. Ein weiterer Teilbereich ist die Eintreibung von Lizenzrechten der von Aras verschriebenen, erzeugten oder erfundenen Medikamente, Prothesen und medizinischen Lösungen. Der Repräsentant des Forum Raglund sitzt ebenso im Rat wie ein Zeremonienmeister, der bei diversen milchstraßenweiten Angelegenheiten repräsentative Aufgaben erfüllt, oder der Arkon-Minister. Schließlich ist Arkon lediglich achtunddreißig Lichtjahre entfernt und bedarf angesichts seiner militärischen und politischen Bedeutung besonderer Bauchpinselei.«

»Von eigentlicher Bedeutung sind also diese Suhyags?«

Er nickte knapp. »Ja. Wie ich schon sagte, die Aras leben nicht mehr in einer hierarchisch, schon gar nicht feudal strukturierten Gesellschaft, sondern in einem eher anarchischen sozialen Gewebe. Zwar gibt es natürlich den Medizinischen Rat ...«

»... der deinen Worten zufolge nicht mehr als eine Mischung aus Regierung, Repräsentanz und Koordinierungsstelle für die Forschung ist ...«

»... aber der normale Ara organisiert sich in offeneren Strukturen«, fuhr Bowitz fort. »In Clubs, Zirkeln, Verbänden, Syndikaten, Teams oder Gemeinschaften. Und der Medizinische Rat steht mehr oder weniger im Bann der Suhyags. Die Ämter werden paritätisch unter den stärksten Klans verteilt. Und vergiss in diesem Geflecht die Mantar-Zada nicht. Sie sind die wahren Oberhäupter in der araischen Hierarchie, bei ihnen werden alle Weichen gestellt und Entscheidungen getroffen, die das araische Volk betreffen. Eins hat sich allerdings nicht geändert. Die Aras verachten alles, was nicht in ihr begrenztes Weltbild passt. Die Suhyags pflegen untereinander lose Kontakte, aber von ihren Angehörigen erwarten sie, innerhalb des Klans für Fortpflanzung zu sorgen.«

»Wie groß ist so ein Suhyag?«

»Manche umfassen mehrere Hunderttausend Mitglieder. Aber der Begriff ist nicht gut übersetzbar, und ein Suhyag ist so ... ja, durchaus so *privat*, dass ein Terraner wie der Außenminister, der nur regierungsamtlich-militärisch mit der Ara-Kultur kommuniziert, davon noch nie gehört haben wird. Man muss tiefer in die Ara-Gesellschaft einsteigen, um einen Suhyag wahrzunehmen.«

»Dann wird mir das nicht so einfach gelingen, dir aber schon?«

»So ist es«, stellte Bowitz lapidar fest.

»Mich stören einige andere Dinge, die ich nicht verstehe, Tankred: Wenn es angeblich kein Gegenmittel gegen das Ara-Toxin gibt, wozu sind die Quarantäneraumschiffe nutze, die im Orbit um Aralon stehen? Ganz gleich, was es mit diesem Ara-Toxin auf sich hat, wieso helfen umgerüstete Schiffe? Sind sie zum Schutz umgerüstet worden oder haben sie eine andere Aufgabe? Sollen sie etwas verstreuen, ausstrahlen? Und wer hat all die Ara-Raumer eigentlich umgerüstet? Nicht nur auf den technischen Standard nach dem Hyperimpedanz-Schock, sondern eben auch als Quarantäneschiffe?«

»Auch das muss ich mir ankreiden«, gestand der Agent ein. »Wir haben viel zu spät davon Wind bekommen. Solch eine gigantische Umrüstung hätte viel früher auffallen müssen. Dass die Quarantäneraumer jetzt mehr oder weniger ungetarnt um Aralon kreisen, deutet darauf hin, dass die Urheber dieses Plans ihrer Sache recht sicher sind und davon ausgehen, dass nichts und niemand ihn mehr aufhalten oder gar verhindern kann.«

»Und warum haben die Aras die Entwicklung dieses Ara-Toxins betrieben oder es zumindest unterstützt? Sie können doch kein Geld mit einer Krankheit verdienen, gegen die es *kein Gegenmittel gibt!* Ist das nicht ein eindeutiger Widerspruch zu der Moral der Aras, wie ich sie verstehe?«

»Warum entwickeln Mediziner überhaupt nahezu unantastbare Viren?«, antwortete Bowitz. »Es wäre nicht das erste Mal, dass Grundlagenforschung außer Kontrolle geriet. Vielleicht haben sie versucht, ein begleitendes Gegenmittel zu produzieren, sind aber daran gescheitert.«

»Aber wird das Toxin dadurch nicht für sie selbst zur Gefahr? Warum sollten die Aras ... sollte ein Suhyag«, korrigierte ich mich, »so etwas entwickeln? Ich erkenne die Motivation dahinter nicht.«

»Wir wissen bisher nicht genau, was auf Aralon gespielt wird. Aber wir müssen so schnell wie möglich konkrete Antworten auf diese Fragen finden.« Bowitz zögerte, wechselte dann abrupt das Thema. »Seid ihr sicher, dass ihr auf Aralon bleiben wollt, bis die Situation geklärt ist?«

Ich nickte energisch. »Auf jeden Fall.«

»Warum?«, fragte der Agent. »Warum setzt ihr euch nicht nach Tahun ab und bringt von dort aus die Dinge in Bewegung? Das ist eure letzte Chance ... wenn die KAMMARA den Überlichtflug antritt ...«

»Erstens würden wir zu viel Zeit verlieren. Der Flug dauert einige Tage ...«

»Die KAMMARA verfügt über ein Hyperfunkgerät ...«

»Trotzdem. Nach Stand der Dinge ist Aralon das Zentrum allen Geschehens. Hierher ist Trantipon mit seinen beiden Begleitern geflüchtet, hier wurde das Ara-Toxin wohl auch erfunden.«

»Und zweitens?«

»Zweitens sind Waffengewalt und Flottenaufmärsche derzeit nicht unbedingt die richtigen Mittel, um Forderungen durchzusetzen, vor allem nicht im Zentrum des arkonidischen Herrschaftsgebiets. Die Aras sind als logisch und messerscharf denkende Wesen bekannt, nicht wahr?«

»Sicher«, räumte Bowitz ein.

»Wenn wir die obersten Führungsspitzen, die Mantar-Zada, mit unseren Vorwürfen konfrontieren, werden sie erkennen, dass sie keine Chance mehr haben, ihre Vorhaben umzusetzen. Sie werden auf die Stimme der Vernunft hören.«

»Das funktioniert nur, wenn ihr ein Druckmittel in der Hand habt, und das habt ihr nicht.«

Ich tat den Einwand mit einer Handbewegung ab. *Wider besseres Wissen?*, fragte ich mich.

»Bist du dir da sicher? Und andernfalls werden wir eins finden. Und das ist zugleich die Lösung für das Problem Jaimbor: Würden wir diesen ungeheuerlichen Vorgang an die große Glocke hängen, brächten wir mehrere Dutzend Völker gegen die Aras auf, all jene, von denen Angehörige nach Jaimbor verschleppt wurden. So weh es auch tut – wir müssen die Situation ausnutzen und Aralon erpressen. Wenn die Mantar-Zada ihre Kenntnisse über das Ara-Toxin weitergeben oder gar dessen Ausbreitung abbrechen, können wir gemeinsam nach einer Lösung für das Problem suchen.«

»Du sprichst wie ein Diplomat und nicht wie jemand, der voll im Leben steht.«

Ich lächelte. »Wie ein Außenminister. Ich kann nun mal nicht aus meiner Haut.«

»Nun gut.« Bowitz erhob sich. »Es ist deine Entscheidung.«

Das Plauderstündchen war vorbei. Es ging los.

Nun galt es erst einmal, keine Antworten zu finden, sondern Rhodan und Zhana zu holen.

Bowitz instruierte mich noch einmal, wie ich mich zu verhalten hatte, nachdem ich über Funk mit Zhana gesprochen hatte, und trat dann in den Transmitter. Im nächsten Augenblick wurde er abgestrahlt.

Ich musterte Prid-Reuyl, der neben dem Käfig stand und darauf wartete, dass die grüne Lampe die erneute Bereitschaft des Geräts anzeigte. Nackte Angst stand dem Ara ins Gesicht geschrieben. Er hatte sich das alles wohl ganz anders vorgestellt: Sein vorgetäuschter Tod, eine problemlose Flucht aus der Klinik, Unterschlupf in der terranischen Botschaft, aus der man ihn dann an Bord irgendeines sicheren Schiffes schmuggeln würde, vielleicht mit perfekt gefälschten Papieren und verändertem Aussehen. Und nun das …

Die rote Lampe erlosch, die grüne leuchtete auf. Ich nickte ihm zu. »Los geht's! Viel Glück!«

Er antwortete nicht, nahm mich wahrscheinlich gar nicht zur Kenntnis, und ich fragte mich, ob die Angst ihn gelähmt hatte und ich ihn vielleicht in den Transmitter stoßen musste. Aber dann tat er einen Schritt, und einen zweiten und dritten, trat schließlich in den Käfig und wurde ebenfalls sofort abgestrahlt.

Ich kämpfte gegen meine Unruhe und Ungeduld an und versuchte mich zu konzentrieren. Sobald Perry und Zhana anwesend waren, musste alles schnell gehen. Bowitz hatte den Ablauf mit mir durchgesprochen.

Ich sah zu den Lampen. *Rot.* Aber jeden Augenblick würde die andere aufleuchten.

Wo blieben sie nur?

Dann wechselte die Farbe, und Perry Rhodan trat aus dem Transmitter. Einen Moment lang betrachtete ich ihn verwirrt. Wenn man jemanden fast 3000 Jahre lang kennt, gewöhnte man sich an sein Aussehen und vergaß allzu schnell, dass es verändert worden war. Es war dumm von mir, aber ich hatte mit dem *richtigen* Perry gerechnet.

Mit einer peinlichen Verzögerung schloss ich ihn in die Arme. »Schön, dass es dir gut geht.« Krächzte meine Stimme wirklich, oder bildete ich mir das nur ein?

Er schlug mir auf den Rücken. »Ich freue mich ebenfalls, dich zu sehen, alter Freund.«

Ein leises Räuspern ließ mich herumfahren.

»Dafür haben wir jetzt keine Zeit«, sagte Bowitz. »Wir müssen sofort weg. Oder hat der Politiker schon wieder alles vergessen, was der Nachrichtendienstler ihm erklärt hat?«

»Wo ist Zhana?«, fragte ich ihn und stellte im nächsten Moment fest, dass der Transmitter gar nicht einsatzbereit war. Meine Reaktion erstaunte mich selbst. Machte ich mir etwa *Sorgen* um diese Mörderin und Attentäterin, die Perry und mir das alles erst eingebrockt hatte?

Grün. Zhana trat aus dem Käfig, und ich stellte fest, dass ich mich auch freute, *sie* zu sehen.

»Los!«, sagte Bowitz, stieß mich an und setzte sich in Bewegung.

Ich folgte ihm, sah aus dem Augenwinkel, dass Zhana Perry am Arm gepackt hatte und mit sich zerrte. Offensichtlich war er doch noch etwas mitgenommen und noch nicht wieder der Sofortumschalter, als der er bekannt war, stellte ich mit einem Anflug von Galgenhumor fest.

Dann folgte ich Bowitz, lief um mein Leben. Wenn die Aracom die Transmittersprünge wirklich zurückverfolgen konnte, würde es bald von feindlichen Agenten wimmeln.

Ich konnte nur hoffen, dass die KAMMARA sofort nach den Sprüngen in den Überlichtflug gegangen und damit endgültig dem Zugriff Aralons entkommen war.

Bowitz flog für meine Begriffe langsam, fast mit einer Gemächlichkeit, die an meinen Nerven zerrte, obwohl ich auf Charimchar zurückgriff, den ersten Schritt der Upanishad-Lehre.

Über das Fleisch hinaus. Doch die Techniken der totalen Körperkontrolle, die Gesundheit, Fitness, superschnelle Reflexe und fakirähnliche Fähigkeiten zum Ziel hatten, trugen auch nicht viel zu meiner Beruhigung bei.

Es war ein kalkuliertes Risiko. Natürlich nutzte der TLD-Agent die zulässige Höchstgeschwindigkeit aus, und wir schlichen nur in meiner Einbildung im Schneckentempo daher. Hätte er jedoch das Letzte aus den Triebwerken herausgeholt und wäre mit unerlaubter Höchstgeschwindigkeit geflogen, hätte er damit nur araische Ordnungskräfte und vielleicht sogar die Aracom auf uns aufmerksam gemacht. Dann wäre unsere Flucht sofort beendet gewesen.

Andererseits stand zu befürchten, dass die Aras die gesamte Umgebung großräumig abriegeln und alle Fahrzeuge kontrollieren würden. Wir wussten es nicht.

Ich drehte den Kopf und musterte Zhana. Sie saß hinten, neben Perry, der in bemerkenswert gutem Zustand zu sein schien. Er kam mir zwar körperlich etwas schwach vor, doch das würde sich dank seines Zellaktivators hoffentlich schnell geben. Unsere Entführerin hingegen machte auf mich einen nervösen Eindruck und wirkte keineswegs mehr so selbstsicher, wie ich sie einschätzte. Ich vermutete, dass das etwas zu bedeuten hatte, konnte sie aber schlecht danach fragen.

»Nein«, flüsterte Bowitz mir zu, »es geht wirklich nicht schneller. So läuft das nicht, Julian. Was hast du erwartet? Verfolgungsjagden? Dass ich unsere Häscher in letzter Sekunde mit einem gewagten Manöver abschüttle?«

»Bist du Telepath?«, fragte ich.

Er lachte. »Das ist viel schlimmer. Wenn sie auf uns aufmerksam werden, sind wir erledigt. Das hier ist die Wirklichkeit, keine Holoserie. Und die hat mit den Vorstellungen, die manche Leute sich machen, kaum etwas gemeinsam.«

Er hielt auf einen Knotenpunkt zu, wie ich ihn im Diplomatenviertel nirgendwo gesehen hatte. Die Straße schien dort in einen gewaltigen Tunnel überzugehen, dessen Beleuchtung in für mich unergründlicher Tiefe diffus wurde und dann nur noch als schwacher Schein auszumachen war. Alle zwanzig Meter führten ebenfalls strahlend illuminierte Abzweigungen in andere Bereiche es unterirdischen Reichs, das sich dort vor uns auftat.

Natürlich, dachte ich. Aralons Gebäude ragten traditionell tief ins Erdinnere. Viele Kliniken und Gebäude waren unterminiert. Das mochte mit Sicherheitsvorschriften zu tun haben, die angesichts der Vielzahl an gefährlichen Forschungsarbeiten notwendig sind, war aber nur ein Grund, wie Bowitz mir erklärt hatte.

Auch ihre Städte hatten die Aras in die Tiefe gebaut – aus dem einfachen Grund, dass sie die Strahlung der Sonne ihrer Zentralwelt nicht besonders gut vertrugen. Nicht nur hochgestellte Aras, sondern praktisch alle begaben sich nur im Schutz von *Lichtschutzblasen* an die Oberfläche, und auch nur dann, wenn es sich absolut nicht vermeiden ließ.

Was im Übrigen erklärte, wieso ich im Diplomatenviertel so gut wie keinen Ara auf den Straßen gesehen hatte.

Ich lächelte schwach. Der erste Schritt der Upanishad-Lehre funktionierte also doch. Statt in fiebernder Hilflosigkeit neben Bowitz zu sitzen und mit den Fingerspitzen aufs Armaturenbrett zu klopfen, hing ich eigentlich unwichtigen und im Moment vielleicht sogar unpassenden Gedanken nach, lenkte mich auf diese Weise ab und wurde dank Charimchar wieder ruhig.

Damit war es allerdings schnell wieder vorbei, als Bowitz den Gleiter gerade in den Knotenpunkt steuerte und weit, weit hinter uns eine Explosion erklang und eine Feuersäule in den Himmel stieg und gleich wieder in sich zusammenfiel.

»Wie ich vermutet habe«, sagte der TLD-Agent lapidar. »Die Aracom hat die Transmittersprünge zurückverfolgen können und mein Schutzversteck entdeckt. Ich bezweifle allerdings, dass sie dort noch irgendwelche Hinweise finden werden, die Licht in das Geschehen oder sie sogar auf unsere Spur bringen könnten.«

DIESER TLD-AGENT SCHIEN EINIGERMASSEN FÄHIG zu sein; ich musste ihn tatsächlich im Auge behalten und darauf achten, dass er meine Pläne nicht störte. Aber erst einmal würde ich ihn schalten und walten lassen, wie es ihm beliebte. So lange er nützlich für uns blieb ...

Zumindest schien er mehr über die Aras zu wissen und sie besser zu verstehen als Tiff und Rhodan zusammen. Er steuerte den Gleiter tief in die Stadt, sehr tief. Praktisch in die Unterstadt, in einen Bereich, der Fremdweltlern zugewiesen war, die aus diesem oder jenem Grund nicht in einer ihrer Enklaven hausen konnten, sondern in der Nähe ihrer Arbeitsstätten untergebracht werden mussten. Aras hielten sich in dieser Gegend kaum auf; daher war eine zufällige Entdeckung eher ausgeschlossen.

Es schien, dass wir ein wenig zur Ruhe kommen würden. Andererseits nutzte es uns nichts, untätig in einem einigermaßen sicheren Versteck abzuwarten.

Bowitz stellte den Gleiter auf einem zentralen Sammelplatz ab. Unter Tausenden anderen würde er nicht besonders auffallen, zumal ich bezweifelte, dass die Aracom gezielt nach ihm suchen würde. Wenn sie dem

Agenten allerdings sein kleines Feuerwerk übel nahm und die Positronik die Bilder der Überwachungssatelliten kontrollieren ließ und alle Fahrzeuge aufzuspüren versuchte, die in den letzten Tagen in der Nähe des nun zerstörten Schutzverstecks abgestellt gewesen waren ...

Aber das würde eine Weile dauern; außerdem hatte der TLD-Mann die Kennung erneut verändert. Und ohne Kennung, die man abrufen und identifizieren konnte, war ein bestimmtes Exemplar eines so gängigen Modells nicht so schnell ausfindig zu machen. Nein, der Gleiter war nicht unsere größte Sorge.

Bowitz führte uns tiefer in die Unterstadt, durch schmale Gassen, in denen man damit rechnen musste, gelegentlich einem Überschweren über den Weg zu laufen, der in der halben Galaxis gesucht wurde und auf Aralon irgendwie Unterschlupf gefunden hatte. Aber auch um solche Begegnungen der eher unangenehmen Art machte ich mir keinen Kopf.

Schließlich blieb der TLD-Agent vor einem Haus stehen, das schon wesentlich bessere Zeiten gesehen hatte, wenngleich nicht einmal mehr eine Renovierung viel gebracht hätte. Hier war ein schwerer Abriss-Desintegrator gefordert. Aber das galt, so gesehen, für das gesamte Viertel.

Er hatte offensichtlich eine Wohnung in diesem Haus gemietet; jedenfalls verfügte er über einen Impulsschlüssel, mit dem er die Tür öffnete. Ich sah sofort, dass ich mich getäuscht hatte: Es handelte sich nicht um eine Wohnung, sondern um ein Lager.

Bowitz machte Licht.

Verschlossene Container waren mit Mänteln und Umhängen aus Staub bedeckt, in offenen Regalen schien der

Staub direkt gelagert zu werden. Jedenfalls hatte er alles vereinnahmt und kratzte schon an den Unterseiten der Böden der nächsthöheren Ablagefläche. Ich spürte einen Niesreiz, kämpfte aber dagegen an. Sonst hätte ich nur noch mehr Staub aufgewirbelt, der mich erneut zum Niesen gebracht hätte.

»Verschollene Kulturgüter der archaischen Epoche?«, fragte ich ihn.

Er sah mich an und runzelte deutlich die Stirn. »Kulturgüter?«

»Du firmierst doch bestimmt als Kulturattaché, oder? Das tun Geheimdienstchefs doch immer.«

Er lächelte nicht. »In der Tat, ich bin der Leiter der hiesigen Kulturabteilung. Oder war es zumindest. Ich bezweifle, dass ich meine Tätigkeit auf Aralon fortsetzen kann.« Er ging zu einer Tür am anderen Ende des Raums.

»In guter alter Geheimdienstmanier«, sagte ich. Ich traute ihm allerdings zu, dass er etwas von araspezifischer Kunst verstand und von deren Leistungsvermögen sogar fasziniert sein mochte. Denn meine Vettern, die Eierköpfe, hatten tatsächlich einen besonderen Bezug zur Kunst, so kaltblütig sie auch scheinen mochten.

Er antwortete nicht. Ich verstand das. Für ihn war ich eine unbekannte Variante, die die ganze Sache komplizierter machte, als sie es sowieso schon war. Und schließlich musste er ja den Terranischen Residenten und den Außenminister retten.

»Und wie findet ein Kulturattaché ausgerechnet ein so heimeliges Schutzversteck?«

»Würdest du mir glauben, dass ich unmittelbar nach meiner Ankunft auf Aralon altes Kartenwerk durchgestöbert und dabei herausgefunden habe, dass sich hier ein vergessenes Lagerlabyrinth altaralonischer Datenträger befand?«

»Die aber wahrscheinlich schon längst unbrauchbar sind. Oder hat der Dreck sie konserviert?«

Bowitz öffnete die Tür. Er versuchte zwar mit seinem Körper zu verdecken, was genau er tat, doch ich stellte trotzdem fest, dass es sich um kein normales Portal handelte. Impulsschlüssel, Kodegeber, Retina- und Stimmüberprüfung ... so schützte man nicht einmal ein kleines Liebesnest, in das man sich bei Bedarf und Gelegenheit mit der Frau seines Vorgesetzten, des Botschafters, zurückzog.

Ich behielt recht. Die Räume hinter der Tür waren weder bequem noch gemütlich, aber blitzblank und funktionell ausgestattet. Zwar nicht ganz so üppig wie das Schutzversteck mit dem Transmitter, in dem wir auf Aralon eingetroffen waren, aber immerhin. Auf den ersten flüchtigen Blick erspähte ich Positronikterminals, Waffen, Schutzanzüge mit Deflektorschirmen, handliche Geräte zur Fälschung von Ausweisen und sonstigen Dokumenten, Kreditchips, Bargeld, fast alles, was ein Agent auf der Flucht benötigte. Sogar Nahrung und Getränke hatte Bowitz hier für einen derartigen Notfall gebunkert.

»Imposant«, sagte ich. »Kann ich mal für kleine Mädchen?«

Er sah mich an, als hätte ich ihm ein unsittliches Angebot unterbreitet. Mussten Geheimagenten nicht auf Toilette, wenn sie im Dienst waren?

Dann zeigte er mir den Weg.

»Ihr Jungs werdet euer Wiedersehen feiern wollen

und habt euch sicher viel zu erzählen. Tut euch keinen Zwang an.« Ich nickte den drei Männern zu. »Und während ich kurz weg bin, könnt ihr ja auch besprechen, wie ihr jetzt mit mir verfahren wollt.«

In Wirklichkeit musste ich nicht auf die Toilette; eine gewisse Kontrolle erlernten die *Unsichtbaren* schon bei der Vorbereitung auf ihre Ausbildung.

Ich stellte eher geistesabwesend fest, dass es in dieser Hygienezelle nach nichts roch. Wahrscheinlich war sie noch nie benutzt worden. Ich zog die Hose meiner Montur herunter, griff an meine Hüfte und ertastete die winzige Narbe.

Die unsichtbare Naht.

Ich war geradezu begierig darauf, mit einem Fingernagel den Hautlappen abzulösen. Seit ich Aralon betreten hatte, verspürte ich den unwiderstehlichen Drang, den Inhalt der nächsten Phiole aufzunehmen.

Wissen. Wissen war Macht. Nur mit Wissen konnte man überleben. Und die winzigen Phiolen in dem perfekt getarnten Behältnis in meiner Hüfte enthielten Wissen für mich.

Zwei Stück befanden sich noch darin. Die Reihenfolge, nach der ich den Inhalt aufnehmen musste, war vorgeschrieben, und ich befolgte sie. Nahm die vorletzte heraus. Hielt sie mir vor Augen und spürte, wie die Wärme meiner Handfläche die Schutzhülle auflöste. Sekunden später benetzte eine geringe Menge einer glasklaren, leicht perlenden Flüssigkeit meine Haut, sickerte ein und verschwand.

Und mich traf der Blitz.

Das Feuerwerk.

Ich verspürte ein unglaubliches Hochgefühl, wieder etwas mehr darüber zu wissen, was mein unbekannter Auftraggeber von mir erwartete, wie es nun weitergehen würde, was ich zu tun hatte. Und gleichzeitig abgrundtiefe Enttäuschung, nicht mehr erfahren zu haben. Zum Beispiel, wer mein Auftraggeber war. Oder, welchen Sinn das alles hatte.

Aber mehr würde ich auf diese Weise nicht erfahren. Denn die letzte Phiole enthielt, ohne dass ich es gewusst hatte, eine andere Substanz. Eine, die ich nun einsetzen musste, damit sie eine wieder andere aktivieren konnte, die sich schon längst in meinem Körper befand.

Genau wie in Tiffs.

Ich holte die letzte heraus und ließ sie zwischen Daumen und Zeigefinger meiner rechten Hand schmelzen. Zwei, drei farblose Tropfen sickerten auf meine Handfläche, und ich rieb die Fingerspitzen darin, bis ich sie vollständig absorbiert hatte. Mit dem Zeigefinger der anderen Hand fügte ich mir einen winzig kleinen Kratzer zu. Das genügte.

Dann drückte ich den Hautlappen wieder zurück und verschloss die Naht, diesmal auf nicht absehbare Zeit. Neugierig sah ich an mir hinunter; wer nicht wusste, dass da eine winzige Narbe war, würde sie nicht einmal bemerken, wenn er mit einem Finger darüberstrich.

Ich wollte die Hose wieder hochziehen, überlegte es mir aber anders und benutzte die Toilette. Ich brauchte etwas Zeit, um meine Gedanken zu klären.

Als ich in den Hauptraum des Schutzverstecks zurückkehrte, hatten Tiff und Rhodan ihre Wiedersehensfreude überwunden und strotzten geradezu vor Tatendrang, zumindest verbal.

»Der TLD und die LFT-Führungsspitze müssen so rasch wie möglich darüber in Kenntnis gesetzt werden, dass wir wieder aufgetaucht sind und uns auf Aralon befinden«, sagte der Resident im Augenblick.

Rhodans Verstand funktionierte also wieder. Ich ging davon aus, dass Tifflor ihm mitgeteilt hatte, was er zwischenzeitlich beschlossen hatte.

»Wir haben den Befreiten auf der KAMMARA eine Botschaft mitgegeben, die über die Lage auf Jaimbor und auch Aralon informiert. Aber mit Hilfe von dieser Seite können wir nicht rechnen.«

»Der Walzenraumer hat tatsächlich Kurs auf Tahun genommen?«

Tifflor nickte. »Tahun ist die nächstgelegene Welt, auf der den Flüchtlingen von Jaimbor Unterschlupf gewährt werden kann.«

Rhodan kniff die Augen zusammen. »Wäre es nicht sinnvoller gewesen, die KAMMARA einfach zur nächstgelegenen LFT-Welt zu schicken?«

Oha, was hörte ich da heraus? Risse in der schon bald drei Jahrtausende währenden Männerfreundschaft? Oder war es nur das übliche harte, offene Gespräch unter guten Freunden?

»Aralon liegt nur wenige Lichtjahre von Arkon entfernt«, sagte Tifflor bedächtig. Ich sah mich nach einem freien Sitzplatz um und fand ihn glücklicherweise neben dem Außenminister. »Wir befinden uns sozusagen auf Feindesgebiet und sollten den Arkoniden keine Möglichkeit bieten, irgendeinen Nutzen aus der Situation zu ziehen. Bedenke, auf Jaimbor war kein einziger Arkonide als *Tierchen* für Versuche gefangen. Wir täten also gut daran, zuerst einmal davon auszugehen, dass Arkon über die Pläne der Aras informiert ist.«

Ich trat zu Tiff, und er rutschte, ganz Gentleman, auf dem großen Sitzmöbel zur Seite, damit ich Platz nehmen konnte. Ich lächelte ihm dankbar zu, doch dann knickte mein Fuß um, und ich stürzte gegen ihn. Ich versuchte, den Sturz abzufangen, machte damit alles aber nur noch schlimmer. Die Finger meiner rechten Hand gruben sich über dem Gelenk in Tiffs Arm.

Sie gruben tief, und meine Nägel waren scharf. Fünf Kratzer zeigten sich auf Tifflors Arm, einer von jedem Nagel.

Ich hielt wie ein junges Mädchen die linke Hand vor den Mund. »Entschuldige bitte«, sagte ich. »Wie ungeschickt von mir. War keine Absicht.«

»Schon gut«, sagte Julian. »Ist doch nichts passiert.«

Oh, wie sehr er sich da irrte ...

Bowitz reichte ihm ein Wundtuch, und er legte es um den Arm. Es würde die Blutung stoppen, aber Blut war geflossen, und das genügte.

»Können wir vielleicht weitermachen?« Rhodans Stimme klang barsch und ungeduldig. Ich schob es seiner Erschöpfung und Anspannung zu. »Gibt es eine Hyperfunk-Relaiskette, die die Nachricht über Ara-Toxin, unsere Entführung und die Vorgänge auf Jaimbor an Terra weiterleiten könnte?«

»Das haben wir schon gehabt«, führte Bowitz aus. »In der Botschaft gibt es selbstverständlich eine, aber die halten die Aras besetzt. Ich sehe lediglich die Möglichkeit, über araische Sender eine Ausstrahlung zu erzwingen.«

»Eine wahnwitzige Idee, auf die wir nur im äußersten Notfall zurückkommen werden. Wir sollten unsere Ziele auf diplomatischer Ebene verfolgen und kein Porzellan zerschlagen.«

Ich konnte über diese Worte nur den Kopf schütteln, was ich aber wohlweislich unterließ. Rhodan und Tifflor waren eben Gutmenschen, uns Normalsterblichen moralisch überlegen. Sie hatten auf Jaimbor Schreckliches sehen und durchmachen müssen. Aber genau diese Qualität, das Allgemeinwohl vor das Eigenwohl stellen zu können, unterschied sie wohl von uns.

»Welche anderen Möglichkeiten stehen uns offen?«, fragte Rhodan schließlich in das Schweigen. »Was können wir tun?«

»Es gibt nicht viele Alternativen«, sagte Tifflor. »Wir könnten den Widerstand aufgeben, uns den Behörden stellen oder uns an die Öffentlichkeit wenden ...«

»Das halte ich für eine ganz schlechte Variante«, unterbrach ihn Bowitz.

»... oder wir setzen unsere Flucht fort und versuchen, über kurz oder lang einen Raumhafen zu erreichen, ein Schiff zu kapern und das Weite zu suchen.«

»Nein«, widersprach Rhodan.

Nein. Mehr sagte er nicht.

Also doch Risse in der Männerfreundschaft?

»Wir müssen versuchen, die Lage vor Ort zu klären.«

»Ohne jede Geheimdienstunterstützung? Oder überhaupt irgendeine?« Tifflor wirkte leicht irritiert.

Ich musste eingreifen, sonst würde das kleine Lügenspiel, das ich an Bord der KAMMARA betrieben hatte, sehr bald auffliegen, und darauf konnte ich verzichten. Über mich hatten sie schließlich überhaupt noch nicht gesprochen. Das Urteil über ihre Entführerin blieb aufgeschoben.

Mir kam die ganze Situation plötzlich absolut absurd vor. Wie ein Albtraum, die Ausgeburt einer schludrigen, sehr kranken Fantasie. Die Frau, die Rhodan und Tifflor in diese Lage gebracht hatte, saß nun mit ihnen an einem Tisch und beratschlagte über einen Ausweg aus dem Dilemma.

»Wir könnten ...«, sagten Bowitz und ich gleichzeitig.

Ich verstummte und lächelte ihm zu. »Selbstverständlich du zuerst.«

»Danke.« Bowitz deutete ein Nicken an. »Wir könnten versuchen, Kontakt mit Oclu-Gnas aufzunehmen. Der Lordmediker gilt als gerader Denker und Pragmatiker, der mit diplomatischen Winkelzügen wenig anfängt.«

Die Blicke, mit denen Rhodan und Tifflor ihn bedachten, sprachen Bände.

»Wenn ich das vielleicht näher argumentieren dürfte«, fuhr der TLD-Agent fort.

Rhodan lehnte sich zurück. »Wir sind für jeden Vorschlag dankbar.«

»Die Lage ist komplizierter, als es den Anschein hat, so kompliziert, dass ich sie nicht einmal ansatzweise durchschaue. Es gibt mehrere Ungereimtheiten, die vermuten lassen, dass wir es mit mehreren Fraktionen von Gegenspielern zu tun haben, die vielleicht gegeneinander arbeiten.«

»Welche Ungereimtheiten?«

»Zum Beispiel, dass die KAMMARA tatsächlich entkommen konnte. Botschafter Lampedusa hat mit hoher Wahrscheinlichkeit verraten, dass der Außenminister sich bei ihm in der Botschaft aufhielt und der Resident an Bord eines Schiffes im Orbit. Und Trantipon hätte erfahren müssen, dass ein Schiff, das mit ihm von Jaimbor geflohen ist und Swoofon ansteuern sollte, nun über Aralon schwebt. Der Mantar-Heiler mag vieles sein, aber eins ist er bestimmt nicht – dumm. Er hätte eins und eins zusammenzählen, einschreiten und die KAMMARA aufbringen müssen, dann wäre der Resident ihm in die Hände gefallen. Aber er hat es nicht getan. Warum nicht?«

»Weil er aus irgendeinem Grund nichts von der KAMMARA erfahren hat. Oder zumindest erst, als es zu spät war.«

»An wen hat Lampedusa den Residenten und den Außenminister also verraten? Nicht an Trantipon, sondern an die Aracom, wie ich herausgefunden habe. An Milyon Stutzka. Und der Aracom-Chef hat sein Wissen nicht an Trantipon weitergegeben, sonst würdest du nicht hier sitzen, Perry.«

»Aber offensichtlich jagt die Aracom uns trotzdem«, stellte Rhodan fest. »Warum, wenn nicht auf Trantipons Anweisung?«

»Genau das ist einer der Punkte, auf die ich mir keinen Reim machen kann«, gab Bowitz zu. »Vielleicht hat es Differenzen gegeben, vielleicht hat Stutzkas Suhyag interveniert ...«

»Suhyag?«, fragte Rhodan. »Was ist das.«

Bowitz warf Tifflor einen vielsagenden Blick zu, den ich nicht deuten konnte. »Das erkläre ich später«, fuhr der TLD-Agent fort. »Die Aracom ist dem Lordmediker so ergeben, wie ein Ara einem anderen ergeben sein kann. Wenn Stutzka und Trantipon Differenzen haben, ist es gut möglich, dass es auch zwischen Oclu-Gnas und

Trantipon Differenzen gibt. Vielleicht weiß der Lordmediker gar nichts von Jaimbor, dem Ara-Toxin und Trantipons Plänen. Deshalb schlage ich erneut vor, das Gespräch mit Oclu-Gnas zu suchen.«

»Ich halte nichts davon.« Tifflor schüttelte energisch den Kopf. »Ich traue den Aras nicht. Ich habe durchgehend schlechte Erfahrungen mit ihnen gemacht.«

»Zum Beispiel?«

Tiff schaute verblüfft drein. Da wagte es ein kleiner TLD-Agent doch tatsächlich, an seinem Wort zu zweifeln. »Zum Beispiel der Planet Troja. Der Ara Pindarron. Sagt dir dieser Name etwas?«

»Ja. Nach ihm ist eine berühmte Klinik auf Aralon benannt. Die, in der ich verraten wurde.«

Der Außenminister schnaubte leise. »Typisch. Damals haben Aras unter Führung Pindarrons heimlich versucht, terranische Kolonisten vom Planeten Troja zu vertreiben, auf dem sie einen verborgenen Stützpunkt unterhielten, und sich dazu biochemischer Methoden bedient. Bei den Siedlern kam es zu Spontanaborten und der Geburt missgestalteter Kinder. Dann haben die Aras Ähren eines Getreides, des sogenannten Troja-Grases, mit der Droge Antimnesin-8 verseucht, sodass der Genuss von aus Troja-Mehl gebackenem Brot zu partiellem Gedächtnisschwund führte. Mir gelang es schließlich, diese Machenschaften aufzudecken.«

»Wann war das, Julian?«

Der Außenminister zögerte. »Vor fast dreitausend Jahren«, sagte er dann.

Bowitz lächelte entwaffnend. »Vor fast dreitausend Jahren. Siehst du die Aras noch immer als ein eindimensionales Volk von Verbrechern? Wie viele Aras haben seitdem bei der USO oder auf LFT-Flotten als Mediker gearbeitet? Sind die alle nun unglaubwürdig? Was ist zum Beispiel mit Zheobitt? Denke bitte an das, worüber wir im ersten Schutzversteck gesprochen haben.«

Tifflor kratzte sich tatsächlich am Kinn und senkte den Blick.

»Auch unter den Terranern gibt es schwarze Schafe«, fuhr der TLD-Mann fort. »Ich sage nur ... Arturo Lampedusa. Nur er wusste von unserem Einsatz. Nur er kann uns verraten haben. Wahrscheinlich hat er der Aracom sämtliche Kennungen unseres Einsatzfahrzeugs genannt, sodass sie uns schon beim Start in der Ortung hatten. Und auch die Tatsache, dass sie erst zugeschlagen haben, als wir Kontakt mit Prid-Reuyl hatten und sie wussten, wer der Überläufer und Informant ist, den ich Lampedusa gegenüber erwähnt habe, lässt darauf schließen, dass Prid-Reuyl der LFT wirklich brisante Informationen zur Verfügung stellen kann.«

»Du hättest ihn zwingen müssen, diese Informationen sofort preiszugeben«, sagte Tifflor leise.

Bowitz zuckte wortlos mit den Achseln. Was wollte er damit ausdrücken? *Ehre unter Geheimdienstlern?* Aber die gab es nach allem, was ich wusste, nur in schlechten Trivids.

»Aber ist das nicht ein Beweis, dass Trantipon und die Aracom doch unter einer Decke stecken?«

»Nicht unbedingt. Vielleicht wollte Stutzka nur herausfinden, was Prid-Reuyl weiß. Vielleicht hat er es ebenfalls auf den Mantar-Heiler abgesehen. Wie gesagt, es gibt einiges, auf das ich mir keinen Reim machen kann.«

Ich breitete die Hände aus und zog meinen Einwand damit zurück.

»Noch etwas«, versuchte Bowitz uns weiterhin zu überzeugen. »Die Suche nach uns wird im Augenblick noch auf relativ kleiner Flamme gefahren. So, als hätte die Aracom etwas zu verbergen. Ist es vielleicht sogar möglich, dass die politische Führung oder zumindest Teile von ihr gar nicht in die Pläne des Geheimdienstes eingeweiht sind? Agieren auf Aralon vielleicht sogar drei konkurrierende Interessensgruppen? Hier Trantipon und seine Begleiter, dort die Aracom und dann noch die Mantar-Zada?«

»Ich kenne Oclu-Gnas gut genug«, zog Rhodan das Gespräch an sich, »um zu wissen, dass der zwar seine Seele an den Teufel verkaufen würde – aber der Preis muss stimmen! Ja, wir sollten eine Möglichkeit suchen, um an den Lordmediker heranzukommen und uns Sicherheit zu verschaffen, bevor wir die Aras als Ganzheit verteufeln.«

»Diese Möglichkeit gibt es«, sagte Bowitz. »Schon morgen. Ich weiß jemanden, der Oclu-Gnas gut kennt und dem der Lordmediker vertraut. Auf den er hört.«

»Wen?«

»Seinen Bruder.«

»Oclu-Gnas hat einen Bruder? Das war mir nicht bekannt.«

»Sogar mehrere.«

»Dann also morgen.« Rhodan lächelte schwach. »Wobei ich gegen eine weitere Ruhephase wirklich nichts einzuwenden habe.«

»Natürlich, Resident. Hier sind wir sicher. Niemand weiß von diesem Schutzversteck. Zumindest niemand, der noch lebt und darüber sprechen konnte. Und Arturo Lampedusa hat ganz bestimmt nichts davon gewusst, dafür habe ich gesorgt.«

»Eins noch«, sagte Tifflor. »Wenn Perry und Tankred wirklich versuchen wollen, an Oclu-Gnas heranzukommen, sollten wir für eine Ablenkung sorgen. Ich schlage vor, dass Zhana und ich die Aufmerksamkeit der Aracom-Agenten auf uns ziehen, damit die beiden anderen bei Oclu-Gnas freie Hand haben. Zhana hat große Teile ihres Lebens auf Aralon verbracht und weiß entsprechend Bescheid. Des Weiteren kennt sie Milyon Stutzka persönlich und kann ihn gut einschätzen.«

Geht es jetzt schon los?, fragte ich mich. *Das ist eigentlich viel zu früh.* Jedenfalls befürchtete ich zu wissen, worum es Tiff wirklich ging.

Er wollte mit mir allein sein, spürte vielleicht schon Anflüge dieser Sehnsucht, des unstillbaren Verlangens.

Dagegen war nichts einzuwenden, aber das konnten wir auch auf andere Art und Weise haben.

»Mit Verlaub«, sagte ich, »das ist die schwachsinnigste Idee, die mir seit geraumer Zeit zu Ohren gekommen ist. Wie sollen wir das anstellen? Sollen wir in die nächste Aracom-Zentrale marschieren, unser Sprüchlein aufsagen und dann abhauen? Eine Verfolgungsjagd über mehrere Kontinente? Oder sollen wir in eine Überwachungskamera winken und dann einen Zettel mit einer Adresse vor die Linse halten?« Ich schüttelte erbost den Kopf.

Tiff lächelte wie ein Schuljunge. »Uns wird schon etwas einfallen. Uns ist bislang immer noch etwas eingefallen.«

Ich seufzte leise. Ja, es ging los bei ihm. Warum spürte ich dann noch nichts davon? Das Zeug war auch in meinem Blut. »Sprechen wir morgen darüber«, sagte ich.

»Und wir müssen uns über etwas anderes Gedanken machen«, sagte nun Rhodan. »Ich begebe mich nicht ohne Sicherheiten in Oclu-Gnas' Hand. Ohne Druckmittel. Ich traue dem Lordmediker zu, dass er mich einfach verschwinden und in ein Labor stecken lässt, um Forschungen über die potenzielle Unsterblichkeit zu betreiben.«

Tiff räusperte sich und grinste breit. *Mein Reden,* besagte sein Blick.

»Nun ja, da hätte ich etwas anzubieten«, sagte ich.

»Eine Ablenkung!« schimpfte Zhana. So wütend hatte ich sie noch nie gesehen, nicht einmal, als ich diese Aktion ursprünglich vorgeschlagen hatte. Normalerweise war sie ausgeglichen, kaum aus der Ruhe zu bringen und fast sogar eigenbrötlerisch. Aber wenn sich bei ihr erst einmal Ärger und Frust angesammelt hatte, bis ein bestimmtes Level erreicht war, schien sie wegen der geringsten Kleinigkeit zu explodieren.

Ich fand sie einfach süß, wenn sie wütend war. Warum war mir noch nie aufgefallen, wie apart und fein geschnitten ihr Gesicht war?

Sie stampfte einmal mit dem Fuß auf und beruhigte sich dann etwas. Mit einer abgehackten Geste zeigte sie mir, welchen Weg ich an der nächsten Kreuzung einschlagen sollte.

Ich ging gehorsam voraus.

»Eine Ablenkung!«, wiederholte sie nicht zum ersten Mal. »Natürlich. Die Aracom hat also nur fünf Agenten auf Aralon stationiert und gibt die Bewachung und den Personenschutz des Lordmedikers auf, um uns beide über den gesamten Kontinent zu hetzen. Das ist logisch und schlüssig und zeugt von Weitsicht, guter Planung und durchdachten Aktionen. Und wenn die Geheimdienstler erst glauben, ihren Opfern dicht auf den Fersen zu sein, erscheint ihnen die Aufrechterhaltung des Alarmzustands im Motarium oder einem anderen offiziellen Gebäude nicht mehr schlüssig? In was für einer Welt lebst du, Julian? Denkst du prinzipiell nicht über das nach, was du von dir gibst? Zumindest nicht, *bevor* du es von dir gibst?«

»Du bist ja nur sauer, dass du nicht mehr das alleinige Sagen hast. Dass Perry und ich jetzt wieder einigermaßen fit sind und mit Bowitz eine fähige Unterstützung gefunden haben.« Besonders logisch klang dieses Argument selbst in meinen Ohren nicht. Eher wie ein unbegründeter Vorwurf eines frisch Verliebten beim ersten Streit mit der neuen Freundin.

»Pah!« Zhana zeigte auf eine breite Straße, deren Häuserfassaden durchweg von hellen, bunten Reklametafeln erleuchtet wurden. »Da hinten befindet sich das Theater.«

»Natürlich wird die Aracom irgendwann dahinterkommen, dass weitere Personen flüchtig sind«, schränkte ich ein. »Aber wie ich weiß, konzentrieren sich auch Geheimdienstleute stets aufs Naheliegende.«

Sie funkelte mich an. »Da habe ich ja zum Glück jemanden bei mir, der sich auskennt.«

»Hören wir doch auf damit«, sagte ich. Ich fühlte mich unwohl.

Die unterirdischen Städte auf Aralon machten mir zu schaffen. Manche Ebenen schienen Dutzende, wenn nicht sogar Hunderte von Metern hoch zu sein, und Projektoren erzeugten einen künstlichen Himmel, den man kaum von einem echten unterscheiden konnte. Andere hingegen waren exakt genauso hoch wie die Gebäude in ihnen; deren Flachdächer bildeten Teile einer tristen, grauen Decke, die die Welt nahtlos begrenzte.

Und überall gab es breite Straßen, über die sich starker Gleiterverkehr und Massen von Lebewesen wälzten, die meisten Aras, aber auch viele Fremdweltler, die in den zahlreichen Geschäften bummelten, das kulturelle Angebot genossen oder unterwegs zu Privatpraxen waren.

Doch beide Varianten, die vermeintlich offene Stadtebene wie auch die geschlossene, wirkten auf mich zutiefst unnatürlich. Ich verstand nicht, wie ein Lebewesen sich in solch einer Umgebung wohlfühlen konnte.

Wir betraten das Theater.

»Zerhackt ward nur die Schlange, nicht getötet, sie heilt und bleibt dieselb', indes ihr Zahn wie sonst gefährdet unsre arme Bosheit ...«

Macbeth sprach präzise und deutlich, bewegte sich jedoch ziemlich ungeschlacht und eckig, als er in einem Zimmer seines Schlosses seiner Gattin eindringlich von seinen Problemen berichtete, statt sich seinen Gästen zu widmen. Dann wandte er sich sogar – und Shakespeare hatte das bestimmt nicht so vorgesehen – dem Publikum zu, hob eine Faust, schüttelte sie und intonierte: »Lieber bei dem Toten sein, den, Frieden uns zu schaffen, zum Frieden wir gesandt, als auf der Folter der Seel' in ruheloser Qual zu zucken.«

Ein Großteil des Publikums – allerdings ausschließlich die Aras im Saal, wie ich bemerkte – spendete heftigen Applaus. Einige Zuschauer erhoben sich sogar von ihren Sitzen.

»Ich befürchte, irgendetwas entgeht mir«, flüsterte

ich Zhana zu. »In den Aufführungen, die ich kenne, spricht Macbeth weiterhin zu seiner Frau.«

»Aber das waren schließlich keine Aufführungen«, gab sie genauso leise zurück, »bei denen Ara-Spezialisten Komapatienten durch Gehirnstromprogrammierung dazu bringen, den Lord und die Lady Macbeth zu geben. Dieser Applaus gilt nicht den Darstellern, sondern den Medikern.«

»Zombies.« Ich rang um meine Fassung. »Die Aras schicken Zombies auf die Bühne!«

»Nur bei einigen wenigen Animationsaufführungen. Hast du das Aushangplakat nicht gelesen?«

»Doch. Aber ich konnte mir unter dem Begriff Animationstheater nichts vorstellen.«

»Wer nicht fragt, bleibt dumm.« Zhana schob den Sender unter den Sitz, und ich legte den Arm um ihre Schulter.

Sie duldete es nicht nur, sondern schmiegte sich an mich.

Das Schulzentrum unterschied sich nicht wesentlich von den Tausenden, die ich auf der Erde eingeweiht hatte, abgesehen vielleicht von den meterhohen Energiezäunen, die die einzelnen Gebäude und vor allem die dazugehörigen Holohöfe voneinander trennten. Eigentlich waren es keine Schulen, sondern Erziehungsanstalten eines Suhyags, wie Zhana mir erklärt hatte. Bei manchen Klans herrschte die Auffassung vor, dass nicht die Eltern, sondern fähige Spezialisten für ein ordentliches Aufwachsen des Nachwuchses sorgen sollte. So ließen sich bereits die Auswirkungen der Pubertät besser in vernünftige Bahnen lenken.

Auch das Verhalten der Kinder entsprach dem junger irdischer Heranwachsender. Einige ignorierten die Abenteuerlandschaft des Holos, in der sie sich eigentlich austoben sollten, und standen am Zaun, der den Hof begrenzte. »Spielt nicht mit den Techno-Kindern! Spielt nicht mit den Techno-Kindern!«, intonierten sie und bedachten eine ähnlich starke Gruppe von Kindern auf der anderen Seite des Zauns mit verächtlichen, wenn nicht sogar obszönen Gesten.

»Die einen sind für eine Mediker-Laufbahn vorgesehen, die anderen werden zu Hyperphysikern, Raumschiffingenieuren und Dozenten an Technischen Hochschulen ausgebildet«, erläuterte Zhana. »Wie du siehst, gibt es auch bei den Aras einen gewissen Standesdünkel.«

Sie kniete nieder und versteckte den Sender in einem der prachtvollen Blumenbeete, die eine Statue Mos umgaben, die die Zöglinge während ihres Lebensabschnittes an diesem Institut behüten sollte.

Als wir das Schulzentrum verließen, hielten wir Händchen.

»Schaut man sich heut um auf unserer Welt ...«

Der Kneipenwirt kam mir wie ein dünnes Handtuch vor, doch Zhana war offensichtlich anderer Meinung. »Der ist ja noch fetter als ich«, zischte sie mir zu, während sie an ihrem heißen K'amana schlürfte. »Und das bei einem Reinrassigen!«

»... ist es um die Aras schlecht bestellt ...«

Ich störte mich nicht an der angeblichen Körperfülle des gemütlichen Burschen, der sich von dem hektischen Betrieb in seinem Laden nicht aus der Ruhe bringen ließ.

»Überall Gemeinheit und Intrige ...«

Attraktion dieses Nachmittags war ein Kleinkünstler, der sein Publikum zu wahren Begeisterungsstürmen hinriss.

»Jeder kämpft, damit er mehr als seine Brüder kriege ...«

Er hatte sich mit einem schwarzen falschen Kinnbart und genauso dunklen falschen Brauen ausstaffiert und spielte auf einem gitarrenähnlichen Instrument.

»Ellenbogen raus, Gebiss gebleckt ...«

Dazu sang er, als wir die Kneipe betraten, ein langsames, fast betuliches gesellschaftskritisches Lied über gewisse Auswüchse auf Aralon, das nach der ersten Strophe kippte und rasant Fahrt aufnahm. Zu einer schmissigen, mitreißenden Melodie hielt er den Aras dann einen Spiegel vor, indem er das – wohl erfundene – galaktische Volk der Bobono beschrieb, das seine zwischenwesentlichen Probleme auf ganz andere Weise löste: Es betrieb angeblich Geschlechtsverkehr bis zum Umfallen.

Der Mann war ein Genie. Ich applaudierte, bis meine Hände glühten.

Zhana trank ihren K'amana aus, ich mein Riept, und sie brachte den Sender unter der Tischplatte an.

Bevor wir die Kneipe verließen, küssten wir uns.

Diese Sender waren die Ablenkung, mit denen wir es Perry und Bowitz erleichtern wollten, zum Lordmediker vorzudringen. Bowitz hatte sie in seinem Schutzversteck für unsere Zwecke modifiziert.

»Der hier strahlt einen gerafften Funkspruch an die terranische Botschaft aus. Die Aras werden ihn abfangen und mit etwas Mühe zurückverfolgen können, wir wollen es ihnen ja nicht zu leicht machen. Er ist verschlüsselt, aber sie werden den Kode knacken können und den Außenminister als Absender identifizieren.«

Er hatte Zhana einen weiteren in die Hand gedrückt. »Dieser Sender aktiviert einen Miniholoprojektor. Die Darstellung zeigt Julian Tifflor. Wenn ihr ihn an der richtigen Stelle platziert, werden die Aras die Behörden informieren, denen seine Beschreibung natürlich vorliegt. Ich denke da an die Damenumkleide eines Holospaßbads oder ganz einfach eine Damentoilette.

Dieser Sender strahlt Tifflors Gehirnwellenmuster aus. Bringt ihn in der Nähe einer sicherheitsrelevanten Einrichtung an, die mit Individualtastern überwacht wird. Eines Militärraumhafens, einer Aracom-Niederlassung, eines Hochsicherheitsvirenlabors. Einen Datenspeicher mit entsprechenden Vorschlägen gebe ich euch mit. Und der hier ...«

Zehn solcher technischer Spielereien aus dem TLD-Fundus überreichte er uns. »Alle verfügen über Selbstvernichtungsmechanismen. Sie zerstören sich unmittelbar, nachdem sie zum Einsatz gekommen sind. Die Aracom soll ja nicht mitbekommen, dass ihr sie auf eine sinnlose Schnitzeljagd führt. Sie lösen sich einfach auf, ohne verräterische Spuren zu hinterlassen. Also keine Explosionen, Brände oder ähnliches Theatergrollen.

Bleibt ständig in Bewegung. Auch wenn ihr nichts davon mitbekommt, die Aracom wird euch immer auf der Spur sein. Ihre Positroniken werden ein Muster der Einsatzorte erstellen, das es ihnen irgendwann ermöglicht, euern Weg zu verfolgen oder sogar zu extrapolieren. Überwachungskameras werden Bilder von euch aufnehmen, die die Aracom in Verbindung mit den einzelnen Vorfällen bringt. Je nachdem, wie sehr sie die Fahndung forciert, kann euch eine einfache Sichtung zu Fall bringen. Vergesst nicht, die Aracom geht davon aus, Außenminister Tifflor zu jagen, und Lampedusa hat ihr Bilder und sonstige Daten über ihn zur Verfügung gestellt.

Wenn sie zu nah an euch herankommen, ist es aus. Julian, denk nicht einmal im Traum an Verfolgungsjagden und gewagte Manöver, mit denen du deine Häscher abschütteln kannst. Ohne technische TLD-Unterstützung bist du der Aracom hoffnungslos unterlegen, und die kann ich dir nicht bieten. Ihr werdet nicht nur von einzelnen Agenten, sondern einem gewaltigen logistischen Apparat mit Positronikunterstützung gehetzt.

Irgendwann wird die Aracom feststellen, was wirklich gespielt wird, und Aras mögen es nicht, an der Nase herumgeführt zu werden, ganz besonders nicht von Fremdweltlern. Und geht davon aus, dass sie euch erwischen werden. Nachdem ihr den letzten Sender platziert habt, müsst ihr untertauchen. Zeigt euch nicht in der Öffentlichkeit. Nehmt kein Hotel. Versorgt euch mit Lebensmitteln und Getränken. Verschafft euch unauffällig Zutritt zu einem leer stehenden Gebäude oder einer Wohnung. Löst keinen Einbruchsalarm aus. Wenn ihr es erst einmal in solch ein Versteck geschafft habt, habt ihr vielleicht eine Chance.

Nehmt keinen Funkkontakt mit Rhodan oder mir auf, auch, wenn ihr die Gelegenheit dazu bekommt. Ihr würdet uns damit nur in Gefahr bringen. Die Aralon wird euch immer dicht auf den Fersen sein, ihr würdet euch bei einem Funkversuch nur selbst verraten. Geht davon aus, dass die Aracom alle Frequenzen abhört.

Wenn ihr einen Tag in eurem Versteck ausgeharrt habt, ohne gefasst worden zu sein, handelt nach eigenem

Ermessen. Versucht, euch zu einem terranischen Schiff auf dem Raumhafen durchzuschlagen. Wendet euch an die Medien oder die Regierung. Wir haben die Optionen ja ausführlich besprochen. Und bedenkt ständig – euer Einsatz dient nur dazu, es dem Residenten und mir zu erleichtern, zum Lordmediker vorzudringen. – Noch Fragen?«

»Nein.« Zhana hatte ihn angesehen wie ein misslungenes Genexperiment der Aras. Mir war klar, was sie dachte.

Wie konnte er es nur wagen, so mit ihr zu sprechen? Mit ihr, der es doch gelungen war, Perry und mich auf Tahun zu entführen und spurlos verschwinden zu lassen?

Und da sollte sie nicht mit der Aracom fertig werden?

Lächerlich!

Wir hatten die Sender in einem Theater und einer Schule versteckt, in einem öffentlichen Spaßbad und einer Kneipe, in einem Beerdigungsinstitut, in dem der Leichnam des Verstorbenen in Anwesenheit der Trauergäste zerlegt wurde, damit einzelne noch brauchbare Teile der Forschung zugeführt werden konnten, in einer Börsenniederlassung und einem Sexshop, bei einem Virenlabor – diesen Job hatte Zhana allein erledigt –, in einem esoterischen Andachtszentrum und einem Gleiterbahnhof.

Dann waren wir in einem gemächlich dahinzockelnden Passagiergleiter mit starken Prallfeldgeneratoren zum Kristallhafen Opna Dur geflogen. Wenn unser Plan scheiterte und Perry nicht zum Lordmediker vordringen konnte, hatten wir dort vielleicht die beste Möglichkeit, an Bord eines LFT-Schiffs zu gelangen.

In dem Gleiter hatten wir Plätze ganz hinten genommen und küssten uns wie Teenager vor ihrem ersten Mal, und Zhana flüsterte mir sanfte Zärtlichkeiten ins Ohr.

Ich wusste nur, ich wollte, nein, ich *musste* mit ihr schlafen. Am liebsten sofort.

Ich hätte es nicht für möglich gehalten, doch irgendwie schaffte Zhana es noch, in der Nähe des Raumhafens die Tür einer alten, aufgegebenen Fertigungsstätte für feinchirurgische Instrumente aufzubrechen. Noch während wir sie wieder schlossen und sicherten, fielen wir übereinander her.

Diesmal hatte Tankred Bowitz keine Zeit, bei den Nonus-Bärchen zu verweilen. Er warf ihnen nur einen kurzen Blick zu, als er an ihrem Gehege vorbeiging, und keins der putzigen Tierchen nahm Notiz von ihm.

Das ist nicht nur das Ende einer Tradition, wurde ihm klar. *Oder einer kleinen Marotte. Das ist das Ende von allem, was in den letzten Jahren mein Leben ausmachte.* Sobald diese Sache vorbei war – falls er sie überhaupt überlebte –, würde für ihn nichts mehr so sein, wie es einmal gewesen war.

Er sah auf die Uhr und schritt schneller aus. *Irgendwo muss er doch sein. Er hält sich um diese Zeit* immer *im Motarium auf.*

Genau, wie Bowitz *immer* nach den Nonus-Bärchen sah.

Er ging vorbei an den riesigen geschützten Schauwänden, die interessierten Besuchern ins Gewaltige vergrößerte Beispiele für das Leistungsvermögens araischer Ärzte boten. Vorbei an den Erregern der blueschen Hautbrandseuche und an jenen der Kranass-Pest, der Steindarmseuche und der ertrusischen Wundfäule.

Er hatte Pron Dockt im Motarium kennengelernt.

Kaum ein Ara hatte sich damals mit ihm abgegeben, dem Kulturattaché der terranischen Botschaft. Die Spitzköpfe hatten ihn durchweg herablassend behandelt, wenn sie ihn überhaupt zur Kenntnis nahmen.

Darunter hatte er gelitten; jetzt konnte er es sich eingestehen. Er verfügte über eine ausgezeichnete Ausbildung auf dem Gebiet der Bakteriologie und Seuchenbekämpfung. Für einen Ara mochte das Motarium ein Paradies sein, und ihn hatte es von Anfang an ebenfalls fasziniert, auch wenn ihm das bei seinen Kollegen nur Unverständnis eingebracht hatte.

Aber er war *nur* ein Terraner. Die Aras gaben ihm durchgehend das Gefühl, ein Wesen zweiter Ordnung zu sein. Darin waren sie alle sich ziemlich gleich, ganz egal, welchem Suhyag sie angehörten. Sicher, in manchen Klans ging es weltoffener zu, dort gab es esoterische Strömungen und das Interesse an Öffnung. Andere wiederum waren konservativem Gedankengut verpflichtet, verachteten grundsätzlich alles Außenstehende und hegten eine ausgeprägte Liebe für Mo. Wieder andere kümmerten sich nicht um Weltanschauungen und hatten sich auf gewisse notwendige Sozialleistungen spezialisiert. Dort wurden Psychologen genau so wie Künstler, Philosophen oder Sportler gefördert. Aber in ihrem Verhalten zu Fremdwesen unterschieden sie sich kaum.

Lediglich Pron Dockt, der Verwalter der *Fundgrube,* hatte sich mit ihm abgegeben, manchmal sogar ein freundliches Wort für sein Interesse gehabt. Den Grund dafür hatte Bowitz nie herausgefunden. Vielleicht lag es daran, dass Pron Dockt weltoffener als die meisten anderen Aras war und sich nichts auf seine Zugehörigkeit zu diesem Volk einbildete. Vielleicht hatte er erkannt, dass Bowitz wirklich versuchte, die Denkweise der Galaktischen Mediziner zu verstehen, und Freude daran gefunden. Ein Terraner, der mit den Aras sympathisierte ...

Vielleicht aber auch nur daran, dass Pron Dockt ein störrischer Einzelgänger zu sein schien, und ein wenig vertrottelt obendrein. Nicht, dass die anderen ihm keinen Respekt entgegenbrachten; ganz im Gegenteil. Tatsächlich schien er Beziehungen nach ganz oben zu haben. Doch hinter seinem Rücken sprachen sie oft genug abfällig über ihn.

Bowitz passierte die riesigen Schlachtenbilder, in denen Gegenmittel auf molekularer Ebene Erreger bekämpften. Tag für Tag wurden diese Bilder von Museumsmitarbeitern neu entfacht, um den Besuchern immer wieder neue, unterschiedliche Spektakel bieten zu können.

In der nächsten Abteilung schlug ihm lautes Stimmengewirr entgegen. Hier hatten sich medizinisch interessierte Zöglinge im Alter von zehn bis zwölf Jahren zu einer Kind-mach-mit-Aktion eingefunden, bei der sie auf spielerische Weise lernten, wie man ein eigentlich harmloses Schnupfenvirus mit einfachen Mitteln lethalisierte. Doch weder hier fand er Pron Dockt, noch in dem Trakt mit den Sonderschauen berühmter Kuratoren.

Aber dann entdeckte er ihn dort, wo er es am wenigsten erwartet hatte: im Beratungs- und Versorgungszentrum.

Hier konnte man, an Spiegelwänden vorbeimarschierend, bekannten Heilern bei ihrer Arbeit auf die Finger schauen, sich Autogramme oder Ratschläge für die Ärztelaufbahn geben lassen, Termine für operative Sinnesverfeinerungen ausmachen oder sich Namensgeber für einen Viruserreger einkaufen.

Pron Dockt stand hinter einer solchen Spiegelwand und beobachtete einen Chirurgen, der gerade einem Unither den Rüssel abtrennte. Kein Tröpfchen Blut befleckte das blitzblanke Behandlungszimmer; herumspritzende Körperflüssigkeiten wurden von Fesselfeldern eingefangen und in Behälter weitergeleitet. Bowitz verstand den Sinn der Vorführung: Es war den Aras wichtig, vielleicht unentschlossenen Besuchern von anderen Welten zu zeigen, wie sauber Operationen in ihren Kliniken verliefen.

Der TLD-Agent trat neben Pron Dockt und räusperte sich. Der Ara nahm ihn nicht zur Kenntnis.

Das wunderte Bowitz nicht. Lampedusa hatte wahrscheinlich nicht nur seinen Einsatz verraten; er musste davon ausgehen, dass der Botschafter der Aracom auch Informationen über die TLD-Strukturen auf Aralon zugespielt hatte. Und natürlich über ihn.

Der araische Geheimdienst kannte sein Gesicht, und es wäre Selbstmord gewesen, einfach so ins Motarium hineinzuspazieren. Also hatte er wieder Maske angelegt.

Diesmal hatte das Biomolplast ihn äußerlich in einen Akonen mit tiefschwarzem Haar und samtbrauner Haut verwandelt. Die passende Körperhaltung musste er allerdings allein hinbekommen.

Eine interessante Mischung, Aras und Akonen, dachte er. Auch der Charakter der Akonen, der direkten Nachfahren der alten Lemurer, war von übermäßigem Stolz und Hochmut gegenüber anderen Völkern geprägt. Insofern unterschieden sie sich gar nicht so sehr von den

Galaktischen Medizinern und hatten in der Vergangenheit schon oft mit ihnen zusammengearbeitet, meist allerdings zum Nachteil der Terraner.

Dann drehte Pron Dockt sich doch zu ihm um; offenbar hatte er Bowitz' beharrliche Blicke in seinem Rücken gespürt. Einen Moment lang musterte er ihn nachdenklich, dann fing er an zu kichern.

Der TLD-Agent runzelte irritiert die hohe, erhabene Akonenstirn.

»Diese Augen«, sagte der Ara. »Ich kenne diese Augen. Wenn Oclu-Gnas und ich dich nun fragen würden, wie ein terranischer Kulturattaché, der etwas von Bakteriologie und Seuchenbekämpfung versteht, plötzlich zu einem Akonen wird, hättest du sicher eine Antwort darauf.«

»Nein«, sagte Bowitz überrascht. »Du kannst diese Augen nicht erkennen. Sie wurden ebenfalls verändert und würden sogar einen Retinascanner täuschen.«

»Dann bist du eben nicht Tankred Bowitz.« Der Ara drehte sich wieder um und verfolgte, wenn auch eher desinteressiert, wie der Mediker hinter der Spiegelwand die Wundränder der Rüsselamputation versorgte.

»Ich brauche deine Hilfe, Pron Dockt«, sagte er.

Der Ara kicherte erneut. »In kultureller oder bakteriologischer Hinsicht?«

»In einer überlebenswichtigen. Es geht darum, großen Schaden von Aralon abzuwenden.«

»Wenn Oclu-Gnas und ich davon ausgehen, dass du nicht der bist, für den du dich ausgibst, haben wir keinen Grund, dir zu vertrauen und uns mit dir abzugeben.«

»Du kennst mich, Pron Dockt. Glaubst du wirklich, ich würde dich hintergehen?«

»Jeder hintergeht jeden, wenn der Kreditspeicher nur ausreichend geladen ist.«

»Ich bitte dich nur um einen kleinen Gefallen. Ich möchte dich jemandem vorstellen. Einer wichtigen Persönlichkeit. Du sollst nur kurz mit ihr sprechen. Du bist zu nichts verpflichtet. Aber niemand darf davon erfahren. Das ist sehr wichtig. Niemand darf davon erfahren.«

»Sieh dir das an!« Pron Dockt zeigte auf die Spiegelwand. »Wie primitiv.«

»Ich verstehe nicht ganz ...«

»Damals, vor der Erhöhung der kosmischen Hyperwiderstandskonstante, kostete das heute Unvorstellbare vergleichsweise wenig. Formenergie war preiswert, erinnerst du dich, mein Freund? Ganze Landschaften konnte man aus purem, verdichtetem Licht schaffen. Syntroniken behüteten jeden deiner Schritte. Ihre Peripherieroboter reichten dir ein Taschentuch, bevor du auf die Idee kamst zu niesen. In jener Zeit wuchs ich heran. Ich gehöre zu der Generation, die vom Verlust der vermeintlichen technischen Allmacht am härtesten getroffen wurde. An die Stelle hochgezüchteter Präzisionsinstrumente trat vergleichsweise primitives Werkzeug. Statt mit fein geschliffenen Skalpellen operieren wir nun mit schartigen Fleischermessern. Ist es nicht traurig? Wen willst du mir vorstellen? Und warum darf niemand davon erfahren?«

»Das ... darf ich dir nicht sagen. Diese Person besteht darauf, es dir selbst zu berichten.«

»Interessant. Interessanter als der Versuch, aus einem ... wie heißt dieses Tier mit dem Rüssel auf deiner Welt? Gazelle?«

»Elefant«, sagte Bowitz.

»Genau. Elefant. Aus einem Elefanten eine Mücke machen, so heißt es doch auf Terra, nicht wahr? Ich mag diese Klonelefanten, mit denen ihr die halbe Galaxis überschwemmt. Klein und handlich. Rundlich, praktisch, gut. Warum sind wir Aras nicht auf diese Idee gekommen?« Er seufzte. »Passt es dir heute Abend? Bis dahin muss ich herausfinden, ob dieser große Elefant da uns zu den legendären Gijahthrakos führen kann oder einfach nur verrückt ist. Aber jetzt ist er ja kein Elefant mehr. Wer hat denn schon mal einen Elefanten ohne Rüssel gesehen? Ein Unither also. Der gute alte Jocl Rüssellos.«

»Heute Abend wäre gut. Sehr gut. Und wo?«

»Hier natürlich. In der Fundgrube.«

»Sind wir hier ungestört?«

»Wir werden ungestört sein. Vertrau mir. Wenn Oclu-Gnas und ich es sagen ... Ich soll ja auch einem Terraner vertrauen, der plötzlich zu einem Akonen geworden ist.«

»Und wann genau?«

»Ich werde wissen, wann ihr kommt, und euch am Eingang abholen. Und wenn ich es vergesse, sagt einfach, ihr wollt zu Pron Dockt. Ich werde Bescheid sagen. Man wird euch zu mir bringen. Und jetzt habe ich zu tun.« Ohne ein weiteres Wort drehte er sich um und ging.

»Was soll das heißen, dieser Pron Dockt sei etwas ... seltsam?«

Rhodan blieb stehen und zwang Tankred Bowitz damit praktisch, es ihm gleichzutun. Worauf hatte er sich eingelassen, sein Leben in die Hand eines *seltsamen* Aras zu legen?

Auch der Treffpunkt passte ihm nicht. Das Motarium war ihm zu öffentlich. Und wider besseres Wissen bereitete es ihm leichtes Unbehagen.

Mit seiner Lebenserfahrung war ihm natürlich klar, dass die Aras Humanoide mit einer Moral waren, die nicht nur im Detail von der der Menschen abwich. Wahrscheinlich war ihnen die Abscheu eines Terraners vor dieser Leistungsschau ebenso unbegreiflich wie den Terranern der Stolz der Aras. Und natürlich empfand sie ihre Aktionen nicht als bestialisch, sondern voller Forscherstolz als hochgradig wissenschaftlich.

Aber trotzdem: Obwohl er es eigentlich besser wusste, konnte er nicht ganz aus seiner Haut. So niedlich die Nonus-Bärchen auch sein mochten, vor deren Gehege er stand, für viele Terraner hatten sie einmal den Tod bedeutet.

»Bitte ...«, sagte Bowitz, hielt dann inne und lächelte schwach. *Und erleichtert,* fand Rhodan.

Er drehte sich um, und ihm fiel sofort ein Ara auf, der sich ihnen näherte und tatsächlich ... nun ja, ein wenig seltsam anmutete. Der Resident schätzte ihn auf ungefähr 140 Jahre. Er war ziemlich klein für einen Galaktischen Mediziner, bei Weitem nicht einmal zwei Meter groß, und sein kahler, spitz zulaufender Kopf wies oben mehrere Dellen auf.

Als hätte er kräftige Schläge abbekommen, dachte Rhodan verwundert. Der Mann hatte einen leichten Silberblick, und seine Mundwinkel waren weit nach oben gezogen, sodass man glauben konnte, er lache sein Gegenüber aus.

»Pron Dockt«, sagte Bowitz und deutete eine leichte

Verbeugung an, nachdem der Mann vor ihnen stehen geblieben war. »Ich freue mich, dass ...«

»Kommt mit!«, sagte der Ara barsch, drehte sich um und marschierte davon, ohne sich zu überzeugen, dass sie ihm auch folgten.

Rhodan drehte Bowitz den Kopf zu. *Etwas seltsam,* formte er mit den Lippen.

Der TLD-Agent zuckte nur mit den Achseln.

Rhodan stellte allerdings fest, dass die Beschäftigten des Motariums dem seltsamen Pron Dockt Hochachtung entgegenzubringen schienen. Sie grüßten ihn respektvoll und bahnten ihm bei Bedarf den Weg durch die Besuchermassen. Als die Gruppe den für die Öffentlichkeit zugänglichen Bereich verließ, fragten die beiden Sicherheitswächter vor der hohen, schmalen Tür nicht nach der Zutrittsberechtigung seiner Begleiter und kontrollierten sie nicht einmal. Offenbar waren sie es gewohnt, dass Pron Dockt die merkwürdigsten Gestalten zu den merkwürdigsten Zeiten in den abgetrennten Bereich mitnahm.

»Er hat gewusst, dass er uns vor dem Gehege mit den Nonus-Bärchen findet«, flüsterte Bowitz Rhodan zu. »Dort halte ich mich oft auf.«

Worauf habe ich mich nur eingelassen?, fragte Rhodan sich. *Aber Julian hat gesagt, Tankred sei ein überaus fähiger Agent.*

Ein Antigravschacht trug sie mehrere Etagen in die Tiefe, dann führte Pron Dockt sie durch einen nur schwach erhellten Gang, blieb vor einer Tür stehen und öffnete sie. »Willkommen in der Fundgrube«, sagte er und winkte sie hinein.

Rhodan riss unwillkürlich die Augen auf, als er den Raum betrat.

»Einen Augenblick«, sagte Pron Dockt. »Eine Angelegenheit von unaufschiebbarer Dringlichkeit.« Er ging zu einem Tisch in der Mitte des Raums, hob einen schwarzen, etwa kopfgroßen Stein hoch, der darauf lag, und betrachtete ihn fasziniert. Seinen Besuch schien er völlig vergessen zu haben.

Rhodan warf zuerst Bowitz einen bösen Blick zu und sah sich dann um.

Waren Museumsgebäude an und für sich ein Hort der Ordnung und Sicherheit, wurde in der Fundgrube offenbar alles abgelegt, was nicht in das Klassifizierungssystem der Aras passte. In einer Ecke brummten leidlich gut geschützte Bleifliegen vom Planeten Nornua mit einem Gewicht von jeweils gut einem Kilogramm in einem Kasten umher und knallten immer wieder gegen die schützende Panzerglasumwandung, die bereits mehrere Sprünge aufwies. In einer anderen krabbelten in einem Terrarium mit Krankheitserregern injizierte Kleintiere umher und bissen sich gegenseitig zu Tode. Hier sah Rhodan Würmer, die sich immer wieder miteinander verbanden und dabei die Farbe wechselten, dort fingergroße kristalline Bakterienklumpen, die, sobald sie aufeinandertrafen, schrille Töne von sich gaben.

Ein katzengroßes Tier hockte in einem Käfig, sah Rhodan mit bemerkenswert intelligenten Augen an und wimmerte leise vor sich hin. *»Hilfe«,* glaubte der Resident zu verstehen. *»So helft mir doch.«*

»Hier«, sagte Pron Dockt. Rhodan fuhr erschrocken zusammen und drehte sich zu ihm um.

Der Ara warf ihm den Stein zu, und der Resident fing ihn instinktiv auf. Er war leicht wie Tuff und von größtenteils glatter Oberfläche, auf der sich allerdings winzige kristalline Ablagerungen befinden.

»Ein auf seiner Heimatwelt vorkommender Erreger, der den Gastkörper von innen heraus zerfrisst, in der Zeit des körperlichen Zerfalls aber eine beträchtliche Intelligenzsteigerung bewirkt«, sagte der Ara.

Rhodan musste sich zwingen, den Stein nicht einfach fallen zu lassen, sondern vorsichtig auf ein sowieso schon überfülltes Regal zu legen.

Pron Dockt zeigte auf das Katzentier. »Wenn Oclu-Gnas und ich gewusst hätten, dass du so schreckhaft bist ...« Er erhob sich, trat vor Rhodan und musterte ihn eindringlich. »Wer bist du? Ein Akone, der sich als Terraner getarnt hat? Oder gar ein Gijahthrako? Jedenfalls bist du nicht der, der du zu sein scheinst.«

Rhodan räusperte sich unbehaglich und warf Bowitz wieder einen Blick zu. Wie sollte dieser Eigenbrötler sie in Kontakt mit Oclu-Gnas bringen?

»Das«, sagte Bowitz, als das Schweigen allmählich peinlich wurde, »ist Perry Rhodan. Der Terranische Resident.«

»Ach«, sagte Pron Dockt. »Einer der beiden Entführten, nach denen die halbe Galaxis sucht? So etwas habe ich mir gedacht. Aber ich muss gestehen, ich hätte dich für den Außenminister gehalten. Für Tifflor. Den Residenten habe ich mir immer viel größer vorgestellt.«

Rhodan atmete tief durch.

Der Ara griff nach einem altmodischen Vibratorskalpell, das auf derselben Regalfläche lag, auf der Rhodan den Stein abgelegt hatte. Seine extrem schlanken, langen Finger bewegten sich mit unglaublicher Geschicklichkeit, als er Rhodan das Instrument vor die Nase hielt. »Ich weiß natürlich von deinem Zellaktivator. Darf ich dir den Chip aus Forschungsgründen aus der Schulter schneiden? Mein Freund Oclu-Gnas und ich hätten wirklich höchstes Interesse daran ...«

Unwillkürlich trat Rhodan einen Schritt zurück. »Das halte ich für keine gute Idee.«

Pron Dockt nickte. »Kann ich verstehen.«

»Aber du hast gerade deinen ... Freund Oclu-Gnas erwähnt. Wäre es dir vielleicht möglich, uns mit ihm zusammenzubringen?«

»Sicher.«

Rhodan fragte sich, warum er diesen Unsinn mitmachte und nicht versuchte, dieser *Fundgrube* mit heiler Haut zu entfliehen. »Ohne dass halb Aralon davon erfährt?«

»Klar doch – wenn du bereit ist, meine Bedingung mit dem Zellaktivator zu erfüllen.«

»Das würde meinen Tod bedeuten. Willst du den Terranischen Residenten auf dem Gewissen haben?«

»Hmm. Warum nicht? An erster Stelle steht die Forschung.«

»Wenn dir nur an der Forschung liegt ...«

»Ja?«

Rhodan lächelte. »Ich wäre eventuell bereit, dir eine Gewebeprobe von mir zur Verfügung zu stellen, die du für deine Experimente verwenden kannst.« *Dabei musst du dich aber beeilen,* dachte er. *Wenn man einem potenziell Unsterblichen den Zellaktivatorchip raubt, zerfällt das Opfer nach spätestens zweiundsechzig Stunden zu Staub. Einer Gewebeprobe wird es kaum besser ergehen.*

»Abgemacht.« Pron Dockt kramte aus einer Tasche seiner Montur ein kleines viereckiges Gerät hervor und klappte es auf, um Rhodan zu zeigen, dass die Phiole darin leer war.

Der Aktivatorträger nickte widerwillig. Angesichts der Profession des Aras rief diese Vereinbarung bei ihm keine Begeisterung hervor, doch nachdem er es erst einmal so weit hatte kommen lassen …

Pron Dockt drückte ihm das Gerät auf die Handfläche und zog es sofort wieder zurück. »Das war's schon«, sagte er.

Rhodan hatte nicht den geringsten Schmerz verspürt. »Und jetzt verrate uns, wie du uns zu Oclu-Gnas bringen willst.«

»Später. Zuerst eine weitere Angelegenheit von unaufschiebbarer Dringlichkeit.« Er holte die nun gefüllte Phiole aus dem Gerät heraus. »Ich habe nicht viel Zeit. Maximal zweiundsechzig Stunden, nicht wahr, Rhodan? Hmm. Vielleicht sollte ich ein Tumorwachstum anregen. Tumorzellen sind an sich unsterblich. Genau wie du, Rhodan.«

Der Resident streckt die Hand aus. »Willst du dich mit mir um diese Blutprobe prügeln?«

Der Ara sah ihn indigniert an. »Prügeln? Nein. Na schön. Wenn du mir versprichst, mich danach in Ruhe arbeiten zu lassen, vermittle ich den Kontakt mit Oclu-Gnas eben sofort.«

»Der Mann ist trotz seiner Marotten glaubwürdig«, flüsterte Bowitz dem Residenten zu. »Wenn er sagt, Oclu-Gnas zu kennen, stimmt das auch.«

»Genau.« Pron Dockt grinste ihn an. »Dann stimmt das auch.«

Rhodan legte die Hände aneinander und rang um seine Beherrschung. »Und wie willst du das anstellen?«

»Was?«

»Kontakt mit Oclu-Gnas aufzunehmen?«

»Ganz einfach. Ich werde ihn anrufen und hierher bitten.«

Warum, dachte der Resident verzweifelt, *habe ich mich nur auf einen derart schrägen Kauz eingelassen?*

SIE WAR TATSÄCHLICH EINE »GRANATE« IM BETT, wie sie behauptet hatte. Anders konnte ich es nicht beschreiben. Ich war völlig beeindruckt.

Als sie mich zu einer Pause zwang und ich ihr sagte, dass ich sie liebte, wirklich liebte, lächelte sie schwach. »Ich frage mich, welche Vergleichsmöglichkeiten du nach all den Jahrhunderten hast«, flüsterte sie.

»Keine«, stöhnte ich und zog sie an mich.

»Nicht so schnell«, keuchte sie. »Ich kenne etwas, das noch viel besser ist.«

Ihre Kraft erstaunte mich. Sie drückte mich mühelos zurück und zwang mich, wieder zu warten. Aber sie hatte recht. Es war wirklich besser. Besser, als ich es mir hatte vorstellen können.

Sie brachte mich fast bis zum Äußersten. Ich schrie vor Enttäuschung auf, als sie gerade noch rechtzeitig aufhörte. »Geben und nehmen«, hauchte sie mir ins Ohr. »Zuerst ich, und dann mache ich deine Träume wahr. Ich zeige dir, was du für mich tun kannst.«

Sie setzte sich auf mich, und ich spürte die Wärme ihrer Oberschenkel an meinen Wangen und das Spiel ihrer Muskulatur, mit dem sie mich antrieb und wieder bremste, und ich wusste, was sie wollte und wie sie es wollte, und tat es.

Sie stieß einen leisen, spitzen Schrei aus, wahrscheinlich nur, um mir klarzumachen, dass ich aufhören konnte. Mir wurde klar, dass sie im Gegensatz zu mir die Beherrschung kein einziges Mal verloren hatte. Dass wir uns erst langsam annäherten, in diesem intimsten Bereich kennenlernten. Wie würde es erst sein, wenn wir aufeinander eingespielt waren? Was musste ich tun, um ihre bloße Zufriedenheit in Ekstase zu verwandeln?

Dann hielt sie ihr Versprechen. Sie machte meine Träume wahr. Es war unglaublich.

Mein Körper spannte sich an. Ich spürte, wie Muskeln hilflos zitterten und Nerven vibrierten, von denen ich nicht einmal gewusst hatte, dass es sie gab.

Ich spürte, wie ich mich zusammenkrümmte, hatte jede Herrschaft über meinen Körper verloren. Die unglaublich intensive Empfindung ließ mich hilflos aufschreien.

Und dann war einen Augenblick lang gar nichts mehr.

Ich lag da und genoss die abklingende Empfindung, und dann die Erinnerung daran, und ich wusste, daran würde ich mich erinnern, wenn ich meinen letzten Atemzug tat und mein Leben wie ein Film an meinem inneren Auge vorbeilief.

Falls es denn so kommen würde.

Ich nahm Zhana kaum wahr. Sie lag neben mir, betrachtete mich mit einem versonnenen Blick. Aber sie war noch sie selbst, hatte nicht annähernd das erfahren, was ich gerade buchstäblich erlebt hatte. Dann schnurrte sie leise und drückte sich an mich.

Ich horchte in mich hinein und versuchte zu deuten, was mit mir geschah.

Es war der beste Sex, den ich je in meinem Leben gehabt hatte. Aber es war auch mehr als das, viel mehr.

Natürlich hatte ich in meinem fast dreitausendjährigen Leben geliebt, obwohl ich die meiste Zeit über allein gelebt hatte. Aber wusste ich, was Liebe war? Wie dieses Gefühl zustande kam? Ich sah kurz Nia Selegris' Gesicht vor mir, dann verschwand es wieder im Halbdunkel des Raums, in dem wir lagen.

Es dauerte eine Weile, bis ich mir Klarheit verschafft hatte, spürte derweil die zärtlichen Berührungen ihrer Fingerspitzen. Sie sah mich an, und ich spürte, dass sie auf etwas wartete, geduldig, als hätte sie alle Zeit der Welt.

Geduldig und ihrer Sache völlig sicher, als könne das, was in mir vorging, zu keinem anderen Ergebnis führen als zu dem, das sie erwartete.

Ich lauschte in mich hinein und versuchte zu verarbeiten, was ich dort fand. Ich hatte keinen Zweifel mehr, wusste aber nicht, ob ich mich darüber freuen oder vor Entsetzen schreien sollte.

Nein, jeder Zweifel war ausgeschlossen.

Es war nicht nur Sex.

Ich liebte Zhana so tief und innig, wie ich noch nie zuvor jemanden geliebt hatte.

Ich sah sie an, wollte die Hand zurückziehen, konnte es aber nicht. Ich spürte die Wärme ihres Leibs neben dem meinen, streichelte die Haut ihres haarlosen Körpers, ließ die Finger über die samtene Weichheit gleiten, aber im Augenblick ohne jede Begierde, denn ich war leer, so furchtbar und wunderbar leer ...

Was geschieht mit mir?, fragte ich mich.

Ich gestand mir ein, dass ich Zhana von Anfang an attraktiv gefunden hatte. Aber Liebe auf den ersten Blick? Nein, keineswegs. Wieso verzehrte ich mich plötzlich nach ihr? Was hatte sie mit mir gemacht?

Charlashad, dachte ich. Die achte Stufe des Upanishad. *Über das Selbst hinaus; über sich selbst hinauswachsen: Großmut, Ehre, Verzicht, Zölibat.*

Enthaltsamkeit. Das Überwinden körperlicher Begehren und gefühlsmäßiger Abhängigkeiten. Jahrhundertelang hatte sie mir geholfen, selbst gewählte Einsamkeit besser zu ertragen. Doch nun hatte es den Anschein, als hätte ich niemals eine Schule der Helden absolviert, in der die philosophischen Werte ESTARTUS gelehrt worden waren, mit dem wahren und zunächst geheim gehaltenen Ziel einer Ausbildung zum Ewigen Krieger und der Verbreitung der Lehre vom Permanenten Konflikt. Als wären all diese Jahre völlig umsonst gewesen.

Ich liebte Zhana, und auch meine Upanishad-Ausbildung konnte nichts daran ändern.

»Was hast du mit mir gemacht?«, flüsterte ich schließlich. Ich fürchtete mich vor der Antwort, denn mir war klar, ganz gleich, wie sie ausfallen würde, sie würde nichts daran ändern, dass ich Zhana auch weiterhin lieben würde.

Aber diese Antwort könnte alles zerstören. Sie könnte mich zu einem Sklaven machen, wie SEELENQUELL es mit seiner paranormalen Fähigkeit mit mir getan hatte. Wenn Zhana ehrlich zu mir war, völlig ehrlich, würde sie mich mit dieser Antwort vielleicht zerstören. Ich würde vielleicht Abscheu vor ihr empfinden, doch dieser würde nicht stark genug sein, um diese absolute Liebe zu ihr zu gefährden.

Sie ließ einen ihrer langen Finger über meine Brust gleiten, den Hals hinauf, über das Kinn, und strich dann über die Linien meiner Lippen. Allein der Anblick dieser Finger löste Gefühle in mir aus, die ich kaum beherrschen konnte.

»Könntest du mich lieben, Julian?«, fragte sie.

»Nein«, log ich, und in mir zog sich schmerzhaft etwas zusammen. Meine Stimme zitterte. »Nach allem, was ich über dich weiß, werde ich dich niemals lieben können.«

»Wirklich nicht? Und ... warum nicht?«

»Weil du eine Mörderin bist. Weil du Hunderte, vielleicht Tausende von Intelligenzwesen auf bestialische Weise umgebracht hast. Weil du Perry und mich von Tahun entführt und in dieses Chaos gestürzt hast. Du bist ein Monster, und ein Monstrum kann ich niemals lieben.«

Sie lächelte. »Ach, Julian, du bist ein schrecklich schlechter Lügner.« Spielerisch klopfte sie mit der Fingerkuppe auf meine Nasenspitze. »Glaub mir, ich liebe dich auch. Mehr als mein Leben.«

»Zhana, ich ...« Ich hielt inne, flehte *Charlashad* um Beistand an, doch er blieb mir verwehrt. »Ich liebe dich«, hörte ich mich dann sagen. »Ich werde dich immer lieben. Mehr als mein Leben.« Erst, nachdem ich mich zu ihr gebeugt und sie geküsst hatte, wurde mir klar, was ich gerade eben gesagt hatte.

Sie streichelte meine Wange. »Vielleicht nicht immer. Vielleicht aber noch in zehn oder zwanzig Jahren. Ich verspreche dir, ich werde immer für dich da sein, wenn es dich zu einer Ara-Frau zieht. Solange es dich zu ihr zieht.

Vergiss nicht, schon bald werde ich körperlich viel älter sein als du. Aber solange du zu mir kommst ...«

»Ich werde immer zu dir kommen«, hörte ich mich sagen.

Hör auf, dachte ich. *Das ist pervers! Sag ihr, dass du bedauerst, was gerade vorgefallen ist, und dass es nie wieder passieren wird ...*

»Ich hoffe, du hast es genossen. Auch wenn es womöglich ziemlich überraschend kam ...«

Ich kämpfte dagegen an. Fragte mich, wie es dazu hatte kommen können. War fast davon überzeugt, dass es nicht mit rechten Dingen zugegangen war. Aber das alles änderte nichts daran, dass ich sie liebte.

Ich versuchte, mich an Nia zu erinnern, und an andere vergangene Lieben meines Lebens, aber es gelang mir nicht. Es gab keine vergleichbaren Erinnerungen.

»Ich liebe dich auch«, flüsterte sie heiser, und seltsamerweise glaubte ich ihr.

»Du ...«, flüsterte ich genauso stimmlos und verstummte. Ich ließ meine Hand höher gleiten, von ihrem Schoß zum Bauchnabel, in den ich den Zeigefinger grub, dann höher zu den flachen, festen Brüsten.

Als hätte diese Berührung genügt, kehrte die Begierde zu mir zurück.

»Du wirst mich hassen«, sagte sie zu meiner Überraschung. »Aber du wirst den Hass überwinden und mich dann wieder lieben.«

»Nein«, sagte ich. »Ich könnte dich niemals hassen. Ganz bestimmt nicht.«

Du sprichst wie ein verliebter Pennäler, dachte ich. *Hör doch nur, was du da sagst! Das ist* kitschig!

Aber gleichzeitig war es wahr.

»Glaub mir, du wirst mich irgendwann hassen, und nachdem du deinen Hass überwunden hast, wirst du mich wieder lieben und trauern, wenn ich gestorben bin, und du wirst ohne mich nicht mehr leben wollen.«

Endlich hatte ich mich so weit in der Gewalt, dass ich den Satz über die Lippen brachte. »Ich verstehe nicht, wovon du sprichst. Wir haben miteinander geschlafen. Ich weiß nicht, warum ich es getan habe, aber es war ein Fehler. Ich hätte niemals mit dir schlafen dürfen. Du bist ...« Ich verstummte. Ich konnte es einfach nicht aussprechen, dazu liebte ich sie zu sehr.

»Eine Mörderin?«, sagte sie. »Eine Attentäterin? Ich habe euch, dir und Perry Rhodan, wenn man es genau nimmt, den Hintern gerettet, und ich werde eine Weile bei euch bleiben und auf euch aufpassen. Du musst tun, was du tun musst, und ich muss tun, was ich tun muss. So schnell wirst du mich nicht los, Julian, und du wirst mich trotz allem lieben. Und *haben* wollen. Mich begehren.« Ihre Hand glitt höher, fuhr über meinen Oberschenkel, fast spielerisch ...

Fast spielerisch! Ich stöhnte leise auf. Sie wusste genau, was sie tat.

»Ja«, flüsterte ich, ließ die eine Hand über ihre Brüste gleiten und die andere über ihre nur geringfügig betonte Hüftpartie, ihren Bauch und immer tiefer.

Und eine Minute später fielen wir wieder übereinander her.

Was hast du mit mir angestellt, Zhana?, fragte ich mich, obwohl es mir eigentlich völlig gleichgültig war. Ich liebte sie. Das war die Antwort auf alle Fragen.

Ich war leer, absolut leer. Ich war unsterblich, hatte die

Wunder des Universums gesehen, doch in diesem Augenblick wäre ich gern gestorben. Es konnte keinen perfekteren Moment geben.

Der Sinn des Lebens lag in der Liebe, die ich für sie empfand. Und zwischen ihren Schenkeln. Nichts anderes hatte die geringste Bedeutung. Nicht die Kosmokraten, die den Hyperraumwiderstand erhöht hatten, nicht die Chaotarchen, die uns ans Leben wollten, weil wir für sie nur lästige Insekten waren, die ihre Pläne und Kreise störten, nicht die Aras, die ein Toxin entwickelt hatten, das sämtliche Völker der Milchstraße auslöschen konnte und gegen das es kein Mittel gab ... uninteressant. So groß das Universum auch sein mochte, für mich bestand es nur aus Zhana.

Mit mir stimmt etwas nicht, dachte ich.

Obwohl diese Erkenntnis nicht unbedingt neu war, wollte ich mich nicht damit beschäftigen. Ich bemühte mich, meine Liebe zu ihr einen Augenblick lang zurückzudrängen und wieder klar zu denken.

»Du hast recht gehabt«, sagte ich schließlich. »Ich muss es neidlos anerkennen, du bist wirklich eine Granate im Bett, genau, wie du es zu so unpassender Zeit behauptet hast ...«

Zum wievielten Mal sagte ich das jetzt schon zu ihr? Als hätte sie mich mit diesem Wort konditioniert. Es mir ins Gehirn gebrannt.

Granate.

Lächelte sie etwa? Wagte sie es, über diese Bemerkung zu lächeln?

»Als dieser junge Raumsoldat starb?«

»Ja. Als dieser junge Raumsoldat starb.« Ich brachte die Worte kaum über die Lippen.

»Es musste sein«, sagte sie leichthin. »Wir konnten es nicht verhindern.«

»Wirklich nicht? Hätten wir das alles wirklich nicht verhindern können?«

»Du und Perry, ihr lebt. Ohne mich wäret ihr tot. Und du weißt jetzt, dass du mich liebst, und ich schwöre dir, ich liebe dich auch. Wir bleiben zusammen. Wir werden voneinander nicht lassen können. Auf absehbare Zeit nicht.«

»Du bist eine Mörderin«, sagte ich leise.

»Und eine Granate im Bett.« Sie lachte.

»Aber ich liebe dich trotzdem.«

»Wirst du mir die Wahrheit sagen?«

»Wenn ich sie dir sagte, würdest du mich nicht weniger lieben.«

»Aber vielleicht sogar noch mehr. Lass es doch einfach darauf ankommen. Wenn du mich liebst ...«

Sie schwieg eine Weile. »Man muss der Liebe manchmal nachhelfen«, sagte sie. »Natürlich werde ich dir die Wahrheit sagen. Ich liebe dich doch.«

»Und du kannst so etwas?«

»Ja«, sagte sie. »Und wenn nicht ich, dann meine Auftraggeber. Sie haben Mittel und Wege.«

»Was meinst du damit?«

»Zum Beispiel Songjanor.«

»Songjanor?« Ich hatte den Begriff schon einmal gehört, wusste aber auf Anhieb nichts damit anzufangen.

»Ein höchst wirksames Aphrodisiakum, das das Opfer für geraume Zeit an eine andere Person bindet, das dieses Mittel ebenfalls in sich trägt.« Sie lächelte, genau wie in dem Augenblick, in dem sie mir gestanden hatte, dass sie mich ebenfalls liebte.

Also doch, dachte ich. *Alles ein abgekartetes Spiel. Ich werde manipuliert. Die Hintermänner dieser Sache überlassen nichts dem Zufall.*

Aber ... »Man hat es dir also ebenfalls gespritzt?«

»Natürlich. Anders funktioniert es nicht.«

Erst jetzt wurde mir klar, was sie gesagt hatte, und ich verspürte bodenlose Traurigkeit. *Irgendwann wird es vorbei sein,* dachte ich. *Irgendwann wird die Wirkung des Songjanor nachlassen, und ich werde aufhören, sie zu lieben.* Etwas flüsterte mir zu, dass ich stattdessen Erleichterung verspüren sollte, doch ich hörte nicht darauf.

»Wenn du mich ebenfalls liebst«, sagte ich, »musst du mir die Wahrheit sagen.«

»Muss ich das?«

»Ja«, beharrte ich einfach.

Sie lächelte wieder. »Dann werde ich dir die Wahrheit sagen, Julian.«

Ich beschloss, die Gunst der Stunde zu nutzen. So blind schien die Liebe mich nicht zu machen. »Wer sind deine Auftraggeber?«

»Ich weiß es nicht.«

»Zhana ...«

»Julian«, sagte sie vorwurfsvoll. »Ich schwöre dir, ich weiß es nicht.«

»Wie hast du mir dieses Songjanor verabreicht?«

»Es genügt schon der kleinste Hautritzer, um den Auslöser zu übertragen und wirksam werden zu lassen. Du erinnerst dich, wie ich dich im zweiten Schutzversteck scheinbar unbeabsichtigt gekratzt habe ... Das Aphrodisiakum selbst hast du da schon längst in dir getragen. Die Triggersubstanz hat es aktiviert.«

Ich kam noch immer nicht ganz damit klar. Ich wusste nun, dieses Gefühl war künstlichen Ursprungs, doch es kam mir so echt vor ... Ich hätte für die Liebe zu Zhana mein Leben geopfert.

Ich rutschte ein Stück von ihr zurück. »Kommt dir ... die Situation, das alles ... nicht seltsam und unangenehm vor? Ich liebe dich, weiß aber gleichzeitig, dass ich beeinflusst werde ...«

»Und es ist dir egal. Ja. Mir ergeht es genauso. Vergiss nicht, man hat es mir ebenfalls gespritzt. Falls du das meinst, Julian.«

»Genau das meinte ich«, sagte ich. »Aber wie ist das möglich?«

Fragend sah sie mich an.

»Es wird bald zu Ende sein. Ich bin Zellaktivatorträger«, erläuterte ich. »Mein Chip muss solch ein Aphrodisiakum binnen kürzester Zeit abbauen. Es wird bei mir bald wirkungslos werden.« Ich verspürte wieder diese unermessliche Traurigkeit.

Es würde bald vorbei sein. Ich hatte gerade die Liebe meines Lebens gewonnen und musste mich damit abfinden, sie in absehbarer Zeit wieder zu verlieren.

Ich konnte den Blick in ihren Augen nicht deuten. Ein Teil Traurigkeit lag darin, gleichzeitig aber auch unbändige Zuversicht. »Bist du sicher? Ich würde nicht darauf wetten, Julian.«

»Zhana«, sagte ich, »man hat Perry und auch mir schon letale Giftinjektionen gespritzt, und ich habe überlebt. Ich bezweifle, dass ich länger als ein paar Stunden von dieser fremden Substanz beeinflusst werden kann. Das ist völlig unwahrscheinlich.«

»Aber du liebst mich?«

Ich verstand die Frage in diesem Zusammenhang nicht ganz und nickte zögernd.

»Also funktioniert es. Wann habe ich dich gekratzt? Hätte der Zellaktivator diese *fremde Substanz* nicht schon längst abbauen müssen?«

Ich runzelte die Stirn.

»Ich habe volles Vertrauen in meine Auftraggeber«, fuhr sie fort. »Ich weiß nicht, wie sie es angestellt haben, aber es wird funktionieren.«

»Das hoffst du.«

Sie schüttelte energisch den Kopf. »Das *weiß* ich. Vielleicht haben sie experimentelle Drogen entwickelt, gegen die selbst der Zellaktivator machtlos ist …«

»Der Zellaktivator wirkt sämtlichen Giften entgegen.«

»Ist aber nicht *absolut* wirksam, nicht wahr? Vielleicht haben sie ein spezifisches Zellaktivatorgift entwickelt, das die Vitalenergie direkt affiziert, wenigstens für einige Zeit, bis sich der Zellaktivator darauf eingerichtet hat …«

»Willst du damit sagen, dass deine Auftraggeber Aras sind?«

Sie schwieg, dann seufzte sie leise. *»Ich weiß nicht, wer meine Auftraggeber sind.* Das sind nur Gedankenspielereien, Julian. Vielleicht haben sie Drogendepots in deinem Körper angelegt. Vielleicht gibt es Nanomaschinen, die aus den Molekülen deines Körpers immer neue Moleküle formen, die dein Aktivator nicht schnell genug abbauen kann. Ich habe keine Ahnung. Vielleicht haben sie einen Hypno-Befehl in dir angebracht …«

»Ich bin mentalstabilisiert.«

Sie zuckte mit den Achseln. »Die Veränderungen an euren Körpern haben ja auch Bestand.«

Mein Blick glitt wieder über ihr Gesicht, und es war, als würde ich sie zum ersten Mal sehen. Der Kopf war nicht ganz so spitz, wie es sonst bei Aras üblich war. Feine Gesichtszüge, gerade Nase, volle Lippen, die typisch roten Augen einer Ara-Frau. Sie hatte die Augenpartie mit breitem Lidschatten betont, der noch immer makellos war, trotz aller Strapazen, die wir hinter uns hatten. Viele feine Falten um Augen- und Mundwinkel, ein für Aras eher unüblich starker Haarwuchs. Die hellblonden, wenngleich sehr dünnen Haare fielen ihr fast bis zur Schulter hinab. Zuvor hatten ihre Züge auf mich apart, aber nicht hübsch gewirkt, jetzt stellten sie für mich den Inbegriff aller Schönheit dar.

Nein, sie hat recht, dachte ich stattdessen. Es war kaum denkbar, dass ihre Auftraggeber Aras waren. Damit hätten sie nur ihre eigenen Pläne gefährdet.

Oder aber ... was, wenn es mehrere Fraktionen von Aras gab, die gegeneinanderarbeiteten? Aber dafür gab es nicht einmal Indizien, und diese Möglichkeit drängte sich nicht gerade mit überwältigender Logik auf.

»Wie habt ihr das überhaupt gemacht?«, wechselte ich das Thema. »Diese körperlichen Veränderungen, meine ich.«

»Als man euch nach Jaimbor brachte, hat man euch bewusstlos gehalten. Es war somit kein großes Problem. Man hat in regelmäßigen Abständen die Blutzufuhr gestoppt, überwacht von Maschinenwerk, das geistige Schäden verhinderte. In diesem Zustand hat man auch die Hormonbehandlungen durchgeführt.«

»Man ...«

»Mehr kann ich dir wirklich nicht sagen, Julian.«

»Botoxähnliche Füllungen, die die Gesichtsform verändern und gespritzt werden, hätte mein Körper höchstwahrscheinlich schon längst abgestoßen«, dachte ich laut nach.

»Wenn es sich aber um mechanische Implantate handelt, zwischen die Hautschichten geschobene Plastdrahtgeflechte oder so ... soll ich nachsehen, Julian?«

Ich wusste nicht, ob sie es ernst meinte. »Die würde mein Körper wohl behalten«, stimmte ich zu. »Aber was ist mit diesen Alters- und Hautflecken?«

Ich weiß es nicht, sagte ihr Blick.

Sie rutschte wieder näher zu mir heran, streckte eine Hand nach mir aus.

Diese schmalen, langen Finger ...

Ihre Berührung schien wieder Feuer durch meine Adern jagen zu lassen.

»War es schön vorher?«, fragte sie. »Habe ich zu viel versprochen?«

Ich wollte die Verheißung, die Zhanas Finger verkündeten, auf keinen Fall aufs Spiel setzen. Trotzdem wollte ich nicht aufgeben.

»Vergessen wir das Songjanor«, schlug ich vor. »Sprechen wir einfach nicht mehr darüber, sonst werden wir uns in Gedanken zerfleischen und uns ständig fragen, welche Gefühle echt und welche erzwungen sind. Ich finde mich damit ab, dass ich eine Mörderin liebe ...«

»Und ich werde weiterhin alles für dich tun. Ich erfülle dir nicht nur all deine Wünsche, ich werde dich auch am Leben halten. Du kannst mir vorbehaltlos vertrauen.«

Ich nickte, wenn auch nur zögernd. Ich befürchtete, dass es nicht funktionieren würde. Dafür kannte ich mich zu gut. Mein Zellaktivator hätte verhindern müssen, dass mit mir geschah, was mit mir geschehen war, und ich würde nach Erklärungen suchen. Ich würde mich nicht mit dem zufriedengeben, was sie mir gerade gesagt hatte. Es musste Erklärungen dafür geben, und ich würde sie finden.

Ich dachte nicht an die Aracom und an die Agenten, die uns über halb Aralon gejagt hatten und irgendwann auch hier finden würden. Ich dachte nur an ihre langen, schmalen Finger ...

Songjanor, dachte ich. Erklärungen würde ich später suchen und finden. Jetzt genoss ich den Augenblick.

»... Und meine Aufgabe hier in der Fundgrube ist es, bei diesen Grenzfällen eine Kategorisierung vorzunehmen. Ich erledige sie stets mit einem Bein im Grab, Rhodan. Manche Dinge, die ich hier angeliefert bekomme, sind wirklich mehr als rätselhaft. Aber man sagt mir nach, dass ich ein seltsames Gespür für diese Dinge habe ...«

Eine halbe Stunde, dachte der Resident. Seit dreißig Minuten hörte er sich nun das Geplapper dieses Verrückten an. Hätte Bowitz ihn nicht zurückgehalten, hätte er die Fundgrube schon längst verlassen.

»... wurden natürlich zahlreiche andere Aufgaben übertragen. Ich entscheide zum Beispiel über die Zulassung neuer Behandlungsmethoden ... lege Richtlinien und Direktiven über das medizinische Selbstverständnis Aralons fest ...«

Eins war Rhodan klar. Eine weitere halbe Stunde würde er es hier in diesem Affenstall nicht aushalten.

»... aber hier in der Fundgrube kommt mir mein verbesserter Tastsinn zugute. Ich kann Dinge allein durch Berührung er- und begreifen, eine ziemlich einzigartige Eigenschaft, nicht wahr, Rhodan? Dabei bin ich kein Wissenschaftler im engeren Sinn, verstehe aber manche Zusammenhänge instinktiv und werde deshalb von meinem Bruder Oclu-Gnas in manchen Dingen besonders geschätzt. Ja, man weiß über mein spezifisches Leistungsvermögen durchaus Bescheid …«

Die Untersuchung der Blutprobe, diese *Angelegenheit von unaufschiebbarer Dringlichkeit,* schien Pron Dockt in dem Augenblick schon wieder vergessen zu haben, in dem er die kleine Phiole zu dem Stein auf das Regal gelegt hatte. Und im gleichen Moment schien er ihn, Rhodan, lieb gewonnen und beschlossen zu haben, ihm die Geschichte seines Lebens zu erzählen, und wiederholte sich dabei pausenlos.

»… hier in meinem Arbeitsbereich, in der Fundgrube, in der Dinge überprüft werden, die sich jedweder Kategorisierung entziehen, vollbringe ich meine wahren Spitzenleistungen …«

Rhodan glaubte mittlerweile, leicht autistische Züge bei Pron Dockt ausmachen zu können. Vielleicht das, was auf Terra als Asperger-Syndrom bekannt war. Mit seinem herkömmlichen Leben konnte der Ara wahrscheinlich nichts anfangen; er wirkte linkisch und ungeschickt, schien mit anderen Wesen sehr schlecht zu interagieren und sprach umständlich.

Nein! Rhodan stand auf. *Jetzt reicht es.* Er gab Bowitz ein Zeichen. »Ich halte es für sinnlos, noch länger zu warten. Wir gehen.« Er drehte sich zur Tür um.

Sie wurde von außen geöffnet, und Oclu-Gnas stand vor ihm.

Allein, ohne jede Begleitung. Ohne die obligatorischen Sicherheitskräfte, die den Lordmediker der Aras sonst nicht aus den Augen ließen, die ihn bei jedem Auftritt in der Öffentlichkeit von derselben abschirmten. Ohne irgendein Gefolge betrat er wie ein Privatmann die Fundgrube.

Jeder Zweifel war ausgeschlossen: Es war wirklich Oclu-Gnas. Rhodan erkannte ihn sofort.

Er atmete tief durch und trat zurück, um den Lordmediker passieren zu lassen.

Misstrauisch musterte Oclu-Gnas die beiden Fremden. »Was ist hier los?«, fragte er. »Was haben diese beiden hier zu suchen, Bruder?«

Bruder, dachte Rhodan und ignorierte den triumphierenden Blick, den Bowitz ihm zuwarf.

»Du wirst nicht glauben, wer das ist, Bruder. Und ich habe sein Blut!« Pron Dockt zeigte auf die Phiole auf dem Regal. »Das ist der Terranische Resident. Ich hatte ihn ursprünglich für Julian Tifflor gehalten, aber es ist tatsächlich Perry Rhodan.«

Der Lordmediker blieb wie angewurzelt stehen und schien zu überlegen, ob er es mit Verrückten oder Entführern zu tun hatte. Rhodan konnte es ihm nicht verdenken; ihm wären wohl ähnliche Gedanken durch den Kopf geschossen.

Wahrscheinlich standen Oclu-Gnas' Leibwächter auf der anderen Seite der Tür. Ein Schrei, und sie würden hereingestürmt kommen. Rhodan trat zwei, drei Schritt zurück und ließ die Arme an den Seiten baumeln, um ja keinen bedrohlichen Eindruck zu erwecken.

Das ist der kritische Moment, wurde ihm klar.

Der Lordmediker vermied es, ihn anzusehen, und musterte stattdessen Pron Dockt. »Das ist also der entführte Terranische Resident? Du bist dir sicher?«

»Ziemlich.« Er zeigte auf Bowitz. »Und dieser Akone da dürfte vom Terranischen Liga-Dienst sein. Ich kenne ihn ganz gut. Als ich ihn zum letzten Mal gesehen habe, war er noch der Kulturattaché der terranischen Botschaft.«

Oclu-Gnas seufzte. »Ich hätte ihn für Tifflor gehalten. Dann wären die beiden meistgesuchten Terraner der Galaxis hier in der Fundgrube meines Bruders.«

»Ich bin wirklich sein Bruder, Rhodan.« Pron Dockt sah ihn an und nickte eifrig. »Allerdings ein ziemlich weit entfernter. Es gibt nur eine geringfügige genetische Verbindung zwischen uns beiden. Wir entstammen einem gemeinsamen Genpool, mit dem eine größere Gruppe Aras in vitro gezüchtet wurde, im Rahmen einer Zuchtreihe, bei der kein Wert auf genetische Nahverwandtschaften gelegt wurde. Unsere Reagenzglasväter wollten nur besondere araische Eigenschaften in den Vordergrund rücken. Bei Oclu-Gnas hat dieses Verfahren offenbar besser angeschlagen als bei mir, befürchte ich.«

»Das reicht, Pron.« Der Lordmediker sprach nicht besonders laut, aber nachdrücklich. »Erzähl ihm doch gleich deine Lebensgeschichte.«

Das hat er schon getan, dachte Rhodan ironisch. »Ich bin wirklich der Terranische Resident. Die Untersuchung meines Bluts wird es beweisen. Falls du mir nicht glauben solltest, nachdem du gehört hast, was ich zu sagen habe.«

»Und was hast du zu sagen, *Rhodan?*«

»Zuerst einmal, Oclu-Gnas ... Ich weiß, was du jetzt denkst. Von der Frage einmal abgesehen, ob ich wirklich derjenige bin, der zu sein ich behaupte.«

»Und was geht mir durch den Kopf?«

»Du denkst ... niemand weiß, dass der Terranische Resident hier ist. Aber trotzdem werden wir ihn nicht umbringen und im Garten verscharren, nicht gefangen oder als Geisel nehmen und ihn auch nicht an Arkon ausliefern, um uns bei Bostich einzuschmeicheln. Wir werden auch keine Experimente mit ihm anstellen und versuchen, hinter das Geheimnis seines Zellaktivators zu kommen. Nein, wir lassen Vernunft walten und hören uns an, was er Wichtiges zu sagen hat.«

»Gehen wir einmal davon aus, dass das meine Gedanken sind. Was sind die deinen?«

»Bleib ganz ruhig, auch wenn ich jetzt in meine Tasche greife«, bat Rhodan und holte einen kleinen Sender hervor. Ein Fachmann hätte ihn als TLD-Modell erkannt. »Ich denke in diesem Augenblick: Ich sehe keinen Anlass, dieses Gerät zu aktivieren. Es ist nicht nötig, dass Augenklar hier und auf zahlreichen anderen Welten darüber berichtet, was ich in Erfahrung gebracht habe. Es ist überflüssig, mithilfe ferngesteuerter Beiboote und anderer Gemeinheiten beträchtliche Verwüstungen in der Mantar-Klinik anzurichten, die die Aufmerksamkeit der halben Galaxis auf Aralon lenken, auch wenn es dabei keine Todesopfer gibt. Und die ENTDECKER-Raumschiffe, die ich schon längst herbeigerufen habe, müssen ihren Flug nicht unbedingt fortsetzen, zumal Imperator Bostich darüber nicht sehr erbaut sein würde. Ich denke, dass es sehr nachteilig für die LFT und extrem geschäftsschädigend für Aralon wäre, wenn wir diese Angelegenheit nicht anständig regeln können. Kurz gesagt, ich gehe davon aus, dass wir beide nicht nur vernunftbegabte, sondern auch vernünftige Staatsoberhäupter sind.«

Oclu-Gnas deutete ein Nicken an und trat tatsächlich einen Schritt tiefer in den Raum. »Was für eine Angelegenheit? Was hat der Terranische Resident in Erfahrung gebracht?«

»Hast du schon mal von Jaimbor gehört? Dem neuen Galaktischen Zoo?«

Das Gesicht des Lordmedikers blieb ausdruckslos.

»Ich könnte dich mit ein paar interessanten Schilderungen über die Vorgänge dort erheitern. Ich könnte auch über die Herstellung von Quarantäneschiffen sprechen. Noch faszinierender ist die Entwicklung des Ara-Toxin. Den vorläufigen Abschluss bildet dann die Stürmung der terranischen Botschaft, mit der man meiner Freunde habhaft werden wollte.«

»Moment!« Die ersten Vorwürfe hatte Oclu-Gnas mit stoischer Beherrschung über sich ergehen lassen, doch plötzlich war er hellwach, wie Rhodan erkannte.

Im nächsten Augenblick hatte er sich wieder in der Gewalt.

Einem Vollblutdiplomaten wäre das nicht passiert, dachte Rhodan. *Vielleicht ist Oclu-Gnas doch mehr Mediker als Politiker.*

»Ich erkenne die Problematik. Vielleicht bin ich hintergangen worden, Rhodan. Eine Stürmung der Botschaft habe ich nie angeordnet. Lassen wir die ersten Punkte vorerst einmal außer Acht ...«

Jetzt habe ich ihn! Rhodan konnte nur hoffen, dass er ein guter Politiker war und sich nichts anmerken ließ.

»Gibt es irgendeine Erklärung für den Überfall auf die Botschaft? Der übrigens schon publik gemacht wurde ...«

»Augenklar.« Täuschte sich Rhodan, oder knirschte der Lordmediker mit den Zähnen?

Der Terraner lächelte. »Manchmal ist es völlig unbegreiflich, woher manche Sender Informationen über Vorfälle bekommen, die eigentlich unter den Teppich gekehrt gehören, nicht wahr?«

»Bleiben wir bei der Sache. Milyon Stutzka, der Leiter der Aracom, hat mich lediglich darüber in Kenntnis gesetzt, dass Arturo Lampedusa, der Botschafter der LFT, offiziell um Hilfe durch araische Behörden ersucht hat. Und dass ein Schiff von Jaimbor geflohen und hierher gereist sei. Von ...«

»Also wusstest du von Jaimbor?«, hakte Rhodan nach.

»Von deiner oder Julian Tifflors Anwesenheit auf Aralon war mir nichts bekannt«, fuhr Oclu-Gnas unbeeindruckt fort.

Rhodan glaubte ihm kein Wort. »Und was schließt du daraus?«

»Dass der Chef der Aracom mich hintergangen und in Wirklichkeit für eine andere Partei gearbeitet hat, die ...«

»Nennen wir bitte Namen. Sprechen wir über einen Mantar-Heiler. Trantipon.«

»Trantipon.« Der Lordmediker seufzte leise. »Also gut.«

»Sollte die Aracom etwa in Trantipons Auftrag Julian Tifflor und mich als Mitwisser aus dem Weg räumen? Zwei chirurgisch saubere Schnitte, und ...«

Oclu-Gnas reagierte nicht auf die süffisante Anspielung. »Wie ich schon sagte, vielleicht bin ich, vielleicht ist ganz Aralon hintergangen worden. Ich muss Erkundigungen einziehen, Fakten zusammentragen. Die Situation ist ernst und muss augenblicklich aufgeklärt werden. Ich möchte euch – und auch dich, Bruder – bitten, mich in die Mantar-Klinik zu begleiten.«

Rhodan hob die Hand mit dem Sender. »Ich brauche Sicherheiten.«

»Du wirst aus dem Motarium einen Hyperfunkspruch nach Terra schicken können, und ich werde deine Anwesenheit persönlich bestätigen und der LFT für deine Sicherheit garantieren.«

»Einverstanden.« Der Resident lächelte schwach. »Für *unsere* Sicherheit, Tifflors und meine. Die Hetzjagd der Aracom nach ihm wird sofort beendet ...«

»Ich weiß nichts von einer Hetzjagd ...«

»Und du wirst die Sicherheit der von Botschafter Lampedusa enttarnten LFT-Agenten sowie ihre diplomatische Immunität garantieren. Und dem Botschafter kein Asyl gewähren und keinen Versuch unternehmen, einen Ara namens Prid-Reuyl zu ergreifen oder gar zu liquidieren, der uns wichtige Informationen gegeben hat ...«

»Du stellst viele Forderungen, Resident.«

»Bedenke bitte die Alternativen.«

»Mir liegt nichts daran, potenzielle Klienten zu vergraulen und nach Tahun zu treiben. Wie ich schon zweimal sagte, das Volk der Aras ist hintergangen worden. Begleite mich in die Mantar-Klinik, und du wirst alles erfahren, was ich weiß.«

Das bezweifelte Rhodan zwar, doch er sagte trotzdem: »Worauf warten wir?«

SIE KAMEN.

Ich spürte, nein, ich wusste es. Ich war schon lange genug in dieser Branche tätig und konnte mich auf meine Instinkte verlassen.

Die Aracom-Agenten rückten uns immer dichter auf die Haut. Vielleicht hatte uns im Passagiergleiter jemand identifiziert, vielleicht waren wir am Raumhafen in den Erfassungsbereich einer Überwachungskamera geraten. Wie auch immer, sie würden uns bald aufgestöbert haben.

Seltsamerweise interessierte mich das nicht besonders, und Julian ahnte nichts davon. Er beschäftigte sich mit ganz anderen Dingen. Im einen Augenblick wirkte er so glücklich – und intelligent – wie ein frisch gebadetes und gefüttertes Baby, im nächsten bewölkte seine Stirn sich dann wieder. Sein Gesicht spiegelte deutlich das Auf und Ab seiner Gefühle wider.

Ich ahnte natürlich, was ihn beschäftigte.

Nachdem wir zum ersten Mal miteinander geschlafen hatten, hatten wir uns in der Fabrik umgesehen und ein noch eingerichtetes Besprechungszimmer gefunden, das uns eine gewisse Bequemlichkeit bot. Julian lag auf einem uralten Sofa, aus dem an drei, vier Stellen die Füllung quoll, und ich hockte in einem Sessel.

Seine Stirn kräuselte und glättete sich wieder, und er sah zu mir hinüber. »Sind eigentlich alle Ara-Frauen so wie du?«

Ich wusste, dass das nur ein Vorgeplänkel war. In Wirklichkeit wollte er über etwas ganz anderes sprechen, das ihn nicht mehr losließ. »Wie meinst du das?«

»Wir Terraner hatten es bei den Aras meistens mit Männern zu tun. Eigentlich haben wir so gut wie nie Ara-Frauen kennengelernt. Und wenn doch, entsprachen sie dem üblichen Stereotyp. Kühl, kaltherzig, überaus fixiert auf die Medizin. Aber du bist nicht so. Du entsprichst nicht diesem Muster.«

Ich betrachtete ihn, und meine Mundwinkel zuckten bereits spöttisch. »Nein. Bei meiner Arbeit als Agentin versage ich regelmäßig.«

»Nun ja ... Ich ziehe die Bemerkung zurück. Ja, du folgst leidenschaftslos deinem Auftrag, kennst kein Links und Rechts.«

»Und mit derselben Besessenheit agiere ich hoffentlich im Bett ...«

Julian verdrehte die Augen.

»Nein, auch in der Ara-Gesellschaft unterscheiden sich die Männer von den Frauen, genau wie in der terranischen«, fuhr ich schnell fort. »Ich würde sagen, sie wirken ausgleichend und haben breiter gestreute Interessen, bilden in manchen Suhyags sogar den Motor der Wirtschaft und sind diejenigen, die die Strukturen schaffen und zusammenhalten. Ich glaube, sie haben sich noch weiter von ihren Vorfahren, den Springern, entfernt als die Männer. Die Ara-Frauen sind diejenigen, die in einer Art Konzil die Suhyags bestimmen, formen, gewisse Regeln festlegen und auf deren Einhaltung pochen, während wir ja bei den Mehandor das absolute Patriarchat haben ...«

Desinteressiert schüttelte er den Kopf. Ich hatte mich zu weit vom eigentlichen Thema entfernt. »Weshalb tust du das eigentlich?«

»Was?«

»Weshalb hast du dich als Attentäterin verdingt? Als Kidnapperin?«

»Ich bin keine Attentäterin, sondern ... freischaffende Söldnerin. Ein Job mit Zukunftsaussichten auf Aralon. Durch den ständigen Umgang der Aras mit medizinischer Hochtechnologie gibt es genügend Dinge, die einer Bewachung bedürfen. Mein Spezialgebiet sind heikle Transporte, aber ich bin in anderen Bereichen ebenso sehr gefragt.« Mehr durfte ich ihm nicht sagen. Von den *Unsichtbaren* würde er nichts erfahren. Und ich verriet ihm das nur, weil ich ihn liebte. Oder mich zumindest zu ihm hingezogen fühlte.

Zu einem *Terraner* ...

»Freischaffende Söldnerin.« Julian lachte. »Weißt du, viele Angehörige der LFT glauben tatsächlich, *alle* Aras wären Mediziner. Sie fragen sich nicht einmal, ob es auch andere Berufe bei euch gibt, glauben wahrscheinlich, ihr würdet die alltägliche Arbeit von Angehörigen anderer Völker oder Robotern erledigen lassen. Ich bin da kaum besser informiert. Wie hoch ist bei euch der Prozentsatz an Medizinern in der Gesamtbevölkerung? Ist es für jeden Ara das höchste Ziel, Mediziner zu werden? Sieht man auf Aralon auf andere Berufsgruppen mehr oder weniger verächtlich hinab? Hat sich eine Mediker-Elite im Volk gebildet, oder kann man auch in anderen Berufen gut verdienen und Anerkennung finden? Über das alles habe ich gar nicht nachgedacht, bis ich dich kennenlernte und Bowitz mir einiges über Aralon erzählt hat. Er hat mir gewissermaßen die Augen geöffnet. Mir, dem Außenminister der LFT.«

Aber auch darüber wollte er nicht mit mir sprechen. Ich fragte mich, ob er den Mut finden würde, das Thema überhaupt anzuschneiden, als er doch zur Sache kam.

»Diese Liebe zu dir, die ich empfinde ... sie ist so klar und rein ...« Er hielt wieder inne. Wahrscheinlich war ihm klar geworden, wie schwülstig er sprach.

Guter Stoff, hätte ich fast gesagt, doch damit hätte ich ihn nur verletzt, und das wollte ich nicht.

»Ich bezweifle, dass solch eine Liebe medikamentös bewirkt werden kann. Zumindest bei mir. Sie muss echt und wahr sein. Ich trage einen Zellaktivator, Zhana!«

»Warum nicht? Der Zellaktivator bekämpft nicht alle chemischen Stoffe, die dein Körper aufnimmt, sonst würde er auch Nahrungsmittel bekämpfen oder Medikamente bei Verletzungen, sondern nur solche, die die Physis oder den Vitalenergiefluss schädigen.« Ich griff nach ihm und streichelte seine Hand. Der über zweitausend Jahre alte Unsterbliche kam mir in diesem Augenblick vor wie ein pubertierender Junge, der die erste Liebe seines Lebens erlebte und nicht ertrug, dass die Angebetete nichts von ihm wissen wollte. »Und du musst diese Liebe ja nicht als schädlich wahrnehmen, Julian ...«

Er sah mich an, ergriff meine Hand, drückte sie. »Das tue ich auch nicht, Zhana. Aber ...« Er verstummte wieder.

Genau darum ging es. Das Songjanor hatte bei ihm so gute Arbeit geleistet, dass er sich verzweifelt einreden wollte, nicht manipuliert worden zu sein, sondern mich tatsächlich zu lieben. Aus freiem Willen, aus sich heraus. Und der Zellaktivator gab ihm eine Möglichkeit dazu.

»Aber ich bin nun mal Aktivatorträger, und die sind weitgehend gegen Gifte immun.«

Ich war zwar keine Medikerin, hatte mir aber auch meine Gedanken über das Thema gemacht. Schon mein Auftrag erforderte das. Ich hatte zwei Zellaktivatorträger entführt und verhindern müssen, dass ihre lebensverlängernden Chips meine Arbeit behinderten, besonders bei der Dosierung von Beruhigungs- und Betäubungsmitteln.

»Das Problem ist, wie der Begriff *Gift* definiert wird«, gab ich zurück. »Und dann kommt als Zweites das der Dosis hinzu. Wie hat schon der berühmte terranische Lordmediker Paracelsus gesagt? *Die Dosis macht das Gift.*«

Tiff sah mich fragend an und nickte schließlich zögernd. Bereitwillig akzeptierte er den Themenwechsel, um nicht mehr über seine Liebe zu mir nachdenken zu müssen. Sein Begehren.

»Zwei Liter hoch konzentrierte Schwefelsäure sollte auch ein Aktivatorträger nicht schlürfen«, gestand er ein, »und ein halbes Kilogramm Arsenpulver oder Plutonium wären dem Fortleben wohl ebenso wenig förderlich ...«

»Wie ich es sehe, sollte die Frage eigentlich lauten: Bleibt dem Zellaktivator genügend Zeit, geschädigtes oder gar zerstörtes Gewebe zu regenerieren? Je größer die ursprünglichen Schäden ausfallen – und damit Herzstillstand, Organversagen und so weiter droht –, desto geringer sind die Eingriffsmöglichkeiten des Zellaktivators und damit die Überlebenschance des Trägers. Vergleichbares gilt bei allen anderen Verletzungen. Wirkstoffe im allgemeineren Sinn, also auch Medikamente, Hormone und so weiter, die häufig ja auch in vergleichbarer körpereigener Form vorliegen, stellen eine noch ganz andere Problematik dar, vor allem, wenn sie in geringer Dosierung verabreicht werden.«

»Du meinst zum Beispiel Endorphine als körpereigene Opiate?«

»Genau. Hier stellt sich die Frage, inwieweit der Zellaktivator erkennt, ob und was den Träger beeinflussen oder schädigen kann. Verschärft wird diese Sache noch durch die Schwierigkeit, inwieweit der Zellaktivator auf bewusste oder unbewusste Entscheidungen des Trägers reagiert ...«

»Von Atlan wissen wir ja, dass er, wenn er jemandem helfen wollte, ihm den Zellaktivator kurzfristig anlegen konnte.« Tiff lachte leise. »Und wenn er wollte, konnte er sich auch betrinken.« Er grinste. »Der Vorteil dabei ist, dass man am nächsten Tag keinen dicken Kopf hat, wobei dann allerdings wiederum die Dosis eine Rolle spielt. Würde ich sechs Promille überleben oder nicht?«

»Unabhängig davon spielt als weitere Schwierigkeit hinein, wie ausgeprägt das Regenerationsvermögen des Zellaktivators nun tatsächlich ausfällt. Nicht nur, was die Geschwindigkeit betrifft, sondern auch und vor allem die Vollständigkeit. Lässt der Zellaktivator eine weitgehend zerstörte Leber nachwachsen, und wenn ja, wie schnell? Wie sieht es bei einer durchstochenen Lunge aus? Oder beim durchtrennten Rückenmark? Ganz zu schweigen bei einem abgetrennten Arm oder Fuß? Wachsen die nach?«

Tiff nickte. »Atlan hat in dieser Hinsicht durchaus einiges überstanden. Andererseits zeigen seine Bauchnarben, dass hier durchaus Grenzen gesetzt sind.«

»Eigentlich sollte bei denen doch die beschleunigte Regeneration greifen, was Narben verhindern müsste.«

»Aber er hat trotzdem welche.«

»Julian ... ich verstehe ja, dass du für dich beantworten möchtest, ob deine Gefühle für mich echt oder nur manipuliert sind, aber ... Für mich ist das auch nicht ganz so einfach. Du hast recht mit dem, was du vorhin gesagt hast. Es ist eine seltsame, eine unangenehme Situation.«

Sein Blick wurde wacher. Endlich hatte er damit aufgehört, sich nur mit sich selbst zu beschäftigen. »Wieso?«

»Ich bin von meinem geheimnisvollen Auftraggeber ebenso manipuliert worden wie du. Vergiss nicht, beide müssen das Songjanor verabreicht bekommen haben, sonst funktioniert es nicht.« Ich befürchtete, dass aus meiner Stimme die Verbitterung deutlich herauszuhören war. »Und ich kann mich nicht daran erinnern, ob ich das freiwillig hingenommen habe oder nicht.«

Er stutzte. »Aber du hast mir doch selbst gesagt, dass wir beide Songjanor bekommen haben ...«

»Ich ... habe gewisse Schwierigkeiten mit meinen Erinnerungen.« Mehr durfte ich ihm nicht verraten. »Als die Wirkung des Aphrodisiakums einsetzte, habe ich mir nichts dabei gedacht, ebenfalls damit geimpft worden zu sein. Wenn es zu meinem Auftrag gehört ... nun gut. Einem Job ordne ich alles unter. Aber die Wirkung scheint nachzulassen, oder meine Gedanken scheinen klarer zu werden, oder was weiß ich ... Jetzt muss ich auf jeden Fall damit klarkommen, dass ich eine seltsame Affinität zu einem Terraner habe, den ich eigentlich für schrecklich hässlich halte.«

»Wieso sollte die Wirkung des Songjanors bei dir schon nachlassen und bei mir nicht? Schließlich bin ich Aktivatorträger!«

Ich seufzte leise. Er hatte gar nicht verstanden, was ich ihm sagen wollte.

Sofort verspürte ich Mitgefühl für ihn. Zuerst die Manipulationen beim Transmitterdurchgang, dann das Songjanor ... Er hatte in den letzten Tagen viel durchgemacht. Kein Wunder, dass er da noch nicht so klar denken konnte wie sonst.

Ich wollte wieder seine Hand streicheln, tat es aber nicht. Stattdessen fragte ich mich, ob dieses Mitleid, dieses Wohlwollen ihm gegenüber und dieses Verständnis für ihn nur vom Songjanor ausgelöst worden war.

Mein geheimnisvoller Auftraggeber hatte keine Möglichkeit ausgelassen, mich an einen der beiden Unsterblichen zu fesseln. Mittlerweile fragte ich mich, ob er nicht zu hoch gespielt hatte. Vielleicht brachte er uns damit langsam, aber sicher um den Verstand. Vielleicht würden wir uns bei jeder Gelegenheit fragen, ob unsere Gedanken noch uns gehörten, ob wir noch wir selbst waren oder nur Marionetten, an deren Fäden ein Unbekannter zog.

Vielleicht hätte ich Julian niemals etwas von dem Aphrodisiakum sagen dürfen.

Mir kam ein anderer Gedanke, und ich lachte leise auf. Ich stellte mir vor, wie Julian und ich während eines Feuergefechts mit den Aracom-Agenten unsere Waffen wegwarfen und wieder übereinander herfielen, weil das Songjanor uns keine andere Wahl ließ.

Was hatte sich derjenige, der sich das ausgeheckt hatte, nur dabei gedacht?«

»Oder aber«, fuhr Julian fort, »mein Aktivator *hat* die Wirkung des Songjanors schon längst neutralisiert, und meine Gefühle zu dir sind echt.«

Ich hätte Julian gern einen Tritt verpasst, aber dafür fühlte ich mich viel zu sehr zu ihm hingezogen.

»Vielleicht sollten wir das Beste aus der Situation machen und ...« Er grinste dämlich und griff nach mir.

Absurdes Theater. »Zerhackt ward nur die Schlange, nicht getötet«, murmelte ich. Ich kam mir vor wie ein Komapatient auf der Bühne eines Animationstheaters.

Aber es war sowieso an der Zeit, erneut das Thema zu wechseln. Ich befürchtete nur, dass es schon längst zu spät war, um noch etwas bewirken zu können.

»Sie kommen, Julian«, sagte ich.

»Was?«

Ich zeigte aus dem Fenster. »Siehst du diese Gleiter da? Aracom-Fahrzeuge. Sie haben uns gefunden.«

»Weshalb hast du nicht vorher ...«

»Es war mir egal, Julian. Mein Auftraggeber hat vielleicht zu gute Arbeit geleistet. Er hat uns so verrückt aufeinander gemacht, dass wir nicht mehr auf unsere Umgebung achten und einfach hinnehmen, dass unsere Häscher uns zu fassen bekommen.«

»Was sollen wir jetzt tun? Einfach aufgeben? Widerstand leisten?« Julian deutete auf die Handstrahler aus dem TLD-Bestand, die wir auf einen Tisch gelegt hatten, um sie bei unserem Liebesspiel nicht versehentlich auszulösen.

»Die Aracom-Agenten werden Nägel mit Köpfen machen«, warnte ich Julian. »Sie werden uns nicht entkommen lassen, wenn sie nicht sowieso den Befehl haben, uns von vornherein zu liquidieren.«

»Trotzdem. Ich ...«

Ich hob eine Hand. Meine Sinne waren in dieser Hinsicht viel schärfer als die seinen. Ein kaum wahrnehmbares Scharren, ein verräterisches Knacken. Wir hatten keine Zeit mehr, uns auf eine Strategie zu einigen.

Sie waren schon an der Tür des Besprechungszimmers.

Bowitz hatte uns vorhergesagt, dass es so kommen würde. Und er hatte recht behalten.

Julian sah zu dem Tisch und überlegte noch, ob er springen und eine Waffe an sich reißen sollte, als die Tür geöffnet wurde.

Geöffnet, nicht aufgestoßen. Langsam und zögerlich.

Ein Ara stand in der Türöffnung.

Ein einziger, kein Rollkommando.

Und er trug auch keine Aracom-Uniform, sondern die eines hochrangigen Beamten im diplomatischen Dienst.

Er hatte beide Arme gehoben, um zu zeigen, dass er unbewaffnet war.

»Außenminister Tifflor?«, sagte er. »Lordmediker Oclu-Gnas würde sich freuen, dich zu einer Pressekonferenz begrüßen zu können, die er in Kürze im Mantar-Zada-Saal abhalten wird. Der Terranische Resident wird ebenfalls anwesend sein, sich aber natürlich nicht zu erkennen geben. Wenn du und deine Begleiterin mir die Ehre erweisen würdet, mir zu den wartenden Gleitern zu folgen, werde ich dich unterwegs über alle Entwicklungen in Kenntnis setzen und dir selbstverständlich eine Holoverbindung zu Perry Rhodan schalten.«

»Bekloppt! Bekloppt und abermals bekloppt!«, krakeelte Dschingiz Brettzeck. »Wer neue Höchstleistungen an Beklopptheit bestaunen möchte, der reise nach Aralon, dem Hort der galaktischen Quacksalber, Kräutermännlein und Gesundpuster! Wer aber hier die Crème de la Crème der Bekloppten zu schauen wünscht, komme in den Mantar-Zada-Saal. Sind wir auf Sendung, Schrottkopf?«

»Nein, Hoheit«, sagte die Positronik des Aufzeichnungsschiffchens, das neben Brettzeck schwebte, immer wieder vom Flattern der bunten, seidigen Flügel verdeckt. »Mir war nicht bewusst, dass du diesen Kommentar bereits auszustrahlen wünschst.«

»Das liegt daran, dass du überhaupt kein Bewusstsein hast!«, dozierte Brettzeck. »Natürlich ist jedes meiner Worte schieres Khalumvatt und als solches wert, der Nachwelt überliefert zu werden.«

»Pardon. Ich gehe bei *Drei* auf Sendung: Ein, zwei …«

»Nicht so voreilig, Schrottkopf!«, rief Brettzeck. »Die Befehle gebe immer noch ich!«

Dschingiz Brettzeck justierte die optischen Felder vor

seinen Augen neu. Der Beginn der Pressekonferenz war auf den Zenit der siebenten Tonta angesetzt. Oclu-Gnas hatte sich bereits jetzt einige Zentitontas verspätet – fünf Minuten, rechnete Brettzeck in terranisches Zeitmaß um.

»Bekloppt und liederlich«, ergänzte er sein Urteil.

Brettzeck ließ das Aufzeichnungsschiffchen wieder ein paar Duftwolken voller Pheromone zerstäuben, die noch ein paar zusätzliche Schmetterlingsähnliche in seine Nähe lockten, um ihn selbst und das Schiffchen zu tarnen. Hin und wieder verirrte sich auch ein Ghuffta an seiner Heliumhaut hinauf, und ein winziger karinischer Nektarvogel, der in seinem glitzernden Pilzpanzer aussah wie ein belebtes Juwel, stob durch die Wolke der Schmetterlingsähnlichen.

Im Saal flatterte, zappelte, hoppelte und torkelte es überall. Aras liebten es, sich mit zoologischen Landschaften zu umgeben.

Wahrscheinlich, dachte Brettzeck, *sieht so das araische Paradies aus: eine Mischung aus ewigen Jagdgründen und Menagerie.*

Der Matar-Zada-Saal, in dem die Konferenz stattfinden sollte, lag unter einer halbdurchsichtigen, himmelhohen Kuppel. Wer nach außen sah, schaute auf schmucke Tümpel und wucherndes Gewächs, auf Springbrünnlein an quietschbunten Pavillons. Die Führungselite der Aras litt offenbar, wie Brettzeck erkannte, an Geschmacksverkitschung. Merkwürdig eigentlich, dass sie gegen dieses Leiden noch keine Pille gedreht hatten.

In der Mitte des Saales schwebte ein runder Tisch; nur ein Halbkreis des Tisches war bestuhlt. Dort sollte anscheinend der Lordmediker Platz nehmen.

Gegenüber dem Tisch und in respektvollem Abstand

schwebte ein Heer von Antigravschalen und -wannen, ausnahmslos besetzt. Fast alle Sender hatten lebendes Personal geschickt; nur hier und da stand ein positronischer Korrespondent in der Luft und taxierte den leeren Tisch.

In einem der Zugänge zum Saal machte Brettzeck eine Bewegung aus. »Auf Sendung!«, kommandierte er.

»Ja, Hoheit«, bestätigte das Schiffchen und schob sich ein wenig nach vorn.

»Hier spricht Dschingiz Brettzeck vom Sender Augenklar aus dem Matar-Zada-Saal auf Aralon, dem sympathischen kleinen Planeten voller Gesundheitsapostel in der Nachbarschaft des Arkon-Systems. Erlebt an diesem wunderschönen siebenten Juni 1340 NGZ mit mir, wie Lordmediker Oclu-Gnas und seine muntere Schar von Mantarheilern einer interessierten Öffentlichkeit den Überfall araischer Sicherheitskräfte auf die terranische Botschaft vor Ort erklären möchten.«

Oclu-Gnas betrat den Saal, in seinem Gefolge etliche Mantar-Zada. Hinter ihm stakste ein besonders hoch gewachsener Ara, wie ein Pfahl auf Stelzen, der den mit unter 1,90 Meter geradezu kleinwüchsigen Oclu-Gnas um mehr als Haupteslänge überragte.

»Mantar-Klinikverwalter Lakwith«, identifizierte das Aufzeichnungsschiffchen. »Ein eminenter Bürokrat.«

»Ein Sesselpfleger an der Front?«

Der Lordmediker wirkte mit all seinen zur Schau gestellten Implantaten wie ein biomechanisches Kunstwerk. Von den Mantar-Zada erkannte Brettzeck keinen; die Gesichter von Lemuroiden erschienen ihm immer noch leer, plakativ, wesenlos.

»Das ist Buat-Creh«, flüsterte ihm die Plattform zu. Zhonugu und Zurak-tha. Shannah. Xaufra ...«

Brettzeck winkte ab. Dann sprach er ins Transmikro: »Und da kommen sie schon, die Herolde galaktischer Bekloppttheit! Und wir starten!«

Das Aufzeichnungsschiffchen und Brettzecks Schwebethron beschleunigten synchron, brachen aus der Schmetterlingswolke aus und zischten auf Oclu-Gnas zu.

Vor der Prallschirmwand, die sich automatisch zwischen ihm und den Aras aufbaute, bremste Brettzecks Gespann ab. Das Schiffchen errichtete ein Akustikfeld, um Brettzecks Stimme zu verstärken. Gleichzeitig leuchtete über Brettzecks Kopf ein Hologramm mit dem Medienwappen des Senders auf.

»Dschingiz Brettzeck vom Sender Augenklar, Lordmediker. Lust auf ein kurzes spontanes Interview?«

»Nein.« Oclu-Gnas hatte von diesem Betrieb offensichtlich bereits gehört; Augenklar war für die journalistischen Eskapaden seiner Mitarbeiter berüchtigt. Die Augenklar-Sendungen bewegten sich irgendwo zwischen investigativem Journalismus, Satire und Medienterrorismus.

Vor einigen Monaten hatte Augenklar seinen größtem Coup gelandet: Dem Kristallpalast war eine genial gefälschte Hyperkom-Botschaft zugestellt worden, eine Kriegserklärung der LFT an das arkonidische Imperium, zu Händen *Seiner glotzäugigen, allesvögelnden, alleszischenden Erhabenheit Gaumarol Bostich da Akon.*

Gleichzeitig mit dem Kristallpalast hatten galaxisweit Millionen von Sendeanstalten die völlig absurde Kriegserklärung erhalten, in der als Kriegsgründe unter anderem »die geradezu boshaft geschmacklose Abendgarderobe Bostichs« genannt worden war.

Jedem denkenden Wesen war auf den ersten Blick klar, dass es sich um einen absurden Scherz handeln musste. Doch im arkonidischen Sicherheitsapparat operierten auch Positroniken von vergleichsweise niedrigem psychoidentifikatorischen Level. Die hatten, weil sie den satirischen Ton nicht erkennen konnten, bereits Hunderte von schweren Schlachtschiffen per Notstart in den Orbit des Kriegsplaneten Gor'Ranton gehievt, bevor die biologischen Kommandanten reagieren und den baren Unsinn unterbinden konnten.

Im Anschluss an diese blamable Mobilmachung hatte Augenklar von einer »gelungenen Premiere der militärisch-journalistischen Kooperation des Senders Augenklar mit den arkonidischen Robotregenten« berichtet.

Selbstverständlich hatte die Arkon-Regierung den Mitarbeitern des Senders die Akkreditierung sofort entzogen.

Selbstverständlich hatten die Sicherheitskräfte beim Sturm auf den Sender nur Nachbildungen der Augenklar-Crew aus Theaterpappe vorgefunden, mit kleinen Zündsätzen versehen, damit »Seine glotzäugige Majestät für das Verbrennen auf Scheiterhaufen nicht zusätzlich das dünne Staatssäckel belasten muss«.

»Dschingiz Brettzeck? Befremdlicher Name für einen Swoon«, murmelte Oclu-Gnas, ohne stehen zu bleiben oder auch nur einen Blick auf die beiden Fluggeräte zu werfen, die, kaum handgroß, in Augenhöhe neben ihm herschwebten.

»In meinen Adern fließt terranisches Blut«, murmelte Brettzeck zurück; das Akustikfeld über seinem Kopf verwandelte das Murmeln in Donnergrollen.

Der Lordmediker zwinkerte kurz irritiert.

»Na ja«, kicherte Brettzeck, »zwei, drei Tröpfchen. Frisch gezapft und gentechnisch meinem Metabolismus angepasst. Von einem Toiroi. Du kennst ja die Toiroi. Ein Volk von ausgezeichneten Mediziner und Biotechnikern. Wenn du mal einen guten Arzt brauchst, gebe ich dir gerne einen Tipp!«

Oclu-Gnas beschleunigte brüsk sein Tempo und schritt schneller zum Ratstisch.

»Sind außerdem sehr diskret, die Toiroi!«, rief Brettzeck ihm nach. Das Akustikfeld tat, was es konnte. »Haben kaum jemals die Botschaft ihrer Klienten überfallen, um so die ausstehenden Behandlungshonorare einzutreiben. Oder aus welchen anderen bekloppten Grund haben die Aras ihre Truppen die Botschaft der LFT angegriffen?«

Oclu-Gnas stellte sich taub, richtete sich seinen Antigravsessel am Ratstisch zurecht und aktivierte mit einem Fingertipp ein eigenes Akustikfeld. Außerdem schickte er ein Dämpfungsfeld los, das sich für ein paar Sekunden ein Gefecht mit dem swoonschen Akustikfeld lieferte. Neben ihm nahmen die anderen Mantar-Zada ihre Plätze ein.

Brettzeck rief: »Man hört, der ehrenwerte Milyon Stutzka, Anführer der Aracom-Bande, habe sich inzwischen zu seinen Ahnen versammelt, wenn auch nicht in einem Stück, und ...«

Knarzen, Quietschen, Knistern, dann lag das Akustikfeld des Aufzeichnungsschiffchens still.

»Die Hausgeräte des Matar-Saales sind uns überlegen. C'est la vie«, sagte das Aufzeichnungsschiffchen.

»C'est la Kacke«, stellte Brettzeck richtig. »Sind wir wenigstens noch auf Sendung?«

»Ja«, meldete die Positronik des Schiffchens.

Brettzeck klopfte sich selbst lobend mit allen vier Armen die Seiten seines mattgrünen, schlank-ovalen

Leibes, den die Terraner so gern mit ihrer Lieblingsspeise verglichen, einer Gurke. Das war umso amüsanter, als die Schädel der Terraner mit ihren Hornbüscheln auf dem Dach und den ausgestülpten Ohren wiederum dem swoonschen Groppec ähnelten, einem herb-sauren Kohlgemüse.

Zwei Nationen, die einfach für einander bestimmt sind, dachte Brettzeck.

»Wir beginnen«, erklang die Stimme des Lordmedikers.

Es wurde still im Saal. Möglich, dass auch hier Dämpfungsfelder zum Einsatz kamen; aber wahrscheinlich brauchte es das nicht. Der Übergriff machte neugierig genug.

Selbstverständlich stellten die Aras so etwas wie einen galaktischen Machtfaktor dar, aber mit der Liga Freier Terraner konnten sie sich kaum messen. Das Sternenreich, zu dem überwiegend terranische Welten, aber auch einige nicht verwandte Nationen wie Swoofon gehörten, hatte in der Vergangenheit immer wieder bewiesen, dass es der überragende Machtfaktor in der Milchstraße war, ein Staatengebilde von nötigenfalls ungeheuerer Schlagkraft und strahlender Militanz. Die Kriegskompetenz, die sich die Liga und ihr Vorgängerstaat, das Solare Imperium, erarbeitet hatten, war beispiellos.

Die Terraner hatten zahllose inner- wie intergalaktische Invasionsversuche zurückgeschlagen. Nichts und niemand forderte sie sinnlos heraus – *außer vielleicht einigen Bekloppten. Oder* – und das war die weit unangenehmere Schlussfolgerung – *Mächte, die der Liga tatsächlich gleichrangig oder ihr sogar überlegen waren.*

Oclu-Gnas sprach: »Wir, das Kollegium der Mantar-Zada und ich als Lordmediker, verurteilen den verbrecherischen Überfall auf die terranische Botschaft. Unserem Ziel, ihn für den Angriffsbefehl zur Verantwortung zu ziehen, hat Milyon Stutzka vorgegriffen und sich selbst getötet.«

»Hat er sich selbst getötet, oder hat ihm jemand die Hand geführt?«, warf Brettzeck ein. Niemand hörte ihn, denn sein Akustikfeld lag immer noch in den Fesseln der Kontrollmaschinerie des Saales.

»Gern hätten die Mantar-Zada und die zuständigen Ermittlungsbehörden die Mantar-Heiler Kreolin, Schopsna und Trantipon in Zusammenhang mit den Ereignissen im Umfeld der terranischen Botschaft befragt. Leider stehen die Genannten nicht zur Verfügung, da sie mit ihrem Schiff, der MOMANTAR, abgereist sind.«

»Und Reisende soll man bekanntlich nicht aufhalten«, kommentierte Brettzeck. »Für wie bekloppt hält Lord Medikus uns?«

»Frage an mich, Hoheit?«, fragte die Positronik.

»Frage rein rhetorisch und voll beißender Ironie«, antwortete der Swoon.

Er hörte wieder auf Oclu-Gnas: »Es ist uns gelungen, einige Gewebespuren der drei Abgereisten sicherzustellen und zu analysieren. In der Tat entstammen sie anscheinend einem abgelegenen Stamm des Ara-Volkes mit vergleichsweise urtümlicher Gensignatur, wie es bei peripherierten Enklaven nicht selten vorkommt. Das deckt sich mit den Aussagen, die Trantipon uns gegenüber getätigt hat, denen zufolge er und seine Genossen Medo-Nomaden sind und einem Teilvolk der Aras angehören, das die Monos-Ära außerhalb der Galaxis verbracht hat.

Dort, im Außenbereich, ist die Reine Heilslehre von Mo offenbar besonders hochgehalten worden.«

»Und so beschließen wir unsere Betrachtung des Überfalls auf die Botschaft der LFT mit einer gemeinsamen Dankgesang an den braven Mo!«, höhnte Brettzeck. »Nein, liebe Zuschauer unserer kleinen Bildboutique, das hier ist keine Parodie. Wir sind live dabei, wie Lordmediker Oclu-Gnas lauter Beklopptheiten erzählt, statt zum Kern der Dinge vorzustoßen.«

Auf sein Zeichen hin nahm das Aufzeichnungsschiffchen eine akustische Kreuzblende vor und zog die Stimme des Lordmedikers wieder hoch.

»Insofern war ihre Aussage glaubwürdig, sie hätten Aralon angeflogen, um dem Volk der Aras zu einer neuen Hochblüte zu verhelfen.«

»Was heißt hier: neuen?«, fragte Brettzeck sich und seine Zuschauer.

»Was nun das Ara-Toxin anbelangt ...«, sagte Oclu-Gnas und machte eine bedeutungsvolle Pause jener Art, wie sie schlechte Schauspieler in miesen Trivid-Produktionen machen, wenn sie den Staatsmann geben. »Was also diese Substanz angeht, an der Trantipon und seine Mitarbeiter geforscht haben, so scheint festzustehen, dass sie wirklich schon über mehrere Dutzend Planeten ausgebracht worden ist.«

»Existiert eine Liste dieser kontaminierten Welten?«, klang eine Frage aus dem Publikum auf.

Oder hatte Oclu-Gnas sie einspielen lassen?

»Sie existiert.« Der Lordmediker schnippte mit den Fingern. Eine schmale Plastikfolie wirbelte auf, faltete sich im Flug auseinander und sank vor Oclu-Gnas auf den Tisch. Der Lordmediker tat, als läse er die Namen selbst zum ersten Mal, stumm, bevor er sie den Journalisten vortrug.

»Ooooh – spannend!«, heulte Brettzeck ins Mikro. »Das ist ja spannend wie bei einer Tombola! Regie? Machen wir ein bisschen Werbung, oder warten wir auf die Ziehung der unglücklichen Planeten?«

Natürlich antwortete keine Regie, weil der Swoon selbst Regie führte.

»Auf dieser Liste stehen Peragar, Dyulosch III, Mässamär, Terra, Caucaum ...«

»Bitte Wiederholung: Hast du *Terra* gesagt?«, rief es aus dem Publikum.

»Ja«, sagte Oclu-Gnas. »Terra. Caucaum. Ross. Rudyn. Olymp. Plophos. Drorah. Lepso. Raglund. Apas. Gatas. Nosmo ...«

Brettzeck folgte der Aufzählung. Am Ende hätte er die Auswertung der Positronik seines Aufzeichnungsschiffchens nicht gebraucht.

Er selbst zog den Schluss und teilte ihn seinen Zuschauern mit: »Na, da haben die Mo-ologen um Trantipon aber einen guten Geschmack bewiesen: Alles Welten vom Feinsten – und kein einziger arkonidischer Planet darunter! Das wird den glotzäugigen Imperator freuen, wenn er's erfährt. Der Aufenthalt auf einer seiner lieblichen Welten ist mit einem Schlag noch ein wenig attraktiver geworden.«

»Gibt es Gegenmittel?« Frage aus dem Publikum.

»Nein«, sagte Oclu-Gnas.

»*Nein – es gibt keine Gegenmittel,* oder: *Nein, uns sind keine bekannt?*«, rief der Swoon. Die Frage hallte laut durch den Saal; offenbar hatte die Saalmaschinerie sein Akustikfeld wieder freigegeben.

»Kein Gegenmittel, soweit wir und unsere Toxikologen es sehen«, antwortete Oclu-Gnas und fuhr nach einer Kunstpause fort: »Die Ara-Toxin genannte Substanz befällt unseren Erkenntnissen nach jedwede Lebensform. Als Beweisstück für die Effizienz des Toxins hat Trantipon uns mehrere Segmentbiotope übergeben und untersuchen lassen, die mit dem Toxin infiziert waren. Auf den Segmenten war jede biomorphe Struktur zersetzt, übrig geblieben ist lediglich ein wie zerronnen wirkendes Quasimineral. Ein gestorbener Stein.«

»Was für ein bekloppter Quatsch!«, ereiferte sich Brettzeck. »Gestorbene Steine – na, dann Friede ihrer Seele! Wir wollen keine poetischen Vergleiche, sondern Daten, Fakten, Formeln!« An dem schalltoten Klang seiner Worte erkannte der Swoon, dass die Saalpositronik ihn erneut zensiert und sein Akustikfeld gedämpft hatte.

»Mäßige deine Ausdrucksweise«, erklang eine mahnende Stimme – ohne Zweifel eine Mitteilung ebendieser Saalpositronik. »Sonst nehme ich dich und den Sender Augenklar ganz aus dem Spiel!«

»Hast du das gehört?«, fragte er das Aufzeichnungsschiffchen.

»Was?«

Der Swoon hob schicksalsergeben die vier Arme. Offenbar war der Richtschall an den Mikrofonen der Plattform vorbeigeleitet und daher nicht aufgezeichnet worden. Brettzeck hielt mithin keinen Beweis für den skandalösen Umgang der Saalinstanzen mit der freien Presse in der Hand.

Oclu-Gnas sagte: »Laut Trantipon steht ein längst gestarteter und diesmal global angelegter Praxisversuch mit dem Toxin kurz vor der Finalphase. Wenn er so verläuft, wie Trantipon und seine Mitarbeiter es kalkuliert haben, werden die infizierten Planeten irreversible Schäden in ihrer Struktur erleiden.«

»Wie große Schäden?«, fragte man aus dem Publikum.

»Große Schäden«, sagte Oclu-Gnas. »Unsere Quarantäneraumer werden deswegen und, soweit erwünscht, in der Nähe der Krisenherde Position beziehen oder haben es in Einzelfällen schon getan.«

»Ich kann mir vorstellen, wie die Aras auf Drorah mit großem Hallo und Konfettiparaden begrüßt werden. Oder auf Gatas«, höhnte Brettzeck. »Was für ein restlos bekloptes Angebot.«

»Mir ist von Konfettiparaden auf Jülziish-Welten nichts bekannt, Hoheit.«

»Weil du ein von ahnungslosen Idioten programmierter Idiot bist«, klärte er die Maschine auf.

»Im Namen aller Aras verkünde ich hiermit«, hörte er Oclu-Gnas sagen, »dass man sich bemühen wird, soweit wie möglich unentgeltlich den vielen Billionen zukünftigen Klienten zur Verfügung zu stehen.«

»Wer ist *man?*«, schrie Brettzeck. »Was heißt *bemühen?* Und wie weit wird eine unentgeltliche Behandlung *möglich* sein? Eine Tonta weit?«

Gegen das Dämpfungsfeld des Saales war kein Durchkommen.

Aber auch die anderen Journalisten nahmen die Ausführungen des Lordmedikers nicht mehr hin. Ein korpulenter Ferrone mit Monokel rief: »Errichten wir da gerade eine wunderbar fürsorgliche Diktatur, hoch verehrter Lordmediker? Das Regime der Heiler über Billionen vom Toxin Befallene? Wohnen wir in dieser Feierstunde der Gründung des Imperiums der Pharmazeuten bei?«

Oclu-Gnas legte seine schlanken Finger aneinander und betrachtete sie eingehend, als läge dort, zwischen seinen Händen, die Lösung verborgen. Dann blickte er wieder auf und in die Kameras der zahllosen Sendeanstalten.

»Aralon hat dieses Toxin nicht über die Planeten gebracht. Wir alle wissen, dass es leicht ist, und ebenso verlockend, uns zu beschuldigen. Aralon bietet dir, Ferrone, und allen verseuchten Welten Hilfe an, drängt sie aber nicht auf. Schon dass wir uns zu kostenloser Unterstützung bereit erklären, sollte dir beweisen, dass wir die Verantwortung nicht fliehen. Aber als Schuldeingeständnis werte das bitte nicht. Unsere Verantwortung entspringt allein unserem Wissen und unseren Fähigkeiten, keiner Schuld. Wir sind in gewisser Weise ebenso Opfer wie die betroffenen Völker. Trantipon hat uns betrogen. Aber macht die Tatsache, dass er betrogen wurde, den Betrogenen zum Betrüger?

Wir sagen zu: den Einsatz unserer Quarantäneschiffe. Hilfe. Eine gründliche Untersuchung der Vorfälle auf Jaimbor. Eine gleich gründliche Untersuchung der Verstrickung Milyon Stutzkas in die Pläne Trantipons.

Aber wir tun dies nicht als Schuldige. Wir tun, was in unserer Macht steht. Aber ...«, gestand er mit einem dünnen Lächeln ein, »... wir sind nicht allmächtig.«

»Na«, entfuhr es Dschingiz Brettzeck, »da haben wir ja noch mal Glück gehabt!«

Oclu-Gnas stand noch für einige Minuten Rede und Antwort. Manche Fragen waren scharf formuliert, und Perry Rhodan konnte nicht umhin, die Eleganz zu bewundern, mit der sich der Lordmediker um die Antwort – nun, nicht eben *drückte,* sondern mit der er sie umtänzelte.

Das Ara-Toxin schwebte wie ein Phantom über der Pressekonferenz. Mal erschien es wie ein ferner Popanz, ein aufgeblasenes Schreckgespenst, ausgedacht und produziert, um ganze Planetenbevölkerungen in Angst zu versetzen und sie zu panikartige Reaktionen zu verleiten. Man stelle sich vor: Terra, geräumt aus Angst vor einer Art größenwahnsinnigem Grippevirus!

Dann nannte Oclu-Gnas, allerdings erst auf massive Nachfrage, Daten und Zahlen, und selbst Rhodan mit seinen vergleichsweise rudimentären biomedizinischen Kenntnissen sah, wie mit dem Ara-Toxin ein namenloser Schrecken Gestalt annahm.

Rhodan beobachtete, wie ein swoonscher Journalist sich Gehör zu verschaffen suchte. Der Swoon hatte bereits vor Beginn der Konferenz Oclu-Gnas bedrängt und wurde wohl seitdem von irgendwelchen Sicherheitseinrichtungen im Mantar-Zada-Saal mundtot gemacht.

Schade, denn der körperlich kleine Alien schien über manches unterrichtet zu sein. Die Tatsache, dass sich der Chef des Aracom selbst getötet hatte, war dem Swoon offenbar bereits aus anderen Quellen bekannt gewesen.

Einmal, als Oclu-Gnas wohl zufällig in Rhodans Richtung blickte, bedeutete dieser ihm mit einem Fingerzeig, er wünsche den Swoon zu hören. Oclu-Gnas stellte sein Akustikfeld stumm und besprach sich kurz mit Lakwith.

Kurz darauf grollte die Stimme des Swoon, offenkundig akustisch verstärkt, durch den Saal: »Ehrenwerter Lordmediker, bitte um eine kurze Mitteilung über ein Raumschiff mit der Bezeichnung KAMMARA!«

Rhodan hob unwillkürlich die Augenbrauen. Woher hatte der Swoon von diesem Schiff Kenntnis?

Oclu-Gnas strich mit einer Hand über den transparenten Tisch wie über ein Tuch, das er glätten musste. »Bedauerlicherweise müssen wir auch die KAMMARA zu den Opfern der von Milyon Stutzka fehlgeleiteten Aracom-Einsätze rechnen. Das Schiff wurde kurz nach seinem Abflug aus dem Kesnar-System von einem Raumer der Aracom aufgebracht und vernichtet. Eine gründliche Untersuchung wird ergeben, welche Flüchtlinge von Jaimbor sich in dem Quarantäneschiff aufgehalten haben; den Angehörigen der Opfer darf ich jetzt schon eine angemessene Entschädigung zusagen.«

»Einen bunten Abend mit dem Lordmediker?«, fragte der Swoon.

»Nein«, antwortete Oclu-Gnas ernsthaft. »Wir dachten an eine lebenslange Behandlungsgarantie für die Angehörigen ersten und zweiten Verwandtschaftsgrades.«

»Oho!«, höhnte der Swoon. »Da wünscht man sich ja fast, mitmassakriert worden zu sein. Ich meine: zum Vorteil der eigenen Kinder.«

Rhodan schloss die Augen und schluckte seinen Zorn hinunter. Die Regierung musste weiter gehend mit Trantipon verhandelt haben, als Oclu-Gnas nun einräumte, und musste mit ihm handelseinig geworden sein. Worüber auch immer.

Einen Galaktischen Zoo wie auf Jaimbor setzte man nicht über Nacht aus dem Baukasten zusammen. Man sorgte nicht irrtümlich für seine Geheimhaltung. Und man überließ ihn keinem Dahergeflogenen als Spielwiese, einem Mann, der eines Tages auf Aralon gelandet und sich mit den Worten vorgestellt hatte: »Ich bin Trantipon. Ich bin hier, um das Volk der Aras zu neuer Größe zu führen. Darf ich um eure Gefolgschaft, euer Geld, eure Ressourcen bitten?«

Und selbst wenn es sich so abgespielt hätte, wäre kein Oclu-Gnas des Universums bereit gewesen, auf die schiere Versicherung solcher Absichten hin zu sagen: »Unser Geld und unsere Ressourcen? Aber bitte! Bedien dich, Trantipon!«

Nach der Pressekonferenz zog sich der Lordmediker mit seinen Begleitern aus dem Saal zurück. Ein schmaler, stabförmiger Roboter schwebte zu Rhodan und bat ihn diskret zu folgen.

Flüchtig betrachtete Rhodan die Porträts der amtierenden Räte an den Wänden des Saales und die Tafeln mit den Autografen ihrer wegweisenden Publikationen. Der Roboter führte ihn in eines der großzügigen Privatquartiere, die rings um den Saal angesiedelt waren.

Oclu-Gnas erwartete ihn in einem ovalen Zimmer, dessen eine Wandhälfte ganz von einem Panoramafenster eingenommen wurde. Ohne sichtbares Muster standen einige Möbel und Statuen verteilt im Raum. Die Statuen waren transparent; sie zeigten humanoide oder semihumanoide Leiber, in deren Innerem die Organe in milchigen Farben schimmerten und pulsierten.

Oclu-Gnas lehnte in einem Sessel aus mattblauem, leise quietschendem Leder. Aus den Kopfstützen waren zwei metallische Arme ausgefahren, an deren Enden sehr menschlich wirkende Hände saßen.

Nachbildungen, Nachzüchtungen, dachte Rhodan. Das hoffte Rhodan. *Bitte bloße biomechanische Imitationen und keine amputierten Originale, die sich der Lordmediker dienstbar gemacht hat.*

Die beiden Hände massierten sanft die Schläfen der hohen Stirn. »Zufrieden?«, fragte der Ara den Terraner.

»Nein.«

Der Ara seufzte leise und lang. »Ich habe gesagt, was ich öffentlich und amtlich sagen kann.«

Rhodan winkte einen zweiten Sessel herbei, setzte sich und schaute den Lordmediker an. »Jetzt sind wir privat.«

Oclu-Gnas lächelte maskenhaft. »Wie könnte ich mit dem verehrten Residenten der Liga *privat* sein? Stell deine Forderungen.«

Rhodan fuhr sich kurz durchs Haar. »Wie könnte ich an den verehrten Lordmediker von Aralon Forderungen stellen? Zumal so nah am Herzen des Huhany'Tussan?«

Oclu-Gnas winkte verärgert ab. »Ich erfreue mich einer viel geringeren Rückendeckung durch den Tai Moas über Thantur-Lok, als du vermutest.«

Rhodan beugte sich leicht vor und legte die Handflächen zusammen. Für einen flüchtigen Moment wurde ihm die Distanz zu Terra bewusst. Über 34.000 Lichtjahre von hier zog die Erde ihre Bahn um die Sonne Sol, und in 34.000 Jahren erst würde das Licht der Sonne Kesnar, das hier auf ihn fiel und den stillen, milden Park vor dem Panoramafenster, die Erde erreicht haben.

Wenn es die Erde dann noch gab und sie nicht, infiziert vom Ara-Toxin, der künstlichen Krankheit erlegen war.

»Zur Tagesordnung«, sagte er leise. »Für deine bisherige Unterstützung danke ich dir. Aber ich wünsche, dass die Einrichtungen und Vorfälle auf Jaimbor nicht nur untersucht, sondern einer kritischeren Bewertung von Seiten der araischen Regierung unterzogen werden.«

»Wir werden sehen und bewerten. Allerdings kann ich keine unverzügliche Schließung der dortigen Anlagen zusichern. Da die jaimborschen Kliniken, Rehabilitationszentren und Forschungszentren keine Regierungseinrichtungen sind, unterstehen sie nicht ausdrücklich unserer Autorität.«

Perry Rhodan lächelte. »Eine Bande von Kriminellen, die dein Haus überfällt und einige einer sicher wertvollen Statuen raubt, wäre auch keine Regierungseinrichtung. Trotzdem würde sie einer staatlichen Strafverfolgung ausgesetzt, nicht wahr?«

»Meine Statuen wüssten sich zu wehren«, wandte Oclu-Gnas ein.

»Du weißt, was ich meine.«

»Wenn deine Schilderung zutrifft, werden auf Jaimbor Klienten therapiert. Durchaus nicht ganz gegen deren Willen. Die Exzesse ...«

»Wir könnten eine gemeinsame Untersuchungskommission einsetzen, zu entsprechenden Teilen von Aras, Terraner, Arkoniden und so weiter besetzt. Das sind doch Details, Oclu-Gnas! Das können deine Leute mit meinen Leuten besprechen. Überlassen wir das den Diplomaten. Ich verlange nur, dass araische Autoritäten weitere Verstöße gegen humanitäre Standards unterbinden und ...« Er unterbrach sich. *Oclu-Gnas lockt mich auf Nebenkriegsschauplätze,* erkannte er. »Wer hätte etwas davon, wenn wir terranische Schiffe in Marsch setzen müssten, um Bürger der Liga zu schützen? Wenn Bostich sich zu einer Reaktion hinreißen ließ? Wo läge dein Gewinn, Lordmediker? Wo der Profit für Aralon?«

Oclu-Gnas lächelte ihm müde zu. »Jaimbor ist für uns kein drängendes Problem. Deinen Schilderungen nach sind dort unschöne Dinge geschehen. Das glaube ich dir. Manches werden wir reparieren können, manches entschädigen, vieles nicht. Aber gibt es da nicht ein terranisches Sprichwort: Zeit versorgt alle Wunden?«

»Zeit heilt alle Wunden«, korrigierte Rhodan. »Es ist falsch wie alle Sprichwörter.«

Der Ara stand auf und ging zum Panoramafenster. Er verschränkte die Arme auf dem Rücken und betrachtete die Parklandschaft. Perry Rhodan sah giraffenartige Tiere mit moosgrünem Fell über die Wiesen stolzieren und mit Schnäbeln in den Wipfeln äsen. Vögel flogen. Blumen blühten. Alles wimmelte von Leben. Nur Aras sah man kaum, und wenn, dann wandelten sie in leicht eingetrübten Lichtschutzblasen die Wege entlang.

Sie ertrugen das Licht der Sonne Kesnar nicht gut. Ihre großen Siedlungen lagen unter der Erde. *In gewisser Weise,* dachte Rhodan, *sind sie in der eigenen Heimat heimatlos.*

»Am Ende ist das Leben selbst eine Wunde, das sich mit dem Tod schließt«, sagte der Lordmediker. Er drehte sich zu Rhodan um und sah ihn an, vorwurfsvoll, wie ihm schien, als würde er sich durch seinen Zellaktivator einer wesentlichen Pflicht entziehen.

»Fahren wir fort mit der Tagesordnung«, bat Rhodan. »Trantipon.«

»Trantipon.« Oclu-Gnas setzte sich wieder, scheuchte aber die Massagehände, die sich ihm andienten, mit einer Geste zurück. »Im Auftrag der regierenden Instanzen Aralons bitte ich dich, Trantipon und seine Kollegen zu verfolgen und zur Rechenschaft zu ziehen. Aralon tritt jegliche rechtlichen Verfolgungsansprüche an dich und die LFT ab.«

Womit ich zum Marshal von Aralon-City würde, amüsierte sich Rhodan. »Gut«, stimmt er zu.

»Aralon stellt dir geeignete Mittel zur Verfügung, wenn du es wünschst. Gut ausgerüstete, schnelle Transportschiffe. Erstklassiges wissenschaftliches Personal.«

Rhodan nickte. »Jetzt müsste ich nur noch wissen, in welcher Richtung ich Trantipon suchen soll.«

Oclu-Gnas präsentierte Rhodan ein schmales Datenstäbchen. »Wir sind uns ziemlich sicher, dass Trantipon mit seinen Kollegen unterwegs ist zu jener ersten Welt, auf der die Reaktionen auf die Injektion mit Ara-Toxin in ihre finale Phase gehen.«

»Ihr habt diese Welt identifizieren können?«

»Ja«, sagte Oclu-Gnas. »Es ist der dritte Planet in einem Sonnensystem, das sich 4254 Lichtjahre von hier befindet. Er heißt Remion.«

Rhodan lachte auf. Oclu-Gnas starrte ihn an. Das war wahrscheinlich die letzte Reaktion, die er vom Residenten erwartet hätte.

»Offenbar kennst du Remion«, schloss er aus dem Lachen.

»In der Tat kenne ich diesen Planeten.« *Remion,* dachte Rhodan. *Ausgerechnet Remion ...*

»Verzeih einer aufdringlichen Laus, dass sie dir aufgelauert hat. Aber besagte Laus hätte gern mit dir ein, zwei Wörtchen gewechselt.«

Die beiden Antigravplattformen hatten sich ihm mit so großer Geschwindigkeit genähert, dass Rhodan versucht gewesen war, sich zu Boden zu werfen. Aber als er erkannt hatte, dass es sich um den Swoon handelte, der sich kurz vor der Pressekonferenz mit dem Lordmediker angelegt und dann von der Sicherheitsmaschinerie des Mantar-Zada-Saales *gedämpft* worden war, hatte er abgewartet.

Das Bremsmanöver war ebenso tollkühn wie theatralisch gewesen. Auf der einen Plattform thronte der Swoon auf einem Prunksessel, von einem Fächer von Pfauenfedern überragt. Auf der anderen Plattform waren etliche Kameras und Sendeeinrichtungen montiert, zweifellos vom Feinsten, was swoonsche Mikrotechnologie hergab.

»Du bist der berühmte Dschingiz Brettzeck vom Sender Augenklar«, erkannte er.

»Der bin ich in der Tat«, sagte der Swoon. »Seit der Pressekonferenz plagt mich die Neugier: Du hast zwischen den anderen Journalisten gesessen und nichts gefragt. Danach – hattest du eine Privataudienz bei Oclu-Gnas?«

»So kann man sagen.«

»Ein ziemlich bekloppter Typ, oder?«

Rhodan schmunzelte.

Der Swoon fragte: »Dieses Ara-Toxin – glaubst du, dieses Zeug ist so brisant, dass es nicht nur auf Aralon und unter Bekloppten für Furore sorgt, sondern auch von Leuten ernst genommen wird, die in den Regionen der Vernunft *residieren?*«

Rhodan stutzte und schaute den Swoon an. Dann sagte er: »Auch so ein *Resident* würde es ernst nehmen, meine ich.«

»Und dürfte die Öffentlichkeit darauf bauen, dass dieser *Resident* der vernünftigen Regionen sich persönlich um ein solches Toxin kümmern würde?«

»Dürfte ein solcher *Resident* sicher sein, dass ein sicher ebenso vernünftiger Journalist swoonscher Herkunft die

Antwort auf diese Frage mit gebotener Diskretion behandeln und nicht gleich mit einer Sondersendung an die Öffentlichkeit gehen würde?«

»Oh«, sagte der Swoon. »Der *Resident* würde staunen, wie diskret der swoonsche Journalist sein kann.«

»Dann bitte ich dich: Setz mich in Erstaunen!« Rhodan zwinkerte dem Journalisten zu.

»Und der swoonsche Journalist dürfte darauf hoffen, später, wenn alles getan ist, als kleine Anerkennung für seine Diskretion ein exklusives Interview mit besagtem Residenten ...?«

»Er kann ganz sicher sein«, willigte Rhodan ein. »Aber bis dahin behält der Journalist seine Vermutungen bitte für sich, ja?«

»Aye, Sir«, rief der Swoon. »Ich hab ja auch so noch genug Stoff. Denn, ganz im Vertrauen: Aralon ist eine Welt voll von Bekloppten!«

DIE CONNOYT WAR EIN SCHNELLES, MEDIZINISCH besonders gut ausgerüstetes und mit Space-Tubes bestücktes Transportschiff der Aras. Sie hatte bereits Kurs auf den Versuchsplaneten Remion genommen, und zehn baugleiche Schiffseinheiten folgten ihr im Konvoi. Insofern hatte Oclu-Gnas Wort gehalten.

Nach der Pressekonferenz – von der ich eine Aufzeichnung gesehen hatte – war alles sehr schnell gegangen. Die Agenten der Aracom hatten Tiff und mich direkt zum Raumhafen und an Bord gebracht, und kurz darauf waren wir gestartet.

Wir hatten uns frisch gemacht und dann in Rhodans Suite getroffen. Der Resident hatte natürlich die größte Kabine bekommen, und wir hatten einen Raum des Trakts zu unserem Besprechungszentrum erkoren.

Ich hatte die gesamte Suite – und diesen Raum besonders gründlich – durchsucht, aber mit meinen beschränkten Mitteln keine Abhörvorrichtungen entdecken können. Trotzdem vertraute Rhodan den Aras nicht einmal so weit, wie er sie sah; wer konnte es ihm nach den Ereignissen der letzten Tage und Wochen verdenken? Er hatte vom Kommandanten der CONNOYT einige Akustikfeldgeneratoren angefordert und auch bekommen. Nachdem ich einige Manipulationen an den Frequenzbändern vorgenommen hatte, gingen wir davon aus, uns unterhalten zu können, ohne abgehört zu werden.

Rhodan kochte noch immer vor Zorn. »Was für ein Heuchler!«, sagte er, als ich ihm das Zeichen gab, dass er frei sprechen konnte. »Um so bedauerlicher, dass die KAMMARA kurz nach ihrem Abflug aus dem Aralon-Sonnensystem von einem Raumer der Aracom aufgebracht und vernichtet wurde ... Man wird die Angehörigen selbstverständlich entschädigen ...« Es gelang ihm sogar einigermaßen, Oclu-Gnas' Stimme nachzuahmen.

»Selbstverständlich hat die Regierung mit Trantipon gemauschelt und erst jetzt kalte Füße bekommen, im letzten Moment und lediglich, weil wir plötzlich aufgetaucht sind und nicht mundtot gemacht werden konnten«, pflichtete Tiff ihm bei. »Diese unmenschliche planetare Versuchsanstalt Jaimbor hat jahrelang funktioniert, weil die Ara-Regierung weggesehen hat. Und diese Quarantäneraumschiffe sind sicher nicht wegen Trantipons schöner Augen umgerüstet worden. Die Zusammenarbeit mit den Anhängern der Reinen Heilslehre von Mo muss wesentlich intensiver gewesen sein, als der Lordmediker es nun zugibt. Und der kaltblütige Mord an den Aufständischen an Bord der KAMMARA wird mit ein paar spröden Entschuldigungen abgetan!«

Ich konnte es nicht so recht glauben. So ereiferte sich jemand, der seit 3000 Jahren galaktische Politik hinter verschlossenen Türen betrieb? Ein Regierungschef und ein Außenminister? Oder musste ich meine Studien der terranischen Moral fortsetzen, aber noch intensiver als zuvor? Mich vielleicht sogar damit abfinden, dass ich die Terraner niemals verstehen würde, genauso, wie sie die Aras niemals verstehen würden? War die Kluft, die unsere beiden Welten voneinander trennte, wirklich so breit und tief?

»Wenn die Herren Politiker sich beruhigen könnten«, sagte ich. »Sie sollten nicht alles für bare Münze nehmen, was der Herr Politiker Lordmediker so von sich gibt.«

Rhodan sah mich an. »Was meinst du damit?«

Ich breitete die Hände aus. »Unmittelbar, nachdem wir die KAMMARA verlassen haben, ist sie auf Überlicht gegangen. Das Schiff war praktisch Schott, arbeitete mit einer notdürftig zusammengebastelten Hilfspositronik. Ich habe die Flüchtlinge angewiesen, sofort nach Beginn des Linearflugs die Beiboote zu bemannen und bei der ersten Orientierungspause im Normalraum die KAMMARA mit Mann und Maus zu verlassen und den Flug mit den Beibooten fortzusetzen. Mag sein, dass die Aracom die KAMMARA tatsächlich gefunden und dann vernichtet hat. Aber da wird das Schiff schon unbemannt gewesen sein. Inwieweit die einzelnen Beiboote es nun tatsächlich zum LFT-Territorium schaffen, kann ich natürlich nicht sagen.«

Der Resident kniff die Augen zusammen. »Meinst du dieselben Beiboote, die angeblich darauf programmiert sind, mit voller Geschwindigkeit auf Aralon einzuschlagen und den halben Planeten in Schutt und Asche zu legen?«

Ich grinste breit. »Genau die. Ein guter Bluff, nicht wahr?«

»Warum hast du mir nicht gesagt, dass es nur ein Bluff war?«

»Weil du dann vielleicht nicht mit derselben Überzeugungskraft zu Oclu-Gnas gesprochen hättest.«

Rhodan funkelte mich finster an, sagte aber nichts mehr dazu. Es gefiel ihm nicht, manipuliert zu werden, und schon gar nicht von der Frau, die ihm das alles eingebrockt hatte.

»Zumindest ist auf Aralon wieder Ruhe eingekehrt«, wechselte Tiff beflissen das Thema. »Die Aras werden Arturo Lampedusas Asylgesuch ablehnen. Jeder liebt den Verrat, aber niemand den Verräter. Der Kerl wird bis zur Ankunft des nächsten LFT-Schiffs im goldenen Käfig seiner Residenz sitzen und anschließend der terranischen Gerichtsbarkeit zugeführt werden.«

»Was wird aus Tankred Bowitz?«

»Seine Ausflüge ins Motarium werden in den nächsten Wochen und Monaten wohl rar bleiben. Offiziell ist er ja Kulturattaché, und ich habe ihm die Amtsgeschäfte übertragen. Als TLD-Agent ist er auf Aralon darüber hinaus unhaltbar geworden. Ich habe ihn gebeten, sich zu überlegen, ob er sich auf einen anderen Planeten versetzen lassen will.«

»Und wenn er das nicht möchte?«

»Dann werde ich mich wahrscheinlich über einhundertundsiebzehn Vorschriften und Gesetze hinwegsetzen und ihn direkt zum Botschafter auf Aralon ernennen. Einen besseren Kenner der araischen Gesellschaft und Kultur werden wir so schnell nicht finden.«

»Was ist eigentlich mit Pron Dockt?«, fragte ich. »Hat ihn schon jemand gesehen?«

Rhodan schüttelte den Kopf. »Aber er ist an Bord. Wenn wir ihn zu Einsatzbesprechungen brauchen, können wir ihn zu uns bitten, ansonsten bin ich erleichtert, dass er sich von uns fernhält. Auch wenn er den Eindruck eines trotteligen Genies erweckt, Oclu-Gnas vertraut ihm offensichtlich. Vielleicht wollte er uns mit ihm eine Laus in den Pelz setzen.«

»Eine Spitzel-Laus.« Ich grinste wieder. »Als ob die Aras gar keine andere Möglichkeit hätten, uns an Bord eines ihrer Schiffe auszuhorchen.«

Rhodan warf mir wieder einen bösen Blick zu.

Tiff versuchte, die Lage etwas zu entspannen, indem er sich räusperte und sagte: »Immerhin haben die Aras zugesagt, mit einem Schnellraumer alle relevanten Informationen nach Tahun zu schicken. Von dort aus werden dann die Regierungen aller Planeten unterrichtet, die mit dem Ara-Toxin infiziert wurden.«

Eine noble Geste, dachte ich. *Nicht jeder Regierungschef sieht Augenklar.*

Diesmal hielt ich jedoch den Mund.

»Damit sind die ersten Probleme gelöst«, fasste der Resident zusammen. »Die Beziehungen zu Aralon stehen – offiziell – wieder auf einem guten Fundament. Aber wir dürfen uns jetzt nicht zufrieden zurücklehnen. Wir alle wissen nicht, was uns auf Remion erwartet. Wir müssen jedoch davon ausgehen, dass ich dort nicht willkommen sein werde.«

»Warum nicht?«, fragte ich.

Er schüttelte den Kopf. »Später.«

Ich verzichtete darauf, ihm zu sagen, dass ich voll im Bilde sein musste, um ihn so gut wie möglich schützen zu können. Ich wollte es nicht übertreiben.

»Aber in Hinsicht auf das Ara-Toxin drohen uns wohl einige äußerst unangenehme Überraschungen«, fuhr

Rhodan düster fort. »Und sogar auf Terra ist das Ara-Toxin bereits an der Arbeit ...«

»Aber im Augenblick können wir nur warten.« Tiff stand auf. »Wir sollten uns ausruhen, erholen, entspannen.« Er sah mich an. »Deine Kabine oder meine?«

»Deine«, sagte ich, ignorierte den überraschten Blick, den der Resident uns zuwarf, und ging mit Tiff zur Tür.

DIE SAAT DER STERNE

von Rüdiger Vaas

Die Aras gehören seit den ersten Jahren zum Kernbestand der Völker im PERRY RHODAN-Kosmos. Aras – das ist heute fast gleichbedeutend mit dem Ausdruck »Galaktische Mediziner«.

In der Medizin haben die Aras wahrhaftig immer wieder Spitzenleistungen gezeigt – im Guten wie im Bösen. Aber heißt das, wir müssten in jedem Ara tatsächlich einen »Mediziner« sehen?

Im Anschluss an jeden Roman der Ara-Toxin-Serie wollen wir deshalb eine etwas andere Facette dieses Volkes zeigen.

Den Anfang machte Altmeister Ernst Vlcek mit seiner Kurzgeschichte »Der Garten der irdischen Lüste« – der Geschichte eines Aras, der zum Experten in altterranischer Kunstgeschichte geworden ist. Eine Liebhaberei, die Anlass gibt zu einem mehr als merkwürdigen Abenteuer.

Nun folgt eine Story von Rüdiger Vaas. Ihn kennen die meisten PERRY RHODAN-Leser als den fleißigsten Mitarbeiter beim PERRY RHODAN-Journal, der Beilage zu den wöchentlichen Romanheften. Der profilierte Wissenschaftsjournalist und Philosoph arbeitet als Astronomie- und Physik-Redakteur bei dem populären Monatsmagazin »bild der wissenschaft«. Weniger bekannt ist, dass er bereits früh im Bereich der Science Fiction veröffentlicht hat. Von ihm stammt der TERRA ASTRA-Band Nummer 638 »Chaos im Prokyon-Sektor«.

In der folgenden Geschichte nimmt er seine literarische Tätigkeit wieder auf und schickt einige Explorer-Wissenschaftler auf die Reise, darunter einen Ara, dem die Gewächse einer fremden Welt zu denken geben. Denn dieser Ara ist Botaniker ...

Augen, überall Augen! Damit hatten die drei Exploratoren nicht gerechnet. Von Abertausenden Augen waren sie umgeben. Ein surreales Szenario, wie aus der Fantasie eines paranoiden Künstlers entsprungen. Freilich blickten die Augen in alle Richtungen. Blickten sie überhaupt? Zumindest schienen die Blicke den Schritten der Expeditionsteilnehmer nicht zu folgen. Doch im Dickicht dieser Augen konnte auch so nichts unbemerkt bleiben.

»Eigentlich möchte ich keinen Augenblick länger als nötig hier verweilen«, versuchte Acyton-Tats einen lahmen Scherz, der ihm immerhin ein schwaches Lächeln von Lena Payn einbrachte. Golf Dakron, der Expeditionsleiter, stapfte mürrisch voraus und war sorgfältig darauf bedacht, den türkisfarbenen Zweigen ringsum nicht zu nahe zu kommen, auf denen die Augen saßen. »Eigentlich ...«, sagte Acyton-Tats, denn seinem Unbehagen stand die wissenschaftliche Neugier entgegen: Er war als Galaktobotaniker schon weit herumgekommen, aber solche Gewächse hatte er noch nie gesehen – Gewächse, die zurückblickten.

»Sind das überhaupt Pflanzen?«, fragte Lena. Ihr kastanienbraunes Haar schimmerte. »Augen gibt es doch nur bei tierischen Organismen.«

»Auch Pflanzen haben Lichtsinnesorgane, sonst könnten sie sich nicht zur Sonne hin orientieren«, wich Acyton-Tats aus. Er wollte sich nicht auf heikle Definitionsfragen einlassen, aber Lenas Frage war berechtigt.

»Das meine ich nicht«, hakte sie nach. »Selbst Bakterien haben Photorezeptoren. Doch das hier sind hoch entwickelte Augen, verblüffend menschlich, wenngleich sie keine Lider haben, sondern wie Blüten auf einem Blütenkelch sitzen. Und wenn es Augen sind, dann gibt es auch Nervenzellen. Aber keine Pflanze besitzt ein Nervensystem.«

Genau das brachte auch Acyton-Tats ins Grübeln. Er verkniff sich den Hinweis auf die Horlicksträucher von Prokyon II und die Roya-Bäume von Trantoria. In ihnen steckte tatsächlich eine Art von Nervensystem, das allerdings nur akustische, keine visuellen Reize verarbeitete. Beides Mal handelte es sich freilich um ein tierisches Relikt, eine Extremform der Symbiose. Bei den Horlicksträuchern war es Acyton-Tats selbst gewesen, der die Evolutionsgeschichte dieses Doppelorganismus aufklären konnte. Doch er wollte Lena Payn jetzt nicht schildern, wie die ehemals parasitischen Dellicaswürmer sich mit ihren Wirtspflanzen immer mehr verschwistert hatten, bis nach Jahrmillionen schließlich kaum mehr als ihr Nervensystem übrig geblieben war. »Wir könnten uns hier wirklich in Definitionsproblemen verheddern«, antwortete der Galaktobotaniker lediglich. »Die Kategorien unserer Sprache sind Konventionen, die nicht immer die Unterschiede in der Natur angemessen beschreiben.«

Lena nickte, während sie ihre Schritte beschleunigte, um den Anschluss an Golf Dakron nicht zu verlieren. »Dennoch hat sich die Klassifikation von Pflanzen und

Tieren gut bewährt«, setzte sie beharrlich fort. »Selbst das rudimentäre Nervensystem der Horlicksträucher von Prokyon II ist tierischen Ursprungs, wie du selbst am besten weißt.«

Ihr Lächeln war hinreißend. Aber nicht deshalb blieb Acyton-Tats verblüfft stehen, sondern weil er nie erwartet hatte, dass Lena Payn sein Gutachten für das exobotanische Zentrum Acerplatanus kannte.

»Genug jetzt von diesen philosophischen Spitzfindigkeiten«, unterbrach Golf Dakron das Gespräch seiner beiden Begleiter. Die gerötete Nase verriet seinen Ärger. Und er ärgerte sich stets, wenn sich andere für etwas begeisterten, das er nicht verstand oder interessant fand. »Wir können, wenn Zeit bleibt, auf dem Rückweg immer noch botanisieren. Das Bauwerk dort vorne ist jetzt wichtiger. Deshalb sind wir hier.« Er deutete auf die grauen Mauern, die durch den sich lichtenden Augenwald sichtbar wurden.

»Eine seltsame Welt«, murmelte Acyton-Tats mehr zu sich als zu Lena, die ihn schweigend und aufmerksam betrachtete. Eine Welt voller Augengewächse, alt und rätselhaft, und dann dieses Bauwerk: exakt in der geometrischen Mitte des einzigen Kontinents auf Geza IV.

Dieser vierte Planet des sonnenähnlichen Sterns Geza war 28.000 Lichtjahre von der Erde und 7800 Lichtjahre von Aralon entfernt sowie mehr als 1200 Lichtjahre über der galaktischen Ebene. Er stand ursprünglich gar nicht auf dem Erkundungsplan des Explorerschiffs EX-2233 VAN MODERS. Da andere Forschungsaufträge aber schneller erledigt waren als geplant – genauer: nicht den erhofften Erfolg hatten, denn giftige Spurengase und eine hohe Strahlenbelastung machten die zunächst so aussichtsreich erschienenen Planeten Hallam-F72 und Lamont II für eine Besiedlung ungeeignet –, bot sich ein Abstecher zum Geza-System an. Es lag fast auf dem Kurs und war zwar schon länger in den Sternkarten verzeichnet, aber anscheinend noch nie aus der Nähe erkundet worden. Zumindest gab es keine Aufzeichnungen in den einschlägigen Datenbanken.

Vier der fünf Trabanten, die um den fast sieben Milliarden Jahre alten G-Stern Geza kreisten, waren atmosphärenlose verkraterte Ödwelten, allesamt kleiner als Mars. Gasriesen existierten hier überhaupt nicht – vermutlich waren sie bei der Entstehung des Sternsystems schon früh in ihre Sonne geraten. Geza IV fiel den Wissenschaftlern jedoch sofort positiv auf: 11.800 Kilometer Durchmesser und damit fast so groß wie die Erde, eine Stickstoff-Sauerstoff-Atmosphäre, gemäßigte Temperaturen, keine Jahreszeiten aufgrund der fast senkrecht zur Bahnebene stehenden Rotationsachse, ein 1980 Kilometer großer Eismond und ein weiter entfernter, gravitativ nur schwach gebundener Kleinmond von 66 Kilometern Durchmesser. Die plattentektonischen Bewegungen der Kruste von Geza IV schienen schon zum Erliegen gekommen zu sein und größere Gebirge fehlten beziehungsweise waren durch Erosionsprozesse abgetragen – Indizien für eine alte, geologisch weitgehend inaktive Welt.

Alle diese Daten bestärkten die Planetenforscher an Bord der EX-2233 VAN MODERS in ihrer Annahme, dass sich Geza IV als Siedlungswelt eignen könnte. Tatsächlich fanden sie es erstaunlich, dass hier noch keine Kolonie gegründet worden war. Zwar lag das Geza-System abseits der galaktischen Hauptverkehrsrouten, aber wenn man bedachte, dass sich Menschen auf sehr viel unwirtlicheren und nicht weniger entlegenen Planeten niedergelassen hatten …

Dann spürten die Fernortungssysteme eine Quelle schwacher Radiostrahlung im Zentrum des Kontinents auf; und die Nahinfrarotscanner, Isotopenspektrometer und Ultrapräzisionsoptiken entdeckten an derselben Position auf einer Lichtung ein achteckiges Bauwerk. Um es genauer zu untersuchen sowie physikochemische und ökologische Analysen auf der Planetenoberfläche zu machen, wurde ein Expeditionsteam ausgewählt: Golf Dakron, Lena Payn und Acyton-Tats. Mit einer Space-Jet waren sie einen halben Kilometer nördlich des Gebäudes auf einem Hügel gelandet, der die türkisfarbene, kleinblättrige Flora überragte. Erst dort hatten die drei Exploratoren die Augen an den Zweigen schlanker, hochgewachsener Büsche entdeckt – ein Novum in der an exotischen Pflanzen nicht gerade armen Galaxis.

»Los jetzt!«, wurde Acyton-Tats aus seinen Gedanken gerissen. Golf Dakron sah vom Monitor seines quaderförmigen Analysators auf, den er wie einen Bauchladen vor sich hertrug. Die Flora interessierte ihn nicht besonders, nachdem deutlich wurde, dass von ihr keine Gefahr ausging. Das graue, klotzig wirkende Gebäude auf der Lichtung vor ihnen fesselte hingegen seine Aufmerksamkeit. »Das ist wohl der interessanteste Ort auf dem ganzen Planeten. Schauen wir uns das genauer an. Nichts in meinen Daten gibt Anlass zur Besorgnis.« Golf scannte die Umgebung schon zum vierten Mal. »Ich finde keinerlei Anzeichen einer Infrastruktur. Nicht einmal Spuren einer Straße, die von diesen Augengewächsen überwuchert wurde.«

Das Bauwerk hatte fugenlose Mauern und einen achteckigen Grundriss. Es war fensterlos, ohne Antennen oder Aufbauten, 16 Meter breit und ebenso hoch. Abweisend und fremd wirkte es auf dieser nur von spärlichen blaugrünen Kräutern bewachsenen Lichtung. Für den Augenwald war der Boden hier anscheinend zu felsig. Seinen natürlichen Ursprung bezweifelte Golf, denn dass das Oktogon ausgerechnet im Mittelpunkt des Kontinents stand, konnte kein Zufall sein. Der Analysator half aber nicht weiter. Die Messungen zeigten jedenfalls deutlich, dass die Radiostrahlung aus dem Gebäude stammte. Auch war eine konstante schwache elektrische Spannung nachweisbar.

»Irgendwo muss es eine Energiequelle geben. Vielleicht eine Solarbatterie«, spekulierte Golf. »Jedenfalls sind die Werte zu gering, um eine Gefahr zu signalisieren. Wahrscheinlich ist dieses Bauwerk seit Millennien verlassen.« Dafür hatte es sich freilich gut gehalten. Die rauen Wände zeigten nur leichte Spuren der Verwitterung.

Langsam schritten die Exploratoren auf das Oktogon zu. Golf hielt mit der einen Hand den Analysator, die andere ließ er auffällig nahe am Desintegratorstrahler, den er an den Gürtel seines leichten Schutzanzugs geschnallt hatte. Lena war ebenfalls bewaffnet. Acyton-Tats trug nur einige Botanisiertrommeln mit sich sowie ein kompaktes Mikroskop, für dessen Einsatz aber wohl keine Zeit mehr bleiben würde. Er hatte das Gefühl, als würde sie der halbe Wald hinter ihnen mit Blicken durchbohren. Als er sich mehrfach rasch umdrehte, schauten aber nicht mehr der Pflanzenaugen in ihre Richtung, als es bei einer zufälligen Ausrichtung zu erwarten war.

Lena entging die Unruhe ihres Begleiters nicht. Sie ließ ihn herankommen und sagte leise: »Ich habe auch den Verdacht, dass sie uns beobachten.«

Acyton-Tats wunderte sich, wie souverän die junge Frau wirkte. Als Exploratorin war sie wie Golf zwar darauf spezialisiert, fremde Welten zu erkunden. Aber im Gegensatz zu diesem hatte sie, soweit er wusste, keine militärische Ausbildung, sondern Psychologie studiert. Und mit Ende zwanzig konnte sie noch nicht allzu viele unbekannte Planeten betreten haben. Acyton-Tats dagegen hatte sich mit seinen 41 Jahren schon auf mehr als 100 herumgetrieben, freilich immer nur die Flora im Visier. Sie war ihm Unbekanntes genug, an weitergehenden Abenteuern zeigte er kein Interesse. »Mir gefällt das nicht«, antwortete er mit gedämpfter Stimme, obwohl Golf, der bereits zwei Dutzend Meter vor ihnen war und mehr auf seinen Analysator blickte als auf das Oktogon vor ihm, über Interkom alles mithören konnte, wenn er ihr Gespräch denn verfolgte.

»Es besteht keine Gefahr«, erwiderte Lena, deren Haarfarbe nun einen bläulichen Ton angenommen hatte, ähnlich dem wolkenlosen Azur über ihnen. »Die Augenbüsche können uns doch nichts tun, und sonst ist hier niemand.«

Acyton-Tats widersprach nicht. Trotzdem kam es ihm jetzt leichtsinnig vor, nur zu dritt und kaum bewaffnet auf Geza IV gelandet zu sein, während die VAN MODERS 700 Kilometer über ihnen im Orbit schwebte, den Planeten im Detail kartografierte und nach Rohstoffen Ausschau hielt. Aber einer aufwendigeren Expedition hatte der Kommandant nicht zugestimmt, dafür reichte die Zeit nicht. Acyton-Tats drehte sich um und schaute zur diskusförmigen Space-Jet zurück, die nicht weit entfernt auf dem Hügel stand und ihm ein beruhigendes Gefühl gab. Auch waren die silbrigen Schutzanzüge, die die Exploratoren trugen, mit Deflektorschirmen ausgestattet, die sich im Ernstfall binnen Sekundenbruchteilen aktivieren würden.

Und selbst die transparenten Sicherheitshelme hatten sie nicht abgenommen. Zwar war die Luft auf Geza IV atembar und schien frei von pathogenen Keimen oder toxischen Substanzen zu sein, doch bei Ersterkundungen unbekannter Planeten galten strenge Vorschriften. Die gesamte Kommunikation wurde über Interkom geführt und simultan zur VAN MODERS übertragen. Ebenso die Aufzeichnungen der Helmkameras.

Acyton-Tats blickte auf den Chronometer am Handgelenk: In zweieinhalb Stunden mussten sie zurückfliegen, dann würde die VAN MODERS bereits zum nächsten Ziel aufbrechen. Für eine detailliertere Erkundung von Geza IV waren dann andere Expeditionsschiffe zuständig, wenn die Explorer-Behörde zustimmte.

»Was mich viel mehr beschäftigt, ist etwas anderes«, nahm Lena ihre Überlegungen wieder auf und kam Acyton-Tats näher, als nötig war. »Wenn diese Augen wirklich Augen sind, dann haben sie auch einen Sehnerv. Jedes einzelne von ihnen. Und diese Nerven müssen irgendwohin führen.«

Verblüfft sah der Galaktobotaniker sie an. Auf diesen naheliegenden Gedanken hätte er auch selbst kommen können. »Sie ziehen durch die Zweige vermutlich in den Stamm«, überlegte er dann. »Wir sollten ein paar dieser Gewächse ausgraben und in einer Quarantänebox auf die VAN MODERS mitnehmen, um sie genauer zu untersuchen. Die Herausgeber der Fachjournale werden Augen machen.«

Lena lächelte über das unfreiwillige Wortspiel ihres Begleiters. »Gute Idee. Und dann werden wir ja sehen ... denn vielleicht enden die Nervenstränge gar nicht im Stamm, sondern führen in die Erde.«

»Du meinst, sie ziehen sich ins Wurzelwerk oder verlassen die Pflanze?«

»Warum denn nicht? Vielleicht hat dieser seltsame Kontinent hier ja ein riesiges, unterirdisches Zentralnervensystem?«

Acyton-Tats schaute sie ungläubig an.

»Das war ein Scherz.«

»Aber womöglich mit ernstem Hintergrund ... oder Untergrund«, entgegnete der Galaktobotaniker und runzelte die hohe Stirn. Seine ohnehin blasse Hautfarbe wurde noch heller. »Vielleicht ist der Boden, auf dem wir stehen, wirklich eine Art Gehirn«, überlegte er. »Durchzogen von Nervensträngen ähnlich wie die Mykorrhiza.« Und ergänzte, als er Lenas fragenden Blick sah: »Mykorrhiza heißt die symbiotische Lebensgemeinschaft von Wurzeln und Pilzen auf Terra.« Vielleicht war Geza IV sogar eine Art Superorganismus. Aber diesen flüchtigen Gedanken verdrängte und verschwieg er.

»Kommt ihr jetzt endlich?« Golf Darkons Stimme hatte einen leicht zornigen Unterton. »Wir sind nicht zum Flirten hier.«

Acyton-Tats hielt seinen Blick noch immer nachdenklich in den tiefseeblauen Augen seiner aufgeweckten Begleiterin versunken, doch diese drehte sich lachend um und antwortete schlagfertig: »Bist du etwa eifersüchtig?«

»Auf einen glatzköpfigen Ara?!«, knurrte Golf. Und lauter: »Dieses Gebäude muss uralt sein. Es hat wahrscheinlich Äonen überstanden. Denn die Mauern bestehen aus einem Stein-Titan-Stahl-Verbund. Sehr hart. Und mein Analysator hat keinen solchen Verbundstoff gespeichert. Vielleicht stammt er nicht einmal von dieser Welt. Wir werden das mit den Instrumenten an Bord der VAN MODERS überprüfen müssen. Aber jetzt schauen wir uns das Bauwerk erst einmal von innen an.«

»Von innen?«, fragte Lena, die mit Acyton-Tats zu Golf getreten war.

»Ja. Hinter der Ecke ist ein Tor. Während du dir das wissenschaftliche Kauderwelsch anhören musstest, habe ich mit unserem Kommandanten gesprochen.« Golf fuchtelte mit dem Analysator herum, als würde das die Geringschätzung überdecken, mit der er Acyton-Tats bedachte.

Der Expeditionsleiter hielt nicht viel von dem Volk der Aras, trotz ihres mittlerweile tadellosen Rufs als Galaktische Mediziner. Aber er hatte von den medizinischen Künsten der hochgewachsenen Albinos auch noch keinen Gebrauch machen müssen. Vielmehr gefiel er sich in der Rolle des Exzentrikers, der im Bordcasino schon manchmal mit der steilen These von sich reden machte, dass krank nur würde, wer zum Arzt gehe – und tatsächlich bekam man ja eine Krankmeldung bloß durch ärztliche Anweisung, sonst musste man arbeiten –, und dass im alten China die Mediziner nicht fürs Heilen bezahlt worden seien, sondern nur so lange, wie ihre Schützlinge gesund waren.

Nach dem vierten Vurguzz an der Bar ging Golf mitunter noch weiter und wies immer wieder auf Verbrechen wie die Verbreitung der Nonus-Seuche auf Honur hin, die geschäftstüchtige Aras einst ausgelöst hatten, um für viel Geld ihre Medikamente und Impfstoffe zu verkaufen. Das war freilich Jahrtausende her und nicht die Schuld von Acyton-Tats und der anderen Aras an Bord. Zumal er nicht einmal Mediziner war, sondern Botaniker. Trotzdem wollte Golf ihn bei dieser Expedition nicht mitnehmen; doch der Kommandant hatte natürlich recht, dass ein Botaniker hier von allen Wissenschaftlern besonders profitieren könnte. Der Augenwald bestätigte dies jetzt.

Nun erkannten auch Lena und Acyton-Tats, dass eine der acht Seitenwände einen Eingang besaß – eine achteckige Aussparung, die fast die gesamte Wandbreite ausmachte und ungefähr halb so hoch wie das Oktogon war.

»Seltsam«, murmelte Acyton-Tats. »Ob dieses Tor die Körperform der Erbauer widerspiegelt?«

Seine beiden Begleiter wussten nichts zu antworten.

»Ich gehe hinein, ihr wartet hier«, sagte Golf und versuchte seiner Stimme mehr Festigkeit zu geben. Lena verkniff sich ein Lächeln. Sie hielt den Expeditionsleiter für einen Feigling und Wichtigtuer. Tatsächlich besaß Golf Dakron an Bord der VAN MODERS keinen besonders guten Ruf. Und seine leitende Position hatte er weniger durch Kompetenz als durch Buckeln und Beziehungspflege erhalten, zumal sein Vater ein einflussreicher Ministerialbeamter in Terrania City war. Dass Golf sich für die Exploration von Geza IV freiwillig gemeldet, genauer: in den Vordergrund gespielt hatte, war für Lena zunächst etwas überraschend gekommen.

Doch dann sah sie sich den Zwischenbericht der Fernerkunder an. Diesem zufolge bestand auf Geza IV keinerlei Risiko. Das hatte Golf ebenfalls gelesen und die Gelegenheit gleich ausgenutzt, sich als Erstbetreter des Planeten zu inszenieren. Der Kommandant ließ ihn gewähren, zumal er mit Ministerialrat Brok Dakron, Golfs Vater, schon mehr als einen unerquicklichen Wortwechsel geführt hatte.

Was Golf im Inneren des Oktogons erblickte, wurde von seiner Kamera aufgezeichnet und sowohl an die VAN MODERS gefunkt als auch in die Scheiben der Helme von Lena und Acyton-Tats projiziert. Viel war das nicht. Der Raum stand leer. Nicht einmal verwehte Erde oder ein paar verwelkte Blätter der Kräuter hatten sich in ihn verirrt.

»Eigenartig«, kommentierte Lena. »Als hätte eine Tür oder ein Schutzschirm das Tor verschlossen. Aber dafür gibt es kein Indiz.«

»Ihr könnt hereinkommen«, rief Golf. »Immerhin zeigt der Analysator jetzt eindeutig, dass die Strahlung aus diesem Gebäude stammt. Nämlich von unten.«

Und während die drei Exploratoren noch nachdenklich auf den Boden schauten, verloren sie diesen plötzlich unter den Füßen.

Sie stürzten nicht, denn es hatte sich keine Falltür geöffnet, wie Golf im ersten Schreck dachte, sondern der Boden raste als Ganzes in die Tiefe. Das alles geschah mit gespenstischer Lautlosigkeit.

»Es ist eine Art Aufzug«, stellte Lena fest. Wieder bewunderte Acyton-Tats ihre ruhige Gefasstheit. Golf dagegen hatte es die Sprache verschlagen. Ihr Haar war jetzt fast schwarz. Sie leuchtete mit ihrem Helmscheinwerfer die Wände ab. Der Ara klopfte mit der flachen Hand dagegen. Ein Klatschen wie gegen eine massive Steinmauer.

Nur die plötzliche Leichtigkeit zeugte von dem kontrollierten Absturz. »Wir müssen uns auf einen Aufprall gefasst machen, denn so wird es nicht weitergehen.«

Lenas Worte waren kaum verklungen, da verlangsamte sich die Abfahrt. Das dämpfte auch die Panik, die sowohl Golf als auch Acyton-Tats zu packen drohte. »Wir haben einen Fehler gemacht«, flüsterte Lena. »Wir hätten nicht alle drei zusammen das Gebäude betreten sollen.«

Golfs Nase wurde wieder rot, das war sogar im Licht der Helmscheinwerfer zu erkennen. »Ich habe euch doch gesagt, dass ihr draußen warten sollt«, schnaubte er Lena an.

»Doch dann hast du ...«, wollte Acyton-Tats seine Begleiterin verteidigen. Aber die sah ihn so eindringlich an, dass er verstummte.

»Jetzt ist es zu spät«, sagte sie beschwichtigend zu Golf. »Seltsam, dass der Aufzug sich erst aktiviert hat, als wir nachkamen, und selbst dann nicht sofort. Er hätte dich ja auch gleich in die Tiefe nehmen können.«

Golf versuchte sich zu beruhigen. »Ich verstehe das auch nicht.« Und wurde wieder wütend. »Aber dieses Ding da hat ja nichts angezeigt«, zischte er und beherrschte sich nur mühsam, den Analysator nicht gegen die Wand zu schlagen. »Er hätte doch registrieren müssen, dass die Mauern nicht durchgängig sind, sondern zweigeteilt. Und dass sich über der Decke Tragseile und eine Rolle oder was auch immer befinden. Und ein Schacht unter dem Boden.« Golf spielte erneut die letzten Messdaten auf dem Monitor ab. Nichts. Offensichtlich konnten die Detektorstrahlen diese Wände nicht durchdringen.

Mit einem kaum merklichen Ruck kam die Kabine zum Stillstand. Hinter dem offenen Achteckstor gähnte Finsternis. Die Scheinwerfer der Exploratoren vermochten sie nur mühsam auszuleuchten.

»Ein Gang«, sagte Golf, die Augen auf seinen Analysator gerichtet. Das rasche Atmen verriet seine Angst. »Ein leicht nach unten geneigter Gang. Er hat einen achteckigen Querschnitt wie unser Tor hier, reicht etwa einen halben Kilometer geradeaus und scheint dann abzubiegen. Was nach der Kurve oder Ecke kommt, erschließt sich meinem Messgerät nicht.« Golf wandte sich wieder seinen Begleitern zu. »Ich weiß nicht, wie tief wir unter der Planetenoberfläche sind. Der Analysator zeigt keine Daten.«

Jetzt klang auch Lenas Stimme nervös: »Wir haben den Kontakt zur VAN MODERS verloren.«

Lena Payn hatte nun pechschwarzes Haar, und in ihren Augen schien es zu flackern. Das waren aber wohl nur die Reflexe von Golfs Scheinwerfer, der leicht zitterte. Acyton-Tats und Golf konnten ebenfalls keine Interkom-Verbindung mehr herstellen.

Lena prüfte ihren Datenspeicher. »Sie haben uns noch in das Gebäude hineingehen sehen. Aber als der Aufzug startete, riss der Videokontakt. Im gleichen Moment.«

Unschlüssig blickte sie sich um. Golf verwünschte seinen Leichtsinn. Er war vollkommen ratlos.

»Es bringt nichts, hier länger herumzustehen«, meinte Lena. »Man wird sicherlich bald nach uns suchen. Aber vielleicht finden wir ja selbst einen Ausweg. Zumindest sollten wir die Zeit nützen. Oder was denkt ihr?«

Golf zuckte mit den Achseln. Auch Acyton-Tats' Neugier hielt sich in Grenzen. Eigentlich hatte er nur eine Leidenschaft, und die vermochte er hier unten schwerlich auszuleben: die Botanik. »Wir könnten zumindest herausfinden, wohin dieser Gang führt«, sagte er schließlich.

Kaum war er aus der Kabine getreten, legte sich ein gleichmäßiger, matter Lichtschein über die Wände und den Boden des Gangs. Die Mauern leuchteten von innen heraus.

Acyton-Tats trat erschrocken zurück, aber die Beleuchtung blieb.

Ob jemand sie beobachtete? Oder hatten sie einfach einen uralten Mechanismus aktiviert?

»Hier ist niemand, das hätten wir doch festgestellt«, versuchte Golf wieder die Initiative zu ergreifen.

»Zumindest erspähe ich keine Augen«, stichelte Acyton-Tats. «Aber mein Vertrauen in unsere Instrumente ist nicht mehr sehr groß. Wenn die nicht einmal einen Aufzug identifizieren können ...«

»Das hilft jetzt auch nicht weiter. Erkunden wir den Gang!«

Golf ging voran und die beiden anderen folgten ihm zögernd. Doch nichts geschah. Die Beleuchtung änderte sich nicht, und weil sie von überall zu kommen schien, warfen die Exploratoren auch keinen merklichen Schatten. Außer jenen, den ihre Helmlampen hervorbrachten, denn diese waren wesentlich heller als der diffuse Schein. Acyton-Tats blickte sich noch einmal um, aber das Tor zum Aufzugsschacht schloss sich nicht. Auch die Kabine blieb an ihrem Ort. Leer, reglos und bedrohlich.

Als Golf die Biegung des Gangs erreichte, hielt er zuerst vorsichtig eine Minikamera um die Ecke. Der Korridor endete hier nach wenigen Metern vor einem weiteren achteckigen Torbogen. Was dahinter kam, konnte die Kamera nicht erfassen. Golf schob daraufhin auch den Analysator nach vorne und kam sich dabei etwas lächerlich vor. Wenn es jemand auf sie abgesehen hätte, dann würden diese Maßnahmen wohl nichts helfen. Doch er gab sich die Schuld, dass seine Begleiter überhaupt in diese missliche Lage gekommen waren, und wollte nun lieber zu viel Vorsicht zeigen als zu wenig.

»Hinter der Biegung liegt ein Tor, und hinter dem Tor scheint eine riesige Halle oder Höhle zu beginnen mit komplexen Strukturen darin«, berichtete Golf seinen Begleitern dann. »Keinerlei Aktivitäten. Nur die diffuse elektromagnetische Spannung und Streustrahlung im Radiowellenbereich. Aber das ist in Anbetracht der Beleuchtung hier nicht mehr verwunderlich.«

»Also schauen wir uns das an«, schlug Lena vor. In den letzten Minuten hatte sie immer wieder versucht, mit ihrem Explorerschiff Verbindung aufzunehmen. Vergeblich.

Golf und Acyton-Tats nickten zustimmend. Vorsichtig bogen die drei um die Ecke. Tatsächlich erstreckte sich hinter dem Achteckstor ein riesiger Raum. Es war stockfinster dort, aber die Radarechos des Analysators zeigten, dass das Gewölbe sich Dutzende von Kilometern weit nach vorne, links und rechts ausbreiten musste und mehr als einen Kilometer hoch war. Der Boden schien von einer komplexen Anordnung von Bauwerken bedeckt zu sein – vielleicht eine Stadt.

»Ich hätte nicht gedacht, dass wir so tief unter der Planetenoberfläche sind«, staunte Acyton-Tats.

»Und ich nicht, so etwas hier zu finden«, sagte Golf überflüssigerweise.

»Wer immer das geschaffen hat – das war kein Kinderspiel«, meinte Lena. »Selbst ein ganzes Geschwader von Baurobotern hätte dafür Monate gebraucht.«

»Und es muss noch andere Verbindungen zur Oberfläche geben«, kombinierte Acyton-Tats. »Unser vergleichsweise mickriger Zugang kann die ganze Infrastruktur und Logistik schwerlich bewältigt haben.«

Lena führte den Gedanken fort: »Vielleicht wurde ja sogar ein riesiger Kessel in den Planeten gegraben und später künstlich überdacht. Und der Augenwald ist Tarnung und Wächter zugleich.«

»Das bringt uns alles nicht weiter«, unterbrach Golf. »Und es erklärt auch nicht, warum ausgerechnet das Oktogon übrig blieb. Wer solche Anlagen baut, könnte sie besser tarnen.«

»Nun, die Tarnung war perfekt.« Acyton-Tats wollte die Diskussion nicht so einfach abbrechen. »Weder die VAN MODERS im Orbit noch wir vor Ort haben irgendetwas von dieser Unterwelt bemerkt. Aber ich stimme dir zu: Weshalb das Aufzugshaus hinterlassen wurde, verstehe ich auch nicht.«

»Vielleicht eine Falle?«, überlegte Golf und spürte schon wieder Angst in sich aufsteigen.

»Das wäre doch etwas dilettantisch«, entgegnete Lena. »Und nicht sehr effektiv.«

»Wir jedenfalls sind hineingetappt«, sagte Acyton-Tats. »Und gerade das Unscheinbare des Bauwerks hat uns angelockt und unvorsichtig gemacht. Außerdem: Wer weiß schon, in welchen Zeitmaßstäben die Erbauer dachten ... oder denken. Und was ist überhaupt Zeit?«

»Jedenfalls das, was wir nicht haben«, raunzte Golf und dachte an den Abflugtermin, den sie nach Lage der Dinge kaum würden einhalten können. Ihn verdrossen die wiederkehrenden philosophischen Anwandlungen des Aras immer mehr. Er machte einen entschiedenen Schritt durch das Tor.

Kaum war Golf durch das Tor getreten, erhellte sich die Höhle. Und was die Explorer nun sahen, war trotz der Radarmessungen eine Überraschung: Tatsächlich standen sie am Rand einer Stadt.

»Wow!« Lena fand zuerst die Sprache wieder. Ihr Haar schillerte nun kupfern. Mit großen Augen musterte sie die Straßen und Bauwerke, die ihnen fast zu Füßen lagen. Hinter dem Achteckstor, also wenige Schritte vor ihnen, führte eine immer breiter werdende Rampe in die Stadt hinunter, die sich vielleicht 100 Meter unter ihnen in eine unbekannte Ferne erstreckte.

Wieder war das Dämmerlicht diffus und schien aus allen Richtungen zu kommen. Wo die kuppelförmige Höhle aufhörte, ließ sich nicht einmal erahnen.

»Na dann los!«, sagte Golf mit gepresster Stimme, sichtlich bemüht, seine angeschlagene Autorität zu festigen. »Das ist keine alltägliche Entdeckung. Dafür werden wir berühmt!« Und als er bemerkte, wie Acyton-Tats zögerte: »Jedenfalls werden nicht nur irgendwelche obskuren Botanik-Journale darüber berichten.«

Der Ara erwiderte nichts, sondern tauschte nur einen vielsagenden Blick mit Lena. Dann folgten sie Golf, der bereits die Rampe hinabging.

Die Stadt oder das, was von ihr übrig geblieben war, machte einen unheimlichen, abweisenden Eindruck. Alle

Gebäude hatten eine achteckige Form, auch ihre Tore, Türen und Fenster. Die Größe variierte, ebenso die Zahl der Stockwerke. Manche der Bauwerke standen isoliert, andere in kleinen Gruppen, wieder andere bildeten verschachtelte, komplexe Einheiten. Ein durchgehendes Muster ließ sich nicht erkennen. Die Gebäude mussten uralt sein. Die Mauern wirkten leicht verwittert, aufgeraut, ungepflegt, obwohl sie nirgendwo bröckelten oder Risse zeigten. Auch gab es keine Ruinen, kein Gerümpel, nicht einmal Staub. Die Stadt schien steril und vollkommen verlassen zu sein.

Außer den dumpf klingenden Schritten war kein Laut zu hören. Zunächst gingen die drei Exploratoren ängstlich von Bauwerk zu Bauwerk, immer geradeaus, und schauten sich nach allen Seiten um. Nichts. Nirgendwo lauerten Ungeheuer, Straßenräuber, nicht einmal Tiere. Aber das verringerte die Anspannung nicht.

»Was ist das?«, fragte Acyton-Tats plötzlich und deutete nach vorne. Die Straße mündete dort in einen freien Platz. In dessen Mitte standen drei – ja, was?

»Kein Grund zur Aufregung«, versuchte sich Golf souverän zu geben. Er las einige Daten vom Bildschirm seines Analysators ab. »Ich weiß zwar auch nicht, was das soll, aber diese Gebilde bestehen aus demselben Material wie alles hier – die Straßen, Häuser und Mauern.«

Mit jedem weiteren Schritt waren die drei Objekte vor ihnen deutlicher im Dämmerlicht zu erkennen. Sie standen etwas erhöht auf einem Podest in der Mitte des Platzes. Es war achteckig, wie die Exploratoren bemerkten, als sie es erreicht hatten, und auf dem ebenfalls achteckigen Platz trafen sich acht Straßen, alle gleich breit.

Die drei Gebilde auf dem Podest waren zylindrisch geformte, schmucklose Säulen.

»Wenigstens einmal nicht achteckig und acht an der Zahl«, murmelte Lena und ging um das Podest herum. Die Säulen wirkten wie Fremdkörper in dieser bizarren Welt.

»Vielleicht Verkehrszeichen«, versuchte Golf zu scherzen. »Denn an künstlerischen Interessen scheint es unseren unbekannten Freunden doch eher gemangelt zu haben.«

Lena ging nicht darauf ein. »Sie leuchten nicht«, stellte sie fest.

Golf zuckte mit den Achseln. Sein Analysator konnte auch jetzt keinen Unterschied im Material ausmachen. »Gehen wir weiter.«

Er drehte sich um und blickte auf die Rampe zurück, über die sie in die Stadt gekommen waren. Im diffusen Licht ließ sie sich kaum mehr erkennen. »Am besten in diesclbe Richtung weiter geradeaus, damit wir uns nicht auch noch verirren.«

Wieder passierten die Exploratoren Häuserblock um Häuserblock. Allmählich wurden sie mutiger und betraten einige der Gebäude. Die Türen öffneten sich beim Näherkommen, und manche Bauwerke hatten ohnehin unverschlossene Eingänge wie Hallen oder Garagen. Alle waren leer. Nichts ließ ihren einstigen Zweck erahnen – nicht einmal, ob sie als Wohnungen, Läden, Werkstätten, Fabriken, Versammlungsorte oder Büros dienten. Auch gab es kein einziges Möbelstück, das Rückschlüsse auf die Erbauer erlaubt hätte. Selbst Treppen fehlten, obwohl viele der Häuser bis zu acht Stockwerke hoch waren. Diese schienen durch Lifte miteinander in Verbindung zu stehen, ähnlich dem im Oktogon auf der Planetenoberfläche. Doch Golf weigerte sich, einen von ihnen zu betreten. »Wer weiß, ob es dann nicht noch weiter bergab geht.« Lena und Acyton-Tats verspürten ebenfalls keine gesteigerte Neugier oder Abenteuerlust.

Obwohl sie noch keine halbe Stunde in der Stadt unterwegs waren, begannen die drei, müde zu werden, und verlangsamten ihre Schritte. »Dort stehen schon wieder Verkehrspolizisten«, gähnte Lena nach einer Weile. Vor ihnen lag eine weitere Achterkreuzung mit einem Podest in der Mitte des Platzes. Aber diese Säulen waren anders: mit Unregelmäßigkeiten, senkrechten Furchen in der unteren Hälfte, weitere Furchen in der oberen, als hätte sich ein Bildhauer flüchtig daran versucht. Diese Säulen leuchteten ebenfalls nicht aus sich selbst heraus.

»Gehen wir noch ein Stück«, entschied Golf. »Irgendwo muss doch etwas zu finden sein.«

»Wer immer sich hier aufhielt, er wollte anscheinend keine Spuren hinterlassen«, überlegte Lena.

»Aber wozu die Mühe?«, rätselte Acyton-Tats. »Und bei dieser Größe«, er machte eine umfassende Bewegung mit dem rechten Arm, »wird einmal etwas liegen geblieben sein.«

Außerdem sind die Gebäude selbst Spuren, die ihre Erbauer hinterlassen haben. Was immer sie zum Abzug bewog – weder war der übereilt, noch wollten die Erbauer ihre Existenz geheim halten. Andernfalls hätten sie schwerlich das Oktogon auf der Oberfläche hinterlassen. Und warum haben sie diese Höhle nicht einfach gesprengt?«

»Vielleicht wollten oder werden sie zurückkehren?«, spekulierte Lena.

»Oder sie sind noch irgendwo«, trieb Acyton-Tats den Gedanken auf die Spitze, obwohl er nicht daran glaubte.

»Solche Mutmaßungen helfen uns nicht weiter«, unterbrach Golf die aufkeimende Diskussion. »Schauen wir uns noch ein paar Straßenzüge an. Und vielleicht dann doch einige der Obergeschosse.«

Das war allerdings leichter gesagt als getan. Denn die Müdigkeit machte sich immer stärker bemerkbar. Acyton-Tats verspürte außerdem ein Ziehen in seinen Muskeln. Erst im Nacken, dann um die Brust herum, schließlich am ganzen Körper. Er beschloss, sich nichts anmerken zu lassen, aktivierte aber die Medo-Einheit in seinem Schutzanzug, die ihm ein Adrenalinpräparat in die Blutbahn injizierte. Für ein paar Minuten fühlte sich der hochgewachsene Ara besser, doch alsbald nahm die Müdigkeit wieder zu. Auch Lena, deren Haar nun rostbraun war, soweit sich das im fahlen Dämmerlicht überhaupt sagen ließ, wurde langsamer. Nur Golf schien unverdrossen. »Schon wieder Säulen«, machte er seine Begleiter auf die nächste Achterkreuzung aufmerksam.

»Das sind keine Säulen!«, entfuhr es Lena, als sie näher getreten waren. Sie sagte nur, was alle dachten. Die Überraschung war perfekt: Diese Statuen hatten menschenähnliche Konturen.

Mehrfach gingen die Exploratoren um das Podest herum. Es war kaum zu glauben: Alle drei Statuen hatten einen angedeuteten, wenn auch gesichtslosen Kopf. Sie besaßen Schultern und, durch seitliche Furchen abgegrenzt, Ansätze von Armen. Sogar Hände ließen sich erahnen, allerdings ohne Finger. Um Beine auszumachen, bedurfte es ebenfalls keiner regen Fantasie.

»Eindeutig humanoid«, sagte Golf überflüssigerweise und machte mit seiner Kamera und dem Analysator einen millimetergenauen 3D-Scan.

Acyton-Tats vergaß für einen Augenblick seine Muskelschmerzen. »Ob diese Statuen an ihre Schöpfer erinnern sollen?«, fragte er sich.

»Das habe ich gerade ebenfalls gedacht«, stimmte Lena ihm zu. Sie lächelte ihn offen an.

Acyton-Tats blickte auf ihren linken oberen Schneidezahn, der etwas nach hinten verbogen war – eine Seltenheit im Zeitalter perfekter Gebisskorrekturen – und ihrem Lächeln einen ungewöhnlichen Charme gab. Der Ara mochte diese kleine Terranerin. Vielleicht, weil sie wie er eine gewisse Außenseiterin war. Tatsächlich kam sie streng genommen gar nicht von der Erde, obwohl sie dort ihre Kindheit und Jugend verbracht hatte; denn sie war in einer Raumstation geboren worden, die den Erdmond umkreiste.

»Hey, schau mich nicht so an«, lachte Lena, und in ihren Haaren funkelten orangefarbene Strähnchen. Acyton-Tats senkte verlegen den Blick.

»Lasst uns weitergehen«, drängte Golf und betrachtete zufrieden die 3D-Rekonstruktion der Statuen auf dem Monitor seines Rechners. »Ich bin neugierig, welche Überraschungen uns noch bevorstehen.«

Das waren Lena und Acyton-Tats ebenfalls. Doch die Muskelschmerzen nahmen weiter zu. Außerdem begannen bohrende Kopfschmerzen den Ara zu quälen – eine Seltenheit für ihn. Die Medo-Einheit spritzte ihm einen Neuromodulator. Auch Lena und Golf atmeten schwer.

»Fühlt ihr euch unwohl?«, wollte Lena wissen. »Ich fürchte, ich werde krank.«

Golf sagte nichts, aber er biss die Zähne zusammen. Schweißperlen hatten sich auf seiner Stirn gebildet.

»Mir geht es schlecht«, gab Acyton-Tats zu. Auch er begann zu schwitzen. »Ich verstehe nicht, was das ist.«

»Es hat sich nichts verändert«, sagte Golf, den Blick mehr auf den Analysator gerichtet als auf die Gebäude, die die Straße säumten. »Vielleicht ist es nur die Anspannung. Wenn wir wieder an Bord der VAN MODERS sind, müssen wir uns gründlich untersuchen lassen.«

»Wenn ...«, murmelte Acyton-Tats.

»Was willst du damit sagen?«, entgegnete Golf ungewöhnlich scharf.

»Nichts«, sagte Acyton-Tats und und war froh, dass ihm der Schutzhelm den Schweiß von der Stirn blies.

»Eigentlich müsstest du wissen, was mit uns los ist.« Golfs Stimme hatte noch immer einen aggressiven Unterton. »Du bist doch Medizinmann!«

»Ich bin kein Arzt, sondern Botaniker«, entgegnete Acyton-Tats müde.

»Warum hattest du dich eigentlich der Galaktobotanik zugewandt und nicht der Wissenschaft von Krankheit und Gesundheit?«, erkundigte sich Lena, um von dem aufkeimenden Streit abzulenken. Diese Frage hatte sie aber schon lange stellen wollen.

Acyton-Tats blickte sie nachdenklich an. »Pflanzen sind in ihrer Vielfalt und Komplexität faszinierender für mich. Außerdem ernähren sie sich fast alle nur von Licht, Luft und Mineralien. Sie sind die Basis für alles höhere Leben, nicht dessen Bedrohung.«

Er zögerte. Die zahlreichen Beispiele fleischfressender Pflanzen – bei der Erforschung der Regenbogenfallen von Laswizor II im Kugelsternhaufen 47 Tucanae wäre er selbst fast getötet worden – galten als Ausnahme, die die Regel bestätigte. Und diese hieß: »Leben und leben lassen.« Wobei selbst das Gefressenwerden oft ein Trick der Pflanzen war, noch mehr Leben zu gewinnen und auszustreuen – über die Verbreitung verdauungsresistenter Samenkerne zum Beispiel. Acyton-Tats bewunderte auch die Beharrlichkeit, Ausdauer und Selbstgenügsamkeit vieler Pflanzen, die sogar die unwirtlichsten Gegenden zu besiedeln vermochten und im Lauf der Äonen in üppige Gärten verwandelten. Die pralle Fülle des Lebens, das zwischen den Sternen gedieh, wäre ohne die Flora unmöglich. Und war sie nicht auch ein Sinnbild für die Ausbreitung des Lebens in der Milchstraße? Wie hatte es ein terranischer Dichter vor über zwei Jahrhunderten schon ausgedrückt: *Well, I dreamed I saw the silver / Space ships flying / In the yellow haze of the sun, / There were children crying / And colors flying / All around the chosen ones. / All in a dream, all in a dream / The loading had begun. / They were flying Mother Nature's / Silver seed to a new home in the sun. / Flying Mother Nature's / Silver seed to a new home.*

All das schoss jetzt durch seinen vor Schmerzen hämmernden Kopf. Doch es gab noch einen anderen Grund. »Meine älteren Brüder haben alle Medizin studiert. Mein Vater ist einer der gefragtesten Neurologen in der galaktischen Eastside. Ein Onkel hat die Herzchirurgie revolutioniert – vielleicht hast du von der Kepar-Tats-Klinik auf Aralon gehört. Und mein Großvater war Kule-Tats. Zu viele medizinische Berühmtheiten also. Welche Chance auf eine eigene Identität, auf einen eigenen Lebensweg hätte ich denn gehabt, wenn ich all diesen Spuren bloß gefolgt wäre?«

»Kule-Tats?!«, mischte sich Golf in das Gespräch ein, für einen Augenblick seine Antipathie gegen Ärzte vergessend. »So hieß doch jener Ara, der dem berühmten Kybernetiker Van Moders bei der Erforschung der Posbis half?«

»Ja, Kule-Tats war mein Opa«, wiederholte Acyton-Tats. »Ich konnte ihn aber nie persönlich kennenlernen.«

»Und jetzt bist du Forscher an Bord der EX-2233 VAN MODERS«, lächelte Lena. »Was für eine Kuriosität.«

»Wir sollten hier keine historisch-biografischen Symbolismen feiern, sondern sehen, dass wir bald wieder zu unserem Raumschiff gelangen«, sagte Golf mit einem ätzenden Unterton. »Wir sind längst überfällig. Aber zuvor schauen wir uns noch die nächsten Statuen an.«

Während des Gesprächs hatten sich die drei Exploratoren mit immer schwerer werdenden Beinen zu einer weiteren Achterkreuzung geschleppt. Wieder schälten sich drei säulenartige Gebilde aus dem Dämmerlicht hervor. Mit einer Mischung aus Vorsicht und Neugier näherten sich Golf und seine Begleiter dem Podest. Erneut standen humanoide Abbilder dort. Und diesmal trugen sie Gesichtszüge. Idealisiert zwar, mit geschlossenen Augen, aber eindeutig menschlich.

»Seht!«, rief Lena und deutete auf die Hände der Statuen: Sie hatten jeweils fünf Finger.

»Das ist eine Sensation!«, sagte Golf, nachdem er mehrfach um das Podest gegangen war und alles akribisch mit seinen Geräten erfasst hatte. »Und wenn diese Anlage wirklich so alt ist, wie es scheint, haben wir hier womöglich die frühesten Zeugnisse menschlicher Aktivität in der ganzen Galaxis.«

Doch seine Begeisterung hielt sich in Grenzen – die Neuromodulatoren und Stoffwechselaktivatoren schlugen einfach nicht an.

»Ich würde ja gerne noch weiter gehen«, sagte Golf. »Aber ich weiß nicht, wie lange wir durchhalten. Vielleicht sollten wir zurück zum Aufzug. Die VAN MODERS hat sicherlich bereits einen Suchtrupp abgeschickt, und der wird uns am ehesten dort erwarten. Wenn er überhaupt hier herunterkommt.«

Acyton-Tats schwieg. Lena stimmte Golf zu. »Die Statuen laufen uns ja nicht weg.«

Golf kontrollierte die Qualität der Datenaufnahme und nickte dann seinen Begleitern zu. In diesem Moment flammte hinter den achteckigen Fenstern eines der größeren Gebäude vor ihnen Licht auf. Helles Licht.

Die Exploratoren erschraken. Golf Dakron zog seinen Desintegrator. Damit herumfuchtelnd signalisierte er den anderen, hinter den Statuen in Deckung zu gehen. Mit dem Analysator scannte er das Haus. Ohne Ergebnis. Abgesehen von der geringfügig erhöhten Energieabstrahlung, die wohl mit dem hellen Licht zusammenhing, war nichts festzustellen. Misstrauisch filmte er die Fassade, doch selbst die stärkste Vergrößerungsstufe der Kamera ließ nichts Besonderes erkennen.

»Das sollten wir uns noch genauer ansehen«, sagte Lena und trat mit schmerzverzerrtem Gesicht neben Golf. »Es kann kein Zufall sein.«

»Aber steck bitte deine Waffe weg«, mahnte Acyton-Tats, der sich noch im Hintergrund hielt. »Das macht keinen guten Eindruck. Und hilft uns im Notfall auch nicht weiter.«

»Wir sind hier nicht auf einer botanischen Exkursion«, knurrte Golf, obwohl er einsah, dass der Ara recht hatte. Trotzdem gab ihm der Desintegrator an seiner Seite ein gewisses Gefühl der Sicherheit.

Langsam näherten sich Golf und Lena dem Haus. Sie gingen absichtlich in einem weiten Abstand voneinander.

Golf hatte das Eingangstor des Gebäudes erreicht. Es öffnete sich lautlos. Wie es alle Türen und Tore bei anderen Häusern auch getan hatten. Mit dem einzigen Unterschied, dass hinter ihm alles in gleißendes Licht getaucht war. Golf warf einen riesigen, unheimlichen Schatten auf die Straße.

»Eine Halle«, keuchte er leise, aber der Interkom übertrug alles. Acyton-Tats blickte abwechselnd geradeaus, um sich herum und auf die eingespielten Szenen in seinem Helm, der übertrug, was Golfs Kamera filmte: eine – soweit einsehbar – leere, aber hell erleuchtete Halle. Wieder schien es keine speziellen Lichtquellen zu geben. Es war die gesamte Fläche der Innenwände, die strahlte.

Plötzlich nahm Acyton-Tats Bewegungen hinter den Fenstern in den beiden oberen Stockwerken des Gebäudes wahr. »Wartet!«, rief er Golf und Lena zu. Sie standen schon zu nah an dem Tor, um noch eine gute Sicht zu haben.

Der schlaksige Ara glaubte, seinen Sinnen nicht zu trauen. Aus den Fenstern blickten Augen. Hunderte von Augen.

Acyton-Tats überspielte seinen Begleitern die Aufnahmen seiner Helmkamera. Die Augen glichen denen auf der Planetenoberfläche – menschenähnlich und doch eigenartig fremd. Auch sie saßen auf Stielen, ohne dass sich erkennen ließ, ob es Zweige waren. Acyton-Tats rätselte nicht lange darüber, wie in dieser sterilen Unterwelt etwas wachsen konnte oder ob es sich gar um Topfpflanzen handelte. Es gab ja so viele Ungereimtheiten auf dieser Welt. Und allmählich begann der Ara sogar an seinem Verstand zu verzweifeln. Vielleicht war alles nur ein Traum?

Doch die Schmerzen in seinen Muskeln und Gelenken fühlten sich unangenehm real an. Um irgendetwas zu tun, winkte er zu den Augen hinauf. Es kam ihm grotesk vor, aber vielleicht verstanden sie ja diese Geste. Sie starrten freilich nur bewegungslos zu ihm herab.

»Das schauen wir uns genauer an«, ächzte Golf. Sein Ehrgeiz war stärker als die Krankheitssymptome. »Wir müssen uns zusammenreißen. So viel Kraft werden wir doch noch aufbringen!«

Acyton-Tats ließ sich von der Medo-Einheit einen überdosierten Cocktail an Aufputschmitteln ins Blut spritzen, der ihm normalerweise zwei Tage lang den Schlaf rauben müsste; und doch spürte er, wie die bleierne Müdigkeit zunahm. Lange würde er sich nicht mehr auf den Beinen halten können. Mit schweren Schritten schloss er zu Golf und Lena auf.

»Wir gehen gemeinsam hinein«, entschied der Expeditionsleiter. »Ich habe das Gefühl, dass wir dicht vor der Lösung des Rätsels stehen, das uns diese Welt aufgibt.«

Lena nickte. Ihr Haar war jetzt weißblond. Acyton-Tats konnte nicht sagen, ob das an dem gleißenden Licht des Gebäudes lag, oder an ihrer Stimmung. Er hatte nicht viel für terranische Extravaganzen übrig, aber diese modernen Frisuren mit den chamäleonartig wechselnden Farben gefielen ihm. Vielleicht, weil er selbst nur ein paar armselige, schlohweiße Strähnen über den Ohren hatte – und das war schon viel, denn die meisten Aras waren vollkommen kahlköpfig.

Vorsichtig gingen die Exploratoren durch das Achtecktor ins Licht hinein. Wenigstens ließ Golf seinen Desintegrator stecken. Krampfhaft hielt er aber den Analysator umklammert.

Der Boden, die Decke und Wände der Halle leuchteten so hell, dass die Exploratoren geblendet die Augen zusammenkniffen und eine Weile brauchten, um sich anzupassen. Doch die drei Statuen auf dem Podest inmitten des weiten, achteckigen Raums waren jetzt nicht mehr zu übersehen. Wie schon ihre Vorgänger strahlten sie kein Licht aus. Sie kehrten den Exploratoren den Rücken zu. Aber auch so ließ sich auf den ersten Blick erkennen, dass sie keine schematisch modellierten Menschen zeigten, sondern äußerst realistische Nachbildungen. Selbst die Haare fehlten nicht. Nur die gleichförmige Farblosigkeit wirkte befremdlich.

»Es ist nicht zu glauben«, entfuhr es Golf. »Ich habe mich draußen schon gewundert, dass die drei Statuen, die wir zuletzt sahen, ungefähr unsere Körpergröße hatten. Bei diesen hier stimmt es aber auf den Zentimeter genau!«

»Was bedeutet das?«, fragte Lena leise. Aufgrund der weiter zunehmenden Muskelschmerzen konnte sie nur mühsam um die drei nackten Figuren herumgehen. Nun stand sie vor ihnen – und vor der Antwort auf ihre Frage:

Die Statuen waren nicht einfach bloß Modelle von Menschen.

Sie sahen genauso aus wie Lena Payn, Golf Dakron und Acyton-Tats.

Und in diesem Moment öffneten sie ihre Augen.

Entsetzt blickte Lena in ihr Ebenbild. Das Gesicht vor ihr war maskenhaft starr, aber es schaute sie unverwandt an. Aus Augen wie im Augenwald auf der Planetenoberfläche, und wie jene Augen, die Acyton-Tats hinter den Fenstern in den Stockwerken über ihnen gesehen hatte.

Lena wusste nicht, was sie tun sollte. Und sie fühlte, dass sie auch gar nichts mehr tun konnte. Ihre Beine waren schwer und steif geworden. Wie festgewachsen stand sie in der Halle. Ächzend traten Golf und Acyton-Tats zu ihr. Auch ihre Gesichter zeigten den ungläubigen Schrecken.

Gedanken wirbelten in ihren Köpfen. Woher kamen diese Doppelgänger? Waren sie schon immer da und hatten auf die Ankömmlinge gewartet? Oder sind sie erst jetzt modelliert worden? Aber von wem? Und wozu? Als besonders entgegenkommendes Begrüßungsritual – oder ...?

Doch während die Exploratoren noch nachdachten, starr vor Angst, begannen sich die Ereignisse zu überschlagen. Die Ebenbilder blickten nicht nur von ihrem Podest auf die drei erschöpften Menschen vor ihnen herab. Sie fingen auch an, sich kaum merklich zu bewegen – sie atmeten.

»Seht ihr das?«, fragte Acyton-Tats. Seine Muskelschmerzen waren so stark geworden, dass er es kaum mehr wagte, den Arm zu heben. Auf seiner Brust lastete ein imaginäres Gewicht, sodass er jeden Atemzug bewusst machen musste, pfeifend die Luft einsog und trotzdem immer weniger Sauerstoff bekam. Auch seine Gedanken wurden nun schwer, zäh wie der Heidehonig von Tyll II.

Noch bevor Lena oder Golf etwas sagen konnten, stiegen die Doppelgänger von ihren Podesten herab. Unergründlich lächelnd kamen sie auf ihre Gegenüber zu.

»Bei Mo!«, flüsterte Acyton-Tats und versuchte zurückzuweichen. Aber seine Beine gehorchten ihm nicht mehr. Im Schlamm seiner Überlegungen stieg wie eine Luftblase der Gedanke an Mo auf – an jenen sagenumwobenen Arzt der Aras, der bei einem medizinischen Selbstversuch gestorben war und auf Aralon fast wie eine Gottheit verehrt wurde. In Notsituationen schlägt die Stunde der infantilen Illusionen. Als ob Mo hier helfen könnte. Keine Gottheit hatte jemals irgendwem geholfen. Auch an Lena Payn, die regungslos neben ihm stand, dachte Acyton-Tats. Aber er schaffte es nicht mehr, den Kopf zu drehen und seinen Blick ins Tiefseeblau ihrer Augen zu tauchen. Der Terranerin schien er mehr zu bedeuten, als er sich eingestehen wollte, und vielleicht auch sie. Wer vermochte jetzt zu denken, was ihnen zusammen möglich gewesen wäre? Weshalb kann man erst etwas schätzen, wenn es zu spät dafür ist? Und wie unerträglich wird die Sehnsucht nach dem Vergeblichen und Unverfügbaren, wenn selbst dies und die Zeit zu entgleiten beginnen. Wenn sich alles verhärtet. Wenn alles erstarrt.

Gelähmt mussten die Explorer zusehen, wie die drei nackten Gestalten sich näherten und allmählich Farbe bekamen. Lena spürte bereits ihre Hände nicht mehr. Und musste im Augenwinkel erkennen, wie Acyton-Tats Finger in den Handschuhen zu verwachsen begannen, zu einer Fläche wurden. Wie sich sein Körper verformte. Wie sein Gesicht die Konturen verlor. Und während sich die Doppelgänger an den Schutzanzügen ihrer Gegenüber zu schaffen machten, fielen diesen die Augenlider zu und versteinerten.

Als sie aus dem Aufzugsschacht des Oktogons ins Freie traten, auf die Lichtung im Augenwald von Geza IV, war ihren Chronometern zufolge nicht einmal eine Minute vergangen, seitdem sie das Bauwerk aufgesucht hatten.

»Exploratoren, was ist geschehen?«, meldete sich die EX-2233 VAN MODERS sogleich per Interkom. »Für 40 Sekunden war die Verbindung unterbrochen.«

»Das Gebäude scheint strahlenundurchlässig zu sein«, antwortete Golf Dakron ohne zu zögern. »Wir konnten euch auch nicht mehr empfangen.«

»Was habt ihr gesehen?«, kam es aus dem Orbit zurück.

Golf schaute seine Begleiter an. »Nur den achteckigen Innenraum«, antwortete er dann. »Er ist leer.« Und nach einer kurzen Pause: »Wir machen uns jetzt auf den Rückweg. Entgegen unserer ersten Annahme eignet sich Xocul nicht für eine künftige Besiedlung. Die Belastung durch Phytohormone und giftige ätherische Öle der Flora ist in Bodennähe zu hoch. Das würde schon innerhalb weniger Wochen zu toxischen Wirkungen und genetischen Schäden führen. Xocul ist von der Liste der kolonisierbaren Planeten zu streichen.«

»Xocul«, fragte die VAN MODERS. »Was hat Xocul mit Geza IV zu tun?«

»Geza IV ...«, wiederholte Golf Dakron gedankenverloren. »Richtig – Xocul ist Geza IV.«